Free Heart – Liebe am Gipfel

(FREE FALL 2)

LETA BLAKE

Eine Original-Publikation von Leta Blake Books, LLC

Free Heart – Liebe am Gipfel von Leta Blake

Cover-Design von Dar Albert
Cover-Art von LCheery
Formatiert von BB eBooks

Erste print Auflage, 2025

Gay Romance Newsletter

Letas Newsletter hält euch auf dem Laufenden, was ihre neuesten Bücher, Sales und Deals betrifft, sowie Schreibpläne für die Zukunft und mehr aus der Welt der M/M Romantik. Meldet euch heute für Letas Mailing-Liste an.

Wenn du in Letas deutschsprachigen Newsletter aufgenommen werden möchtest, gehen bitte hier.
letablake.com

Leta Blake auf Patreon

Werdet Teil von Leta Blakes Patreon-Community, um ihre Indie-Veröffentlichungskosten zu unterstützen und Zugang zu exklusiven Inhalten, gelöschten Szenen, Extras und Interviews zu bekommen.
www.patreon.com/letablake

Leta Blakes Shop

Hier findet ihr Sonderausgaben, von den Büchern inspirierte, heiße Kunst und mehr! Letas Laden wächst, also schaut regelmäßig vorbei.
payhip.com/letablake

Widmung

Für Danielle und die hawaiianische Peggy Jo

TEIL ZWEI

KAPITEL VIERUNDZWANZIG

Dan

Donnerstag, 21. Oktober, 2021
0 Tage seit dem Free-Solo-Versuch

MICH FRIERT. EIN starker Wind bläst durch meine Haare, mit Ausnahme des Teils, der von etwas, das heiß, dick und feucht ist, an Ort und Stelle gehalten wird. Blut? Ja, ich glaube, es ist Blut.

Ich bewege meine Finger. Spüre Fels.

Ich lecke meine Lippen. Spüre Zacken eines Zahns. Schmecke Eisen.

Ich fange an, meinen Kopf zu heben, aber irgendwo ein wenig über mir höre ich Schreie. „Er wacht auf! Nicht bewegen, Dan! Halt still! Wir sind da, um zu helfen. Beweg dich nur nicht. Wir müssen deinen Rücken und Hals stabilisieren."

Ich stöhne und versuche, meinen Kopf zu heben, als ein Chor an Stimmen mich anbrüllt. Es scheint schwer zu sein und es ist bereits so verdammt schmerzhaft, nur zu existieren. Ich gebe auf, lege meinen Kopf wieder auf harten Felsen. Langsam öffne ich meine Augen und sehe die vertraute Granitwand vor mir aufragen. Ich betrachte den Überhang der Heart Formation und dahinter den strahlend blauen Himmel. Er ist jetzt weit und offen, mit einer einzigen, fluffigen Wolke, die da oben hängt, als würde sie mich auch beobachten.

Ich lächele sie an. Oder versuche es. Mein Gesicht fühlt sich an, als wäre es nicht länger eine reale Sache. Als wäre es ein Klumpen Fleisch, der sich irgendwie bewegt und irgendwie auch nicht.

Seltsam.

„Dan, ich bin es, Rye. Wir können dir gleich helfen. Kannst du bei mir bleiben?"

Ich versuche zu antworten, aber mein Mund ist seltsam glitschig und schmeckt nach Blut und etwas Widerlichem. Kotze, denke ich. Ich schaudere und nur ein Stöhnen kommt heraus. Schmerz rast durch meinen gesamten Körper. Mein Magen dreht sich um. Ich blinzele durch meine Wimpern, weiß nicht, wie lange ich hier gewesen bin.

„Kannst du bei mir bleiben, Dan?", sagt Rye erneut, drängend.

Ich spüre die Berührung von jemandes Hand auf meiner. Ich höre das Klicken von Karabinern und das *wisch-wisch* von Seilen über Felsen. Ich rieche eine deutliche Mischung aus Schweiß und Pisse und glaube, dass es von mir kommt.

„Verdammt, er wird wieder ohnmächtig", meint eine unbekannte Stimme.

„Ich fühle mich auch ein wenig schwindlig, um ehrlich zu sein." Das ist Rye, oder nicht? Ich kann mir nicht sicher sein.

Ein hartes Klopfen auf meine Wange. „Komm schon, Dan, bleib hier. Rede mit uns."

Ich öffne meinen Mund, um zu sagen, dass ich bleiben werde, ab dann bekommt der blaue, wolkige Himmel schwarze Flecken und ich gehe.

Sejin

VOR WENIGER ALS einem Tag war ich voller Glück und Träume darüber, den Winter über unterwegs zu sein, habe mir eine rosige

Zukunft voller Abenteuer mit Dan ausgemalt. Jetzt liegt all diese Freude zusammen mit meiner Kotze da und verrottet in der Vormittagssonne.

Die Wiese zu Füßen von El Capitan ist mit Lärm gefüllt – dem Klang von Rotorblättern eines Helikopters, Sirenen, den Stimmen einer kleinen Armee aus Schaulustigen, sowie der Ankunft von Medien-Vans und Reportern.

Ich gehe schon seit einer gefühlten Ewigkeit auf und ab. Mein Handy wird von Nachrichten überschwemmt, aber ich komme nicht mit.

Leenie: Ist der Typ auf dem Vorsprung Dan?

Martin: Leenie sagt, dass am El Cap jemand verletzt ist. Das ist nicht dein Mann?

Gage: Dude, das ist nicht Dan, ja?

Cellie: Wir machen uns Sorgen hier bei Papa Bear. Lass uns wissen, dass es nicht Dan da oben ist, bitte.

Ich möchte meine eingehenden Nachrichten stumm schalten, weil ich es nicht ertragen kann, irgendjemandem irgendetwas zu erzählen, aber ich habe Angst, dass ich irgendwie eine von Dan verpassen werde. Er hat sein Handy mit oben an der Wand. Wenn er bei Bewusstsein ist, schreibt er mir vielleicht. Oder ruft an.

Ein Polizei-Scanner-Radio, das jemand auf die Wiese gebracht hat, lässt mich wissen, dass Dan lebt und dass er sich sogar ein paar Mal bewegt hat – sehr zum Missfallen des Rettungsteams, das mit einem Backbord nach unten klettert, um ihn zu stabilisieren. Sie schreien ihn immer wieder an, dass er sich *nicht* bewegen soll, und ihre Stimmen prallen an den Granitwänden um sie herum ab.

Basierend auf Toms Beschreibung des Rettungsteams glaube ich, dass Rye da oben ist, was Sinn ergibt, weil er bei der YOSAR-Freiwilligen-Truppe dabei ist. Zu wissen, dass er da ist, beruhigt meine Nerven ein wenig. Wenigstens hört Dan eine vertraute Stimme und ich weiß, dass Rye alles tun wird, um ihm zu helfen.

Vorhin hat Tom mit seinem Teleskop hingezoomt, um zu sehen, was er dem Notdienst mitteilen konnte. Er hat ihnen erzählt, dass an Dans Kopf eine Menge Blut ist, aber er konnte nicht sagen, ob es von einer ernsthaften Verletzung war oder nur einer Abschürfung. Verletzungen am Kopf bluten sehr heftig und ich klammere mich an die Hoffnung, dass er da oben nicht mit eingedrücktem Schädel liegt.

Tom hat auch gesagt, dass Dans Bein „ganz falsch" aussieht. Er hat ein wenig geklungen, als ob ihm schlecht wäre, als er es gesagt hat. Er erwähnt es immer und immer wieder, jedes Mal, wenn er durch das Teleskop schaut und wenn er andere hinlässt, keuchen auch sie wegen Dans Bein.

Ich kann mich nicht überwinden, Toms Teleskop noch einmal zu benutzen. Nach dem, was ich beim ersten Mal gesehen habe …

Ich möchte Dan nur unten am Boden, sicher und wohlbehalten. Ich möchte nur an seiner Seite sein, aber ich weiß nicht, wie ich das schaffen soll. Ich kann nicht rechtzeitig über den hinteren Weg den El Cap hinaufwandern, darum bin ich hilflos hier auf der Wiese gestrandet, obwohl ich nichts mehr möchte, als bei ihm zu sein, wenn sie ihn nach oben bringen.

Ich spüre Lowells Kommen, bevor ich ihn sehe. Der Mann hat eine Energie wie ein aufziehender Sturm. Das macht ihn auffällig, ganz egal, wo er ist oder wie groß die Menschenmenge ist. Er ist eine ganz eigene Naturgewalt und schaut finster drein, als er mich erreicht. Es wäre angsteinflößend, aber ich kenne ihn und er sieht immer so ernst aus, nur vielleicht nicht ganz so intensiv. Aber er ist mit Rye und Dan bekannt, auch wenn es eher flüchtig ist, darum hat er auch Probleme mit dieser Situation.

„Hey", sagt Lowell mit seiner tiefen, rauen Stimme. Sie ist beinahe wie eine Vibration und summt in der Luft um uns herum. „Das ist angsteinflößend, hm?"

Ich nicke.

„Du kommst klar?"

„Nicht wirklich", antworte ich. Meine Stimme ist dumpf und auf Anschlag gedreht. Ich fühle mich, als würde ich klingen, als würde ich sowohl aus meiner Haut fahren und als wäre ich bereits körperlos. Der Schock, vermute ich.

Lowell reicht mir eine kalte Thermoskanne. „Trink. Du dehydrierst sonst hier draußen." Er wird deutlicher. „Es ist Wasser."

Ich nehme einen langen Schluck und spüre kaum, wie es nach unten gleitet. Ich gebe ihm die Thermos zurück, aber er winkt ab. „Behalte sie. Trink mehr. Wenn du ohnmächtig wirst, hilft das niemandem."

Wir starrten auf El Capitan, während ich gedankenlos weitere Schlucke nehme, bevor mein Magen wieder anfängt zu rebellieren. Ein Schrei kommt von der Wand und ich weiß nicht, ob es Dans Stimme ist oder von einem der Retter. Ich weiß überhaupt nichts von dem, was da oben vor sich geht. Nur, dass ich möchte, dass es vorbei ist. Ich möchte, dass es ein Traum ist. Ich möchte zu Hause im Bett aufwachen und Dan wird da sein und ich werde die Katzen füttern und –

„Also, die Situation ist Folgende", unterbricht Lowell meine verzweifelten Gedanken. „Dan ist am Leben, aber er hat eine ziemlich heftige Beinverletzung und eine Kopfwunde. Sie können nicht sicher sagen, wie schlimm es ist. Er kommt immer wieder kurz zu Bewusstsein, wird dann wieder ohnmächtig."

„Woher weißt du das?"

„Ich war einmal bei YOSAR und ich habe einen Polizei-Scanner in meinem Auto und zu Hause. Ich höre manchmal rein." Er zuckt mit den Schultern, als wäre das ein normales Hobby. „Heute Morgen, als ich die ersten Berichte gehört habe, wusste ich, dass es Dan ist, darum habe ich die Situation verfolgt."

„Oh." Ich sage ihm nicht, dass ich all das bereits von den Leuten mit Polizei-Scannern hier draußen auf der Wiese gewusst habe.

Es spielt keine Rolle. „Danke, dass du mir das gesagt hast." Meine Stimme klingt so verdammt seltsam, wie ein geisterhaftes Hologramm.

„Darum bin ich hier. Ich habe mich erinnert, dass du mit ihm zusammen bist. Dachte mir, dass ich dich hier auf der Wiese finden würde. Ich wäre hier, wenn jemand, den ich liebe, da oben wäre." Er schaut sich in der Menge um, als ob er sicherstellen wollte, dass niemand zuhört. „Ich weiß, dass du hierbleiben willst, bis sie ihn sicher vom Vorsprung geholt haben, aber hier unten kannst du nichts für ihn tun."

„Gib es etwas, das ich *irgendwo* für ihn tun kann?", fragte ich hysterisch und ich denke, es ist verständlich, dass ich mich so fühle. Lowell muss das auch so sehen, weil er absolut ruhig bleibt.

„Sie werden ihn nach Fresno bringen, in das Trauma-Zentrum dort. Das ist eine Fahrt von zwei Stunden. Ihn auf das Backbord zu bekommen, die Wand hinaufzuziehen und ihn in den Helikopter zu verfrachten, plus der Flugzeit, dauert ungefähr eineinhalb Stunden. Vielleicht mehr, je nachdem, was sie auf dem Vorsprung gefunden haben und wie vorsichtig sie sein müssen, wenn sie ihn bewegen. Wenn wir jetzt losfahren, können wir sie im Trauma-Zentrum treffen. Dort kannst du helfen."

„Werden sie mich zu ihm lassen?" Bis zu diesem Moment hatte ich nicht einmal in Erwägung gezogen, ob das Krankenhaus mich zu Dan lassen würde. Ich hatte ihn nur *im* Krankenhaus gewollt, wo sie sich um ihn kümmern können. Ich brauche jemanden, der mir sagt, dass er wieder werden wird.

„Wenn er bei Bewusstsein ist, ja, dann kann ich es mir vorstellen. Du bist sein fester Freund, oder?"

Ich nicke.

„Also, wenn er bei Bewusstsein ist, wird er ihnen sagen, dass du zu ihm darfst. Wenn nicht, dann lassen sie niemanden außer seiner Familie zu ihm. Mach dir aber keine Sorgen, ich kenne ein paar queer-freundliche Angestellte dort und wenn ich bestätige, dass ihr zusammen seid, nun … man kann nie wissen.“

Ich schlucke schwer, drehe mich zurück, um zu El Cap zu schauen. Ich kann nicht sehen, was vor sich geht. Die Rettungsleute sind alle nur Punkte sich bewegender Farben an der Wand. Ich bin versucht, Tom noch einmal um einen Blick durch das Teleskop zu bitten, aber ich weiß auch, dass es, egal was ich sehe, mir nur noch mehr Angst machen wird. Ich muss mich zusammenreißen, wenn ich Dan helfen möchte. Mein Vater ist nicht ausgeflippt, als es meiner Mutter schlecht ging, oder? Nein, er war solide und tröstend und stark. Ich kann das. Ich kann dieser Mann für Dan sein.

„Ich werde dich fahren“, sagt Lowell. „Ich kenne die Straßen und das Krankenhaus. Ich denke nicht, dass es sicher ist, wenn du selbst fährst.“

Ich nicke, weil er recht hat. Auf gar keinen Fall kann ich irgendwohin fahren. Ich bin mir nicht einmal sicher, ob ich im Moment mein Auto überhaupt anschalten könnte, so überwältigt wie ich bin.

„Du kannst dein Auto später holen oder es von einem Freund bringen lassen.“ Er runzelt leicht die Stirn. „Ich nehme nicht an, dass du Wechselkleidung dabeihast?“

„Warum?“ Habe ich, aber es ist eine seltsame Frage. Dann schaue ich an mir herunter, stelle sicher, dass ich ordentlich angezogen bin und nicht in meinem Pyjama hier auf der Wiese herumgestanden bin oder etwas in der Art. Ich trage eine Jogginghose, einen blauen Hoodie und ein SHINee-T-Shirt und meine Haare sind zu einem Pferdeschwanz gebunden. Ich bin vorzeigbar.

„Weil du über Nacht bleiben müssen wirst“, erklärt Lowell. „Ich denke nicht, dass du heute Abend zwei Stunden zurückfahren willst, um dann morgen wieder hinzufahren.“

„Oh.“

„Wenn sich herausstellt, dass du länger als eine Nacht bleiben musst – was wahrscheinlich ist – kann dir jemand Kleidung bringen.“

„Okay.“ Ich habe das Gefühl, als würde Lowell auf einem anderen Planeten leben, auf dem Logistik wichtig ist. Das ist wild.

Ich lebe auf dem Planeten, auf dem der Mann, den ich liebe, verletzt auf einem Felsvorsprung in dreihundert Meter Höhe liegt und ich nicht weiß, ob er leben oder sterben wird. Ich will Lowell fragen, ob er es weiß, ob er weitere Informationen hat als die, die er mir gesagt hat. Vielleicht ist er wirklich ein Erzengel und hat welche. „Wird er wieder?“

Lowell schaut mich scharf an. „Das kann man unmöglich sicher sagen. Wenn er eine Kopfverletzung hat …“ Er schnalzt mit seiner Zunge und starrt über die Wiese zu El Cap. „Wenn er das nicht hat, dann muss man hoffen, dass er keine Verletzungen am Rückenmark oder den Organen hat. Wenn all das gut ist? Nun, dann würde ich sagen, dass er gute Chancen hat, ‚wieder zu werden‘, was immer das dieser Tage für einen Mann bedeutet.“

Dann macht er auf dem Absatz kehrt und marschiert über die Wiese in Richtung der Reihe geparkter Autos. Die Schaulustigen sind in großer Zahl da und die Medien schwadronieren über einen verletzten Free-Solo-Kletterer, der aus der Wand gerettet wird.

Nachdem ich meinen Rucksack aus dem Kofferraum meines Autos geholt habe, mit den nicht wirklich sauberen aber auch nicht wirklich schmutzigen Sachen von der Nacht, die ich in Dans Van verbracht habe, bevor wir bei Peggy Jo eingezogen sind, lasse ich mich von Lowell ein wenig weiter die Reihe der geparkten Autos entlangführen.

Ich sehe eine Gruppe Kletterer an der Seite, inklusive der jungen Frau, die mir vor Monaten bei Papa Bear Free Solos erklärt hat. Sie und ihre Freunde sehen alle angespannt und unglücklich aus. Aber einer der Typen – *zur Hölle mit ihm* – gibt irgendeinem Reporter ein Interview und ich höre ihn sagen, „Dan war immer schon extrem. Es war nur eine Frage der Zeit, bevor so etwas passiert."

Ich mache beinahe einen Abstecher, um ihn meiner Faust vorzustellen, weil ich in West Virginia aufgewachsen bin und man nicht schlecht über einen Mann redet, während er am Boden liegt, vor allem nicht, wenn man ihn gar nicht kennt. Und ich *weiß*, dass dieses Arschloch Dan nur vom Sehen kennt.

„Ignoriere ihn", sagt Lowell, nimmt meinen Arm und führt mich in Richtung eines Trucks, der wohl ihm gehört. „Das ist es nicht wert. Es wird Dan nicht helfen, etwas anzufangen, das du nicht beenden kannst oder etwas anzufangen, das mit dir auf der Rückbank eines Polizeiautos oder in deinem eigenen Krankenwagen endet."

„Hast du ihn *gehört*? Er kennt Dan nicht einmal."

„Ich weiß."

Der Truck, zu dem Lowell mich zieht, ist weiß und wahnsinnig groß. Ich bin gerührt und ein wenig weinerlich, als Lowell die Beifahrertür für mich öffnet und mir hineinhilft, als wäre ich zerbrechlich – was ich bin. Es ist peinlich, aber Tränen laufen an meinen Wangen nach unten, als er mir den Gurt reicht, die Tür schließt und zur Fahrerseite geht.

„Wir können uns den Polizeifunk anhören, wenn du möchtest", schlägt er vor, während er sich setzt und den Motor anmacht. Er deutet auf den Scanner, der neben der Armkonsole eingeklemmt ist. „Wir können ihre Fortschritte verfolgen und Updates bekommen."

„Ich weiß nicht, ob ich es wissen will."

„Mm", sagt er und schaltet ihn nicht an.

Wir fahren auf die Straße und nach ein paar Minuten wird mir klar, dass er nicht vorhat, noch etwas zu sagen. Darum fische ich mein Handy heraus und schaue mir die Nachrichten an, die sich angesammelt haben und fange an, sie eine nach der anderen zu beantworten.

Leenie antworte ich mit: „Mittlerweile weißt du, dass es Dan ist. Ich bin auf dem Weg nach Fresno, um ihn am Krankenhaus zu treffen."

Ich kopiere dieselbe Nachricht für Martin, Celli und Gage.

Leenie antwortet zuerst. *Du fährst? Du solltest nicht fahren!*

Lowell Moody ist bei mir. Er fährt mich.

Okay. Hey, du solltest deinen Dad anrufen. Ihn wissen lassen, was los ist.

Nein. Ich weiß noch nicht, was los ist.

Er würde es wissen wollen.

Lass es gut sein, Leenie. Ich kann das gerade nicht.

Ich könnte Martin sagen, dass er auf die Kinder aufpassen soll und zu dir nach Fresno kommen. Sie bringen ihn in das Trauma-Zentrum dort, oder?

Bleib bei den Kindern. Es geht mir gut. Ich schreibe dir später, wenn ich etwas Neues weiß.

Du musst das nicht allein durchstehen.

Ich weiß. Ich habe euch lieb. Ich melde mich. Versprochen.

Das Nächste, was ich mache, ist die eingehende Nachricht von Celli zu öffnen, die ihre Sorge, ihr Entsetzen und ihren Optimismus zum Ausdruck bringt. Ich ignoriere all das und antworte. *Hey, ich frage nur ungern, aber ich werde wahrscheinlich mindestens 24 Stunden in Fresno sein. Kannst du Peggy Jos Katzen füttern?*

Natürlich! Hast du schon etwas von Dan gehört?

Nein. Romeo hasst das Diätfutter, aber die anderen bekommen alle das normale Zeug. Die Dosen sind in der Vorratskammer. Sie fressen morgens und abends. Kannst du auch nachsehen, ob die Wasserschüssel voll ist?

Kein Problem. Haben sie ihn schon vom Vorsprung herunter?

Ich glaube nicht.

Ich schicke ihr die Information, wo sie den versteckten Schlüssel findet, um in Peggy Jos Haus zu kommen, und tippe dann: *Ich muss los.*

Halte uns auf dem Laufenden. Wir machen uns alle Sorgen!

Ich antworte mit einem Herz-Emoji.

Ich will gerade mein Handy auf stumm schalten, weil ich keine weiteren eingehenden Nachrichten ertragen kann, als es mit einem vertrauten Astro-Klingelton angeht. Mein Gesicht, an das von Dan gedrückt, erscheint auf meinem Bildschirm. Es ist das Foto, das ich am Morgen nach der Nacht auf dem Pothole Dome von uns gemacht habe. Wir haben einen Ausdruck in den Augen, der von einem Neuanfang für uns beide erzählt. Der Song spielt weiter und das Handy vibriert in meiner Hand.

Lowell wirft einen Blick darauf und sagt: „Nimm an."

Meine Finger reagieren endlich und ich presse das Handy an mein Ohr und flüstere atemlos: „Dan?"

„Hey. Nein, tut mir leid, ich bin es, Rye. Ich bin hier oben mit ihm. Ich wusste, dass du dir Sorgen machen wirst."

„Kann ich mit ihm reden?"

„Er ist … er ist … nun, im Moment ist er ohnmächtig. Er wacht immer wieder auf und verliert dann wieder das Bewusstsein. Die gute Nachricht ist, dass wir denken, dass all das Blut nur von einem Schnitt an seinem Gesicht ist. Aber wir werden nicht sicher wissen, ob es eine größere Kopfverletzung ist, bist wir ihn hier raus haben. Wir wissen auch nicht, was mit seinem Rückgrat oder seinem Rücken ist … er kann nicht lang genug wachbleiben, um das eindeutig zu klären. Aber sein Bein … Es ist … nun, es ist absolut im Arsch."

„Rye, sei ehrlich. Wird er wieder werden?"

„Ich weiß es nicht. Er atmet und er wird mit einigen der besten Notfall-Flugbegleitern der Welt ausgeflogen werden. Und sie lassen mich mitkommen."

„In Ordnung."

„Bist du unten auf der Wiese? Wo bist du?"

„Ich bin auf dem Weg nach Fresno. Ich treffe ihn dort."

„Großartig. Moment, du fährst?"

„Nein. Lowell Moody fährt mich."

Rye hält inne und ich höre weitere Stimmen von seiner Seite der Verbindung. Etwas darüber, bereit zu sein, Dan jetzt zu bewegen. „Du bist in guten Händen. Wir sehen uns in Fresno."

Der Anruf endet und ich zögere, mein Handy auf lautlos zu stellen. Was, wenn Rye mich wieder kontaktieren will? Oder wenn Dan aufwacht und nach mir verlangt?

„Rye wird nicht wieder anrufen, bis sie das Krankenhaus erreichen. Du kannst es auf lautlos stellen, bis wir in die Nähe kommen."

Ich nicke und mache, was Lowell vorschlägt.

Die eine Person, die mich nicht kontaktiert hat, ist wahrscheinlich die eine Person, die es erfahren sollte. Aber ich möchte ihr noch nicht sagen, was vorgefallen ist und mit etwas Glück wird es das, was am El Capitan passiert ist, erst später an diesem Tag in die landesweiten Medien schaffen, wenn überhaupt. Zum Glück ist Peggy Jo nicht in den Sozialen Medien.

Lowell meint: „Die Leute wollen helfen. Ihre Liebe zum Ausdruck bringen. Was auch immer. Aber manchmal müssen sie einfach nur die Klappe halten."

Zu einem anderen Zeitpunkt hätte ich wahrscheinlich darüber gelacht. „Du klingst, als würdest du dich auskennen."

„Das tue ich. Ich habe eine Menge Scheiß gesehen. Das Problem ist, dass ich es nicht vergessen kann." Lowell tippt sich an seine Schläfe. „Hier drin wird es laut. Erinnerungen. Kranke Sachen. Manchmal muss ich einfach nur still sein, damit ich mich zusammenreißen kann. Brauchst du das jetzt gerade?"

„Ich weiß nicht, ob ich Stille brauche." Aber ich kann es definitiv nicht gebrauchen, zwanzig Leuten zu erklären, dass ich nicht weiß, ob Dan wieder wird oder zu versuchen zu rechtfertigen, was er getan hat oder warum er es gemacht hat. „Ich habe aber keine

Antworten für sie. Ich weiß auch nicht mehr als sie darüber, was passieren wird."

„Was hat Rye dir erzählt?"

„Dass er bewusstlos ist …" Meine Augen füllen sich wieder mit Tränen. „Sie wissen nicht, ob er … ob er … wirklich in Ordnung ist. Rye sagt, sein Bein ist … nun, es ist definitiv *nicht* in Ordnung. Ich weiß nicht, warum ich immer wieder in Ordnung sage. Ich … ich möchte nur wirklich glauben, dass Dan … dass er …"

„In Ordnung kommt."

„Ja."

Lowell streckt die Hand aus und tätschelt mein Bein. „Ich will das auch."

Tränen laufen meine Wangen hinunter und ich erinnere mich, wie sie manchmal fließen, wenn Dan mich fickt. Ich wische sie mit den Handrücken weg und versuche, ein Schluchzen zu unterdrücken. Lowell tätschelt erneut mein Bein und sagt nichts.

„Wie wäre es mit etwas Musik?", murmelt er dann und schaltet sein Radio an. Eine schwere, ziehende Gitarre füllt die Kabine und ein Country-Näseln kommt aus den Lautsprechern. Ich erkenne den Song oder die Band nicht, aber ich erkenne den Herzschmerz in der Stimme des Mannes.

Ich lasse die Tränen laufen und richte meinen Blick auf die Straße vor uns. Wir kommen an einem Schild vorbei.

Fresno 320 Meilen.

KAPITEL FÜNFUNDZWANZIG

Dan

DER HIMMEL IST tiefblau und ich schaue hinauf, frage mich, wie er so eine strahlende Farbe haben kann. Es ist atemberaubend.

Sejin kichert neben mir.

Ich rolle mich über den Teppich aus Gras – es ist weich und strahlend grün wie ein Golfplatz im Sommer – und ich nehme seine Hand, hebe sie an meine Lippen und küsse seine Finger.

Er hat dieses Lächeln im Gesicht. Das, für das ich lebe.

„Hey, Doc. Willst du mich heiraten?"

Sejin lacht wieder. „Klar. Sobald du aufwachst."

„Schlafe ich?"

„Natürlich."

Ich runzle die Stirn. Wovon redet er? Es ist ein wunderschöner Tag. Ich bin hellwach. Ich drücke seine Hand und rolle auf meinen Rücken, denke über die Frage nach, was es bedeutet, zu schlafen oder wach zu sein. Was es bedeutet, *am Leben* zu sein.

Ich blinzele in die wolkenlosen Tiefen hinauf. Ich bin glücklich. Ich bin mit Sejin zusammen. Das Gras ist weich. Der Himmel ist weit. Ich bin wach.

Und der Himmel ist so verdammt blau …

Blitzt blau und rot und blau und rot.

Hm.

Seltsam.

Sejin

RYE WARTET VOR dem Eingang zur Notaufnahme auf uns, als Lowell und ich ankommen. Als er uns vom Parkplatz herlaufen sieht, lächelt er breit und ich breche beinahe wieder in Tränen aus, als Erleichterung mich überkommt.

Sobald ich nahe genug bin, umarmt Rye mich.

„Es ist gut, er wird wieder", sagt er eilig, während er sich immer noch an mich klammert und meinen Rücken klopft. „Sie haben ihn sediert. Aber sie konnten ihn untersuchen und Wunder über Wunder, er hat kein Kopftrauma, was hervorragend, hervorragend, *hervorragend* ist." Er lässt mich los und schaut Lowell an. Zwischen den beiden herrscht eine seltsame Spannung, die ich nicht ganz verstehe, aber dann bricht sie und Rye redet weiter. „Sie haben ihn noch in der Notaufnahme, während sie ein Zimmer oben vorbereiten, aber sobald sie ihn dorthin gebracht haben, können wir ihn besuchen."

„Wir dürfen jetzt nicht zu ihm?", frage ich. Es gibt nichts, was ich mehr möchte, als Dan zu sehen und mein Gesicht an seinen Hals zu drücken, um seinen Schweiß und seine Haut zu riechen. Ich möchte ihn unbedingt halten und seine schwieligen Hände drücken.

„Im Moment nicht. Aber er hat es bequem. Versprochen."

Ich versuche, Rye anzulächeln, um zu zeigen, dass ich ihm glaube, aber ich kann nicht.

„Ich weiß, dass du ihn sehen möchtest, aber er ist im Moment ohnehin nicht bei Bewusstsein. Sie haben ihn mit Zeug vollgepumpt, damit er für die Untersuchungen stillhält. Die Schmerzen in seinem Bein haben dazu geführt, dass er sich gewunden hat, sobald er während des Flugs aufgewacht ist, darum haben sie ihn mit kleinen Dosen Fentanyl und Versed beruhigt und sobald sie gesehen haben, dass er keine Kopfverletzung hat, haben sie ihm eine Dröhnung verpasst."

„Er hat keine Schmerzen?"

„Nicht im Moment." Rye führt uns zum Eingang. „Während er sich ausruht und sie sich um das Zimmer kümmern, wollen wir dich füttern, in Ordnung? Ich will wetten, dass du heute noch nichts gegessen hast."

Das habe ich nicht, aber ich denke auch nicht, dass ich irgendetwas bei mir behalten kann. Ich lasse mich aber von Rye führen. Er hat sich bei mir untergehakt. Lowell geht neben uns und sagt nichts, während Rye weiter plaudert. Ich lasse seine Worte über mich hinwegwaschen, versuche, sie zu verstehen, versuche, sie aufzunehmen.

„Es hat noch kein Arzt mit ihm gesprochen, aber ich kann dir sagen, was ich mitbekommen habe. Keine Kopfverletzung, was, wie ich schon gesagt habe, hervorragend ist. Er hat einen Schnitt in seinem Gesicht, der genäht werden muss, und es wird wahrscheinlich eine Narbe bleiben. Aber das geht klar, oder? Männer mit Narben sind heiß."

Ich schaffe ein Lachen, aber ich kann mir nur vorstellen, wie Dans seltsam attraktives Gesicht zerstört ist. Mein Magen dreht sich um.

Rye fährt fort. „Er hat zwei abgeplatzte Zähne, wahrscheinlich hat er sich mit seiner eigenen linken Hand erwischt, als er gefallen ist, glaub es oder nicht. Aufgeplatzte Fingerknöchel von diesem Einschlag, aber keine Brüche in der Hand. Ein paar ziemlich schlimme Prellungen an seiner Hüfte und seinen Pobacken und ein überraschend leicht verstauchtes Handgelenk. Aber das eigentliche Problem ist sein Bein."

Vor der Cafeteria des Krankenhauses zieht Rye an mir, bis ich anhalte. „Lass uns das hier draußen erledigen. Ich möchte niemandem, der da drin isst, den Appetit verderben."

Lowell lacht leise und Ryes Ohren werden rot, aber er redet weiter. „Also, das Bein … Es sieht nicht gut aus, Sejin. Offener Bruch der Tibia und Fibula – der Schienbeinknochen. Es ist schrecklich. Ich werde nicht lügen und es ist wahnsinnig kompliziert zu richten."

„Offener Bruch …" Ich verstumme, denke zurück an meine Biologiestunden und versuche, mich zu erinnern, ob das die schlimme Art Bruch ist.

„Knochen, die durch die Haut dringen", erklärt Lowell.

Also ein wirklich schlimmer Bruch. Ich schaudere.

Rye wirft ihm einen Blick aus geweiteten Augen zu. „Wow, sei einfach brutal direkt."

Lowell zuckt mit den Schultern. „Als ob du nicht auf deine eigene Art brutal bist."

Ryes Hals wird rot und er blickt zu Boden.

Lowell erklärt sich: „In der Art, wie du das hier machst, meine ich. Du schubst ihn einfach durch, als wäre es eine Reihe an Türen und wenn du ihn schnell genug durchbekommst, wird er auf der anderen Seite wohlbehalten herauskommen."

Rye sagt langsam: „Willst du damit sagen, dass ich zu sehr dränge?"

„Manchmal."

Ich blinzele. Mir war nicht klar, dass sie nicht nur Bekannte sind und ich habe das Gefühl, als ob etwas ganz anderes sich zwischen ihnen abspielt, aber es ist mir eigentlich egal. Ich möchte nur etwas über Dan hören.

„Schon gut. Es geht mir gut. Du kannst es ausdrücken, wie immer du möchtest", beharre ich. „Nur erzähl mir alles."

„Also gut, ein offener Bruch bedeutet, dass seine Knochen durch die Haut gestoßen sind, wie Lowell gesagt hat und es ist schlimm. Es ist nicht nur ein kleiner Durchbruch, nicht nur die Spitze eines Knochens, sondern ein großer Teil ist herausgekommen."

Ich schaudere erneut, spüre, wie mir schwindlig wird.

„Langsam", warnt Lowell.

„Oh, langsam, jetzt wo *ich* es sage?"

Ich ignoriere sie. „Also, was wird mit seinem Bein passieren? Werden sie es richten oder … was?"

„Zuerst werden sie ihn mit Antibiotika vollpumpen", fängt Rye an und hebt einen Finger. „Und dann-"

Lowell erklärt: „Offene Brüche tragen ein hohes Risiko für Infektionen am Knochen in sich, vor allem, wenn sie draußen passieren, wo Schmutz und wer weiß was in die Wunde gelangen kann. Wenn sie diese Möglichkeit nicht mit Antibiotika ausschließen, könnte er das Bein verlieren-"

„Ach und ich bin brutal?", wirft Rye ein und verdreht die Augen. „Du bist furchteinflößend!"

Lowell starrt ihn eindringlich an. „Wäre es dir lieber, wenn ich deine Erlaubnis einhole, bevor ich rede?"

Rye wird knallrot. Ich bin verwirrt und fange an, auch ein wenig wütend zu werden. Mir ist es egal, welche Art Schlacht sie hinter den Kulissen ausfechten. Das interessiert mich im Moment nicht. „Gut, aber was ist mit Dan?"

„Stimmt." Rye fokussiert sich wieder auf mich. „Nun, morgen, wahrscheinlich. So bald wie möglich, werden sie ihn operieren wollen. Das Bein richten und all das. Ein Orthopäde wird ihn sich heute Abend ansehen, da bin ich mir sicher."

„Sie müssen ihn dafür operieren?"

„Um einen Stab und Schrauben anzubringen", sagt Lowell.

„Der Bruch ist schlimm genug, dass sie seinen Knochen zusammenschrauben müssen, damit er heilen kann", fügt Rye hinzu. „Noch Fragen?"

„Nein."

Rye lächelt und hakt sich wieder bei mir ein. „Dann lass uns essen. Du wirst dich besser fühlen, sobald du etwas im Bauch hast."

Ich denke nicht, dass ich mich besser fühlen werde, bevor ich Dan selbst gesehen habe, aber ich lasse mich von Rye durch die Schlange in der Cafeteria führen, sehe zu, wie er eine Reihe Sachen auf Tabletts für uns beide stellt. Lowell ist hinter mir und er nimmt sich ebenfalls ein paar Dinge. Als es ans Bezahlen geht, tritt Lowell vor und Rye benimmt sich, als wäre das zu erwarten. Ich fange an, meinen Geldbeutel herauszuziehen, aber Lowell winkt ab.

„Aber du hast schon so viel getan – mich hierhergefahren und-"

„Lowell ist gerne zu Diensten", sagt Rye. „Mach dir darüber keine Sorgen."

Lowell legt eine Hand auf meine Schulter und drückt. „Das Einzige, worüber du dir Sorgen machen musst, ist, weniger verängstigt auszusehen, wenn du Dan siehst. Er wird deine Stärke brauchen, wenn er das durchmacht. Denkst du, du kannst das?"

Ich nicke und folge den beiden zum Tisch. Wir setzen uns zusammen hin und ich schiebe mein Huhn mit Reis herum, während Rye und Lowell ihre Portionen essen. Ich bin überrascht, dass ich überhaupt etwas schlucken kann, wenn man bedenkt, wie angespannt ich bin, aber ich schaffe es, genug hinunterzuwürgen, dass weder Rye noch Lowell einen Kommentar abgeben, wie viel noch auf meinem Teller ist.

„Wie ist es passiert?", fragt Lowell. „Wissen wir das?"

„Tom hat es gemeldet und gesagt, dass Dan abgestürzt ist, aber basierend auf seinen Verletzungen bin ich mir ziemlich sicher, dass er versucht hat, einen Downclimb zu machen und auf den Vorsprung zu springen. Wir haben das vor Kurzem geübt, aber etwas muss schiefgelaufen sein. Entweder musste er aus größerer Höhe springen, als wir geübt haben, oder er hat gepumpte Arme bekommen und musste mit weniger Kontrolle springen, als er gebraucht hätte. Vielleicht beides. Es ist ein Wunder, dass er nicht von dem Vorsprung gerollt ist. Der ist wirklich schmal.“

Ich lege meine Gabel weg und reibe mit einer Hand über mein Gesicht.

„Hey, hey, es ist geschehen. Es ist vorbei.“ Rye reibt meinen Rücken und tröstet mich.

„Irgendwie“, meint Lowell.

„Wie meinst du das?“

„Sich zu verletzen, ist einfach“, erklärt Lowell. „Jetzt kommt der schwierige Teil. Gesund zu werden. Manche Leute schaffen das nie.“

Er erweckt den Eindruck, als würde er über sich selbst sprechen.

Ryes Handy summt und er schaut auf den Bildschirm. „Sie haben ihn nach oben auf Zimmer drei-null-fünf gebracht.“

Ich stehe auf und nehme das Tablett. Rye fängt an, sich ebenfalls zu erheben, aber Lowell berührt seinen Arm. „Lass ihn allein gehen.“

„Was, wenn Sejin *will*, dass ich mitkomme?“

Lowell begegnet meinem Blick, die Frage *ist es das, was du willst*, steht ihm ins Gesicht geschrieben, aber er sagt nichts.

„Wenn es dir nichts ausmacht, würde ich ihn zuerst gern allein sehen.“

Rye entspannt sich wieder auf seinem Sitzplatz und nickt. „Das verstehe ich. Kein Problem. Ich bin noch ein paar Stunden hier, solltest du mich brauchen.“

Lowell nickt mir zu.

„Danke, dass du mich hergefahren hast.“

„Kein Problem, Junge. Ich fahre heute Abend zurück und du kannst gerne mitkommen, wenn du das willst. Aber ich nehme an, du wirst bleiben wollen.“

„Ja, ich gehe nirgendwohin. Es sei denn, sie zwingen mich …“

„Sie werden dich wahrscheinlich bleiben lassen, wenn Dan

aufwacht und es bestätigt", sagt Rye. „Die Krankenschwestern hier sind größtenteils sehr verständnisvoll, wenn es um queere Beziehungen geht." Dann wendet er sich an Lowell. „Ich fahre mit dir zurück?"

„Klar." Ein weiteres seltsames Anschwellen und Abfallen von Spannung findet zwischen ihnen statt, bevor Lowell sich mir zuwendet. „Du hast deine Kleidung, Geldbörse und etwas Bargeld?"

Ich nicke, klopfe auf meinen Rucksack.

„Gut. Gib uns deine Schlüssel und wir holen dein Auto und kümmern uns um Peggy Jos Katzen."

Ich fange an zu protestieren, gebe aber dann sofort nach. Welchen Sinn hat es, ihre Hilfe abzulehnen? Ich brauche sie, genau wie Dan. Ich reiche Lowell den Schlüssel. Ich muss Celli noch schreiben, dass sie sich heute Abend doch nicht um die Katzen kümmern muss.

„Geh zu deinem Mann", sagt er und steckt die Schlüssel ein.

„Kümmere dich für mich um ihn", meint Rye ernst. „Sag ihm … sag ihm, dass ich ihm sein anderes Bein brechen werde, weil er uns solche Angst eingejagt hat."

Ein kleines, beinahe echtes Lächeln erscheint auf meinen Lippen. „Ich werde es ihm ausrichten."

„Du willst nicht bleiben und ihn noch einmal sehen, bevor wir aufbrechen?", fragt Lowell Rye, als ich mit meinem Tablett weggehe.

„Er weiß, dass ich da war. Willst *du* ihn sehen?"

Lowell schüttelt seinen Kopf. „Ich habe in meinem Leben genügend verletzte Menschen gesehen."

„Bring mein Tablett für mich weg und dann treffen wir uns bei deinem Auto."

„Ja, Sir."

Ich blinzele und schaue für eine Sekunde zurück.

Oh. So ist das also zwischen ihnen. Ich hatte keine Ahnung, dass sie sich *so* kennen.

Die Aufzugtür schließt sich hinter mir. Die Zahlen für die Stockwerke blinken über mir auf, während ich mich frage, wann Rye und Lowell zusammengekommen sind, ob sie überhaupt zusammen *sind* oder ob das nur eine Art Aufriss/Spiel für sie ist. Unerwartet. Aber so ist alles im Leben. Zumindest ist Dan heute nicht unerwartet *gestorben*. Obwohl, wenn man bedenkt, dass er Free Solos macht, kann sein Tod da je als „unerwartet" bezeichnet werden?

Als der Aufzug anhält, trete ich mit einer seltsamen Mischung aus Furcht, Erleichterung und Wut in mir auf den Krankenhausflur.

Der Korridor ist nicht leer, aber niemand fragt mich, wer ich bin oder wohin ich unterwegs bin. Ich sehe mich wie betäubt um. Wie ist es möglich, dass hier andere Leute herumschwirren und eilen? Krankenschwestern, Ärzte und sogar ein paar Patienten. Keiner von ihnen ist sich bewusst, was ich heute beinahe verloren hätte.

Es fragt mich auch keiner, wen ich besuche oder wohin ich gehe.

Ich bleibe vor Zimmer 305 stehen und atme langsam ein. *Dan ist am Leben. Er wird wieder. Ich komme damit klar.*

Ich betrete das Zimmer und finde ihn bewusstlos auf dem Bett, mit Infusionen und Kabeln überall. Ein Laken ist sorgsam ausgelegt, damit sein verletztes Bein nicht zu sehen ist. Sein Gesicht ist geschwollen, seine Lippen sind aufgeplatzt … und ich breche in Tränen aus.

Dan lebt, ja, aber er ist mehr als nur ein wenig gebrochen.

Auf gewisse Weise bin ich das auch.

Dan

MEINE ZUNGE FÜHLT sich wie Sandpapier an. Meine Kehle schmerzt. Meine Augen fühlen sich an, als wären sie zugeklebt. Aber ich höre Stimmen und etwas in mir sagt mir, dass ich jetzt anwesend sein muss. Ich musst von dem weichen Ort zurückkehren, an den die Dunkelheit mich gebracht hat.

„Vergiss nicht, dass er vielleicht ein wenig verwirrt ist, wenn er aufwacht. Er war vorhin bei Sinnen, aber er steht unter starken Medikamenten. Es könnte ein paar Minuten dauern, ehe er ganz aufwacht." Ein paar Momente vergehen und dann. „Hast du vor, die Nacht auf diesem Stuhl zu verbringen? Soll ich dir ein paar Kissen und eine Decke bringen, Schätzchen?"

„Ich kann bleiben?" Sejins Stimme.

„Natürlich kannst du bleiben." Diese unbekannte Frau redet fröhlich. Eine sanfte Wärme zupft an mir, versucht mich davon abzuhalten, ganz aufzuwachen. „Aber wenn du das nicht willst, mache dich dir keinen Vorwurf. Es gibt deutlich bequemere Orte. Deinem Dan geht es gut. Wir rufen dich an, wenn etwas passiert."

Ist das eine Krankenschwester? Ja, ich denke, die andere Person muss eine Krankenschwester sein.

Ich lecke meinen Mund, damit ich sprechen kann, aber er ist rau und trocken. Ein gurgelnder Laut kommt heraus.

„Wirst du endlich aufwachen und deinen Liebsten begrüßen?"

Ich zwinge meine Augen auf und sehe eine hübsche dunkelhäutige Dame ein paar Schläuche neben meinem Bett zurechtrücken. Oh. Ich bin im Krankenhaus. Habe ich das bereits gewusst?

„Danny? Danny, wachst du jetzt auf?"

Ah, dieser Appalachen-Akzent. Ich liebe ihn.

Links von mir sitzt Sejin, die Haare in einem zerzausten Dutt und mit einem sehr geschwollenen Gesicht. Er hat geweint. Ich verspüre ein seltsames Gefühl von Déjà-vu, kann mich aber nicht erinnern von wann.

„Dan, bist du bei uns, Schätzchen?", sagt die Krankenschwester. „Weißt du, wo du bist?"

„Im Krankenhaus", krächze ich.

„Das ist richtig, du bist im Krankenhaus", bestätigt Sejin.

„Weißt du, warum?", fragt die Krankenschwester.

Ich gehe meinen Körper durch. Etwas an meinem rechten Bein fühlt sich falsch an. „Mein Bein", sage ich.

Die Krankenschwester tätschelt meine Hand. „Gut. Ich lasse euch jetzt allein. Mein Name ist Shamika und das steht auf dem Whiteboard dort. Drück nur auf diesen Knopf hier, wenn du mich brauchst. Und dein fester Freund ist hier. Er kann dir helfen."

Es trifft mich, dass ich nicht wirklich weiß, warum ich hier bin. Etwas ist mit meinem Bein, ja, aber was? Und wie? Denn wenn ich bei dem Versuch, die Heart Route zu durchsteigen, abgestürzt bin, dann sollte ich tot sein.

Warum bin ich nicht tot?

Vielleicht bin ich nicht abgestürzt.

Vielleicht bin ich wegen etwas ganz anderem hier. Einem Autounfall? Einem Bärenangriff? Wurde ich vom Blitz getroffen?

Ich erinnere mich, dass ich in einem Rettungshubschrauber war. Rye war dabei. Oder?

Doch als Sejin sich vorbeugt, sein Gesicht vom Weinen verzogen, mag ich mich nicht erinnern, aber ich *weiß*.

Ich bin abgestürzt.

Ich habe versucht, die Heart Route im Free Solo zu machen und bin abgestürzt.

Aber wie?

„Was ist passiert?", bringe ich trotz meiner trockenen Zunge heraus.

„Du hast es nicht über den Rand des Überhangs geschafft",

antwortet Sejin. Seine Stimme ist rau von Verzweiflung und sie klingt beschädigt. „Du hast einen Downclimb gemacht und bist gefallen oder vielleicht bist du gesprungen. Der Vorsprung hat dich aufgefangen."

Gefallen? Auf den Vorsprung? Rye und ich hatten an diesem Downclimb gearbeitet und meinen Sprung auf den Vorsprung für die „Ruhepause" geübt. Ich hatte das im Griff. Was war schiefgegangen?

„Ich bin verwirrt …"

„Das ist in Ordnung", sagt Sejin. „Die Medikamente, die sie dir gegeben haben, können dein Hirn durcheinanderbringen."

„Ich meine damit, ich kann mich nicht erinnern, warum ich abgestürzt bin. Warum bin ich abgestürzt?"

„Ich bin mir nicht sicher. Ich habe nicht gesehen, wie es passiert ist. Die Krankenschwester hat gesagt, dass das Trauma vielleicht eine Erinnerungsblockade auslöst. Anscheinend konntest du es ihnen auch nicht oben in der Wand sagen, als sie dich gerettet haben. Aber du hast keine Kopfverletzung, abgesehen von einem bösen Schnitt in deinem Gesicht." Sejins Finger berühren mich in der Nähe meiner Schläfe und ich zucke zusammen. „Und zwei abgeplatzte Zähne."

Meine Zunge sucht nach den scharfen Rändern. Sejin missinterpretiert die Bewegung meines Mundes als eine Bitte um Wasser. Er hält eine Tasse mit einem Strohhalm, damit ich trinken kann. Das ist mir sehr willkommen und ich nehme mehrere lange Schlucke. Das Gefühl ist kühl und erleichternd.

„Du siehst viel schlimmer aus, als es dir geht, haben sie gesagt", fährt Sejin fort, stellt den Becher mit dem Wasser beiseite. „Dein Gesicht ist grün und blau und dein Körper genauso. Du hast einen Katheter, darum musst du dir vorläufig keine Gedanken darüber machen, zur Toilette zu kommen. Wie fühlst du dich?"

„Grauenvoll", bringe ich hervor und bin erleichtert, dass mein

Mund jetzt funktioniert. „Als wäre ich aus zerknüllter Pappe gemacht."

„Du bist aus Fleisch und Knochen und das ist zerbrechlich genug", murmelt Sejin.

Ich erinnere mich, dass er schon einmal etwas Ähnliches zu mir gesagt hat.

Wo wir gerade von grauenvoll sprechen, ich habe Sejin noch nie so hässlich gesehen – ganz fleckig und seltsam, mit einem zitternden Mund und geschwollenen Augen. Ich lache beinahe, weil er normalerweise der schönste Mann der Welt ist. Nur dass ich es nicht wirklich lustig finden kann, weil ich der Grund bin, warum er so aussieht.

„Es tut mir leid", bringe ich hervor und es kostet mich mehr Mühe, als irgendetwas, das so einfach ist, das sollte.

Sejins Augen füllen sich mit Tränen und er beugt sich nach unten, um meine Stirn zu küssen. Seine Lippen hinterlassen einen kühlen Abdruck. „Ich liebe dich", flüstert er in mein Ohr. „Werde nur wieder gesund. Mach dir über nichts Gedanken, als darüber, gesund zu werden."

Sejins Gesichtsausdruck besagt, dass es ein langer Weg werden wird. Ich horche erneut in mich hinein. Mein Bein. Scheiße. Wie schlimm ist es? *Grauenvoll*, denke ich.

Ich glaube auch, dass ich eine Operation brauche. Oder? Ich erinnere mich, dass ich Untersuchungen und einer Behandlung zugestimmt habe. Ich erinnere mich an ernste Gesichter. Ich erinnere mich, dass Rye etwas wie *nur gut, dass du Herausforderungen liebst*, gesagt hat.

Fuck.

„Wie lange, bis ich wieder trainieren kann?", frage ich.

Sejin verzieht das Gesicht und zieht sich zurück. „Wir wollen uns auf die Gegenwart konzentrieren."

Welche Gegenwart? Die, in der ich in einem Bett liege, ohne

die geringste Ahnung, was vor mir liegt? Ich möchte mich darauf nicht konzentrieren. *Diese* Gegenwart ist beschissen. Obwohl ich eine vage Vorstellung der Zukunft habe, wenn ich mich anstrenge. Ich glaube, ich erinnere mich an ein Gespräch über Stäbe und Schrauben für mein Bein.

Doppel Fuck.

Wie auch immer. Es spielt keine Rolle. Ich lebe noch, oder? Darum werde ich genesen und besser als je zuvor sein.

Ich mustere Sejin, während ich nachdenke. Er hält sanft meine Hand und versucht, nicht zu weinen. Seine Unterlippe zittert, genau wie sein Kinn. Seine Augen, die ich am meisten liebe, wenn sie vor Lust verhangen oder in einem Lächeln nach oben gezogen sind, sind zu Boden gerichtet, seine Lider geschwollen. Ich kann sehen, wie sehr er sich bemüht, sich zusammenzureißen.

„Was ist los? Werde ich mein Bein verlieren oder so?", frage ich. Ich bin halb damit durch, mir vorzustellen, wie Klettern mit einer Prothese funktioniert, wenn es mit einer Prothese funktionieren *kann*, als Sejin seinen Kopf schüttelt.

„Wenn es sich nicht schlimm entzündet, sollte es in Ordnung sein. Es gibt dafür im Moment keine Anzeichen, darum ..." Er schluckt. „Die Operation ist für morgen früh geplant. Sie werden Stäbe, Schrauben und eine Metallplatte einbauen. Sie erwarten, dass es gut heilen wird ... das hoffen sie."

„Warum bist du dann so traurig?"

Sejin lacht, aber es liegt keine Erheiterung darin. „Wie meinst du das? Du wärst beinahe gestorben."

„Aber das bin ich nicht."

„Aber du hättest sterben können."

„Das könnte jeden Tag passieren."

Sejin wird still und streicht mit einer Hand über sein Gesicht, steht dann langsam auf. „Tu das nicht, Dan. Zieh das nicht ab. Ich bin stundenlang auf dieser Wiese gestanden und dachte, du wärst tot."

„Du dachtest, ich wäre tot?"

„Oder schlimmer."

„Schlimmer wäre definitiv beschissen."

Sejin ballt seine Hände an seinen Seiten. „Hör nur für eine Sekunde auf und stell dir vor, wie *du* dich fühlen würdest, wenn du Stunden warten müsstest, um zu erfahren, ob es *mir* gut geht." Er sticht mit einem Finger in seinen eigenen Brustkorb. „Zu erfahren, ob *ich* leben oder sterben werde?"

Ich runzle die Stirn. Darüber möchte ich nicht nachdenken. Ich habe irgendwie das Gefühl, dass ich nicht darüber nachdenken *kann*. „Dir geht es gut", bemerke ich.

„Sei nicht begriffsstutzig! Du bist nicht dumm!"

„Ist hier drin alles in Ordnung?" Shamikas Stimme durchschneidet den Raum und sie steht in der Tür, eine Hand in die Hüfte gestützt.

„Ja, es ist in Ordnung", sage ich.

Sie wirft einen Blick zu Sejin, hat dabei eine Braue überrascht hochgezogen, als ob sie das von ihm nicht hat kommen sehen und das verstehe ich. Sejin ist immer so entspannt und sonnig. Nur dass er das jetzt gerade nicht ist. Das ist auch meine Schuld. Die Krankenschwester schaut wieder zu mir, vergewissert sich, dass es mir gut geht, bevor sie geht und nachdrücklich die Tür schließt.

Hey, wenigstens habe ich ein eigenes Zimmer. Weil ich nur MediCal habe, um zu helfen, für all das zu bezahlen, bin ich von der Dekadenz überrascht. Aber vielleicht denken sie, dass sie die Kosten später aus mir herausquetschen können. Zur Hölle, wahrscheinlich können sie das. Was weiß ich darüber, wie Krankenhausrechnungen funktionieren? Ich habe noch nie eine Nacht in einem verbringen müssen. Als Lowell mir nach meinem verknacksten Knöchel geholfen hat, war es nur ein sehr, sehr, *sehr* teurer Besuch in der Notaufnahme, und irgendwann war ich in der Lage, das Krankenhaus zu überzeugen, ihn zum Großteil abzuschreiben.

Das hier aber – ich bin von El Cap hierher geflogen worden, die Tests, die Operation und die Übernachtungen – nur der Himmel weiß, wie diese Rechnung aussehen wird.

Aber all das kann warten.

Sejin – mein Sejin – leidet und ich bin ein Arsch, der nicht versteht, warum er so aufgebracht ist. Ich kann mir Ryes enttäuschten Gesichtsausdruck gerade vorstellen. Er würde mich auseinandernehmen. Ich verdiene es wahrscheinlich.

Sejin dreht sich weg und marschiert zum Fenster. Er schaut hinaus und ich frage mich, was er sieht. Ich kann nur einen Fleck dunklen Himmels von meiner Position auf dem Bett aus erkennen. Ich verlagere mein Gewicht und zische bei dem Blitz aus reiner Agonie an meinem Bein hinauf und in meine Hüfte. Ich lege mich wieder hin und starre ihn an, wie er von einem Licht draußen umrahmt wird.

Er ist wunderschön. Ich liebe ihn. Ich weiß in meiner Seele, dass ich den Rest meines Lebens nur mit ihm zusammen sein und deswegen niemals traurig sein könnte. Und ja, wenn *ich* Stunden warten müsste, um zu erfahren, dass er sicher ist, dass er wieder in meinen Armen liegen wird, würde ich den Verstand verlieren. Es würde beinahe so sehr schmerzen wie dieses Bein. Mehr. Es wäre die absolute Hölle.

„Es tut mir leid. Ich wollte nie, dass du dir Sorgen um mich machst.“

„Bist du darum gegangen, ohne mir zu sagen, wohin du willst?“

„Daran erinnere ich mich nicht, aber es klingt wie etwas, das ich tun würde.“ Ich bewege mich erneut und stöhne.

Sejin wischt sich seine Wangen mit den Handflächen und kehrt dann zu mir zurück. „Vergiss es. Nichts davon ist jetzt wichtig. Du hast Schmerzen. Schau, mit diesem Knopf kannst du dir eine weitere Dosis Schmerzmittel geben.“

Ich runzle die Stirn. Ich möchte nicht schwach sein. Ich komme klar.

Als ob er meine Gedanken lesen könnte, sagt Sejin: „Die Krankenschwester hat mir erklärt, dass es am besten ist, wenn du ihn drückst, sobald du denkst, dass du welche brauchst. Das ist besser, als dem Schmerz nachzujagen.“

„Ich will nicht abhängig werden.“

„Das wirst du nicht. Im Moment brauchst du Ruhe und musst heilen. Das alles wird eine Menge Energie kosten.“

Sejin sitzt wieder neben mir und nimmt meine Hand. „Es ist gut, dass du ein stures Arschloch bist, stimmts? Ich denke, du wirst all diese Entschlossenheit brauchen, um das hier durchzustehen und wieder an die Wand zu kommen.“

„Ich hasse es, mich auszuruhen“, sage ich.

„Ich weiß.“

„Ich habe das Gefühl, dass ich bereits etwas tun sollte.“

„Du solltest bereits diesen Knopf drücken.“

„Wieder ohnmächtig zu werden, wird nichts in Ordnung bringen. Ich sollte etwas Reales machen, damit es mir besser geht. Jetzt gleich.“

„Du kannst nicht ‚jetzt gleich‘ gesund werden, darum …“ Sejin deutet wieder auf den Knopf. Ich drücke ihn und innerhalb weniger Momente fühle ich mich überall warm, als wäre eine Welle magischer Zufriedenheit in meine Adern entlassen worden.

„Ich will das gutmachen“, sage ich, als ich anfange, ein wenig abzudriften. „Ich will dir beweisen, dass ich eine sichere Wette bin.“

„Oh, Danny, du warst nie eine sichere Wette. Das habe ich immer gewusst.“ Sejin beugt sich vor, um meine Stirn zu küssen.

„Na schön, dann will ich mir selbst beweisen, dass ich dich *und* das Klettern haben kann.“

„Du hast mich. Jetzt ruh dich aus.“

Ich sollte damit zufrieden sein, aber das bin ich nicht ganz. Ich kann nicht genau benennen, was ich von ihm oder mir selbst im Moment möchte. Wahrscheinlich, weil ich unter Drogen stehe und

Schmerzen habe. Ich streiche mit meiner Zunge über meine gezackten Zähne. „Zahnkronen sind teuer", sage ich, bemerke das leichte Lispeln und weiß, dass es wahrscheinlich von den abgeplatzten Zähnen ebenso wie von der Schwellung kommt. Ich bin überrascht, dass sie nicht wehtun.

„Uns fällt etwas ein."

„Hmm. Ich könnte einfach diese abgebrochenen Zähne behalten. Würdest du mich immer noch lieben?"

„Danny, schlaf."

„Wirst du hier sein, wenn ich aufwache?"

„Wenn du das willst."

Ich denke darüber nach, was ich die Krankenschwester habe sagen hören. „Du hättest es in einem Bett bequemer."

„Mein Bett ist zwei Stunden entfernt."

„Geh in ein Motel", sage ich, als die zerrende Welle der Müdigkeit mich trifft, beinahe zu stark, um ihr zu widerstehen. „Sei hier nicht unglücklich mit einer beschissenen Krankenhausdecke. Du musst dich auch ausruhen."

Sejin antwortet nicht.

Ich bemühe mich, meine Augen offenzuhalten.

„Schlaf, Danny."

„Du willst wirklich, dass ich schlafe?"

„Ich glaube, du brauchst es", murmelt Sejin.

Ich streichle mit meinem Daumen über seinen Handrücken. „Na gut. Spielst du Musik für mich? Um mir beim Einschlafen zu helfen?" Ich brauche das nicht wirklich. Ich bin ohnehin kurz davor, aber ich möchte das Bewusstsein und Sejin noch nicht verlassen.

„Auf meinem Handy?"

Ich nicke.

Sejin löst sich lang genug von mir, um seine Playlists aufzurufen. „Welches?", fragt er.

„Unseren Song", murmele ich.

„Welcher ist das?"

Ich bin halb eingeschlafen, sonst wäre ich beleidigt. Die Schwere der Droge liegt wie eine Decke auf mir. „Du weißt welcher. Klingelton. Pothole. Astro."

Das Klavier-Intro beginnt und ich höre auf, gegen den Sog der Medizin zu kämpfen. Sejins Hand findet meine und ich flüstere: „Ich habe dein Lächeln gesehen."

„Hmm?"

„Ich liebe es, wenn du lächelst. Alle deine Arten zu lächeln. Dieser Song, dein Lächeln, das beste Lächeln."

Er lacht. „Du bist so high."

„Doc?"

„Mm?"

„Willst du mich heiraten?"

Sejins Hand spannt sich in meiner an. „Schlaf und wir reden darüber, wenn du aufwachst. Wenn du dich überhaupt daran erinnerst. Was du nicht wirst, wie ich wetten möchte."

„Ich wette, ich werde."

„Sturkopf."

„Sejin, du schläfst auch, in Ordnung? Nicht hier." Ich bemühe mich, das herauszubringen. Der Refrain des Songs ist mein Lieblingsteil und ich drücke seine Hand. „Versprich es."

„Wir werden sehen."

Das leise Hämmern des Rap-Teils beginnt und ich muss plötzlich dafür sorgen, dass Sejin es versteht. „Hey."

„Hör auf zu reden", sagt er sanft.

„Ich muss es dir sagen."

„Was?"

Ich suche in meinen Gedanken, aber was es auch war, was ich sagen musste, es ist geflohen und ich habe nur noch ein wichtiges Konzept, das er wirklich verstehen muss: „Ich liebe dich, Doc."

Ich spüre, wie er meine Hand hebt und meine Finger küsst. Ich falle fort in die Dunkelheit, die tröstlich und warm ist, als wäre ich in Sejins Körper, als würde ich ihn halten, während wir schlafen. Wenn die Dunkelheit auch sein Lächeln hätte, würde ich vielleicht niemals wieder herauskommen wollen.

Aber das kann mir nur Sejin geben.

Darum weiß ich, dass ich aufwachen werde.

KAPITEL SECHSUNDZWANZIG

Sejin

„SEI KEIN MÄRTYRER, Babe", sagt Rye am Telefon. „Er ist jetzt bei Peggy Jos Haus, hat eine Allergietablette genommen, um sich für mich um die Katzen zu kümmern. Ich habe Celli vorhin geschrieben, dass sie für heute Abend vom Haken ist, aber dass sie mindestens morgen früh hinfahren muss.

„Hör zu, er wird wegen der Medikamente die ganze Nacht schlafen und dann werden sie ihn vor der Operation noch heftiger ausknocken und *daraus* wird er wahrscheinlich vor Mittag nicht aufwachen. Diese Dinge dauern Stunden."

Ich möchte ihn fragen, woher er all das weiß, aber vielleicht ist das einfach nur Teil seiner Notfallausbildung? Oder vielleicht hat er persönliche Erfahrungen. Ich weiß es nicht.

„Glaub mir, Dan wird nicht einmal mitbekommen, dass du weg bist."

„Aber was, wenn er mich braucht?"

„Er ist hier in guten Händen. Du musst dich ausruhen. Ruf dir ein Uber zu einem Motel und schlafe wenigstens in einem richtigen Bett."

Ich denke über meine finanzielle Situation nach. Ich habe eine Kreditkarte, die mein Vater mir gegeben hat, als ich West Virginia verlassen habe, mit der Anweisung, sie nur im Notfall zu benutzen. Ich nehme an, das hier zählt. Die Krankenschwestern haben erwähnt, dass das Motel gegenüber dem Krankenhaus nicht zu teuer oder schrecklich ist und dass die Familien vieler Patienten dort übernachten.

„Was, wenn er aufwacht und nach mir fragt?"

„Er wird wieder einschlafen, bevor sie überhaupt erklären können, wohin du gegangen bist."

Ich möchte ihm sowohl glauben als auch nicht glauben. Ich bin erschöpft und ich fühle mich, als könnte ich eine Dusche dringender gebrauchen als ein Bett. Es ist die Verlockung, mich sauber zu fühlen und nicht so, als würde ich in meinem eigenen, widerlichen Schweiß kochen, die mich zu der Entscheidung bringt zu gehen.

Das Motel ist wie jedes andere. Ich checke ein, ohne Probleme mit der Karte zu haben, die mein Dad mir gegeben hat, bemerke noch, dass sie in vier Monaten ablaufen wird und dass ich sie bis jetzt nicht einmal benutzt habe. Ich nehme meinen Schlüssel und steige die Betonstufen draußen zu den Zimmern im ersten Stock hinauf und komme problemlos in meines.

Es ist nicht wunderschön, aber es reicht für eine Dusche und eine Nacht Schlaf.

Die Überdecke auf dem Bett ist braun, mit einem Blumenmuster – natürlich – als ich mit meinem Rucksack noch auf dem Rücken darauf zusammenbreche. Ich lasse ihn von meinen Schultern gleiten und lasse mich nach hinten fallen, starre auf die Rauputzdecke.

Himmel, was für ein absolut grauenvoller Tag.

Bin ich erst heute Morgen aufgewacht und habe festgestellt, dass Dans Van weg ist? Und habe die Katzen mit nichts mehr als Eierresten in ihren Schüsseln zurückgelassen? Sogar wenn Rye sich gut um sie kümmert, werden sie wütend sein, wenn ich zurückkomme, da bin ich mir sicher. So sind sie.

Bin ich erst heute Morgen auf der Wiese gestanden, sicher, dass Dan tot ist oder stirbt? War es erst vor Stunden, dass mir versichert worden ist, dass er überleben würde – wenn es zu keinen unvorhergesehenen Ereignissen kommt? Ist es weniger als eine Stunde her, dass ich ihn allein im Krankenhaus zurückgelassen habe? Und ist es *wirklich* nur eine knappe Stunde her, dass er mich gefragt hat, wann er wieder *anfangen kann zu trainieren?*

„Oh Gott", flüstere ich und es kommt wie ein Schluchzen heraus.

Ich drehe meinen Kopf, um aus dem Motel-Fenster in die blendenden Lichter des Parkplatzes zu starren. Ich versuche, die Energie aufzubringen, aufzustehen und die Vorhänge zu schließen, mich unter die Dusche zu verfrachten und mich bettfertig zu machen, aber stattdessen mustere ich nur die Lichtmuster auf den Schlieren an den Fenstern, versuche Dan zu begreifen, seine Welt und meinen Platz in ihr. Mein Handy pingt und ich fahre beinahe aus meiner Haut, weil meine Nerven so angespannt sind.

Die Nachricht ist ein Foto der kleinen Amelia Rose, Peggy Jos neuer Enkelin. Sie hat es in den Gruppenchat geschickt, den Peggy Jo mit mir und Dan angelegt hat. Mein Magen sackt in meine Kniekehlen.

Peggy Jo. Oh je.

Ich werde ihr das mit Dan sagen müssen.

Die fetten Wangen des Babys und sein runzliges Gesicht ähneln einem kleinen alten Mann, genau wie bei allen Neugeborenen, aber Peggy Jo sieht glücklich aus mit ihr im Arm.

Ist sie nicht wunderschön?, steht in der Nachricht.

Ich reagiere mit einem Herz-Emoji und tippe dann mit zitternden Fingern: *ist es zu spät, dich anzurufen?*

Peggy Jo antwortet nicht. Stattdessen fängt mein Handy an zu klingeln.

„Geht es um Muggs?", fragt sie. „Macht der Kater dir Ärger?"

„Dan ist abgestürzt", sage ich leise. „Bei dem Free Solo."

Peggy Jo wird vollkommen still und ich brauche zu lang, um zu erkennen, dass sie denkt, er wäre tot.

Ich beeile mich zu sagen: „Es geht ihm im Großen und Ganzen gut. Er ist auf einem Vorsprung gelandet. Du weißt schon, der, auf den er entschieden hat, den Downclimb zu machen? Der unter dem Überhang der Heart Formation?"

„Er ist *am Leben*?", fragt sie, als könnte sie sich nicht gestatten, es zu glauben.

„Ja. Er ist am Leben. Aber er ist verletzt."

„Na gut. Ich bin schon unterwegs", sagt sie auf der Stelle mit einer mütterlichen Autorität, die mir Tränen in die Augen treibt. „Ich muss mich um die Flüge kümmern und-"

„Nein, Peggy Jo, nicht. Er ist im Moment nicht in Gefahr. Es ist ein gebrochenes Bein – ein offener Bruch, darum ist es ziemlich grauenhaft – aber es ist nicht lebensbedrohlich. Er hat ein paar abgeplatzte Zähne, eine Schnittwunde im Gesicht, Prellungen, solche Sachen. Es ist ein Wunder, dass nichts davon lebensbedrohlich ist, solange sein Bein sich nicht infiziert. Er wird zum größten Teil wieder werden. Er hat eine lange Genesung vor sich, aber was ich damit sagen will, ist, dass du nichts für ihn tun kannst. Für dich ist es besser, wenn du bei deiner Tochter und dem Baby bleibst."

„Verdammt noch mal."

„Er lebt …", sage ich erneut. „Alle sagen, dass es ein Wunder ist."

Peggy Jo schweigt und sagt dann nachdrücklich: „Was du sagst, mag stimmen-"

„Es stimmt."

„- aber ich muss ihn sehen."

Das verstehe ich. Ich habe ihn nach der Wiese auch mit meinen eigenen Augen sehen müssen.

„Er sieht grauenvoll aus", sage ich und meine Stimme bricht. „Er sieht schlimmer aus, als es ihm geht." Ich wische wieder über die verdammten Augen. Die Tränen fließen aber weiter und ich fange an, wirklich zu weinen. „Er sieht *furchtbar* aus und sein

Bein … sein Bein ist wirklich schlimm.“

„Oh, Baby.“

„Peggy Jo …“

„Ich weiß, ich weiß, Schätzchen.“

„Ich hatte solche Angst.“

„Ich weiß …“

„Ich musste Stunden warten, bis sie ihn runtergebracht hatten. Ich musste nach Fresno fahren, ohne zu wissen, wie schlimm es war. Ich weiß, dass es hier nicht um mich geht, aber ich habe gedacht, ich hätte ihn verloren und das hat mir solche Angst gemacht.“

„Mein lieber Sejin, es tut mir so leid, dass du das allein durchstehen musstest.“

Tränen gleiten an meinen Wangen nach unten und ich sage: „Ich war nicht allein. Lowell Moody hat geholfen. Rye war mit Dan oben in der Wand. Leute haben geschrieben. Celli und Rye kümmern sich um die Katzen.“

„Natürlich wollten die Leute dir helfen.“

„Willst du das Schlimmste hören, Peggy Jo? Er möchte wieder trainieren. Er hat im Krankenhaus gefragt, bevor sie überhaupt die Operation an seinem Bein gemacht haben, er hat gefragt, wann er anfangen kann zu trainieren.“

„Er ist stur.“

„Ich weiß nicht, ob ich das kann.“ Meine Stimme bricht. „Ich liebe ihn so sehr, aber wenn er einfach da rausgeht und sich wirklich umbringt … wie lebe ich dann damit?“

„Lieber Junge …“

„Und weißt du was noch?“

„Was?“

„Ich vermisse meine Mom. Ich vermisse meine Mom so sehr.“

Meine Tränen wollen nicht stoppen und Peggy Jo gurrt beruhigend. Ich fühle mich schuldig, mich so gehen zu lassen, weil ich weiß, dass Dan für sie wie ein Sohn ist und sie auch Angst haben muss, aber ich kann mich nicht davon abhalten, endlich durchzudrehen. Ich schnappe mir ein Kissen und drücke es an mich, versuche, mich zu beherrschen.

„Ich werde morgen Flüge buchen“, sagt Peggy Jo, nachdem ich mich endlich bis auf ein paar Schluckauf-Tränen beruhigt habe. „Ich werde da sein. Mach dir keine Sorgen. Ich werde da sein, Sejin.“

„Nein, nein, bleib bei deiner Enkelin.“

„Aber du brauchst-“

„Ich komme klar.“ Ich wische mir über die Augen und reiße mich zusammen. „Ich glaube, ich musste einfach nur richtig weinen. Ich verstehe, dass du Dan unbedingt sehen willst, aber du kannst morgen nach seiner Operation über Facetime mit ihm reden. Das wird dir bestätigen, dass er immer noch der Alte ist.“

Sie zögert und ich kann beinahe hören, wie sie es für sich durchdiskutiert.

„Es gibt nichts, was du für ihn tun kannst, und deine Tochter braucht dich. Diese Zeit mit dem Baby ist so kostbar.“

„Das stimmt. Sie bleiben nicht lang so klein …“ Sie seufzt. „Aber ich möchte nicht, dass Dan denkt, es wäre mir egal.“

„Das würde er niemals denken.“

„Du hältst mich auf dem Laufenden? Wir unterhalten uns, wenn er nicht zuhört, damit du die Wahrheit sagen kannst?“

„Natürlich.“

„Also gut. Was soll ich machen? Warten?“

„Ja. Bleib bei deiner Tochter und warte. Ich schreibe dir nach der Operation morgen und lasse dich wissen, wie sie gelaufen ist und dann wieder, wenn er wach ist.“

„Das ist ein Plan.“

Ich kann spüren, dass sie aufgewühlt ist und ich wünschte, ich könnte sie umarmen. Als ich auflege, lasse ich mich wieder auf das Motel-Bett fallen und starre erneut an die Decke. Ich bin dankbar, dass sie angeboten hat, um meinetwillen zu kommen und für Dan, aber ich will Peggy Jo nicht. Ich will meine Mom, aber sie ist für immer fort. Und heute habe ich beinahe auch Dan verloren.

Ich rolle mich zusammen, drücke das Kissen an meinen Brustkorb und versuche zu schlafen.

KAPITEL SIEBENUNDZWANZIG

Dan

SIE SAGEN, MAN soll keine Nachrichten schreiben, wenn man betrunken ist, aber die Krankenschwestern reichen dir einfach dein Handy und lassen dich lostippen, während du absolut high von Morphin bist.

Darum starre ich jetzt entsetzt meine Nachrichten-Historie an, als die Krankenschwestern kommen, um mich hinunter in den OP zu rollen.

In der Nacht habe ich Sejin offensichtlich neunundzwanzig Mal geschrieben, dass er wunderschön ist und dass ich ihn mehr liebe als den Himmel und dass sein Arschloch das Beste ist, das ich je gekostet habe … was alles stimmt, aber sogar ich kann im nüchternen Licht des Morgens sehen, dass es ein wenig zu viel ist.

Und ich habe Peggy Jo mehrere Nachrichten geschickt, in der ich sie zur besten Nicht-Mom erklärt habe, die ein Mann sich nur wünschen konnte und dass auch wenn ihre Enkelin aussieht wie ein winziger, kahler Dämon, ich Amelia Rose lieben werde, weil sie ein Teil von Peggy Jo ist, anders als ihre miesen Katzen.

Ich habe sogar Henry eine Nachricht geschrieben, um ihm zu sagen, dass ich immer noch finde, dass mein Großvater ein echtes verdammtes Arschloch war, weil ich ansonsten nicht meine gesamte Kindheit in all diesen Pflegefamilien verbracht hätte, aber dass ich Henry dankbar bin, dass er in den letzten Jahren das Geld im Auge behalten hat, das der Mann mir vermacht hat und dass er meine

Undankbarkeit ertragen hat.

Anscheinend machen Opioide mich zu einer dankbaren-aber-gemeinen Plaudertasche? Ich weiß es nicht.

Aber was ich weiß ist, dass sie mir gerade im Moment mein Handy wieder wegnehmen und mir sagen, dass erwartet wird, dass die Operation gut laufen wird und dazu alle möglichen Versicherungen, die an mir vorbeirauschen, während ich versuche herauszufinden, wie bald ich wieder an die Wand zurückkann.

Meine Gedanken wirbeln und sie rollen mich hinein. Über mir sind helle Lichter. Eine Maske wird mir über die Nase gelegt. Man bittet mich, von einhundert rückwärts zu zählen. Ich komme bis neunundsiebzig.

Alles verschwindet.

Sejin

MEIN HANDY IST voller ungelesener Nachrichten und ein paar nicht angenommener Anrufe. Ich habe sie ankommen hören – *ping, ping, ping, ping, ping* – aber ich war nicht in der Lage, wach genug zu werden, um sie mir anzusehen. Der Schlaf hatte mich zu fest in seinem Griff.

Jetzt rucke ich hoch.

Was, wenn sie vom Krankenhaus sind und mir sagen, dass Dan mich braucht? Mir sagen, dass etwas schiefgelaufen ist? Mir sagen, dass es Dan nicht gut geht?

Die Furcht, die mich beinahe paralysiert hat, als ich darauf gewartet habe, dass Dan aus der Wand gerettet wird, packt mich erneut. Zitternd schaue ich schnell die Liste durch und sehe die Nummer sechsunddreißig neben Dans Namen. Himmel, wie konnte ich so viele verschlafen?

Mit hämmerndem Herzen öffne ich den Chat und lese die Nachrichten.

Bin aufgewacht. Krankenhaus hat mir Handy gegeben

**Krankenschwester*

Zwei Minuten später. *Schläfst du? Das hoffe ich. Schlaf gut, Doc*

Eine halbe Minute später. *Doc, ha, Doc. Jetzt können wir in echt Arzt spielen. Wird aber wohl nicht sonderlich lustig. Echte Vergleisungen sind das nicht.*

**Verletzungen.*

Gute Drogen sind aber gut. Ich werde den Knopf für mehr drücken

Kurz danach. *Wusstest du, dass ich alles an dir mag?*

Dann – *Ich mag nicht einmal alles an mir selbst*

Und – *Deine Haare, deine Augen, wie du riechst und dein Lachen*

Gefolgt von einer Liste, jeder Punkt in einer eigenen Nachricht.

Deine Freundlichkeit

Dein Lächeln, wenn du mit Kindern spielst

Dein K-Pop

Die Haare auf deinen Beinen

Wie deine Kniekehlen riechen insofern

**insbesonders verbrannte Autokorrektur*

**VERDAMMTE AUTOKORREKTUR*

Die kitzlige Stelle hinter deinem Ohr

Dass deine Schamhaare gerade und nicht lockig sind

Deine Finger

Deine Sicht auf die Welt

Dein Akzept

**DEIN AKZENT*

Dein Gesicht

Dein Arschloch

Ich liebe dein Arschloch. Es ist das Beste, das ich je geschmeckt habe.

Und das Hübscheste

Dein Stirnrunzeln, auch wenn es mich traurig macht, es zu sehen

Vor allem dein Lächeln
DEIN LÄCHELN
Himmel, ich liebe dein Lächeln, Doc
Lächelln Lächelelen LÄCHELN
Dein wunderschönes Lächeln
Nur daran zu denken, macht mich geil
**Glücklich*
Geil und glücklich
Ich liebe dich mehr als den Himmel
OK, bin jetzt müde und Autokorrektur ist dämlich. Liebe dich. Bye

Während ich lese, entspannen meine Schultern sich und Tränen treten mir in die Augen. Ich lächle und lache, als ich Dans berauschte Geständnisse lese. Er wird entsetzt sein, wenn er sie später liest. Oder vielleicht auch nicht … er ist immer pragmatischer, als ich es erwarte. Es ist nicht wirklich eine Überraschung, dass er ebenso direkt ist, wenn er high ist, nur überschwänglicher.

Ich schaue auf die Uhr und sehe, dass Dan bereits operiert wird. Die Krankenschwester hat mir gestern gesagt, dass es ein paar Stunden dauern wird und es besteht keine Eile für mich, jetzt ins Krankenhaus zu gehen. Ich kann duschen und mir Zeit lassen, bevor ich aufbreche.

Aber zuerst …

Ich hole tief Luft, wappne mich und nehme die anderen Nachrichten und Sprachnachrichten auf meinem Handy in Angriff. Ich habe eine von Pete, der mir den Tag freigibt, was hilfreich ist, weil ich keine Möglichkeit habe, zurück nach Yosemite zu kommen. Sogar wenn ich es mir leisten könne, ein Uber oder Taxi zu nehmen, kann ich mir heute nicht vorstellen, in die Arbeit zu gehen und Kunden Lattes zu machen.

Heather hat ebenfalls geschrieben und gesagt, dass sie die Nachrichten gehört hat und dass sie mich für den Rest der Woche nicht mehr erwartet – es sei denn ich denke, die Kinder wären eine gute

Ablenkung oder ich das Geld brauche. Sie fügt noch hinzu, dass sie für Dan beten wird.

Ich habe „Denke an dich"-Nachrichten von Celli und Gage.

Die Sozialen Medien sind aber ein Desaster. Es gibt ein paar Nachrichten von Freunden, aber vor allem von Fremden. Dutzende von Kletterern und Leuten, die ich noch nie getroffen habe, die aber von Dan zu wissen scheinen, oder ihn sogar *kennen*. Es ist verrückt, wie schnell Dinge im Internet die Runde machen. Ich finde eine Nachricht von Lowell, der sagt, dass er Dans Situation über Rye verfolgt, dass ich aber nie zögern soll, ihn um Hilfe zu bitten.

Ich habe ein paar Nachrichten von Peggy Jo, die um Updates bittet. Ich nehme mir ein paar Minuten, um ihr eine Erinnerung zu schicken, dass Dans Operation diesen Morgen ist und ich keine Antworten für sie habe, bevor sie nicht vorbei ist. Sie antwortet – *Dan hat mir gestern Nacht zehn Nachrichten geschrieben. Mein Handy ist so eingestellt, dass es um neun Uhr stummschaltet, darum habe ich sie nicht gesehen. Er war absolut high. Dieser Junge ist so ein Irrer.*

Er hat mir auch geschrieben, antworte ich. *Auch einen Haufen Unsinn*

Oh, ich bezweifle, dass es Unsinn ist. Nur unerwartete Dinge. Er ist zu ehrlich für Unsinn, sogar wenn er unter Drogen steht. Hat mir gesagt, dass meine Enkelin wie ein kahler Dämon aussieht.

Er hat sicher kahler Engel gemeint

Peggy Jo antwortet mit einem Foto ihrer Enkelin, die wirklich niedlich ist, aber auch absolut kahl. Mit ihren spitzen, elfenähnlichen Ohren kann ich die Ähnlichkeit zu den Gemälden von Dämonen sehen, die in den Kunstmuseen hingen, die ich auf den Schulausflügen als Kind besucht habe. Dan hat nicht unrecht.

Peggy schreibt – *Sag Bescheid, Baby, wenn du nach der Operation neue Informationen hast.*

Werde ich

Ich gehe ein wenig weiter die Liste der ungelesenen Nachrichten durch. Es gibt ein paar Anfragen von den bereits erwähnten lokalen Nachrichtenagenturen, die ein Statement wollen – zur Hölle mit demjenigen, der ihnen meine Nummer gegeben hat – und natürlich mehrere Anrufe und Nachrichten von Leenie und Martin von gestern bis heute Morgen.

Da ist auch noch eine Sprachnachricht, von meinem Dad.

Ich hole tief Luft und drücke auf Abspielen.

Sejin, Leenie hat mich angerufen. Sie sagt, der Junge, mit dem du zusammen bist, wurde schwer verletzt? Geht es dir gut, Baby? Brauchst du Hilfe? Ich kann kommen, wenn du mich brauchst. Kein Problem. Ich kann sofort in ein Flugzeug steigen. Ruf mich an, wenn du diese Nachricht hörst. Ich – nun, du weißt, dass ich dich liebe.

Ich kann kaum atmen. Es ist eine kurze Nachricht und ist doch mehr, als er über irgendetwas zu mir gesagt hat, seit unserem Gespräch, bei dem er mir geraten hat, meinen Füßen zu folgen. In seinem Ton sind alle möglichen Emotionen. Dringlichkeit und Liebe und ein Bedürfnis, sich um mich zu kümmern. Eine Art elterlicher Fürsorge, die ich vermisst habe, seit meine Mom gestorben ist.

Ich fühle mich, als würde ich gleich wieder anfangen zu weinen, darum stehe ich auf, zwinge einen Fuß vor den anderen und schaffe es unter die Dusche. Dort lasse ich ein paar Tränen entkommen. Ich wasche mir auch die Haare, was ewig dauert, weil sie so dicht und lang sind. Ich schrubbe mich gründlich ab, lasse mir Zeit, versuche mir vorzustellen, dass ich alles Schreckliche von gestern wegwasche.

Eine Erinnerung blitzt auf. Der Anblick durch das Teleskop auf Dan auf dem Vorsprung. Das Blut. Die aufsteigende Hilflosigkeit. Es ist, als ob in dem Moment, als ich durch das Teleskop geblickt habe, die Realität in Stücke zerbrochen ist und ich das beste Stück bekommen habe. Irgendwo, in einem abgesplitterten Universum, gibt es ein anderes Ich, das in einem anderen Ausgang feststeckt, bei dem Dan gestorben ist und wieder einem anderen, wo er sich den Hals gebrochen hat und noch einem anderen, wo er eine schreckliche Hirnverletzung erlitten hat.

Plötzlich will ich nur wieder klein sein – dass meine Mom lebt und ich auf den Schultern meines Dads sitze und wir alle zusammen lachen. *Dieser* Sejin hat noch keinen Schmerz gekannt. *Dieser* Sejin ist nicht in einen übermäßig selbstbewussten Draufgänger verliebt. Das Herz *dieses* Sejins hängt nicht an rasiermesserdünnen Halten auf dreihundert Meter hohen Wänden.

Als ich darüber nachdenke, wie knapp Dans Absturz war, entzündet sich ein Aufflammen von Wut. Ich flüstere: „Du arroganter Dummkopf. Du verdammter Glückspilz von einem Arschloch."

Ich bin wütend, erleichtert, gebrochen und verängstigt und ich möchte meine Mom. Ich will sie so sehr. Nur ihre Arme um mich spüren, wie sie mich tröstet, mir sagt, dass alles gut wird.

Aber ich werde mich mit meinem Dad begnügen müssen.

Ich komme aus der Dusche, ziehe mich an und nehme mein Handy. Leenie geht beim ersten Klingeln ran.

„Baby", sagt sie atemlos. „Ich hatte gehofft, dass du anrufst. Wir haben uns solche Sorgen gemacht."

Lustig, dass ich plötzlich jedermanns „Baby" bin. Ich erinnere mich, dass Rye mich gestern Nacht so genannt hat und Peggy Jo und Dad und jetzt Leenie. Ich frage mich, ob Martin mich auch Baby nennen wird, wenn ich ihn das nächste Mal sehe.

„Ich habe Dads Nachricht bekommen", sage ich, streiche mit meiner Hand durch meine nassen Haare und erkenne, dass ich sie nicht gekämmt habe. Sie werden jede Menge Knoten bekommen. So verdammt nervig. „Ich weiß nicht, was ich zu ihm sagen soll. Wie soll ich erklären, was passiert ist?"

„Du erzählst ihm einfach die Wahrheit?"

„Welche Wahrheit? Dass Dan ein Verrückter ist, der dämliche Sachen macht? Und dass er deswegen hätte sterben können, aber stattdessen ist er nur wirklich kaputt?“

Leenie nimmt diese Gelegenheit, mir zuzustimmen, nicht wahr, was mich irgendwie überrascht. Stattdessen sagt sie: „Hör zu, du bist aufgewühlt und verängstigt und du hast jedes Recht dazu, aber du musst nur wissen, dass dein Dad dich liebt. Er möchte für dich da sein. Ruf ihn einfach an.“

„Ich kann nicht.“

„Warum?“

„Weil ich Angst habe, dass ich dann weine.“

„Sejin, um Himmels willen, er liebt dich. Er möchte nur für dich da sein und eine Beziehung zu dir haben. Deine Mom zu verlieren war für euch beide hart, aber er hat dich auch vermisst. Nicht nur sie. All diese Furcht, deine Trauer mit ihm zu teilen – und umgekehrt – hat so einen Keil zwischen euch getrieben. Bitte ruf ihn an und kämpf nicht dagegen an. Lass ihn einfach dein Dad sein.“

„Ich weiß nicht, ob ich das kann. Was, wenn ich anfange, wegen Dan zu weinen, und dann fange ich an, wegen Mom zu weinen und …“

„Und was?“

„Was, wenn ich nie aufhöre zu weinen?“

„Dann wird er wissen, wie traurig du gewesen bist und wie viel Angst du jetzt hast. Na und? Es ist die Wahrheit, oder nicht?“

„Manchmal hasse ich dich wirklich, Leenie.“

„Ich weiß.“

„Denkst du, es liegt daran, dass du Fisch bist?“

„Wir sind manipulative, kleinliche Kontrollfreaks, ja, aber ihr Waagen seid so nervig. Ihr versucht immer, den Schmerz in und um euch herum zu ignorieren, damit ihr so tun könnt, als ob alles nett und hübsch wäre. Das ist nicht gesund.“

„Wenn ich mehr Energie hätte, würde ich dir widersprechen. Aber die habe ich einfach nicht.“

„Ich liebe dich auch."

„Ugh."

„Gib zu, dass du mich liebst."

„Na gut, ich liebe dich. Und Martin. Und die Kinder. Ich bin nur … gerade nicht ich selbst."

„Natürlich nicht. Wie geht es Dan heute Morgen?"

„Ich weiß es nicht. Er wird operiert. Ich habe noch Stunden, ehe ich erfahre, wie es gelaufen ist." Ich wische mit meinen Händen über mein Gesicht. „Es war so knapp, Leenie. So unglaublich knapp."

„Das war es wirklich."

„Ich sollte bereits darüber hinweg sein. Er wird wieder. Aber ich kann mich anscheinend nicht zusammenreißen. Ich bin im Arsch."

„Das ist normal. Du hast ein Trauma."

„Leenie?"

„Mmm?"

„Danke, dass du nach mir gesehen hast. Und danke, dass du Dad gesagt hast, dass ich ihn brauche, glaube ich."

Dafür bin ich noch nicht ganz so dankbar, aber es ist geschehen und ich kann ihn jetzt nicht *nicht* anrufen. Darum bekommt sie, was sie will und vielleicht, am Ende, wird es auch das sein, was ich will.

„Du weißt, dass er froh ist, gebraucht zu werden."

Vielleicht. Ich weiß nichts mehr, außer, dass ich meine Haare kämmen muss, weil ich sonst tagelang Knoten entwirren werde. Ich verabschiede mich von Leenie und setze mich auf die braune Überdecke mit dem Blumenmuster, um anzufangen. Als alle Knoten gelöst sind, nehme ich mein Handy und schreibe meinem Vater.

Hey, ja, hier ist es heftig. Ich liebe dich auch. Ich rufe dich bald an. Mach dir keine Sorgen. Es geht mir gut und meinem festen Freund wird es auch wieder gut gehen.

Ich warte, bis seine Antwort kommt. *Gut, Sohn. Ich bin da, wenn du mich brauchst.*

Obwohl ich mit meinem Dad nicht darüber reden möchte und Leenie wirklich kein Recht hatte, sich einzumischen, bin ich erleichtert zu wissen, dass er für mich da ist.

Ich stehe auf und mache mich bereit, ins Krankenhaus zu gehen. Die Cafeteria dort wird ein billiges und anständiges Frühstück haben und ich werde dort sein, wo ich sein muss.

In der Nähe von Dan.

KAPITEL ACHTUNDZWANZIG

Dan

3 Tage seit dem Free Solo Versuch

„HÖRT ES IRGENDWANN bald auf, so verdammt wehzutun?", knirsche ich, als Dr. Eldrige damit fertig ist, mir und Sejin zu erklären, was er mit den Stäben und Schrauben in meinem Bein gemacht hat. Die Röntgenbilder sehen absolut cool aus, aber der ausstrahlende Schmerz in meine Hüfte ist das ganz und gar nicht.

„Wir können das mit Schmerzmedikamenten lindern, aber, wie Sie wissen, haben die andere Nebenwirkungen, die Sie nicht mögen – fehlende Klarheit, Verstopfung und so weiter. Natürlich möchten wir den Schmerz auf einem erträglichen Niveau halten, damit Ihre Muskeln sich nicht verspannen und Probleme machen. Aber nein, ich fürchte, Sie werden sich bis zu ein Jahr lang mit einem gewissen Maß an Unwohlsein abfinden müssen."

„Ein *Jahr?*" So wie Sejin meine Finger packt, weiß ich, dass ich nicht der Einzige bin, der die Panik in meiner Stimme hört.

„Ein Jahr Minimum, um ehrlich zu sein", sagt Dr. Eldridge mit einem Hauch von etwas, das wie Empathie klingt, in seinem pragmatischen Tonfall. „Ich weiß, das wird schwierig für Sie. Das ist es immer für Athleten. Aber die gute Nachricht ist, dass Sie jung sind, gesund und aktiv und das bedeutet, dass Sie schneller und besser heilen werden als viele andere. Es wird Ihnen auch etwas Zeit geben, um wirklich darüber nachzudenken, was Sie vom Leben wollen, bevor Sie wieder etwas so Riskantes machen."

Der letzte Teil ist wie eine Rüge angefügt.

Ich richte mich auf, aber Sejin drückt meine Hand fester und fängt an, Fragen über Physiotherapie zu stellen, einen Pflegeplan und andere Dinge, die ich nicht wirklich mitbekomme wegen der summenden Panik, die nach den Worten „ein Jahr Minimum" eingesetzt hat.

Dr. Eldridge geht die nächsten Schritte mit Sejin durch, der sein Handy herausholt und anfängt, sich Notizen zu machen. In Gedanken spiele ich durch, woran ich angefangen habe, mich von dem Tag meines Free Solo Versuchs auf der Heart Route zu erinnern.

Ich bin im Bett mit Sejin aufgewacht.

Ich bin zu meinem Van gegangen.

Das ist es.

Ich erinnere mich immer noch an nichts sonst. Ich weiß nicht, ob der Versuch von Anfang an schiefgelaufen ist oder ob ich zu selbstbewusst geworden bin, weil ich so gut im Fluss war. Ich weiß, dass ich zumindest den Dyno geschafft habe. Ansonsten wäre ich jetzt tot und nicht nur ein wenig kaputt.

„Danke, Doktor." Sejin steht auf, um die Hand des Mannes zu schütteln.

Dann wendet Dr. Eldridge sich an mich. „Sie hatten eine Menge Glück. Ich hoffe, das wissen Sie. Sie werden bei Ihrem festen Freund hier in guten Händen sein und wenn Sie sich an das halten, was die Physiotherapeuten Ihnen sagen, werden Sie nächsten Oktober wieder klettern."

Ich krame genug von den Manieren heraus, die Peggy Jo mir beigebracht hat, um zu sagen: „Danke, dass sie mein Bein so gut versorgt haben."

„Sehr gern geschehen." Er nimmt meine Hand und beugt sich zu mir. „Ich will Sie nicht wiedersehen, in Ordnung? Nicht hier im Krankenhaus und nicht als schreckliche Meldung in den Nachrichten. Verstanden?“

„Verstanden.“

Er verlässt den Raum mit dem Gang eines Mannes, der zu einem wichtigen Treffen muss und so ist es wahrscheinlich auch. Ich musste noch nie irgendwohin, das es erfordert hätte, so davonzumarschieren, aber es ist beeindruckend. Ich entscheide mich, es irgendwann auszuprobieren, um zu sehen, wie es sich anfühlt – wenn ich wieder gehen kann.

„Nun“, fängt Sejin an und er klingt müde. „Das Erste, was wir uns überlegen müssen, ist, wie wir dich nach Hause bekommen.“

„Rye kommt heute Nachmittag. Mit deinem Auto glaube ich.“

„Oh, ja, stimmt. Gut.“ Er reibt sich seinen Kopf. „Ich bin durcheinander. Es ist so viel los.“

„Er wird …“ Ich schaue auf mein Handy. „Wahrscheinlich da sein, bevor sie mich entlassen.“

Ich greife wieder nach seiner Hand und er gibt sie mir. „Du warst großartig.“

Ich möchte, dass er weiß, dass ich zu schätzen weiß, was er alles für mich macht. Das müsste er schließlich nicht. Wir sind erst seit zwei Monaten zusammen. „All diese Fragen, die du hattest? Ich hätte keine Ahnung gehabt, dass ich diese Informationen brauche.“

„Das habe ich gern gemacht.“

„Woher wusstest du, dass du diese Dinge fragen musst?“

„Meine Mom“, erklärt er mit einem traurigen Lächeln. „Als es mit ihrem Leben zu Ende ging, gab es viele Krankenhausbesuche und Pflegepläne, die gemacht werden mussten.“

Er räuspert sich und steht auf, streicht mit einer Hand durch seine langen Haare. „Lass uns aber nicht darüber reden. Du wirst wieder.“

„Ja. In einem Jahr“, sage ich bitter.

Sejin öffnet seinen Mund, um eine Art Antwort zu geben, und so wie er seine Brauen runzelt und seine Augen blitzen, wird es wahrscheinlich keine allzu freundliche sein, aber plötzlich schaut er auf sein Handy und runzelt die Stirn. „Fuck."

„Was?"

„Eine Nachricht von Pete. Ich muss morgen bei Papa Bear sein. Frühschicht."

„Das ist in Ordnung."

„Nein, es ist nicht in Ordnung. Wer wird sich um dich kümmern? Wie wirst du-"

„Hey, ich komme klar. Ich kann das allein."

„Nein, kannst du nicht. Hast du ihn nicht gehört? Du darfst für mindestens zwei Monate dein Bein *gar nicht* belasten – nicht einmal ein bisschen."

„Stimmt. Nun, dann bleibe ich im Bett mit einer Flasche zum Pinkeln. Kein Problem."

„Nein, du brauchst jemanden, der bei dir bleibt. Fuck. Ich hatte gehofft, ein oder zwei Tage zu haben, um alles zu planen, ein paar Pfleger zu organisieren oder etwas in der Art." Er schnauft und reibt sich mit der Hand über das Gesicht. „Pete ist nicht gemein. Er war die letzten drei Tage großartig, hat mich all meine Schichten sausen lassen. Aber morgen ist der achtzigste Geburtstag seiner Mom und Celli hat einen Zahnarzttermin und Ashley ist nicht da und Gage kann das nicht allein machen ... fuck."

Ich hasse es, ihn gestresst zu sehen. Sein schönstes Lächeln erscheint nie auf seinem Gesicht, wenn er aufgewühlt ist. Ich würde es lieber früher als später wiedersehen. „Doc, alles wird gut. Wenn ich Hilfe brauche, bitte ich Rye, unter Tag bei mir zu bleiben. Er hat ja keinen richtigen Job."

Sejin schüttelt seinen Kopf. „Er darf sich wegen seines Freiwilligendienstes nicht zu weit vom Park entfernen-"

„Beruhige dich." Ich sage das mit einem Nachdruck, der seine Aufmerksamkeit erregt und er schaut mich mit geweiteten Augen an. „Das ist nicht deine Verantwortung. Du musst dich nicht um mich kümmern. Ich komme damit allein klar. Es ist nicht nötig, dass du – oder Rye oder Peggy Jo oder irgendjemand – sich um mich kümmern."

Sejins Augen werden gefährlich schmal. „Du wirst meine Hilfe annehmen und Ryes Hilfe und die eines jeden auf dieser weiten Welt, Dan. Verstehst du mich? Es heißt jetzt nicht du gegen die Wand." Er deutet mit einem Finger auf mich. „Nicht dieses Mal."

Sejin geht durch die Tür und seine Haare wehen hinter ihm.

Ich weiß ehrlich nicht, warum er so wütend ist. Ich wollte nur, dass er begreift, dass er das alles nicht tun muss, dass er sich um mich keine Sorgen machen muss.

Ich nehme mein Handy und rufe Rye an. Vielleicht kann er es erklären.

Sejin

ICH LEHNE AN der Wand vor Dans Krankenhauszimmer und versuche, mich zu beruhigen. Ich rege mich in der Regel nicht so schnell auf, aber nach allem, was ich in den letzten paar Tagen durchgemacht habe, macht es mich stinksauer zu sehen, wie Dan versucht, seine Genesung ganz auf sich selbst zu beziehen.

Vielleicht begreift er es noch nicht, weil er den Großteil seines Lebens allein war, aber es gibt Menschen, die ihn lieben. Ich liebe ihn. Peggy Jo liebt ihn. Rye liebt ihn. Er muss das nicht allein machen und wir werden nicht *erlauben*, dass er es allein macht.

Was mich an meinen Dad denken lässt und wie wir einander weggestoßen haben, seit Mom gestorben ist. Ich denke an all die Male, als ich Leenie gesagt habe, dass es Dad und mir gut geht, dass wir uns durch all das nicht aufeinander stützen müssen und all die Male, wenn sie mir widersprochen hat.

Bin ich also vielleicht ein Heuchler? Nur ein wenig?

Aber es besteht ein Unterschied zwischen einer physischen Verletzung und einer emotionalen. Dan wird jemanden brauchen, der tagsüber bei ihm bleibt, damit er sein Bein nicht noch mehr kaputtmacht und Trauer ist nicht so. Ich werde nicht kaputter und kaputter, je mehr ich mit meinen Gefühlen allein bin, oder?

Ich seufze und hole mein Handy heraus, schaue auf die letzten Nachrichten, die ich mit meinem Dad ausgetauscht habe. Ich hätte das besser handhaben können. Er hat sich gemeldet, mir Unterstützung angeboten und ich habe ihn abgewürgt.

Wenn ich nicht einmal die Unterstützung meines Dads akzeptieren kann, wie kann ich erwarten, dass Dan – Mr ‚Ich Wohne In Einem Van, Um Finanzielle Verpflichtungen und Emotionale Bindungen Zu Meiden‘, ‚Mr Ich Klettere Riesige Steinwände Im Free Solo, um Meine Eigenständigkeit In Dieser Welt Zu Demonstrieren‘, Mr ‚Es Heißt Ich Gegen Die Schwerkraft‘, Mr ‚Ich Gegen Den Tod‘ – akzeptiert, dass er jetzt Hilfe braucht? Dass er das wirklich nicht allein machen kann?

Na schön, ich rufe meinen Dad später an. Und jetzt im Moment? Reiß dich zusammen, Sejin.

Ich öffne die Tür zu seinem Zimmer, um mich dafür zu entschuldigen, dass ich rausgestürmt bin, aber ich bleibe stehen, als ich erkenne, dass er mit jemandem telefoniert. Nach nur einem Moment wird mir klar, dass er mit Rye redet.

„Es ist nicht so, dass ich keine Hilfe von ihm möchte, Rye, weil ich es *mag*, wenn er mir hilft", sagt Dan. „Aber ich möchte nicht, dass er denkt, er *muss* helfen. Das ist ja nicht sein Job."

Rye muss etwas geantwortet haben, weil Dan seufzt und sagt: „Wir sind seit zwei Monaten zusammen. Er hat sich nicht angemeldet, mir den Hintern zu wischen. Er hat sich angemeldet, den Verstand aus dem Kopf gevögelt zu bekommen und-" Er bricht ab. „Ich weiß, dass es mehr als das ist. Das tue ich. Hör auf, mich anzuschreien.“

Er seufzt wieder. „Ich habe nicht angerufen, damit du auch wütend wirst. Ich habe angerufen, weil ich nicht weiß, warum *er* wütend ist … und jetzt weiß ich nicht, warum ihr *beide* wütend seid, darum lege ich auf. Hol uns ab, sobald du kannst. Bye.“

Soweit ich es erkennen kann, legt er auf. Ich hole tief Luft, kämpfe gegen den Drang, ihn entweder anzulachen oder zu verfluchen. Er ist manchmal so ein Arsch und ich weiß nicht ganz, was ich in ihm sehe. Aber Rye hat recht – es ist sehr viel mehr als nur Sex. Dan gibt mir das Gefühl, lebendig zu sein, und ich möchte mit ihm durch dick und dünn gehen – wenn er mich lässt.

„Hey“, sage ich und schließe die Tür hinter mir.

Dan liegt wieder in seinen Kissen, hat einen verwirrten und beinahe hoffnungslosen Gesichtsausdruck.

„Hey“, erwidert er vorsichtig. „Wenn du mich weiter anschreist, warte bitte zumindest, bis die Schmerzmittel wirken. Dann fühle ich es nicht so sehr.“

Ich lache schnaubend, gehe zu ihm und nehme seine Hand. „Ich werde dich nicht anschreien.“

„Ich will nicht, dass du dich verpflichtet fühlst-“

„Aber ich bin verpflichtet“, unterbreche ich ihn. „Weil du mein fester Freund bist und ich dich liebe. Du würdest für mich dasselbe tun, oder?“

Dans Augen flackern ein wenig wütend. „Natürlich würde ich das, aber-“

„Aber nichts. Wir müssen uns über andere Dinge unterhalten als uns zu streiten, ob wir uns genug lieben, um uns umeinander zu kümmern, wenn wir verletzt oder krank sind-“

„Ich liebe dich so sehr.“

„Dann lass mich das machen“, sage ich und ziehe die Decke zu seinen Schultern. Im Krankenhaus ist es immer so kalt. „Lass mich einen Weg finden, wie ich mich um dich kümmern und gleichzeitig meine anderen Verpflichtungen erfüllen kann.“

„In Ordnung.“

„Gut. Das Nächste, worüber wir nachdenken müssen, ist dein Genesungsplan. Du wirst natürlich irgendwann Physiotherapie brauchen, aber du hast keine Versicherung. Die Krankenhausrechnungen werden-“ Ich schüttle meinen Kopf. „Sie werden hoch sein. Wir können mit dem Krankenhaus arbeiten, um zu sehen, ob wir Armut anführen können, damit ein Teil abgeschrieben wird, aber dafür wirst du höchstwahrscheinlich das, was noch in deinem Fonds ist, übergeben müssen.“

„Schön.“

„Außerdem kannst du nicht arbeiten, vor allem im Moment nicht, darum … müssen wir einen anderen Weg finden, wie wir dir die nötige Physiotherapie besorgen können.“

„Wird CaliMed nicht dafür aufkommen?“

„Es kann aushelfen, aber da ist das Problem, dass du in Mariposa County wohnst, was bedeutet, dass jemand dich entweder ein paar Mal pro Woche nach Fresno fahren müssen wird oder wir werden einen Therapeuten brauchen, der Hausbesuche macht. Ich bin mir nicht sicher, wie man das arrangiert oder dafür bezahlt. Es ist eine Menge.“

„Stimmt. Eine Menge, worüber du dir keine Sorgen machen musst. Ich kümmere mich darum.“

„Während du benebelt von Schmerzmitteln bist? Klar. Mach. Das will ich sehen.“

Dan schnaubt, streitet aber nicht mit mir. „Was machen wir also?“

„Ich weiß es nicht. Wir sollten wahrscheinlich mit Rye und Lowell reden. Sie sind oder waren in dem Geschäft, Menschen zu retten und Notfallsanitäter und solche Leute haben in der Regel Kontakte oder Freunde, die im Gesundheitssektor tätig sind. Vielleicht kennen sie einen Physiotherapeuten in der Gegend, der dir zu vergünstigten Preisen helfen kann oder, zur Hölle, einfach aus Freundlichkeit.“

„Und wenn ich mir einfach keinen Therapeuten besorge? Wenn ich es allein mache?“

„Immer allein, hmm?“, murmele ich. „Das könntest du versuchen, aber ich bin mir nicht sicher, ob du das solltest. Dein Bein ist wirklich kaputt. Sie sagen, wenn du alles richtig machst, wirst du wieder klettern können, aber wenn *nicht*, könntest du dauerhaft hinken. Ein lizenzierter Therapeut kann sicherstellen, dass du richtig trainierst, damit das nicht passiert.“

Dan reibt sich mit seinen Händen über sein Gesicht und schüttelt den Kopf. „*Fuck.*“

Ich ziehe mir einen Stuhl her und setze mich darauf. „Das ist der Grund, warum ich gestresst bin. Ich muss all diese Dinge koordinieren und meinen Job bei Papa Bear machen und wir werden Geld brauchen, darum muss ich auch eher früher als später zurück in den Kindergarten und-“

„Nun, du kannst auch nicht alles allein machen“, meint Dan. „Die Menschen werden uns beiden helfen müssen.“

„Ja.“

„Wie bringe ich sie dazu, das zu tun?“

Ich lächle und nehme wieder seine Hand. „Wir werden wohl sehen müssen, ob das, was du mir und Peggy Jo erzählt hast, stimmt.“

„Und das wäre?“

„Dass du Freunde hast“, ziehe ich ihn auf.

Dan runzelt die Stirn, beißt sich auf seine Unterlippe, bevor er murmelt: „Oh, verdammt. Die habe ich wahrscheinlich nicht.“

„Doch. Hast du. Du hast ein paar.“

KAPITEL NEUNUNDZWANZIG

Dan

„I̅HR SEID BEIDE absolute Dramaqueens", sagt Rye vom Beifahrersitz. „Als ob wir das mit ein wenig Teamarbeit nicht lösen können."

„Bist du sicher?", fragt Sejin, seine Hände umklammern das Lenkrad und seine langen Haare fallen in einem Zopf an seinem Rücken nach unten. Ich ziehe es vor, wenn sie offen sind, aber so sehen sie auch hübsch aus. Ich liebe einfach seine Haare und alles an ihm. Es ist irgendwie albern.

Was mich betrifft, ich liege auf dem Rücksitz von Sejins Versa. Das hilft nicht wirklich, meinen Gurt gut zu positionieren, aber ich bin angeschnallt, mein Bein schmerzt nur verdammt viel und wir fahren über dämlich ruckelige Straßen zurück zu Peggy Jos Haus.

Wo wir dabei sind, ich muss sie anrufen, sobald wir ankommen. Sie hat einen Facetime-Anruf verlangt, aber ich hatte gehofft, sie zu meiden, seit ich ihr all diese wirren Textnachrichten geschickt habe. Ich will noch nicht mit ihr reden. Die Nachrichten sind peinlich genug, aber Peggy Jos Gesicht zu sehen und ihre Stimme zu hören, wird das alles zu real machen. Dumm oder nicht, ich schäme mich, weil ich abgestürzt bin. Ich möchte die Emotionen, wie sie auch aussehen mögen, die über mir zusammenkrachen werden, wenn ich mit ihr rede, meiden, weil ich weiß, dass sie gewaltig sein werden.

Sie haben mich nach nur drei Tagen aus dem Krankenhaus entlassen, trotz des potenziellen Risikos einer Infektion, weil ich keine Versicherung habe. Ich bin ehrlich gesagt überrascht, dass sie mich so lang behalten haben, weil sie das nicht hätten tun müssen. Aus rechtlicher Sicht hätten sie mich vor die Tür setzen können, sobald sie sichergestellt haben, dass ich nicht in Lebensgefahr bin. Stattdessen haben sie mich ein paar Tage in einem Einzelzimmer gelassen, mir die Operation gegeben, die ich gebraucht habe, und haben mir einen halben Gips verpasst. Es ist besser, als wenn sie das bloße Minimum für mich gemacht und mich dann weggeschickt hätten, aber ich kann sehen, dass Sejin immer noch nervös ist, mich mit nach Hause zu nehmen.

Die letzte Anweisung der Krankenschwester, bevor sie mich hinausgefahren haben, war, regelmäßig meine Temperatur zu messen und mich beim ersten Anzeichen von Fieber zurück ins Krankenhaus zu bringen. Das kann ein Anzeichen für eine beginnende Infektion sein – was mich mein Bein oder mein Leben kosten könnte. Darum verstehe ich, warum er nervös ist. Er hat auf dieser Fahrt schon zwei Mal mit seinem langen Arm auf den Rücksitz gegriffen und seine Hand an meine Stirn gedrückt.

Ich habe auch ein wenig Angst vor einer Infektion, aber zum größten Teil bin ich bereit, zurück in Peggy Jos Haus zu kommen und meine Genesung zu beginnen. Ich will nicht in einem Krankenhaus herumhängen und warten. Ich möchte gesund werden. So schnell wie möglich. Ich will an eine Wand. Ich werde ihnen allen das Gegenteil beweisen. Ich werde in vier Monaten wieder klettern.

„Es gibt eine Menge zu organisieren", sagt Sejin.

„Mach dir keine Sorgen. Wir können helfen", versichert Rye ihm.

„Wer ist *wir*?", frage ich. Die Benutzung des Plurals hat meine Aufmerksamkeit erregt und mich misstrauisch gemacht. Rye war noch nie ein *wir*, seit ich ihn kenne, es sei denn, man zählt, wenn er Jeanie hat, und sie ist zu klein, um irgendwie zu helfen.

„Ich und Lowell."

Meine Augen werden schmal. „Seit wann sind du und Lowell ein ‚wir‘?“

Rye zuckt mit den Schultern. „Seit Lowell und ich zusammen für die Dawn Wall trainieren.“

„Wie lang läuft das schon?“

„Seit ein paar Wochen.“

„Was ist mit deiner Freiwilligenstelle bei YOSAR?“, will Sejin wissen.

Rye winkt das ab. „Ich werde mir freinehmen. Wenn ich mit Lowell trainiere und bei ihm wohne, heißt das, dass ich wahrscheinlich Andrew überzeugen kann, mich Jeanie öfter sehen zu lassen. Das wäre mir lieber als meine Freiwilligenarbeit.“

„Moment“, sage ich, versuche zu begreifen, was ich höre. „Du bist Lowells *Kletterpartner*?“

Rye schaut über seine Schulter zu mir und zeigt mir ein neckendes Lächeln. „Eifersüchtig?“

„Ja. Du bist *mein* Kletterpartner.“

„Nicht für das nächste Jahr“, zwitschert Rye, eine Erinnerung daran, was der Arzt gesagt hat. „Mindestens.“

Ich knurre leise. Auf gar keinen Fall werde ich wirklich ein Jahr brauchen, um gesund zu werden. Das kann ich mir nicht vorstellen. Das werde ich nicht akzeptieren. Den Gedanken, dass ich nicht morgen an der Wand sein werde oder übermorgen oder den Monat danach?

Mir wird schwindlig und ich möchte das Fenster herunterrollen, um etwas frische Luft zu bekommen, aber ich kann den Knopf dafür nicht finden.

„Wir können also sicher helfen, Dan zu pflegen und zu füttern“, fährt Rye fort. „Natürlich werden wir vor Januar nicht auf der Route selbst trainieren, weil die Wand dann griffiger ist. Lowell hat immer noch ‚Pausen‘-Tage und die müssen wir respektieren. Aber, abhängig von unseren Zeitplänen und Lowells mentaler Gesundheit, können entweder er oder ich Dan für die Physiotherapie nach Fresno bringen, wenn du arbeitest, oder ihn hier in der Gegend in eine Praxis bringen oder ihm zu Hause helfen. Wie auch immer. Wir werden eine Lösung finden."

„Vielleicht solltest du zuerst mit Lowell darüber reden", schlägt Sejin vor und setzt den Blinker, um einen langsamen Truck zu überholen.

„Oh, er wird tun, was immer ich ihm sage", meint Rye in einem selbstzufriedenen Ton, der impliziert, dass er Lowell deutlich nähersteht, als ich es je gewusst habe.

Ich runzle die Stirn.

„Ja. Den Eindruck hatte ich", kommentiert Sejin trocken.

Ich sehe die scharfe Kante von Ryes Lächeln, als er sich abwendet. „Wir haben Spaß, Lowell und ich."

„Spaß?", frage ich, verschiebe den Gurt in eine weniger nervige Position. Mein Bein schmerzt und mein Kopf tut auch weh, wahrscheinlich vom Wechsel der Höhenlage. „Willst du damit sagen, dass ihr fickt?"

„Lass uns einfach sagen, dass Lowell und ich gerade mit einem Lifestyle experimentieren", antwortet Rye. „Ich weiß nicht, ob es halten wird, aber wir genießen es."

„Ein Lifestyle", wiederhole ich. Hat der Sturz etwas Schlimmeres mit meinem Kopf angestellt, als nur meine Vorderzähne einzuschlagen und mir fünfzehn Stiche auf der Wange zu bescheren? Hat er mein Hirn beschädigt? „Welche Art Lifestyle?"

„Ein heißer", sagt Sejin.

„Ein komplizierter", korrigiert Rye. „Aber die Details spielen keine Rolle. Was eine Rolle spielt, ist, dass Lowell und ich beide da sein werden, um bei deiner Genesung zu helfen. Auf gewisse Weise ist das alles perfektes Timing. Es reicht beinahe aus, um mich an göttliche Intervention glauben zu lassen."

„Moment, Moment", sage ich, bin immer noch nicht bereit, das

Thema fallenzulassen. „Du fickst Lowell Moody *und* ihr macht zusammen die Dawn Wall? Seit wann, zur Hölle?" Wenn Lowell Rye vögeln will und umgekehrt. Gut. Cool. Der Altersunterschied ist signifikant und ich dachte, Lowell wäre vor allem hetero, aber das geht mich nichts an. Klettern geht mich aber etwas an und die Dawn Wall ist eine der härtesten Routen da draußen. „Ich hätte nie gedacht, dass du so ein ambitionierter Kletterer bist."

Rye dreht sich zu mir und ich sehe das Glühen von Wildheit in seinen Augen. „Bin ich nicht. Aber Lowell hat etwas zu beweisen und er hat entschieden, es auf diese Weise zu tun. Als sein ‚Freund'-"

„Ich kann die Gänsefüßchen bei diesem Wort hören."

„- werde ich ihn unterstützen."

„Na schön." Ich deute mit meinem Finger auf ihn. „Wir reden über die Tatsache, dass ich weiß, dass Lowell noch nie zuvor einen Typen gefickt hat und was das vielleicht bedeutet, in einer Minute, aber-"

„Nein, tun wir nicht", unterbricht Rye. „Es geht dich nichts an."

„Wie auch immer. Die wichtigere Sache ist – wenn ich gesund bin, wirst du *mir* helfen, wieder für die Heart Route zu trainieren, richtig?"

Rye schaut nach vorne und grunzt seine Zustimmung. Ich habe den Eindruck, dass er es nicht wirklich machen möchte, aber er weiß, dass ich einfach allein weitermache, wenn er mir nicht hilft oder mir jemanden anderen suche, der für mich sichert. Ich werde mein Ziel nicht aufgeben. Nicht nach all dem. Nicht nach diesem Sturz. Lowell denkt, dass er etwas beweisen muss? Nein. Jetzt muss *ich* etwas beweisen.

„Wir wollen uns darauf konzentrieren, dich zuerst gesund zu bekommen", wirft Sejin ein. „Wir können über Klettertraining reden, wenn du wieder *gehen* kannst."

„Ich werde diese verdammte Route durchsteigen", verkünde ich und Entschlossenheit steigt in mir auf. Wenn sie denken, dass diese Verletzung mich davon abhält, mein Ziel zu erreichen, irren sie sich. „Ich werde diese verdammte Route durchsteigen."

„Ich weiß", murmelt Sejin. Seine Fingerknöchel werden weiß am Lenkrad. „Du wirst sie durchsteigen oder bei dem Versuch sterben."

Die Worte landen wie eine Bombe in dem Auto. Wir alle schweigen für viele lange Kilometer. Mein Bein pulsiert. Ich wünschte, ich wäre in meinem Van. Ich wünschte, ich würde schlafen. Ich wünschte, dies alles wäre ein Traum und ich würde mit Sejin im Bett aufwachen, wieder gesund und bereit, den ganzen Tag zu klettern.

Zum ersten Mal ist nicht mehr als ein winziger Fleck in einem gleichgültigen Universum zu sein realer als es je zuvor war und mir gefällt nicht, wie sich das anfühlt. Ich möchte nicht sterben und nichts zurücklassen. Aber ich will auch nicht von dieser herzlosen Wand besiegt werden. Ich möchte nicht der Typ sein, der versagt hat und dann mit eingeklemmtem Schwanz davongekrochen ist.

Ich *werde nicht* aufgeben, wenn auch nur, weil ich nicht weiß, wie das Leben ohne ein Ziel aussieht. Ich habe seit dem Tag, als ich Peggy Jo kennengelernt habe, nie so gelebt und sie hat meinen Weg zum Grab in Richtung Wolken geändert.

Wie wird es sich anfühlen, so lange auf der Erde zu sein? Werde ich unter der Schwere eines Lebens am Boden ersticken?

Schließlich bricht Rye das Schweigen und sagt: „Ich habe gerade auf meinem Handy gesucht und es gibt eine App, mit der man Zeitpläne koordinieren kann. Solange Dan noch nicht mobil ist, sollten wir sie wahrscheinlich nutzen, um festzustellen, wer ihm wann helfen kann."

„Klingt gut", sagt Sejin. „Danke."

„Kein Problem."

Aber es *gibt* ein Problem. Ich wäre beinahe gestorben und zum ersten Mal in meinem Leben gibt es Menschen, denen ich wichtig genug bin, dass es sie verletzt. Ich kann praktisch spüren, wie ihre Liebe zu mir mich an die Erde kettet.

Es macht mir so viel Angst, wie es herzerwärmend ist. Vor allem, wenn ich nicht zurück an die Wand kann, um ihnen – und mir selbst – zu beweisen, dass ich immer noch frei bin.

Dass ich immer noch ich bin.

Sejin

ALS RYE GEHT, stehe ich ein paar Momente in der Kiesauffahrt, um mich zu sammeln, bevor ich hineingehe, um mich um Dan zu kümmern. Wir haben ihm ins Bett geholfen, als wir bei Peggy Jos Haus angekommen sind, und es war ein echter Schock, das Zimmer genauso zu sehen, wie ich es am Morgen vor dem Unfall verlassen habe – das Bett ungemacht, Dans Rucksack in einer Ecke und meine Socken beiseite geworfen und von den Katzen weiter verstreut.

Es scheint, als hätte Dans Absturz einen Nachhall haben müssen, der auch das Haus durcheinanderwirbelt. Ich bin mir nicht einmal sicher, was ich damit meine – hätte die Schockwelle alles zerstört oder auf magische Weise all meine Sachen aufgeräumt? Ich weiß es einfach nicht. Aber dass alles genauso ist wie vorher, scheint eine universelle Beleidigung gegenüber all dem zu sein, was ich in den letzten paar Tagen durchgemacht habe. Was wir beide durchgemacht haben.

Die Sonne beginnt unterzugehen. Ich reibe meine Hände an meinen Armen auf und ab und sehe zu, wie die Rosa- und Orangetöne vor den Bergen intensiver werden. Die Brise ist kühl und ich bekomme Gänsehaut. Der Geruch von Holzrauch hängt in der Luft, kommt von einem fernen, unsichtbaren Nachbarn.

Dans Van parkt neben dem Haus, wo Rye und Lowell ihn letzte Nacht gelassen haben, nachdem sie den Ersatzschlüssel gefunden hatten. Ich denke an das erste Mal, als ich in den Van getreten bin und die Umarmung des Mannes, der dort auf mich gewartet hatte. Das Aufwallen von Furcht und Nervosität wegen des Risikos, das ich damals eingegangen bin.

Ich denke an den Mann, der im Haus auf mich wartet. Sie sind derselbe, aber *dieser* Mann gehört mir jetzt so viel mehr – und ist auf so viele verschiedene Arten beängstigender. Ich hätte ihn beinahe verloren. Ich könnte ihn immer noch verlieren, wenn er entscheidet, dass es ihm ernst ist, ein weiteres Free Solo der Heart Route zu versuchen … und ich *weiß*, dass es ihm ernst ist.

Ich drehe mich zurück zum Haus, aber mein Handy vibriert in meiner Tasche. Es ist mein Dad und ich nehme an, überrascht von seinem Anruf.

„Sejin?", fragt er, sobald ich Hallo gesagt habe und mir wird klar, dass ich nicht wie ich selbst klinge. Meine Stimme ist immer noch rau vor Sorge und leise von der Erschöpfung der letzten paar Tage und was vor uns liegt.

„Dad, ich bin froh, dass du anrufst."

„Wie geht es deinem Jungen?"

Ich lächle bei dieser Formulierung. „Er hat eine lange Genesung vor sich, aber er wird wieder."

„Ich habe alles über ihn in den Nachrichten gesehen."

„Oh." Ich räuspere mich. Ich hatte gehofft, Dan meinem Dad mit meinen eigenen Worten erklären zu können. Ich habe nicht genau gewusst, wann, aber … irgendwann. Ich hatte nicht gewollt, dass er Dan über die Medien kennenlernt. Leenie hatte recht. Ich hätte ihn schon vor Tagen anrufen sollen.

„Also …" Er lacht. „Ist er ein Idiot oder was?"

„Ein wenig, ja“, sage ich und bin überrascht, dass ich auch lache. Es ist nicht lustig, aber es ist auch absolut *komischerweise* wahr. Ich bin in einen Idioten verliebt und dafür gibt es keine Medizin, glaube ich jedenfalls nicht.

„Hat er seine Lektion wenigstens gelernt?“, will Dad wissen.

„Das glaube ich nicht, nein“, murmele ich, schaue zu, wie zwei Krähen um einen hohen Baum auf der östlichen Seite des Grundstücks kreisen. Ich frage mich, ob sie nach Aas oder einem Schatz suchen.

„Ah, er ist also *diese* Art Idiot.“

„Die unheilbare Art“, stimme ich zu. „Ich wollte dir von ihm erzählen und seinen Plänen, El Cap ohne Seile zu klettern – man nennt es Free Solo, wenn ein Kletterer das macht. Aber es war schwierig, ihn anderen Menschen zu erklären. Leenie versteht es nicht. Martin auch nicht. Ich gebe zu, dass ich es auch nicht verstehe, aber ich weiß, dass es ihm wichtig ist und-“ Ich breche ab und reibe mir wieder über mein Gesicht.

„Und er hat es versucht und versagt.“

„Ja.“

Dad schnalzt mit der Zunge. „Denkst du, er wird es wieder versuchen?“

„Absolut.“

„Was wirst du deswegen unternehmen?“, fragt Dad.

„Nichts. Ich kann ihn nicht aufhalten.“

„Würdest du, wenn du könntest?“

Ich denke darüber nach. „Ich weiß es nicht mehr. Sogar vor dem Unfall war ich mir unsicher, ob ich möchte, dass er sein Ziel aufgibt oder ob ich ihn unterstützen soll, weil das seine Persönlichkeit ist. Aber direkt nach dem Unfall gab es nichts, was ich mehr wollte, als dass er in Ordnung ist und dass er mir schwört, dass er mit all dem durch ist. Gerade im Moment? Ich weiß es nicht. Es ist schwer zu erklären, Dad.“

„Es wäre, als würde man das Lachen aus der Stimme deiner Mama nehmen, nicht wahr? Dieser tollkühne Teil gehört zu ihm. Ist eingebacken."

Ich kneife meine Augen vor dem Aufblitzen der untergehenden Sonne zu, bin über die Maßen überrascht, dass mein Vater das besser versteht als beinahe jede andere Person, die ich kenne. „Ich liebe ihn", sage ich leise. „Von ganzem Herzen."

„Das freut mich. So sehr."

„Wirklich?" Er schien damals, als ich mich vor ihm und meiner Mom geoutet habe, unbeeindruckt gewesen zu sein, aber einen queeren Sohn in West Virginia zu haben, konnte für ihn nicht einfach gewesen sein. Ich weiß, dass einige seiner alten Freunde den Kontakt zu ihm abgebrochen haben, weil er mich so akzeptiert hat.

„Ich will nur, dass du geliebt wirst und wenn dieser Junge dich liebt-"

„Das tut er."

„Dann freue ich mich wirklich. Aber ich kann dir nicht sagen, dass ich mir nicht auch Sorgen um dich mache. Die Person zu verlieren, die man liebt, ist harter Tobak. Aber wenn diese Art Tollkühnheit Teil seiner Persönlichkeit ist, dann würdest du ihn wohl auch verlieren, wenn du ihn bittest aufzuhören."

„Das würde ich", bestätige ich. „Ich glaube, er würde mich verlassen."

„Und sogar wenn er nicht gehen würde, wäre er doch niemals wieder derselbe."

Es wäre, als würde man das Lachen aus der Stimme meiner Mom nehmen – ja. Er würde jemand werden, den ich nicht einmal mehr kenne. Er wäre ein Mann in Dan-Gestalt, aber nicht *Dan*, die Person, die ich liebe.

„Es ist dumm, dass ich diese eine Sache nicht herausholen kann und ansonsten bleibt er genau derselbe."

„Man kann die Vanille nicht aus dem Rezept für Chocolate

Chip Cookies nehmen und behaupten, dass sie dennoch gut sind."

Ich lache. „Nein."

„Was kann ich tun, um zu helfen?"

„Ich weiß nicht." Ich reibe mit einer Hand über meine Augen. „Nun, ich weiß eine Sache, aber ich weiß nicht, ob das für dich möglich ist."

„Sag es. Ich werde es versuchen."

„Wir haben wenig Geld, Dad. *Wirklich* wenig. Auf Dan kommen eine Menge Ausgaben zu, Physiotherapie und Krankenhausrechnungen, diese Art Sachen. Wir werden einen Plan machen müssen, wie wir das stemmen und ich weiß nicht einmal, wo ich anfangen soll. Aber gerade im Moment sind wir knapp bei Kasse. Ich passe hier auf ein Haus auf, darum müssen wir für eine Weile zumindest keine Miete zahlen, aber …" Ich stöhne. „Mit den Kosten für Benzin und Nahrungsmittel und allem anderen, weiß ich nicht, wie wir durchkommen sollen."

„Hast du Venmo?"

Ich blinzele. „*Du* hast Venmo?"

„Nevaeh hat es mir eingerichtet, als sie das letzte Mal vorbeigeschaut hat. Ich schicke dir die Summe, die ich für die Flugzeugtickets für Thanksgiving ausgeben wollte. Ausgehend von dem, was du mir über seine Verletzungen erzählt hast, denke ich nicht, dass du vor Weihnachten in der Verfassung für einen Besuch sein wirst."

„Dad …"

„Bedanke dich nicht. Ich bin dein Dad. Das ist meine Aufgabe."

„Aber trotzdem-"

„Nein. Ich will es nicht hören. Also, wie lautet dein Venmo-Handle? Ist das die richtige Bezeichnung? Oder heißt es Adresse?"

Ich gebe ihm meinen Handle und wir verabschieden uns. Als ich wieder im Haus bin, pingt mein Handy mit einer Benachrichtigung und ich schaue nach. Er hat mir 3000 Dollar geschickt, was viel mehr ist, als Tickets von Charleston nach Fresno kosten. Es ist genug, dass wir durch den nächsten Monat mindestens kommen, während ich mir überlege, was ich alles für Dan in die Wege leiten muss.

Meine Kehle fühlt sich eng an, aber ich stecke das Handy wieder ein und schüttle meine Hände aus. Ich hole tief Luft und halte mir eine Motivationsrede: Ich kann das. Ich kann mich um Dan kümmern und zwei Jobs arbeiten und mich um seine Pflege kümmern und …

Ich bin so was von überfordert.

Aber wenn ich an diesen Moment auf der Wiese denke, als ich gedacht habe, er wäre tot, weiß ich, dass er es wert ist.

Ich gehe tiefer ins Haus, bleibe aber vor der Schlafzimmertür stehen. Dan unterhält sich mit jemandem und basierend auf dem, was er sagt, kann es nur Peggy Jo sein.

„Nicht weinen", sagt er sanft. „Sejin macht das genug für uns alle." Eine Pause. „Ich *bin* gut zu ihm! Wie meinst du das?" Er seufzt. „Ich kann mich nicht erinnern. An gar nichts. Ich habe keine Ahnung, was schiefgelaufen ist."

Ich lehne meinen Rücken an die Wand und gleite nach unten. Lauschen mag unhöflich sein, aber manchmal ist das die einzige Möglichkeit herauszufinden, was Dan wirklich denkt. Er kann mir gegenüber stur sein, wenn er ein Thema meiden möchte. Peggy Jo aber wird es aus ihm herauszwingen.

„Es macht mich misstrauisch, wieder da raufzugehen, wenn ich nicht einmal feststellen kann, was zu meinem Absturz geführt hat." Er lacht scharf. „Nein, das heißt nicht, dass ich es nicht tun werde. Du kennst mich besser."

Ich schließe meine Augen. Jedes Mal, wenn er sagt, dass er wieder da raufgeht, fühlt es sich an, als würde ich gleich ohnmächtig werden.

Ich wische mit einer Hand über mein Gesicht. Ich bin so müde, als hätte ich seit Tagen nicht geschlafen. Das Motel war in Ordnung, aber nach der ersten Nacht bin ich immer wieder von Albträumen geweckt worden und jedes Mal war ich für einen Moment überzeugt, dass Dan tot war, dass sein Überleben der Traum war und dass ich mich einer Zukunft ohne ihn stellen muss.

„Es tut mir leid", sagt er leise. „Ich mag es nicht, wenn du weinst." Er knurrt ein wenig. „Ich hasse es auch, wenn er weint. Siehst du? Darum ist es eine schlechte Idee, dich von Menschen lieben zu lassen. Wenn du sie verletzt, verletzt es dich auch."

Ich verdrehe meine Augen. Manchmal ist er so egoistisch. Ich wünschte, ich wüsste, warum ich ihn nicht hassen oder auch nur wütend auf ihn bleiben kann. So ist er wohl einfach und das ist es, worauf ich mich von Anfang an eingelassen habe. Er hat mich, was seine Pläne betrifft, nie belogen. Er hat nie auch nur ein wenig gewankt.

„Nun, wenn das Liebe ist, dann ist es dämlich. Mir wäre es lieber, wenn ich nicht so für euch empfinden würde, aber das tue ich und damit muss ich leben. Oder damit sterben." Er lacht. „War das zu früh? Sei nicht wütend!"

Er stöhnt. „Fuck, mein Bein schmerzt. Es schmerzt so schlimm, dass die anderen Verletzungen mir gar nicht auffallen. Ich vergesse ständig, dass meine Fingerknöchel offen sind, bis ich etwas mache und sie anfangen zu brennen, aber mein Bein? Das kann ich nie vergessen."

Ich atme langsam aus, streichle Julio, der hergekommen ist, um zu sehen, warum ich auf dem Boden sitze.

„Ja, ich werde es mir zu Herzen nehmen. Ich werde in Zukunft noch vorsichtiger sein. Ich weiß und ich liebe dich auch. Ich habe in diesen peinlichen Textnachrichten nicht gelogen."

Ich lächle, kraule Julio hinter den Ohren. Ich habe auch nicht gedacht, dass er in den Nachrichten, die er high geschrieben hat, gelogen hat, was bedeutet, dass er wirklich all diese übertriebenen

Dinge glaubt. Vielleicht möchte er mich sogar heiraten.

Ich gestatte mir, mir vorzustellen, wie das wäre – eine Hochzeit mit Dan McBride.

Er würde sie wahrscheinlich oben auf El Cap feiern wollen und er würde die Free Rider Route im Free Solo machen, über den Rand klettern und mich dann am Ende eines Gangs aus Stühlen treffen, die nur für die Zeremonie aufgestellt worden sind. Ich lache beinahe bei dieser Vorstellung, denn um ehrlich zu sein, das ist etwas, das er tun würde. Und es missfällt mir nicht. Obwohl es das sollte. Obwohl es mir jetzt eine Heidenangst machen sollte, nach allem, was wir beide durchgemacht haben.

Aber ich liebe *Dan* und wenn er in einer niedlichen kleinen Kirche heiraten und einen guten Job haben und einen Haufen Kinder und Kätzchen adoptieren wollte, wäre er einfach nicht *er*. Ich kann mir keine Hochzeit mit Dan vorstellen, die in irgendeiner Weise typisch ist. Mir ist klar, dass irgendein Aspekt davon beängstigend sein muss.

Aber das ist das Leben mit Dan, nicht wahr? Schrecklich beängstigend.

„Na gut. Ja. Ich liebe dich auch. Das ist aber das letzte Mal, dass ich es sage, darum hoffe ich, dass du zugehört hast."

Ich schüttle meinen Kopf.

„Ja, dort ist es spät, ich weiß. Gute Nacht. Ja. Bye."

Ich warte ein paar Sekunden und stehe dann auf, komme durch den Türrahmen in das Zimmer. Das Schlafzimmer ist von ein paar Lampen erhellt. Julio folgt mir hinein und springt auf das Krankenbett, aber macht nicht mehr, als mit seiner Nase zu zucken angesichts von Dans Gips, bevor er sich ungefähr einen halben Meter von ihm entfernt hinfallen lässt.

Dan schaut mir nicht in die Augen. Er starrt auf das Telefon in seinen Händen und er sieht verloren aus. Die Prellungen, die Naht und die angeschlagenen Zähne helfen nicht.

„Na gut", fange ich an, als wäre ich nicht selbst ein wenig verloren. „Dann machen wir dich jetzt bettfertig."

„Danke, Doc. Das wäre gut."

Dans Stimme ist die eines verängstigten kleinen Kindes. Mein Herz wird schwer und ich möchte ihn für immer beschützen. Darum übernehme ich vorläufig das Kommando.

KAPITEL DREISSIG

Dan

„W AS MACHST DU?", frage ich, sehe zu, wie Sejin mit seinen Daumen auf seinem Handy tippt.

„Ich mache eine Liste." Er dreht den Bildschirm in meine Richtung. Ich sehe die Worte Duschhocker, Toilettenstuhl, Rollstuhl – mit einem Fragezeichen dahinter – und rutschfeste Matten.

„Denkst du wirklich, dass wir all das brauchen werden?" Peinlichkeit überkommt mich. Brauche ich Hilfe, um mich zu duschen oder zu kacken, als wäre ich irgendein alter Mann und kein Weltklasseathlet? „Ich bin sicher, dass ich ohne all dieses Zeug klarkomme."

„Ich bin sicher, dass du das nicht kannst", sagt er mit einem endgültigen Tonfall und darum mache ich mir nicht einmal die Mühe zu versuchen, ihn herauszufordern.

„Ich wünschte, ich hätte eine bessere Vorstellung des zeitlichen Verlaufs von all dem", meint Sejin, der auf der Bettkante sitzt und seufzt. „Sie haben dich durch die Tür befördert, bevor ich recht viel mehr aus ihnen herausbringen konnte als ‚Rufen Sie diese Nummer an, dort wird man Ihnen helfen.' Und wenn ich diese Nummer anrufe, sagen sie, dass sie Informationen vom Krankenhaus brauchen, über deinen Pflegeplan und …"

„Doc, es ist in Ordnung. Wir haben Zeit."

Sejin atmet lang aus. „Gott sei Dank."

Ja, dank welchen Mächten auch immer. Wir haben Zeit.

Dann steht Sejin auf und bindet seine Haare zu einem Pferdeschwanz, sein Gesichtsausdruck ist ganz geschäftsmäßig. „Lass uns loslegen. Du brauchst Schlaf.“

Sejin wäscht mich mit einem Schwamm, was mir das Gefühl gibt, ungefähr achtzig Jahre alt zu sein. Ich habe immer gehört, mit dem Schwamm gewaschen zu werden, wäre sexy, aber das hier ist nicht wirklich schön. Aber ich habe den Verdacht, dass dieser Aspekt meines Lebens für eine Weile nicht angenehm sein wird.

Für mich wäre es in Ordnung, wenn jemand einfach mein Bein abnimmt und es durch ein funktionierendes ersetzt. Ich weiß nicht, warum die Wissenschaft das noch nicht ermöglicht hat.

Sejin zieht mir ein T-Shirt und eine abgeschnittene Jogginghose an, überredet mich, ein wenig Joghurt und ein paar Apfelstücke zu essen und danach hält er mir eine Schüssel mit Wasser unter mein Kinn, damit ich mir meine Zähne putzen kann.

Mein Bein ist mit Kissen hochgelagert und schmerzt höllisch. Er hat mir aber die Medikamente zum Schlafen gegeben. Ich kann nur hoffen, dass sie bald anfangen zu wirken. Es befinden sich nicht viele in der Flasche. Strenge Gesetze zur Verschreibung von Opioiden verhindern das.

„Ich werde auf dem Sofa schlafen“, verkündet Sejin.

Ich versuche, mein Bein nicht zu bewegen, als ich auf die Matratze klopfe. „Es ist Platz für dich auf dem Bett.“

Sejin hält in seinem Rückzug inne, verscheucht Julio und setzt sich wieder neben mich. „Na gut, ich bleibe, bis deine Medikamente wirken.“

„Schlaf neben mir.“ Ich möchte unbedingt seinen Körper neben meinem spüren. Seine Haare und seinen Hals riechen. Mich fühlen, als ob alles gut werden wird. Dass zwischen *uns* alles gut werden wird.

Sejin streicht mit den Rückseiten seiner Finger über meinen Unterarm. „Ich habe Angst, dass ich dich im Schlaf trete oder etwas in der Art. Du wirst dich besser ausruhen können, wenn ich nicht da bin."

Ich greife nach seinen Haaren, schnappe mir eine lose Strähne und lasse sie durch meine Finger gleiten. Sie ist dicht und seidig und ich frage mich, wann ich je wieder nackt sein und ihn vögeln möchte. Gerade im Moment scheint das ein unmöglicher Traum zu sein. Ich weiß, dass ich um nichts in der Welt hart werden könnte.

„Ich will, dass du mich hältst", sage ich. „Das hast du nicht. Noch nicht."

Er hat mich im Krankenhaus umarmt und mich auf dem Weg zum Auto gestützt und hat mir geholfen, ins Haus zu kommen, und hat mich gewaschen, aber er hat sich nicht neben mich gelegt oder mich voller Zärtlichkeit gehalten, so, wie er es beinahe von Anfang an gemacht hat. Ich möchte diesen Trost und diese vertraute Leichtigkeit.

Sejin rutscht in Position, bewegte sich langsam, um mein Bein nicht zu erschüttern. Er lässt sich vorsichtig neben mir nieder, sein Arm über meinem Brustkorb und seine Wange ruht auf dem Kissen neben mir. Ich kann seinen Atem auf der Seite meines Gesichts spüren. Wir schweigen für eine lange Weile. Schließlich frage ich: „Wirst du mich wegen dem hier verlassen?"

Sejin schnaubt. „Ich habe dir doch schon gesagt, dass ich nirgendwohin gehen werde."

„Nicht jetzt, natürlich. Aber später. Wenn ich wieder aufstehen kann."

Er seufzt. „Danny, können wir uns nicht einfach umarmen und *keine* beängstigenden Geschichten über die Zukunft erzählen?"

Ich bewege meinen Arm, damit ich ihn enger an meinen Brustkorb drücken kann. Wir sind wieder still, bis ich es nicht mehr aushalte. „Ich wünschte, ich könnte dir sagen, dass ich es nicht wieder versuchen werde, aber-"

„Danny. Stopp." Sejin stützt sich auf seinen Ellbogen, sein

Gesicht schwebt über mir. Seine Haare sind immer noch nach hinten gebunden, aber lose Strähnen streichen über meine Wangen und meine Stirn, kitzeln mich. „Ich werde dich nicht verlassen. Niemals. Du wirst mich verlassen müssen. Kapiert?"

„Es ist nicht fair, dich das durchmachen zu lassen."

„Das ist es nicht", stimmt er zu. „Aber das Leben ist nicht fair."

„Beziehungen sollten fair sein."

„Unsinn." Sejin setzt sich auf. „Du bist zu gedopt, um dieses Gespräch zu führen und wenn du es im Moment noch nicht bist, wirst du es sein, sobald die Medikamente anfangen zu wirken. Aber ich möchte, dass du mir zuhörst. *Nichts* ist fair. Nichts ist je ‚gleich' oder ‚ebenbürtig' oder ‚fünfzig-fünfzig' auf dieser Welt. Weißt du, wie ich das gelernt habe?"

„Deine Mom", flüstere ich.

„Du hast es geschnallt. Aber auch dadurch, in West Virginia aufzuwachsen. Zu sehen, wie die Leute sich abmühen, durchzukommen. Zu sehen, wie die Chemiefabriken zusammenpacken und uns alle zurücklassen. Zur Hölle, ich habe es einfach dadurch gelernt, zu leben. Ich könnte wegen einer Menge Ungerechtigkeiten angepisst sein, wenn ich das wollte und ich hätte nicht unrecht. Aber ich werde mein Leben nicht mit der Suche danach leben, wie jemand mich über den Tisch gezogen hat oder zu denken, wenn ich das mache, dann schuldet mir jemand etwas dafür. Das wird nie so ausgehen, wie ich es möchte."

„Was willst du?"

„Ich will so lange mit dir zusammen sein, wie ich kann, so lange du mich haben willst und wenn das bedeutet, dass ich erneut meinen Frieden damit machen muss, dass du an einer hohen, dämlichen Felswand hinaufkletterst, und vielleicht herunterfällst, dann gut. Ich werde diesen Frieden machen. Denn sogar wenn es *nicht* fair ist, nun … du würdest mich nicht bitten, mein Lächeln für dich aufzugeben, oder? Oder meine Stimme? Wir sind hier nicht die verdammte Kleine Meerjungfrau, oder?"

„Nein."

„Genau. Ich bin keine Meerjungfrau." Sejin schiebt sich die Strähnen aus dem Gesicht. „Ich bin *ein Seepferd*. Dein Seepferd."

„Ich glaube, dass diese Medikamente definitiv anfangen zu wirken, weil ich denke, dass du gerade gesagt hast, dass du ein Seepferd bist."

„Nein, du hast richtig gehört. Ich bin ein Seepferd."

„Bist du sicher? Weil das albern ist", sage ich, fühle mich wirr. „Du bist ein Mann, ein ganzer verdammter Mann, Sejin. Kein Seepferd."

„Ich bin ein Mann", stimmt er mit einem traurigen Lächeln auf seinen Lippen zu. Überhaupt nicht wie mein Lieblingslächeln.

Ich frage mich, wann ich das wiedersehen werde. Vielleicht monatelang nicht. Wenn er seine Meinung ändert und mich verlässt, dann vielleicht nie wieder. Mein Herz schmerzt bei diesem Gedanken beinahe so sehr wie mein Bein. Sejin beugt sich nahe zu mir und flüstert: „Ich bin dein Mann."

„Kein Seepferd."

Sejin verdreht die Augen, küsst meine Nase, meine Lippen, mein Kinn und dann meine Wange neben der Naht. Das schmerzt ein wenig und ich zische. Um es gutzumachen, küsst er mich wieder auf die Nase.

„Ich bin definitiv ein Seepferd", verkündet er. Er legt seinen Daumen auf meine aufgeplatzte Unterlippe. „Wir werden uns um diese Zähne kümmern müssen." Er verlässt vorsichtig das Bett. „Diese Zacken werden meine Lippen heftig aufreißen, wenn wir das nicht tun."

Ich fahre mit der Zunge über die beschädigten Ränder, staune darüber, dass sie nicht sonderlich wehtun. Die Krankenschwester hat gesagt, das liegt daran, dass sie nicht wirklich abgebrochen sind, sondern nur schlimm abgeplatzt. Die Verletzung geht nicht bis auf den Nerv. Ich habe Glück, hat sie gesagt, weil Zahnschmerzen eine echte Qual sind. Genau wie der Schmerz in einem gebrochenen Bein, übrigens.

Aber dennoch besteht kein Zweifel, dass ich Glück hatte. Wundersames Glück. Da besteht nicht einmal der Hauch eines Zweifels. Ich sollte tot sein.

Sejin stoppt an der Tür, nachdem er Julio aus dem Zimmer gescheucht hat und dreht sich noch einmal zu mir. „Ruh dich aus. Morgen wird alles besser aussehen."

Ich glaube, dass er ebenso sehr mit sich selbst redet wie mit mir.

Die Medikamente ziehen mich in den Schlaf und als die Morgensonne aufgeht, ist alles immer noch ziemlich beschissen. Als Sejin mir aus dem Bett hilft, meinen halben Gips bedeckt und mich unter die Dusche manövriert, ist das reines Elend. Es ist nichts Erotisches daran, wie er voll bekleidet an mich gepresst ist, komplett nass wird, versucht, mich aufrechtzuhalten, während er meine Haare wäscht, meinen Körper, sogar meinen Hintern. Ich kann ihm zumindest bei meiner Vorderseite helfen, aber ich verliere das Gleichgewicht, wenn ich mich zu sehr bewege.

Ich versuche, mein Wimmern für mich zu behalten, aber mein Bein pulsiert wie nichts, was ich mir je vorgestellt habe. Es reicht beinahe, dass ich jemanden anflehen möchte, es mir einfach am Knie abzuschneiden.

Ich beschwere mich aber nicht bei Sejin.

Ich verdiene diesen Schmerz für die Entscheidungen, die ich getroffen habe. Ich habe das verdient und er sollte nicht mit mir leiden müssen. Ich gebe mein Bestes, um mein Temperament zu zügeln, als er aus Versehen mit seinem Arm gegen mich stößt und purer Schmerz in meine Hüfte schießt, der mich schwindlig macht.

Ich beiße die Zähne zusammen und schwöre – *Ich werde das durchstehen und so schnell ich kann gesund werden. Ich werde Sejin keine zusätzlichen Sorgen oder Ärger bereiten.*

Ich habe ihn bereits genug damit verletzt, zu sein, wer ich bin und zu tun, was ich eben mache.

Als ich zuschaue, wie er ein Tablett mit Dingen vorbereitet, von denen er denkt, dass ich sie brauchen werde, während er in die Stadt fährt, um Nahrungsmittel zu kaufen, bin ich voller Dankbarkeit und Zuneigung. Er ist so wunderschön und so gut. Das könnten die Medikamente sein, die hier aus mir sprechen, aber ich liebe ihn so sehr. Ich weiß verdammt genau, dass er, neben dem Klettern, meine Welt ist. Wenn er mich verlässt, werde ich mir wünschen, dass ich die Landung auf dem Vorsprung nicht geschafft hätte.

Ich schnaube. Rye hat recht. Wir sind wirklich beide Dramaqueens.

Aber die beängstigende Sache ist die … ich meine es vollkommen ernst.

Sejin

Eine Woche seit dem Free Solo Versuch

„MR SEJIN!"

Der Chor dünner Stimmen zaubert ein Lächeln auf meine Lippen und heitert mich auf. In Sekunden werde ich von den Kindern bei Tater Tots beinahe überrannt, sie alle drücken kleine Zeichnungen und mit Glitter bedeckte Karten in meine Hände.

„Sie sind für Dan", erklärte Jeanie, ihre Hände hat sie in die Hüften gestemmt und ihre roten Locken beben. Unsere Tanzstunden finden jetzt im Gebäude statt, seit das Wetter angefangen hat, schlechter zu werden. Die Wände sind mit Buchstaben und Zahlen bedeckt und in den Ecken befinden sich lehrreiche Aktivitätsspielzeuge. In der Mitte des Raums liegen im Moment ausgerollte Yogamatten herum.

„Das kann ich sehen", sage ich, als ich auf eine Karte schaue, die Jeanie selbst unterschrieben hat. Sie zeigt eine silberne, glitzernde Klippenwand und einen gemalten Mann, der vom Rand herunterhängt. Das Wort „HILFE" steht in einer Sprechblase neben seinem Mund, korrekt geschrieben. Ich nehme an, dass die Direktorin, Heather, nicht die Zeit gehabt hat, alle Arbeiten zu prüfen, aber das hier ist … zum Brüllen komisch.

Und entsetzlich.

Ich kann ein kleines Lachen nicht unterdrücken.

„Unterrichtest du uns wieder?", schreit Griffin, klammert sich an meinen Oberschenkel und schaut mit mitleiderregendem Blick zu mir auf.

„Miss Heather zwingt uns, Yoga mit Mr Chris zu machen, wenn du nicht da bist. Das ist langweilig", beschwert Holland sich und sieht nur ein klein wenig reumütig aus, als sie Heathers Blick bemerkt. „Das ist es!", beharrt sie, will von ihrer Meinung nicht abweichen.

Ich kenne Chris Taggert ziemlich gut und er ist ein ganz passabler Yoga-Lehrer, aber er *ist* langweilig. Ich bin sicher, die Kinder würden lieber mit mir zu K-Pop Songs tanzen.

„Ich bin noch nicht ganz zurück", sage ich und höre einen Chor aus Buhrufen und Wimmern und sogar ein Schluchzen von Lila ganz hinten. Ich gehe zu ihr und ziehe sie in eine Umarmung. „Schon gut. Ich komme morgen zurück. Ich brauche nur einen weiteren Tag zu Hause, bevor ich für euch da sein kann, wie ich es sein muss."

„Ist dein fester Freund gestorben?", fragt Tanner ganz pragmatisch, seine Arme verschränkt er über seinem Brustkorb wie ein kleiner Football-Coach, während er die Brauen zusammenzieht. Ich kann nicht sagen, ob er das aus Sorge macht, oder weil er mich verurteilt.

„Er ist nicht gestorben, nein", antworte ich.

„Darum habt ihr die Genesungskarten gebastelt, Tanner, weil er *genesen wird*", wirft Heather ein, bevor sie *es tut mir leid* mit den Lippen in meine Richtung formt und dann fortfährt: „Aber wir wollen, dass er so schnell gesund wird, wie er kann."

„Warum?", fragt Holland. „Warum kann er sich nicht viel Zeit lassen, gesund zu werden?"

„Er kann so lang brauchen, wie er möchte", erwidert Heather mit verwirrtem Tonfall. Obwohl Tater Tots ihr gehört, scheint sie manchmal immer noch überrascht zu sein, was die Kinder alles von sich geben. „Aber die meisten Leute mögen es nicht, sich schlecht zu fühlen, und ich bin mir sicher, dass Dan sich lieber sehr bald wieder besser fühlen möchte."

„Meine Mom sagt, dass er ein Idiot ist", meint Marshall und ein paar andere Kinder stimmen zu.

„Mein Dad sagt, dass er cool ist", trägt Holland zum Diskurs bei.

„Mein Dad sagt, dass er nur einen schlechten Tag hatte und dass ich wie er sein kann, wenn ich groß bin", verkündet Natalie.

„Nun", fange ich an und wäge meine Worte ab. Ich möchte Dan verteidigen, aber ich möchte diese Kinder auch nicht ermutigen, ihn nachzuahmen oder zu denken, dass er etwas macht, das sie jetzt oder irgendwann in der Zukunft kopieren sollten. „Dan ist sowohl ein Idiot *als auch* cool."

Heather lacht und ich lächle sie an, bevor ich fortfahre: „Ich denke man kann sagen, dass er etwas sehr Gefährliches gemacht hat und unglücklicherweise hatte diese Entscheidung Konsequenzen."

„Oooh, Konsequenzen", sagt Holland mit ihrem niedlichen kleinen Lispeln. „Die sind immer schlimm."

Ich sehe davon ab, dagegen etwas einzuwenden, auch wenn es verlockend ist, weil Konsequenzen manchmal gut sein *können*. Ich muss, was Dan betrifft, ein paar Dinge klarstellen. „Hört zu, Dan ist beinahe gestorben. Und jetzt ist er sehr schwer verletzt."

Ich gehe in die Hocke und mehrere Kinder, inklusive Jeanie, kommen, um mich zu umarmen. „Er hat sehr starke Schmerzen. Also, obwohl das, was er getan hat, auf gewisse Weise tapfer war, war es auf andere Weise dumm. Man weiß nie, in welche Richtung das Schicksal sich neigen wird, oder? Es kann Tapferkeit belohnen oder Hybris bestrafen."

„Schicksal? Ist das wie der Teufel?", fragt Griffin und neigt seinen Kopf. „Oder das Monster unter dem Bett?"

„Nein", erwidere ich, aber ehe ich weiter erklären kann, fragte Jeanie: „Was ist Hü-bris?"

„Arroganz", antwortet Heather, steht über uns und sieht zu, wie ich die Kinder umarme. „Stolz."

Wir sind jetzt vom Thema abgekommen, darum sage ich einfach: „Keiner von euch sollte versuchen, wie Dan zu sein. Ich bin mir sicher, dass er euch dasselbe sagen würde."

Auch wenn ich wirklich keine Ahnung habe, was Dan sagen würde. Ich habe ihn nie gefragt, was er von dem Gedanken hält, dass jemand in seine Fußstapfen tritt, so wie er in die von Alex Honnold getreten ist.

„Sejin", sagt Heather, zieht mich von der Gruppe weg, nachdem die Kinder meiner müde geworden sind. „Ich wollte mit dir reden. Ich weiß nicht, ob du von allem gehört hast, was in der Kletter-Community gerade vor sich geht, in dem Versuch, Dan zu unterstützen?"

Ich schüttle meinen Kopf. Mein Handy ist so eingestellt, dass es mir nur Nachrichten und Anrufe aus meiner Favoritenliste anzeigt. Ich meide all die Journalisten, Reporter, flüchtigen Bekannten und die anderen Kletterer, die plötzlich so tun wollen, als wäre Dan ihnen nicht ganz egal.

Heather nickt der Helferin zu, einer jungen Frau namens Evelyn, die ziemlich gut mit den Kleinen ist. Evelyn versteht den Hinweis und scheucht die Klasse sofort von mir weg. „Kommt, ihr alle. Geht auf eure Matten. Mr Chris wird jede Sekunde da sein, um Yoga mit euch zu machen."

„Neeeiiin", jammern einige, aber die meisten springen oder hüpfen wie Kaninchen zu ihren Matten und warten dort.

Heather führt mich in ihr Büro. „Du hast noch nichts von dem GoFundMe gehört?", fragt sie, sobald ich sitze.

„Nein?"

„Ich glaube, dein Freund Rye hat sie gestartet, darum bin ich überrascht, dass er es dir nicht erzählt hat."

Das bin ich nicht. Rye weiß alles, womit ich mich herumschlagen musste. Er weiß auch, wie wenig die Kletterer und normalen Leute hier in der Gegend Dan mögen. Nicht, dass sie ihn verabscheuen, aber er hat sich nie Mühe gegeben, Freunde zu finden, und das hat seine Spuren hinterlassen. Ich bin mir sicher, dass Rye mir nicht erzählen wollte, wenn die GoFundMe Seite nicht wirklich viel – oder gar keine – Unterstützung bekommen hat.

Heather setzt sich an ihren Schreibtisch gegenüber von mir und ruft die GoFundMe Seite auf. Ich sehe, dass Rye sie mit einem netten Foto von Dan aufgemacht hat, der lächelnd an einer steilen Felswand nach oben klettert. Es ist eindeutig ein Foto, das Rye gemacht hat, als sie zusammen geklettert sind. Er hat einen schmeichelhaften Text über Dan als Person geschrieben sowie einen mitleiderregenden über seinen Absturz und seine momentane finanzielle Situation.

Rye hat um zwanzigtausend Dollar Hilfe gebeten, was wahrscheinlich nur ein Tropfen auf den heißen Stein der Ausgaben sein wird, die auf Dan zukommen, aber es ist dennoch viel im Ganzen betrachtet. Ich sehe *auch*, dass nur eintausenddreihundert Dollar zusammengekommen sind von … ich suche weiter unten am Bildschirm … siebenundvierzig Spendern.

„Wow, das ist … das ist großartig. Ich sollte mit Rye darüber reden." Ich frage mich, ob Dan davon weiß, aber ich glaube nicht. Auf gar keinen Fall würde er Rye etwas in der Art einrichten lassen. Dan mit den „reinen Beweggründen". Dan mit seinem „Geld spielt keine Rolle bei meiner Kletterei". Dan mit dem „Geld spielt keine Rolle"-Mist.

Dieser Dan wird schon sehr bald herausfinden, was für eine große Rolle Geld spielt. Sobald diese Rechnungen anfangen zu kommen.

„Es ist ein wenig enttäuschend." Heather seufzt. „Ich habe schon Fonds für genesende Kletterer gesehen, die gleich am ersten Tag zwölftausend oder mehr bekommen haben. Aber mach dir keine Sorgen, ich habe über Möglichkeiten nachgedacht, wie wir das aufpolstern können. Was, wenn wir hier eine Spendenaktion machen? Mit den Kindern? Sie können ihre K-Pop Songs für ihre Familien vorführen und wir können für die Eintrittskarten etwas verlangen." Sie lächelt, als ihr eine Idee kommt. „Wenn die Eltern zustimmen, die Kinder den Verkauf machen zu lassen, können wir sie in alle lokalen Läden schicken, wie es die Pfadfinderinnen machen oder diese Glocken läutenden Santas. Wer könnte zu diesen niedlichen Gesichtern Nein sagen? Was meinst du?"

Meine Gedanken wirbeln. Ich finde, dass es keine schreckliche Idee ist, aber ich denke auch, dass ich keine Ahnung habe, wie ich etwas wie eine solche Veranstaltung zu organisieren in mein Leben integrieren soll, wenn ich zwei Jobs habe, einen Invaliden zu Hause, riesige Rechnungen, die bald kommen werden und so viel in die Wege zu leiten.

Mein Brustkorb verengt sich. Meine Hände fangen an zu zittern. Ich versuche, mir Luft ins Gesicht zu fächeln, aber mir wird zu heiß und das Atmen fällt mir schwer.

„Sejin?", fragt Heather. „Alles in Ordnung?"

„Ich weiß nicht", gebe ich zurück. „Ich bin nur ein wenig überwältigt, das ist alles."

Das ist eine Untertreibung. Ich fühle mich, als würde ich ertrinken und ich weiß, dass es gerade erst losgegangen ist.

„Das kann ich verstehen", murmelt Heather tröstend.

„Ich sage mir immer wieder, dass ich das einen Tag nach dem anderen angehen muss, aber es ist schwer. Für Dan ist es, als ob die Zeit angehalten wäre, weißt du? Er ist so gelangweilt und ruhelos. Er hat, glaube ich, noch nie in seinem Leben so lange Ruhe geben müssen. Aber für mich entgleitet die Zeit und ich gehe jeden Tag weniger sicher zu Bett, als ich es zuvor war, was-" Ich hole schaudernd Luft. „Was ich als Nächstes tun muss, was in Zukunft passiert und ob wir es uns leisten können. Ich weiß nicht, wen ich anrufen soll. Ich rufe immer wieder die Nummer an, die das Krankenhaus mir gegeben hat und dann leiten sie mich an eine Voicemail weiter oder jemanden, der nie zurückruft oder wenn, dann sagen sie, dass ich eigentlich mit Peyton oder Mateo reden muss, aber sie ist in Mutterschaftspause und sie hat erst vor Kurzem die Abteilung gewechselt und ist noch nicht ersetzt worden, darum-"

„Sejin, langsam. Alles ist gut." Heather steht auf und geht neben meinem Stuhl in die Hocke, nimmt meine Hände. „Atme. Shh."

Dann fängt sie an, eine dieser kleinen Melodien zu summen, die sie singt, um die Kinder zu beruhigen, wenn sie wegen irgendetwas durchdrehen. Es funktioniert anscheinend auch bei Erwachsenen, weil ich anfange, leichter zu atmen, und mein Herz nicht mehr rast, sondern nur noch holpert.

„Es tut mir leid", sage ich peinlich berührt. „Das ist nicht dein Problem und ich-"

„Es ist mein Problem", widerspricht Heather. „Es ist das Problem von jedem, der ein Herz hat. Wir möchten helfen."

„Ich weiß das. Es ist nur … es ist so viel los. Es gibt so viele bewegliche Teile. Ich habe sehr viel von diesen Dingen für meinen Dad gemacht, als meine Mom krank war, aber er hat auch viel geholfen und jetzt bin ich ganz allein."

„Dan kann gar nicht helfen?"

„Er ist vollkommen benebelt von den Schmerzmitteln oder er döst oder …" Ich verstumme. Es gibt keinen Grund, warum ich Dan nicht bitten kann, mir bei den Anrufen zu helfen, die ich getätigt habe. Es ist nur … zur Hölle, ich möchte nicht, dass er das macht. Vielleicht glaube ich auch nicht, dass er es hinbekommt? Ich bin mir nicht sicher. „Er könnte helfen. Ich sollte ihn um Hilfe bitten."

Heather nickt und runzelt ihre Brauen. „Was du durchgemacht hast, was ihr *beide* durchgemacht habt, ist traumatisch. Du musst dir Zeit damit lassen. Wenn du noch ein paar Tage frei brauchst, um-“

„Nein! Ich möchte bei den Kindern sein. Wenn ich hier bin, kann ich wenigstens vergessen. Ich muss lächeln und tanzen und für sie glücklich sein. Ich werde so tun können als ob, bis es wahr wird, zumindest ein wenig. Außerdem brauchen wir das Geld. Und ich vermisse sie.“

„Sie vermissen dich auch, wie du gesehen hast.“ Sie deutet auf den Stapel Karten und Papier. „Das mit Jeanies Kunst tut mir leid. Ich habe versucht, es ihr auszureden, aber sie hat darauf bestanden, dass es dir gefallen wird.“

„Es sieht Jeanie definitiv sehr ähnlich.“

„Ja.“ Heather steht auf und geht zurück zu ihrem Stuhl. „Also, was ich heraushöre, Sejin, ist, dass du den Gedanken an eine Spendenaufführung mit den Kindern nicht hasst, aber dass die Dinge für dich im Moment zu hektisch sind und du sie darum nicht planen kannst. Warum schieben wir das nicht für ungefähr einen Monat auf? Bis du deinen Kopf über Wasser halten kannst. Diese Rechnungen werden nirgendwohin gehen. Glaub mir, sie werden für eine lange, lange Zeit da sein.“

„Danke, Heather“, sage ich.

„Tief durchatmen. Sei gut zu dir selbst. Du heilst ebenfalls.“

„Das werde ich.“

Heather lächelt und ich stehe auf, sammele all meine Sachen und die Karten zusammen.

„Ich werde morgen hier sein, fröhlich und bereit.“ Ich versuche, enthusiastisch zu klingen, aber es hört sich falsch an. So, so falsch.

„Du kannst auch traurig und nicht bereit sein und es wäre mir egal“, sagt Heather. „Ich meine es ernst, Sejin. Lass dir Zeit mit dem Zurückkommen.“

„Ich werde da sein“, beharre ich.

Ich verabschiede mich von Heather, stecke meinen Kopf noch

kurz in den Hauptraum und sehe alle Kinder im herabschauenden Hund. Keines von ihnen scheint Spaß zu haben.

Ich werde es morgen besser für sie machen.

Es ist gut zu wissen, dass ich zumindest ein Problem lösen kann.

Dan

DIESE KATZEN SIND Dämonen, schreibe ich Peggy Jo, nachdem sie mir ein weiteres Foto von ihrer kahlen Enkelin geschickt hat. Ich sehe auch davon ab, ihr zu sagen, dass das Baby wie ein Dämon aussieht. Das habe ich schon einmal erwähnt und darum muss ich es nicht wirklich noch einmal wiederholen. Sie weiß es.

Stören sie dich?

Ja. Sie haben sich um das Bett versammelt und beobachten mich.

Ich mache ein paar Fotos, damit sie Julio auf der Kommode sehen kann, der mich anstarrt, Muggs am Ende des Bettes und Romeo, der in einer leeren Schuhschachtel sitzt. Sie alle haben die Blicke auf mich gerichtet. Wie Romeo in die Schachtel passt, weiß ich nicht. Und woher die Schuhschachtel kommt, ist ebenfalls ein Mysterium.

Sie beschützen dich, schreibt sie zurück.

Mir ist langweilig. Sejin ist zu Tater Tots und Papa Bear gegangen. Er wird erst in ein paar Stunden zurück sein. Ich bin allein.

Hast du es mit Fernsehen versucht?

Ich mache mir nicht die Mühe ihr zu sagen, dass ich im Moment im Schlafzimmer festsitze. Stattdessen schicke ich ein dösendes Emoji.

Hast du irgendwelche Videospiele auf deinem Handy gespielt?

Zeitverschwendung.

Das ist alles, was du die nächsten paar Monate haben wirst, Dan.

Zeit zu verschwenden.

Ich verdrehe die Augen und schicke ihr das dazu passende Emoji.

Es tut mir leid. Ich muss los. Bella braucht mich, um Amelia Rose zu baden. Geh und lies ein Buch.

Ich lese gern, aber all meine Kletterbücher und Zeitschriften sind draußen im Van. Sie könnten genauso gut in Timbuktu liegen, weil ich sie nicht holen kann, ohne weiteren Schaden an meinem Bein zu riskieren.

Darum öffne ich die Kindle App auf meinem Handy und scrolle durch die verschiedenen Kletter-E-Books, die ich mir heruntergeladen habe und es sind alles Nieten. Ich habe sie entweder schon gelesen oder entschieden, dass sie Mist sind. Außerdem denke ich nicht, dass ich mich aufs Lesen konzentrieren kann, wenn mein Bein derart pulsiert.

Ich öffne YouTube und suche nach Kletter-Videos.

Adam Ondra hat ein paar neue Sachen gepostet, aber die habe ich in zwanzig Minuten durchgeschaut. Magnus Mitbo hat eine Schatztruhe an Material, aber zu viel davon dreht sich um alberne Sport-Challenges, die mit Klettern gar nichts zu tun haben.

Ich suche andere Kletterer, die ich kenne. Viele von ihnen haben neue Videos gepostet und ich schaue mir ein paar an, merke mir die schwierigeren Touren, die ich vielleicht eines Tages selbst ausprobieren möchte. Als ich in den Videos über ein paar neue Namen stolpere, wechsle ich zu Instagram. Die meisten Kletterer geben dieser Tage über die Sozialen Medien an und es gibt jede Menge neue Posts, die alle möglichen Kletterrouten und Boulder zeigen. Die Versuche, Fehlschläge und Triumphe erinnern mich alle an eine Sache – dass ich hier im Bett festsitze.

Für eine verdammt lange Zeit.

Ich lege das Handy weg und schließe meine Augen, hoffe, dass ich wieder einschlafen kann. Die Leute behaupten, dass man besser heilt, wenn man schläft, und ich würde diesen ganzen Prozess sehr gern beschleunigen, damit ich zurück an die Wand kann. Zurück zu dem, was *mich* ausmacht.

Aber der Schlaf kommt nicht.

Stattdessen bekomme ich eine Abfolge an Erinnerungen aus weit zurückliegenden Pflegefamilien. Das Stockbett in dem Trailer der Pflegemutter, die mich gescholten hat, weil ich Steine gekaut habe. Der Esstisch an dem, nachdem wir unsere mageren Mahlzeiten gegessen hatten, ein strenger Pflegevater uns Pflegekindern die Bibel vorgelesen hat. Die freundlichen grauen Augen der einzigen Pflegemutter, die ich wirklich gemocht habe, Edith. Sie hatte versucht, mir beizubringen, die Oper zu genießen, Gott segne sie. Die roten Haare des Pflegebruders, der mir jeden Tag während der Busfahrt zur Schule die Hälfte meines Essens aus der Pausenbox gestohlen hat.

Und dann kommt eine andere Erinnerung hoch, klar wie ein Film.

Es ist beinahe so, als könnte ich die Herbstluft riechen und den Holzrauch, der durch das offene Fenster hereinkommt. Es ist Nacht und der Mond wirft ein fahles Glühen auf das schmale Bett, in dem ich schlafe. Ich spüre die glatten Laken unter meinem Rücken. Ich höre die Schreie aus dem anderen Zimmer. Den Klang eines Schlags. Den Schmerzensschrei.

Ich zucke zusammen und ein Blitz aus Agonie rast in meinem Bein nach oben. Ich blinzele die Augen auf und schaue mich schnell im Zimmer um. Das ist eine Erinnerung an meine Mutter. Eine meiner einzigen. Der Mann, der sie geschlagen hat, war der Großvater, der mich irgendwann in sein Testament aufgenommen und mir einen kleinen, jetzt beinahe leeren Fonds vermacht hat. Aber ich kann mich nicht erinnern, wie die beiden ausgesehen haben. Nur das Zimmer, in dem ich gewesen war. Mein Zimmer.

Diese Kindheitserinnerungen überfluten mein Hirn, erinnern

mich daran, hilflos zu sein und der Gnade von Erwachsenen ausgeliefert, denen ich egal bin. Ich spüre sie wie Geister, die versuchen, mich zu ersticken, mich festzuhalten, einzusperren.

Ich sehne mich danach, zum Fenster zu gehen, den Vorhang zu heben, einen guten Atemzug frischer Luft zu bekommen, aber ich bin hier gefangen. Ich kann mich nicht von diesem Bett wegbewegen.

Mein Herz hämmert.

Ich bin jetzt so abhängig von Sejin, wie ich es damals von diesen Pflegeeltern war. Ich fühle mich, als wäre ein Anker um meine Füße, der mich nach unten, unten, unten in ein Meer der Panik zieht.

Ich kann das nicht. Ich kann nicht.

Ich setze mich auf und schwinge meine Beine über die Seite des Bettes. „Fuck", flüstere ich, als mein Bein bei dieser Bewegung laut protestiert. Ich fühle mich schwindlig und schwimmende blaue Punkte drohen, mich ohnmächtig zu machen. „Heilige Scheiße."

Ich kann kaum den Schmerz ertragen, mich wieder auf die Matratze zu legen, aber ich beiße die Zähne zusammen.

Die Katzen beobachte mich immer noch, beurteilen jeden Atemzug von mir. „Was?", frage ich sie.

Sie bewegen sich für eine lange Zeit nicht.

Ich auch nicht.

Sejin

ICH FINDE DAN im Bett, wie er an die Decke starrt, dabei aussieht, als ob seine Seele seinen Körper verlassen hat.

„Hey", sage ich, streiche ihm die Haare aus seinen weit auseinanderstehenden Augen und fahre mit meinen Fingern an seiner stoppeligen, genähten Wange hinunter, die auch blaue Flecken hat. „Was ist los?“

Dans Blick richtet sich auf mich und er sieht so panisch aus, dass ich mich sofort neben das Bett kniee. „Rede mit mir.“

„Ich kann das nicht“, sagt er. „Ich kann nicht den ganzen Tag in diesem Bett liegen. Ich werde wahnsinnig.“

„Danny, es ist erst eine Woche. Es wird Zeit brauchen, sich daran zu gewöhnen, bevor-“

„Wie kann ich mich daran gewöhnen? Da ist der Schmerz und dann die Langeweile und schlimmer noch, die-“ Er holt scharf Luft und schüttelt seinen Kopf. „Ich habe das Gefühl, dass ich den Verstand verliere.“

„Es ist nicht so, dass du eine andere Option hast“, meine ich ein wenig irritiert.

Es war für keinen von uns eine einfache Woche und obwohl ich darauf geachtet habe, es nicht laut auszusprechen, erinnert eine gemeine kleine Stimme in meinem Hinterkopf mich gern daran, dass dies alles komplett Dans Schuld ist. Was es für mich nicht immer einfach macht, die Art Geduld mit ihm zu haben, die ich gerne hätte.

Dan stöhnt und wischt sich mit einer Hand übers Gesicht.

„Was du brauchst, ist ein Tapetenwechsel“, sage ich nach ein paar Momenten. „Lass uns dich ins Wohnzimmer umziehen. Von dort aus kannst du zumindest die Berge sehen. Ich mache die Türen auf und dann bekommst du frische Lust. Wir können sehen, was auf Netflix läuft, ob wir eine Serie mit vielen Staffeln finden, auf die du dich konzentrieren kannst.“

„Ich schaue nicht wirklich fern.“ Er runzelt die Stirn.

„Nun, es ist Zeit, dass du damit anfängst“, sage ich kurzange-bunden und stehe auf, um den Rollstuhl zu holen, den ich aus einem Secondhand-Laden in der Stadt besorgt habe. Das und den Toilettenstuhl. Es ist erstaunlich, was die Leute in diesen Läden alles abgeben. Ich habe dort auch ein Waffeleisen gefunden und es ebenso gekauft, in der Hoffnung, dass ein süßes Frühstück Dan aufmuntern wird, wenn die dunklen Zeiten kommen.

Ich hatte gewusst, dass es dunkle Zeiten geben würde. Ich hatte nur nicht erwartet, dass sie so früh einsetzen würden.

Ich vermute, das ist es, was passiert, wenn der Patient keine Opioide mehr hat und sich allein mit dem Schmerz herumschlagen muss, mit nur ein wenig Hilfe von Tylenol.

„Das wird wehtun", sage ich, als ich ihm helfe, zur Seite des Bettes zu rutschen. „Aber du wirst dich besser fühlen, wenn du eine neue Aussicht hast. Etwas, das nicht die Decke ist."

„Mmfhm", ist seine Antwort, während er sein Stöhnen unterdrückt.

Ich weiß, dass er versucht, stark für mich zu sein, vor allem, weil er sich schuldig fühlt wegen all der zusätzlichen Mühen, die ich habe, weil ich mich um ihn kümmere, aber auch, glaube ich, weil er noch nicht weiß, wie er *zulassen* soll, dass ich mich um ihn kümmere. Dan war immer auf sich gestellt. Er hat jahrelang alles allein gemacht.

„Du musst nicht so tun, als würde es nicht wehtun", sage ich.

„Tue ich nicht", quetscht er heraus.

„Genau."

„Ich hasse das", sagt er, sobald er im Rollstuhl sitzt. Sein Brustkorb pumpt von der Anstrengung und Schweißtropfen erscheinen auf seinen Schläfen. „Ich hasse das so sehr."

„Mir ist es lieber, als wenn du tot wärst", erwidere ich. „Aber ja, es ist wirklich beschissen. Definitiv."

Er reibt über sein Gesicht. „Es muss schneller besser werden. Ich muss mich um mich selbst kümmern können."

Ich rolle ihn ins Wohnzimmer, bin froh, dass Peggy Jos Haus nur eine Etage hat, und parke ihn neben dem Sofa. Ich denke mir, dass ich ihn auf dem Stuhl ausruhen lasse, damit er wieder zu Atem kommt, bevor ich ihm helfe, sich auf den Teil der Couch zu setzen, der eine Beinauflage hat. Ich kehre ins Schlafzimmer zurück, um die Kissenrolle zu holen, mit der er sein Bein hochlagern kann.

„Ich kann mich um dich kümmern", verkünde ich, als ich zurückkehre. „Du musst nicht ständig stark sein. Du kannst bei mir schwach sein."

Dan runzelt die Stirn, presst seine Lippen für eine lange Zeit aufeinander und dann sagt er: „Ich kann dem nicht trauen."

Ich höre auf, die Kissen und die Überdecke zurechtzurücken. „Du vertraust mir nicht?"

„Nein … ich vertraue *dir*", sagt Dan, aber er klingt zweifelnd. „Es *gefällt* mir nur nicht, dir vertrauen zu müssen."

Mein Lachen ist eine Überraschung für mich und auch für ihn anscheinend, so wie er dreinschaut.

„Okay, nun, willkommen im Leben, Dan. Manchmal muss man Menschen vertrauen. Sogar wenn es einem nicht gefällt, sogar wenn man es nicht will. Du vertraust Seilpartnern, oder?"

Er zuckt mit den Schultern. „Ich vertraue mir selbst mehr in der Wand."

„Nun, schau, wohin dich das gebracht hat." Ich kann mir diesen Kommentar nicht verkneifen.

Er schnaubt.

„Spaß beiseite, ich weiß, dass jeder, abgesehen von Peggy Jo, dich dein ganzes Leben lang enttäuscht hat, aber ich werde nirgendwohin gehen. Außerdem hast du keine andere Wahl, als mich helfen zu lassen. Ansonsten machst du dich nur noch mehr kaputt."

Seine Lippen spannen sich an, aber er sagt nichts und wir fangen mit dem Transfer auf die Couch an. Er schreit einmal auf, was sich wie ein Sieg anfühlt. Zumindest versteckt er es nicht vor mir. Zumindest ist er ehrlich in seinem Schmerz.

„Ich hatte nicht erwartet, dass es so schwierig sein würde", sagt er, sobald ich ihn mit den Kissen, einer Decke und der Fernbedienung versorgt habe.

„Du hast erwartet, dass sich von einem offenen Bruch zu erholen einfach sein würde?"

„Nein, ich dachte, Abstürzen würde einfach sein."

Ich erstarre für eine Sekunde, mustere seinen abwesenden Gesichtsausdruck. „In welcher Hinsicht?"

„So hoch an diesen Wänden, habe ich immer gedacht, dass ein Absturz den Tod bedeuten würde und so sehr ich auch *nicht* sterben möchte, kam mir das Sterben an sich immer einfach vor. Ungefähr dreizehn Sekunden Furcht und dann das Ende. Für immer."

„Das ist ein wenig billig, findest du nicht?", frage ich. „Zu erwarten, so einen niedrigen Preis für die Risiken zu zahlen, die du eingehst."

„Der Tod ist ein ziemlich hoher Preis."

„Für jene, die leben und sich mit den Folgen auseinandersetzen müssen, Ja", bestätige ich. „Für dich? Du wärst einfach tot. Das ist billig. Es ist faul. Es ist, wie du gesagt hast – *einfach*. Das hier? Was wir jetzt machen? Das ist das richtige Leben. Das ist der Kern. Das hier ist der Punkt, an dem du es verbockt hast und jetzt musst du die Konsequenzen deines Handelns zusammen mit allen anderen ertragen. Tut mir leid, dass du dich da nicht wegducken konntest, Dan."

Er starrt mich an und ich möchte mich irgendwie selbst anstarren. Ich wollte nicht so barsch klingen, und doch …

Wie sich herausstellt, habe ich mehr zu sagen. „Meine Mom hat hart gekämpft, um zu leben, und es war schmerzhaft, grauenvoll und sinnlos. Du wirst wenigstens genesen und hoffentlich gut genesen. Du wirst leben, um wieder zu klettern."

„In einem *Jahr*!"

„Was ist schon ein Jahr? Sag es mir! Was ist schon ein Jahr, Dan?"

„Bist du wütend auf mich?“

Ich stelle fest, dass ich das bin. Und ich mache einen Schritt zurück, weg von dem Sofa, dem Gespräch, dem Moment. Ich atme langsam und tief ein. „Ja“, bestätige ich, nachdem ich mich wieder im Griff habe. „Ich denke, ich habe ein Recht darauf und ich werde das wahrscheinlich immer wieder mal sein. Aber das heißt nicht, dass ich dich aus Peggy Jos Haus werfen oder dich allein hierlassen werde. Ich bin nicht deine Pflegefamilien. Ich bin nicht deine Mom.“ Ich komme näher, berühre sanft sein Kinn und dann seine Unterlippe, die immer noch rissig und aufgeplatzt ist. „Ich bin dein Seepferd und ich liebe dich, sogar wenn ich dich erwürgen möchte, weil du ein egoistisches Arschloch bist.“

Er zieht sein Kinn von meinen Fingern weg. „Wie meinst du das, dass du ein verdammtes Seepferd bist?“

„Du hast dein Handy. Schau nach.“ Ich blase lose Strähnen aus meinem Gesicht. „Ich werde duschen und wenn ich fertig bin, werde ich das Abendessen machen und dann suchen wir uns eine Fernsehserie, die du nicht hasst. Wir schauen uns ein paar Folgen an. Danach werde ich in deinen Van gehen und deine Bücher und Magazine holen und was immer sonst du im Haus haben möchtest und dann werde ich dich duschen und dich bettfertig machen.“

„Befehlend“, bemerkt Dan. Seine Augen fangen an ein wenig zu leuchten und sein Mund öffnet sich. „Wenn der Schmerz nicht so schlimm wäre, wäre ich jetzt hart. So heiß bist du.“

Ich kann das Lachen nicht unterdrücken, das hochkommt, obwohl ich streng und genervt bleiben möchte. „Nun, du bist auch heiß.“

„Sogar jetzt?“

Ich verdrehe meine Augen. „Nein, tut mir leid, du hast recht. Zwei funktionierende Beine waren das, was ich wirklich an dir gemocht habe. Das Gesicht, der Körper, der Schwanz, die Persönlichkeit, das selbstzufriedene kleine Grinsen – nichts davon ist wirklich mein Ding. Nur die Beine."

Dan zeigt mir den Stinkefinger.

„Möchtest du, dass ich dir beweise, dass ich immer noch auf dich stehe?", frage ich, bin plötzlich an einer anderen Art interessiert, Dan von seinen Schmerzen abzulenken und mich von meinem Frust. „Ich könnte dir einen blasen. Es könnte helfen, dich zu beruhigen."

Dan sieht aus, als wollte er, aber dann deutet er auf sein Gemächt. „Es funktioniert nicht. Die Ärzte haben gesagt, es kann ein paar Wochen dauern. Monate sogar. Trauma und all das."

Ich lächle. „Nun, ich kann warten."

Er hebt eine Braue. „Du wirst nicht zurück auf diese App gehen, um jemand anderen zu finden, der dein Loch verehrt?"

Jetzt bin ich derjenige, der ihm den Finger zeigt. „Wer würde es so gut verehren können wie du?", frage ich und mache auf dem Absatz kehrt, um zu duschen, wie ich es ihm gesagt habe.

„Niemand!", schreit er mir nach. „Vergiss das nicht! Sogar wenn ich ein Arschloch bin, lecke ich trotzdem dein Arschloch besser als jeder andere das je wird!"

Ich mache mir nicht die Mühe, darauf zu antworten. Dan wird ein ungeduldiger Arsch während bestimmter Abschnitte seiner Genesung sein. Das steht auf jeden Fall fest. Aber ihm gehört mein Herz und ich bin entschlossen, es durchzustehen und es auf die andere Seite zu schaffen.

Ich möchte ihn stehen, gehen und Ja, wieder klettern sehen.

„Such nach dem Seepferd!", brülle ich, bevor ich mich ausziehe und unter die Dusche gehe. Ich frage mich, was er denken wird, wenn er herausfindet, was ich ihm gesagt habe. Ich lasse mir Zeit mit dem Waschen.

Ich brauche eine Minute für mich, um zu atmen.

Dan

VOM SOFA AUS ist die Aussicht viel besser. Zumindest kann ich die Berge sehen und Herbstblätter und grünes Gras und die kalte Brise von der offenen Tür bringt mich dazu, die weichen Decken über meine Schultern zu ziehen, während ich Seepferde googele. Kurz darauf denke ich, dass ich die Antwort habe.

Irgendwann kommt Sejin aus dem Schlafzimmer, er trägt eine weiche Schlafanzughose und ein altes T-Shirt. Als er sich auf die andere Seite des Sofas setzt, um die Knoten aus seinen langen, feuchten Haaren zu bürsten, meine ich: „Es stimmt nicht, dass alle Seepferde einen lebenslangen Partner haben."

„Was?"

„Seepferde. Das hast du gemeint, oder nicht?"

„Das haben sie schon."

„Nein, das ist ein Mythos. Sie sind nur eine Fortpflanzungsperiode lang monogam. Der Samtschwarze Kaiserfisch geht eine lebenslange Bindung ein."

Sejin hört auf, seine Haare zu kämmen, lässt sie auf sein T-Shirt tropfen und zieht sein Handy aus der Tasche seiner Schlafanzughose. Er tippt mit seinen Daumen und meint dann: „Hör zu, das ist aus National Geographic. ‚Seepferde sind wirklich besonders und nicht nur wegen ihrer interessanten pferdeähnlichen Gestalt und der Tatsache, dass die Männchen der Art den Nachwuchs austragen und gebären-'" Sejin fährt mit lauterer Stimme fort „-‚sondern auch weil sie, anders als die meisten Fische, *monogam sind und ein Leben lang zusammen bleiben.'"

„Nun, dieser Artikel-"

„Dan, es ist mir egal, was in diesem Artikel steht. Ich bin ein

Seepferd.“

„Nun, solange du mir nicht sagst, dass du schwanger werden kannst, ist das für mich in Ordnung.“

Sejin lacht und seine Augen werden zu diesen hübschen Halbmonden, die ich liebe. Ich bin froh, dass ich ihm recht gegeben habe, auch wenn der wissenschaftliche Artikel, den ich gerade gelesen habe, sagt, dass er sich irrt, weil er, auf andere Weise, recht hat. Es spielt keine Rolle, ob Seepferde ein Leben lang zusammenbleiben oder nur ein paar von ihnen oder gar keine. Sejin sagt mir, dass er mir verpflichtet ist, und das ist das Wichtige hier.

„Ich bin ein Samtschwarzer Kaiserfisch“, sage ich. „Ich bleibe auch ein Leben lang treu.“

Sejin schnaubt. „Großartig, ein Seepferd und ein Samtschwarzer Kaiserfisch. Was für ein kompatibles Paar wir sein werden.“

„Ein Leben lang“, bestätige ich nickend.

Er fängt wieder an, seine Haare zu kämmen, aber nicht, bevor er meinem Blick begegnet und zustimmt: „Ja, Dan, ein Leben lang.“

KAPITEL ZWEIUNDDREISSIG

Sejin

Beinahe zwei Wochen seit dem Free Solo Versuch

„A**LSO, DIE** G**O**F**UND**M**E** Seite hat beinahe sechstausend Dollar eingebracht", erzählt Rye mir, als wir vor Papa Bear an einem Tisch im jetzt leeren Kinderbereich sitzen. Das kalte Wetter ist gekommen, wodurch er die meiste Zeit verlassen sein wird, bis es wieder Frühling wird.

Rye und ich beugen uns über unsere heißen Kaffees, entschlossen, den vielen Leuten im Café zu entkommen. Alle wollen ihre warmen Getränke bei diesem tropfenden, furchtbaren Wetter drinnen zu sich nehmen, aber die Menge da drin macht klaustrophobisch.

„Das ist wunderbar", sage ich. „Wie hast du die Leute überzeugt, etwas zu spenden?"

Rye lächelt. „Ich habe eine charmante Persönlichkeit und die Leute mögen mich."

„Im Gegensatz zu Dan."

Er gibt mir ein High Five. „Genau." Er nimmt einen Schluck von seinem Getränk und fügt hinzu: „Die Kletter-Community besteht aber aus guten Leuten."

Ich zucke mit den Schultern. „Sie haben Dan nicht gemocht, bevor er abgestürzt ist."

„Das stimmt. Aber dafür gab es Gründe."

„Ich weiß."

„Sejin, du weißt, dass niemand ihn hat fallen sehen *wollen*, oder?"

„Doch, haben sie."

Er seufzt. „Nun, okay, ein paar von ihnen. Er war arrogant und sie fanden seinen Wagemut super, waren aber auch wütend darüber. Dieses Gefühl kannst du sicher nachvollziehen, vor allem, was Dan betrifft."

Ich zucke mit den Schultern. Natürlich kann ich das. Aber ich hasse es, dass diese Leute sich so über die Möglichkeit gefreut haben, dass er abstürzen könnte und dass sie jetzt recht behalten haben. Irgendwie macht es das schlimmer.

Rye fährt fort: „Aber jetzt da er seine Rechnung bekommen hat, seine sogenannte Erleuchtung, denken sie, dass er demütiger ist."

„Darum wollen sie jetzt helfen. Ich verstehe es. Es ist aber ein wenig so, als wollten sie es ihm unter die Nase reiben, oder?"

„Sejin …"

„Es tut mir leid. Ich sollte kein Arsch sein. Sie sind großzügig, obwohl er ihre Gesellschaft seine ganze Kletterkarriere hindurch abgelehnt hat."

„Das sind sie und das hat er."

Rye stößt mit seinem Becher mit mir an und wir trinken darauf. Aber ob wir auf die sechstausend trinken oder Dans mieses Verhalten gegenüber der Kletter-Community, weiß ich nicht sicher.

„Wie läuft es mit Lowell?", frage ich nach ein paar Minuten friedlichen Schweigens, in denen ich den Nieselregen betrachte. „Seid ihr noch in der Flitterwochenphase in seinem Haus?"

Rye lächelt, seine Wimpern legen sich auf seine Wangen und das ist niedlich. Ich erinnere mich, dass ich vor nicht allzu langer Zeit so für Dan empfunden habe. Manchmal empfinde ich immer noch so für ihn, aber in letzter Zeit ist Dan viel mehr Verpflichtung und deutlich weniger Freude.

Ich bin sicher, dass dies alles mit Macht zurückkehren wird, sobald wir all das hinter uns gelassen haben. Oder vielleicht wird unsere Liebe beständiger sein, gleichmäßiger und geprüft, weniger eilig und wie Champagner in unseren Adern. Wer weiß das schon?

Ich vermisse es.

„Es ist gut", sagt Rye. „Er ist großartig. Ich bin der erste Mann, mit dem er je zusammen ist, darum hatte er ein paar Probleme mit internalisiertem Mist. Aber ansonsten … Ja. Ich hatte vergessen, dass ich so empfinden kann. Ich dachte, dass ich das nie wieder würde. Als die Sache mit Jeanies Dad vorbei war, als ich mich geoutet habe …" Er zuckt mit den Schultern. „Wie dem auch sei. Ich möchte darüber nicht reden. Die Sache mit Lowell ist fantastisch. Und er ist großartig im Bett."

„Immer ein Bonus."

„Was ist mit dir und Dan? Wie läuft es wirklich? Wann immer ich zum Helfen komme, während du weg bist, scheint er sehr …" Rye runzelt die Brauen. „Nicht er selbst zu sein."

„Ja", stimme ich zu. „Die Verletzung setzt ihm psychisch zu."

Der Himmel spuckt mehr Nässe auf uns und ich spüre, wie die Feuchtigkeit in meinen Kragen kriecht und sich auf meine langen Haare legt. Sie werden stundenlang nass sein. „Ich bin mir nicht sicher, ob er ohne Klettern überhaupt weiß wer er ist."

„Das tut er wohl nicht."

„Ich habe es endlich geschafft, eine Fernsehserie zu finden, über die er sich nicht beschwert. Es ist ausgerechnet ein K-Drama. Ich habe Stress, weil es nur noch acht Folgen sind und er die heute wahrscheinlich fertigschauen wird. Dann sind wir wieder am Anfang – was soll er mit all diesen Stunden anfangen?"

„Vielleicht ein anderes K-Drama?"

„Ich habe das Gefühl, das wäre, als würde man zwei Mal einen Blitz in einer Flasche fangen."

„Es ist nicht deine Verantwortung, weißt du? Es ist an ihm herauszufinden, was er mit sich anfangen soll."

„Ich weiß.“

Rye tätschelt meinen Unterarm. „Es wird besser, wenn er aufstehen und sich mit einem dieser kleinen Roll-Dinger bewegen kann.“

„Ja.“

Es vergehen ein paar weitere Minuten, ohne dass wir viel sagen. Es ist angenehm mit Rye und ich verstehe, warum Dan gerne mit ihm klettert. Irgendwann aber bricht Rye das Schweigen. „Er wollte, dass ich ihm Gewicht aus dem Van bringe.“

Ich verdrehe meine Augen. „Deswegen hat er mich auch genervt.“

„Ich hatte also recht und du erlaubst nicht, dass er sie benutzt?“

„Der *Arzt* hat gesagt, dass er sie nicht benutzen darf, nicht ich. Er hat gesagt, dass alles mit Gewicht, das auf das Bein fallen könnte, in dieser Phase nicht erlaubt ist. Dan ist ungeduldig. Er möchte Dinge beschleunigen, die nicht beschleunigt werden können.“

„Das ist interessant, nicht wahr? An der Wand überstürzt er nie etwas. Er ist ganz genau.“

„Wie ich schon gesagt habe, diese Verletzung trifft ihn auf einer grundlegenden Ebene.“

Wir sitzen wieder schweigend da, die Feuchtigkeit ist so kalt, dass ich zittere. „Was für ein Kostüm hatte Jeanie für Halloween?“, frage ich, nachdem ich den letzten Rest meines Kaffees getrunken habe und stehe auf, um den Becher wegzuwerfen.

„Ein Vampir.“

„Cool.“

Rye lächelt. „Ich schicke dir ein paar Fotos. Ich war überrascht, dass Andrew mir überhaupt welche von ihr geschickt hat.“

„Ich bin froh, dass er das getan hat.“

„Ich auch.“

„Jeremiah ist als eine Figur aus Paw Patrol gegangen und Sarah Kate war ein Kürbis“, erzähle ich ihm.

Rye neigt seinen Kopf. „Vermisst du es, bei ihnen zu wohnen?"

„Ja, manchmal."

„Ich vermisse mit Jeanie zusammen zu wohnen sehr."

„Ich dachte, diese Wohnsituation mit Lowell würde es ein wenig einfacher machen, sie zu sehen?"

„Das hatte ich auch gehofft, aber ..." Rye zuckt mit den Schultern, versucht offensichtlich, weniger traurig darüber auszusehen, als er es ist. „Andrew sagt, dass er Lowell nicht vertraut, weil er ihn überhaupt nicht kennt und er wird nicht zustimmen, dass Jeanie mit mir bei ihm zu Hause übernachtet, solange er da ist." Rye runzelt die Stirn. „Die Sache ist die, ich kann ihm nicht wirklich einen Vorwurf machen. Er vertraut mir oder meinem Urteilsvermögen nicht mehr, ob das nun fair ist oder nicht und er versucht nur, Jeanie zu schützen."

„Du würdest Jeanie nie in Gefahr bringen."

Er seufzt. „Ich weiß das und du weißt das, aber ... er liegt nicht falsch, sich Sorgen zu machen."

„Ich kenne Lowell auch und er ist keine Gefahr."

„Nicht, wenn er bei klarem Verstand ist", murmelt Rye, starrt dabei in die Ferne. „Aber wenn er das nicht ist ... Es ist nicht so, dass er jemals etwas tun oder sagen würde, das Jeanie absichtlich traumatisiert, aber seine PTBS-Episoden können überwältigend sein. Sie ist zu jung, um zu verstehen, was vor sich geht. Nicht, dass Andrew davon irgendetwas weiß."

Ich weiß nicht, was ich sagen soll, darum drücke ich einfach Ryes Hand und er zieht sie weg.

„Aber hey, der Sex ist großartig."

Ich lache, spüre, wie sehr er sich bemüht, die Spannung zu lösen. „Das sehe ich."

Er schaut auf seine Uhr. „Ups. Ich muss los." Er steht auf und streicht über seinen Hosenboden, fragt dann: „Wie sieht der Plan aus, wenn Peggy Jo zurückkommt?"

„Ich weiß es nicht."

Wir gehen in Richtung der Autos, wo wir dann in unterschiedliche Richtungen aufbrechen werden. Im Moment ist Lowell bei Dan und ich sollte ihn ablösen, damit er die Spiele spielen kann, die Rye für ihn heute Abend geplant hat. Die Blicke, die sie tauschen, wenn sie sich im selben Raum befinden, sind in letzter Zeit heiß wie Feuer und ich bin neidisch. Es ist nicht so lang her, dass ich auch regelmäßig um den Verstand gevögelt worden bin. Es wird wahrscheinlich noch Monate dauern, bevor ich überhaupt hoffen kann, etwas Action zu sehen.

„Sie wird aber irgendwann wieder zurückkommen, oder? Sie zieht nicht dauerhaft zu ihrer Tochter?"

„Nein, sie wird zurückkommen. Hoffentlich wird Dans Bein bis dahin so weit geheilt sein, dass wir in den Van ziehen können."

„Wie sieht der Zeitplan dafür aus?"

Ich zucke hilflos mit den Schultern. „Ich habe das Gefühl, dass wir in einer Vorhölle namens Abwarten Und Tee Trinken leben. Peggy Jo ist sich nicht sicher, wann sie Bella und das Baby verlassen möchte und Dans Bein wird in seinem eigenen Tempo heilen, ganz egal, wie sehr er versucht, es mit der Kraft seiner Gedanken zu beschleunigen. Ich habe immer noch keine Rechnungen vom Krankenhaus gesehen. Ich habe Angst, wann immer ich die Post aus seinem Postfach hole. Ich möchte nur, dass es vorbei ist, damit ich weiß, wie die Dinge liegen."

„Es klingt, als wärst du so ungeduldig wie er."

Ich lache, während wir zu meinem Auto gehen, benutze den Schlüssel, um es zu öffnen. „Das bin ich wohl. Es gibt eine Menge, was ich vom Leben vor dem Unfall vermisse."

„Was vermisst du am meisten?"

„Gerade im Moment? Wenn ich ehrlich bin, den Sex."

Rye wirft seinen Kopf zurück und lacht.

„Ernsthaft", sage ich. „Ich kann warten, aber vor dem Unfall wurde ich beinahe jeden Tag durch die Matratze gevögelt und das vermisse ich."

Rye schnaubt. „Durch die Matratze gevögelt zu werden ist in nächster Zeit wohl unwahrscheinlich."

„Ja", sage ich traurig. „Aber ich vermisse es auch, mich nicht so eingesperrt zu fühlen. Jeder Tag mit Dan war ein Abenteuer. Wir waren noch in der Kennenlernphase und alles hat sich so neu und schön angefühlt. Ich vermisse das Gefühl, dass eine hohe Wahrscheinlichkeit besteht, einen der besten Tage unseres Lebens zu haben, jedes Mal, wenn ich mit ihm zusammen aufwache."

„Es tut mir leid. Das ist wirklich beschissen."

Ich ziehe einen Haargummi aus meiner Tasche und binde meine feuchten Haare hoch, der Nieselregen streicht über mein Gesicht. „Ich schlafe auf dem Sofa, habe zwei Jobs, kümmere mich um ihn, putze das Haus, versorge die Katzen und ich fange an, es zu spüren. Erzähl ihm das aber nicht. Ich möchte nicht, dass er denkt, ich würde ihn verlassen. Er hat Probleme mit dem Verlassenwerden, weißt du. Aus seiner Zeit im Pflegesystem."

„Unsere Unterhaltungen bleiben unter uns, wie das, was ich dir vorhin über Andrew und Lowell erzählt habe", bestätigt Rye nachdrücklich. „Wir sind jetzt auch Freunde."

„Danke." Ich öffne die Tür, hole einen Schirm heraus und öffne ihn. Bei dieser Art von Regen ist er ziemlich nutzlos, aber ich weiche gerade durch. „Ich weiß zu schätzen, was du alles für ihn machst. Für *uns*. Ich bin wirklich dankbar für all die Hilfe, die du und Lowell mir unter Tag gebt. Ich weiß, dass ihr beide wahrscheinlich intensiver für die Dawn Wall trainieren wolltet, als ihr es in letzter Zeit getan habt und ich hoffe, dass Dan euch nicht im Weg ist."

„Nein, dieses Wetter ist im Weg", meint Rye. „Außerdem hat Lowell ein paar alte körperliche Verletzungen, die sich melden, wenn es feucht und kalt ist und um diese Jahreszeit herum auch ein paar emotionale Probleme. Wir dachten, dass wenn das Wetter gut ist, es ihm helfen würde, auf ein Ziel hinzuarbeiten, aber es regnet, regnet, den ganzen Tag, jeden Tag. Nicht unerwartet im November."

Der Nieselregen wird dichter, als wollte er es bestätigen und wir beide ducken uns jetzt unter den Schirm, versuchen, trocken zu bleiben. „Wir haben wohl alle unsere Probleme."

„Das Leben besteht nicht nur aus Sonnenschein, so viel steht fest. Aber lass nicht zu, dass du ausbrennst", sagt Rye, drückt dabei meinen Arm. „Bitte um Hilfe, ja?"

Ich will nicht wie Dan sein und behaupten, dass ich das allein schaffe, darum stimme ich zu. Aber im tiefsten Inneren weiß ich, dass ich nicht um mehr Hilfe bitten werde. So viele Menschen machen bereits so viel und ich sehe nicht, wie ich irgendwie irgendjemanden bitten kann, noch mehr zu tun. Es ist meine Verantwortung, mich um Dan zu kümmern, genau wie mein Dad sich um meine Mom gekümmert hat und ich werde das durchziehen.

„Danke, Rye", sage ich stattdessen als Kompromiss. „Du bist ein guter Freund."

„Genau wie du." Er hebt eine Braue, als ich den Schirm herunternehme und Anstalten mache, ins Auto zu steigen. „Hast du Dan schon von dem GoFundMe erzählt?"

„Oh, ganz bestimmt nicht", antworte ich und ziehe meine langen Beine ins Auto. „Ich werde ihn *umbringen*, wenn er nur andeutet, dass das Geld anzunehmen die Reinheit seiner Genesung gefährdet oder irgend so ein Unsinn."

Das entlockt Rye ein herzhaftes Lachen. „Oh ja. Ich stimme zu. Und ich werde dir helfen, die Leiche zu vergraben."

„Deal."

Er klopft auf das Autodach und schließt dann die Tür für mich, rennt im Nieselregen zu dem Auto, das er sich von Lowell geliehen hat. In den letzten paar Wochen habe ich eine Menge gelernt, aber eines der besten Dinge ist, dass es gut ist, einen Freund wie Rye zu haben.

Dan

ES IST BEINAHE zwei Wochen her, dass mein Schwanz auch nur ein Zucken von einem Morgenständer angedeutet hat, ganz zu schweigen von echter Erregung. Darum ist es eine Überraschung, als ich anfange, hart zu werden, sobald Sejin durch die Tür kommt, seine Haare in einem feuchten, unordentlichen Dutt, Einkaufstüten in den Händen und mit Wangen, die von der Kälte gerötet sind.

Ich werde noch härter, als er seine Schuhe auszieht und sein Hintern bei der Anstrengung ein wenig nach hinten herausragt.

Oh, hallo, denke ich in Richtung meines Schwanzes. *Schön zu sehen, dass du immer noch willens bist, bei der Party dabei zu sein.*

Wenn mein engster Mitarbeiter wieder arbeitet, dann werden meine Tage vielleicht etwas weniger langweilig sein. Es gibt jede Menge Pornos und Orgasmen sind immer ein unterhaltsames Unterfangen.

„Hey, Doc", rufe ich von meiner Position auf der Couch, auf der ich ausgestreckt bin.

Sejin stellt Eiscreme in das Gefrierfach und etwas Obst in den Kühlschrank. „Hey zurück", antwortet er.

Er klingt abgelenkt und müde, was seine neue Normalität ist und da das meine Schuld ist, habe ich das Gefühl, dass ich es ihm schulde, ihn aufzumuntern. „Willst du meinen Schwanz lutschen?"

Sejin wirbelt herum, die Tür des Kühlschranks steht immer noch offen und er mustert mich eindringlich. „Wirklich? Jetzt?"

„Jede Zeit ist für mich in Ordnung", antworte ich. Es ist

schwierig, meinen Kopf in diesem Winkel zu halten, um sein Gesicht zu sehen. „Wann immer du willst. Und im Gegenzug werde ich deinen Hintern fingern und dann, vielleicht, wenn du wirklich vorsichtig bist, kannst du mich reiten."

Sejin blinzelt schnell, schiebt seine losen Strähnen hinter seine Ohren und mustert die ganzen Einkaufstüten. Er stellt ein paar weitere Dinge in den Kühlschrank und das Gefrierfach. Dann kommt er und stellt sich vor die Couch.

„Zeig ihn mir", verlangt er, während er den Mantel auszieht, den loszuwerden er noch keine Zeit hatte. Er wirft ihn auf den Boden, gefolgt von seinem langärmeligen Papa-Bear-Oberteil und einem eng anliegenden Unterhemd. Er fängt an, seine Jeans aufzuknöpfen. „Ich möchte ihn sehen."

Ich schiebe meine Jogginghose nach unten – es *war* zumindest eine Jogginghose, bis Sejin das linke Bein für meinen Gips weggeschnitten hat. Jetzt ist es eine halbe Hose. Ich schließe meine Hand um die Basis meines Schwanzes. Er ist jetzt richtig hart und ich grinse darauf hinunter. „Er ist hübsch, nicht wahr? Trifft dich innen genau richtig."

„Ja", sagt Sejin ein wenig atemlos. Er öffnet seinen Pferdeschwanz, sodass seine Haare über seine Schultern fallen und bis hinunter über seine braunen Nippel. Er schiebt seine Jeans nach unten und lässt sie zu seinen Füßen liegen. Die Katzen verkrümeln sich, als wüssten sie, was kommen wird. Und das sollten sie. Das haben wir vor meiner Verletzung oft genug gemacht.

„Gleitgel", sagt er leise, hakt seine Finger dabei in seine vorstehende Unterwäsche und schiebt auch sie nach unten. „Ich hole es."

Er tritt die Unterhose weg, verlässt das Zimmer mit langen Schritten, die seinen Schwanz schwingen und seine langen Haare hinter ihm wehen lassen.

Ich liebe es, dass wir keine Kondome mehr benutzen. Vor der Verletzung habe ich einen Rausch erlebt, jedes Mal, wenn ich daran gedacht habe, ihn ohne zu ficken oder umgekehrt. Jetzt ist diese prickelnde, fröhliche Erregung zurück. Obwohl ich denke, dass ich wegen meines Beins der Einzige sein werde, der Wichse in irgendjemandem hinterlässt, für mindestens noch ein paar Wochen – was mir recht ist, weil ich denke, dass dies mehr mein Kink ist als seiner. Dennoch, ich vermisse es, gefickt zu werden. Es ist ein gutes Gefühl und ich versuche, nicht zu lange ohne es auszukommen zu müssen.

Verdammte Verletzung.

Verdammter *Absturz*.

Ich kehre zu einem Moment an der Wand zurück. Ich denke, er ist von diesem Tag. Ich fliege nach oben, atemlos, auf die Griffe konzentriert und dann bamm. Ich bin wieder auf dem Sofa und mein Schwanz ist steinhart. Sejin steht vor mir mit Gleitgel in einer Hand und seinem Schwanz in der anderen. Er atmet schwer. Er ist so verdammt schön. Es sind zu viele Wochen vergangen, seit ich ihm zeigen konnte, wie sehr ich ihn will.

„Ja", ermuntere ich ihn, als er auf dem Sofa auf mich zukriecht, dabei all die angesammelten Anhängsel meines Lebens als Invalide achtlos zu Boden wischt. Taschentücher, die Fernbedienung, ein paar Magazine, ein Buch, mein Handy, eine halb geleerte Tüte Chips – alles auf dem Boden. Dann bewegt er sich vorsichtig, bis er über mir ist, seine langen Haare streichen über meine Haut, verursachen Gänsehaut und seine Lippen wandern über meinen Brustkorb und Hals und hinauf zu meinem Mund, bevor er sich mit einem besorgten Gesichtsausdruck auf die Fersen lehnt.

„Was ist los?", frage ich, greife nach ihm, achte dabei darauf, mein Bein nicht zu erschüttern.

„Ich will dir nicht wehtun."

„Das wirst du nicht", dränge ich, ziehe ihn auf mich zu. „Setz dich rittlings auf mich. Vorsichtig."

Er tut es und unsere Schwänze reiben aneinander. Ich nehme sie beide in die Hand, drücke leicht. Er wirft seinen Kopf nach hinten und ich schiebe seine Haare über seine Schultern, greife mit meinen Fingern nach seinen Nippeln.

„Danny", wimmert er. „Willst du, dass ich dir einen blase?"

„Nein", grunze ich, weiß, dass ich viel zu schnell kommen werde, wenn er seinen Mund auf meinen Schwanz legt. Ich drücke unsere Schwänze erneut, blicke auf die lila Eichel meines eigenen vor der durchbluteten, dunkleren Eichel seines Schafts. „Ich will in dich."

„Jetzt?"

„Ja, jetzt."

Er nimmt das Gleitgel und richtet sich auf seinen Knien auf, greift nach hinten, um es auf seinem Loch zu verteilen. Er legt seine Hand um meinen Schwanz und bedeckt ihn mit dem Gel. Die Kühle dämpft meine Lust, aber seine festen Pumpbewegungen wecken sie wieder. Er küsst mich, während er sich auf seinen Füßen positioniert, auf der Couch in die Hocke geht, damit er im richtigen Winkel für die Penetration ist.

Ich schließe meine Augen, lasse ihn die Arbeit bei dem Kuss machen, akzeptiere seine Lippen und Zunge, wie er es für richtig hält. Mein Mund ist jetzt genug verheilt, dass ich ihn leicht küssen kann, solange ich auf meine Zähne aufpasse. Ich grunze, als er seinen Hintern auf meinen harten Schwanz senkt, und mein Schaft dringt in sein feuchtes, enges Loch.

„Shh", mahne ich, als er sich von dem Kuss zurückzieht, um sich darauf zu konzentrieren, meinen Umfang aufzunehmen. Er hat die Brauen gerunzelt, sein Mund öffnet sich und sein Brustkorb errötet bis hinauf an seinen Hals.

„Gut so", murmele ich, bemühe mich sehr, nicht in ihn zu stoßen, sowohl für seinen Komfort als auch meinen eigenen. Ich weiß, dass jede Bewegung, die ich mache, mein Bein zu wütendem Protest verleiten wird. Ich möchte das hier genießen, nicht meinen Ständer an den Schmerz verlieren.

Und ich genieße es. Sejin zuzusehen, wie er sich Zeit lässt, sich auf meinen Schwanz zu senken, das Spiel seiner Muskeln, sein Kopf, der sich nach hinten neigt … Es ist das Beste, was ich gesehen habe, seit ich in diesem Krankenhausbett aufgewacht bin. Ich möchte seine Nippel lecken, aber ich weiß, dass dies zu viel Bewegung von mir wäre. Ich nehme sie zwischen Zeigefinger und Daumen, drücke mit jedem seiner schaudernden Atemzüge.

„Ah, verdammt", flucht er, als sein Loch mich komplett mit köstlicher Hitze umhüllt. „Ich habe das vermisst."

„Ich auch."

„Pass auf deine Zähne auf", murmelt er, als er sich zu einem weiteren Kuss nach unten lehnt. Seine Haare legen sich um uns, fließen über mein Gesicht und meine Schultern.

Ich küsse ihn vorsichtig, achte darauf, meine scharfen, abgeplatzten Zähne von seinen weichen Lippen und seiner Zunge fernzuhalten. Dann küsse ich ihn weniger vorsichtig … bis er keucht und sich zurückzieht, seine Augen glänzend vor Lust und er hat einen kleinen Blutfleck auf seiner Unterlippe. Ich ziehe ihn wieder nach unten und lecke ihn weg und er küsst mich erneut. Seine Zunge jagt meine und unsere Atmung ist keuchend und schwer.

Er hat sich nicht bewegt, seit er mich aufgenommen hat, sitzt nur auf meinem Schwanz, zieht sich um mich zusammen, während er meinen Mund küsst. Aber jetzt fängt er an. Die Hände auf meinen Schultern, hebt er sich langsam an und senkt sich wieder. Sein Kopf fällt nach hinten, seine Kehle ist entblößt. Ich beuge mich vor, bewege mein Bein, aber das ist mir egal. Ich brauche seine Nippel. Ich bekomme einen in meinen Mund und stimuliere ihn mit meiner Zunge, bevor ich seine Reaktion auf meine kaputten Zähne dort überprüfe. Er wird sehr still und stöhnt. Ich spüre einen Fluss an Liebestropfen zwischen unseren Körpern.

„Fuck", stöhnt er. „Sei vorsichtig."

Ich reibe mit meinem scharfen Zahn über seinen empfindlichen Nippel. Er zuckt um mich herum, sein Loch zieht sich um meinen Schaft zusammen. Ich wechsle die Seiten, mache dasselbe mit seinem linken Nippel und dann wieder mit seinem rechten. Er atmet auf diese harte, komprimierte Art, die mir sagt, dass er gleich entweder einen Orgasmus bekommt oder in Tränen ausbricht. Darum ziehe ich mich zurück, packe seine Haare mit beiden Händen und ziehe ihn wieder in einen Kuss.

Er hört auf, sich zu bewegen. Hält nur weiter seinen Schwanz in mir, während wir uns küssen und einander einatmen. Schließlich löst er sich, legt seine Hände erneut auf meine Schultern und fängt an, mich zu reiten. Seine Bewegungen rütteln mein Bein ein wenig und der Schmerz schießt in meine Hüfte hinauf, aber vermischt mit der Lust ist es beinahe gut. Die Hitze, das Gleiten, die Reibung und der Schmerz, werden mit seinem Atem auf meinem Gesicht kombiniert, dem Geruch seines Schweißes, bis alles gut ist. *Wir* sind gut.

Ich spüre, wie meine Eier hart und bereit werden. „Doc, komm für mich", sage ich, nehme seinen Schaft und pumpe. „Auf meinen Brustkorb. Komm schon."

Er fängt an zu beben. Mein eigener Orgasmus kommt näher. Ich spüre, wie er durch mich rast, angespannt und vibrierend. Kurz bevor er einschlägt, höre ich ihn keuchen und spüre das Platschen seiner heißen Wichse auf meinem Bauch und Brustkorb. Mit geschlossenem Mund halte ich mein seliges Grunzen zurück. Ich komme, meine Hüften rucken und meine Eier schmerzen wie mein Bein. Zu heftig, zu viel, aber *so* verdammt gut.

Danach gleitet Sejin von mir herunter, aber ich lasse ihn nicht sauber machen. Ich bringe ihn dazu, sich mit dem Rücken auf die wasserdichte Campingdecke aus meinem Van zu legen, die, die das Sofa vor kleinen Unfällen bei meiner Genesung schützt. Ich manövriere ihn, sodass er einen Fuß auf die Rückseite der Couch legt und seinen anderen Fuß an seinen Brustkorb zieht, damit ich mit seinem Hintern spielen kann. Ich fahre mit meinen Fingern durch meine Wichse, die aus ihm heraustropft und drücke sie wieder hinein. Seine Oberschenkel zittern und er bedeckt sein Gesicht mit seiner freien Hand, aber ich weiß, dass er es liebt. Sein Schwanz ist immer noch hart und er fängt an zu keuchen, als wäre er bereit für eine weitere Runde.

Ich liebe das an ihm. Er ist so leicht zu haben. War es schon immer, seit diesem ersten Tag.

„Bereit?", frage ich, als ich zwei Finger meiner rechten Hand in ihn stoße und anfange, seine Prostata zu bearbeiten.

„Fuck", murmelt er. Die Muskeln seiner Beine zucken, als ich ihn mit den Fingern ficke. „Dan … es ist so gut, es ist so gut."

„Ich weiß, Baby", antworte ich zufrieden. „Ich weiß."

Ich mag nicht in der Lage sein, ihm mit meinem Schwanz den Verstand aus dem Kopf zu vögeln, aber ihn mit meinen Fingern zu öffnen, ist plötzlich die coolste Idee, die ich seit langer Zeit hatte.

„Wie viele denkst du, kannst du aufnehmen?", flüstere ich, schaue zu, wie er sich auf zweien windet.

„Sie alle", keucht er. „Gib mir alles."

Ich lache, das Rütteln lässt mein Bein wieder heftig schmerzen, aber der Adrenalinrausch, den ich von seinen Worten habe, übertüncht das. „Alles? Alle vier?"

„Alle fünf", korrigiert er. „Deine ganze Faust."

„Du …" Ich halte inne, um mich zu räuspern, meine Finger bewegen sich nicht, während ich darüber nachdenke. „Du willst, dass ich dich fiste?"

Sejins Beine zittern, er verdeckt sein Gesicht wieder und nickt dann wild. „Ich will es."

Ich denke darüber nach. Wir haben schon darüber gescherzt, aber ich erinnere mich an das Funkeln in Sejins Augen, wie er ausgesehen hatte, als würde er überhaupt gar nicht scherzen.

„Warum willst du es?", frage ich.

„Ich habe noch nie … und ich muss … *etwas* fühlen." Er nimmt seine Hände von seinem Gesicht und seine Augen sind glasig, aber er wirkt bei Verstand. „Etwas Überwältigendes. Bitte."

Ich weiß, was er meint. Er braucht etwas so Intensives, dass es ihn im Hier und Jetzt verankert. Alles andere – Angst, Sorge, Nervosität – wird abfallen. Ich kann das verstehen. Das ist es, was an der Wand passiert.

Ich überlege schnell. Habe ich genügend Gleitgel? Ich habe das erst einmal mit einem Typen gemacht, den ich in einer Bar in Denver kennengelernt hatte. Wir hatten eine Dose voller Boy Butter zur Hand. Sejin und ich haben nur diese ziemlich große Flasche Wet Platinum Marken-Gleitgel da. Ich nehme sie und lese schnell die Rückseite. Dort steht „Fisting Gleitgel" als eines seiner Anwendungsgebiete. Ich bewege meine Finger, die immer noch in Sejin stecken, während ich nachdenke. Er windet sich und sein langer Schwanz gibt ein paar Liebestropfen ab. Ich treffe eine Entscheidung.

„Ich kann es versuchen. Wenn du das wirklich willst", murmele ich. „Ich kann sehen, wie viele ich reinbekomme. Wenn es passiert, passiert es."

„Bitte", wimmert Sejin, sein Loch zieht sich um meine Fingerknöchel zusammen. „Bitte versuch es."

Ich kaue auf meiner Unterlippe, lese mir noch einmal die Rückseite der Flasche Wet Platinum durch. Sie ist beinahe voll. Das Zeug ist glitschig. Aber wenn das nicht ausreicht oder es ihm nicht gefällt, kann Sejin mir jederzeit sagen, dass ich aufhören soll.

„Okay", stimme ich zu. „Warum nicht?" Wenn ich eine riesige Wand ohne Seile hinaufklettern und mein Leben riskieren kann, dann kann Sejin versuchen, meine ganze Faust in seinem Loch aufzunehmen, wenn er das möchte. Ich kann sein Bedürfnis, die Grenzen manchmal ausloten zu wollen, verstehen. Die Welt auszublenden und einfach nur zu fühlen. „Sag mir, wenn es zu viel wird, dann höre ich auf."

Sejin nickt und entspannt sich auf dem Sofa, lässt mich die Kontrolle übernehmen. Ich denke darüber nach, dass er es immer liebt, wenn ich das Kommando übernehme und wie der Unfall mich jetzt wochenlang davon abgehalten hat, es zu tun. Ich kann ihm diese Auszeit geben, ihn an einen Ort bringen, an dem er sich wieder in meine Fürsorge begibt.

Seine Augen flattern, als er sich dem Rhythmus meiner Finger hingibt, die sich in ihm bewegen. Ich atme ein und aus, während ich weiter Gleitgel dazugebe und einen weiteren Finger an seinem gedehnten Rand vorbeizwänge. Ich denke darüber nach, was er empfinden muss. Ich beobachte jeden schaudernden Atemzug. Ich bemerke seine geweiteten Pupillen, als er seine Augen öffnet, um mit nuttig aussehendem Blick zu mir aufzuschauen, und mir fallen seine dunklen Wangen auf, als er vor Anstrengung und Erregung überall errötet.

Als ich ihn weiter und weiter öffne, fängt er an zu zittern und die Laute, die er von sich gibt, sind köstlich. Als ich zu meinem Daumen komme, starre ich ihn an, während ich die Spitze hineinschiebe, erstaunt, dass er sie aufnimmt. Ich weiß, dass wenn ich mich jetzt zurückziehe, er weit offen sein wird, rot und hungrig nach mir. Leise fluchend, bewege ich mich ein wenig – ignoriere das grauenvolle Aufblitzen von Schmerz in meinem Bein – damit ich es mir bequemer machen kann und etwas mehr Hebelwirkung bekomme. Ich kann es nicht erwarten, sein Loch um mein Handgelenk geschlungen zu sehen. Ich gieße großzügig Gleitgel über mein Daumengelenk und den breitesten Teil meiner Hand. Zum Glück schützt die Decke aus meinem Van Peggy Jos Couch, weil wir ihr sonst eine neue schulden würden.

Schließlich presse ich den Ansatz meiner Fingerknöchel gegen sein Loch, teste den Widerstand. Sein Rand fühlt sich gedehnt und gespannt an, als wäre er vielleicht nicht in der Lage, sich ganz für mich zu öffnen. Mein Herz hämmert, als ich meine Lippen lecke, mich auf den nächsten Schritt vorbereite – ganz einzudringen.

„Das ist es", flüstere ich. „Willst du weitermachen?"

Ich fühle mich schwindlig, als Sejin, verschwitzt und errötet und viel zu überwältigt, um zu sprechen, nach unten greift und mein Handgelenk umfasst. Er starrt mich direkt an und dann holt er tief Luft, entlässt sie wieder und nickt.

Ich stoße zu.

„Fuuuck!", schreit er, als er dagegen drückt, um mir zu helfen.

Ich bin schockiert und erfreut zu spüren, wie meine Hand in ihn gleitet. Es ist nicht einfach und es geht nicht schnell, aber nach und nach, Millimeter um Millimeter, schiebe ich den breitesten Teil meiner Hand in ihn. Als sein Rand endlich nachgibt und ich bis zum Handgelenk in seine glitschige, samtige Hitze gleite, knurrt Sejin wie ein Tier und zittert am ganzen Körper, wie wenn ich ihn mehrmals hintereinander dazu gebracht habe, anal zu kommen.

Ich schwitze und mein Bein pulsiert, aber ich bin auch erfreut. Ich bin auf eine Art und Weise in seinem Körper, wie ich mir ziemlich sicher bin, dass noch kein Mann es gewesen ist, und er ist in diesem Moment hier mit mir verloren. Keine Sorgen. Keine Ängste. Nur meine Hand und all diese Empfindungen, die in intensiven Wellen über ihn rollen.

„Okay?", frage ich und seine Lippen und sein Kinn zittern. Tränen gleiten an seinen Wangen nach unten, aber er nickt. „Ich liebe dich", flüstere ich.

Sein Atem stockt und er öffnet seine Augen wieder, um mich mit einem wässrigen, erstaunten Blick anzustarren. „Ich liebe dich auch."

Es ist rau und guttural, als wäre er vor Lust und Schock aufgeschlitzt.

Ich denke nicht, dass ich ihn heute ordentlich mit der Faust ficken kann, nicht in diesem Winkel und nicht, ohne mein Bein zu erschüttern, aber das werde ich eines Tages. Für den Moment werde ich dafür sorgen, dass er vor Lust sabbert, wie ich es vor dieser verdammten Verletzung getan habe. Ich werde dafür sorgen, dass er weiter süchtig nach mir ist und dem, was ich mit seinem Loch machen kann.

„Oh Gott", stöhnt er, als ich in ihm eine Faust mache und damit dann fest seine Prostata bearbeite. Ich drehe meine Hand, sodass jeder Fingerknöchel über die Stelle reibt. Er zittert so heftig, dass ich denke, er wird von der Couch fallen, aber er packt die Lehne und hält sich fest. „Fuck, Dan", wimmert er, hoch und wild. „Fuck … Ich habe noch nie … hast du?" Er schaudert heftig und seine Augen verdrehen sich.

Ich bewege meine Faust noch etwas weiter, bis er keine Worte mehr hat, bebt und wie ein kleiner Brunnen Liebestropfen abgibt. Seine Nippel sind hart und sein Loch sieht dunkel und beeindruckend aus, wie es um mein Handgelenk gedehnt ist. Seine Oberschenkel zucken und zittern, als wäre er einhundert Treppen hinaufgelaufen.

Ich schwitze von der Anstrengung und mein Handgelenk wird müde. Mein Arm schmerzt ein wenig in dieser Position. Dennoch ist es das wert, wenn er sich so verliert, dass ich ihn auf diese Weise haben kann, zu wissen, dass ich ihn immer noch darauf reduzieren kann, wann immer er mich lässt.

„Kannst du mit meiner Faust in dir kommen?", frage ich neugierig. Manche Typen können das nicht. Ich zum Beispiel konnte es nicht, bei dem einen Mal, als ich es jemanden bei mir habe versuchen lassen. Ich bin vollkommen weich geworden.

Aber Sejin? Nun, er ist immer noch hart. Was keine Überraschung ist, weil er so sehr auf seinen Hintern steht, wie ich das tue, nur entgegengesetzt – empfangen, anstatt zu geben. Wenn ich es nicht lieben würde, gefickt zu werden, würde er wahrscheinlich nie etwas dagegen einwenden, für mich ein exklusiver Bottom zu sein. Es gefällt mir, das zu wissen.

Sejins Mund öffnet sich für eine Antwort, aber alles, was herauskommt, sind Stöhnen und Wimmern und hohe, lusterfüllte Laute. Er summt, wie er es in den Tagen vor meiner Verletzung getan hat, wenn ich ihn zu Schluchzern und Schreien gefickt habe. Darum arbeite ich härter in ihm, mein Handgelenk dreht sich, mein Arm pumpt, aber nicht genug, um mein Bein zu schlimm zu erschüttern. Ich stelle sicher, dass ich seine Prostata bei jeder Drehung erwische.

Er windet sich, sein ganzer Körper pulsiert und dann wird er plötzlich sehr ruhig. Seine Augen öffnen sich ruckartig und er starrt mich für eine strahlende, heiße Sekunde an, bevor er sie wieder zukneift und sein Rand mein Handgelenk fest umschließt. Dicke Spritzer Wichse fliegen aus seinem Schwanz und bemalen seinen Körper. Ein paar Tropfen fallen auf den Holzboden. Ich fühle mich deswegen ein wenig schlecht, weil er das aufwischen müssen wird, da ich es nicht kann.

Aber ich glaube nicht, dass *er* sich irgendwie schlecht fühlt.

Er ist völlig verloren, als sein Körper durch einen brutalen Orgasmus zittert und krampft. Endlich, als er herunterkommt, stöhnend und verwirrt, lockere ich meine Faust in ihm, vorsichtig und langsam. Er wimmert und greift nach unten, um mein Handgelenk erneut zu berühren, stabilisiert mich, als ich mich noch vorsichtiger aus ihm herausbewege. Er schreit ein wenig auf, als der breiteste Teil meiner Hand herauskommt, aber sein Loch lässt mich danach bereitwillig los, lässt ihn offen und zitternd zurück.

„Fuck", sagt er nach einem sehr langen Schweigen, während dem ich seine Waden mit meiner sauberen Hand massiere und darauf warte, dass er wieder zu Sinnen kommt. „Verdammter *Fuck*."

„Ja."

„Ich bin wieder hart, aber im Moment kann ich deswegen nicht viel unternehmen, darum warte ich.

Sobald er sich genug erholt hat, tastet er nach unten und fühlt sein eigenes Loch, immer noch offen und wunderschön. Ich wünschte, ich könnte mich hinunterbeugen und diese rosige Färbung küssen, aber ich weiß, dass mein Bein dann höllisch schmerzen wird. Ich begnüge mich damit, die Ränder mit meinen Fingern zu berühren, und er gesellt sich in meiner Erkundung seines Lochs zu mir.

„Heilige Scheiße", murmelt er. „Verdammt."

„Hat es dir gefallen?", frage ich, lache dabei beinahe, weil ich weiß, dass dem so war.

„Mein Hintern fühlt sich an, als hätte er eine Fahrt in den Weltraum und zurück gemacht. Mein Kopf auch."

„Auf gute Weise?"

„Auf die beste Weise."

Nach und nach zieht sein Loch sich zusammen und er setzt sich auf, seine dunklen Augen schimmern immer noch vor Befriedigung. Er sieht meinen Ständer und ehe ich ihn aufhalten kann, ist er auf seinen Knien, beugt sich über mich und saugt mich ein. Es braucht nur ein paar Saugbewegungen seines Mundes bevor ich erneut in kurzen, harten Ausbrüchen komme. Nach dem erotischen Spektakel, das ich gerade gesehen habe, bin ich mehr als bereit.

„Also …", fange ich an und lehne mich nach dem Orgasmus gegen die Sofakissen. „Es tut mir leid, dass ich dir den Verstand geraubt habe und dich jetzt mit dem Saubermachen allein lasse, aber …" Ich deute auf die Sauerei auf dem Boden und dann auf mein Bein.

Sejin schiebt sich seine Haare aus dem Gesicht, leckt sich den Rest meiner Wichse von seinen Lippen. Er betrachte die Situation – Wichse auf uns beiden und dem Boden, Gleitgel auf meiner Hand bis zu meinem Handgelenk und wir beide vollkommen verschwitzt. Er lacht ein wenig, aber es kommt mir eher so vor, als würde er lieber auf dem Sofa die Augen schließen, als sich um all das zu kümmern. Ich werde ihm keinen Vorwurf machen, wenn er das tut. Tatsächlich will ich ihn gerade dazu ermuntern, als er auf schwankenden Beinen aufsteht und sagt: „Bin gleich wieder da. Geh nirgendwo hin."

Wir beide lachen erneut, als er in Richtung Bad geht, um die Putzutensilien zu holen.

Meine Eier bitzeln, sind im Moment köstlich leer und ein Gefühl des Optimismus überkommt mich. Wenn schon sonst nichts, kann ich Sejin immer noch kommen lassen, als wäre er für nichts anderes im Leben gebaut. *Alles* muss jetzt anfangen, besser zu werden. Wir haben das Schlimmste hinter uns.

Schon bald werde ich eine Gehschiene bekommen und mit der Reha anfangen.

Ich muss nur verhindern, dass ich bis dahin vollkommen den Verstand verliere.

Sejin

AUF MEINER FAHRT zur Arbeit mit den Kindern bei Tater Tots trommeln meine Finger auf das Lenkrad. Meine immer noch nassen Haare kleben an meinem Kopf und die Enden der schweren Locken tropfen, durchnässen die Vorderseite meines Oberteils.

Obwohl ich mir den Wecker auf vier Uhr morgens gestellt habe, war ich dennoch zu spät dran, als ich das Haus verlassen habe, und hatte keine Zeit, auch nur anzufangen, den Haaransatz nach meiner schnellen Dusche zu trocknen.

Es ist nur so schwer, rechtzeitig aus dem Haus zu kommen, wenn ich alles für Dan so herrichten muss, dass er für die eineinhalb Stunden sicher ist, bevor Lowell oder Rye kommen, um ihm auf die Toilette zu helfen oder sich um seine Bedürfnisse an diesem Tag zu kümmern.

Und ich darf nicht vergessen, die Katzen zu füttern, nicht nur um ihretwillen, sondern auch wegen Dan. Das Letzte, was er braucht, ist, dass sie ihn um Futter anbetteln, das er ihnen unter keinen Umständen geben kann. Zumindest haben sie nicht versucht, ihn zu kratzen oder zu beißen, seit er verletzt wurde. Sie scheinen zu erkennen, dass er im Moment keine Beute ist.

Trotz des kühlen Morgens schwitze ich, weil ich die Heizung im Auto voll aufgedreht habe, in dem Versuch, meine Haare so gut wie möglich zu trocknen. Die Haut auf meinem Gesicht fühlt sich an, als würde ich mich in eine Rosine verwandeln, aber meine

Haare sind so dicht, dass sie Wasser wie ein Schwamm halten. Sie tropfen weiter. Ich weiß, dass sie trotz der Mühen meiner Autoheizung den Großteil des Tages feucht sein werden.

Müde suche ich sinnlos nach einer eleganten Lösung für all die Sorgen, die uns plagen. Ich weiß, dass es dumm ist, aber es fühlt sich an, als ob die Antwort auf alles nur einen weiteren Gedanken entfernt ist. Aber wie die Antwort auch aussieht, sie ist glitschig und weicht mir aus, gleitet davon, sobald ich mich nähere. Es ist eine Einbildung, das weiß ich. Es gibt keine schnelle Lösung für all das, keine einzelne Idee, die helfen wird, alles zu regeln.

Ich denke wieder daran zurück, wie wir uns auf dem Sofa geliebt haben – seine Hand, die in mich eingedrungen ist, die Intensität des Erlebnisses und unsere Gefühle – und die fehlgeleitete Hoffnung, die dadurch in mir aufgeflammt ist, dass wir beide emotional den Tiefpunkt auf dieser Reise überwunden haben. Wie sehr ich mich geirrt habe.

Die letzten paar Tage haben mir eine Seite meiner selbst gezeigt, die ganz anders ist als alles, was ich je zuvor gesehen habe. Obwohl es so unglaublich gewesen war, das mit Dan zu teilen, kann ich mich nicht überwinden, etwas auch nur annähernd Ähnliches machen zu wollen. Ich blase ihm einen oder hole mir einen runter, während wir uns küssen, aber ich kann mich ihm nicht wieder so öffnen. Nicht einmal für seinen Schwanz. Aus so vielen Gründen. Der Hauptgrund ist, dass ich müde bin. Nicht nur müde, sondern *erschöpft*.

Die Energie, so loszulassen, ihn in mir anzunehmen, ans Ende der Lust und darüber hinaus zu gehen ... Das kann ich im Moment einfach nicht. Ich habe sie komplett draußen in der Welt gelassen, wo ich mich mit allem anderen herumschlage: Papa Bear, den Kindern bei Tater Tots, den Rechnungen, die gestern endlich gekommen sind.

Ich weiß, dass Dan enttäuscht ist, dass ich nicht wieder anal spielen möchte, jetzt da er wieder kann. Nicht weil er es nicht versteht, sondern weil es etwas ist, bei dem er das Gefühl hat, etwas zu leisten. Mich zum Orgasmus zu bringen, bis ich den Verstand verliere und Wichse überallhin spritze ist die einzige Sache, die er, nach seinem Dafürhalten, in seinem momentanen Zustand tun kann, um mir Lust und Freude zu machen. Alles andere an unserer Beziehung ist, nach seiner Sicht, nur eine Bürde für mich.

Er irrt sich nicht, aber er hat auch nicht recht. Das ist nur eine schwere Zeit. Wenn wir sie hinter uns haben, werde ich ihn seinen Schwanz wieder in mich stecken lassen und seine Zunge – und was immer sonst er möchte. Ich komme damit nur im Moment nicht klar.

Ich fühle mich schuldig deswegen.

Was Dan betrifft, er ist nicht *wütend* über seinen Invaliden-Status. Er ist nicht bösartig, wie manche Leute es nach einem lebensverändernden Unfall – vorübergehend oder dauerhaft – sein können. Aber nachdem er gestern erfahren hat, dass sein Bein nicht genug verheilt ist, um ihm einen Vakuumschuh zu geben, ist er mürrisch.

Ungeduld strahlt von ihm ab. Die Leere in seinem Blick ist schwer zu ertragen und wenn ich ihn bitte, mit mir über das, was er fühlt, zu sprechen, sagt er: „Es ist nichts, das du ändern kannst."

Schaudernd erinnere ich mich an diesen leblosen Blick, als ich ihn auf die Wange geküsst habe, bevor ich aufgebrochen bin. Ich zermartere mir erneut das Hirn nach einer Antwort. Aber es ist sinnlos.

Er ist hilflos. Ich bin hilflos.

Die Krankenhausrechnungen haben gerade erst angefangen zu kommen und sie begraben uns bereits. Ich habe in den letzten Wochen für Dan Anruf um Anruf bei MediCal getätigt, dem Krankenhaus und den Patientensachbearbeitern. Dan hat ebenfalls angerufen, obwohl er immer noch ziemliche Schmerzen hat und der

Versuch, es durch einen dieser Anrufe bei einem MediCal Sachbearbeiter zu schaffen, ist für ihn eine Folter. Deswegen versuche ich, für ihn zu tun, was ich kann.

Gestern Abend habe ich ihm von der GoFundMe Seite erzählt. Zu meiner Überraschung hat er sich überhaupt nicht gewehrt. Er hat nur die Stirn gerunzelt, seinen Mund geöffnet, als wollte er etwas einwenden, aber dann geseufzt und genickt. „Sag ihnen allen, dass ich mich bedanke."

Seine Akzeptanz war eine Erleichterung. Ich möchte nicht, dass die Sorge um Geld ihn noch weiter runterzieht als der Schmerz und seine Unfähigkeit, zu Klettern – oder, zur Hölle, auch nur allein zu pinkeln – es schon tun. Ich möchte, dass er sich auf seine Genesung konzentriert und darauf, dem Dämon zu entkommen, der seine Krallen in seinen Verstand geschlagen hat. Weil er überhaupt nicht mehr wie der Dan von vor dem Unfall ist …

Ich hole tief Luft und gestehe mir etwas ein, das ich bisher bewusst vermieden habe. Ich bin auch nicht mehr wie der Sejin, der ich zuvor war. Ich habe manchmal das Gefühl, dass ich nicht mehr atmen kann, und es gibt niemanden, mit dem ich darüber reden kann.

Als ich auf die Straße biege, die mich zum Parkplatz von Tater Tots führen wird, gehe ich die relativ kurze Liste meiner potenziellen Ansprechpartner durch.

Leenie ist immer so streng mit Dan. Sie denkt, dass dies alles seine Schuld ist – und das *ist* es – und dass ich mir keine solche Mühe geben sollte, es für ihn einfacher zu machen. Sie ist froh, dass er nicht gestorben ist, und sie hat begriffen, dass ich ihn liebe und ihn nicht verlassen werde, aber sie ist immer noch ziemlich wütend auf Dan, weil er mich in diese Lage gebracht hat.

Was Rye betrifft …

Nun, er gibt für uns alles, was er kann, und wenn ich mich über die Dinge beschwere, mit denen ich Probleme habe, fürchte ich, wird er denken, dass ich ihn um noch mehr bitte.

Dasselbe gilt für meinen Dad. Er war großartig, hat regelmäßig angerufen und sich immer nach Dans Fortschritten erkundigt. Er war so hilfreich und das Geld, das er geschickt hat? Das war keine Kleinigkeit für ihn. Außerdem sagt er mir immer wieder, dass ich notwendige Dinge und Benzin mit der Kreditkarte bezahlen soll, die er mir gegeben hat. Ich kann ihn nicht bitten, sich auch noch meine Sorgen anzuhören. Auf gar keinen Fall, wo ich doch weiß, was er mit Mom durchgemacht hat …

Vor allem weil das nur ein gebrochenes Bein ist. Es ist nicht tödlich, verdammt noch mal. Es ist nur unangenehm und teuer und heilt langsam. Ich kann mich bei meinem Dad darüber nicht beschweren.

Martin war immer gut zu mir, aber er ist nicht wirklich der Typ, dem man sich anvertraut.

Lowell ist ein guter Zuhörer und er würde wahrscheinlich verstehen, was ich durchmache, aber er scheint eine Art Midlife-Crisis zu haben, soweit ich das sehen kann und ausgehend von dem Wenigen, was Rye mir erzählt hat.

Peggy Jo ist eine Option, aber ich möchte nicht, dass sie sich Sorgen um Dan macht. Sie sollte die Zeit mit ihrer Enkelin genießen. Sie wird helfen wollen und sie sollte sich nicht verpflichtet fühlen.

Also ja, ich habe meine Optionen korrekt eingeschätzt. Es liegt alles an mir.

Ich muss stark sein und für Dan optimistisch bleiben. Ich werde mich zusammenreißen und mein Bestes geben, um alles zu erledigen und sicherzustellen, dass alles bezahlt wird. Oder so bezahlt, wie es möglich ist.

Gestern war der Supermarkt ein trauriger Ausflug. Ich habe mir nicht viel leisten können. Ich hoffe, Heather gibt mir heute einen Scheck für die Stunden letzte Woche. Ich könnte das Geld wirklich gut gebrauchen. Vielleicht kann ich auch noch ein wenig Klempnerarbeit bei Martin unterbringen und dann muss ich das Frühstück nicht auslassen und darauf warten, ob ich eine alte Zimtschnecke bei Papa Bear abstauben kann, um ein paar Dollar zu sparen.

Ich habe das Dan noch gar nicht erzählt …

Als ich auf den Parkplatz fahre, denke ich darüber nach, was von Wert ich besitze. Ich habe einen Ring, den meine Mutter mir vermacht hat, von dem sie vorgeschlagen hat, dass ich ihn eines Tages einer Person gebe, die ich liebe, auch wenn das bedeutet, dass der Diamant für einen Männerring gefasst werden muss. Auf gar keinen Fall werde ich den verkaufen.

Ich habe so wenig. Ich habe aus West Virginia nicht viel mitgebracht und ich habe nicht viel gekauft, während ich auf Martins und Leenies Couch geschlafen habe.

Vielleicht sollte ich in Erwägung ziehen, mein Auto zu verkaufen. Wir können uns mit Dans Van behelfen, auch wenn es schwierig ist, damit in der Stadt herumzukurven. In meinen Augen brennen Tränen, als ich darüber nachdenke, das Auto aufzugeben, das mich von West Virginia hierhergebracht hat und durch dick und dünn mein loyaler Weggefährte war.

Ich habe noch ein paar Minuten, bevor ich reingehen und für die Kinder fröhlich sein muss, darum nutze ich mein Handy, um den Wert meines Versus zu erfahren, und bin bemitleidenswert erleichtert, als ich feststelle, dass mein Auto nicht viel wert ist, also … was würde es schon bringen, es zu verkaufen?

Ich fühle mich an Dan gebunden und ich habe mich für ihn entschieden, aber ich möchte unsere Leben noch nicht so gründlich vermischen. Ich verdiene einen Ausweg, auch wenn ich nicht vorhabe, ihn wahrzunehmen. Dieser Ausweg ist ein eigenes Auto.

Der Himmel ist voller dunkler Wolken, als ich aussteige und hinaufschaue. Es wird später regnen. Meine Haare werden heute wirklich nicht trocken werden. *Mann.*

Ich seufze, schüttle meine Hände aus. Ich muss atmen. Ich weiß, wie man mit Stress umgeht. Ich bin klargekommen, als Mom gestorben ist – zum größten Teil – und ich werde jetzt klarkommen. Dans gebrochenes Bein ist nicht das Ende der Welt, auch wenn es sich in letzter Zeit beinahe jeden Tag so anfühlt.

Ich setze ein Lächeln auf, falsch und fröhlich, versuche, den echten Sejin irgendwo in mir zu finden. Das sind drückende Gedanken für mich. Ich halte das Leben gerne leicht, um mich auf die schönen Seiten zu fokussieren. Und die schöne Seite ist riesig – Dan ist am Leben! Sein Bein wird heilen!

Aber verdammt, es wird uns alles kosten, was wir haben, um an diesen Punkt zu kommen. Mein Lächeln verschwindet. Ich hoffe nur, dass es uns nicht unsere Beziehung kostet.

Es ist schwer zu sagen, was Dan denkt. Was, wenn er mich irgendwann doch loswerden möchte, trotz unserer Erklärung, dass wir Seepferd und Kaiserfisch sind? Was, wenn er aufhört, glücklich mit mir zu sein, wenn ich ihn im Moment nicht ficken möchte? Was, wenn er anfängt das Gefühl zu haben, dass er an mich gebunden ist, weil niemand sonst sich um ihn kümmern kann?

Meine Schritte stocken auf dem Weg zu der kleinen Veranda am Vordereingang von Tater Tots.

Es ist Zeit für meine gute Miene. Wenn ich mit den Kindern arbeite, muss ich all die Schwere und Furcht in mir verschließen und mich fröhlich geben. Es ist eine Situation, in der ich so tue als ob, bis es wahr wird und darum tue ich so als ob.

Ich liebe es, wie die Musik und das Lachen der Kinder mich ablenken. Ich frage mich, ob ich Dan überzeugen kann, einmal morgens mit mir in die Stadt zu kommen, natürlich erst, wenn er seinen Vakuumschuh hat, um ihnen zuzusehen. Er mag Kinder oder zumindest Jeanie.

Der Morgen fängt gut an. Die Kinder sind zum Brüllen und

innerhalb weniger Minuten lächle ich aufrichtiger, als ich das seit Wochen getan habe. Während ich einige ihrer alten Lieblingslieder spiele – ich war zu beschäftigt, um neue K-Pop Veröffentlichungen zu verfolgen, und habe seit dem Tag des Unfalls kein Astro VLive mehr angeschaut – fühle ich mich bereits besser.

Wir haben zwei Neue in meiner Klasse, ein Geschwisterpaar, Byron und Ada, und sie beide lieben Tanzen. In nur wenigen Tagen haben sie die Bewegungen für die meisten Songs gelernt. Sie sind, wie alle Kinder, niedlich. Sie beide haben lockige braune Haare und tiefe, seelenvolle Augen.

Wir sind mitten in dem BTS-Song „Butter", als Byron aus der Formation ausbricht. Er tappt mit einem seltsamen Gang zu mir und sieht besorgt aus. „Mr Sejin?"

„Was ist los, Kumpel?" Ich gehe in die Hocke und schiebe ihm seine Locken aus der Stirn, sehe seine glänzenden Augen und geröteten Wangen. „Fühlst du dich nicht gut?"

„Ja", sagt er nachdrücklich und dann, wie ein Krug voller widerlichem Zeug, beugt er sich vor und kotzt.

Sehr viel.

Auf *mich*.

In meine *Haare*.

Auf meine *Kleidung*.

Der Geruch ist grauenvoll und ich würge ebenfalls, übergebe mich beinahe auf mich selbst, aber ich schaffe es, mich zu drehen und stattdessen auf den Boden hinter mir zu kotzen. Byron bricht in Tränen aus und ich mache es ihm beinahe nach. Feuchtigkeit sammelt sich in meinen Augen, als ich versuche, nicht wieder zu würgen. Alle anderen Kinder schreien und ein Chor aus „iihh" und „widerlich" erhebt sich um uns herum – sowie gefährliche, würgende Laute. Werden wir ein komplettes Kotz-Fest feiern? Ich weiß es nicht. Ich weiß im Moment nur, dass ich voll mit Byrons Kotze bin.

Ich würge wieder.

Jeanie rennt ins Büro, ruft nach Evelyn und Heather. Ich stehe benommen da, meine Hand auf Byrons bebender Schulter, als sie beide herbeieilen und die widerliche Sauerei entdecken, die Byron und ich veranstaltet haben. Während Evelyn sich Byron schnappt und ihn auf die Kindertoilette bringt, scheucht Heather mich in Richtung der Erwachsenen-Toilette, die nur ein Waschbecken und eine einzelne Toilette hat.

Sie lässt mich dort allein, um sich um die Sauerei auf dem Boden zu kümmern. Ich werfe kurz einen Blick im Spiegel auf mich. Ich bin abstoßend. Ich ziehe mir mein Oberteil und meine Jeans aus, muss zuerst die Kotze in meinen Haaren loswerden. Mit dem Gefühl, dass ich gleich wieder anfange mich zu übergeben, drehe ich das heiße Wasser auf und quetsche eine Tonne Seife in meine Hand.

Ich wasche meine Haare im Waschbecken aus und zittere am ganzen Leib. Die Handseife riecht nach Apfel-Zimt. Ich ziehe Kotzbrocken heraus und erneut füllen Tränen meine Augen. Ich wasche sie wieder und wieder und als ich versuche, meine Haare auszuspülen, verknoten sie sich wegen der aggressiven Seife.

Als ich meine Haare und Kleidung in dem beengten Raum, den das Waschbecken bietet, so sauber wie möglich bekommen habe, ziehe ich mich wieder an. Feuchter Kotzgeruch klebt an mir, als ich mich an den laminierten Waschschrank lehne und mich im Spiegel anstarre. Ich sehe so alt und so verdammt müde aus.

Meine Haare sind *schon wieder* nass und ich bin durchweicht von dem Versuch, die Kotze auszuwaschen. Ich habe noch eine halbe Stunde hier und dann muss ich direkt zu Papa Bear. Mein Kopf schmerzt. Ich würde gerne schreien.

Ich kann das nicht. Nicht heute.

Das Klopfen an der Tür ist Heather und sie reicht mir meinen Rucksack zusammen mit einer Plastiktüte und einem mitfühlenden

Gesichtsausdruck. „Es tut mir leid“, sagt sie schlicht.

„Danke.“

„Du hast in diesem Rucksack alles, was du brauchst, um es nach Hause zu schaffen?“, fragt sie.

Ich sage ihr nicht, dass ich nicht nach Hause fahren werde. Ich meine nur: „Ja“, und schließe die Tür wieder.

Ich wechsle meine Kleidung, was bedeutet, dass ich meine Uniform von Papa Bear verfrüht anziehe und ich binde meine nassen Haare zu einem Pferdeschwanz. Ich schwöre, ich kann immer noch Kotze darin riechen, aber das kommt wahrscheinlich von meinem Oberteil, das ich in die Tüte gesteckt habe, die Heather mir gegeben hat. Ich wasche noch einmal meine Hände und versuche, meine Abscheu und meinen inneren Aufruhr unter Kontrolle zu bekommen.

Als ich herauskomme, wartet Heather auf mich und klopft mir auf den Rücken. „Er hat mittags zu viel gegessen“, erklärt sie. „Wie sich herausstellt, hat er nicht nur sein Sandwich gegessen, sondern auch das von Ada, das von Griffin und das von Lila. Alles in Ordnung?“

„Was ist schon ein wenig Kotze im Gesamtbild?“, frage ich, obwohl ich immer noch weinen oder auf wundersame Weise in der Zeit zurück in die Arme meiner Mutter transportiert werden möchte. Aber ich lächle und sage Heather, dass alles in Ordnung ist.

Denn das ist anscheinend mein dritter Job – mir und allen anderen zu erzählen, dass alles in Ordnung ist. Sogar wenn ich mich fühle, als ob es das wirklich absolut nicht ist.

Heather sagt mir, dass ich nach Hause gehen soll. Aber sogar, wenn ich früher hier aufbreche, habe ich nicht die Zeit, für eine Dusche zurück zu Peggy Jo oder zu Martin und Leenie zu fahren, bevor ich mit meiner Schicht anfange. Darum fahre ich zu Papa Bear, versuche nicht zu weinen und hoffe, dass ich nicht zu widerlich rieche.

Ich betrete das Café und natürlich ist es voll. Es sind so viele Familien hier drin, dass der Raum gleich aus allen Nähten platzt. Ich entdecke eine Gruppe Kletterer und gehe ihnen aus dem Weg. Sie versuchen jetzt immer, mit mir zu reden, erkundigen sich nach Dan und tun so, als wären sie an diesem Tag nicht auf der Wiese gewesen, und hätten mit kranker Faszination zugeschaut.

Aber ich erinnere mich.

Ich erinnere mich *auch*, dass viele von ihnen auf der GoFundMe Seite gespendet haben, um bei Dans Genesung zu helfen, darum sollte ich dankbar sein. Wir werden dieses Geld brauchen.

Aber ich denke *auch*, dass einige von ihnen gespendet haben, um entweder ihre Schuld zu lindern, weil sie sich die ganze Saison über gewünscht haben, dass er abstürzt oder nur um sich dem Idioten gegenüber überlegen zu fühlen, der alles riskiert und beinahe alles verloren hätte. Ich weiß es nicht. Meine Gedanken sind nicht freundlich, wie sie es sein sollten, wenn es um sie geht.

Ich weiß, dass die Kletter-Community aus guten Menschen besteht, aber ich fühle mich ... was? Beschämt? Peinlich berührt? Es ist, als wollte ich, dass sie so tun, als ob wir nicht alle wüssten, was da oben an der Wand passiert ist – dass Dan es versucht und versagt hat, dass er etwas Dummes gemacht hat und jetzt den Preis dafür bezahlt.

Dass er verdammtes Glück gehabt hat.

Dass sie *niemals* so dumm und tollkühn wären.

Ich weiche ihnen aus und manövriere an Familien vorbei, die mich um mehr Kaffee bitten wollen oder einen weiteren Teller Apfelschnitze für ihre Kinder und schlüpfe nach hinten. Ich rieche an mir selbst, gehe zum Spiegel in der Nähe der Spinde, um mich zu überzeugen, dass ich wirklich die ganze Kotze losgeworden bin, weil ich sie *immer noch* riechen kann. Vielleicht klebt der Gestank in meiner Nase. Wie es auch sein mag, ich drehe hier durch. Ich habe nicht die Energie, heute damit klarzukommen.

Ich reiße meinen Spind auf, hole die Bürste heraus, die ich dort habe und fange an, meine feuchten Haare zu entwirren.

„Sejin." Cellis Stimme kommt von der halb offenen Tür, zusammen mit dem dumpfen Rumpeln des vollen Cafés. „Pete sucht dich."

Natürlich tut er das. Sie verschwindet und die Tür schlägt zu. Wenn ich wie Kotze rieche, na dann. Zur Hölle damit. Ich werfe noch einen letzten Blick auf mich, pfeffere die Bürste zurück in den Spind und knalle die Tür zu, genau in dem Moment, als ich mich vorbeuge, um eines meiner Schuhbänder neu zu binden.

Meine Haare verfangen sich in der Tür des Spinds.

„Fuck!", schreie ich, kann mich nicht aufrichten, weil meine Haare straff gezogen werden. Meine Kopfhaut brennt.

Ich bewege den Griff, aber die Tür bleibt zu.

Vornübergebeugt, mich dabei bemühend, mir nicht meine eigenen Haare auszureißen, bearbeite ich das Schloss, aber es gibt nicht nach. Es hängt fest.

Vorsichtig ziehe ich und ziehe, aber meine Haare wollen sich nicht lösen.

Ich entlasse eine ganze Litanei an Flüchen. Mein Herz hämmert. Mein Magen dreht sich wieder um. Ich bin gefangen, vornübergebeugt in einer unangenehmen Position und kann nicht einmal *sehen*, wo das Problem liegt. Ich bemühe mich ernsthaft, nicht anzufangen zu weinen. Je mehr ich versuche, freizukommen, desto mehr stecke ich fest.

Ich hole tief Luft und schreie. „Hilfe! Celli! Ich brauche Hilfe!"

Ich rufe immer und immer wieder.

Ich gebe auf, als Celli endlich kommt, um nachzusehen, was mich aufgehalten hat. „Warum brauchst du so lange?" Sie betritt den Raum mit einem genervten Seufzen.

„Ich stecke fest", bringe ich heraus. Tränen laufen an meinem Gesicht nach unten wie bei einem Baby.

„Was?"

„Ich stecke fest, verdammt noch mal!"

Ich höre, wie sie herkommt. „Heilige Scheiße, Sejin." In ihrer Stimme blubbert kaum unterdrücktes Lachen. „Du bist komplett verstrickt. Du siehst albern aus."

„Ich *fühle* mich nicht albern!" Ich fühle mich wütend, krank, gefangen und hilflos. „Fick dich, Celli."

Sie kommt auf meine andere Seite und gefangen, wie ich bin, vorgebeugt und mit dem Blick zu Boden gerichtet, kann ich nur ihre Schuhe sehen, ein neues Paar roter Converses. Sie klingt etwas ernster, als sie sagt: „Lass mich mal sehen."

Sie fummelt an dem Schloss und zieht am Griff, grunzt dabei vor Anstrengung. „Scheiße."

„Ich weiß", stöhne ich.

„Moment, lass mich-" Sie zieht heftig an meinen Haaren. „Oh Gott", flüstert sie. „Sie sind wirklich eingeklemmt."

„Ich *weiß*."

Wir stehen da – oder besser gesagt sie steht da und ich bin vornübergebeugt – während sie versucht, meine Haare loszubekommen. Kurz darauf geht sie und kommt mit Butter zurück. Sie versucht, die Haare im Schloss zu fetten, aber sie lösen sich dennoch nicht.

„Es ist sinnlos. Wenn es so weitergeht, werde ich vornübergebeugt sterben."

„Ich habe eine Idee", meint Celli schließlich, aber sie klingt deswegen wirklich traurig. Sie verschwindet und als sie zurückkommt, hält sie eine große Küchenschere dorthin, wo ich sie sehen kann. Sie glänzt in ihrer Hand.

„Sejin?", fragt sie, legt dabei ihre Hand auf meine Schulter. „Soll ich dich freischneiden? Oder was soll ich machen? Ich kann zu Pete gehen. Vielleicht hat er eine andere Art von Öl, das wir draufgeben können oder auf das Schloss oder-"

„Nein", sage ich und strecke meine Hand aus. Meine Kopfhaut brennt von all dem Gezerre. „Gib sie mir." Das macht sie und ich sage ihr, dass sie Pete im Café helfen soll. „Ich mache es selbst. Ich brauche nur eine Minute."

„Bist du sicher?", fragt sie und klingt, als würde *sie* gleich anfangen zu weinen.

„Ja."

Sobald ich höre, wie die Tür sich öffnet und wieder schließt, das Meer an Stimmen blockt, sowie das Klappern von Tassen und Besteck, lege ich eine Hand flach an den Spind und ziehe verzweifelt. Ich versuche ein letztes Mal, meine Haare loszubekommen, aber der Schmerz ist zu groß. Ich bearbeite noch einmal das Schloss. Es gibt nicht nach.

Welche Wahl habe ich?

Schau Ma, hier ist ein Problem, das ich tatsächlich lösen kann.

Ich hebe die Schere, schließe meine Augen und hole tief Luft. Frische Tränen gleiten an meinem Gesicht nach unten und tropfen auf den Boden neben meinen Füßen. Ich bin das Weinen so leid. Das ist alles, was ich in letzter Zeit zu machen scheine. Es kostet mich einige Mühe, durchzukommen, und ich säge eine lange Zeit herum, bis ich mich endlich befreien kann.

Ich sauge verzweifelt Atemzüge in Freiheit ein und schüttle die dichten schwarzen Haare aus, die vor meinem Gesicht baumeln.

Jetzt da ich wieder aufrecht bin, nutze ich mein volles Körpergewicht gegen das Schloss. Es ist mühevoll, das abgetrennte Bündel Haare herauszubekommen. Aber endlich schaffe ich es. Ich klammere mich an die Haare, reiße die Spindtür auf und starre mich in dem Spiegel an, der darin hängt.

Mit ist schwindlig vor Traurigkeit.

Ich habe meine Haare immer geliebt. Ich finde sie wunderschön. Dan auch.

Aber sie waren immer viel Arbeit. Sie sind überall. Sie lösen sich in der Dusche, verstopfen den Staubsauger und sie sind so verdammt dicht, dass sie ewig brauchen, um zu trocknen. Sie sind zeitaufwendig und unmöglich. Sie sind mir *ständig* im Weg. Sie fallen mir ins Gesicht. Und damit komme ich in letzter Zeit nicht klar. Nicht mehr.

Ich nehme eine weitere dicke Strähne und meine Hand zittert, als ich sie ebenfalls abschneide.

Dann noch eine.

Und noch eine.

Als ich fertig bin, liegen meine wunderschönen, langen schwarzen Haare um meine Schuhe verteilt. Ich starre auf sie hinunter und dann zurück in den Spiegel. Ich bin mir nicht sicher, was für einen Mann ich dort sehe.

Ich weiß nur, dass er mir überhaupt nicht ähnlich sieht.

Dan

MIR WAR IN meinem ganzen Leben noch nie so langweilig.

Rye und Lowell sind beide vor Stunden gekommen und wieder gegangen, haben mich in meinem Bett gelassen mit einer Pinkelflasche, wenn ich unbedingt muss, und mit nichts, was ich mit meiner Zeit anfangen kann.

Seit sie gegangen sind, habe ich masturbiert, bis ich nicht mehr geradeaus sehen kann. Ich habe jedes Tagebuch gelesen, das ich je geschrieben habe, bin jede Tour, die ich je gemacht habe, noch einmal durchgegangen und habe mir alle Neuigkeiten aus der Kletter-Community reingezogen.

In den letzten Tagen war ich hier so oft allein, dass ich mich sogar mit den Katzen angefreundet habe. Sie denken, ich bin ihr persönliches Heizkissen und schlafen auf mir, wann immer sie können. Ich hätte nie gedacht, dass ich einmal mit Katzen bedeckt sein würde, aber ich hasse es nicht. Und wie sich herausstellt, sind sie vielleicht irgendwie süß.

Die Tage, an denen ich für Tests oder zum Zahnarzt nach Fresno muss, damit meine Zähne gerichtet werden, sind grauenvoll. Aufzustehen und herumzufahren bereitet mir schreckliche Schmerzen. Aber das sind dennoch bessere Tage als dieser. Wie sich herausstellt, ziehe ich Schmerz jederzeit Langeweile vor.

Hier bin ich also, liege im Bett, betrachte den nebligen Garten vor dem Fenster und werde beinahe von Romeos Hintern erstickt, als Sejin nach Hause kommt. Mein Herz fängt an zu hämmern und ich spüre, wie ein Lächeln auf meinem Gesicht erscheint. *Er ist da. Er ist endlich da.* Als er durch die Schlafzimmertür kommt, wird mir bei seinem Anblick die Luft aus den Lungen gedrückt.

Ich schiebe Romeo von mir herunter und mühe mich in eine aufrechte Position. „Was zur Hölle hast du mit deinen Haaren gemacht?"

„Ich habe sie abgeschnitten." Er bleibt in der Tür sehen, das Licht vom Fenster fällt auf sein angespanntes Gesicht.

„Du hast sie abgeschnitten" wiederhole ich ungläubig.

„Mit einer Schere", fügt er unnötigerweise hinzu. Seine Schultern berühren beinahe seine jetzt sehr sichtbaren Ohren. Sie sind hübsch, wie der Rest von ihm, und nicht sonderlich groß oder seltsam geformt. Zum Glück, weil ich sie anscheinend oft sehen werde. „Dann bin ich zum Friseur, um sie in Form zu bringen."

„Du hast sie selbst abgeschnitten?"

„Es war ein schlimmer Tag", sagt Sejin, wischt sich dabei mit der Hand über sein Gesicht und dann scheint alles aus ihm herauszusprudeln ohne auch nur einem Atemzug zwischen den Sätzen. „Ich hatte heute Morgen keine Zeit, sie zu trocknen, darum waren sie den ganzen Tag nass. Und dann hat der neue kleine Junge? Byron? Er hat mich angekotzt und es ist in meine Haare geraten und ich habe mich auch übergeben und es war alles-" Er wedelt mit seiner Hand. „Ich habe sie im Waschbecken mit Handseife ausgewaschen, die nach Zimt-Äpfeln gerochen hat-"

„Widerlich."

„Ja und als ich bei Papa Bear war, haben sich meine Haare in meiner Spindtür verfangen und ich bin *durchgedreht*. Celli hat mir eine Schere gegeben und-" Er deutet an, die Haare zu schneiden. „Weg. Bumm. Aber dann hat es beschissen ausgesehen, ganz gezackt und grauenvoll und, und ..." In seinen Augen steigen Tränen auf. „Ich habe angefangen zu weinen" – er deutet auf sein Gesicht – „so wie jetzt und Pete meinte nur ‚Geh einfach, Junge, Himmel' und ich hatte wirklich nicht die Energie, mich mit ihm deswegen zu streiten, obwohl wir das Geld brauchen. Sehr. Darum bin ich zum nächsten Friseur und er hat dafür gesorgt, dass es nett aussieht."

Sejin hebt seine Hand, die andere hat er hinter seinem Rücken und ein langer, schwarzer Pferdeschwanz wackelt in der Luft. Romeo springt auf und schlägt danach. Sejin hebt ihn noch höher. „Celli hat sie alle eingesammelt und mich gezwungen, sie mitzunehmen. Der Friseur hat sie für mich zusammengebunden." Er wischt sich mit dem Handrücken über sein nasses Gesicht und flüstert: „Ich kann nicht glauben, dass ich es gemacht habe. Was habe ich mir dabei gedacht? Ich hatte immer lange Haare. Seit ich ein Kind war."

Ich schlucke meine eigene emotionale Reaktion auf den Verlust all dieser schwarzen Seide hinunter und strecke stattdessen meine Hand nach ihm aus. Als er zu mir kommt und sich neben mich setzt, berühre ich den kurzen Undercut unter den beinahe kinnlangen längeren Teilen. Wie sich herausstellt, gefällt mir das Gefühl dieser Weichheit an meinen Fingern. „Du siehst großartig aus."

„Tue ich das?" Er zieht sich von meiner Berührung zurück, streicht mit seiner Hand durch seine Haare und über seinen Kopf. „Ich weiß nicht. Es spielt eigentlich auch keine Rolle. Sie mussten weg."

„Warum?"

„Ich kann nicht *alles* machen", schreit Sejin. Und dann, als ob er sich selbst zu deutlich gehört hätte, senkt er den Blick zu Boden, wo Muggs und Julio erneut versuchen, nach seinen abgeschnittenen Haaren zu schlagen. Sie hängen lose in seiner Hand, baumeln über den Rand des Bettes. Seine Stimme ist leise, als er wieder anfängt zu reden. „Ich habe nicht mehr die Zeit oder Energie, sie zu pflegen, während ich in zwei Jobs arbeite, versuche, mich um Peggy Jos kleine Monster zu kümmern und dir zu helfen-" Er hebt eine Hand. „Nein! Entschuldige dich nicht!"

Ich blinzele. „Das wollte ich nicht."

„- weil ich dir helfen will." Sejin hält inne und neigt seinen Kopf. „Wolltest du nicht?"

„Nein."

„Oh."

Ich zucke mit den Schultern. „Ich meine damit … *Ich* habe dich nicht gezwungen, deine Haare abzuschneiden."

„Nein, aber-" Sejins Kiefer wird hart. „Du siehst nicht, wie diese Situation dazu beigegetragen hat, dass ich es gemacht habe?"

„Ja? Aber ich wollte mich nicht entschuldigen. Obwohl es mir leidtut."

Sein Mund wird schmal.

„Ich *kann* mich entschuldigen, wenn du das möchtest." Ich hole tief Luft und sage ernst: „Es tut mir leid, dass du deine Haare abgeschnitten hast."

„Nein, ich will nicht, dass es dir leidtut, dass ich meine Haare abgeschnitten habe!", schreit Sejin, schüttelt dabei den Pferdeschwanz in meine Richtung. „Ich möchte, dass es dir leidtut, dass ich so überfordert bin. Denn das wäre ich nicht, wenn … wenn …" Er verstummt.

„Wenn ich gestorben wäre?"

„Nein!" Seine Augen öffnen sich weit.

„Wenn du mich verlassen hättest?"

„Nein! Um Himmels willen, sei kein Arschloch. Wenn du diese verdammte Kletterei nie versucht hättest."

„Mm." Es geht los. Mehr von dieser Wut, die er in sich eingesperrt hat. Er hat mir von Anfang an gesagt, dass es fair ist, wenn er sie hat, aber er hat mir auch gesagt, dass das Leben nicht fair ist, darum …

Whitman hat gesagt, dass wir vieles in uns tragen. Sejin ist ein Paradebeispiel dafür.

Er sitzt für einen langen Moment stumm da, bevor er flüstert: „Aber ich denke nicht, dass ich möchte, dass du ein Dan bist, der nicht klettert."

„Einer der klettert oder Free Solos macht?"

„Beides. Dieser Dan – der, mit dem ich die letzten paar Wochen verbracht habe – er bricht mir das Herz. Ich vermisse den Mann, der ständig in Bewegung ist, immer bereit, mir zu beweisen, dass er es unter Kontrolle hat, sogar wenn ich Angst habe, dass dem nicht so ist. Und ich weiß, dass dieser Mann immer noch da drin ist, aber … gerade im Moment bin ich so verwirrt." Sejin bedeckt sein Gesicht. „Oh Gott, ich habe meine Haare abgeschnitten."

Ich ziehe ihn neben mich auf das Bett, kümmere mich nicht um meine Tagebücher und meine Notizen und die benutzten Taschentücher, die ich in den Müll hätte werfen sollen, wofür ich aber keine Energie hatte und reibe über seine neuen, kurzen Haare. „Ich werde gesund werden."

„Ich weiß."

„Ich werde wieder klettern."

„Das weiß ich auch."

„Und wenn du willst, wenn du darauf *bestehst*, kann ich wieder Free Solos machen."

Sejin lacht schnaubend. „Du bist so ein Arsch."

Ich zucke mit den Schultern.

„Ich will, dass du kletterst", murmelt Sejin. „Ich möchte, dass du der Mann bist, den ich kennengelernt und in den ich mich verliebt habe."

„Der Mann, der ohne Seile auf El Cap klettert", erinnert er mich.

„Wenn das bedeutet, dass du wieder Dan bist, dann werde ich direkt hinter dir stehen, während du dein Free Solo machst und dich anfeuern."

„Bitte nicht. Das wäre viel zu ablenkend. Ich würde wahrscheinlich abstürzen."

Sejin lacht erneut. „Ich hasse dich."

„Tust du das?"

„Manchmal. Aber ich liebe dich auch und ich weiß, dass die Person, in die ich mich verliebt habe, ein Mann ist, der radikale Ziele hat, von denen er nicht abweicht, nur weil sie beängstigend oder schwierig sind oder weil sein Liebhaber sie nicht versteht-"

„Fester Freund ...", korrigiere ich. Ich verstehe nach wir vor nicht, was so besonders an dem Wort Liebhaber ist. Es ist so französisch und ich bin viele Dinge, aber keines davon ist französisch. „Fester Freund. Ich werde nie verstehen, *warum* du wieder an die Wand musst, wie es der Fall ist-"

Erst jetzt, da ich keine andere Wahl habe, als mich mit diesen ganzen unbarmherzigen Erinnerungen herumzuschlagen, fange ich an zu begreifen, *warum* Klettern eine so große Rolle in meinem Leben angenommen hat. Wenn ich an der Wand bin, kann ich nicht in der Vergangenheit feststecken. Es ist immer und nur das Hier und Jetzt, wenn ich da oben bin.

„- aber ich weiß auch, dass ich niemals jemanden so lieben werde, wie ich dich liebe, Dan. Und das *Du*, das ich liebe, ist ein Free Solo Kletterer."

Ich weiß, dass an seinem Stress mehr dran ist, als meine Frustration, ans Bett gefesselt zu sein. Ich weiß, dass es die Rechnungen sind und zwei Jobs zu haben und sich um mich und die Katzen zu kümmern. Ich weiß, dass es das schwindende Geld auf unseren Konten ist. Aber ich kann in dieser Hinsicht keine Versprechen machen. Ich mache mir über diese Dinge auch Sorgen. Darum erzähle ich ihm stattdessen etwas anderes. Etwas, das ich noch nie jemandem anvertraut habe.

„Habe ich dir je von meiner Kindheit erzählt?"

„Nur, dass du viel herumgereicht wurdest und dass du dich nicht geliebt gefühlt hast."

„Genau. Ein Teil von dem, was mir in letzter Zeit im Kopf herumspukt", fange ich vorsichtig an, „rührt daher."

Sejin setzt sich so weit auf, dass er mir in die Augen blicken kann. „Möchtest du es mir erzählen? Ich würde es gerne wissen."

Ich denke darüber nach, wie ich anfangen soll, aber am Ende tauche ich einfach ein. „Meine Kindheit war nur eine Falle nach der anderen. Mein Großvater – der, der mir den Fonds hinterlassen hat, von dem ich gelebt habe – hat meine Mutter geschlagen. Ich habe ein paar Erinnerungen daran, dass ich gehört habe, wie er sie angegriffen hat, und ich denke, das ist der Grund, warum sie mich dem Staat überlassen hat. Ich kann mich nicht gut an sie erinnern, aber ich glaube, sie war ein Teenager? Oder höchstens Anfang zwanzig. Ich hätte Henry wohl mehr Fragen stellen können, als ich den Fonds bekommen habe, aber das habe ich nicht. Ich wollte einen Neuanfang. Ich wollte den Rest meines Lebens selbstsüchtig leben, nur die Wand und ich, nichts, das mich unten festhält."

„Das ist so einsam, Dan."

„Es hat mir gefallen, an niemanden und nichts gebunden zu sein. Daran war ich gewöhnt."

„Aber dann hast du Peggy Jo kennengelernt."

Ich schüttle meinen Kopf. „Sogar dann habe ich sie nicht eingelassen. Nicht einfach so."

„Sie hat dich nie aufgegeben."

„Nein. Wie dem auch sei, ich bin geklettert, um meinen Gedanken zu entkommen-" Ich halte erneut inne, erinnere mich an die düsteren Anwesenheitsappelle in den Pflegefamilien, in denen ich gewesen bin, die Leute, die versucht haben, mich zu lieben, es aber aus verschiedenen Gründen nicht konnten und das tote Gefühl in mir, das ich hatte, wenn ich bei ihnen war. „Um diesen Erinnerungen zu entkommen. Um sie alle zu vergessen."

„Dan …"

„Im Moment fühle ich mich wieder gefangen. In meinem Körper. In diesem Haus. Unten am Boden." Meine Kehle schmerzt und mein Brustkorb fühlt sich zu eng an. „Ich kann nicht entkommen und ich kann auch den Erinnerungen nicht entkommen. Sie sind nicht spezifisch. Normalerweise nicht. Es ist eine Taubheit, die mich verschlingt. Dissoziativ, vielleicht. Ich weiß nicht. Es ist, als wäre ich nicht einmal in meinem Körper, aber ich bin *ganz* in meinem Körper und kann nirgendwo sonst sein. Ich weiß, das ist schwer zu verstehen. Ich verstehe es selbst nicht. Aber meine Frustration in letzter Zeit dreht sich um viel mehr als nur nicht geduldig genug zu sein, darauf zu warten, dass es mir besser geht. Es ist eher eine Depression. Es ist, als würde meine gesamte grauenvolle Kindheit um mich herumrasen und dieses Mal kann ich ihr nicht davonklettern."

„Dan, das habe ich nicht gewusst."

„Ich wollte dir nicht noch mehr aufbürden. Es gibt nichts, was du tun kannst."

Sejin schüttelt seinen Kopf. „Ich will für dich da sein. Ich will nicht, dass du mich ausschließt."

„Aber du hast es selbst gesagt. Du liebst Dan, den Kletterer, den Free Solo Typen. Den Mann, der an Wänden hochgeht und all das auf dem Boden zurücklässt. Nicht diesen depressiven, unglücklichen Arsch, der seine Kindheitsdämonen nicht loswerden kann."

Sejin schweigt für einen langen Moment, bevor er mein Kinn

nimmt, damit ich ihm in die Augen sehen muss. „Als ich vorhin gesagt habe, dass ich den Free Solo Kletterer liebe, habe ich damit nicht gemeint, dass ich diesen Menschen, der jetzt hier ist, nicht liebe. Der, den ich berühre. Der, den ich in meinen Armen halten kann. Ich liebe dich ganz, Danny, sogar diese Version von dir, aber du bist so unglücklich. Ich vermisse dein Glücklichsein."

„Ich war glücklich?"

„Ja. Du warst glücklich."

Ich denke über mein Leben nach, bevor ich Sejin kennengelernt habe. Ich hätte es nicht als glücklich bezeichnet, aber es war auch nicht düster, wie meine Kindheit, oder traurig, wie die Gegenwart. Ich war fokussiert, entschlossen, egoistisch, arrogant und bereit, alles wegzuwerfen, um dieser schrecklichen Stumpfheit in mir zu entkommen.

Dann denke ich an mein Leben nach Sejin, aber vor dem Unfall. Jeden Morgen mit dem Wissen aufzuwachen, dass ich sein Lächeln sehen werde, jede Version davon. Begierig darauf zu warten, den Klang seines Lachens zu hören. Mich innerlich freuend, wann immer das passiert ist. Wie ich mich gefühlt habe, als ob ich fliegen könnte, sogar wenn ich nicht an der Wand war. Wie ich mich innerlich immer so warm und weich gefühlt habe, wann immer ich an ihn gedacht habe. Wenn das Glück ist, dann war ich glücklich. Was hat sich verändert? Nur mein dämliches Bein. Und ein paar vorübergehende Umstände.

Vielleicht bin ich jetzt demütiger. Ein wenig. Nicht viel.

Aber ich wache immer noch auf und kann Sejins Lächeln sehen – auch wenn das in letzter Zeit seltener ist – und ich habe verdammtes Glück, das zu haben. Ich kann immer noch sein Lachen hören, auch wenn es jetzt seltener ist. Und er lässt mich immer noch rein durch seine Existenz innerlich aufleuchten. Ich möchte vielleicht diesem dichten Miasma aus Dunkelheit entkommen, das mich zu umgeben scheint, aber ich möchte *ihm* nicht entkommen.

Ich bin derjenige, der dieser Tage das Licht aus dem Raum saugt. Ich bin derjenige, der die Freude aus seinem Lächeln saugt. Ich muss mich bessern. Ich muss gegen diese Dunkelheit kämpfen. Ich muss einen Weg finden, vom „Boden wegzukommen", während ich in diesem Haus bin.

Ich muss ihn wieder glücklich machen. Ich muss sein Lächeln zurückholen.

„Was würde dich glücklich machen?", frage ich verzweifelt.

„Wenn *du* glücklich wärst", antwortet er.

„Was noch?" Ich kann mich nicht ohne ein Ziel, ohne einen Fokus, glücklich machen. Das ist ja das Problem, oder?

„Wenn wir unsere Rechnungen zahlen könnten, hätte ich nicht solche Angst", sagt er mit einem schweren Seufzen. „Ich weiß nicht mehr, was ich noch machen soll. Ich habe das Krankenhaus so weit heruntergehandelt, wie sie gehen können, glaube ich. Ich habe den Zahnarzt auf die Kreditkarte gebucht, die mein Dad mir für Notfälle gegeben hat. Ich habe das Geld von deinem Fonds aufgebraucht. Ich habe das andere Geld, das mein Dad geschickt hat, für Lebensmittel und Benzin ausgegeben-"

„Welches Geld, das dein Dad geschickt hat?" Davon weiß ich nichts.

Sejin antwortet mir nicht. „Ich glaube, du musst vielleicht Privatinsolvenz anmelden, was bedeutet, dass sie deinen Van konfiszieren werden. Himmel, ich weiß nicht, wie wir uns eine Wohnung leisten sollen, wenn Peggy Jo nach Hause kommt. Ich kann vielleicht wieder zu Martin und Leenie ziehen und du kannst hier bei Peggy Jo bleiben und-"

„Wir wohnen nicht getrennt", sage ich fest. „Wir mieten etwas oder leben im Van."

„Dan, du kannst mit deinem Bein nicht in einem Van wohnen und du kannst definitiv nicht darin wohnen, wenn sie ihn dir wegnehmen."

„Sie werden den Van nicht konfiszieren. Ich werde keine Privatinsolvenz anmelden. Ich werde mir etwas einfallen lassen, um das in Ordnung zu bringen. Und wie wir beide immer wieder sagen, mein Bein wird heilen und bis Peggy Jo zurückkommt, wird es sogar noch besser sein. Du hast den Arzt beim letzten Termin gehört. Es formt sich bereits ein Kallus über dem Bruch. Das ist ein gutes Zeichen."

„Ja."

Aber Sejin klingt unsicher. Er küsst meinen Hals und meine Wange, stützt sich auf und ich kann seine neue Frisur deutlich sehen. Sie ist nicht schlecht. Es ist attraktiv, wie sie seine Wangenknochen berührt. Ich werde die langen Haare vermissen, die ich beim Sex als Zügel benutzt habe, aber wenn Sejin sie so lassen möchte, habe ich nichts dagegen.

„Mir gefallen sie", sage ich und strecke erneut die Hand nach ihm aus.

Er nimmt sie. „Wirklich?"

„Ich mag sie auch lang, aber wenn das einfacher für dich ist …"

„Ich hasse es", sagt Sejin und seine Augen füllen sich mit Tränen. „Ich hasse es so sehr und ich bin so traurig, dass ich sie abgeschnitten habe und Dan …" Ein kleiner, verletzter Laut entkommt ihm. „Es besteht keine Möglichkeit, es rückgängig zu machen!"

Himmel, wie gut ich das nachvollziehen kann. Mein Körper schmerzt bei der Erinnerung, was ich nicht zurücknehmen kann.

Ich ermuntere ihn, sich wieder neben mich zu legen – was mein Bein bewegt, aber das ist mir egal. Ich lasse ihn an meiner Schulter weinen.

Ich liebe ihn so sehr. Ich wusste nicht einmal, wie Liebe sich anfühlt, bevor ich ihn kennengelernt habe. Sie ist schmerzhaft und hart und wunderschön und meiner Aufmerksamkeit wert. Sie ist wie ein Klettergrad von 5.13. Oder höher.

Und Sejin ... Er ist so ein guter Mann. Ich hasse es, wenn er unglücklich ist.

Ich werde das in Ordnung bringen. Ganz egal, was kommt.

Ich kann seine Haare nicht wieder wachsen lassen und ich kann nicht dafür sorgen, dass mein Bein schneller heilt, aber ich kann versuchen, etwas Geld zu verdienen, um seine Bürde zu erleichtern und ihn zu beruhigen. Peggy Jo hatte die ganze Zeit über recht – irgendwann wird Geld wichtig. Ich habe jahrelang versucht, davor davonzulaufen, sowie vor den anderen Dingen, die mich an den Boden fesseln, aber es hat nichts gebracht.

Ich liebe Sejin jetzt und darum bin ich angebunden, ganz egal, wie ich heile oder wie hoch ich klettere. Und wann man angebunden ist, dann braucht man Geld. Darum werde ich welches verdienen.

Ich muss mir nur überlegen wie.

KAPITEL VIERUNDDREISSIG

Dan

Drei Wochen seit dem Free Solo Versuch

„SCHAU AN, DU meldest dich über Facetime, als wäre ich dir wichtig", sagt Peggy Jo anstatt eines Hallos.

„Ich muss wissen, wie ich Sponsoren bekomme."

Peggy Jo hebt das Baby von ihrer Schulter und reicht es Bella – ich nehme zumindest an, dass die beiden Frauenhände, die den Säugling nehmen, zu Peggy Jos Tochter gehören – bevor sie mir wieder ihre volle Aufmerksamkeit widmet. „Entschuldige, hast du gerade gesagt, dass du Sponsoren möchtest?"

„Ja."

„Wofür?"

„Für Geld."

Peggy Jo lacht und verdreht ihre Augen. „Dan, hör mir gut zu. Ich bin wirklich froh, dass du zugibst, dass Geld eine Sache ist, die du brauchst und willst – *endlich*, gelobt sei Baby Jesus dafür – aber Liebling, du hast die Abfahrt des Zugs für Sponsoren verpasst."

„Wie meinst du das?"

„Sponsoren wollen zahlen, damit du großartig aussiehst, während du eine Wand in ihrer Ausrüstung kletterst. Sie möchten dich zeigen, wie du ihre Energieriegel isst und dann einen 5.10 Felsen boulderst. Sie möchten keinen Mann mit einem gebrochenen Bein, der vielleicht nie wieder klettern wird."

„Ich werde wieder klettern."

„Ich weiß das und du weißt das, aber diese Sponsoren, mit denen ich dich bekanntmachen wollte, tun das nicht. Wenn du es damals gemacht hättest, hättest du jetzt vielleicht eine Genesungsgeschichte an Ace Bandage zu verkaufen oder so ein Mist, aber leider war Geld zu schmutzig für deine reine Seele."

„Du musst es mir nicht derart reindrücken."

„Oh, du kannst deinen süßen Hintern darauf verwetten, dass ich das muss! Ich weiß, dass Sejin es nicht macht! Und jemand muss es machen."

„Rye macht es. Manchmal. Ein wenig."

„Das reicht nicht. Jeder sollte es dir reindrücken, damit du besser zuhörst."

„Was willst du hören, Peg? Dass Free Solos eine blöde Idee sind?"

„Wenn ich denken würde, dass du das so meinen würdest? Ich wäre glücklich. Aber du wirst nicht auf mich hören, was dieses Thema angeht, so wie du auch damals an Sejins Geburtstag nicht auf dich selbst gehört hast. Erinnerst du dich? Als du versucht hast, dir auszureden, dass du in ihn verliebt bist? Du warst so hingerissen. Ich dachte, dass du vielleicht abheben würdest, nur weil du ihn ansiehst."

„Er gibt mir das Gefühl, abheben zu können", stimme ich zu. „In letzter Zeit nicht so sehr, aber davor. Und das wird er wieder. Aber im Moment ist es gerade schwierig."

„Verbock es nicht mit ihm, Dan. Tu, was immer du musst, um diesen Jungen zu behalten. Er liebt dich und du liebst ihn und ihr braucht einander."

Ich weiß nicht, ob Sejin mich *braucht*, aber er will mich. Das ist gut genug. Ich werde bis zum Ende aller Zeiten sein Kaiserfisch sein, darum muss ich dafür sorgen, dass er ein Seepferd bleibt und nicht weiterzieht, nur weil die ,Paarungssaison' vorbei ist.

Was auch immer das bedeutet. Ich werde ihn wohl mehr ficken

müssen, wenn er mich lassen würde.

„Das ist genau der Punkt", sage ich. „Ich versuche, es *nicht* mit ihm zu verbocken, darum brauche ich irgendeine Art Einkommen. Der finanzielle Stress unserer Situation setzt ihm zu. Er hat Geldprobleme gehabt, seit ich ihn kenne, aber *mein* Gewicht zieht ihn wirklich runter."

„Nun, ich kann ein wenig herumtelefonieren, aber im Moment stehen die Chancen für einen Sponsor nicht gut, Dan. Ich kann nicht viel mehr dazu sagen."

„Danke, dass du es versuchst." Ich stehe mit meinen Krücken auf und lasse beinahe das Handy fallen.

„Oh, schau dich an! Du bist wieder mobil! Wie ist das?"

„Es ist gut", sage ich, bewege mich dabei vorsichtig in Richtung Küchentisch, wo ich mich schnell hinsetze und mein Telefon auf die Oberfläche lege. Ich beuge mich darüber. Das gewährt Peggy Jo einen schönen Blick auf meine Nasenlöcher, was sie sicher zu schätzen weiß. „Der Arzt hat mir gestern einen kniehohen Vakuumschuh verpasst. Mein Bein heilt jetzt schneller."

„Die Jugend", sagt sie. „Das ist dein Vorteil."

„Der Schuh ist aber nicht so schützend. Ich habe das Gefühl, dass wenn ich gegen den Tisch stoße oder so, ich einen Rückschritt machen werde."

„Dann mach keine Dummheiten."

„Wie was?" Ich werfe einen Blick auf die Kühlschranktür, an der Jeanies Karte in all ihrer glitzernden, schrecklichen Herrlichkeit hängt. HILFE steht dort und ich schaue den O-förmigen Mund des Mannes an, der mich repräsentiert und habe den Verdacht, dass Sejin sie absichtlich hier aufgehängt hat, wo ich sie täglich sehe.

„Wie, ich weiß nicht, anfangen für dein Comeback zu trainieren. Lass dir Zeit."

Training für mein Comeback … das ist eine Idee. Vielleicht eine, die ich vermarkten kann. Aber nicht an Ace Bandage.

„Ich könnte mein Comeback verkaufen", sage ich zu Peggy Jo. „The North Face würde es vielleicht kaufen? Oder Reel Rock? Oder wer auch immer *Free Solo* gefilmt hat. Warum nicht einen Film über mich machen?"

„'Wer auch immer *Free Solo* gefilmt hat'", wiederholt Peggy Jo und schnaubt. „Als ob Jimmy Chin vorbeikommen wollte, um dir ein Bündel Geld dafür zu zahlen, deine Genesung zu filmen." Sie seufzt. „Dan, wie ich schon gesagt habe, ich werde ein paar Anrufe tätigen, aber du hast deine Entscheidungen getroffen."

„Was heißt das?"

„Es heißt, dass jeder im Tal weiß, wer du bist, klar, aber du hast nicht gesprayt, du hast nicht in den Sozialen Medien gepostet oder auf YouTube und du hast dir außerhalb von Yosemite keinen Namen gemacht. Es gibt nicht allzu viel zu verkaufen, Schätzchen. Es tut mir leid."

Ich weiß, dass sie recht hat, aber das ist die eine Sache, die ich Sejin bieten kann, es sei denn, ich fange an, mir diese „Wie man zwanzigtausend Dollar pro Woche am Computer verdienen kann"-Betrügereien anzusehen.

Wir unterhalten uns kurz über das Dämonenbaby und ich frage wegen ihrer spitzen Ohren. „Woher hat sie die? Ist sie ein Wechselbalg?"

„Ihre wunderschönen Ohren sehen wie die ihres Vaters aus."

„Ah, nun, gut. Wer ist ihr Vater?"

„Geht dich nichts an."

„In Ordnung." Ich hebe Julio hoch, der gekommen ist und sich um meine Füße windet. „Schau, wer mich jetzt mag. Und die anderen kleinen Monster mögen mich auch."

Julio tippt mein Gesicht mit seiner Nase an und windet sich dann, bis ich ihn herunterlasse.

Peggy Jo gurrt und gibt Küsse in Richtung Bildschirm. „Ich habe immer gesagt, dass du sie mögen würdest, wenn du ihnen eine

Chance gibst. Wie beinahe alles andere im Leben, das du am Ende gemocht hast." Sie zählt an ihren Fingern ab. „Klettern. Sejin."

„Du hast mir nie etwas über Sejin erzählt. Den habe ich selbst gefunden."

Der Klang des Weinens des Dämonenkindes erklingt im Hintergrund und ich verabschiede mich schnell. Ich werde nicht anfangen, etwas zu lieben, das regelmäßig solche Geräusche macht. Größere Kinder wie Jeremiah oder Jeanie? Niedlich. Säuglinge? Iih.

Ich hatte eine Pflegefamilie, die sechs Monate alte Zwillinge aufgenommen hatte. Endloses Schreien. Ich war so froh, als sie mir gesagt haben, dass es nicht funktioniert und dass ich in die nächste Familie geschickt werde.

Ich kratze mir mein stoppeliges Kinn.

Babys. Katzen. Liebe. Interessant, welchen Dingen zu misstrauen ich in den Pflegefamilien gelernt habe.

Wie sich herausstellt, sind Katzen in Ordnung und Liebe ist ziemlich cool – und auch grauenvoll, weil sie dafür sorgt, dass du Dinge wie Geld und Lächeln möchtest – aber Babys? Auf gar keinen Fall. Niemals.

Ich hinke zurück zur Couch und lege meine Krücken neben den Kaffeetisch. Ich schnappe mir meinen Computer und fange an, mir verschiedene Sponsoren anzusehen, die Adam Ondra und Alex Honnold und andere berühmte Kletterer haben. Dann googele ich meinen Namen und kann nur wenige Dinge über mich finden:

Rye, der auf SuperTopo über mich sprayt, Zeitungsartikel von meinem Unfall und ein Foto von mir bei einem Kletterwettbewerb, den ich als Teenager gewonnen habe. Ein Link zu der GoFundMe Seite, die Rye nach meinem Unfall eingerichtet hat. Das ist es. Nichts sonst. Keine Sozialen Medien. Nichts, das irgendjemanden dazu verlocken könnte, sich dafür zu interessieren, mir jede Menge Geld zu geben.

Früher schien es eine gute Idee zu sein, unauffällig zu bleiben, aber jetzt kann ich sehen, dass jene, die Sponsoren haben, auch eine weitreichende Präsenz in den Sozialen Medien besitzen, von Instagram über Facebook zu YouTube und TikTok.

Ich weiß nicht, wie ich bei irgendeiner dieser Seiten anfangen soll.

Aber ich kenne jemanden, der das tut. Und zum Glück wohnt er mit mir zusammen.

Sejin

„ICH KENNE MICH aber nur mit K-Pop aus", sage ich, nachdem Dan mir seinen Plan erklärt hat, seine Genesung auf den Sozialen Medien zu dokumentieren und mich um Hilfe bittet, alles einzurichten. „Wenn du wissen wolltest, welche Dinge du für eine hingebungsvolle, K-Pop liebende Fanbase in ein erfolgreiches VLive integrieren solltest, könnte ich es dir sagen. Aber ich weiß nicht, was Kletterer hören wollen … und ich weiß nicht, wie man Edits macht oder irgendetwas in dieser Richtung."

„Das ist in Ordnung", meint Dan. „Diesen Teil bekomme ich selbst hin. Ich muss nur wissen, wo ich anfangen soll. Was magst du an den VLives?"

Ich zucke mit den Schultern. „Du hast sie mit mir angeschaut."

„Ich weiß, aber was *magst* du? Was geben sie dir?"

„Wirst du K-Pop Marketing-Taktiken fürs Klettern kopieren?"

„Vielleicht. Es kann nicht schaden. Sie machen *etwas* richtig."

Ich sitze ein paar Minuten mit meinem Kaffee da, starre hinaus auf die Berge und die Bäume. Ich habe die Tür einen Spalt geöffnet, damit frische Luft hereinkommt und die Katzen haben sie noch weiter aufgeschoben. Romeo ist raus und liegt auf einem sonnigen Fleck im Garten neben dem Hot Tub. Die kalte November-Brise zaust sein Fell.

Der Arzt hat Dan bei seinem letzten Besuch gesagt, dass er bald, sehr bald in den Hot Tub dürfen wird, solange er hineinklettern kann, ohne sein Bein zu belasten. Sobald er im Wasser ist, kann er anfangen zu üben, wieder Gewicht darauf zu geben. Bei dieser Nachricht hat er wie ein Kind im Süßwarenladen ausgesehen.

„Sejin?", hakt er nach.

„Nun, ich denke darüber nach. Eine Sache, die die Solo-VLives – wenn nur ein Gruppenmitglied oder ein Solokünstler vor der Kamera steht – und die Gruppen-VLives – wenn die ganze Gruppe interagiert – gemein haben, ist, dass sie dir das Gefühl geben, als wärst du auch ein Teil davon." Ich nehme einen Schluck Kaffee und bemerke, dass der Holzvorrat neben dem Herd zur Neige geht. Ich werde nach diesem Gespräch rausgehen und neues hacken müssen. Ich bekomme ziemlich schöne Muskeln von dieser Arbeit.

Ich fahre fort. „Bei den Gruppen ist es so, wenn man sie herumalbern sieht, lachen, reden, wie sie übereinander fallen, Insider-Witze machen, das gibt einem das Gefühl, als würde man das alles mit ihnen teilen. Ihr Witz ist dann mein Witz. Ihre Freundschaften sind meine Freundschaften. Es ist sehr … wie lautet das Wort, das ich online gesehen habe? Parasozial oder etwas in der Art?"

„Was ist das?"

„Im Grunde bedeutet es, dass man ein falsches Gefühl der Nähe zu einem Star oder einem Influencer hat. Ich habe mir auch ein YouTube-Video angeschaut, in dem ein Psychologe erklärt hat, dass unsere Hirne Dopamin ausschütten, wenn wir sehen, wie andere sich gut verstehen – wie wenn wir einen romantischen Film schauen oder auf eine Hochzeit gehen – und das K-Pop-Marketing spricht das an. Wir sehen, wie Gruppenmitglieder Spaß haben, allein und miteinander, Verbindungen aufbauen und lachen und *wir* bekommen eine Dopamin-Ausschüttung. Wir fühlen uns gut. Das ist ein Teil davon."

„Mm." Dan macht sich Notizen in einem leeren Tagebuch, das er sonst für seine Kletteranmerkungen benutzt. „Mach weiter."

Ich hebe Muggs hoch und streiche mit meinen Fingern durch sein weiches Fell. Er fängt an zu Schnurren und knetet meine Jeans. „Was Solo-VLives betrifft, die besseren geben dir das Gefühl, als wärst du bei einem Videoanruf mit einem Freund oder Partner. Sie blicken ernst in die Kamera, reden darüber, wie sehr sie sich freuen, mit dir Zeit zu verbringen, dass sie dich vermisst haben."

Dan schnaubt. „Manipulativ."

„Es ist strategisch, aber ein Teil davon kommt auch aus Aspekten der koreanischen Kultur. Das weiß ich nicht wirklich. Aber es ist dennoch faszinierend. Es funktioniert bei unseren Hirnen, auch wenn wir das nicht wirklich wollen. Sie teilen intime Gedanken und Ängste – aber nicht zu intim – und gewähren uns Zugang zu Dingen wie ihren Hotelzimmern, ihren Küchen und ihren Hunden und Katzen, die das Live stören. Diese Art authentischer Zugang zu ihrem Leben kann sich sehr … nun, real anfühlen." Muggs schnurrt noch lauter. „Die Fröhlichkeit, die das erschafft, die Dopaminausschüttungen, die sind definitiv real. Und was schadet es schon? Angenommen, alle sind mental gesund genug, um auch die sehr realen Grenzen zu sehen? Wie die Figuren aus einer Lieblingsserie, fangen die Idols an, sich wie Familie anzufühlen, wie Menschen, die man kennt und man freut sich darauf, Zeit mit ihnen zu verbringen. Und die Tatsache, dass sie sagen, dass sie sich *auch* darauf freuen? Das fühlt sich schön an."

„Mmm." Dan kritzelt weiter in sein Tagebuch. „Also, die Qualität der Produktion ist nicht so wichtig. Die Videos müssen nicht perfekt sein."

„Nein, nicht wirklich. Lives sind einfach nur … live."

„Aber YouTube Content ist anders."

„Stimmt, das ist eine andere Kultur. Die Videos, die K-Pop-Gruppen auf YouTube posten, sind viel produzierter und geschnitten."

Dan nickt, legt seinen Stift weg und lehnt sich zurück, verschränkt seine Arme vor seinem Brustkorb. Er starrt hinaus auf die Aussicht und nickt dann erneut. „Das wird eine Herausforderung sein."

Ich neige meinen Kopf. „Was?"

„Sympathisch zu sein. So zu tun, als würde ich sie auch mögen."

Ich schnaube. „Du wirst das wirklich durchziehen?"

„Klar. Was habe ich sonst zu tun? Ich möchte das Pferd nicht von hinten aufzäumen, wie mein vierter Pflegevater immer gesagt hat, aber vielleicht ergibt sich daraus etwas. Ein Sponsor, Spenden, irgendetwas."

„Vielleicht." Ich will ihm keine falschen Hoffnungen machen, aber ich freue mich, einen Funken Energie in seinen Augen zu sehen, der seit dem Unfall nicht mehr dort gewesen ist.

Ich möchte ihn nicht mit Geschichten über das gleichgültige Internet auslöschen. Es ist wahrscheinlich genauso gleichgültig wie die Wände, die Dan so gern erobert, darum wird er davon zweifellos nur umso inspirierter sein.

Vielleicht ist das gut.

Ich schaue auf die Uhr. „Ich muss los. Pete hat meine Schicht vom Mittag auf den Abend verlegt, damit ich mit Martin heute Morgen und am frühen Nachmittag diese Klempnerjobs machen kann, was weniger Trinkgeld bedeutet, aber das Geld vom Klempnern sollte das mehr als ausgleichen."

Ich berühre meinen Undercut und verziehe das Gesicht. „Wenigstens werden meine Haare nicht im Weg sein, während ich arbeite. Der Lichtblick nach einer dummen Entscheidung."

Dan streckt die Hand aus und liebkost die kurzen Haare, bevor er seine Finger in die längeren Strähnen schiebt, die mein Gesicht umrahmen. „Es wird wieder wachsen."

„Es wird Jahre dauern, bis es wieder so lang ist."

Dan zuckt mit den Schultern. „Du und Peggy Jo und die anderen, ihr erzählt mir immer, dass Geduld eine Tugend ist, also … ebenso.“

Ich schlage ihm auf seine Schulter, aber dann beuge ich mich zu einem Kuss vor, der schnell ein wenig heißer wird, als ich es vorhatte. Ich ziehe mich zögerlich zurück und beeile mich, die Katzen wieder hereinzuholen, damit Dan sich keine Sorgen um sie machen muss. „Es tut mir leid, ich muss los.“

„Die Pflicht ruft“, stimmt er zu, aber er lächelt und das ist näher am alten Dan, als ich es seit einer Weile gesehen habe. Vielleicht wird dieses neue Projekt spektakulär scheitern, aber wenn er Energie daraus zieht, dann bin ich glücklich.

„Ich könnte dir wahrscheinlich sehr schnell einen blasen“, biete ich an.

Er packt mich am Hals und zieht mich für einen weiteren hei-ßen Kuss an sich, aber dann lässt er mich los. „Ich komme klar. Ich habe für heute eine Menge, das mich beschäftigt und das ich lernen muss. Geh, damit ich arbeiten kann.“

Herrschsüchtiger Dan. Und er grinst. So gefällt er mir sehr gut.

KAPITEL FÜNFUNDDREISSIG

Dan

DA ICH JETZT den Vakuumschuh und die Krücken habe, müssen Rye und Lowell sich nicht mehr so viel um mich kümmern. Ich kann allein pissen, in die Küche humpeln, um mir ein Sandwich zu machen, und die Katzen füttern.

Ich denke wirklich, dass ich den ganzen Tag allein schaffen würde, aber Sejin vertraut mir nicht, dass ich nicht zu schnell zu viel möchte – vor allem jetzt, da der Arzt gesagt hat, dass Gewichte in Ordnung sind. Er hat mir erklärt, dass, solange ich vorsichtig bin, ich klein anfangen kann. Er hat auch gesagt, dass das Hangboard machbar ist, solange ich mein Bein nicht an den Türrahmen oder auf den Boden stoßen lasse.

Heute aber arbeite ich nur die Hälfte der Zeit, die ich eigentlich sollte, mit den Gewichten und mit dem Hangboard drei Viertel der Zeit, weil ich eine Menge zu lernen und zu begreifen habe, bevor Rye oder Lowell kommen, um mich zu bemuttern.

Das Erste, was ich mache, ist Sejins K-Pop-Playlist auf meinem Handy anzumachen. Als die lebhafte Musik das Wohnzimmer füllt, setze ich mich aufs Sofa und beginne mit meinen Nachforschungen.

Zuerst schaue ich mir an, was die Leute in der Kletter-Community zu bieten haben: Videos von Klettertouren, Videos vom Training, ein paar Interviews, die mit Klettern zu tun haben, ein paar lustige Sachen, aber nichts allzu Persönliches. Ich bin kein großer Fan davon, mich zu öffnen, aber wenn ich das, was Kletterer machen, mit den K-Pop VLives vergleiche, die ich mit Sejin angeschaut habe, kann ich einen echten Unterschied sehen.

Dann lade ich die VLive App auf mein Handy und öffne die Seiten von Astro, BTS und ein paar anderen Gruppen. Ich schaue mir mehrere ihrer übersetzten Lives an, mache mir Notizen, worüber sie reden, wie sie sich geben, und wie sie mit der Kamera interagieren. Ich bin von Natur aus kein Schauspieler und ich bin auch nicht wirklich expressiv, aber ich bin ehrlich. Und soweit ich das sehen kann, ist die Ehrlichkeit, das Gefühl einer echten Verbindung, das diese Leute bieten, der Schlüssel dafür, dass die Zuschauer sie mögen.

Ich mag nicht sympathisch sein, aber ich bin immer ehrlich, ob das nun gut oder schlecht ist. Einigen Leuten könnte das gefallen. Es gibt keinen Grund anzunehmen, dass es nicht so sein wird. Sejin gefällt es.

Der nächste Schritt ist offensichtlich zu entscheiden, welche Optionen in den Sozialen Medien ich wählen soll, weil ich nicht die Zeit habe, in allen gut zu werden. Immer angenommen, dass die Sozialen Medien etwas sind, in dem man „gut werden" kann …

Wie dem auch sei, genau wie beim Klettern muss ich fokussiert sein. TikTok scheint die Richtung zu sein, die die Teenager einschlagen – einfach für schnelle, heiße Schnipsel. YouTube scheint, wie Sejin schon angemerkt hat, einen professionelleren Look zu bevorzugen und dafür muss ich wahrscheinlich Kameras in Betracht ziehen, die besser sind als mein Handy sowie Bearbeitungssoftware. Aber vielleicht nicht. Vielleicht könnte das funktionieren, vor allem, wenn ich bei Livestreams bleibe. Ich mache mir eine Notiz, mir auch das näher anzusehen.

Als Lowell ankommt, um sich zu überzeugen, dass ich noch nicht gestürzt bin und mein Bein weiter zerstört habe, bin ich in meine Nachforschungen und Notizen vertieft, so sehr, dass er wenig sagt. Er setzt sich neben mich auf das Sofa und scrollt in seinem eigenen Handy, beantwortet hin und wieder meine Fragen wie die verschiedenen Kletterer, die er kennt, ihre Sozialen Medien nutzen und hilft mir dann, mich für Formate mit kurzem Inhalt als meinen Fokus für den Anfang zu entscheiden und mich dann zu einem geschliffeneren, längeren Format für YouTube hochzuarbeiten.

„Verlinke sie alle und dann kannst du vielleicht etwas Aufmerksamkeit von den richtigen Stellen erregen."

„Denkst du, ich kann Sponsoren finden?"

„Das weiß ich nicht, aber du wirst eine Beschäftigung haben, bis du wieder kletterst und das ist wahrscheinlich genauso wichtig."

Ich kann ihm nicht mehr zustimmen.

Darum mache ich weiter.

Sejin

„SEJINIE!" JEREMIAH RENNT auf seinen kleinen Beinen zu mir, sein Lächeln ist breit und riesig, bis er mich genau sieht. Er bleibt abrupt stehen, fällt beinahe hin in seiner Hast, *nicht* näherzukommen. Sein Mund verzieht sich und Tränen steigen in seinen Augen auf. „Neeeiiin!", schreit er. „Deine Haaaaareeee!"

Ich zucke zusammen, die Wunde meiner dämlichen Entscheidung ist immer noch frisch, aber ich setze ein tröstendes Lächeln auf, bevor ich in die Hocke gehe. „Ich habe sie abgeschnitten, Kumpel. Aber ich bin immer noch Sejinie. Es ist in Ordnung."

Er starrt mich beinahe so skeptisch an, wie Sarah Kate das macht. Sie starrt finster und bemüht sich, aus Leenies Armen zu entkommen. Sie hat früh angefangen zu laufen, wie Martin mir vorhin erzählt hat, als wir gearbeitet haben, und sie ist ziemlich schwer zu bremsen, soweit ich das verstanden habe.

„Schau", sage ich, beuge mich langsam zu Jeremiah und greife nach seiner Hand. Er gibt sie mir zögerlich. Ich lege sie auf meine Haare und er fängt an, mich zu streicheln, als wäre ich ein Hund. Seine Augen schauen weniger vorsichtig drein. „Und fühl hier", sage ich, führe ihn, sodass er die kurzen Haare darunter spüren kann. Er kichert fröhlich und reibt seine Finger immer und immer wieder darüber. Ich lächle und ziehe ihn in eine Umarmung, während er weiter meine neuen Haare streichelt. „Ich habe dich vermisst, Kumpel. Hast du mich vermisst?"

„Ja!", schreit er, drückt mir dann einen klebrigen Kuss auf meine Wange. „Kommst du zurück? Bitte?"

Ich drücke ihn und lasse wieder los, bevor ich mich aufrichte und Sarah Kate von Leenie nehme, die sogar noch erschöpfter aussieht als in der Zeit, als ich bei ihnen gewohnt habe. Vielleicht hat mein Auszug ihr nicht so sehr geholfen, wie sie sich das vorgestellt hat, aber zumindest kann sie sich nicht einreden, dass ihr Frust meine Schuld ist. Nicht, dass ich mich in ihrem Heim je unwillkommen gefühlt habe, aber ich ziehe es vor zu wissen, dass sie nicht länger aufgebracht ist, weil ich immer noch auf ihrem Sofa schlafe.

Sarah Kate lehnt sich für einen Moment von mir weg, schießt dann vorwärts, gräbt ihre Hände in meine Haare und zieht. Ich verziehe das Gesicht, lasse sie aber machen und dann gibt sie meiner Wange einen feuchten Kuss mit offenem Mund und ich lache.

„Bitte komm zurück, Sejinie", fleht Jeremiah weiter.

„Ich wohne jetzt mit Dan zusammen", erinnere ich ihn, gebe Sarah Kate dabei ihrem Vater, damit er sie mit einem prustenden Kuss auf ihren Hals begrüßen kann, was sie zum Kichern bringt.

Jeremiah runzelt, wie erwartet, die Stirn und verschränkt seine kleinen Arme vor seinem Brustkorb. Er würde Dan wahrscheinlich beißen, wenn er da wäre. „Ich liebe dich aber", jammert Jeremiah. „Darum solltest du zurück nach Hause kommen."

„Dan liebt mich auch", biete ich als Grund dafür, dass ich nicht zurückkehren kann. Leenie gibt einen kleinen Laut von sich, als würde sie das bezweifeln, aber ich ignoriere sie. „Außerdem ist er im Moment verletzt, darum braucht er mich wirklich."

„Ich brauche dich, Sejinie", murmelt Jeremiah, packt mein rechtes Bein und schaut zu mir auf. Seine süßen Augen sind so ernst. Gibt es eine Liebe, die reiner ist als die eines Kindes?

„Ich versuche, öfter vorbeizukommen", sage ich, obwohl ich keine Ahnung habe, wie ich dieses Versprechen in meinem bereits übervollen Kalender unterbringen soll. Wenn wir in Hinblick auf Geld eine Lösung finden könnten, dann hätte ich vielleicht mehr freie Zeit. Martin und Leenie können es sich nicht leisten, mich fürs Babysitten zu bezahlen – das habe ich immer kostenlos gemacht – und jetzt kann *ich* es mir nicht leisten, *irgendetwas* kostenlos zu machen.

Der heutige Tag war aber sehr gut. Ich habe es geschafft, zusätzliches Geld einzustecken, das mir Martins Boss direkt bezahlt hat, nachdem ich heute ein paar komplexe Arbeiten mit ihnen gemacht habe. Es ist immer gut, Geld auf der Bank zu haben, aber Geld in meinem Geldbeutel ist gerade im Moment sogar noch heißer. Ich werde es benutzen, um die Lebensmittel für die nächsten zwei Wochen zu kaufen, und solange Dan keine Hungerattacken bekommt, jetzt da er mehr trainiert, sollte es passen.

Drinnen serviert Leenie mir und Martin aufgewärmte Teller von dem Abendessen, das sie an diesem Tag zubereitet hat – Hühner-Pie. Ich lasse es mir schmecken, fühle mich ein wenig schuldig, dass Dan diese cremige, hühner-ige Köstlichkeit verpasst.

Nachdem ich Jeremiah ein paar Minuten lang unterhalten habe, verschwindet er im Wohnzimmer, um dem Sirenengesang einer Folge Paw Patrol zu folgen, was mir etwas Ruhe verschafft, während ich esse. Sarah Kate scheint auch ein Fan der Serie zu sein, weil sie halb krabbelt, halb wackelnd geht, um sich ihrem Bruder im Wohnzimmer anzuschließen.

„Also", fängt Leenie an, die für den Moment ihre Kinder nicht aktiv erziehen muss. „Wie sieht deine Situation wirklich aus? Ich habe dich noch nie so gesehen. Erschöpft, Ringe unter den Augen, und nicht, weil du die ganze Nacht unterwegs bist und Gott weiß was mit Gott weiß wem machst oder mit Dan."

Ich unterdrücke ein Lachen bei dem „Gott weiß was mit Gott weiß wem oder mit Dan", in einem Tonfall, als wäre Dan tatsächlich eine schlechtere Wahl für Aufrisse als irgendwelche Fremden. Leenie ist interessant. Ich weiß, dass sie Angst hatte und sich Sorgen gemacht hat, als Dan abgestürzt ist, aber jetzt denkt sie wieder, dass ich etwas Besseres bekommen kann. Sogar wenn ich *kann*, ist es nicht so, dass ich ihn jetzt verlassen würde, und ich will kein „besser". Ich will Dan. Sie wird eines Tages lernen, das zu akzeptieren.

„Die Situation geht dich nichts an", wirft Martin ein, bevor er einen großen Bissen Hühner-Pie nimmt und bewundernd stöhnt. „Das ist köstlich, Babe. Danke."

Leenie ist hin- und hergerissen zwischen genervt zu sein, weil er sie gerügt hat und erfreut, weil ihm der Pie schmeckt, den sie gemacht hat, darum entscheidet sie sich, ihn zu ignorieren. „Macht er überhaupt irgendetwas, um sich selbst zu helfen? Oder liegt alles an dir?"

„Ich weiß nicht, warum du so tust, als wäre Dan faul", sage ich und lege meine Gabel weg, frage mich, ob Leenie und ich gleich unseren ersten Streit haben werden – abgesehen von unseren regelmäßigen passiv-aggressiven Kabbeleien. „Man kann nicht die Art Athlet sein, die er ist und dabei faul sein."

Martin legt eine Hand auf ihre und wirft ihr einen Blick zu. Sie seufzt und lehnt sich auf ihrem Stuhl zurück, verschränkt ihre Arme vor ihrem Brustkorb und ähnelt für einen Moment auf frappierende Weise Jeremiah. „Na schön", lenkt sie ein. „Ich gebe zu, dass er schlimm verletzt war und wahrscheinlich am Anfang versorgt werden musste, aber sicher kann er jetzt aushelfen?"

„Wie?"

„Mit einem Job vielleicht?"

„Welche Art Job kann er bekommen, wenn er sein Bein nicht belasten soll?"

„Etwas online. Arbeit in einem Call Center. Ich weiß nicht. Aber er muss anfangen etwas beizusteuern."

Ich nehme einen weiteren Bissen von dem Essen, um sie nicht anzufahren, aber Martin macht es für mich.

„Leenie, Babe, lass es gut sein."

Sie atmet langsam aus und nickt dann. „Schön. Ich bin mir sicher, dass du und Dan alles unter Kontrolle habt."

„Haben wir nicht", gebe ich zu. „Aber seit heute Morgen arbeitet Dan an einem Plan, um anzufangen, Geld zu verdienen. Es mag ein wenig dauern, bis es sich auszahlt, aber ich denke, dass er auf dem richtigen Weg ist."

Ich weiß nicht, ob er das ist oder nicht, aber ich werde nicht hier sitzen und zulassen, dass Leenie über Dan redet, als würde er nur auf dem Sofa herumfläzen und Bonbons essen, während ich mir den Arsch aufreiße.

Er heilt und er hatte Schmerzen und er hat Termine mit Ärzten und Zahnärzten. Er trauert wegen seines Versagens und versucht, wieder einen Lebenssinn zu finden. Auch wenn das wenig Aussicht auf Erfolg zu haben scheint …

Aber wenn irgendjemand von mehr Herausforderungen motiviert wird, die sich vor einer bereits herausfordernden Idee auftürmen, dann ist das Dan.

„Wie sieht sein Plan aus?"

Ich erzähle enthusiastisch davon, überkompensiere Leenies Gesichtsausdruck, der all ihre Zweifel kommuniziert. Martin hört interessiert zu, nickt und murmelt aufmunternde Phrasen wie „cool" und „das ist keine schlechte Idee."

Leenie sagt nichts und als ich fertig bin, seufzt sie einfach, steht auf und sagt: „Ich stehe hinter dir, Sejin. Was du auch brauchst, was auch passiert, ich werde dich immer unterstützen. Dan … nun, er ist auf sich gestellt, soweit es mich betrifft."

Dann geht sie, um sich zu den Kindern vor den Fernseher zu setzen.

Zu sagen, dass ich verletzt bin, ist eine Untertreibung und das muss sich auf meinem Gesicht spiegeln, weil Martin meine Hand drückt. „Hör nicht auf sie. Sie wiederholt nur all die Dinge, die ihre Mutter zu ihr sagt."

„Über dich?" Ich kann mir nicht vorstellen, dass irgendjemand sagt, Martin würde nicht hart arbeiten.

„Nein, über *sie*."

„Leenies Mom sagt solche Sachen?" Meine Mom hätte niemals etwas in dieser Art zu mir gesagt und ich war im Leben immer viel haltloser als Leenie.

„Jep. Sie weiß nicht, warum Leenie sich keine Arbeit sucht und stattdessen zu Hause bei den Kindern bleibt, wenn wir uns dies nicht leisten können und das nicht leisten können. Es ist egal, dass die Unterbringung der Kinder alles auffressen würde, was sie in irgendeinem Job, für den sie qualifiziert ist, verdienen könnte und die Kinder wären dann den ganzen Tag bei Fremden …" Er zuckt mit den Schultern. „Wir alle lernen von unseren Eltern und projizieren das dann auf andere, nicht wahr? Darum nimm es dir nicht zu Herzen."

Ich bin mir nicht sicher, wie ich das machen soll, aber ich nicke und drücke ebenfalls seine Hand. Er lässt mich los, wir essen fertig und dann stehe ich auf. Ich muss zurück zu Dan und ich habe das Gefühl, dass Leenie mich loswerden möchte. Auch wenn Jeremiah sich von seiner kostbaren Paw Patrol losreißt, um sich an mich zu klammern und mich anzuflehen, bald zurückzukommen, weiß ich doch, dass es Zeit ist zu gehen. Sarah Kate macht sich nicht die

Mühe, ihre Gefühle über meinen Abschied auszudrücken, wenn sie überhaupt welche hat. Sie ist viel zu sehr von der Serie gefesselt.

Leenie steht auf und umarmt mich ebenfalls und wir beide tun so, als ob wir nicht wütend aufeinander sind. Ich gehe zu meinem Auto, das immer noch in ihrer Auffahrt geparkt ist, wo ich es heute Morgen gelassen habe, als ich zu Martin gekommen bin.

Ich wusste damals, als ich das mit Dan angefangen habe, dass ich mit all meinen Zweifeln und Unsicherheiten darüber, wer er ist und was er sich entscheidet, mit seinem Leben zu machen, leben muss, aber mir war nicht bewusst gewesen, dass ich mich auch mit den Ansichten anderer Menschen dazu auseinandersetzen muss. Was, wie mir jetzt klar wird, kurzsichtig war.

Andere Leute haben immer Meinungen und weil sie Menschen sind, werden sie sie ausdrücken.

Ich wünschte nur, es würde mich nicht so stören, wenn sie das machen.

Dan

ALS ES KLINGELT, schiebt Lowell Muggs von seinem Schoß, um aufzumachen. Ich bin überhaupt nicht überrascht, Ryes Stimme zu hören, weil er dieser Tage fast immer in Lowells Nähe ist, aber ich *bin* überrascht, die enthusiastische Begrüßung der kleinen Jeanie zu hören.

Ich sichere schnell meine Arbeit, für den Fall, dass kleine Hände ein großes Chaos veranstalten, und bereite mich auf die bevorstehende Umarmung vor. Kinder verstehen Grenzen nicht, obwohl Rye sie Jeanie beibringt, aber ich möchte ohnehin nicht, dass sie für mich gelten. Obwohl ich immer ein wenig erstaunt bin, mit welcher Leichtigkeit Jeanie mich umarmt – denn irgendwo im Innersten bin ich mir nie sicher, ob ich sie wirklich verdiene – liebe ich es, sie zu bekommen.

„Dan!", ruft sie, rennt zu mir, als Rye und Lowell wieder in mein Sichtfeld treten, nach der kleinen Begrüßung, die sie im Flur hatten.

Ich muss sagen, dass ich kein Fan davon bin, wie niedlich sie zusammen sind, vor allem weil je mehr sie sich lieben, umso mehr denke ich, dass ich Rye nicht als meinen Kletterpartner zurückbekommen werde. Aber es ist wohl gut, dass sie glücklich sind. Sie haben beide seit langer Zeit jemand Guten in ihrem Leben gebraucht.

„Little Jeanie", antworte ich, lasse sie auf das Sofa neben mir springen, weil sie die Seite gegenüber meines verwundeten Beins gewählt hat. Ich schlinge einen Arm um sie, als sie mich umarmt.

Ich weiß zufällig, dass ihr Name von diesem Song kommt. Rye hat mir das einmal während einer Tour erzählt, hat gesagt, dass die meisten Leute annehmen, Jeanie wäre nach einer Großmutter oder so benannt, aber dem ist nicht so. Sie ist nach dem Song von Elton John benannt, weil das bei ihrer Hochzeit der erste Tanz von ihm und seinem Ex gewesen ist. „Es war damals auch eine Retro-Entscheidung", hatte Rye gestanden. „Aber Andrew und ich haben zu dieser Zeit die ganze ‚Retro-Ästhetik' toll gefunden." Was auch immer das bedeutet. Darum nutze ich ihn manchmal, wenn ich Jeanie anrede und das ist jetzt unser Ding, weil ich der Einzige bin, der sie so nennt.

„Jemand hat im Kindergarten auf Sejin gekotzt", verkündet sie, nimmt meine Wangen in ihre Hände und schaut mir ernst in die Augen.

„Schon wieder?", frage ich und Sorge sammelt sich in meinem Bauch bei dem Gedanken, was Sejin vielleicht dieses Mal mit seinen Haaren anstellt – bis mir einfällt, dass er heute Morgen nicht bei Tater Tots war, darum muss sie von dem letzten Mal reden.

„Byron war es. Er hat auf Sejin gekotzt und dann hat Sejin auf den Boden gekotzt." Ihre Atmung wird schneller. Diese Geschichte ist für sie offensichtlich aufregend. „So widerlich, Dan."

„Davon habe ich gehört", antworte ich.

„Und Sejin hat seine Haare abgeschnitten", informiert sie mich. „Ich weiß."

„Sejin wohnt mit Dan zusammen, Schätzchen, erinnerst du dich?", sagt Rye, nimmt Lowells Hand und schmiegt sich an ihn. Der Größenunterschied ist auffällig und Rye passt beinahe wie eine Puppe an Lowells Körper.

„Wo ist er dann?", verlangt Jeanie zu wissen, als würde Rye lügen.

„Wahrscheinlich in der Arbeit."

„Papa Bear?"

Ich schüttle meinen Kopf. „Er hat heute mit seinem Cousin als Klempner gearbeitet."

„Was ist ein Klempner?", fragt sie.

„Jemand der Toiletten repariert, Hähne, Waschbecken."

Sie neigt fasziniert den Kopf. „Sejin repariert Toiletten?"

„Das ist ein Job", sage ich.

„Hmm." Sie denkt darüber nach. „Mommy, kann ich jetzt einen Snack haben?" Sie klettert vom Sofa und geht in die Küche.

„Vergiss nicht, Jeanie, ich möchte, dass du mich Papa nennst."

Jeanie schaut um den Küchenblock herum, der die Sicht auf sie versperrt hat und mustert Rye für eine Sekunde. „Okay, Papa. Ich habe es vergessen."

„Kein großes Ding. Wir können weiter daran arbeiten."

Jeanie dreht sich wieder in die Küche und schreit dann: „Oh! Das ist meine Karte!"

Ich sehe, wie die Kühlschranktür aufgeht, auch wenn ich ihren Kopf über dem Küchenblock nicht sehen kann.

„Oh, Himmel", sagt Rye, entfernt sich von Lowell und geht in die Küche. „Jeanie, wir öffnen nicht die Kühlschränke oder Schränke anderer Menschen. Das ist unhöflich."

„Sie kann sich Popcorn in der Mikrowelle machen, wenn sie möchte", werfe ich ein und deute auf den richtigen Schrank, obwohl Rye drei Versuche braucht, um den richtigen zu öffnen.

„Schau, Papa. Das ist die Karte, die ich für Dan gemacht habe. Gefällt sie dir, Dan?", ruft Jeanie aus der Küche.

„Ich liebe sie."

Rye steht vor der Kühlschranktür, die Hände in die Hüften gestemmt und starrt die glitzernde Karte an. „'Hilfe'", liest er laut vor und schnaubt.

„Jep. Aber ich werde das nächste Mal keine Hilfe brauchen. Entweder schaffe ich es oder ich sterbe."

„Arschloch."

Jeanie schnaubt. „Daddy sagt, das ist ein schlimmes Wort."

„Dein Dad kann …" Rye räuspert sich. „Dein Dad hat recht und es tut mir leid."

Jeanie und Rye bleiben in der Küche, reden über ihren Tag im Kindergarten und ob Katzen zu Geistern werden, wenn sie sterben.

Offensichtlich nicht, denke ich, *weil sie Dämonen sind und sie fahren direkt in die Hölle. Außer diese drei. Wie sich herausstellt, sind sie nur Halb-Dämonen. Darum gehen sie auf halbem Weg in den Himmel.*

Lowell setzt sich wieder neben mich und ich kann praktisch spüren, wie er gegen den Drang ankämpft, sich umzudrehen und wieder zu Rye zu schauen.

„Hast du dich je mit einem Typen gesehen, der ein Kind hat?", frage ich.

„Ich habe mich nie mit einem *Typen* gesehen", antwortet er leise, sodass Rye und Jeanie es nicht hören. „Ein Kind dagegen …" Er zuckt mit den Schultern. „Es gab eine Zeit. Ja."

„Ist alles in Ordnung?"

„Größtenteils.“

Meine Augen werden schmal. Er soll es ja nicht wagen, Rye das Herz zu brechen.

Lowell liest mich und schüttelt den Kopf. „Nein, es ist nichts in dieser Richtung.“

„Oh.“ Ich rate noch einmal. „Ist es sein Ex? Macht er Ärger?“

„Ja.“ Sein Kiefer verspannt sich. „Lass uns einfach sagen, dass meine Ex viel weniger schwierig im Umgang ist. Nina ist gegangen und hat nicht zurückgeblickt. So sehr das wehgetan hat, gerade im Moment sehe ich die Vorteile davon. Es ist wohl gut, dass wir nie Kinder hatten.“

Ich frage mich, ob die Dinge zwischen mir und Sejin so weit gediehen wären, wie sie jetzt sind, wenn er ein Kind hätte. Ich bin mir nicht sicher. Ich mag Kinder, zumindest wenn sie in Jeanies Alter sind, aber ich möchte keine eigenen. Ich frage mich, ob Sejin das will? Ich sollte wahrscheinlich fragen.

„Wir haben es versucht“, fährt Lowell fort. „Es hat nur nie geklappt.“

„Ah.“ Was sollte man dazu sagen?

„Als wir uns geschieden haben, war ich dankbar, dass es keine Kinder gab, um die wir uns kümmern mussten. Jetzt befinde ich mich in einer Situation, wo ich einen Mann in meinem Leben habe, der mir etwas bedeutet, sein Kind *und* seinen Ex. Das ist … nicht das, was ich mir für meine Vierziger vorgestellt habe.“

„Ich wette nicht.“

„Andrew ist ein echtes Arschloch.“

„Ja.“ Das habe ich gehört, aber andererseits, was kann man dagegen sagen oder machen? Solange Rye Jeanie hat, wird Ryes Ex in der Nähe sein.

„Rye ist aber zäh. Er zuckt nicht einmal zusammen bei all dem Scheiß, den dieser Mann zu ihm sagt.“

„Rye ist stark.“

„Der Stärkste", stimmt Lowell zu.

„Ist es für dich so anders? Mit einem Typen zusammen zu sein, anstatt mit einer Frau?" Ich weiß, wie es für mich ist, aber ich weiß auch, dass ich, in Hinblick auf Bisexualität, eine Anomalie bin.

Lowells Blick wird weich und er lächelt, seine Wangen röten sich. Ich habe ihn noch nie erröten sehen. Das ist eine äußerst erstaunliche Reaktion. „Es ist anders, Ja, aber er ist das, was ich brauche."

Das verstehe ich.

Das Popcorn ist fertig und Rye begleitet eine wieder angezogene Jeanie auf die rückwärtige Veranda, um in der Kälte zu essen, gefolgt von Julio, der das Zeug liebt. Rye gibt ihr sein Handy mit einer Kinder-App, auf der sie spielen kann und lässt sie mit der Katze draußen, weil wir alle drei sie deutlich durch die großen Fenster sehen können.

Als Sejin zwanzig Minuten später aus der Arbeit kommt, bin ich gerade damit fertig, Rye von all meinen Plänen zu erzählen und ihm die Notizen zu zeigen, die ich gemacht habe und die Accounts, die Lowell und ich auf den Plattformen eingerichtet haben, die ich ausgesucht habe.

Rye scheint milde enthusiastisch zu sein – glücklich, dass ich etwas mache, aber reserviert in seinem Urteil, ob er denkt, dass es ein Erfolg wird. Er hatte die gute Idee, mich im Profil der verschiedenen Apps mit der GoFundMe Seite zu verlinken, die er für mich eingerichtet hat.

„Ah, ein volles Haus", sagt Sejin, als er zu mir kommt, um mir einen Kuss zu geben und Rye und Lowell mit Umarmungen zu begrüßen.

Jeanie sieht ihn durch das Fenster, lässt ihr restliches Popcorn stehen und kommt mit Julio und einem fröhlichen kleinen Tanz wieder herein, der von dem Volumen ihrer Jacke behindert wird. Ich erkenne ihn als einen, den Sejin tanzt, wenn er sich Musik anhört. Ich glaube, es ist die Choreografie von einer K-Pop-Girlband … vielleicht Red Velvet?

Sejin tätschelt ihren Kopf und lobt ihren Tanz. Sie klammert sich an sein Bein und er reibt über ihren Rücken, wendet sich dann an die Erwachsenen im Raum. „Warum die Party?"

„Dein Mann erzählt uns von seinen großen Plänen, ein Influencer in den Sozialen Medien zu werden", antwortet Rye mit einem Lachen.

„Das ist nicht der Plan." Ich winke Rye ab. „Der Plan ist, die Leute dazu zu bringen, mich zu mögen und mir Geld zu geben."

„Ich sage nicht, dass es nicht funktionieren kann", stellt Rye klar. „Ich bin beeindruckt von deiner Entschlossenheit. Es kann definitiv nicht schaden, es zu versuchen."

Ich möchte Sejin auch zeigen, was ich gemacht habe, aber ich entscheide mich, es zu machen, wenn wir allein sind, damit er ehrlicher sein kann. Ich schließe all meine Sachen und klopfe auf den Platz neben mir.

Rye und Lowell kuscheln auf der anderen Seite des Sofas und Jeanie fragt, ob wir sehen wollen, wie sie tanzt. Wir alle stimmen zu, darum ruft Sejin ein paar Songs auf, die sein Handy abspielt und zu dem Bluetooth-Lautsprecher neben dem Fernseher schickt.

Jeanie tanzt. Sejin singt. Lowell und Rye kuscheln.

Und ich habe das Gefühl, dass ich zum ersten Mal seit Wochen atmen kann.

Weil ich einen Plan habe und weil es ein guter ist.

Peggy Jo

PEGGY JO VERLAGERT die süß riechende Amelia Rose von einer Schulter auf die andere und klickt auf den TikTok-Link, den Dan ihr geschickt hat. Er öffnet sich auf ihrem Handy im Safari-Browser und es braucht eine unglaubliche Menge an Mühe und Tippen auf den Bildschirm, um das Video abzuspielen.

Sobald es anfängt, lächelt sie, als sie Dans vertrautes Gesicht auf dem Bildschirm sieht. Ein wenig mitgenommen mit der neuen lila Narbe auf seiner Wange, aber lebendig und mit gerunzelten Brauen in die Kamera schauend, wie immer. Das Bild wackelt, als er das Handy richtet, mit dem er aufnimmt. Es fällt um und er richtet es erneut aus.

Peggy Jo klopft auf den Rücken ihrer Enkelin, wartet auf den gewaltigen Rülpser, der nach einer so großen Mahlzeit von den Brüsten ihrer Mama sicher kommen muss.

Dan lehnt sich an Peggy Jos eigenem Küchentisch zurück und winkt ungelenk.

„Hi. Ich bin Dan McBride. Wenn ihr euch das anschaut, wisst ihr bereits, dass ich am El Capitan abgestürzt bin." Er macht eine tauchende Handbewegung und dann ein großes *Platsch* mit seiner Hand. Peggy Jo steigt Säure aus dem Magen auf.

„Zum Glück bin ich nicht gestorben. Ich *habe* mir aber mein Bein gebrochen." Er deutet nach unten. „Und meine Zähne angeschlagen." Er grinst morbide, aber sein Lächeln sieht in

Ordnung aus.

„Sie wurden bereits gerichtet", erklärt er. „Oh und ich habe jetzt eine wirklich coole Narbe." Er berührt die lila und auffällige Narbe vor seinem seltsam blassen Gesicht. Er war seit dem Unfall nicht viel an der Sonne. Das ist klar.

„Oder zumindest sagt Sejin mir, dass sie cool ist. Er ist mein fester Freund." Er neigt seinen Kopf, denkt nach und fährt dann fort: „Wenn ihr bereits wisst, dass ich Dan McBride bin, dann wisst ihr wahrscheinlich auch, dass ich einen festen Freund habe. Oder vielleicht nicht. Vielleicht überschätze ich euch. Es ist möglich, dass ihr keine Ahnung habt, wer ich bin oder irgendetwas über mich wisst."

Er räuspert sich. „Lasst uns noch einmal von vorne anfangen." Er winkt erneut. „Hi, ich bin Dan McBride. Ich bin ein Kletterer, ich habe einen festen Freund namens Sejin und ich bin am El Capitan abgestürzt, als ich versucht habe, die Heart Route im Free Solo zu klettern. Und ich werde es wieder machen." Er verzieht das Gesicht. „Das Free Solo, meine ich. Nicht abstürzen."

Peggy Jo knirscht mit den Zähnen. Dieser idiotische Narr mit dem unglaublichen Glück. Sie ist so stolz auf ihn und gleichzeitig so wütend.

Dan zuckt mit den Schultern. „Es sei denn, ich falle *doch*. Aber darüber wollen wir nicht reden. Das würde meinen zuvor erwähnten festen Freund aufregen."

Er nickt nachdrücklich und richtet sich auf, spricht direkt in die Kamera. „Ihr habt es hier zuerst gehört. Ich, Dan McBride, werde die Heart Route am El Cap im Free Solo klettern und dieses Mal werde ich Erfolg haben. Aber zuerst? Zuerst muss ich dieses verdammte Bein in Ordnung bringen."

Das Video endet so seltsam und abrupt, wie es begonnen hat.

Seufzend liest Peggy Jo erneut die Nachricht von Dan. *Meine neue Schnell-Reich-Werden-Strategie: Influencer in den Sozialen*

Medien. Wie findest du es?

Amelia Rose entlässt einen langen, rasselnden, widerlichen Rülpser, der klingt, als käme er von einem Lastwagenfahrer mit Stiernacken, der viel zu viele koffeinhaltige Energy-Drinks getrunken hat, um wach zu bleiben.

„Genau meine Meinung", stimmt Peggy Jo ihr zu. „Dieser Junge ist absolut furchtbar. Aber das können wir ihm nicht sagen, nicht wahr, Miss Amelia Rose? Er wird nicht auf uns hören. Es gibt etwas, das du verstehen musst, kleines Mädchen. Jeder muss sein eigenes Rad schrotten. Auch wenn es die Person umbringt."

Sie küsst den weichen Kopf von Amelia Rose. „Hoffentlich werden die, die du schrottest, nicht so verdammt groß und beängstigend sein." Sie schluckt den Klumpen in ihrer Kehle hinunter. „Der Himmel sei uns gnädig. Hoffentlich wird er das nächste nicht auch schrotten."

Sie weiß, dass er auf eine Antwort wartet. Bell hat ihr vor Kurzem erklärt, wie das mit der Gelesen-Benachrichtigung funktioniert.

Sieht nach einem Anfang aus, schafft sie mit einer Hand zu tippen. Amelia Rose fängt an zu weinen und Peggy Jo legt ihr Handy auf den Kaffeetisch. Sie steht auf und geht mit dem schluchzenden Baby in Bellas mit Gegenständen von Pottery Barn überflutetem Wohnzimmer auf und ab.

Sie klammert sich an ihre wunderschöne neue Enkelin und blinzelt die Tränen weg. Sie glaubt an Dan. Er wird sich erholen. Gut trainieren. Und, wenn er nicht zur Vernunft kommt und die Heart Route aufgibt, glaubt sie, dass er sein Ziel erreichen wird.

Ganz egal was, weil sie seiner Mama am nächsten kommt, wird sie weiter glauben.

Ein neues *Ping* verkündet Dans Antwort.

Die Wand hinauf!

Rye

RYE IST NEBEN Lowell auf das Sofa gekuschelt, an seinen Körper geschmiegt, fühlt sich warm unter dem Gewicht seines großen, starken Arms. Er scrollt durch seine Sozialen Medien, als die Ankündigung kommt, dass ein Instagram-Account, dem er folgt, einen neuen Reel gepostet hat. Ein Blick zeigt ihm, dass es Dan ist und die Überschrift über dem Video lässt ihn sofort hochschießen.

„Oh nein", flüstert er. Entsetzen liegt in dem frustrierten, hohen Kichern, das ihm entkommt. „Oh *Dan*, nein."

„Was ist jetzt?", fragt Lowell.

Rye dreht die Lautstärke hoch und hält sein Handy so, dass Lowell es sehen kann.

„Hi, mein Name ist Dan McBride und ich bin bei einem Free Solo am El Capitan abgestürzt und habe überlebt, um die Geschichte zu erzählen."

Im Laufe der letzten Videos ist das Dans Eröffnungssatz geworden. Er sitzt auf dem Sofa in Peggy Jos Wohnzimmer und winkt ein wenig roboterhaft, als würde er denken, es wird von ihm erwartet und nicht, weil er es wirklich ernst meint.

„Wie dem auch sei, mein fester Freund arbeitet wieder den ganzen Tag und mir ist S-A-U-langweilig." Er wackelt mit einem Finger vor der Kamera und seine Augen fangen an zu funkeln. Das Roboterhafte verschwindet. „Ah-ah-ah, du denkst, du erwischst mich wieder dabei, wie ich unanständige Worte sage, Algorithmus? Du denkst, dass du mich sperren kannst oder Schlimmeres? *Ich glaube nicht.*"

Er hebt eine Braue wie ein Cartoon-Bösewicht. Muggs springt ins Bild, marschiert über die Rücklehne der Couch, um sich hinter Dans Schulter niederzulassen und starrt unheilvoll in die Kamera. Dan ignoriert ihn.

„Wie dem auch sei, ich habe gesehen, dass es einen beliebten Trend gibt, der Get Ready With Me heißt und weil mir so langweilig ist, dass ich den Verstand verliere, dachte ich mir, warum auch nicht?"

Er grinst und das ist piratenmäßig und niedlich und auch beängstigend, denn wer weiß, was Dan gleich sagen oder machen wird. Rye umklammert Lowells Arm.

„Get Ready With Me?", wiederholt Lowell.

Rye berührt den Bildschirm, um das Video zu pausieren und erklärt. „Es ist ein Trend, bei dem die Leute sich selbst filmen, wie sie sich darauf vorbereiten, irgendwohin zu gehen. Get Ready With Me für die Arbeit. Get Ready With Me für den Club. Sie erzählen in der Regel eine lustige Geschichte, während sie das machen oder erklären die Produkte, die sie benutzen."

„Ah, okay."

Rye lässt das Video weiterlaufen.

„Wofür mache ich mich fertig, fragt ihr euch vielleicht, weil ich ja zu Hause festsitze, allein, mit einem gebrochenen Bein? Ich bereite mich darauf vor, mir wirklich heftigen, feuchten und schmutzigen, zum Finger lecken guten *Corn* anzuschauen." Er schlägt seine Hände rhythmisch zusammen, macht einen widerlich sexuellen Laut mit seinen Handflächen.

„Oh, gütiger Gott."

„Corn anschauen?", murmelt Lowell verwirrt.

„Das ist Slang für ‚Porno'. Die Algorithmen sind trainiert, alles mit bestimmten Worten zu blockieren, wie Porno oder Penis oder Arsch und darum benutzen die Leute stattdessen andere Worte oder Emojis. Wie Corn oder Auberginen oder, ich weiß nicht, Aprikosen.“

„Aprikosen …“ Lowell klingt verloren.

Wie seltsam musste es sein, im Grunde genommen alt zu sein und nichts darüber zu wissen, wie diese neue Welt funktioniert. Wie seltsam, dass Rye im Moment einen Mann herumkommandiert und fickt, der auf die Sechsundvierzig zugeht. Wie seltsam, in der Tat …

Das Video geht weiter.

„Also …“ Dan macht eine dramatische Pause und hebt dann einen Arm, um zu zeigen, was er in der Hand hält. „Hier ist die Jogginghose, die ich heute tragen werde. Sie ist von Fruit of the Loom. Weich. Blau. Langweilig.“ Er zeigt das Etikett. „Wo ist das Füllhorn hin? Wir alle wissen, dass es da war. Ist das eine weltweite Gehirnwäsche-Verschwörung? Oder ein Beweis für die Matrix? Und was ist mit den Berenstein Bears? Ein Fleck, wer’s glaubt.“ Er schnaubt.

„Wow.“

„Wovon redet er?“, fragt Lowell.

„Das erzähle ich dir später.“

Dan zeigt das gesamte Kleidungsstück in seiner Hand. „Wir mussten ein Bein abschneiden, um Platz für meinen Vakuumschuh zu schaffen. Darum ist es jetzt eine *Piraten*hose.“ Er lacht über seinen eigenen Witz und Rye spürt ebenfalls ein Lächeln auf seinen Lippen.

Dan ist *so* ein Dödel. Es ist wirklich süß.

Auf dem Video windet Dan sich in die Jogginghose, schafft es, dabei nichts Skandalöses zu zeigen. Er tastet hinter der Kamera herum, auf, wie Rye weiß, dem Kaffeetisch vor ihm, auf dem er das Handy zweifellos für die Aufnahme aufgestellt hat. „Hier sind meine Taschentücher. Kleenex für mich. Mit Aloe versetzt." Er hebt die Schachtel neben seinen Kopf. „Ruft mich für ein Sponsoring an, Kleenex. Mein S-c-h-w-a-n-z und ich sind treue Nutzer eures Produkts."

Lowell lacht grunzend.

„Hier ist mein Gleitgel." Er hält eine kleine weiße Flasche mit Erdbeeren darauf hoch. „Es ist von Wet, wie ihr sehen könnt. Auch hier stehe ich für ein Sponsoring zur Verfügung. Dieses hier ist mit Erdbeergeschmack. Ich benutze es, um mir einen von der Palme zu wedeln, weil Sejin das geruchs- und geschmacklose für S-e-x bevorzugt, darum muss ich eine Möglichkeit finden, das hier leerzubekommen." Er gießt sich etwas davon auf seinen Finger. Leckt ihn ab. „Mm, genau wie Bonbons. Wenn Bonbons grauenvoll schmecken würden", kommentiert Dan.

Lowell schnaubt.

„Das hier ist die Fernbedienung, die ich benutze. Nichts Besonderes. Aber essenziell, um durch die Internet-Corn-Angebote zu scrollen. Ich muss sagen, der Fernseher, den meine Kletter-Mentorin und Pseudo-Mom an ihrer Wand hängen hat? Er ist gewaltig. Er lässt alle Körperteile mehr als lebensgroß aussehen. Übrigens Hi, Peggy Jo, wenn du das siehst. Ich wette aber nicht. Sie ist viel zu alt für die Sozialen Medien."

Rye verschluckt sich. Lowell lacht erneut, warm und tief.

„Also, lasst uns sehen …" Dan zielt und klickt den Fernseher an. „Eines der besseren Dinge daran, bi zu sein, ist, dass ich eine Menge Auswahl habe, was Corn betrifft. Ich nehme Männer und Männer, Frauen und Frauen, Frauen und Männer, Männer und Frauen. Es gibt keine Kombination, die nicht infrage kommt. Wenn man bedenkt, wie viele Stunden ich damit verbracht habe, seit ich mir mein Bein gebrochen habe, ist es gut, dass ich nicht wählerisch bin."

Er runzelt die Stirn und dann leuchtet sein Gesicht auf. „Ah, der hier sieht perfekt aus. Zwei Frauen und ein Kerl. Keine der Frauen hat gefährlich lange Fingernägel oder ein Bauchnabelpiercing. Das ist eine echte Nadel im Heuhaufen." Er schaut nach unten. „Das einzig andere, was ich noch brauche, ist an meinem Körper befestigt. Also … wir haben es geschafft, Leute. Ihr habt euch mit mir vorbereitet. Ich hoffe, euch hat dieser kurze Einblick in das tägliche Leben eines Weltklasse-Athleten mit einem gebrochenen Bein gefallen. Morgen werde ich euch ein Update zu meinen letzten Klettertouren geben. Spoiler-Warnung: Es gab keine."

„Oh, wow", sagt Rye, schaut dabei zu, wie die Likes und Kommentare mit steigender Geschwindigkeit hereinkommen. „Das geht richtig ab."

„Warum?"

„Ich weiß es nicht?"

Rye öffnet die Kommentarspalte und deutet auf den ersten, der bereits ebenfalls über vierzig Likes hat.

wenn deiner fester freund beschäftigt ist, kann ich vorbeikommen

Eine Antwort von Dan erscheint sofort darunter. *Es heißt ‚dein fester Freund' und nein.*

In einem weiteren Kommentar steht, *stell dich mit deinem vakuumschuh auf mich, daddy*

Dans Antwort ist kurz und knapp. *Nein.*

Ein Homophob schreibt: *Du bist abgestürzt, weil Gott Queere hasst. Bereue oder brenne.*

Dan sagt: *Danke, dass du dir Sorgen um mich machst.*

„Wie kann er tatsächlich gut darin sein?", meint Rye sprachlos. Er liest ein paar weitere, immer anzüglichere Kommentare und schnalzt mit der Zunge. „Aber Sejin wird ihm für dieses Video den Hals umdrehen."

„Irgendwie bezweifle ich das", erwidert Lowell und zeigt Rye die GoFundMe Seite von Dan, die er auf seinem eigenen Handy geöffnet hat. „Sie ist allein in den letzten vier Minuten um 400 Dollar gestiegen."

„Heilige Scheiße."

„Ja."

Rye schnalzt erneut mit der Zunge. „Vielleicht hat dieses Arschloch doch eine Ahnung, was er macht."

Lowell lehnt sich zurück und legt seinen Arm auf die Lehne des Sofas. „Eine Sache, die ich in den letzten paar Jahren gelernt habe, ist, dass man Dan McBride nie anzählen soll. Er wird dich jedes Mal überraschen."

Rye legt sein Handy beiseite und setzt sich auf Lowells Oberschenkel. „Möchtest du, dass *ich dich* anzähle?"

„Klar." Lowell schluckt schwer. „Ich meine, Ja, Sir."

Rye lässt jedes Wort in der Luft schweben, als er flüstert: „1 … 2 … 3 … los geht's."

Lowell schaudert und Rye grinst, nimmt Lowells Kinn in die Hand und küsst seinen Mund. Lowell zuckt und entspannt sich dann, stöhnt, als die Hitze zwischen ihnen steigt.

Rye lächelt und denkt an den armen Dan, der ganz allein mit seinem Lieblings-Kleenex auf dem Sofa sitzt.

Lowell auseinanderzunehmen ist so viel besser, als sich Corn anzusehen.

Leenie

„BRIAN AUS IDAHO möchte wissen, was ich esse, um als Profi-Kletterer gesund zu bleiben. Ich sollte dir wahrscheinlich erzählen, dass ich alle möglichen Arten von hochqualitativem Protein esse, aber das tue ich nicht."

Dans Lippen heben sich in den Mundwinkeln. Eine Katze sitzt hinter ihm auf der Rücklehne des Sofas und putzt sich, ein Bein hochgereckt, das Poloch entblößt. „Die Sache ist die, wir sind arm. Ich bin ein Profi-Kletterer mit einem gebrochenen Bein und ohne Sponsorenverträge."

Leenie verdreht die Augen.

Jeremiah kuschelt sich enger an sie, schaut Dan auf dem iPad Bildschirm mit einem bewundernden Gesichtsausdruck an. Sie hasst, wie sehr Jeremiah Dan mag, jetzt da er regelmäßig auf Mommys und Daddys kostbaren und ihm in der Regel verwehrten Bildschirmen erscheint. Dan ist nicht länger der grausame Dieb von Jeremiahs geliebtem Sejinie, sondern ein strahlender neuer Star, so cool wie Bluey oder seine liebste Figur aus Paw Patrol.

Leenie wollte nicht, dass Jeremiah Dans Videos überhaupt sieht – vor allem nach diesem grauenvollen Get Ready With Me, nach dem Jeremiah ahnungslos darum gebeten hat, sich *Corn* ansehen zu dürfen, so wie *Dan* – aber natürlich findet Martin die Videos zum Brüllen komisch und zeigt sie Jeremiah jedes Mal, wenn er fragt. Was jeden Tag passiert.

Und um ehrlich zu sein, vorhin, als Jeremiah sich in einen An-fall hineingesteigert hat, während er auf seine Apfelschnitze bei Papa Bear gewartet hat, hat Leenie das iPad herausgeholt und Dans neuestes Video aufgerufen, ohne darum gebeten zu werden. Vor allem, weil Sarah Kate in dem Hochstuhl ihnen gegenüber schläft – Gott sei Dank – und Leenie alles tun würde, um diesen Zustand beizubehalten. Zwei mobilen Kindern hinterherzujagen hat dazu geführt, dass sie an den meisten Tagen bereit ist, zu schreien, zu weinen und sich die Haare zu raufen. Sie würde alles tun, um sie beide für ein paar Minuten still und ruhig zu halten. Sogar Dan anschauen.

„Dreh es auf, Mama. Ich kann es nicht hören“, sagt Jeremiah und windet sich vor Aufregung. „Spul zurück und dreh es auf.“

Leenie spult das Video zurück an den Anfang und verdreht erneut ihre Augen, als Dan in die Kamera die Stirn runzelt, sie zurechtrückt und sich dann aufrecht hinsetzt. „Hi, mein Name ist Dan McBride und ich bin während eines Free Solo am El Capitan abgestürzt und lebe, um die Geschichte zu erzählen.“

In diesem Moment taucht eine Frage von einem Zuschauer in der Ecke auf. Leenie ist sich nicht sicher, ob Dan dieses Video von Anfang an live gemacht hat oder ob er die Frage dort selbst gepostet hat. Sie hat dieser Tage keine Zeit, ihre Sozialen Medien wirklich zu benutzen oder anzusehen, nicht mit diesen beiden Wildfängen.

„Was steht da?“, fragt Jeremiah, obwohl sie ihm die Frage vor-hin schon vorgelesen hat.

„Sie ist von einem Mann, der wissen möchte, was Dan isst, um gesund zu bleiben.“

Auf dem Bildschirm wiederholt Dan genau das und der kleine Jeremiah nickt, als wüsste er, wie wichtig eine gute Ernährung ist. Leenie wünscht sich, dass Dan etwas Hilfreiches sagt, etwas, das Jeremiah dazu animiert, sein Gemüse zu essen. Wenn Dan das macht, dann wird sie ihm vielleicht, viiieeeleicht vergeben, dass er so … so … er selbst ist.

„- mit einem gebrochenen Bein und ohne Sponsoren und mein fester Freund ist ein Barista. Also ja, ich esse eine Menge Bohnen mit Reis." Er hält eine vertraute Schachtel in die Höhe und Jeremiah keucht vor Freude. „Und Tier-Cracker." Er deutet auf die zusammengeknüllte, leere Kartoffelchip-Tüte auf dem Sofa neben ihm. „Und Chips."

„Ich *liebe* Chips", verkündet Jeremiah und springt dabei auf und ab, starrt immer noch den Bildschirm mit einem Gesichtsausdruck an, der früher allein für Sejin reserviert war.

Natürlich *sind das die Sachen, die Dan zeigt*, denkt Leenie sich. Warum konnte er nicht sagen, dass er eine Tonne Brokkoli isst?

„Aber Protein ist der größte Schlüssel zur Gesundheit und Ausdauer eines Athleten und wenn ihr meine Genesung unterstützen wollt, könnt ihr mir gerne *euer* Fleisch geben."

Mein Gott, weiß er überhaupt, wie das klingt?

Sein nervigstes und überraschend charmantes Grinsen huscht über sein Gesicht.

Ha, er weiß es.

„Das war nur ein Scherz, dass ihr mir euer Fleisch schicken sollt. Sejin würde das nicht sonderlich gefallen und dem US Postal Service auch nicht. Schickt mir Geschenkkarten für den Supermarkt. Findet meine P.O. Box in der Beschreibung unten. Ich kaufe mir das Fleisch selbst. Oder Sejin macht es. Oder wir könnten Proteinpulver besorgen." Sein Blick wird sehnsüchtig, was in Leenie ein klein wenig Schuldgefühle weckt. „Eier. Milchprodukte. Fisch. *Oder* ihr könnt mein GoFundMe unterstützen. Link ist in der Beschreibung. Jedes kleine Bisschen hilft. Ich habe Krankenhausrechnungen zu bezahlen und einen hungrigen festen Freund zu füttern."

„Ich mag Fleisch", sagt Jeremiah und plustert seinen Brustkorb auf. „Genau wie Dan."

„Dann erwarte ich, dass du heute Abend deinen ganzen Hamburger isst."

Jeremiah würgt. „Ich *hasse* Hamburger."

Leenie seufzt.

Dan klatscht einmal in die Hände und die exhibitionistische Katze springt von der Sofalehne und huscht davon. „Demnächst werde ich euch einen kleinen Klettertrick von mir zeigen. Ich nenne ihn Hangboarding für Dummies. Seid nicht zu aufgeregt. Es ist nur Hangboarding mit mir, einem Dummy mit einem gebrochenen Bein. Bis dann."

„Ich will hangboarden", sagt Jeremiah, springt von Leenies Schoß, um den Rand eines in der Nähe stehenden Tisches zu packen – der zum Glück leer ist – und hebt seine kleinen Füße, um wenige Zentimeter über dem Boden zu schwingen. „Ich will hangboarden und Fleisch essen!"

Leenie schiebt sich zwei Apfelstücke in den Mund, um nichts Gemeines zu sagen.

Jeremiah lässt sich fallen und posiert mit seinen Händen in die Hüften gestemmt. „Ich werde El Cap'tan klettern! Ich werde genau wie Dan sein!"

Leenie erstickt beinahe.

TEIL DREI

Sejin

Fünf Wochen seit dem Free Solo Versuch

DAN IST UNRUHIG, während wir im Patientenzimmer in der orthopädischen Klinik in Fresno auf Dr. Hennessey warten, der uns sagen wird, wie die letzten Aufnahmen von Dans Bein aussehen.

Ich bin weniger ruhelos und eher erschöpft, genau wie ich es den letzten Monat gewesen bin. Dans neue Vorstöße in die Sozialen Medien funktionieren offensichtlich *nicht*. Sie bringen einfach noch nicht genug Geld ein. Ich will nicht sagen, dass sie das nicht irgendwann werden, aber die Sozialen Medien sind ein launischer Gott und Dan ist ein seltsamer Typ.

Er ist aber nach seinem Absturz berühmt genug, dass er vom Fleck weg eine Menge Follower bekommen hat, die meisten von ihnen dieselben Leute, denen ich in der Stadt aus dem Weg gehe – neugierige Schaulustige, die mehr darüber erfahren wollen, wie es sich für ihn angefühlt hat zu fallen, wie schlimm es wehgetan hat, als er aufgekommen ist und ob sein Leben vor seinen Augen vorbeigezogen ist.

All das sind echte Fragen, die in den Kommentaren der TikTok-Videos gepostet wurden, die er gemacht hat und unter den Instagram Reels, die er hochgeladen hat. Ich kann ehrlich nicht glauben, was manche Leute sich rausnehmen.

Er arbeitet immer noch daran zu lernen, wie er ein schön aussehendes Video zusammenschneiden kann, damit er anfangen kann, Montage-Videos von verschiedenen früheren Klettertouren mit Rye zu posten und auch ein paar mit Peggy Jo, zusammen mit einer Erzählung von ihm, wie jede Route war. Er wird sich dabei auf seine akribischen Notizen stützen und wird seine Erfahrung als Referenz für Kletterer zu Topo, Strategie, den Griffen und so weiter anbieten, zusammen mit Fotos seiner Zeichnungen, Videos seiner vergangenen Klettereien und mehr.

Bis jetzt hat er ein paar kurze Videos auf TikTok gepostet, in denen er Trends folgt oder mit beliebter Musik im Hintergrund und einigen Erzählungen auf TikTok und Instagram über seinen Absturz, seine Genesung bis jetzt und seine momentane Situation – kein Klettern, eine lange Reise vor ihm und all das. Er ist gut darin, auf gewinnende Weise auf die Kommentare zu antworten und ich weiß nicht, warum ich deswegen überrascht bin, aber das bin ich.

Aber wir sind immer noch pleite und dieser Orthopäde ist nicht billig. Wir schulden dieser Praxis bereits genug, dass mir schlecht wird.

Dan sagt, dass es nicht *wir* sind, sondern *er*, was die medizinischen Schulden betrifft. Aber welches Seepferd lässt seinen Kaiserfisch auf dem Trockenen sitzen, nur weil Geld, wie immer, schwer zu bekommen ist?

„Mr McBride", sagt Dr. Hennessey und kommt in das Zimmer, als ob er in seinem Leben noch nie einen Moment der Sorge über seine Kompetenz gehabt hätte. Was gut ist. Das wollen wir von einem Arzt. Aber für einen Moment fühle ich mich ungefähr einen halben Meter groß und bin mir nur zu bewusst, wie prekär Dans Leben und meines bisher gewesen sind und wie inkompetent ich wirklich bin.

Dan ist zumindest ein Experte im Klettern. Worin bin ich Experte? Cappuccinos zu servieren? Kleinkindern K-Pop beizubringen? Ich sollte mir wirklich etwas suchen, in dem ich hervorragend werden möchte und mich dann fokussieren.

Das werde ich, sobald wir nicht mehr in Schulden ertrinken.

„Ich habe gute Nachrichten und sogar noch bessere Nachrichten", sagt Dr. Hennessey und schiebt ein paar Aufnahmen in die Halterung des Leuchtkastens an der Wand und schaltet ihn an. „Das ist Ihr Bein", sagt er unnötigerweise. „Und das sind die Schrauben, die Platte und der Stab. Das sieht alles gut aus. Aber das hier ist das Außergewöhnliche-"

Bei diesen Worten deutet er auf eine weiße Beule auf dem Knochen. „Das ist der Kallus. Ich habe Ihnen beim letzten Mal gesagt, dass er sich bereits formt und hier sieht er schon sehr schön aus. Wie es scheint, hat Ihr Körper den Turbo eingelegt, was Ihre Heilung betrifft. Es ist beinahe, als wären schon mehrere Monate seit dem Sturz vergangen und nicht erst fünf Wochen. Natürlich waren Sie als Athlet ziemlich gesund, bevor das passiert ist und Ihre Jugend hilft ebenfalls."

„Großartig", sagt Dan und schaut die Aufnahmen an. „Was heißt das für mich?"

„Es bedeutet, dass Sie den Vakuumschuh nicht mehr brauchen und anfangen können, mit den Krücken Ihr Bein zu belasten. *Leichtes* Belasten, verstanden? Es ist auch Zeit, mit der Physiotherapie anzufangen. Mir wurde gesagt, dass sie ein spezielles Arrangement dafür haben?"

„Das habe ich", sagt Dan mit einem Grinsen, nimmt dabei meine Hand und drückt sie.

Ich freue mich für ihn, habe aber auch Angst. Was, wenn er zu selbstbewusst wird? Zu viel trainiert? Etwas Dummes macht?

„Muss er den Vakuumschuh weglassen?", frage ich. „Er ist eine gute Erinnerung für ihn, dass er nicht zu viel machen soll."

Dan hebt meine Finger an seine Lippen und küsst sie und ich rechne dem Arzt an, dass er nicht einmal mit der Wimper zuckt. Er muss wissen, dass wir ein Paar sind, aber wenn nicht, dann jetzt.

„Mach dir keine Sorgen um mich, Doc. Ich werde vorsichtig sein." Dan schaut zu Dr. Hennessey. „Äh, mit dem ‚Doc' meine ich ihn, nicht Sie."

Wieder muss ich es Dr. Hennessey anrechnen, dass er beim Thema bleibt und die Frage beantwortet. „Er kann den Vakuumschuh behalten für Zeiten, wenn er ausgeht und den Menschen signalisieren möchte, dass man auf sein Bein achten muss, aber ansonsten möchte ich nicht, dass er ihn zu Hause trägt. Es ist wichtig, seine Muskeln daran zu erinnern, dass sie ihre Aufgabe erfüllen sollen, vor allem, wenn er wieder in den Sport zurückmöchte."

Ich weiß zu schätzen, dass Dr. Hennessey Klettern als echten Sport sieht und nicht nur als ein albernes Hobby, aber ich denke auch, dass er nicht ganz versteht, wie unbedingt Dan wieder an eine Wand möchte, und zwar so bald wie möglich.

Das alles muss sich in meiner Miene gespiegelt haben, weil Dr. Hennessey sagt: „Machen Sie sich keine Sorgen, Mr Sutley. Er wird nicht zu schnell zu weit gehen können. Er wird überrascht sein, wie schwach sein Bein ist und wie zerbrechlich es sich anfühlt. Ich versichere Ihnen, er wird weder diese noch nächste Woche versuchen, zu Klettern."

Er lächelt über meine Sorge und ich fühle mich von seiner ruhigen Sicherheit beruhigt. „Muskelatrophie setzt schneller ein, als man sich vorstellen kann. Er wird ein dürres kleines Bein wieder aufbauen müssen, bevor er darauf vertrauen kann, dass es macht, was er will."

Im Auto, als wir zurück zu Peggy Jos Haus fahren, spiele ich eine K-Pop-Playlist ab und singe mit, während Dan sich Notizen auf seinem Handy macht für eine weitere Idee, wie er sein TikTok Publikum ausweiten kann.

„Wann wirst du anfangen, Koreanisch-Stunden zu nehmen?", fragt Dan aus heiterem Himmel, schaut dabei nicht auf, während seine Daumen wie wild tippen, um die neue Idee aufzuschreiben, die ihm gekommen ist.

„Wenn alles sich beruhigt", sage ich.

„Mm." Dan steckt sein Handy ein, rückt seinen Gurt zurecht und starrt dann für eine lange Zeit auf seinen Fuß in dem Vakuumschuh.

Er hat vor unserer Abfahrt in Dr. Hennesseys Büro geübt, seine Krücken zu benutzen und sein Bein minimal zu belasten, und hat es eindeutig schwieriger gefunden, als er erwartet hat. „Ich denke, du solltest es nicht aufschieben. Es ist etwas, das du schon seit langer Zeit lernen möchtest. Es ist dein biologisches Erbe. Es ist dir wichtig."

„Danny, wir haben kein Geld. Ich kann nicht rechtfertigen, einen Privatlehrer für so etwas zu bezahlen, wenn wir ständig Rechnungen bekommen. Sogar wenn wir irgendwie zusätzliches Geld hätten, müssten wir es für eine Kaution ansparen, wenn Peggy Jo zurückkommt. Wir müssen mindestens für Benzin und einen Stellplatz auf dem Campingplatz zurücklegen, wenn wir uns entscheiden, im Van zu wohnen."

Dan runzelt seine Stirn und lehnt sich zurück, verschränkt seine Arme vor seinem Brustkorb. Ich werfe einen Blick zu ihm und dann wieder zurück auf die Straße. Er ist mit dieser Antwort nicht zufrieden, aber er weiß, dass ich recht habe.

„Mach dir darüber keine Sorgen", sage ich. „Ich bin im Moment so müde. Der Gedanke, eine zusätzliche Verpflichtung zu haben, ist zu viel. Ich werde es eines Tages machen. Wenn der richtige Zeitpunkt gekommen ist. In der Zwischenzeit gibt es immer noch Duolingo. Ich habe gesehen, dass sie ihre Koreanisch-Einheiten bald updaten."

Dan nickt, aber ich kann sehen, dass sein Verstand immer noch arbeitet und ich weiß, dass er versucht, es zu lösen, genau wie er versucht, unsere größeren Geldprobleme zu lösen.

„Die wichtigere Frage ist, was werden wir an Thanksgiving machen?", sage ich, wechsle das Thema. „Martin, Leenie und die Kinder reisen nach West Virginia, um die Familie dort zu besuchen. Peggy Jo bleibt bei Bella. Es werden nur du und ich sein, es sei denn, wir planen etwas. Möchtest du Lowell und Rye einladen? Ich weiß, dass Rye traurig sein wird, weil Jeanie bei ihrem Dad sein wird, und es könnte eine nette Ablenkung für ihn sein."

„Klar."

„Wir können all die traditionellen Sachen machen: Truthahn, Füllung, gebackene Bohnen-"

„Gebackene Bohnen?"

„Ja? Hat keine deiner Pflegefamilien zum Thanksgiving-Essen gebackene Bohnen serviert?"

„Nein."

„Wow. Nun, dann haben sie es falsch gemacht", sage ich neckend.

„Das ist keine Überraschung."

„Also, zurück zu der Liste. Schreib das mit deinem Handy auf", befehle ich, trommele dabei mit meinen Daumen auf das Lenkrad. „Truthahn, Füllung, gebackene Bohnen, Kürbis-Pie, Pecan-Pie, Süßkartoffeln und was habe ich vergessen?"

„Cranberry-Soße."

„Stimmt! Cranberry-Soße. Jetzt die nächste Frage, wie können wir uns das leisten?" Ich schaue auf die kurvige Straße und die Kiefern, die an der grauen und weißen Bergflanke wachsen. „Ich kann versuchen, mehr Klempnerarbeit zu bekommen. Da Martin nach West Virginia reist, hat sein Boss wahrscheinlich zu wenig Leute. Ich könnte aushelfen …" Ich verstumme, denke an meinen Zeitplan. „Irgendwie."

„Ich bin mir sicher, dass mein YouTube-Kanal bald anfangen wird, Geld einzubringen."

Ich nicke, auch wenn ich mir da selbst nicht so sicher bin. Ich kann nicht guten Gewissens vorschlagen, dass er noch ein Video über seine traurige Kindheit in Pflegefamilien machen soll, obwohl es das letzte Mal, als er das gemacht hat, beinahe fünfhundert Dollar auf der GoFundMe Seite eingebracht hat. Er hat auch eine Menge Männer und Frauen bekommen, die angeboten haben, seine Mommy oder sein Daddy im Schlafzimmer zu sein. Das war, meiner Meinung nach, unangemessen gewesen, aber Dan hat gelacht.

„Ich bin sicher, dass Rye und Lowell ein paar der Gerichte mitbringen", sage ich. „Sie haben wahrscheinlich auch ihre eigenen traditionellen Speisen. Schreib ihnen und frag, ob sie kommen wollen. Bevor sie andere Pläne machen."

„Okay."

Ich werfe einen kurzen Blick in seine Richtung, als ich das *wuschende* Geräusch einer geschickten Textnachricht höre. „So schnell? Was hast du geschrieben?"

„'Wollt ihr zu Thanksgiving kommen?'"

„Das ist alles? Keine Erklärung oder so?"

„Was gibt es da zu erklären?" Sein Handy pingt. „Lowell sagt gern." Sein Handy pingt erneut. „Rye sagt okay."

„Das ist also geklärt."

Wir fahren eine Weile schweigend weiter, bis mir eine Frage in den Sinn kommt. Nur an Thanksgiving zu denken, hat meine Stimmung gehoben. Trotz meiner Ängste, dass er seine Genesung überhasten und sich erneut verletzen wird, ist es wirklich gut, dass Dan sich jetzt leichter bewegen kann. Wenn er ein wenig Gewicht auf sein Bein geben kann ... „Möchtest du Sex haben, wenn wir nach Hause kommen?"

Ich kann sein Lächeln spüren, ohne meinen Blick von der Straße nehmen zu müssen.

„Zur Hölle, ja, Doc. Alles, was du willst. Du musst es nur sagen."

„Ich denke, dass ich vielleicht deine Faust wieder reiten möchte. Wenn du willst …“

Die Luft im Auto wird sehr heiß, so scheint es zumindest, weil ich plötzlich schwitze und mein Herz hämmert. Ich fühle mich wie das erste Mal, als ich seinen Van betreten habe, ein wenig, als hätte ich Sprudelblasen in meinem Blutstrom und als wäre das, was ich mache, ein wenig wild, ein wenig gefährlich.

„Es wird mir eine Freude sein“, sagt Dan.

Ich grinse.

Dan seufzt. „Da ist dieses Lächeln.“

„Freust du dich, es zu sehen?“

„Du hast keine Ahnung.“

Dan

MEIN BEIN SCHMERZT wie die Hölle, als wir fertig sind, aber ich bin auch erschöpft, erfreut und vollkommen befriedigt. Ich falle auf das Bett nach der Anstrengung unserer Dusche nach dem Sex. Zumindest muss ich mein Bein nicht mehr mit Plastik abdecken.

Sejin scheint genauso erschöpft zu sein und mit gutem Grund. Er ist derjenige, der zuerst meine Finger aufgenommen hat, dann meine Faust und dann meinen Schwanz. Er ist komplett durchgevögelt. Ich denke darüber nach, ihn morgen krank zu melden, damit er nicht zu Papa Bear muss, aber ich weiß auch, dass er mich umbringen wird, wenn ich ihn davon abhalte, Geld zu verdienen. Er ist in letzter Zeit von unseren Finanzen besessen.

Ich schaue ein paar Minuten lang zu, wie er schläft, erwarte, dass ich auch bald wegdrifte, aber das tue ich nicht. Stattdessen fängt mein Verstand an, Pläne zu schmieden. Ich bin einen Schritt näher daran, wieder an die Wand zu kommen.

Die „besonderen Arrangements", die ich in Bezug auf meine Physiotherapie gemacht habe, sind nichts weiter als ein selbst designter Trainingsplan, den ich von verschiedenen YouTube Kanälen zusammengebastelt habe. Entgegen besserem Wissen hat Sejin zugestimmt, mich alles selbst machen zu lassen, vor allem, wenn Rye und Lowell es absegnen und auch, wenn sie hin und wieder herkommen und mir helfen.

Ich greife nach meinem Handy, um anzufangen, einen Aktionsplan zusammenzustellen. Ab morgen kann ich endlich Fortschritte machen –

Sejin gibt neben mir einen schnüffelnden Laut von sich. Ich lächle, weil er so niedlich ist, auf seine Seite gerollt, die Decke bis zu seinem Kinn. Aus einem Impuls heraus drehe ich die Kamera des Handys und fange an, aufzunehmen.

„Hi", flüstere ich. „Ich bin es, Dan McBride, bin El Capitan geklettert und runtergefallen und so weiter und so weiter. Das ist mein fester Freund, Sejin." Ich lasse die Aufnahme noch ein paar Sekunden laufen und sage dann: „Der süßeste Hintern, den ich je hatte."

„Das kannst du nicht posten", murmelt Sejin.

„Doch, kann ich."

Er bewegt sich verschlafen. „Schön, aber gib wenigstens etwas Kontext dazu."

„Ich hatte ungefähr-", ich zähle schnell. „- dreiundachtzig Hintern und das hier ist der absolut Beste."

„Dan ..."

„Wir sind monogam", prahle ich. „Also schaut euch anderweitig um."

Sejin schnaubt, öffnet seine Augen einen Spalt. „Ich meine damit Kontext wie, dass du mich liebst und dass ich ein großartiger Kerl bin und-"

Ich zoome auf die kleine Kurve in seinem Mundwinkel und

dann ziehe ich zurück, um seinen ganzen Mund zu zeigen. „Ich liebe ihn. Er ist ein großartiger Kerl.“

Sejin lächelt – nicht sein bestes Lächeln, aber ein ziemlich gutes. „Wow, so überzeugend.“

„Ich war vor einer halben Stunde ziemlich überzeugend, als du meinen Namen geschrien hast und-“

Sejin schlägt nach dem Handy. „Psst!“

„Ich werde ihn eines Tages vielleicht heiraten.“

„Du müsstest mich zuerst fragen.“

„Das habe ich.“

„Während du im Krankenhaus mit Drogen vollgepumpt warst.“

Ich zucke mit den Schultern, wodurch die Kamera ein wenig wackelt. „Es war dennoch ein Antrag.“

„Ich warte auf etwas, das ein wenig romantischer ist.“

„Was ist romantischer, als dich heiraten zu wollen, wenn ich high bin? Es gibt so viele andere Dinge, an die ich hätte denken können. Klettern zum Beispiel. Oder Sex.“

Sejin stöhnt. „Mach es aus. Ich will in Ruhe schlafen.“

„Ich habe ihn müde gemacht“, verkünde ich. „Wir wollen ihn schlafen lassen. Er verdient es, nach dem, was ich ihn habe durchmachen lassen.“

Sejin lacht und zeigt mir den Stinkefinger. Ich mache das Video aus. „Darf ich das posten?“, frage ich, weil ich mich erinnere, wie Sejin gesagt hat, dass Zuschauer Dopaminschübe bekommen, wenn sie sehen, wie andere Leute sich verstehen. Vielleicht bekomme ich ein paar mehr Abonnenten.

„Klar“, sagt er. „Jetzt schlafen.“

Ich lasse ihn einnicken, während ich das Video auf TikTok, Instagram und YouTube hochlade und dann mache auch ich ein Nickerchen.

Ich wache auf zu dreiunddreißig neuen Followern auf TikTok, neunundachtzig auf Instagram und mickrigen drei auf YouTube. Es sind auch eine Handvoll homophobe Kommentare unter die über einhundert gemischt, die besagen, wie niedlich wir zusammen sind. Die kommen hauptsächlich von Frauen, aber ein paar Männer sind willens zuzugeben, dass Sejin ein schöner Mann ist.

Ich entscheide, dem Mix in meinen Channels auch unsere Beziehung hinzuzufügen. Ich glaube nicht, dass es Sejin stören wird, solange ich nichts zeige, das ihn blamiert. Zu sehr. Darum schalte ich die Kamera wieder an, als er aufwacht, sich einen Bademantel anzieht und ins Bad geht. Ich folge ihm und filme, wie er sich die Zähne putzt. Er sagt nichts dazu, bis er den Schaum ausgespuckt hat.

„Niemand möchte das sehen."

„Das denke ich doch", widerspreche ich. „Das ist alles, was ich sehen möchte, wenn ich aufwache. So viel steht fest."

Sejin verdreht die Augen. „Kitschig."

Ich hinke hinter ihm in die Küche, übe das Bein zu belasten und ich filme, wie er die Katzen füttert. Er schaltet Peggy Jos elektrischen Teekessel an, setzt sich an den Tisch und reibt mit einer Hand über sein Gesicht.

„Hey", sage ich. „Ich liebe dich."

Er lächelt und das lässt mein Herz in meinem Brustkorb heiß werden und schmerzen. „Ich liebe dich auch."

Ich verkünde: „Cut."

Sejin sagt nichts, während ich das Video hochlade. Innerhalb weniger Minuten kommen *Pings* und *Dings* auf meinem Handy an und seine Brauen heben sich überrascht, als ich ihm die Steigerung bei den Abonnentenzahlen zeige. Ich zeige ihm auch, dass mehrere weitere Spenden auf der verlinkten GoFundMe Seite eingegangen sind.

„Solange wir keine Sex-Videos machen", sagt Sejin, „kannst du alles filmen, von dem du denkst, dass es helfen wird." Er steht auf, geht zur Arbeitsfläche und geht den Stapel Rechnungen dort durch.

„Das GoFundMe könnte ein paar weitere Spenden gut vertragen. Ich habe hier mehr als genug Rechnungen, um es komplett zu leeren.“

„Wir sollten einen Marketingplan aufstellen. Du machst ein wenig K-Pop-Choreo, ich trainiere ein bisschen, wir küssen uns, wir kuscheln, sie geben uns Geld.“

Er lächelt. „Nur dafür, wir selbst zu sein?“

„Das ist es, was sich verkauft, oder?“

Sejin nimmt mein Handy, dreht die Kamera und fängt an, aufzunehmen. „Du hast nie viel mit deinem Leben angegeben – ob es nun um deine Kletter-Errungenschaften geht oder deinen festen Freund. Was hat sich verändert? Was ist mit der ‚Reinheit‘ des Sports passiert?“, fragt Sejin.

„Ich bin in einem Krankenhausbett aufgewacht“, antworte ich. „Das verändert Dinge.“

„Es ist so einfach?“

„Ja. Und du. Du hast auch Dinge verändert.“

Er nimmt noch einen Moment länger auf und sagt dann: „Ich liebe dich, Danny.“

„Ich liebe dich, Doc. Wie dem auch sei, ich muss mit dem Genesungs-Trainings-Montage-Teil des Tages anfangen. Ich kann es nicht erwarten …“ Ich seufze. „… dreißig Minuten lang im Wohnzimmer herumzugehen.“

„Ich bin sicher, dass es schmerzhafter sein wird, als du erwartest.“

„Die meisten Dinge sind das. Es sei denn, sie sind es nicht.“

„Cut“, murmelt Sejin und legt das Handy weg. Er steht auf und ich mache dasselbe. Er hält mich, schaut besorgt zu, wie ich Gewicht auf mein kaputtes Bein gebe. „Tut es weh?“

„Nicht so sehr wie dein Hintern wahrscheinlich.“

„Mein Hintern ist perfekt.“ Er küsst meine Nase, liebkost dann meine Haarlinie.

„Das *ist* er."

„Oh Gott, da bin ich voll reingetappt."

„Ja."

Genau wie er in dieser Nacht vor drei Monaten in meinen Van getappt ist.

Die beste und glückbringendste Nacht meines Lebens.

Vielleicht hatte ich bereits mein ganzes Glück für die Heart Route aufgebraucht, weil ich stattdessen Sejin bekommen habe. Sogar wenn es den Absturz bedeutet hat und mir ein Bein zu brechen und bis zu einem Jahr am Boden zu verbringen … Sejin zu bekommen, war es das wert.

KAPITEL SIEBENUNDDREISSIG

Dan

„DAN, DAS IST meine Freundin, Sailor Evans.“

Sejin hat mich geschickt, die Tür für unsere Gäste zu öffnen und als ich das mache, fällt mir beinahe die Kinnlade herunter angesichts der Granate, die mit Lowell und Rye vor mir steht. Sie hat kristallblaue Augen, vanilleblonde Haare und Brauen und Brüste, die nicht einmal durch die Lagen ihres Pullis und ihrer Jacke versteckt werden können. Ich bin so vom Donner gerührt, dass ich sie nicht einmal bitten kann, hereinzukommen, bis Rye murmelt: „Nicht du auch“, und an mir vorbei ins Haus marschiert.

Lowell fährt mit seiner Vorstellung fort. „Sailor, das ist Dan McBride, das Arschloch, das bei dem Versuch, die Heart Route im Free Solo zu klettern, abgestürzt ist.“

Sailor scheint achtundzwanzig oder so zu sein, vielleicht ein wenig älter, und sie lächelt mich an, als würde sie mich bereits mögen, was seltsam ist. Und auch irgendwie heiß. *Sie* ist irgendwie heiß. Es ist lange her, dass meine Bisexualität aus ihrem Schlummer erwacht ist, aber gerade im Moment ist sie hellwach und steht steil. Wie ihre Titten. Heilige Scheiße.

„Schön, dich kennenzulernen“, quieke ich.

Sie lacht und streckt mir ihre Hand hin. Ich nehme sie und bemerke die raue Festigkeit ihres Griffs. Eine Granate, ein Hammerweib, ein Babe. All diese wunderbaren Bezeichnungen für Frauen fluten mein Hirn, aber nachdem ein paar Sekunden vergangen sind, schaffe ich es, das zu unterdrücken.

Denn ganz egal, wie hübsch sie ist, ihr Lächeln ist nicht annähernd so wunderschön wie das von Sejin und bei ihrem Anblick macht mein Magen keinen Hüpfer und mein Herz singt nicht.

Aber wow, zu einem anderen Zeitpunkt und an einem anderen Ort, wäre ich auf sie abgefahren.

„Ich habe ein paar deiner Instagram-Posts und TikToks gesehen", sagt Sailor. Sie hält immer noch meine Hand und schaut mich an, als wäre ich ein Star und sie würde gleich nach meinem Autogramm fragen. „Ich habe den Post geliebt, den du neulich von deinem festen Freund gemacht hast, als er geschlafen hat. Das war niedlich."

„Er ist hübsch, wenn er schläft", antworte ich ein wenig benommen. Aber ich ziehe meine Hand aus ihrer und drehe mich, um auf den besagten Mann zu deuten, der mit Rye im Schlepptau zu uns kommt. Mein Herz hebt sich. „Sogar noch hübscher, wenn er lächelt. Komm, zeig es ihr", sage ich zu Sejin.

Sejin verdreht die Augen und lacht, streckt seine Hand aus. Das freundliche Lächeln, das nur um wenige Watt schwächer ist als sein „Ich bin in dich verliebt"-Lächeln, erscheint auf seinem Gesicht. Jep, da ist es, dieser Herz-Song, der wieder in meinem Brustkorb spielt. So nervig und wunderbar.

„Hey, ich bin Sejin."

„Ich erkenne dich", sagt sie mit einem weiteren ebenfalls strahlenden Lächeln. Die beiden könnten zusammen einen Mann erblinden lassen. „Aus Dans Posts in den Sozialen Medien."

„Oh? Du folgst ihm?"

„Natürlich. Er postet interessanten Content." Sie zwinkert. „Wie dieses Video von dir."

Sejin sieht ein wenig schüchtern aus. „Ich weiß nicht, warum er das macht."

Ha! Er weiß genau, warum ich das mache. Erstens, weil ich gern angebe und ich die Welt wissen lassen möchte, dass er mir gehört und zweitens wegen all den coolen Sachen, die er mir über K-Pop-Marketing erzählt hat. Es sind diese intimen Blicke auf die innere Welt des „Stars", die diese Videos so ansprechend machen. Sejin ist meine Welt, solange ich nicht klettern kann.

„Wir wollen hier nicht bei offener Tür herumstehen", meint Sejin mit einem Schaudern, als Romeo durch unsere Füße schlüpft. Sailor unternimmt einen halbherzigen Versuch, ihn zu packen. „Er kommt da draußen klar. Es gibt eine Katzenklappe, wenn er wieder reinkommen möchte."

„Ihr lasst eure Katze herumstreunen?", fragt Sailor mit einem Hauch Missfallen, als alle in den Flur treten. Sejin und ich beschäftigen uns damit, ihre Jacken, Schals und Mützen zu nehmen und sie an die Haken dort zu hängen.

Ich kann nicht umhin zu bewundern, wie Sailors Fair Isle Pulli sich über ihrer üppigen Brust spannt.

„Er gehört nicht uns", erklärt Sejin. „Das Haus auch nicht."

„Oh, ja, Lowell hat erzählt, dass ihr auf das Haus aufpasst."

„Jep und die Frau, die diese Katzen für sich beansprucht haben, lässt sie immer kommen und gehen, wie es ihnen beliebt. Sie haben ihre Krallen, darum sind sie nicht wehrlos. Aber ich weiß. Ich verstehe es. Ich würde sie wahrscheinlich auch im Haus halten, wenn sie mir gehören würden."

Neue Leute kennenzulernen ist immer peinlich und seltsam, aber wenigstens scheint diese Frau entschlossen zu sein, mich zu mögen. Das ist etwas, das ich unterstützen kann. Auch wenn ich sonst nichts von ihr will.

Ich bemerke, wie Rye mit einem angespannten Gesichtsausdruck zurückbleibt. Wahrscheinlich ist er traurig wegen Jeanie. Ich bin sicher, dass er bald lockerer wird.

Sejin serviert Getränke und führt alle nach draußen auf die Veranda, wo er den langen Picknicktisch aus Peggy Jos Garage hingezerrt und sechs Meter entfernt ein beeindruckendes Lagerfeuer angezündet hat, um uns warm zu halten. Der Nachthimmel ist weit und offen und die Luft ist kalt, aber trocken. Es ist eine wunderschöne Nacht.

Rye hilft Sejin, das Essen aufzutragen, lässt mich, Lowell und Sailor am Picknicktisch sitzen wie zwei Lords und eine Lady.

Ich fühle mich schuldig, weil ich nicht helfen kann, aber ich kann auf meinen Krücken offensichtlich nicht viel machen und als Lowell Hilfe anbietet, sagt Rye sehr nachdrücklich, dass er bleiben und seinen Gast unterhalten soll.

Ich bin mir nicht ganz sicher, was zwischen den beiden los ist, aber vielleicht werde ich besser darin, Menschen zu lesen, weil ich es mir denken kann. Weil Sailor wegen Lowells Einladung hier ist und weil sie so aussieht, wie sie es tut und weil Rye der erste Mann ist, mit dem Lowell je zusammen war, vermute ich, dass Eifersucht das Problem ist.

Ich ignoriere die Spannung und frage Sailor, woher sie kommt und was sie in der Stadt macht. Ich liebe Small Talk nicht. Er ist ein Grund, warum ich mich auf Aufriss-Apps verlassen habe, um flachgelegt zu werden, bevor ich Sejin kennengelernt habe. Aber es ist nicht so, dass ich es nicht *kann*. Pflegemutter Nummer drei, Edith, hat mir die Grundlagen beigebracht und Peggy Jo hat sie mir auch eingebläut.

Wie sich herausstellt, ist Sailor aus North Carolina – der Asheville Gegend. Sie klettert auch, aber eher alpin als an hohen Wänden. Wie dem auch sei, sie ist dafür bekannt, auch ein paar davon erklommen zu haben, und das ist, natürlich, mit ein Grund, warum sie hier in Yosemite Valley ist.

„Sailor ist in der Stadt und dreht einen Kurzfilm", erklärt Lowell, legt dabei seinen Arm um sie wie ein stolzer Papa und schüttelt sie vor und zurück. Sie lacht und sagt nicht, dass er aufhören soll. Oh, *darum* ist Rye eifersüchtig. Es liegt nicht nur an ihrem

Aussehen. Es ist *das*. „Das ist ihr Job. Sie filmt Dokumentarfilme oder hilft, welche zu filmen. Sie wird noch weitere sechs Monate hier sein.“

„Dieser hier ist aber nicht mein Baby. Ich mache eine Menge Vorbereitungsarbeit für meinen Onkel. Ihm gehört Jagged Edges Films. Das Projekt ist *sein* Liebling. Ich bin hier als Kundschafterin und bin eine Art Fixer im Vorfeld.“

„Fixer?“

„Eine Bezeichnung dafür, dass ich eine Brücke zwischen den Einheimischen und der Film-Crew bin. Ich bin hier, um die Beziehungen zu stärken, Kontakte zu knüpfen und mir die Locations anzusehen, damit es leichter läuft, wenn der Rest des Teams im Sommer ankommt.“

Sejin und Rye bringen die letzten Gerichte. Nachdem er die großen Platten mit Truthahn und gebackenen Bohnen auf den Tisch gestellt hat, reicht Sejin Sailor die Flasche Bier, um die sie vorhin gebeten hat.

„Worum geht es in dem Film? Den, für den du fixt?“, fragt Sejin.

„Fixt? Ha, süß. Eine Dokumentation über die Geschichte von YOSAR“, antwortet sie. „So habe ich Lowell kennengelernt. Vor ein paar Jahren, als mein Onkel immer noch in der Vorbereitungsphase war, war Lowell noch im SAR-Team. Ich habe mit ihm und ein paar anderen Mitgliedern gesprochen.“

„Es kommt mir in mancherlei Hinsicht wie gestern vor“, meint Lowell und lächelt sie erneut mit strahlenden Augen an.

„Das tut es.“ Sailor redet weiter. „Lowell und Nina hatten sich gerade getrennt und *mein* Ex und ich hatten auch gerade Schluss gemacht. Wow. Was für eine Zeit. Ich kann euch sagen, wir beide haben eine Menge Weinflaschen geleert.“

Rye spannt sich ein wenig an, aber Lowell massiert seine Schultern und küsst die Seite seines Kopfes. Der verspannte Ausdruck, der angefangen hatte, sich auf Ryes Gesicht auszubreiten, löst sich auf, aber nicht ganz. Ich glaube nicht, dass er sich über irgendetwas Sorgen machen muss, aber dieses Aufblitzen von sichtlicher Eifersucht bringt mich dazu, Sailor und Lowell etwas näher zu betrachten.

Haben sie damals etwas miteinander gehabt?

Wenn ja, dann ist Lowell ein glücklicher Mann und sie eine tapfere Frau. Etwas mit jemandem anzufangen, der Lowells Intensität hat, direkt nach der Scheidung, als er völlig durch den Wind war? Das muss entweder extrem Spaß gemacht haben oder für sie beide etwas Dunkles gewesen sein.

Aber vielleicht haben sie auch gar nicht gefickt. Es ist schwer zu sagen, wenn man sie nur ansieht. Es liegt eine Zuneigung in der Art, wie sie sich gegenüber dem anderen benehmen. Ich könnte fragen, ob sie zusammen gewesen sind, es hinter mich bringen und für alle offen aussprechen, aber ich habe den Verdacht, dass Sejin mir unter dem Tisch einen Tritt verpassen wird, wenn ich das mache.

„Ich weiß, dass Rye, Lowell und Dan alle Kletterer sind oder etwas mit YOSAR zu tun haben, aber was ist mit dir?", sagt Sailor und dreht sich zu Sejin. „Was machst du?"

Sejin fokussiert sich für einen Moment auf seinen Teller, als würde er versuchen zu entscheiden, wovon er den nächsten Bissen nehmen soll. „Ich habe mehrere Jobs."

„Er ist gut mit Kindern", wirft Rye ein. „Er unterrichtet Bewegung in Jeanies Kindergarten."

„Bewegung?"

„Tanz", sage ich.

„Vor allem K-Pop-Choreos", erklärt Sejin.

Sailor sieht ein wenig erstaunt aus, aber Sejin macht weiter. „Ich arbeite auch als Barista bei Papa Bear."

„Oh, das niedliche Café auf dem Weg in den Park?"

„Ja. Und, ähm, manchmal arbeite ich nebenbei noch als Klempner mit meinem Cousin. Sein Boss sucht immer nach zusätzlicher Hilfe."

„Also keine Herzensprojekte oder große Karrierebestrebungen?", fragt Sailor und Sejins Schultern sinken ein wenig nach unten. „Aber du hast doch sicher etwas, das du nebenbei machst – ein Buch oder irgendeine Form von Kunst? Jeder hat seine Traumkarriere."

Sejin schüttelt seinen Kopf und lächelt mit einem kleinen Schulterzucken.

„Er wird Koreanisch lernen", sage ich. „Er wurde dort geboren."

Sejin wirft mir einen Blick zu, der sehr eindeutig *Halt den Mund* bedeutet, und ich weiß nicht warum. Es stimmt, oder nicht? Aber ausgehend von seinem Gesichtsausdruck habe ich es irgendwie verbockt.

„Du kletterst wirklich nicht?", fragt sie und zwei Falten erscheinen zwischen ihren Brauen.

„Nein, wirklich nicht", bestätigt er.

„Er klettert in der Nacht mit mir an kleinen Wänden hoch, wenn er die Tiefe nicht sehen kann."

„Sehr kleine Wände", fügt Sejin hinzu. „Ich mag es, wenn meine Füße am Boden sind."

„Ich verstehe. Aber Dan hat seine gern in der Luft." Sailor nickt, als würde sie etwas sehen, das keiner von uns erkennt und ich stelle meine Stacheln ein wenig auf. Mir gefällt Sejins Gesichtsausdruck überhaupt nicht, als sie sagt: „Meine letzte Beziehung kam nicht damit klar – mit der Gefahr in meinem Leben, meine ich. Das Extrembergsteigen und die tagelangen Aufenthalte an hohen Wänden und die Risiken – das hat für uns das Ende bedeutet. Wie kommst du damit klar?"

Rye wirft Sejin einen mitfühlenden Blick zu. Ich spüre, wie ich in die Defensive gehe. Ich kann es nicht gebrauchen, dass Sailor

Sejin Ideen in den Kopf setzt, dass er mich wegen dem, was ich mache, verlässt.

„Ich atme hindurch", sagt er und hebt dann sein Weinglas mit einem zittrigen Lächeln.

Sailor prostet mit ihrer Bierflasche in seine Richtung. Wir alle trinken darauf, durch die Furcht zu atmen.

„Also", fängt Sailor an und wendet sich wieder an mich. Sie hat eindeutig kein Problem, das Gespräch zu dominieren und Rye und Sejin scheinen willens zu sein, sie damit durchkommen zu lassen. Lowell und ich waren noch nie Männer vieler Worte, darum hält Sailor unser Thanksgiving jetzt in ihrer Hand. „Ich habe mir angesehen, was du auf den Sozialen Medien machst, und es steht auf soliden Beinen. Deine Techniken sind grob und deine Edits beschissen, aber der Content ... der Content ist interessant und anders als das, was ohnehin schon da ist. Ich würde sogar sagen, dass der Mangel an ordentlicher Produktion es ... wie heißt das Wort? Authentischer macht. Was gut ist, weil es dich verzweifelt aussehen lassen *könnte*, aber irgendwie meidest du diese Falle."

„Cool", sage ich. Weil sie wirkt, als würde sie wissen, wovon sie redet.

„Hast du je von meinem YouTube Kanal gehört? A Sailor Climbs?"

Ich schüttle meinen Kopf, genau wie Sejin, aber Rye sieht aus, als würde er ihn kennen.

„Dort baue ich meine eigene Karriere auf. Ich möchte nicht mehr viel länger unter der Fuchtel meines Onkels sein. Das hier wird mein letztes Projekt mit ihm und dann werde ich es auf eigene Faust versuchen. Ich habe jetzt über zwei Millionen Follower."

Das ist ein ziemlicher Spray, aber, zur Hölle, *zwei Millionen*?

„Ich denke, dass du dir eine ähnliche Fanbasis aufbauen kannst." Sie grinst. „Ich würde dir gern helfen."

Die Energie am Tisch wandelt sich. Sejin lehnt sich mit etwas

Interesse vor, aber auch einer gewaltigen Dosis Vorsicht – beinahe so groß wie die Portion gebackener Bohnen, die er auf seinen Teller gehäuft hat.

„Wie?", frage ich.

Sailors Lächeln ist gerissen. Ich fange bei seinem Anblick am ganzen Körper an zu kribbeln.

Sejin lehnt sich zurück, verschränkt seine Arme vor seinem Brustkorb. Das Lagerfeuer glüht hinter ihm, macht es mir schwer, seinen Gesichtsausdruck zu lesen.

Aber Sailors Gesicht ist voll beleuchtet, wunderschön und aufgeregt. „Das wird einfach."

„Cool", sage ich erneut. Aus irgendeinem Grund ist sie daran interessiert mir zu helfen und ich habe noch nie einem geschenkten Gaul ins Maul geschaut.

Sejin

ICH KANN MICH nicht entscheiden, ob Sailor wirklich nach Yosemite gekommen ist, um für einen Film ihres Onkels zu „fixen" oder ob sie gekommen ist, um meinen festen Freund zu verführen. Oder ob sie gekommen ist, um ihn zu überzeugen, mit ihr zu arbeiten. Ihr Verhalten ergibt den meisten Sinn, wenn es alles drei ist – meinen festen Freund verführen, *indem* sie ihn überzeugt, mit ihr zu arbeiten, während sie auch noch den Job für ihren Onkel macht.

Aber warum? Dan ist heiß, natürlich, und es wert, verführt zu werden, aber warum ist sie auf ihn fokussiert, wenn es viele andere Kletterer gibt, die ähnlich gut aussehen, die sich nicht von einem gebrochenen Bein erholen und mit ihrem festen Freund zusammenwohnen?

Während sie weiterredet, wird mir aber klar, dass Dans gebrochenes Bein für sie ein Teil der Verlockung ist … oder besser gesagt für ihren Kanal. Sie macht jetzt schon seit ein paar Jahren Videos, konzentriert sich dabei auf ihre eigenen Klettertouren und Vorhaben und sie wird sogar von WhipSmart gesponsort, einer neuen Sportbekleidungsfirma.

Aber in letzter Zeit, sagt sie, hat sie das Gefühl, dass ihr Kanal ein wenig schal geworden ist. Sie muss etwas Neues machen. Sie sagt, dass sich mit anderen Kletterern zusammen zu tun seit einer Weile auf ihrer Liste steht.

„Aber zu viele haben Probleme in der Größe von El Cap", sagt sie, kichert, bevor sie einen weiteren Schluck aus ihrer zweiten Flasche Bier nimmt. „Aber haben wir das nicht alle? Das ist nicht der Punkt." Sie schnalzt mit der Zunge. „Nun, sie wollen mit mir schlafen und das wird peinlich."

Rye schnaubt und ich fange seinen Blick auf. Worauf will sie hinaus. Es scheint, als würde sie heute Abend sowohl Lowell als auch Dan anmachen, was geht hier also vor sich? Legt sie eine Falle aus? Wird sie sagen: „Oh, *diese* Jungs wollen mit mir schlafen, aber ich will nicht mit ihnen schlafen, was dich zu etwas Besonderem macht, Baby", oder irgend so ein Scheiß?

Würde einer unserer Jungs darauf hereinfallen, wenn dem so ist? Ich weiß es nicht. Das ist nervtötend. Es hat mich nie gestört, dass Dan bisexuell ist, aber ich musste mich auch noch nie mit einer wunderschönen, erfolgreichen, ambitionierten Frau messen.

Nicht, dass ich mich *messe*.

Wenn Dan sie anstatt mir will, dann kann er sie haben.

Ich werde rot, bin genervt, dass mein erstes Thanksgiving als Gastgeber so aus dem Ruder gelaufen ist und werde auf unfaire Weise Lowell gegenüber immer wütender. Er ist derjenige, der gefragt hat, ob er Sailor einladen kann. Es sollten eigentlich nur wir vier sein. Ich hatte mir vorgestellt, dass es entspannt und lustig sein würde. Aber das hier? Das hier ist etwas anderes.

Das hier macht mich wütend.

„Warum peinlich?", fragt Dan, denn natürlich macht er das.

„Sie ist eine Lesbe", sagt Lowell in die Stille, die der Frage folgt. „Keine Männer."

„Niemals", bestätigt Sailor mit einem reumütigen Lächeln. „Gib mir einen goldenen Stern, Baby." Sie stupst ihre Stirn an, als würde sie einen Aufkleber befestigen.

Ich sollte erleichtert sein, aber das bin ich nicht. Wenn sie Dan nicht verführt, was will sie dann von ihm? Warum schenkt sie ihm so viele, leuchtende, strahlende Lächeln und so viel das Ego steigernde Aufmerksamkeit?

„Die Sache ist die, Dan. Du bist ein kleines Mysterium, nicht wahr?", sagt Sailor, beugt sich dabei vor und dreht ihre Bierflasche. „Alle wollen wissen, wer du bist und warum du in der Vergangenheit so verschlossen warst und warum du dich jetzt öffnest." Sie schaut Dan voll an, ihr Gesichtsausdruck ist ernst. „Ich möchte, dass wir zusammenarbeiten, du und ich. Ich kann dir helfen, deine Follower-Zahlen zu steigern, und du kannst frischen Content in meinen Kanal bringen. Jeder liebt eine Comeback-Geschichte, nicht wahr?" Sie hebt eine blonde Braue. „Vor allem das Comeback von jemandem, dessen Fall die Zuschauer, im tiefsten, dunkelsten Teil ihres Herzens, wirklich genossen haben." Sie lehnt sich zurück und klopft auf den Tisch. „Denk darüber nach."

„Klar", sagt Dan, ohne zu zögern.

„Klar?" Sie blinzelt, versteht eindeutig nicht, wie schnell Dans Hirn arbeitet.

„Ja, lass uns das machen. Wann möchtest du anfangen? Heute Nacht? Ich kann meinen Computer holen und-"

„Langsam, es ist Thanksgiving", bremst Lowell.

Es ist gut, dass er etwas gesagt hat, weil ich schwören kann, dass Sailor Ja sagen wollte und sie und Dan dann im Haus verschwunden wären, um damit anzufangen.

„Damit" mag kein Sex sein, aber ich bin noch nicht bereit, meine Gefühle in Hinblick auf sie schon zu ändern. Sie ist also eine Lesbe? Das heißt nicht, dass sie heute Abend nicht hier hereingeplatzt ist und Dan dennoch vollkommen eingenommen hat.

„Stimmt", sagt Sailor. „Tut mir leid. Es geht mit mir durch, wenn ich übers Geschäft rede." Sie schaut zu mir. „Zurück zu dir, Sejin. Du hast nicht geantwortet. Ist Koreanisch zu lernen dein Herzensprojekt?"

„Ich hole den Pie", sage ich und stehe mit meinem beinahe

leeren Teller vom Tisch auf. Ich habe gegessen, ohne es wirklich zu merken, war zu sehr mit dem Versuch beschäftigt herauszufinden, was Sailor von Dan will. Das nervt mich sogar noch mehr, weil ich eine Menge Geld, das wir nicht wirklich haben, für dieses Abendessen ausgegeben habe und ich mich so sehr darauf gefreut habe.

„Ich helfe dir", verkündet Rye und wir beide gehen ins Haus, lassen den Eindringling mit unseren Männern allein. Beide scheinen auf verschiedene, aber doch ähnliche Weise von ihr gefesselt zu sein.

„Kannst du das glauben?", sagt Rye, als wir vor den Pies stehen und so tun, als würden wir überlegen, welchen wir wollen.

„Erinnere mich bitte. Warum genau hat Lowell entschieden, sie heute Abend einzuladen?"

„Sie hat gefragt."

„Sie hat *gefragt*?"

„Ja. Sie ist vor ein paar Tagen vorbeigekommen und hing an Lowell, als wäre er ihr eigener, persönlicher Weihnachtsbaum und sie der verdammte Engel an der Spitze und dann, ohne jegliche Scham, hat sie gefragt, ob sie Thanksgiving mit uns verbringen kann. Lowell hat gesagt, dass wir bei euch sein werden, und sie hat ihm gesagt, dass er fragen soll, ob sie auch mitkommen kann. Und das hat er."

„Und das *hat er*", wiederhole ich und schneide dabei in den Pecan-Pie.

Ich hatte natürlich Ja gesagt, weil ich mir damals nicht vorgestellt hatte, dass der Mitläufer jemand wie Sailor Evans sein würde. Ich hatte nie auch nur in Erwägung gezogen, dass jemand wie sie überhaupt existiert.

„Sind wir biphob?", fragt Rye, als ich ein zweites Messer nehme und auch den Kürbis-Pie aufschneide.

„Sie ist eine Lesbe."

„Nein, ich meine, was Dan und Lowell betrifft."

„Oh." Ich denke darüber nach. Bin ich jetzt eifersüchtiger, als wenn ein anderer Mann sich an Dan heranschmeißen, mit ihm flirten, ihn anlächeln und vorschlagen würde, dass sie zusammenarbeiten, so wie Sailor das macht? Es ist mir noch nie passiert, dass ein Typ Dan vor meinen Augen anmacht, aber wenn ich darüber nachdenke, würde mir das auch überhaupt nicht gefallen.

Nicht, dass sie Dan anmacht. Sie ist eine *Lesbe*. Sie ist nur intensiv nett. Weil sie etwas von ihm möchte, auch wenn es nicht sein Schwanz ist.

„Vielleicht", gebe ich zu. „Wenn sie sie nicht vögeln will, warum benimmt sie sich dann so, als würde sie es wollen?"

Wir beide drehen uns um und schauen aus den Fenstern, dorthin, wo wir die drei vom Licht des großen Feuers umspielt sehen können. Sie lacht. Sie lehnen sich zu ihr. Sie hält verdammten Hof in Peggy Jos Garten.

„Lowell schwört, dass sie durch und durch Lesbe ist."

Ich schaue erneut durch das Fenster. „Sie ist wirklich hübsch."

„Das ist sie."

Sailor wirft ihre langen blonden Haare von einer Schulter auf die andere. Ich seufze neidisch. „Ich vermisse meine Haare. Ich hatte hübschere Haare."

„Wir sind albern", sagt Rye. „Oder besser gesagt, *du* bist es."

„*Ich* bin albern?"

„Dan ist verrückt nach dir und bevorzugt eindeutig Männer. Aber Lowell … Er war immer mit Frauen zusammen. Er war mit einer Frau verheiratet und glücklich, bis Nina ihn verlassen hat. Ich bin nur ein Experiment, das geblieben ist."

„Das hat er gesagt?" Ich keuche und mir wird heiß vor Wut auf Lowell.

„Natürlich nicht. Das bin ich, wie ich ein Arsch mir selbst gegenüber bin." Rye zuckt mit den Schultern. „Genau das ist es. Ich bin widerlich und grauenvoll und ich sollte damit aufhören. Aber ich denke ständig, auch wenn sie eine Lesbe ist, vielleicht steht er trotzdem auf sie. Was, wenn sich zu ihr hingezogen zu fühlen in ihm den Wunsch weckt, wieder generell zu Frauen zurückzukehren?" Er reibt mit einer Hand über seine Augen. „Himmel, ich stürze gerade auf eine Art und Weise ab, wie ich es schon lange nicht mehr getan habe. Das hier aktiviert all meine Geschlechts-Dysphorie-Knöpfe. Und weißt du, was das Schlimmste ist?"

„Was?"

„Es ist nicht ihre Schuld."

Er hat recht. Sailor hat rein gar nichts falsch gemacht. Sie ist allein in der Stadt und hat einen Freund gebeten, ihr dabei zu helfen, an einem Feiertag nicht einsam zu sein. Sie versucht, Dan zu helfen – *meinem* Dan – der unbedingt Hilfe braucht. Sie zeigt Interesse an mir, erkundigt sich nach meinen Herzenswünschen und Zielen und ich war so darin gefangen, auf das Aufblitzen von Zuneigung zu reagieren, das ich in Dans Augen sehe, wenn er sie anschaut, dass ich sie unfair schlechtmache.

„Wir sind Ärsche", sage ich zu Rye.

„Das sind wir." Er dreht sich wieder zu den Pies, gibt ein Stück Pecan auf seinen Teller. „Komm. Lass es uns noch einmal versuchen."

„Ja." Ich nehme mir ein Stück Kürbis-Pie. „Lass es uns besser machen."

Wir gehen wieder nach draußen, wo Dan sagt: „Sejin und ich wollten im Van losfahren, nachdem ich die Heart Route durchgestiegen bin." Er deutet auf sein Bein. „Aber es ist schiefgegangen und jetzt hängen wir fest." Er streckt die Hand nach mir aus und ich stelle mich neben ihn, balanciere meinen Teller. Er legt seinen Arm um meine Taille und drückt in einer ungelenken Umarmung seine Wange an meine Hüfte. „Aber zusammen festzuhängen ist für uns in Ordnung. Stimmt's, Doc?"

Ich nicke, den Mund voller Pie und er lächelt zu mir auf. Er sieht aufgeregt aus. Etwas hat sich verändert. Etwas Neues kommt, etwas, das ich nicht vorausgesehen habe. Das ist beängstigend, aber nicht unbedingt schlecht.

Ich erinnere mich an den Tag, als ich im August vor Papa Bear gestanden bin und an die hereinkommende Flut der Saison gedacht habe, die mir Fische bringt, die ich aus diesem Spätsommermeer fangen kann. Hatte sie mir nicht einen Kaiserfisch gebracht?

Ich kann auch nicht sehen, was unter dem Anschwellen dieser neuen Flut ist. Ich weiß aber, dass der Winter Veränderung bringt, und Sailor Evans könnte der Anfang sein. Ich werfe einen Blick auf ihre geröteten Wangen und strahlenden Augen. Sie sieht wie ein Stern aus …

Vielleicht hat die Winter-Flut einen Seestern gebracht.

Was auch immer sie in unser Leben bringt, ich hoffe, es ist gut.

Dan

ICH BIN BEREIT, Thanksgiving zu meinem Lieblingsfeiertag zu erklären.

Das Essen ist fantastisch. Ich habe Freunde bei mir. *Da siehst du mal, Peggy Jo.* Und Sailor Evans weiß alles, was es darüber zu wissen gibt, wie man auf den Sozialen Medien in die oberen Gefilde der Kletter-Welt vordringt.

Im Laufe der Mahlzeit und als die Nacht weiter abkühlt, bewegen Sejin, Rye und Lowell sich näher zu den schwächer werdenden Flammen des Lagerfeuers und versuchen, warm zu bleiben. Das behaupten sie zumindest. Es mag auch nur der Versuch sein, Sailors und meinem Gespräch über YouTube, TikTok, Instagram und Geld durch Werbung zu entkommen.

Während sie Marshmallows toasten, sitzen Sailor und ich vor meinem Computer.

Ich bin froh, dass Sailor dasselbe in mir sieht, wie ich. Es gibt mir das Gefühl, dass ich nicht den Bezug zur Realität verloren habe. Sie weiß, dass meine Geschichte in der Kletterwelt bereits legendär ist – als Mahnung, aber dennoch legendär. Sie weiß, dass die Leute mich haben fallen sehen wollen, aber sie versteht auch, dass sie, jetzt da ich abgestürzt bin, wirklich sehen *wollen*, wie ich die Heart Route durchsteige.

„Du fängst klein an", sagt sie. „Du lockst sie an – wie du es mit den täglichen Updates gemacht hast, den Topo Tipps, den Videos und Fotos von früher, den Aufnahmen von deinem festen Freund, wie er niedlich aussieht. Das ist er übrigens."

„Ich weiß."

Sie lehnt sich zurück, wirft einen Blick auf die kleine Gruppe um das Feuer. „Ich wollte ihn vorhin nicht verärgern."

„Wann?" Ich bin mir immer noch nicht sicher, *warum* Sejin wütend war, aber Sailor scheint zu wissen, dass er es war.

„Als ich ihn nach seinem Leben ausgefragt habe. Ich wollte nicht so klingen, als würde ich ihn kleinreden."

„Oh." So hat Sejin sich wohl gefühlt. Ich kann das jetzt sehen.

„Ich wollte nur herausfinden, ob es noch einen anderen Blickwinkel gibt, den wir den Zuschauern verkaufen können und ich dachte mir, dass er etwas haben muss, für das er brennt, um jemanden wie dich angezogen zu haben."

Ich kann mir nicht vorstellen, Sejin als jemanden zu sehen der keinen Drang oder Leidenschaft hat. Er mag, was seine Ziele betrifft, nicht karriereorientiert oder ambitioniert sein, aber er ist wahnsinnig motiviert, wenn es um Dinge geht, die ihm wichtig sind.

„Er ist leidenschaftlich, wenn es ums Glücklichsein geht", sage ich. „Ich wusste nicht einmal, dass das ein reales Gefühl war, das ich erleben kann, bevor ich ihn kennengelernt habe. Abgesehen davon, eine schwierige Route zu durchsteigen."

Sogar dann bin ich mir nicht sicher, ob das, was ich während oder nach dem Klettern empfunden habe, Glück war. Ein Hochgefühl, Triumph, Erleichterung? Ja. Aber Glück? Ich weiß nicht.

„Das ist gut. Das ist großartig", sagt Sailor und beugt sich wieder vor. „Du musst genau so etwas vor der Kamera sagen. In genau diesem pragmatischen und doch absolut hingerissenem Tonfall. Das werden die Leute lieben." Sie grinst. „Versteh mich nicht falsch, es wird ein paar Frauen und vielleicht sogar wenige Männer geben, die Sejin nicht mögen werden, weil sie dich ficken wollen." Sie wackelt mit ihren Brauen. „Wie ich bist du sehr attraktiv."

Ich schnaube.

„Aber genau wie bei mir, ist es das Beste, wenn sie nur fantasieren. Sejin ist eine großartige Möglichkeit, das zu machen. Er wird sowohl ihre Vorstellungen über dich und was du im Bett machst, schüren *und* eine Wand zwischen dir und ihnen hochziehen. Ich hatte so viel mehr aggressive Männer, die versucht haben, mit mir zusammenzukommen, seit ich meine letzte Ex verloren habe."

„Du hast sie verloren? Sie ist gestorben?"

„Nein, ich habe sie verloren, weil sie keine Lust mehr auf meinen Mist hatte." Sailor lacht und es ist ein schönes Geräusch.

Mir gefällt aber Sejins Lachen besser. Ich bin überrascht, dass ich Sailor am Anfang überhaupt heiß gefunden habe. Sie verliert bereits einen Teil ihres Zaubers, während wir reden. Nicht, dass sie eine schlechte Persönlichkeit hätte, aber sie ist für mich nicht so attraktiv wie die von Sejin.

Ich schaue zu ihm und er beobachtet mich. Ich lächle und er erwidert es zögerlich.

Ich richte meinen Fokus wieder auf das, was Sailor mir beibringt. Ich muss heute Nacht so viel wie möglich aus ihr herausbekommen, für den Fall, dass sie sich als eine dieser Personen herausstellt, die viel heiße Luft produzieren, aber dann nicht handeln. Ich habe bereits so viele Notizen. Ich habe tagelange

Arbeit vor mir, um alles zu verarbeiten und den von ihr vorgeschlagenen Content zu produzieren.

Ich brauche vielleicht Ryes Hilfe dabei. Oder Lowells.

„Aber *mein* Mist ist nichts Halbes und nichts Ganzes", fährt Sailor fort, widmet sich wieder dem Geschäftlichen. „*Dein* Mist ist wichtig. Wie wäre es damit? Ich komme Anfang der Woche vorbei und mache ein Interview mit dir? Ich werde das auf meinem Kanal abspielen, die Werbeeinnahmen mit dir teilen und auch deine Kanäle promoten. Wenn das gut läuft, können wir eine regelmäßige Sache daraus machen."

„Ja. Da bin ich dabei."

„Großartig. Ich werde auch darüber nachdenken, wie du deine Genesung professioneller dokumentieren kannst. Ich will mindestens mit einer guten Kamera dabei sein, wenn du zum ersten Mal wieder kletterst. Am Ende, wenn wir alles gut zusammenschneiden, haben wir vielleicht einen rohen Indie-Film, den wir an Reel Rock oder The North Face oder vielleicht NatGeo verkaufen können." Sie lächelt, ein absoluter Hammer von einem Strahlen. „Wenn Jimmy Chin das kann, können wir es auch."

Ich weiß nicht, ob Sailor das Talent oder Können hat, um so gut wie Jimmy Chin zu sein, aber es fehlt ihr nicht an Selbstbewusstsein. Mir auch nicht. Nicht, wenn es um das geht, was ich am besten kann – Klettern.

Sejin verlässt das Feuer, seine Bierflasche ist leer und er geht ins Haus. Seine Schultern sind ein wenig nach unten gesunken und er wirft mir einen seltsamen Blick zu. Etwas stimmt nicht, aber ich weiß nicht was.

Sejin lässt mich nicht lang warten, sobald Sailor, Rye und Lowell sich verabschiedet haben und in die Nacht gefahren sind.

„Sie ist ziemlich viel", bemerkt Sejin und schließt die Tür hinter ihnen.

„Ja, sie ist großartig." Muggs reibt sich schnurrend an meinem Knöchel.

„Das denkst *du* natürlich, weil sie praktisch auf ihren Knien war und dich angebetet hat."

Ich schnaube leise und lehne mich auf meine Krücken. Mein Bein pulsiert nach all der Bewegung heute, aber es war gut, wieder aktiv zu sein. „Wenn irgendjemand Anbetung betrieben hat, dann war das ich. Sie ist der Hammer."

Was die falsche Antwort war, weil Sejins Augen aufblitzen. Er dreht sich weg und geht ohne ein weiteres Wort, verschwindet in unserem Schlafzimmer und schließt die Tür hinter sich.

Fuck.

Ich hinke hinter ihm her und finde ihn im Bad, wo er sich auszieht, um zu duschen.

„Was ist das Problem? Magst du sie nicht?"

Er zuckt mit den Schultern. „Ich will sie mögen, aber etwas an ihr …" Er redet nicht weiter, obwohl ich mehrere lange, dampfende Minuten warte, während er unter dem heißen Wasser nachdenkt.

Ich werde ungeduldig und hake nach. „Etwas an ihr was?"

„Geht mir gegen den Strich."

„Du vertraust ihr nicht?" Sieht er etwas, das mir entgangen ist? Ich lehne mich an die Badtür, nehme so das Gewicht von meinen Krücken. „Du denkst nicht, dass sie mir wirklich helfen möchte?"

„Doch, das tue ich." Sejin seufzt und ich kann hören, wie er sich mit Seife schrubbt und mit der Bürste, die wir zu diesem Zweck in der Dusche haben. „Ich denke, sie weiß sehr viel über Erfolg in den Sozialen Medien und sie scheint dir wirklich unbedingt helfen zu wollen. Aber findest du das nicht seltsam? Es war, als wäre sie bereits ein Fan von dir."

„Ich habe Fans", sage ich.

Sogar bevor ich mit diesem Experiment in den Sozialen Medien angefangen habe, hatte ich *ein paar* Fans. Leute, die meine Kletterei bewundert haben und das, was ich gemacht habe. Leute, die dachten, dass ich es wert war, beobachtet zu werden, und meine

Leistungen im Auge zu behalten.

„Ich glaube, ich bin eifersüchtig“, meint Sejin schließlich.

„Auf eine Lesbe?“

Er lacht, aber es klingt sauer. „Ich weiß. Es ist dämlich.“

„Das ist es wirklich“, stimme ich zu. „Es ist nicht so, als ob ich sie überhaupt haben könnte.“

Er wird wieder still.

„Aber ich will sie nicht!“, rufe ich in die dampfende Badezimmerluft. Ich stoße mich von der Tür ab und wanke vor, um den Duschvorhang zurückzuschieben. Mein Blick trifft auf seine dunklen, ein wenig wütend dreinschauenden Augen. „Um Himmels willen, sie ist nicht einmal mein Typ.“

„Was ist dein Typ? Was Frauen betrifft?“

Ich seufze. „Ich weiß nicht. Weiche Frauen.“

„Sie ist weich. Ihre Brüste haben sehr weich ausgesehen.“

„Nun, kleine Frauen.“

„Kleine, weiche Frauen? Das ist sehr spezifisch, während es gleichzeitig gar nicht spezifisch ist.“

„Funktioniert Anziehung nicht so?“

„Ich habe gesehen, wie du sie angesehen hast. Sie mag nicht dein ‚Typ‘ sein, aber du hast dich zu ihr hingezogen gefühlt.“

„Am Anfang, aber später nicht mehr.“

„Was soll das überhaupt heißen?“

„Es heißt, dass ich sie nicht will. Das habe ich dir schon gesagt. Sogar wenn sie keine Lesbe wäre.“

„Vergiss es.“ Die Handtücher hängen hinter mir auf der Stange und er achtet darauf, mich nicht umzustoßen, als er nach einem greift. „Ich bin ein Arschloch. Du darfst dich zu anderen Leuten hingezogen fühlen. Das dürfen wir beide.“

Mir gefällt der Gedanke, dass Sejin sich zu jemand anderem hingezogen fühlt, gar nicht, aber es wird irgendwann passieren. „Es ist in Ordnung. Du bist eine eifersüchtige Person.“

Sejin starrt mich finster an.

„Das bin ich auch."

Er seufzt. „Thanksgiving ist nicht so gelaufen, wie ich das dachte."

„Nein. Es war sogar noch besser", entgegne ich. „Ich habe jetzt eine echte Chance. Ich könnte anfangen, ernsthaft Geld zu verdienen." Ich erkläre ihm den Plan, während er sich abtrocknet.

„Sie strahlt richtig", meint er schließlich, als er damit fertig ist, seine Haare zu bürsten, was jetzt überhaupt keine Zeit mehr beansprucht. Er gibt einen Festiger hinein, damit sie so trocknen, wie er das möchte. „Ich habe mich den ganzen Abend mit ihr verglichen und festgestellt, dass ich verliere."

„Du bist definitiv größer als sie."

Er verdreht die Augen. „Als sie mich gefragt hat, wofür ich brenne, habe ich mich so klein gefühlt, weil ich nichts habe."

„Du brennst für K-Pop-Gruppen und Kinder und glücklich zu sein."

Ein weiteres Augenverdrehen. „Wow, was für eine beeindruckende Liste an Dingen, für die man brennen kann."

„Du kannst K-Pop-Choreos!" Ich mache weiter. „Du kannst wahrscheinlich mehr Koreanisch als sie. Ich will wetten, dass sie nicht einmal weiß, was *bogoshipda* bedeutet."

„Ja. Ich habe so viel erreicht", knirscht Sejin.

„Was hat das mit allem zu tun?"

„Sailor ist sich wirklich sicher, wer sie ist und was sie will. Sie ist wunderschön. Sie hat lange Haare."

„Du bist Sejin, adoptiert aus Korea, aufgewachsen in West Virginia, kannst gut mit Kindern. Du liebst K-Pop, Spaß und mich. Du weißt, was du willst. Du möchtest glücklich sein und du weißt, wohin du gehst." Ich mache eine Pause für den dramatischen Effekt. „Ins Bett mit mir."

Sejin schüttelt seinen Kopf. „Was sehe ich in dir?"

„Deine Zukunft."

Sejin legt seine Unterarme auf meine Schultern, achtet darauf, mich mit meinen Krücken nicht umzuwerfen, und schaut mir in die Augen. „Bin ich genug für dich? Du könntest mit jemandem zusammen sein, der genauso fokussiert und ambitioniert ist wie du, aber du nimmst mich?"

Ich lache beinahe. Wenn jemand in dieser Beziehung etwas Besseres haben könnte, dann ist das er. Ich habe ein gebrochenes Bein. Ich habe Schulden und keinen Job. Ich lebe in einem Van. Weswegen fühlt er sich unsicher? Ich nehme an, wir alle brauchen manchmal Bestätigung.

Sejins Mund verzieht sich, weil es ihm so peinlich ist, aber er fragt: „Was gebe ich dir, was jemand anderes dir nicht geben kann?"

Ich kann nicht glauben, dass er das überhaupt fragen muss. Diese Sailor-Frau ist ihm wirklich unter die Haut gegangen. Ich zähle an meinen Fingern ab. „Dein Lächeln und wie deine Augen zu Halbmonden werden. Dieser coole Bogen am inneren Teil deines Auges. Und-"

„Zähl nicht einfach meine Körperteile auf, Dan. Ich habe es dir in der Nacht gesagt, in der wir uns kennengelernt haben. Ich bin nichts Besonderes, nur wegen meines Aussehens."

Jeder einzelne Teil von ihm ist für mich etwas unglaublich Besonderes, *weil* sie alle Teile seines Ganzen sind, aber ich bin eindeutig auf dem falschen Weg.

Erinnerungen wirbeln durch meinen Kopf. Die Nacht, in der er zum ersten Mal meinen Van betreten hat. Der Morgen, an dem wir oben am Pothole Dome getanzt haben. Das Frosting, das auf seiner Wange verschmiert war, an dem Tag, als er mir zum ersten Mal das Lächeln meiner Träume geschenkt hat. Wie wir uns unter dem eiskalten Wasserfall gewaschen haben. Das Gefühl von Zuhause, das ich immer habe, wenn ich mit ihm zusammen bin. Verregnete Tage, die wir in meinem Van verbracht haben und lange, klare

Nächte auf dem Dach.

Er gibt mir das Gefühl, dass auf der Erde zu sein nicht so schlecht ist. Es ist tatsächlich so, dass, obwohl ich mich an nicht viel von meinem Kletterversuch und dem Absturz erinnern kann, ich doch die tiefe Sicherheit verspüre, dass, als die Dinge falsch gelaufen sind, als ich gedacht habe, ich würde sterben, niemals zu Sejin zurückzukehren mein einziges Bedauern war.

„Du bist meine Schwerkraft. Du hältst mich hier." Ich beuge mich näher, sodass meine Stirn seine berührt, als er sich nach unten beugt. „Du liebst das Leben und du bringst mich dazu, es auch zu lieben."

„Viele Leute lieben das Leben." Sejin hebt seinen Kopf. „Ich bin mir sicher, dass Sailor Evans das Leben liebt."

„Nein, sie ist unglücklich."

Er runzelt die Stirn. „Warum sagst du das?"

„Im tiefsten Inneren ist diese Frau unglaublich traurig." Unter ihrem blitzenden Lächeln will Sailor es unbedingt vermeiden, über *etwas* nachzudenken. Ich erkenne mich selbst in ihr. Das haben wir auch gemein, das Bedürfnis, die Dunkelheit zu meiden.

Sejin reibt sich über sein Gesicht. „Großartig. Jetzt fühle ich mich schuldig."

„Tu das nicht." Ich verlagere meine Krücken in eine bequemere Position. „Wir können ihre Probleme nicht lösen."

„Wohl nicht."

„Aber ich kann *dein* Problem lösen."

„Wie?"

Ich bin in Versuchung, Sex vorzuschlagen, weil er nichts außer einem Handtuch trägt, aber etwas in seinem Blick sagt mir, dass das nicht gut ankommen würde. „Indem ich dich halte, bis du einschläfst?", rate ich.

Sejin drückt einen zärtlichen Kuss auf meine Lippen. „Okay. Dann lös mein Problem."

SAILOR EVANS PRÄSENTIERT:
EIN EXKLUSIVES INTERVIEW MIT DAN McBRIDE

…

…

…

Zeitstempel: 23 min, 43 Sekunden

„Also, wir hatten die letzten zwanzig Minuten Spaß bei Gesprächen über vergangene Klettereien, aber lass uns zu der Frage kommen, die jeder stellen möchte. Was ist da draußen passiert, Dan? Was ist falsch gelaufen?"

Ich weiß es nicht. Ich kann mich weder an das Klettern noch an den Absturz erinnern. Es wäre schön, wenn ich das könnte, damit ich beim nächsten Mal nicht denselben Fehler mache. Ich möchte mich nicht noch einmal von einem gebrochenen Bein erholen müssen.

„Wir lachen jetzt, aber wir beide wissen, dass du Glück hattest, es zu überleben."
Das hatte ich, ja.

„Wie sieht die Prognose für dein Bein jetzt aus?"
Der Arzt ist beeindruckt, wie schnell es heilt, aber ich bin immer noch weit vom Klettern entfernt. Bis zu diesem Unfall kann ich mich nicht erinnern, wann ich kein Magnesium unter meinen Fingernägeln hatte.

„Das glaube ich!"

Ja. Ich war nicht mehr so lange am Boden, seit ich ein Teenager war und ich bin noch nie in einem Haus festgesessen. Ich kann nicht einmal fahren. Es wäre schön, dafür die Freigabe zu bekommen. Ich könnte Dinge erledigen, meinem festen Freund dabei zusehen, wie er Kaffee in seinem Café serviert und irgendwo, wo es flach und langweilig ist, campen.

„Wird Sejin mit dir campen?"
Natürlich.

„Aber er klettert nicht mit dir, oder?"
Er ist kein großer Kletterer, nein.

„Wie hast du Sejin kennengelernt?"
Würdest du mir glauben, wenn ich sage, dass ich ihn in dem Coffeeshop kennengelernt habe, in dem er arbeitet?

„Aber das stimmt nicht, oder?"
Nein. Ich habe eine App benutzt, um ihn für einen Aufriss zu meinem Van zu locken.

„Und es hat dich erwischt?"
Direkt ins Herz.

„Was hältst du von den Gerüchten, dass Sejin der Grund für deinen Absturz ist?"
Ich habe diese Gerüchte nicht gehört. Er war nicht dabei, als ich geklettert bin und er wusste nicht einmal, dass ich an diesem Tag gegangen bin. Wie kann er da verantwortlich sein?

„Indem er dich an den Boden fesselt."
Wir beide wissen, dass ich ohne Seile da oben war.

„Clever. Aber viele haben anklingen lassen, dass deine Beziehung dich vom Training abgelenkt hat."

Das hat sie zweifellos. Aber ich bin nicht wegen ihm abgestürzt. Ich war bereit. Ich war fokussiert. Ich hatte jeden einzelnen Zentimeter dieser Route auswendig gelernt. Mein Körper kannte jede Bewegung auswendig. Was auch immer da oben passiert ist, es war meine Schuld.

„Was sagst du Leuten, die behaupten, dass sie wussten, du würdest versagen?"

Ich würde sagen, dass ich noch nicht versagt habe. Ich atme noch, oder?

KAPITEL NEUNUNDDREISSIG

Sejin

Sechs Wochen seit dem Free Solo Versuch

SEIT DANS INTERVIEW auf Sailors Kanälen gepostet wurde, habe ich bei Papa Bear keine ruhige Minute mehr.

Es gibt immer einen Kletterer oder Kletterfanatiker, der mich erkennt und mir Fragen über Dan stellen möchte. Oder über mich und Dan. Oder über diesen schicksalhaften Versuch. Es ist beinahe so schlimm wie in den ersten Tagen direkt nach dem Unfall.

„Wird er es wirklich wieder versuchen?", fragt der Typ an der Theke, die Augen weit aufgerissen, als hätte er nicht gehört, wie Dan genau das in dem Interview gesagt hat.

„Ihr fettfreier Latte mit extra Karamellsirup, Sir", sage ich und schiebe den Kaffeebecher über die Theke, in der Hoffnung, dass er ihn nimmt und geht.

Aber ich hätte es besser wissen sollen.

„Er ist verrückt, oder? Wie kannst du nachts schlafen, wenn du weißt, dass er wieder da rausgehen und es riskieren wird? Er wird dieses Mal wahrscheinlich draufgehen. Oder?"

„Entschuldigen Sie", sagt Pete und erscheint an meiner Schulter. „Mein Angestellter hat zu arbeiten. Genießen Sie Ihren Kaffee."

Er führt mich von der Theke weg und in Richtung des Hinterzimmers, überlässt es Gage und Celli, vorne zu arbeiten. Es ist nicht zu hektisch, aber wir sind auch nicht leer. Ich werfe beiden einen entschuldigenden Blick zu.

„Junge“, sagt Pete, als wir hinten sind. „Du musst lernen, wie du diese Leute abwürgen kannst. Sie verdienen deine Energie nicht.“

„Ich möchte nicht unhöflich sein.“

„Zur Hölle damit, unhöflich zu sein. *Sie* sind unhöflich. Kommen daher und stellen dir die Art Fragen, die, wie ich wetten möchte, nicht einmal deine Freunde Arschloch genug waren, dir zu stellen.“

„Einige haben es gemacht“, sage ich, denke an Leenie, die immer noch auf dem „Sejin, du kannst etwas so viel Besseres bekommen“-Zug fährt, obwohl sie manchmal auch auf dem „Wage es ja nicht zuzulassen, dass er meinen Sohn mit seinem Wahnsinn infiziert“-Zug sitzt. Das kommt von Dans Angebot, mit Jeremiah klettern zu gehen – mit Seilen und einem Helm und der ganzen Ausrüstung, natürlich – sobald sein Bein verheilt ist, als eine Art Friedensangebot, weil er mich ihm gestohlen hat.

Und es hat funktioniert.

Jeremiah fragt jetzt immer, wann Dan ihn die großen Felsen mit hinaufnimmt, und Leenie möchte Dans Eier auf einem Silbertablett. Zum Glück findet Martin, dass es harmlos ist. Aber ich möchte mich nicht wirklich mit Leenie streiten. Ich möchte mich mit niemandem streiten. Nicht einmal mit Kunden in Papa Bear.

„Was ich damit sagen möchte, Junge, ist, dass wenn du mit einer Berühmtheit zusammen bist, und in dieser Community wird Dan zu einer Berühmtheit, wie einige der anderen großen Namen im Klettern, dann wirst du Grenzen setzen und sie verteidigen müssen. Ich werde dich nicht feuern, wenn du jemandem sagst, dass er dich in Ruhe lassen soll. Sei nicht nett. Sei ein Arsch.“

Er lässt mich im Hinterzimmer zurück, mit einer vagen Anweisung, in den Kühlraum zu gehen und noch weitere Melasse-Cookie-Teigbälle aus der Gefriertruhe zu holen, damit wir sie backen können. Ich habe sie gerade fertig auf die Bleche verteilt, als Celli ihren Kopf durch die Tür steckt. „Das willst du sehen. Komm."

Ich ziehe mir die Plastikhandschuhe aus und folge ihr hinaus in den Laden.

Dort finde ich eine Gruppe Leute um einen Tisch am Fenster. Und dann sehe ich die Krücke, die am gegenüberliegenden Stuhl lehnt.

„Er ist gefahren?", frage ich Celli.

„Sieht so aus, als ob die Frau ihn gebracht hat. Die aus dem Video."

Ich nähere mich dem Tisch und schaffe es, mich durch die Menge der Bewunderer zu quetschen. Als Dan mich sieht, lächelt er und zieht mich an sich. Seine weit auseinanderstehenden Augen sind mit so langen Wimpern besetzt, dass sie die Sonne einfangen, die durch das Fenster strömt. „Wollen Sie auch ein Autogramm meines festen Freundes?", fragt er die Frau mittleren Alters, die mit einem sehr peinlich berührt aussehenden Teenagersohn dasteht.

„Würde es dir etwas ausmachen?", fragt sie. „Ich liebe es, eure Videos zu sehen. Ihr seid beide so niedlich zusammen."

Ich nehme den Stift und das Papier und schreibe meinen Namen neben den von Dan. Petes Kommentare über Grenzen und Unhöflichkeit kreisen in meinem Kopf.

„Du hast das Haus verlassen", sage ich.

„Sailor hat mich hergebracht."

„Also gut, wir sind hier fertig", sagt Sailor, lächelt einnehmend, während sie die Gruppe verscheucht. „Ein andermal", murmelt sie ein paar schäbig aussehenden Teenagern zu, die noch verweilen. Sie trollen sich ebenfalls.

„Wann bist du fertig?", fragt Sailor mich und faltet ihre langen, mit Schwielen bedeckten Finger auf dem Tisch. Sie sind der einzige Teil von ihr, der nicht wunderschön ist. All das Klettern hat sie fertiggemacht. Ansonsten sieht sie, wie immer, aus, als wäre sie direkt einer Fernsehshow entsprungen und sie benimmt sich auch so.

„In einer halben Stunde.“

„Großartig. Wir werden alle nach Tuolumne Meadow fahren und dann werdet ihr beide ein kleines Zelt aufbauen. Oder besser gesagt *du* wirst das, weil ich filme und Dan nicht wirklich helfen kann.“

„Ich werde heute Nacht nicht draußen schlafen. Ich habe morgen früh Tanz mit den Kindern.“

„Oh, ich weiß“, sagt Sailor, während Dan mich auf seinen Schoß zieht, als wäre ich nicht größer als er und unmöglich auf seinem Knie zu balancieren. Er drückt mich glücklich. „Wir wollen nur ein paar Aufnahmen, die es so aussehen lassen, als würdet ihr das machen. Für Content.“

Grenzen hat Pete gesagt. Grenzen.

„Nein, das werden wir nicht machen“, sage ich mit einem angespannten Lächeln.

„Es wird lustig“, drängt Sailor.

„Dan“, fange ich an und drehe mich zu ihm. „Ich weiß, dass dir die Decke auf den Kopf fällt, aber wir werden zu diesem Zeitpunkt in deiner Genesung nicht raus an den Tuolumne Meadow fahren.“ Ich wende mich wieder an Sailor. „Du versuchst, uns zu helfen, das weiß ich, aber du verstehst nicht, was hier auf dem Spiel steht. Ich werde Dans Bein auf unebenem Grund nicht für etwas riskieren, das im Grunde ein Fototermin ist.“

Dan hält mich ein wenig fester.

Sailor lächelt, als würde sie denken, dass wir niedlich sind oder ich niedlich bin. Ich weiß nicht, was davon oder ob ihr Gesichtsausdruck überhaupt ein Kompliment ist. Er ist ein wenig herablassend. „Das ist verständlich. Ich dachte, es wäre lustig und Dan hat gesagt, dass er dafür weit genug ist.“

„Dan ist generell übermäßig optimistisch, was seine Genesung betrifft", sage ich und stehe auf. „Ich muss weiterarbeiten."

Ich schaue zu Dan. „Möchtest du mit mir nach Hause fahren? Oder hast du einen anderen, hoffentlich *unter Dach* stattfindenden Plan mit Sailor?"

„Ich komme mit dir", antwortet er.

Er sieht nicht beschämt aus oder auch nur, als wäre er manipuliert worden. Ich weiß nicht, ob das so passiert ist oder nicht. Ich weiß, dass er unbedingt wieder hinaus in die Natur möchte, aber Tuolumne Meadow ist nicht der richtige Ort, um damit anzufangen. Ein schöner Park oder eine Fahrt rauf zum Cooks Meadow Loop, für einen Spaziergang auf den breiten Wegen, um etwas frische Luft und einen Tapetenwechsel zu bekommen, ja.

Ich glaube nicht, dass Sailor versucht, Dan zu verletzen. Ich glaube, sie möchte ihm helfen. Aber sie hat auch nicht sein Bestes im Blick, so wie ich. Sie möchte Content für ihren Kanal und Dans Interview hat eine Menge Klicks für sie beide eingebracht.

„Oh", sagt Sailor, gerade, als ich wieder zurückgehen möchte. „Ich habe die erste Zahlung für das Video mit unserem Interview bekommen."

Ich bleibe neugierig stehen.

Sie weckt ihr Handy, berührt ein paar Icons und dreht dann den Bildschirm zu mir und Dan. Mein Mund klappt auf. „So viel?"

Ich kann es nicht glauben. Das Video ist gut gelaufen, viel besser als jedes Video auf Dans Kanal bis jetzt, aber das letzte Mal, als ich nachgeschaut habe, hatte es nur um die dreihunderttausend Views – was wie eine Menge erscheint, wenn man jeden Klick als einzelne Person betrachtet, aber auch *nicht* wie eine Menge, wenn einem klar wird, dass man oft Millionen Views braucht, um von YouTube leben zu können. Darum bin ich schockiert zu sehen, dass dieses eine Interview mit Dan über dreitausend Dollar generiert hat. Von denen die Hälfte an Dan gehen wird.

Sailor schickt das Geld über Venmo, während ich mit offenem

Mund zuschaue.

„Man kann wirklich nie sagen, wie viel Geld man mit einem Video verdienen wird", sagt sie. „Ein paar von meinen haben zwei Millionen Views und sie bringen nicht so viel ein. Vieles davon basiert auf dem Content selbst, ob der Algorithmus glaubt, dass er ‚Wert' hat oder nicht und wie lang die Zuschauer schauen, ob sie zurückkommen, um es noch einmal anzuschauen und von wo aus sie es anschauen. Unterschiedliche Werbungen in unterschiedlichen Ländern bringen unterschiedliche Summen. Wie dem auch sei, ich finde, das sind ein paar gut angelegte Stunden, du nicht?"

Ich kann nicht anders, als zuzustimmen. Ich weiß nicht, warum Sailor mir so sehr auf die Nerven geht, aber seit sie angekommen ist, hat sie nichts anderes getan, als unser Leben besser zu machen. Sogar gerade jetzt, als ich „Nein" zu dem Tuolumne Meadow Plan gesagt habe, hat sie das einfach akzeptiert. Ich beschließe, es besser zu machen, besser zu sein und mehr Geduld mit ihr zu haben.

Der Rest meiner Schicht verfliegt und schon bald gehe ich neben Dan auf seinen Krücken, führe ihn zum Auto. Sailor ist geblieben und die beiden haben Fragen und Kommentare von mehr Fans beantwortet, die sich um sie versammelt hatten, und ich frage mich, wie tatsächliche Berühmtheiten das ertragen. Sogar dieser eher kleine Ruhm ist invasiver, als ich es mir je vorgestellt habe.

„Würde es dich stören, wenn ich dich bald interviewe, Sejin?", erkundigt Sailor sich. „An welchen Tagen hast du diese Woche frei?"

„Nun, da ich dieses Wochenende ein paar Klempnerjobs mache? An keinem."

„Oh." Sie runzelt die Stirn.

Ich frage mich kurz, woher *sie* ihr Geld bekommt. Ich weiß, dass ihr YouTube-Kanal gut läuft und ihr Onkel muss ihr etwas für ihre Fixer-Arbeit im Vorfeld bezahlen, aber sie lebt und agiert wie jemand, der reich ist, als ob Arbeit Spaß und optional wäre.

„Nun, hast du überhaupt irgendwann frei?"

Ich ziehe mein Handy heraus und werfe einen langen Blick darauf. „Am Mittwoch habe ich ein paar freie Stunden nachdem ich Bewegung im Kindergarten gegeben habe und bevor ich hier bei Papa Bear anfange."

Sie hebt ihr Telefon hoch, klickt ein paar Dinge an und sagt: „Wäre das um zwei Uhr herum?"

„Ja."

„Großartig. Ich habe es gebucht. Wir sehen uns", sagt sie, umarmt Dan, bevor sie sich mit ausgebreiteten Armen zu mir dreht.

Ich umarme sie und sie drückt mich fester, als ich es erwartet hätte.

„Oh, und ich schreibe dir noch wegen morgen, Dan", ruft sie über ihre Schulter, als sie davonschlendert.

Ich lege Dans Krücke in den Kofferraum und helfe ihm auf den Beifahrersitz, obwohl er meine Hilfe nicht mehr wirklich braucht. Er soll sein Bein mehr und mehr belasten.

„Morgen hast du einen Termin beim Orthopäden", erinnere ich ihn und setze mich hinter das Steuer. „Lowell hat gesagt, dass er dich nach Fresno fahren wird, weil ich am Nachmittag bei Tater Tots bin."

„Ich weiß. Sailor kommt mit, um ein paar Aufnahmen für unsere Kanäle zu machen." Er legt seinen Gurt an.

Ich verlasse den Parkplatz von Papa Bear und fahre Richtung Peggy Jos Haus. „Ich dachte, sie würde an dieser YOSAR-Dokumentation arbeiten."

„Tut sie."

„Wann? Mit welcher Zeit?" *Uff.* Warum bin ich schon wieder genervt von Sailor?

„Sie ist nicht beschäftigter als du", erklärt er mir. Ich bin willens, das anzuzweifeln, weil sie viel mehr Zeit mit Dan verbringt als ich im Moment und sie gerade erst in meinem Café herumgesessen ist und Hof gehalten hat. „Aber sie schläft auch nicht viel."

„Schlaflosigkeit?"

„Nein. Ihr läuft die Zeit davon."

Ich drehe mich zu ihm. „In welcher Hinsicht?"

„Sie hat das Gen für Huntington."

Sailors strahlendes Lächeln, ihre dringliche Energie und Unverfrorenheit rasen durch meine Gedanken. „Oh Gott. Das ist schrecklich." Schuld legt sich wie ein Stein in meinen Magen. „Darum ist sie so?"

„Ja. Sie kann keine Zeit verlieren."

Sofort sieht in meinen Augen alles an Sailors Art, Leben und Entscheidungen anders aus. Die Linse, durch die ich sie die ganze Zeit über betrachtet habe, hatte die falsche Farbe. Sie ist nicht unverfroren – sie ist in Eile. Sie flirtet nicht, sie will nur keine Zeit damit verschwenden, reserviert zu sein. Sie ist nicht aggressiv, sie packt das Leben bei den Hörnern, während sie das kann. Sie ist nicht schamlos, sie hat einfach keine Zeit für Scham.

Ich sehe jetzt auch, was sie zu Dan hinzieht und umgekehrt.

Ihnen beiden ist die herzlose Achtlosigkeit des Lebens nur zu bewusst und sie beide klettern – Felsen oder Berge – um einen persönlichen Kampf gegen eine unbewegliche Macht zu kämpfen. Sie verkörpern menschliche Entschlossenheit, fordern die Welt heraus, ihnen den Sieg zu verwehren. Es ist nur so, dass Sailor ständig klettert, sogar wenn sie nicht auf einem Berg ist.

In der Zwischenzeit lernt Dan, wie er mit mir hier unten am Boden leben kann.

Er lernt, einfach nur zu *leben*.

KAPITEL VIERZIG

Sejin

ICH HABE NICHT erwartet, irgendetwas Neues über Dan durch seine Posts in den Sozialen Medien zu erfahren. Vielleicht, weil ich mir nie vorstellen konnte, dass er viel mehr macht als irgendeine trockene Erklärung über seine Arbeit zu posten, die hungrigen Kommentare von Kletter-Groupies abzuwehren und herauszufinden, dass die Sozialen Medien nichts für ihn sind.

Aber heute Abend sitze ich auf unserem Bett, höre zu, wie Dan auf einem Bein im Bad herumhüpft, bete, dass er keinen Unsinn macht und fällt, während ich sein neuestes Video schaue und erkenne, wie sehr ich mich geirrt habe. Hinsichtlich vieler Dinge.

„Hi, mein Name ist Dan McBride. Ich bin bei einem Free Solo Versuch am El Capitan abgestürzt und habe überlebt, um die Geschichte zu erzählen. Ich habe *auch* zwölf Pflegefamilien überlebt, als ich ein Kind war. Der trendende Hashtag FosterKidStories hat mich an ein paar von meinen denken lassen." Er rutscht mit einem angespannten Gesichtsausdruck auf dem Sofa herum.

„Ich habe eine Menge schlimme Geschichten, klar, genau wie alle anderen. Ihr könnt euch das Video ansehen, das ich in der Beschreibung verlinkt habe, wenn ihr mehr darüber erfahren wollt. Aber ich hatte auch zwei Pflegeeltern, die wirklich versucht haben, mir zu helfen. Heute möchte ich über sie reden. Zuerst kam Edith. Sie war meine Lieblingspflegemutter. Ich war bei ihr ..." Er hält inne, scheint sich zu erinnern und zählt an seinen Fingern. „... von sieben bis ungefähr zu meinem neunten Geburtstag. Damals war sie wahrscheinlich in dem Alter, das Peggy Jo jetzt hat – also eine alte Frau. Nun, älter als der ganze Rest."

Ich schnaube und stelle mir vor, wie beleidigt Peggy Jo von dieser Beschreibung sein wird.

Seine Stimme wird weicher und sein Blick driftet zur Seite, als würde er sich an Edith erinnern. „Sie war klein. Ich würde sagen, ungefähr einen Meter sechzig. Sie hat wie eine Torte gerochen. Sie hat ein nach Zimt und Apfel riechendes Parfüm gehabt, dass sie literweise aufgetragen hat. Sie hatte graue Haare mit einer Dauerwelle. Sie sind von ihrem Kopf abgestanden." Er bewegt seine Hand um seinen eigenen Schädel, um es zu demonstrieren. „Sie hat mich immer mit zum Friseur genommen und ich musste dasitzen, während sie dafür gesorgt haben, dass es so aussieht. Es hat Stunden gedauert. Ich habe all die Haar-Magazine für Frauen gelesen, während ich gewartet habe."

Er rümpft die Nase. „Die Chemikalien haben grauenvoll gerochen. Aber ich habe mich nicht beschwert, weil ich wusste, dass sie sich hübsch gefühlt hat, wenn sie fertig waren." Er berührt sachte seine eigenen Haare. „Sie hat immer gesagt ‚Jetzt sehe ich glamourös aus, Danny, nicht wahr?' Und ich habe ihr gesagt, dass sie das nicht wirklich tut." Er zuckt mit den Schultern. „Für mich hat sie immer gleich ausgesehen."

Sein Blick schweift wieder in die Ferne. „Ich erinnere mich daran, dass sie mein Gesicht berührt hat" – hier hebt er seine Hand und umfasst seine eigene Wange – „und dann hat sie gesagt ‚Ich liebe es, dass du kein Lügner bist'. Ich glaube manchmal, dass sie die einzige Person in meinem Leben ist, die meine Ehrlichkeit je wirklich geliebt hat."

Er runzelt die Stirn und schluckt schwer. „Abgesehen von Sejin. Außerdem – ebenfalls abgesehen von Sejin – ist sie die einzige Person, die mich je Danny genannt hat. Für alle anderen war ich immer Dan. Ein Pflegevater hat mich Daniel genannt. Das habe ich gehasst."

Er zuckt wieder mit den Schultern. „Wie dem auch sei, zurück zu Edith und dem Haarsalon. Vielleicht sind diese Haar-Magazine für Frauen der Grund dafür, warum ich so einen Fetisch für Sejins lange Haare entwickelt habe. Das wisst ihr nicht, oder? Ihr wart nicht da, bevor er sie abgeschnitten hat."

Ich kann den Gedanken nicht unterdrücken, dass er hier K-Pop-Strategien anwendet, mit den Zuschauern spricht, als wären sie ihm gegenüber, als ob ihre Präsenz in seinem Leben über das Internet real wäre. *Sie* waren nicht da, als ich lange Haare hatte. *Sie* kennen mich so nicht. Er bringt sie in seine Welt und das funktioniert wunderschön. Ich stelle fest, dass ich mich in Richtung des Dans auf dem Bildschirm lehne, weil ich ihm auch physisch näher sein möchte. Obwohl der echte Dan nur wenige Meter entfernt im Bad ist.

„Sejin hatte lange, wunderschöne Haare." Er zeigt mit seiner Hand, um die Länge anzudeuten. „Aber er hat sie abgeschnitten." Dan seufzt. „Mal gewinnt man, mal verliert man. Er ist immer noch der schönste Mann, den ich je gesehen habe."

Ich habe Schmetterlinge im Bauch. Er sagt das so lässig, so intim, als wäre es offensichtlich und doch als würde er etwas Privates über sich selbst mit den Zuschauern teilen. Er hat mit der Kamera so viel weniger zu verlieren als mit tatsächlichen persönlichen Interaktionen. Es ist leicht zu sehen, warum ihm das gefällt. Ich hätte es wissen sollen.

Dan hält inne. „Ja, also, Edith. Ich habe sie gemocht. Sie war alt, aber cool, Sie hat versucht, mir etwas über die Oper beizubringen." Seine Lippen zucken. „Ich war kein williger Schüler. Sie hat mir beigebracht, die Hände zu schütteln, wenn ich jemanden kennenlerne und mir gesagt, dass wenn ich es versuche, ich bezaubernd sein könnte. Sie hat das Wort bezaubernd geliebt.

Meine Zeichnungen waren bezaubernd. Die Blüten an ihren Mini-Rosenstöcken waren bezaubernd. Die Uniform des UPS-Mannes war bezaubernd.“

Mein Magen wird hart. Ich kann spüren, dass etwas kommen wird. Etwas, das überhaupt nicht bezaubernd ist.

„Aber dann wurde sie krank und …“ Er schüttelt seinen Kopf. „Sie konnte sich nicht mehr um mich kümmern. Sie haben ihr versprochen, dass sie einen Platz bei einer großartigen Frau finden würden, die mich lieben würde. Edith hat mir das erzählt, als ich mich von ihr verabschiedet habe.“ Seine Lippen werden dünn und flach. Ich glaube, ich sehe Tränen in seinen Augen. „Sie hat mich fest umarmt und mir gesagt, dass ich glücklich sein soll. Sie hat gesagt, dass sie mich liebt. Ich weiß nicht, ob das gestimmt hat, aber was sie mir gegeben hat, kam dem Gefühl von Liebe am nächsten, bis ich Peggy Jo und dann Sejin kennengelernt habe.“

Mein Brustkorb schmerzt. Ich möchte ins Bad gehen und ihn in meine Arme schließen und nie wieder loslassen.

„Ich weiß nicht, was mit ihr passiert ist. Ich denke, sie ist wahrscheinlich gestorben.“ Er schluckt hörbar. Romeo, der seinen inneren Aufruhr spürt, klettert auf seinen Schoß und schnurrt aggressiv, versucht, ihn zu trösten.

Dan streichelt mit seiner Hand über Romeos Fell. „Die Frau, die mich nach Edith aufgenommen hat, war überhaupt nicht so, wie sie es mir versprochen hatten. Zum einen hatte sie eine Katze. Ein grauenvolles Vieh. Überhaupt nicht wie dieser dämonische Engel hier. Stimmt’s, Romeo?“

Seine Stimme wird wieder weich, als er über seine frühere Nemesis spricht. „Ihre Katze hat mich übelst gebissen. Mehr als einmal.“ Er zeigt die sichtbare Narbe auf seinem Arm. „Sein Name war Reynolds, wie Burt oder die Alufolie, und er hat sich in meinen Schrank geschlichen und mich angesprungen, wenn ich ihn aufgemacht habe. Er hat sich hinter seinem Kratzbaum versteckt und mich gekratzt, wenn ich vorbeigegangen bin. Er hatte es auf mich abgesehen. Ich habe ihn gehasst."

Romeo schnurrt lauter, als Dan ihn hinter seinem Ohr krault, an seiner Lieblingsstelle. „Meine Pflegemutter hat sich auf seine Seite gestellt. Sie hat *ihn* behalten und ich wurde zu einer anderen Familie geschickt. Und dann zu einer anderen. Und so weiter und so fort."

Er schweigt einen Moment. Aber dann hebt er den Blick und schaut direkt in die Kamera. „Später kam Mrs Crawford. Ich war fünfzehn. Sie war jung im Vergleich zu den meisten anderen. Um die dreißig vielleicht? Sie hat versucht, mir zu helfen. Hat mich untersuchen lassen und dadurch habe ich die Diagnose bekommen, dass ich Autismus habe. Sie hat auch versucht, mir zu helfen, in der Schule besser zu werden, aber zu diesem Zeitpunkt wollte ich keine Mom mehr. Ich dachte nicht, dass ich eine verdiene, weil ich nie zuvor eine gehabt habe, und hatte daraus geschlossen, dass es dafür einen Grund geben musste."

Er räuspert sich. „Also, Mrs Crawford, sie war auch eine der Guten. Ich hoffe, dass sie nach mir ein besseres Kind bekommen hat. Sie wäre eine gute Mom für jemanden gewesen, der sich tatsächlich helfen lassen *wollte*." Seine Stimme bricht ein wenig.

Dan richtet sich auf und seufzt. „Wie ich schon sagte, ich habe eine Menge traurige Geschichten. Ich könnte mehrere *Wochen* lang Videos über all die Arschlöcher machen, bei denen ich gewohnt habe. Aber heute wollte ich mich an die beiden erinnern, die nicht beschissen waren. Edith und Mrs Crawford. Sie waren gut."

Er kratzt sich sein unrasiertes Gesicht, hebt Romeo hoch, um seinen flauschigen Bauch der Kamera zu zeigen, und beendet das Video mit: „Ich bin Dan McBride, Weltklasse-Athlet, zögerlicher Katzen-Pflege-Dad, fester Freund von Sejin, Pseudo-Sohn von Peggy Jo und ein professioneller Kletterer ohne Sponsoren und mit einem gebrochenen Bein. Bis zum nächsten Mal. Bye."

Mir ist schwindlig, als ich verdaue, was ich erfahren habe. Ich sitze mit meinem Handy in der Hand da, starre auf das erstarrte Bild, bei dem ich pausiert habe.

Als Dan endlich herausgehinkt kommt, sich auf einer Krücke um die Ecke des Bettes schwingt, lässt er sich neben mir fallen. „Was ist los, Doc?", fragt er, legt die Krücke weg und schaut mir ins Gesicht.

„Du hast es mir nie erzählt."

Er wirft einen Blick auf das Handy und sieht, was ich angeschaut habe. „Das mit Edith? Ich habe dir an diesem Abend auf dem Pothole Dome von ihr erzählt. Ich bin mir sicher, dass ich auch Mrs Crawford schon erwähnt habe."

„Nein. Nicht sie. Du hast mir nie erzählt, dass bei dir Autismus diagnostiziert wurde."

„Oh." Dan zuckt mit den Schultern. „Ja. Das habe ich wohl nicht. Spielt es eine Rolle?"

Meine Augen brennen. „Ja, Dan. Es spielt eine Rolle."

„Warum?"

„Weil es so viele Gelegenheiten gegeben hat …" Ich wische mir mit dem Handrücken über die Augen. „*So viele Male* war ich in Gedanken unfair dir gegenüber und manchmal laut und du hast das nicht verdient. Schlimmer, du hast das, was ich gesagt habe, einfach als wahr akzeptiert. Es tut mir leid."

Dan starrt mich vollkommen überrascht an. „Ist *das* etwas, das ich verstehen soll, es aber nicht tue?"

Ich lache würgend und eine weitere Träne fließt. „Wahrscheinlich."

Ich hasse es, dass meine Tränen die Aufmerksamkeit auf mich lenken, wo es doch Dan ist, der gerade im Moment liebevolle Freundlichkeit und Entschuldigungen verdient.

Dan zuckt wieder mit den Schultern, setzt sich aber aufrechter hin, rückt sein Bein zurecht, damit er seinen Arm um mich legen kann. „Ich hasse es, wenn du weinst. Außer wenn wir ficken. Dann kannst du so viel weinen, wie du möchtest."

„Ich weiß." Ich schiebe meine bis zu den Wangenknochen reichenden Haare aus meinem Gesicht und knurre frustriert, als sie gleich wieder zurückfallen.

Dan streicht sie zurück und hält sie mit seiner Handfläche auf meinem Kopf zurück, schaut mich dabei an. „Besser?"

„Ja", stimme ich zu. „Hey, Danny?"

„Was?" Er streicht meine Haare wieder zurück und sie fallen auf eine Weise, die mich nicht frustriert.

„Ich muss etwas gestehen."

„In Ordnung."

„Manchmal, wenn du nicht verstanden hast, wie ich mich fühle oder wenn du etwas Unhöfliches gesagt hast …"

Er neigt seinen Kopf.

„Habe ich dich als Arschloch bezeichnet. Manchmal laut. Manchmal in meinem Kopf."

Er atmet leise lachend aus. „Oh, nun, viele Menschen bezeichnen mich als Arschloch. Ich bin wohl auch eines." Sein Blick geht in die Ferne, wie vorhin, als er sich an Mrs Crawford erinnert hat. „Ich weiß nicht, wie ich keines sein kann, sogar wenn ich es versuche."

Ich packe seine Hände, hebe seine Finger an meine Lippen und küsse sie. „Aber das ist es ja, Dan. Du bist kein Arschloch. Du bist Autist."

Er runzelt die Stirn. „Du sagst, dass Autisten Arschlöcher sind?"

„Nein."

„Weil ich in meinem Leben eine Menge Arschlöcher getroffen habe – beinahe all meine Pflegefamilien, zum Beispiel – und *keiner* von denen war Autist."

Er hält inne und neigt seinen Kopf zur Seite, während er nachdenkt. „Glaube ich. Wahrscheinlich. Vielleicht Mr Anderson."

„Nein, ich will damit sagen, dass wenn du nicht das sagst oder machst, was im gesellschaftlichen Kontext von dir erwartet wird, es einen sehr validen Grund dafür gibt. Du versuchst nicht, mich zu provozieren oder stur zu sein oder meine Perspektive zu ignorieren. Du bist autistisch." Er muss verstehen, dass ich ihm im Geiste unrecht getan habe und dass er mir dafür vergeben muss.

„Okay. Klar, Doc. Ich bin autistisch." Er umfasst mein Gesicht und zieht mich näher zu sich. „Und *du* bist sexy. Ich habe die ganze Zeit in der Dusche damit verbracht, daran zu denken, mit dir im Bett zu sein."

Er küsst leicht meine Lippen. „Wenn ich mich dafür entschuldige, dass ich dir nicht erzählt habe, dass ich autistisch bin, können wir dann ficken?"

Ein Lachen bricht aus mir heraus und ich lasse mich erneut von ihm küssen. „Das meine ich damit. Gerade jetzt. Was du gerade gesagt hast …"

„Was ist damit?"

„Als du gefragt hast, ob du dich entschuldigen kannst, damit wir es hinter uns lassen können, hast du das gemacht, weil du denkst, dass du etwas falschgemacht hast."

„Das habe ich. Ich habe dir nicht gesagt, dass ich Autist bin."

Ich schnaufe. „Ja, aber-"

„Ich will ficken und ich möchte, dass du all das vergisst."

Ich zögere. „Wow. Du bist wirklich nicht einfach nur ein Arschloch."

„Ich mag ein Arschloch *sein* oder auch nicht." Er wackelt mit seinen Brauen. „Aber du kannst meines heute Nacht *benutzen*, wenn du wirklich gut auf mein Bein aufpasst."

„Dan?"

„Ja?"

„Du hast auch immer gute Eltern verdient. Das weißt du, oder? Du hast eine gute Mom verdient."

Wie meine. Wie Peggy Jo. Wie ich mir sicher bin, dass Edith es für ihn gewesen wäre, wenn sie nicht krank geworden wäre.

Er runzelt erneut die Stirn. „Ich weiß.“

„Peggy Jo liebt dich, als wärst du ihr eigener Sohn.“

Dan reibt sich mit der Hand über sein Gesicht, lehnt sich von mir weg und seufzt dann. „Ja. Und du liebst mich auch.“

„Das tue ich.“

„Aber nicht auf dieselbe Art wie Peggy Jo, Gott sei Dank.“

Mit diesen Worten legt Dan sich vorsichtig auf die Seite und schaut mich über seine Schulter an. Seine weit auseinanderstehenden Augen sind voller Hoffnung. „Was meinst du, Doc? Können wir dieses Gespräch jetzt beenden? Wirst du bitte meinen süßen Hintern vögeln?“

Was *kann* ich dazu sagen? Er ist albern und hat ein gutes Herz und ist stark und er ist ein Überlebender. Ich liebe ihn.

„Ja. Natürlich. Ich hole die neue Flasche Gleitgel.“

Er entspannt sich auf der Matratze, eindeutig glücklich, das Gespräch hinter sich zu lassen. Er seufzt. „Das ist mein Seepferd.“

Und das ist mein autistischer Kaiserfisch.

KAPITEL EINUNDVIERZIG

Sejin

FÜR JEMANDEN, DER immer so auf die Reinheit seiner Motivation gepocht hat, fühlt Dan sich in seiner Rolle als lokale Berühmtheit sehr wohl – aber nur, solange Sailor an seiner Seite ist. Wenn sie zusammen sind, sitzt Dan die meiste Zeit herum, schaut selbstzufrieden drein und überlässt ihr die Plaudereien mit den Fans.

Aber wenn er allein ist oder mit mir zusammen, machen ihn die Leute, die sich nähern, nervös. Ich erwähne das ihm gegenüber, als wir mit den letzten Kindern, die darauf warten, von ihren Eltern abgeholt zu werden, vor Tater Tots stehen.

Lowell hat Dan vor ungefähr zwanzig Minuten hier abgeliefert, nach ihrer selbst ausgedachten und ausgeführten „Physiotherapie" im örtlichen Fitnessstudio. Jetzt wartet er mit mir draußen, als die Eltern ankommen und ihre Kinder in die Autos scheuchen.

„Dir ist klar, dass Mrs Hunter ein Fan von dir ist, oder? Sie flirtet schon den ganzen Monat in den Kommentaren zu deinen Videos mit dir."

„Wer?" Dan ist genau wie ich in warme Winterkleidung gehüllt, aber ich kann an der Art, wie er über seinen Oberschenkel reibt, sehen, dass sein ganzes Bein schmerzt. Vorhin habe ich ihn aufgefordert, ins Gebäude zu gehen, aber er besteht darauf, dass er es müde ist, drinnen zu sein, und bei mir bleiben möchte, um etwas frische Luft zu bekommen.

Ich richte seinen Schal für ihn und behalte Byron und Ada im Auge, die lange Stöcke benutzen, um den Schnee zu „fegen". Hoffentlich wird ihr Dad bald kommen.

„Mrs Hunter. Die Frau, der du eine Abfuhr erteilt hast, als sie mit dir geredet hat. Hollands Mom."

„Und?"

„Du willst einen Fan nicht vergrätzen, oder? Hat Sailor dich nicht gecoacht, wie du reagieren sollst?"

Dan runzelt die Stirn. „Ich verkaufe Authentizität, oder?"

„Ja."

„Nun, ich wollte ganz authentisch, dass sie weggeht."

Ich presse meine Lippen zusammen, um nicht zu lachen. Ich gebe zu, dass es mir gefällt, wie Dan seinen Charme die meiste Zeit für mich aufspart. Als er und Sailor angefangen haben, in der Stadt Aufmerksamkeit zu bekommen, war ich ein wenig nervös, dass der „Ruhm" ihn verändern würde. Aber er ist derselbe, der er immer gewesen ist.

„Außerdem sagt Sailor, dass auf Abstand zu gehen mich in ein begehrtes Objekt verwandelt."

„Ich glaube nicht, dass sie meinte, dass du zu irgendjemandem unhöflich sein sollst."

Dan zuckt mit den Schultern.

„Sejin?" Heathers Stimme erklingt hinter mir. „Können wir uns unterhalten – du, ich und Dan – bevor ihr geht?"

Ich nicke. Mein Magen dreht sich bereits um und eine Welle der Nervosität bricht los, bringt mich zum Schwitzen.

Wird Heather mich entlassen? Soweit ich weiß, ist sie mit meinem Unterricht hier immer noch zufrieden und sie zahlt mich ja auch nicht selbst. Das machen die Eltern. Dennoch fällt mir nichts anderes ein, worüber sie mit mir reden könnte … Aber sicher würde sie mich nicht absichtlich vor meinem festen Freund feuern? Das erscheint mir grausam.

Schon bald taucht Byrons und Adas Vater auf und setzt die beiden in sein Auto. Er hat einen Schnauzbart und ist massig und ich bemerke, dass er Dan einen schnellen, bewundernden Blick zuwirft. Noch ein Fan also.

Dan benutzt eine Krücke, um in das Gebäude zu kommen, belastet sein Bein ziemlich, um Kraft aufzubauen. Er folgt mir zu Heathers Büro. Wir setzen uns ihr gegenüber an ihren Schreibtisch und sie zeigt ein glückliches und unglaublich enthusiastisches Lächeln.

Ich werde also nicht gefeuert. Gott sei Dank, weil wir das Geld wirklich brauchen.

„Dan, ich bin froh, dass du hier bist, weil es hierbei um dich geht."

„Um mich?"

Sie nickt. „Es ist beinahe Weihnachten und ich denke, es ist an der Zeit, dass wir zu meiner Idee zurückkehren, eine Talentshow zu organisieren, von der dein GoFundMe profitiert."

„Zurückkehren? Wann haben wir das erste Mal darüber gesprochen?", fragt Dan.

Heather blinzelt überrascht, darum räuspere ich mich und erkläre: „Ich habe es ihm gegenüber nie erwähnt."

„Ach?" In Heathers Augen flackert Schmerz auf. Ich hätte über ihr Angebot wohl zumindest ein- oder zweimal nachdenken sollen, seit sie es gemacht hat, aber ich war abgelenkt und beschäftigt. Sie erholt sich sofort und fängt an, Dan alles darüber zu erzählen. „Ich weiß, dass ihr beide seit deiner Kletter-Panne einige Probleme habt."

Dan schnaubt und ich trete gegen sein gesundes Bein, in der Hoffnung, dass er nichts Unhöfliches über ihren netten Euphemismus zu seinem Absturz sagt.

„Aber um ehrlich zu sein, habe ich diese GoFundMe Seite im Auge behalten und ich habe wirklich das Gefühl, dass wir die Nadel mit ein wenig Hilfe von den Kindern deutlich bewegen können."

Sie erklärt uns ihren Plan – eine Weihnachtsvorführung mit einem netten Eintrittsgeld für jede Karte und die gesamten Einnahmen gehen an Dans Seite für seine Krankenhausrechnungen.

„Wir können auch eine stumme Auktion für die Kunst der Kinder machen. Wir haben bereits alles, was wir brauchen", sagt sie und zählt an ihren Fingern ab. „Kostüme und Deko … Alles, was wir nicht haben, können die Kinder, Evelyn und ich in der Kunststunde basteln. Außerdem haben wir Sejin als Regisseur und Choreograf."

Ich blinzele sie an. „Ich glaube nicht, dass ich Zeit habe-"

„Doch, hast du", wirft Dan ein. „Ich darf jetzt ein bisschen herumgehen. Du musst jetzt nicht mehr die ganze Zeit zu Hause auf mich aufpassen. Du kannst an dem hier arbeiten, anstatt mich zu bemuttern."

Ich beiße mir auf die Lippe und denke nach. Ich habe mich sieben Wochen lang ständig um Dan gekümmert und er hat recht, dass er endlich so weit ist, dass ich mir nicht mehr so viele Sorgen machen muss. Aber heißt das nicht auch, dass er so weit ist, dass unsere Zeit zusammen wieder spaßiger und romantischer werden kann? Wie das, was wir vor seiner Verletzung hatten?

„Du solltest es machen", sagt Dan mit derselben Selbstsicherheit, mit der er immer darauf bestanden hat, dass ich Koreanisch lernen soll. „Die Kinder lieben dich. Du liebst die Kinder. Du hast seit einer Weile nichts mehr für dich selbst machen können, das dir Spaß macht. Du lässt sie in letzter Zeit immer nur dieselben alten Tänze immer und immer wieder machen und ich weiß, dass sie dich langweilen. Es wird Spaß machen und Heather hat recht. Diese niedlichen kleinen Kaulquappen werden ein Meer an Zuschauern anlocken."

„Du hast nichts dagegen, Wohltätigkeit von ihren Familien anzunehmen?"

Dan schüttelt seinen Kopf. „Nein. Ich bin dieser Tage ein großer Fan von Geld. Du kannst mich als einen zum Kapitalismus Konvertierten bezeichnen."

Jetzt muss ich schnauben und er grinst mich an.

„Aber im Ernst, kannst du wirklich sagen, dass du es nicht machen willst?", fragt er.

Das kann ich *nicht* sagen. Der Gedanke, die Kinder als Weihnachtsbäume und Zuckerstangen und Schneepersonen verkleidet zu sehen, während sie für ihre Eltern singen und tanzen, lässt mein Herz ein wenig schneller schlagen.

Die Zeit, die ich investieren muss, ist eine Herausforderung, aber Dan hat recht, dass ich mich nicht mehr so viel auf ihn fokussieren muss. Ich kann Martins Boss sagen, dass ich jetzt nur noch am Sonntag aushelfen kann und nur bei Notfällen. Für die kann ich die doppelte Zeit aufschreiben und bekomme doppelt so viel Geld.

Wenn ich diese Weihnachtswohltätigkeitsvorführung mache, weiß ich, dass ich eine süße Show zusammenstellen kann. Die Eltern werden es lieben. Sie werden Fotos und Videos machen und nicht nur etwas für Dans Rechnungen spenden, sondern *ich* werde auch helfen, eine Kernerinnerung für ihre Familien zu formen. Eine gute Erinnerung. Eine schöne Erinnerung.

Und worüber singen Moonbin und die anderen Mitglieder von Astro in unserem Song?

Gute Erinnerungen bleiben für immer.

„Na gut", stimme ich zu. „Lasst es uns machen."

KAPITEL ZWEIUNDVIERZIG

Dan

AM ERSTEN TAG, an dem ich die Erlaubnis für eine „Wanderung" habe – die Anführungszeichen sind in jeglicher Hinsicht Absicht – muss ich mich bemühen, Sejin aus der niedlichen Choreo zu reißen, an der er arbeitet. Sie ist für einen K-Pop Bop, also Hit, der „Christmas Love" heißt – ein Konfetti-Song voller Festtagsfreude, den Jimin singt, ein Mitglied von BTS.

Früher am Tag habe ich Lowell geschrieben, dass er den Lower Yosemite Falls Trail für mich auskundschaften soll. Sein Urteil ist, dass er, trotz des Schnees heute Nacht, gut gesalzen ist und der Großteil des Wegs zu den Wasserfällen ist immer noch frei.

Ich belaste mein Bein jetzt seit ein paar Wochen. Meine Fortschritte sind gut und gleichmäßig, auch wenn ich mit einem schweren Hinken gehe, von dem der Arzt schwört, dass es sich mit der Zeit von selbst geben wird. Solange ich nicht stürze, wurde mir gesagt, dass mein Bein öfter und zu immer herausfordernden Arbeiten zu benutzen, jetzt absolut wichtig für den Heilungsprozess ist.

Aber die Vorsicht, die ich in Sejins Augen sehe, als unser Auto sich dem Parkplatz am Beginn des Wanderweges nähert, reicht aus, dass ich meine Pläne für diesen Tag noch einmal hinterfrage. Ich will nicht, dass er nervös ist und sich unwohl fühlt. Nicht für das. Bei all meinen Plänen – und ich habe viel geplant, während ich allein im Haus festgesessen bin – habe ich mir immer vorgestellt, dass er fröhlich und überschwänglich sein würde, mich auf meinen Beinen, draußen und wieder gehend zu sehen.

Stattdessen runzelt er die Stirn in Richtung des Schnees, des Wegs und sogar zu mir, als er parkt.

Ich war aber noch nie der Typ, der einen Rückzieher macht. Darum schiebe ich meine Sorgen und vorigen Erwartungen beiseite, entschlossen, weiterzumachen.

Sejin steigt zuerst aus dem Auto, geht los, um Lowells Einschätzung des Pflasters zu überprüfen. Die Hände in seine Manteltaschen gesteckt, marschiert er herum, testet die Sicherheit des Wegs. Er ist wunderschön, wie immer, aber ich wünschte, er wäre etwas fröhlicher. Dennoch ist in der Vormittagssonne für mich klar, dass der vom Winter mit Frost überzogene Weg besser aussieht, als ich es gehofft hatte. Ein gutes Omen.

Da ich nicht länger warten will, steige ich aus dem Auto und Sejin kommt, um mich zu beglucken. Er nimmt meinen Arm, um mich zu halten, obwohl ich seine Hilfe nicht wirklich brauche.

„Du kannst mich nicht weiter so bemuttern, Doc", sage ich zu ihm.

„Ich kann und ich werde." Er bleibt direkt neben mir, bis ich sicher auf dem gepflasterten Weg bin. Dort legen wir einen Moment eine Pause ein und ich neige meinen Kopf zurück, schaue hinauf in den Himmel. Er ist wolkenverhangen und schwer von Schnee, ein Wirbel aus Grau bewegt sich mit einer steifen Brise durch das Weiß. Ich betrachte die sich wiegenden, verschneiten Bäume und schaue zu, wie zwei Eichhörnchen sich um ein paar Nüsse unter einer der großen Kiefern streiten.

Ich werde das machen. Wirklich.

Ich atme tief ein.

Dennoch zieht mein Magen sich zusammen, als wir uns auf den Weg begeben. Ich hinke und er verkürzt seine langen Schritte, um neben mir zu bleiben. Ich lache schnaubend angesichts des nervösen

Drahts aus Besorgnis, der sich in mir aufwickelt. Es ist dumm, nervös zu sein, und doch bin ich es.

Ich weiß, dass das richtig ist. Wir beide zusammen. Ich bin bei Sejin auf eine Art und Weise zu Hause, wie ich es noch nie mit einer anderen Person erlebt habe. Ich weiß nicht, ob er sich, was mich betrifft, ebenso einzigartig fühlt, aber die Tatsache, dass er immer noch hier an meiner Seite ist, sich obsessiv um mich sorgt, mich voller Sorge und Liebe anschaut, sagt mir, dass er uns jetzt als Einheit ansieht.

Seepferd. Kaiserfisch. Wir.

Da bin ich mir sicher. Ich denke, dass ich von dem Moment an gewusst habe, dass er mein Schicksal ist – wenn es so etwas gibt – als ich sein Foto auf der App gesehen habe. Sejin ist genauso unwiderruflich für mich bestimmt, wie es die Heart Route je gewesen ist. Noch mehr.

Während wir schweigend gehen, stelle ich mir vor, was, wie ich weiß, auf dem Weg vor uns liegt. Das Winterweiß des Schnees auf den Klippen. Das Rauschen von wildem, schäumendem Wasser und die makellosen Eiszapfen, die von den Felsen hängen werden. Ich habe in den letzten paar Jahren am Ende dieses Wegs schon dutzende Male eine ähnliche Szene gesehen. Aber dieses Mal wird es anders sein.

Ich werde schreien müssen, um gehört zu werden, aber ich weiß auch, dass er verstehen wird, was ich sage, ganz egal was ist.

Ich stelle mir wieder alles vor – er wird wunderschön sein, vor dem brüllenden Hintergrund hervorstechen, mein menschliches Seepferd. Mit dem Wasserfall, der im Hintergrund nach unten donnert, werde ich mich vor ihn knien …

Ich runzle die Stirn. Nein, nicht mit diesem Bein, das werde ich nicht.

Na gut. Kein Problem. Ich werde vor ihm stehen – als Gleichgestellte.

Als uns andere Wanderer auf dem Weg überholen, stelle ich fest, dass ich viel schneller aus der Puste bin als je zuvor. Es ist unerwartet, trotz meiner Verletzung. Ich habe mit Lowell trainiert und ich habe in der Schwerelosigkeit von Peggy Jos Hot Tub laufen und sogar springen geübt. Ich habe Gewichte gestemmt und bin durch den Schnee im Garten gestapft, um meine Ausdauer und Kraft wieder aufzubauen.

Aber die Luft fühlt sich heute dünn an, obwohl ich weiß, dass sie das nicht ist.

Es liegt an mir. Ich bin außer Form – ja, ich genese noch – aber ich bin auch sehr nervös.

Nervöser als an dem Tag, als ich die Heart Route hinauf bin. *Damals* hatte ich mich sicher und selbstbewusst gefühlt, was den Ausgang betrifft. Ich erinnere mich immer noch nicht an das Klettern, aber ich weiß, dass das stimmt. Weil ich ansonsten nie losgeklettert wäre.

Jetzt erkenne ich, dass ein tief sitzendes Gefühl von Selbstbewusstsein zu haben, keine irgendwie geartete Garantie ist.

„Das ist weit genug“, sagt Sejin plötzlich, mustert den Weg vor uns mit verdrießlicher Miene.

Ich schüttle meinen Kopf. Ich kann den Wasserfall brüllen hören. Es ist ein den Verstand klärendes weißes Rauschen, das all meine Klettertouren begleitet, aber wir können ihn noch nicht sehen. Er ist immer noch vor uns und um die Kurve.

„Ich kann das schaffen.“

„Dan, nein“, sagt Sejin und nimmt dabei meinen Arm mit festem Griff, als ich mein kaputtes Bein nach vorne setze. „Da oben ist Eis.“

Ich blinzele in die Düsternis des Weges und kann sehen, dass er recht hat. Das Weiß und Grau von begehbarem Schneematsch ist von glänzender schwarzer Gefahr umrahmt und hervorgehoben. Ich seufze, kalkuliere schnell im Kopf, wie viel von meiner Fantasie über diesen Moment ich willens bin zu opfern, im Austausch dafür, dass die Angelegenheit erledigt ist. In Sejins dunklen Augen kann ich die Furcht lesen und entscheide, nicht zu verlangen, dass wir weitergehen. Ich erinnere mich an die Bank ein paar Schritte hinter uns und treffe meine Entscheidung.

„In Ordnung", gebe ich nach.

Ich lasse mich von ihm herumdrehen, tue so, als wäre ich gefügig auf eine Art, die in ihm anscheinend gemischte Gefühle weckt. Ich kann sehen, dass er es vermisst, dass ich die Führung übernehme. Das werde ich jetzt in Ordnung bringen. „Lass uns hier sitzen", sage ich.

„Du musst dich ausruhen?" Sejins Stimme wird scharf vor Sorge.

Ich lüge nicht. Ich kann ihn nicht belügen. Darum sage ich nichts und setze mich einfach auf die Bank. Sejin nimmt die Stelle neben mir. Genau wie er das sollte, wie er es hoffentlich immer wird.

Schneeflocken flattern aus ein paar dunklen Wolken herunter und landen wie kleine weiße Blüten in seinen dunklen Haaren.

„Doc", fange ich an, nachdem ein junges Paar, beide mit bunten Mützen, auf ihrem Weg zu den Wasserfällen an uns vorbei ist. Sie klammern sich aneinander, rutschen und kichern auf dem Eis, auf dem Sejin mich nicht sehen wollte. „Ich muss dir etwas sagen."

„Ja?" Er dreht seinen Kopf von mir weg, mustert den Weg zurück zum Parkplatz, schätzt die Sicherheit des Pflasters neu ein. Er wechselt seine Aufmerksamkeit zum Himmel, betrachtet die Wolken und scheint die Risiken für einen plötzlichen Schneesturm zu kalkulieren.

Das ist nicht richtig. Seine Aufmerksamkeit muss auf mich gerichtet sein. Ich suche in meiner Jackentasche und finde die Schachtel. „Doc, hör zu."

„In Ordnung." Aber er schaut mich nicht an.

Ich mache weiter, entschlossen zu sagen, warum ich ihn gebeten habe, mich hierher zu bringen. „Du hast mir gesagt, dass ich dich fragen muss, wenn ich nicht high bin, weißt du noch? Ich habe seit Wochen kein Schmerzmittel mehr genommen."

Da dreht Sejin sich zu mir, Verwirrung lauert in seinen Augen und seine Brauen sind zusammengezogen. „Wovon redest du?"

Ich bedaure es immer noch, dass ich nicht auf ein Knie gehen kann, als ich die Schachtel öffne und ihm den Ring zeige, den ich für ihn ausgesucht habe. „Heirate mich."

Sejins Augen weiten sich und sein Mund klappt auf. Seine Nase ist rosa von der Kälte und seine Augen sind feucht. Auch von der Kälte? Oder von der schönen Überraschung? Ich weiß es nicht.

Ich habe genügend Anträge im Fernsehen und in Filmen gesehen, um zu wissen, dass die Person, die fragt, die Rede halten muss, darum stürze ich mich gleich hinein. „Doc, ich liebe dich und ich weiß, dass du mich liebst. Ich weiß auch, dass ich eine schlechte Wette bin und vielleicht mache ich dich nächstes Jahr zum Witwer-"

Sejin versucht, mich zu unterbrechen. „Dan, um Himmels-"

„Shh." Ich berühre seine weichen Lippen, bin überrascht zu sehen, dass meine Finger zittern. Zärtlich streiche ich mit meiner Hand zur Seite, um die Haare zurückzuschieben, die über seine Wangenknochen fallen. Sie rutschen wieder zurück. „Aber ganz egal, was passiert, bis zum Ende meines Lebens, ganz egal, wie früh oder spät das ist, möchte ich an deiner Seite sein." Mein Magen dreht sich um, plötzliche Zweifel, dass Sejin dasselbe mit mir möchte, lassen mein Herz laut hämmern.

„Es ist auch praktisch", merke ich an. „Wenn ich wieder verletzt werde – das nächste Mal, wenn ich klettere oder, nun, irgendwann – möchte ich nicht, dass du auf eine queer-freundliche Krankenschwester hoffen musst. Ich möchte, dass du legalen Zugang zu allem hast, was mich betrifft. Umgekehrt natürlich auch, weil ich nicht der Einzige bin, der das Risiko hat, verletzt zu werden oder zu sterben. Du fährst schließlich sehr viel Auto."

„Dan, ich schwöre bei Gott, wenn du nicht aufhörst, das hier zu ruinieren, indem du übers Sterben redest, sage ich vielleicht Nein."

„Und da ist noch mehr", verkünde ich.

„Ach ja?"

„Ich möchte auch nicht, dass *irgendjemand* denkt, sie könnten dich haben, wo du doch zu mir gehörst. Nicht *mir*. *Zu* mir. Das ist ein Unterschied."

Sejins Lippen heben sich an den Mundwinkeln und der Schock schwindet aus seinen Augen, wird ersetzt von einem Wirbel aus Zuneigung und Irritation und Liebe. Ich bin mit diesem gemischten Blick von ihm mittlerweile ziemlich vertraut.

Ich mache weiter. „Ich bin stolz, dass ich derjenige bin, der dich gefangen hat und alle anderen sollen eifersüchtig sein, dass ich es geschafft habe. Sejin, ich will dich als meinen Ehemann. Ich hatte nie eine Familie – es sei denn, man zählt Peggy Jo-"

„Ich denke wirklich, dass sie zählt."

„-aber du bist die Familie, die ich will. Dazu gehört, wen immer sonst du mitbringst. Martin, Jeremiah, Sarah Kate, dein Dad, sogar Leenie, nehme ich an. Ich möchte, dass sie alle meine Familie sind, solange ich auch deine Familie sein kann."

Sejins Gesichtsausdruck lässt mein Herz hüpfen. „Dan-"

„Ich bin noch nicht fertig!"

„Okay, mach weiter."

„Und ich liebe dich."

„Das hast du bereits gesagt."

„Ich meine es ernst. Sehr."

„Danny …" Sejins Augen füllen sich mit Tränen. Seine Lippen zittern.

Mein Herz schlägt bis in meine Kehle. „Ja?"

„Kann ich den Ring jetzt haben?"

Meine Stimme bebt. „Das ist also ein Ja?"

Sejin neigt seinen Kopf und blinzelt mich an, denkt darüber nach. Denkt wirklich darüber nach. Ich kann sehen, wie er alles abwägt, jede potenzielle Zukunft für uns und seine Stimme ist ein gebrochenes Flüstern, als er sagt: „Weißt du, was du von mir verlangst?"

Ich nicke mit hämmerndem Puls.

Er meint nicht nur, dass ich ihn bitte, mein Ehemann zu sein, sondern dass ich ihn bitte, mir sein Herz und seine Zukunft anzuvertrauen, obwohl ich immer noch plane, mein Leben selbst in die Hände zu nehmen für etwas, das er als unnötiges und dummes Risiko betrachtet. Er fragt mich, ob ich verstehe, dass ich von ihm verlange, zu akzeptieren, dass ich ihn vielleicht weniger liebe als ich die Wand liebe. Aber das liegt nur daran, weil ich nie in der Lage gewesen bin, ihm adäquat zu erklären, dass es dabei nicht um Liebe geht – es geht darum, wer ich bin.

Es geht darum, dass ich der Mann *bin*, den er liebt.

Und sobald ich denke, dass ich ihn verloren habe, sobald ich überzeugt bin, dass er seine zögerliche Zusage zurücknehmen wird, verändern seine Augen sich erneut. Tränen fließen über und ich weiß, dass er versteht und alles akzeptiert. Es ist wie das, was er an dem Tag zu mir gesagt hat, als er seine Haare abgeschnitten hat. Er will mich – Dan McBride – und das bedeutet, dass er auch den Free Solo Kletterer will.

Ich hebe den Ring, damit er ihn besser sehen kann. Aber er sagt dennoch nicht Ja.

„Doc?", hake ich nach. „Wie lautet die Antwort?"

„Danny, wenn ich Ja sage, wirst du mir im Gegenzug etwas geben?"

Ich fange wieder am ganzen Körper an zu schwitzen. „Okay, du kannst fragen. Aber ich kann nicht versprechen, dass ich zustimmen werde."

Er lächelt und die Tränen, die aus seinen umgekehrten Mondaugen strömen, drücken mein Herz zusammen. „Versprich mir, dass wenn ich Ja sage, du das nächste Mal, wenn du Heart Route im Free Solo kletterst, du jede Entscheidung auf der Route in Bezug auf *mich* triffst. Nicht nach dem, was du willst. Nicht nach dem, was du denkst, dass die Welt von dir will. Nur ich.“

Ich hole Luft, mein Brustkorb schmerzt und ich frage mich, ob ich dieses Versprechen geben kann. Werde ich den Ring zurück in meine Tasche stecken müssen, anstatt an Sejins Finger? Aber dann erinnere ich mich – nein, ich erinnere mich nicht, ich *weiß* es irgendwie – ich habe Sejin auch bei meinem letzten Versuch berücksichtigt. Das hat mich gerettet. *Er* hat mich gerettet. Ich weiß, dass wenn ich ihn bei mir halten kann, er mich immer retten wird.

„Ja, das verspreche ich. Jede Sekunde dieses Versuchs werde ich dich an erste Stelle setzen, auch wenn das bedeutet, dass ich abbreche und wieder gerettet werden muss. Auch wenn es bedeutet, dass ich niemals wieder auch nur an der Wand anfange. Wenn ich mich nicht in einen Zustand trainieren kann, in dem ich das Gefühl habe, dass ich es schaffen kann, werde ich es nicht einmal versuchen.“

Sejin starrt mich an, seine verhangenen Augen schätzen mich ab. Das ist nicht das freudige, keuchende *Ja*, das ich mir vorgestellt habe, als ich mir diesen Plan überlegt und mich von Lowell zu einem lokalen Goldschmied habe fahren lassen, um diesen glänzenden Ring auszusuchen. Aber es ist real. Das ist mein Sejin, der mich anstarrt, mich mustert und mich ganz und gar akzeptiert. Mit all meinem närrischen, wagemutigen Schneid.

„Ja“, sagt Sejin und ein Lächeln erscheint auf seinen von Tränen nassen Lippen. Nicht *das* Lächeln. Sondern das, das ich mittlerweile beinahe ebenso sehr liebe, weil es sein ernstes Lächeln ist. Sein tiefgründigstes, zärtlichstes Lächeln. „Ich werde dich heiraten,

Dan."

Ich nehme sein Gesicht und küsse ihn, schmecke seine Tränen. Erst als ich mich zurücklehne und den Ring auf seinen Finger schiebe – Gott sei Dank passt er – bemerke ich, dass wir ein Publikum haben.

Kleine Gruppen haben sich in beiden Richtungen auf dem Weg gesammelt, keine geht weiter, gibt uns eine Illusion von Privatsphäre für dieses Gespräch. Alle außer einem Teenager, der sein Handy hochhält.

Jetzt da Sejin angenommen hat, fangen sie an zu klatschen und zu jubeln. Es dauert ein paar Minuten an, aber die Leute gehen langsam weiter, nachdem wir uns noch ein paar Mal auf die Lippen geküsst haben. Mit einigen herzlichen Glückwünschen lassen sie uns allein auf dem Weg, damit wir einander anstrahlen können.

Ich küsse Sejins tränennasses Gesicht immer und immer wieder.

„Lass uns nach Hause gehen."

Wir halten uns an den Händen und er sucht auf dem Weg nach überraschenden Eisplatten, die sich in den wenigen Minuten, seit wir vorbeigekommen sind, gebildet haben könnten.

„Es wird nur noch für ein paar Tage unser Zuhause sein", erinnere ich ihn, als wir zurück in Richtung Auto gehen.

Peggy Jo hat uns Anfang diese Woche angerufen, um uns zu sagen, dass sie vor Weihnachten zurückkommen würde. Der Vater des Babys ist wieder im Bild und Bella und Amelia Rose werden nach Cincinnati reisen, um die Feiertage mit seiner Familie zu verbringen.

„Ein gemütliches Weihnachten in deinem Van ist genau das, was der Arzt verschrieben hat", sagt Sejin und bleibt auf dem Weg stehen, um mich an sich zu ziehen. Er drückt einen sanften Kuss auf meinen Mund. Ich schaudere, spüre ihn bis in meine Knie. Er zieht sich zurück und sagt: „Wo wir gerade dabei sind, wir sollten den Zustand des Vans überprüfen, wenn wir nach Hause kommen. Wir müssen sicherstellen, dass wir alles haben, was wir für deine, ähm, ‚Physiotherapie‘ brauchen.“

Ich erkenne seinen verspielten Gesichtsausdruck. Mein Puls setzt einen Moment aus, als ich daran denke, wohin seine süßen Küsse vielleicht führen werden, sobald wir wieder bei Peggy Jo sind. Ich habe Lust darauf, Therapeut oder Arzt zu spielen, oder welches Spiel auch immer ihm vorschwebt.

„Hey, Doc, weißt du was?“

„Was?“

„Ich habe eine Prostata, die untersucht werden muss.“

Sejin lacht. „Ach ja? Lustig. Ich auch.“

„Du untersuchst meine und ich deine?“

„Deal.“

Ich grinse. Wenn es um Sejin geht, bin ich für alles zu haben, im Bett und außerhalb. Darum habe ich ihn gebeten, mich zu heiraten. Ich möchte mein ganzes Leben mit ihm teilen.

Wieder im Auto fährt Sejin uns. Den ganzen Weg nach Hause bewundere ich den Ring an seinem Finger, der leicht funkelt. Er hat Ja gesagt. Er gehört mir und ich gehöre ihm und die Zukunft gehört uns. Zur Hölle damit, was die ganzen Schwarzmaler zu sagen haben. Wir werden für immer leuchten.

Solange wir beide leben.

Sejin

ICH LIEGE AUF dem Bett im Van, die Fenster sind beschlagen von unseren Aktivitäten nach der Verlobung. Dann drehe ich mich auf die Seite und schaue Dan beim Schlafen zu. Wir sind unter die wärmsten Decken gekuschelt, die Dan unter den wenigen Dingen, die noch im Van sind, finden konnte und nach all der körperlichen

Anstrengung ist mir gut warm.

Ich kann mir ganz leicht vorstellen, dass wir den Rest des Winters hier verbringen. Vor allem, wenn Peggy Jo uns vor ihrem Haus parken lässt – und ich habe keine Zweifel, dass sie das wird. Ich bin viel zu verwöhnt von Peggy Jos wunderbarem Wasserdruck, um zum Elend der Duschen auf dem Campingplatz zurückzukehren.

Außerdem hat Dan den Großteil seiner Genesungsausrüstung hier aufgebaut, inklusive der Boulder-Wand, die er und Lowell entschieden haben, in Peggy Jos leerer Garage zusammen zu schrauben. Er hat einen Teil seiner Werbeeinnahmen dafür benutzt, die Sachen zu kaufen und der Arzt hat gesagt, dass er nächste Woche anfangen kann, sie zu benutzen.

Während ich Dan beim Atmen zuschaue, berühre ich mit meiner linken Hand sanft seine Locken, bewundere dabei das Schimmern meines neuen Rings. Das polierte Band aus Holz ist bequem und leicht. Ich benutze meinen Daumen, um ihn zu drehen, damit ich ihn erneut von allen Seiten bewundern kann.

Er hat ein blaues Inlay in der Form von Bergen, das am Rand des Rings entlangläuft und in der Mitte, darüber, ist ein winziger weißer Mond hineingedrückt. Das Design ist mit Turmalin und Opal gemacht. Der Ring sieht nicht so teuer aus, aber ich kann spüren, dass er mit Liebe ausgesucht wurde. Als ich ihn gesehen habe, wurde ich sofort in die Nacht zurückversetzt, die wir am Pothole Dome verbracht haben, als ich ihm gesagt habe, dass dies passieren würde, wenn wir uns weiter treffen.

Er schien damals skeptisch zu sein, aber schaut ihn euch jetzt an. Er springt Kopf voran in eine Verpflichtung, ohne Zögern, ohne unsere Stärke zu hinterfragen. Nur ein nervöses Stocken seines Atems, als er mich gefragt hat, eine kleine, menschliche Sorge, dass ich vielleicht Nein sage, nur daran denkend, dass er sein Leben mit mir verbringen will.

In der Stille kann ich das beinahe nicht-existente Geräusch von

Schnee hören, der sich draußen auftürmt. Ich lausche, bemerke die bläuliche Färbung des Lichts, das durch die Fenster des Vans hereinkommt und ich denke darüber nach, wie seltsam es ist, dass ich diesen Antrag nicht habe kommen sehen. Schließlich hat Dan eine Hochzeit seit dem Unfall mehrere Male erwähnt, darum ist das nicht aus heiterem Himmel gekommen. Aber ich hatte das auf Adrenalin und die Schmerzmittel geschoben und dass er in mich verliebt ist, nachdem er eine Begegnung mit dem Jenseits gehabt hat. Ich hatte mir nicht gedacht, dass er es ernst meint.

Darum war ich, als wir zusammen auf dem gepflasterten Weg waren, seine dunkle Winterjacke mit Schneeflocken bedeckt und seine Wangen rot vor Kälte, vollkommen überrascht gewesen. Ich weiß, dass er sich nicht sicher gewesen ist, dass ich Ja sagen würde. In seinen Augen war echte Nervosität gestanden, als er die Schachtel mit dem Ring hochgehalten hat.

Hier, im Bett, drehe ich ihn wieder auf meinem Finger.

„Warum hast du Ja gesagt?" Ich weiß, dass Leenie mich das später fragen wird. Ich kann ihre Stimme in meinem Kopf hören. *„Er wird sich verletzen und dir das Herz brechen."*

Weil ich ihn liebe. Das ist die einfache Wahrheit.

Während dieser wenigen Momente, in denen ich gezögert habe, war es aber um so viel mehr als Liebe gegangen. Ich habe Ja gesagt, weil wir gut zusammenpassen. Wir unterstützen einander. Ich mache ihn ein wenig vorsichtiger und er macht mich sehr viel mutiger. Wir machen eines der härtesten Dinge durch, denen ein Paar sich gegenübersehen kann – Verletzung und Genesung – und wir sind gut.

Nein, wir sind *großartig.*

Wir sind ein Team. Wir denken als Team. Wir leben als Team. Und, wenn er gesund ist und er seinen nächsten Versuch macht, wird es nicht nur Dan sein, der diese Wand hinaufklettert. Ich werde auch dabei sein. Im übertragenen Sinne, wenn nicht im wörtlichen.

Wir sind aneinandergebunden und irgendwie fühlt es sich gleichberechtigt an. Wir beide schultern unseren Teil in dieser Beziehung. Alle denken, dass ich den Löwenanteil der Arbeit mache, aber niemand weiß besser als ich auf welch simple Art Dan Platz freihält, um mich ganz zu akzeptieren – meine Gefühle, meine Ängste, meine Liebe, meine Bedürfnisse und meine Wünsche. Für einen beschädigten Mann mit einer kaputten Vergangenheit ist es erstaunlich, dass er nicht flieht.

Aber das tut er nicht. Er bleibt an meiner Seite und er bittet mich, an seiner zu bleiben.

Dazu werde ich immer Ja sagen.

KAPITEL DREIUNDVIERZIG

Dan

ICH STEHE IN Peggy Jos Wohnzimmer auf einem Balancebrett, das Lowell von Goodwill gekauft hat, um unsere „Physiotherapie" weiter voranzutreiben. Es hilft mir, meine Gelenke zu trainieren und meine Kraft und mein Gleichgewicht wiederzufinden. Es ist frustrierend, weil es schwieriger ist, als es das sein sollte. Vor dem Unfall war Balancieren kein Problem für mich. Jetzt ist es eine echte Herausforderung.

„Dan", sagt Sejin mit einem fassungslosen Stirnrunzeln vom Sofa aus. „Schau dir das an."

„Was?"

Er deutet auf den Fernseher, auf dem ich mir das K-Drama noch einmal anschaue, das mir zu Beginn meiner Genesung gefallen hat. Es lenkt mich davon ab, wie nervig die Arbeit auf dem Balancebrett ist und beruhigt ein kleines Jucken in meinem Hirn, das ich versucht habe, zu identifizieren und zu benennen. Wenn auch nur, damit ich mehr solcher Fernsehsendungen finden kann, die mir in Zukunft vielleicht gefallen.

Ich habe es eingeengt. Ich glaube, der Reiz dieser Serie ist ein männlicher Hauptdarsteller, der nicht der übliche kalte und coole Typ ist. Das ist langweilig. Zum Einschlafen. Gähn. Ich mag eine Figur, die ein chaotisches Durcheinander von einem Mann ist – arrogant und selbstbewusst, und manchmal weich, aber von Anfang an verrückt nach seinem Angebeteten. Vielleicht kann ich mich damit identifizieren.

„Was?", frage ich erneut, sehe nichts Ungewöhnliches auf dem Bildschirm. Es ist nur dieselbe Szene, die ich schon ein halbes dutzend Mal gesehen habe.

„Das", sagt Sejin und der Fernseher füllt sich plötzlich mit einem Feed aus seinen Sozialen Medien. „Das sind wir. Wir sind viral gegangen."

Und ja, es sieht so aus, als würden wir trenden.

Ein Video mit der Überschrift KLETTERER DER VON EL CAPITAN ABGESTÜRZT IST MACHT FESTEM FREUND ANTRAG fängt an zu spielen. Da sind Sejin und ich auf der Bank, wir beide sehen ernst und emotional aus. Ich erinnere mich plötzlich an den Teenager, der an diesem Tag sein Handy in die Höhe gehalten hat. Das musste sein Werk sein.

Dann fängt es an zu wechseln. Jemand hat einige meiner alten Kletter-Clips und die Videos von meinem YouTube-Kanal zusammengeschnitten, zusammen mit Fotos von Sejins öffentlichen Accounts in den Sozialen Medien. Die Person hat das alles mit einem süßen Liebeslied untermalt, um eine Geschichte zu schaffen. Ich neige meinen Kopf zur Seite und es wird mir klar. Es ist wie ein Musikvideo geschnitten.

„Was ist das für ein Song?", frage ich.

„'Love Story' von Taylor Swift", erklärt Sejin mir.

Irgendwie funktioniert es.

Der nächste Post, zu dem er scrollt, ist ähnlich, aber der Song und der Schnitt sind anders. Ich erkenne den Song als einen, der im Moment trendet. Ich habe Anfang dieser Woche selbst versucht, ihn für ein Video zu verwenden. Wieder hat die Person eine Menge Fotos von unseren Sozialen Medien mit dem Clip von uns während des Antrags gemischt.

Ping. Ping, ping, ping. Ping.

Sejins Handy fängt an zu explodieren. Weil sein Bildschirm auf den Fernseher projiziert ist, sehe ich alles.

Celli: Ooooh, wie schön! Du bist verlobt! Herzlichen Glückwunsch!

Gage: Gut für dich. Sag ihm, dass ich ihn verprügeln werde, sobald er aufhört, den Boden anzubeten, auf dem du gehst

Nevaeh: Du hast ja gesagt! Herzlichen Glückwunsch, Cousin! Er ist niedlich! Und wild!

Ich steige von dem Balancebrett und gehe dorthin, wo ich mein Handy auf den Tisch neben dem Foto von Peggy Jos totem Ehemann abgelegt habe – ausgeschaltet, weil ich es müde war, mit Leuten zu interagieren – und nehme es mit zurück auf das Balancebrett.

Ich steige wieder auf und drücke auf die Seite, bis der Apfel erscheint.

Ping. Ping, ping, ping. Ping. Ping, ping, ping-ping. Ping. Ping.

Mein Bildschirm ist voll mit einer langen Liste enthusiastischer Glückwünsche von Abonnenten auf den Sozialen Medien, aber auch von skeptischeren von Trollen – auch bekannt als meine Freunde.

Sailor: Das hätte hervorragendes Material für deinen Kanal sein können. Eine entgangene Gelegenheit! Aber hey, er betet dich an. Versuch, das nicht zu verbocken

Rye: Pass gut auf ihn auf. Er verdient nur das Beste

Lowell: Nimm den Rat eines Geschiedenen an, der alles verloren hat, weil ich nicht begreifen konnte, was das Wichtigste ist – gib die Heart Route auf und mach stattdessen deinen Mann glücklich.

„So wollte ich es ihnen nicht erzählen", sagt Sejin und starrt immer noch auf den Fernseher. Eine Nachricht von Leenie kommt an, schreit in Großbuchstaben. WAS ZUR HÖLLE HAST DU GETAN, SEJIN?

Gefolgt von einer von Martin, in der steht: „Herzlichen Glückwunsch, Cousin. Ich hoffe, du und Dan seid so glücklich wie ich und Leenie.“

Ich sage: „Warum nicht? Es spart uns die Mühe, es zu verkünden.“ Ich versuche, unbeeindruckt zu klingen, aber die Wahrheit ist, dass es mir nicht gefällt, dass die Nachrichten meiner sogenannten Freunde – siehst du, Peggy Jo? Ich habe wirklich welche – alle einen skeptischen Unterton haben.

Sejin scrollt durch seine Nachrichten und ich sehe, dass die meisten seiner engsten Freunde und Familie ihm jetzt etwas geschrieben haben. „Dann bleibt wohl nur mein Dad“, sagt Sejin.

„Und wir müssen es Peggy Jo sagen“, füge ich hinzu, steige wieder von dem Brett herunter, weil mir plötzlich bewusst wird, dass ich es ohne große Mühe geschafft habe, während ich auf die Bildschirme geschaut habe. Ich werde stärker.

Sejin seufzt und kommt, um seine Arme um mich zu legen. Ich liebkose seinen Hals, atme ihn ein und flüstere: „Du kannst es zurücknehmen, wenn du willst. Alle scheinen zu denken, dass es eine schlechte Idee ist.“

„Nicht alle. Ich finde es ist eine großartige Idee und ich bin der Einzige, der zählt“, gibt Sejin zurück.

Da hat er recht.

„Außerdem scheinen es jede Menge Leute zu lieben.“ Er schüttelt sein Handy in meine Richtung. „Schau dir diesen Feed an!“

Aber der Feed besteht nicht *nur* aus hübschen Videos und tonnenweise Glückwünschen, auch wenn es davon eine Menge gibt. Es gibt auch ein paar grausame Memes. Grobe Zeichnungen, nicht viel besser als die von Jeanie an der Kühlschranktür, die alle schreckliche Dinge zeigen – wie ich falle oder nur noch an einem Fingernagel hänge. Sejin scrollt schnell weiter, verschwendet keinen zweiten Blick darauf. Er findet ein weiteres romantisches Video.

„Was um alles? Warum machen sie das?“, fragt er mit einem Lachen, ganz Appalachen und süß. Er deutet erstaunt auf den großen Bildschirm. „Ich habe gesehen, wie sie das für Stars machen, aber für uns kleine Lichter? Warum?"

„Wir sind wohl so niedlich, Doc." Aber sogar ich bin platt, als er zu meiner GoFundMe Seite geht und ich sehe, wie die Zahl im Moment steigt, steigt, steigt und steigt. „Wenn es so weitergeht, werden wir die Spenden von der Kindervorführung nicht brauchen."

„Oh, wir werden sie brauchen", murmelt Sejin finster, weil er nur zu vertraut mit dem Umfang meiner medizinischen Rechnungen ist. „Wow, das ist irre."

„Ich hätte dir wohl früher einen Antrag machen sollen. Das hätte uns all die Geldsorgen erspart."

Sejin verdreht seine Augen und schließt die App. Er sieht immer noch nicht glücklich aus.

„Was ist los? Ist das nicht gut? Wir brauchen das Geld."

„Es ist nur …" Er seufzt leise. „Das war *unser* Moment. Er war nicht für die ganze Welt bestimmt."

„Der Kapitalismus sieht das anders." Ich fange wieder an, vorsichtig auf dem Brett zu balancieren. „Wir sind Güter. Ist das nicht das, was Peggy Jo und du wolltet, dass ich es mache? Wir sind gekauft und verkauft."

Sejin runzelt die Stirn noch mehr, aber dann wirft er sein Handy beiseite. Er zieht mich in seine Arme. „Aber einige Dinge gehören uns allein, oder? Wir verkaufen nicht *alles*, richtig?"

„Zur Hölle nein. Es gibt ein paar Dinge, die ich niemals teilen werde." Ich lege meine Hand auf seinen Hintern, um es zu demonstrieren. „Das hier gehört mir."

Er muss sich davon beruhigt fühlen, weil er mich, ehe ich mich versehe, auf dem Sofa hat und ein paar Minuten später ist sein Mund auf meinem Schwanz.

Die Katzen huschen aufgeregt herum, wie sie es oft machen, wenn wir anfangen, aber schon bald ziehe ich ihn an seinen Haaren von mir herunter und zu mir hoch, damit er mich küsst.

„Lass dieses Loch an die frische Luft, Doc", flüstere ich an seinen Lippen. „Ich habe es in letzter Zeit nicht annähernd genug angebetet."

Nicht so viel später, aber erst, als Sejins Atmung stockt und in Schluchzern kommt, murmele ich: „Wir können eine Menge Dinge verkaufen, aber niemand kann je das hier kaufen. Niemand wird dich je so haben. Nur ich."

„Nur wir", flüstert Sejin. „Himmel, Dan, ich will nur uns."

„Mm." Die Zeit wird bedeutungslos, als ich wieder anfange, meinen liebsten Mann auf der Welt zu lecken und zu schlecken und zu saugen und zu beißen, bis er bereit ist, dass ich ihn besteige und von hinten ficke.

„Ich habe das vermisst", flüstere ich, während ich heftig in ihn stoße. Glücklich, dass ich mein Bein wieder belasten kann. „Liebe dich."

Sejin packt mein Bein und schaudert unter mir. Er steht so kurz davor, dass ich seinen Orgasmus schmecken und in der Luft riechen kann. Jede Sekunde –

„Dan! Fuck!", platzt er heraus und ich lächle.

So haben wir angefangen, auf diese Weise verbunden. Wenn es nach mir geht, werden wir so auch enden. Ich möchte nicht am El Cap sterben. Ich möchte hier sterben, warm und willkommen in Sejins Fleisch, liebkost von seinem hämmernden Puls.

„Ich liebe dich, Danny", flüstert Sejin. „Ich will dich nicht verlieren."

Ich nehme seine Hände in meine und drehe den Ring an seinem Finger, während ich in ihn stoße. Ich presse meine Stirn an seinen Rücken, keuche, als ich sage: „Ich bin immer hier." Ich berühre seinen Ring. „Und hier." Ich ramme in ihn, spüre, wie er mich packt. „Ganz egal, was ist."

„Und hier", sagt Sejin, führt unsere Hände unter seinen Körper, damit ich spüren kann, wie sein Herz hämmert. „Immer hier."

„Oh, Baby", stöhne ich und reibe mein Gesicht an seinen verschwitzten Haaren, atme seinen Geruch ein. Ich ziehe mich langsam zurück und stoße dann vor in seine Hitze, drücke ihn fest, als ich komme.

Er ist das Einzige, was mir wichtig ist. Doch sogar noch als ich bebe und mich in seinen Körper ergieße, kann ich der Wand nicht meinen Rücken zuwenden.

In der Ferne ruft die Heart Route immer noch.

KAPITEL VIERUNDVIERZIG

Sejin

Sieben Wochen seit dem Free Solo Versuch

„HEY.“

„Ich hebe den Blick, bin überrascht, Sailor mit ihrer Kamera neben mir stehen zu sehen.

„Oh, hey. Guten Morgen.“ Ich deute auf die leeren Tische um uns herum, sage damit, dass sie eine große Auswahl hat. Ich bewege meinen Kopf zu SHINees Cover von „Last Christmas“, das durch einen einzelnen Kopfhörer in meinem linken Ohr kommt und stelle mir eine weitere Choreo für die Kinder vor. Erst beim nächsten Refrain bemerke ich endlich, dass Sailor nicht weggegangen ist, obwohl ich die Teller auf ein Tablett räume und dann die Krümel vom Tisch wische.

Ich taste nach meinem Handy, um die Musik auszuschalten, und richte mich auf. Sorge, dass mit Dan etwas nicht stimmt, flüstert in mir. „Alles in Ordnung?“

„Ja“, sagt sie und neigt dann ihren Kopf, ihre blonden Haare glänzen in der Morgensonne, die durch die Fenster scheint. „Es ist an der Zeit, findest du nicht?“

Ich schiebe meine nervigen und zu kurzen Haare von meinen Wangenknochen weg. „Zeit wofür?“

Sie hält die Kamera in die Höhe. „Für das Interview, das du mir schuldest.“

„Ich schulde dir gar nichts.“ Ihre Einstellung nervt mich bereits.

So sehr ich mich bemühe, sie in einem guten Licht zu sehen, ist es doch nicht so, dass ihre mögliche zukünftige Erkrankung ihr einen Freifahrtschein gibt. Da ist immer etwas an ihr, das mir gegen den Strich geht. Es ist keine Eifersucht wegen des Aufblitzens von Anziehung, das ich ursprünglich in Dans Augen gesehen habe, weil das jetzt nicht mehr da ist. Außerdem sind wir verlobt, verdammt noch mal, sogar wenn er noch denken würde, dass sie heiß ist. Nein, es liegt daran, dass ich das Gefühl habe, dass Sailor Dan während dem Klettern – oder *der* Klettertour – antreiben und ihn ermutigen wird, Risiken einzugehen, die er nicht eingehen sollte.

Aber ich weiß auch, dass sie im Laufe des letzten Monats sehr viel ihrer Zeit darauf verwendet hat, Dan zu helfen – *uns* zu helfen – finanziell und professionell. Sie scheint Dan zu mögen und ihm helfen zu wollen, seine Träume zu erreichen. Sie hat sogar angeboten, Dan zu sichern, wenn Rye dieses Frühjahr mit seinem und Lowells Dawn Wall Ziel beschäftigt ist.

Die Wahrheit ist, ich habe Mühe, ein Gleichgewicht zwischen meiner Dankbarkeit und meiner Furcht zu finden und ich lasse in der Regel die daraus resultierende Irritation gewinnen. Sie scheint das aber nicht zu bemerken – was in mir die Frage weckt, ob sie vielleicht auch autistisch ist. Ist es das, was sie in Dan sieht? Eine verwandte, ahnungslose, entschlossene und übermäßig fokussierte Seele?

Sailor hebt ihre Brauen und sagt nichts, aber ich zwinge mich, mich daran zu erinnern, dass Dans Kletter-Influencer-Stern wegen ihrer Hilfe im Aufsteigen begriffen ist. Sie ist der Grund, dass wir diesen Monat essen konnten. Sie ist der Grund, dass Dan ein kleines Sponsoring von ihrem eigenen Sponsor, WhipSmart, bekommen hat. Sie ist wahrscheinlich die Quelle des Geldes, das Dan benutzt hat, um diesen Verlobungsring zu kaufen.

Ich berühre ihn mit meinem Daumen. „Warum möchtest du überhaupt ein Interview mit mir machen?" Obwohl ich es weiß. Ich bin derjenige, der Dan zuerst erklärt hat, warum Authentizität und den Fans das Gefühl zu geben, dass sie in den inneren Kreis vorgelassen worden sind, so wichtig ist.

Sie klopft auf den sauberen Tisch und setzt sich.

„Ich arbeite noch", wende ich ein.

„Dann trag dich aus."

Ich zögere.

„Komm schon. Ich kenne deinen Arbeitsplan. Du bist in …" Sie wirft einen Blick auf ihre Uhr. „Fünf, vier, drei, zwei, eins, fertig. Jetzt hast du keine Ausflüchte mehr."

Sie hat natürlich recht. Ich weiß nicht, warum ich ihre Kamera so sehr meide. Es ist nicht so, dass Dan nicht ständig Videos von mir auf seinen Kanälen hochlädt. Aber das geschieht mit Liebe. Die Söldner-Motive mal beiseitegeschoben, kann ich immer Dans Zuneigung spüren, wenn er sein Handy auf mich gerichtet hat. Wahrscheinlich, weil er so viele seiner Gedanken erzählt, während er das macht.

Trotz meines Beharrens, dass ich mehr bin als mein Aussehen, stört es mich nicht, dass er seinen dreizehntausend Abonnenten erzählt, dass er alles an mir liebt, angefangen mit dem Bogen in meinem Augenwinkel über die Weichheit meiner Haut bis hin zu meinen dämlichen Morgenstoppeln. Es gefällt mir, dass sie wissen, wie sehr er auf mich steht.

Vielleicht bin ich auch ein wenig besitzergreifend, wenn ich jetzt so darüber nachdenke.

„Also gut. Ich bringe das hier noch schnell zurück und dann bin ich in einer Sekunde bei dir."

Ich werde das Abräumtablett bei der Spülmaschine los und nehme mir etwas Zeit, mich im Spiegel meines Spinds anzuschauen. Ich sehe ganz in Ordnung aus. Ein wenig müde, aber nicht schlimm. Ich ziehe meine Finger durch meine Haare, sammle mich und nehme zwei Wasser für uns mit. Dann gehe ich wieder raus, um mich dem Monster zu stellen. Äh … Sailor.

„Also", fängt Sailor an und schaltet ihre Kamera an, beinahe sofort, nachdem sie mich mit einem Mikro versehen hat und ich sitze. Sie hat die wenigen Minuten, die ich gebraucht habe, um das Tablett loszuwerden und wieder herauszukommen, genutzt, um ein Stativ auf dem Tisch aufzustellen, das die Kamera direkt auf mein Gesicht richtet. Das gibt ihr auch die Möglichkeit, den Bildschirm auf der Rückseite zu sehen, um zu entscheiden, ob der Winkel stimmt. „Erzähl mir, was wünschst du dir, dass jeder über Dan wissen sollte?"

Ich sage die Worte, bevor ich sie überhaupt durchdacht habe, und schaue sie direkt an, als ich das mache. „Sie sollten wissen, dass er auf eine Art und Weise verletzlich und unschuldig ist, von der ich nicht denke, dass die Leute sie voll erkennen, vor allem aus der Art, wie er sich selbst online präsentiert."

„Unschuldig", sagt Sailor nachdenklich. „Das kann ich sehen."

„Er ist menschlich, zutiefst menschlich." Ich reibe mir über die Mitte meines Brustkorbs, als ein Schmerz dort einsetzt. „Die Leute denken, dass er arrogant ist oder ein Arschloch oder vielleicht *über*menschlich, wenn man bedenkt, was er tun möchte. Aber er ist aus Fleisch und Blut und will einfach dazugehören."

„Wo dazugehören?"

„Hier auf der Erde, glaube ich "

Ich möchte diesen Teil zurücknehmen, sobald er aus meinem Mund kommt. Das ist vielleicht mehr, als Dan irgendjemanden wissen lassen möchte. „Kannst du diesen Teil löschen?"

„Ja, aber warum?"

Ich winde mich, kann es nicht erklären. „Er ist sehr zurückgezogen."

„Er teilt alles von seinen Porno-Vorlieben bis hin zu seiner Lieblingssommersprosse auf deinem Körper – es ist übrigens die in deiner Kniekehle, aber die neben deinem Ohr ist seine Zweitliebste.“

Ich schnaube. „Da geht es um mich und um unsere Beziehung, dabei geht es nicht um ihn.“

„Die große Neuigkeit, dass er ein menschliches Wesen mit Schwachstellen ist, ist mehr, als Dan die Welt wissen lassen möchte?“

„Dass er dazugehören möchte“, korrigiere ich. „Das würde er niemals zugeben.“

„Lass uns fragen“, sagt sie, zieht ihr Handy heraus und schreibt los. Sie legt es weg. „Okay. Ich habe gefragt. Ich werde das herausschneiden, wenn er zustimmt, dass dies Informationen sind, die er nicht preisgeben möchte.“

Ihr Handy pingt.

Sie lacht. „Er sagt, dass er keine Ahnung hat, wovon du sprichst, weil er nicht daran interessiert ist, zu irgendetwas oder irgendjemandem zu gehören außer dir.“ Sie schnaubt. „Er ist so unbeabsichtigt kitschig. Weiß er das überhaupt?“

„Ich bezweifle es.“

„Er sagt auch, dass ich es so oder so verwenden kann. Ich muss nur einen Disclaimer einfügen, dass du dich irrst.“

„Aber das ist es, was ich meine, wenn ich sage, dass er unschuldig ist“, fahre ich fort. „Er sagt solche Dinge nicht, um zu manipulieren oder zu überzeugen oder um eine Rolle zu spielen. Er sagt solche Dinge nur, weil sie wahr sind und er ein ehrlicher Mann ist.“

Sailor nickt. „Das bewundere ich an ihm. Ich bin eine ehrliche Frau.“ Sie neigt ihren Kopf, mustert mich und sagt: „Das hier kann inoffiziell sein, aber wo wir gerade über Ehrlichkeit reden, warum magst du mich nicht? Du weißt, dass er komplett dir gehört, und ich würde ihn nicht wollen, sogar wenn dem nicht so wäre, darum kann es nicht um Sex oder Anziehung gehen. Also, worum geht es? Meine einnehmende Persönlichkeit?“

Ich schlucke. „Inoffiziell?"

Sie nickt. Als ich immer noch nichts sage, lacht sie. „Du meinst damit, dass ich die Kamera wirklich abschalten muss? Du vertraust mir nicht, dass ich es nicht verwenden werde?"

Ich zucke mit den Schultern.

Sie starrt mich an und ich gebe nach. „Inoffiziell", betone ich noch einmal. „Ich möchte nicht, dass du ihn ermutigst, Risiken einzugehen, die er nicht eingehen sollte und das machst du. Du machst es mit deiner Kamera, mit dem Versprechen auf Geld, das unsere Probleme löst, mit deinen Vorschlägen, an Orte zu gehen und Dinge zu machen, für die er noch nicht bereit ist. Ich weiß nicht, ob das daran liegt, dass du überzeugt bist, dass es im Leben darum geht, den Stier bei den Hörnern zu packen und es anzugehen, als hättest du nur noch ein paar Jahre-"

Ihr Gesicht wird blass.

„Aber *ich* denke, dass es im Leben um die langsamen Momente geht. Mit jemandem zusammen zu sein, wenn die Sonne aufgeht und zuzuhören, wie die Vögel sich um die Kürbiskerne streiten, die du am Abend zuvor verstreut hast und deine Zähne zu putzen, während der Mann, den du liebst, versucht, sich über einem kleinen Waschbecken zu rasieren und dann die Plätze zu tauschen. Darum geht es im Leben. Die große Klettertour, die enormen Risiken ..." Ich schüttle meinen Kopf. „Das ist es nicht. Ich verstehe, dass Dan all das braucht, um sich lebendig zu fühlen oder um die Dämonen zu bannen, die er aus seiner Kindheit hat, aber er braucht niemanden, der ihn drängt, mehr zu machen. Oder schneller. Oder anders."

Sailor schluckt. „Du klingst wie meine Ex. Sie hat auch gesagt, dass ich erwarte, dass alle in Eile leben, weil ich das muss."

„*Musst* du das?", frage ich. „Kannst du nicht stattdessen langsamer machen und aus jeder Sekunde das Maximum herausholen? Wirklich alles fühlen?"

Sie starrt mich an und schaltet die Kamera aus. „Du meinst das Gefühl ihrer Haut genießen und wie ihre Sommersprossen hervorstechen, wenn sie in der Sonne gearbeitet hat? Oder wie es sich angefühlt hat, im Wohnzimmer mit ihr zu tanzen, barfuß und lachend und zu spüren, wie der Ventilator über uns die Luft herumwirbelt, dabei ihre losen Haare bewegt?"

Ich blinzele. „Ja. All das."

Sie nickt. „Ja, du bist ihr so ähnlich."

„Wie heißt sie?"

„Carrie – nun, Caroline." Sie spricht den zweiten Namen etwas mürrisch aus, als wäre ihr Recht, ihre Ex mit der Kurzform anzusprechen, zurückgenommen worden. Emotionen huschen über Sailors Gesicht. Sehnen, Traurigkeit, Frust, Wut und sogar Furcht, aber nach nur ein paar Momenten nimmt ihr Gesicht wieder einen neutralen Ausdruck an.

„Es besteht keine Chance auf eine Versöhnung?", frage ich.

„Ich kann nicht aufhören, ich zu sein", antwortet sie. „Carrie möchte jemanden, der langsam und ruhig ist. Sie möchte jemanden, der damit glücklich ist, sich ein kleines Leben zu Hause zu schaffen oder Stunden damit zu verbringen, sich Glasträger unter dem Mikroskop anzusehen oder einen kleinen Garten zu pflanzen und ihm beim Wachsen zuzusehen."

Plötzlich schüttelt sie ihren Kopf und deutet auf mich. „Nein. Hör auf zu versuchen, mich abzulenken. Das bin ich mit meinen Problemen. Zurück zu dir und deinen Ängsten. Sie sind legitim. Das gebe ich zu. Meine Situation – ich nehme an, Dan hat dir davon erzählt – macht mir einen enormen Druck, Dinge so schnell wie möglich zu erledigen." Sie schnaubt. „Was es noch komplizierter macht, ist, dass ich nicht sehr viel zu verlieren habe, wenn etwas schiefläuft. Ich sterbe? Mir entgeht ein grauenvoller und quälender physischer und mentaler Verfall und ich trete ab, während ich etwas mache, das mein Herz vor Freude hüpfen lässt? Das ist ein Sieg."

„Sailor … das kannst du nicht ernst meinen. Was ist mit deiner Familie? Was ist mit deinen Eltern?"

„Es ist so süß, dass du denkst, es würde sie kümmern."

Ich runzle die Stirn und bin baff. Ist das noch etwas, das Sailor und Dan gemein haben? „Warum sollte es sie nicht kümmern?"

„Weil sie selbstsüchtige Ärsche sind." Sie zeigt mir ein Grinsen. „Von wem, denkst du, habe ich es?"

Ich schüttle meinen Kopf. Ich habe jetzt die Verletzlichkeit hinter ihrer Maske gesehen. Ich habe sie bis auf ihren weichen Kern durchschaut, wenn sie über Carrie redet und jetzt kann ich sehen, dass Dan recht hat. Sie projiziert strahlende Forschheit. Im Inneren ist sie unglücklich.

Es macht mir auch Angst, sie so reden zu hören, weil Dan und sie sich auf gewisse Weise gleichen wie ein Ei dem anderen. Ihre Freundschaft ergibt so viel Sinn. Eine äußere Rüstung, die eine weiche Verletzlichkeit und Hoffnungslosigkeit schützt, die zu ihrer eigenen Form von Tapferkeit wird.

Dan hat sich in genau diesem mentalen Zustand befunden, als ich ihn kennengelernt habe. Er hat erst vor Kurzem erkannt, wie sehr er hier auf dem Boden gebraucht wird, in dieser Welt. Von Peggy Jo. Von Rye. Vor allem von mir. Und es fühlt sich zu prekär an, als könnte er zurück in gefährliche Losgelöstheit gleiten, wenn eine verwandte, fatalistische Seele ihn anstupst.

„Okay, lass uns einen Handel schließen", sagt Sailor und beugt sich vor, nimmt meine Hand. Ihre Finger sind schwielig und rau, wie die von Dan. Ich vergesse oft, dass sie auch klettert, wegen allem anderen, was sie macht. „Ich verspreche, dass ich, obwohl wir uns so ähnlich anfühlen, nicht vergessen werde, dass Dan *nicht* wie ich ist. Er hat jede Möglichkeit, ein langes, glückliches Leben voller Regenbögen und Welpen mit dir zu führen."

Ich frage mich, ob sie kitschig ist, um meine Knöpfe zu drücken. Impliziert sie, dass diese Art Leben albern oder dumm ist?

„Wenn ich also sehe, wie er über etwas nachdenkt, das zu riskant ist, werde ich versuchen, ihm das auszureden. Ihn erinnern, dass er Jahre mit dir opfern könnte, für das jeweilige Risiko, über das er nachdenkt. Ich schwöre, Sejin, ich bin nicht die Art Person, die denkt, dass nur weil ich etwas nicht haben kann, auch sonst niemand es haben soll. Ich möchte eine Zukunft für Dan."

„Das weiß ich zu schätzen."

„Aber im Gegenzug-" Sie berührt meinen Verlobungsring und ich schlucke einen Kloß in meiner Kehle, als ich ihn betrachte.

Ich kann mir vorstellen, wie er ihn ausgesucht hat. Ich wünschte, ich wäre dabei gewesen, um das Selbstbewusstsein zu sehen, mit dem er ihn, wie ich sicher bin, ausgewählt hat.

„Im Gegenzug, Sejin, möchte ich, dass du daran arbeitest zu akzeptieren, dass er ein ambitionierter Mann ist. Im Moment ist er nur aus zwei Gründen darauf fokussiert, eine Marke aufzubauen und Geld zu verdienen. Erstens möchte er, dass du das Leben hast, das du verdienst, ohne die Bürde der Armut. Zweitens gibt es ihm das Gefühl, erfolgreich zu sein und als würde er in Richtung seines ultimativen Ziels streben, der Heart Route, obwohl er noch nicht an die Wand darf. Aber du musst akzeptieren, dass ihm das auf lange Sicht nicht reichen wird. Sogar wenn die Heart Route in der Vergangenheit liegt, wird er sich nicht zur Ruhe setzen. Er wird ein weiteres Projekt brauchen und – Himmel, Sejin, sei einfach nicht wie Carrie, okay? Akzeptiere jetzt, dass es kein Leben sein wird, in dem ihr Blumen pflanzt und Katzenklos ausräumt. Er wird etwas anderes Angsteinflößendes finden. Er braucht das, um sich lebendig zu fühlen."

Ich möchte es leugnen, aber ich weiß, dass es stimmt. Es ist etwas, das ich seit dem Unfall weiß. Ich habe es nur nicht genauso benannt. „Weißt du, *warum* er es braucht?", frage ich ernst.

Ich erwarte beinahe, dass sie sagt, „Ich weiß es nicht. Sag du es mir."

Aber sie denkt nach und dann drückt sie meine Finger, bevor sie loslässt und von ihrem Wasser trinkt. Nach einem langen Schluck murmelt sie: „Möchtest du den wissenschaftlichen Grund oder den schwammigen emotionalen Grund?"

„Beide."

Sie neigt ihren Kopf und ihre Haare rutschen und legen sich um ihre Schultern. Ich frage mich, ob sie so weich sind, wie sie aussehen. „In schwammig emotionaler Hinsicht ist es für uns alle unterschiedlich. Abwesende oder schwierige Eltern sind unter Menschen, die Risiken eingehen, die Norm. Huhn oder Ei, könnte man fragen und die Antwort ist, ich weiß es nicht. Haben meine Eltern mich gehasst, weil wir uns so ähnlich sind? Egozentrisch und ambitioniert, nur nicht in Hinblick auf dieselben Dinge? Hat Dans Mutter ihn verlassen, weil sie keine Verbindung zu ihm aufbauen konnte? Oder konnte er keine Verbindung zu seinen Pflegeeltern aufbauen, wegen des Schadens, den er davongetragen hat, als seine Mutter ihn verlassen hat? Niemand wird das je wissen. Also lass uns ansehen, was die Wissenschaft uns über intensive, lebensgefährliche Situationen sagt."

Ich schlucke. Ich bin mir nicht sicher, ob ich all das hören möchte, aber wir sind dabei und ich habe das Gefühl, dass ich keinen Rückzieher machen kann.

„Zunächst einmal wissen wir, dass die meisten Studien zeigen, dass jene, die gern Risiken eingehen – nein, es nicht nur gern machen, sondern es *brauchen* – im Rest ihres Lebens das Gefühl haben, keine Kontrolle zu haben. Indem sie etwas Angsteinflößendes und Gewaltiges tun, können sie diesen beschädigenden Lebensgeschichten, denen sie ausgesetzt waren, auf sehr direkte Weise etwas entgegensetzen. Dinge wie ‚du bist wertlos' oder ‚du bist nutzlos' oder ‚du spielst überhaupt keine Rolle', all das fällt weg und du beweist dir selbst immer und immer wieder, dass du in diesen lebensgefährlichen Situationen *alles* bist, was wichtig ist."

„Ich bin auch wichtig."

Sie nickt und sieht nachdenklich aus. „Ja, du bist wichtig. Aber das bringt mich zur chemischen Seite der Dinge. Während extremer Risiken wird das Hirn mit Blut geflutet. Adrenalin wird ausgestoßen. Die Zeit vergeht langsamer, und alles fühlt sich strahlend und unmittelbar an. Wir werden aus der Langeweile und dem Schmerz unseres täglichen Lebens gehoben und fokussieren uns ganz auf das Wunder, lebendig zu sein. Es ist ein ursprüngliches, kraftvolles Gefühl. Alles andere verschwindet. Es ist ein High wie kein anderes und es fühlt sich, zu dem Zeitpunkt, allumfassend und hochwichtig an. Wenn es vorbei ist, fühlt dein alltägliches Leben sich wie eine leere Farce an, die aus Rollen besteht, die wir gezwungen sind, aus Verpflichtung heraus zu spielen."

Mein Magen dreht sich um. Sieht Dan mich so oder *wird* er mich so sehen, wenn das Neue unserer Beziehung ganz verflogen ist?

„Wenn du dann noch ein wenig ‚allen Gedanken an eine Zukunft voller Leid entkommen' hinzufügst, wie bei mir, dann hast du ein hochgradig süchtig machendes Erlebnis. Eines, das einen überzeugenden Drang auslöst, eine Wiederholung des Szenarios zu finden, das es zuerst ausgelöst hat. Ich jage allem hinterher, das mich im Grunde mehr als nur Furcht empfinden lässt. Dan ist genauso. So hat er sich in dich verliebt, oder? Du gibst ihm das Gefühl, mehr zu sein als leer. Ich habe keine Zweifel, dass er dich liebt, aber es besteht auch eine gute Chance, dass du, mit der Zeit, weniger anziehend auf ihn wirken wirst." Sie zuckt mit den Schultern. „Das ist auch der Grund, warum er die Heart Route nicht sein lassen kann und warum er sich eines Tages ein anderes gefährliches Projekt aussuchen wird. Du wirst nach und nach deinen Griff um sein Herz und seinen Verstand verlieren und ein weiterer Teil des Hintergrundbildes werden."

Wut durchströmt mich. „Und Caroline? War sie Hintergrund?"

Sailor schluckt schwer. „Sie war Sternenlicht und Sonnenuntergänge und alles, was wunderschön ist. Aber am Ende war sie Hintergrund, ja. *Atemberaubender* Hintergrund. Aber du gewöhnst dich nach einer Weile sogar an atemberaubende Dinge. Wenn du jeden Morgen an einem blauen Ozean vor deinem Fenster aufwachst, wirst du schon bald nicht mehr sehen, wie die Farben sich auf dem Wasser verändern, wenn die Sonne untergeht. Du siehst nur immer wieder dasselbe. Du siehst nur ein Gefängnis.“

Ich möchte glauben, dass sie projiziert, dass Dan nicht wie sie ist, aber die Verzweiflung, die ich in seinen Augen gesehen habe, als er nach der Verletzung ans Bett gefesselt war, reicht aus, dass ich mich frage, ob *ich* schon bald die Wände sein werde, die ihn einschließen.

Davor warnt Sailor mich, oder? Nicht dass Dan mich mit einer anderen Person betrügen wird, sondern dass, wenn ich ihn zu Hause haben möchte, wenn ich *nicht* zu den Wänden werden möchte, die ihn an ein Bett aus Verzweiflung fesseln, ich einen Weg finden muss, das Bedürfnis seines Hirns nach hohen Risiken und Aktivitäten mit hohem Stimulus anzunehmen. Sogar ein Teil davon zu werden, wenn das möglich ist.

„Du denkst also was? Dass ich auch anfangen muss zu klettern?“

Sie lacht. „Was für einen Sprung du machst! Aber klar. Warum nicht? Oder du findest dich damit ab, wunderschöner Hintergrund zu sein, zu dem er nach seinen lebensweckenden, hochriskanten Projekten zurückkehrt. Du kannst der sichere, bequeme Ort sein, an dem er seinen Kopf zur Ruhe bettet. Erwarte nur nicht, dass er all das aufgibt, sobald er mit der Heart Route fertig ist.“

Ich weiß nicht, was ich sagen soll. Meine Gedanken wirbeln von ihren Worten und ich weiß nicht, ob ich ihr glaube oder denke, dass sie ihre fehlgeschlagene Beziehung auf mich und Dan projiziert.

Wie dem auch sei, sie schaltet ihre Kamera wieder an.

„Wir nehmen wieder auf. Ihr seid jetzt verlobt, wie wir alle wissen. Herzlichen Glückwunsch dazu. Wie wird dein verheiratetes Leben mit Dan aussehen? Hast du darüber schon nachgedacht? Was ist mit der Hochzeit?"

Es ist unüblich für sie, mehr als eine Frage gleichzeitig zu stellen und ich denke, sie kann sehen, dass ich immer noch überrumpelt bin. Sie gibt mir einen Moment, um zurück in die Gegenwart zu kommen, zurück zu dem Interview, auf das sie bestanden hat, und sie bietet mir Optionen, damit ich eine Antwort aussuchen kann. Aber ich denke immer noch an ihre trostlose Beschreibung einer Zukunft, in der ich für Dan ein Teppich oder Vorhänge oder ein gottverdammter Duschvorhang bin.

Aber nein.

Das wird Dan nicht zulassen. Er liebt mich. Er hat mich bereits aus meiner Komfortzone geholt und meine Ideen bezüglich dem, was ich zu leisten imstande bin, infrage gestellt und ich vermute, das wird sich nicht ändern. Er wird mich weiter drängen und ich werde ihn lassen und wir werden etwas Magisches aufbauen, das ganz allein uns gehört.

Sailor hat keine Ahnung, wovon sie spricht. Nicht, wenn es um uns geht.

„Ich vermute, ganz egal wie unser zukünftiges Leben aussehen wird, Dan wird eine Möglichkeit finden, es aufregend zu gestalten."

„Nur Dan? Du nicht?"

„Wir beide." Ich stehe auf und ziehe das Mikrofon herunter. „Dieses Interview ist vorbei." Ich fange mit einer Entschuldigung an, dass ich zurück nach Hause muss, um nach Dan zu sehen, aber dann sage ich einfach: „Ich weiß dein Versprechen zu schätzen, dass du ihn nicht drängen wirst, aber ich möchte, dass du weißt, dass ich nicht deine Ex bin und dass ich für Dan viel mehr als nur ein Hintergrund bin."

Ich drehe mich um und gehe, marschiere davon, wie Dans Arzt

es immer macht.

Ich mag nicht genau wissen, was ich mit meinem Leben anfangen werde, aber ich werde ganz sicher nicht herumsitzen und für Dan hübsch aussehen, bis ich mit dem Hintergrund verschmelze. Bis er mich nicht einmal mehr sieht.

Nein. Ich werde *leuchten*.

ZWISCHENSPIEL 5

Lowell

Zwei Wochen zuvor

„HALT DAS AUTO an."

Lowell bremst schnell, schaut sich nach Gefahr um, sein Herz fängt sofort an zu hämmern und ein zittriges Gefühl steigt schneller auf, als er es kontrollieren kann. *Nicht jetzt.* Schweiß gleitet an einer Schläfe nach unten, aber er reißt sich zusammen. „Was ist das Problem?"

Es ist niemand und nichts hier. Nur eine Straßenecke in Fresno mit einem Goldschmied gegenüber und einem Smoothie-Laden daneben.

„Da", sagt Dan. „Ich muss da hin."

Er deutet auf den Schmuckladen. Lowell wischt sich den Schweiß weg, ist erleichtert, dass sein Körper sich beruhigt, anstatt in eine Panikattacke zu eskalieren. Er mag es nicht, erschreckt zu werden, aber Dans absoluter Mangel an Aufgeregtheit hilft Lowell, ebenfalls ruhig zu bleiben.

„Ein Schmuckladen?"

Dan fängt an, sich abzuschnallen. „Du kannst herumfahren, während ich reingehe. Ich muss einen Ring kaufen."

Lowell streckt eine Hand aus, um Dan davon abzuhalten, mit seiner Krücke hinauszuschlüpfen. „Moment. Ist das ein Ring für Sejin?"

Dan nickt einmal, greift wieder nach der Autotür.

„Warte, warte. Ist das für *den* Ring?"

„Ich werde ihn festnageln, ja." Seine Augen zeigen einen Hauch Zweifel. „Wenn er Ja sagt."

„Okay, nun, ich billige diesen Plan. Aber lass uns nicht dahin gehen. Dieser Laden wird nicht haben, was du willst."

„Was will ich?"

„Nicht dieses Zeug", sagt Lowell in einem leisen, ruhigen Ton. „Vertrau mir. Ich weiß, wo du einen Ring finden kannst, der für dich und Sejin richtig ist."

Dan stimmt zu und schnallt sich wieder an. „Na gut. Fahr zu."

Lowell denkt darüber nach, Dan weitere Fragen zu stellen, wann er entschieden hat, das zu machen, und warum, aber er kann es insgesamt verstehen. Dan ist niemand, der herumspielt. Er ist mit Sejin zusammen, weil er ihn behalten möchte, und das war von Anfang an offensichtlich. Wenn er glücklich ist – und das ist er – dann wird er ihn heiraten oder sie anderweitig aneinanderbinden wollen.

Jemand wie Dan wird die richtige Person nicht verlieren wollen.

Lowell seufzt. Er würde gerne denken, dass er ähnlich ist, aber …

Nach Nina, nach diesem letzten grauenvollen Jahr bei YOSAR, nach dieser letzten Rettungsaktion, ist er nicht mehr der Mann, der er einst war. Und dazu gehört, bereit zu sein, sich in eine feste Beziehung zu stürzen, vor allem wenn er sich überhaupt nicht sicher ist, ob es das ist, was Rye möchte.

Rye ist erst seit ein paar Jahren geoutet und hat mit der Transition angefangen. In einer weiteren Falle mit einem anderen beschädigten Mann zu landen, ist nicht das, was Rye verdient oder braucht. Es ist aber schade, dass sie einander nicht früher kennengelernt haben, weil sie gut zusammenpassen. Abgesehen von der Tatsache, dass Rye furchtbar jung gewesen wäre, was Lowell zu einem alten Sack gemacht hätte, der sich an junges Gemüse heranmacht und außerdem würde Jeanie dann nicht existieren und sie ist zu wunderbar, um ein Kollateralschaden auch nur einer Fantasie von „hätte, könnte, wäre" zu sein.

„Wir sind da", verkündet Lowell nach einiger Zeit, die sie schweigend verbracht haben, während sie die steilen Bergstraßen hinaufgefahren sind. Er biegt in die vertraute Auffahrt und lächelt beim Anblick seines alten Freundes, der auf der vorderen Veranda seiner Hütte in einem Schaukelstuhl sitzt und schnitzt. „Helki wird etwas für Sejin haben."

Dan akzeptiert das alles auf seine übliche Weise ohne Fragen zu stellen, und steigt mit seiner Krücke auf der Beifahrerseite aus.

„Hey, Fremder", sagt Helki, erhebt sich von seinem Sitz und streicht sich die Holzspäne von seinem Schoß. Sie schweben in der kühlen Brise davon, die durch die Bäume schneidet. Lowell nimmt einen tiefen Atemzug des Geruchs nach Kiefern und macht einen Schritt nach vorne. „Wir haben uns lang nicht gesehen."

Es ist über ein Jahr her, seit er hier draußen war. Es gibt dafür Gründe, aber im Moment erträgt er es nicht, über sie nachzudenken.

„Helki …", sagt Lowell und umarmt ihn. Er ist in den letzten ein, zwei Jahren dünner geworden, aber er sieht ziemlich gesund aus. „Das ist mein Freund, Dan. Er sucht nach einem Ring für seinen Mann."

Helki dreht sich zu Dan, der sich auf eine einzelne Krücke stützt, die er nicht mehr ganz braucht, es sei denn, er verliert das Gleichgewicht. Er ergreift kurz seine Hand und deutet dann auf das Haus. „Du kannst dich umsehen."

Helki ist einer von nur dreieinhalbtausend Miwok, einem Stamm indigener Menschen im Yosemite Valley. Seit Lowell hier wohnt, macht er Schmuck und Kunst und er weiß, dass Helkis Arbeit Dan und Sejin viel mehr ansprechen wird als alles, was man in einem Schmuckladen irgendeiner großen Kette finden kann.

Sobald er im Haus ist, braucht Dan nur fünfzehn Sekunden, um zu finden, was er will. „Den hier."

Er befindet sich in dem ersten Kasten mit Männerschmuck, den Helki herauszieht, ist in den Samtstoff geschmiegt, ein glatter Holzring mit einem Inlay aus blauen Turmalin-Bergen und einem Opal-Mond.

Helki schlägt nicht vor, dass er sich andere Stücke anschaut. Er nimmt einfach den Ring heraus, poliert ihn, lässt Dan ihn einen Moment halten und verpackt ihn dann in einer winzigen Schmuck-schachtel. „Das sind einhundert geradeaus."

Dan zögert nicht. Er zieht sein Telefon heraus und fragt: „Venmo?"

Lowell ist überrascht, als Helki Ja sagt. In der Vergangenheit hat Lowell ihn immer nur Bargeld nehmen sehen.

Als sie zurück im Auto sind, drückt Dan die Ringschachtel kurz an sich, bevor er sie in seine Manteltasche steckt, und Lowell fragt ihn: „Woher hast du überhaupt das Geld für einen Ring?"

„Der Rest meines Fonds. Ich habe die letzten paar Hundert abgehoben, bevor das Krankenhaus es konnte. Sie werden genug von meinem Fleisch bekommen. Ich möchte dieses letzte Bisschen für Sejin." Für einen Moment sieht er hin- und hergerissen aus, aber dann fährt er fort: „Ich habe diesen Fonds immer als Erinne-rung gesehen, dass meine Mom mich verlassen hat."

„Ja?"

„Ja. Aber als ich ans Bett gefesselt war ..." Er neigt seinen Kopf, als würde er seine nächsten Worte genau überdenken. „... habe ich entschieden, ihn als ein Geschenk zu betrachten."

Lowell hat nicht einmal gewusst, dass Dan einen Fonds hatte. „Dein Vater hat ihn dir vermacht?"

„Nein. Mein Großvater. Ich habe keine Ahnung, wer mein Vater ist. Als ich in meiner fünften Pflegefamilie war, haben sie mich hingesetzt und mich wissen lassen, dass meine Mutter – die mich nie besucht hat, nachdem sie mich dem Staat überlassen hatte – gestorben war. Ich habe nicht geweint. Ich konnte nicht, weil ich mich nicht gut genug an sie erinnern konnte, um zu weinen. Ich hatte auch keinerlei Fantasien, dass sie mich wieder zurückholen würde."

Lowell schaltet und lenkt den Truck in Richtung von Peggy Jos Haus, schweigt dabei. Das ist das meiste, was er je über Dans Kindheit gehört hat, abgesehen von diesen YouTube Videos Anfang des Monats.

„Als der Fonds vor vier Jahren hereingekommen ist …" Er zuckt mit den Schultern. „Hat mich das wütend gemacht."

„Zu viel, zu spät."

„Es war eigentlich nie so viel Geld, aber es hat ausgereicht, dass ich bis jetzt durchgekommen bin. Ich hätte dankbar sein sollen, aber das war ich nicht. Ich dachte nicht, dass es aufwiegt, verlassen worden zu sein. Aber dann, als ich letzten Monat im Bett festgesessen bin, habe ich mich an ein paar Dinge erinnert. Ich habe mich daran erinnert, wie er sie geschlagen hat. Ich habe mich an ihre Schreie erinnert." Dan berührt die Samtschachtel. „Kannst du dir vorstellen, Jeanie zu schlagen?"

Lowell schluckt schwer und schüttelt seinen Kopf. Bei dem Gedanken wird ihm übel.

„Ich auch nicht. Da wurde mir klar, dass meine Mom mich aufgegeben hat, um mich aus dem Haus zu bekommen. Wenn das Geld von ihm gekommen ist, dann, weil er niemanden hatte, dem er es geben konnte, nachdem sie tot war, nicht, weil ich oder meine Zukunft ihm wichtig waren. Er muss die ganze Zeit über gewusst haben, wo ich bin."

„Hart."

Dan zuckt mit den Schultern. „Ich habe entschieden, während ich festgesessen bin, dass dieses Geld auf gewisse Art und Weise von meiner Mom gekommen ist, nicht von ihm. Es war ihr letztes

Geschenk an mich. Sie hätte nicht gewollt, dass damit dämliche Krankenhausrechnungen bezahlt werden. Sie hätte gewollt, dass es für etwas ausgegeben wird, das beweist, dass mich wegzugeben bedeutet hat, dass ich ein besseres Leben gefunden habe, als sie es mir hätte geben können."

„Du hast Sejin gefunden."

Dan lächelt. Es ist kein großes, das Gesicht teilendes Lächeln, sondern ein zärtliches Aufwölben seiner Lippen. Es ist unmöglich, seine Liebe nicht zu sehen. „Ja. Ich habe Sejin gefunden. Der Ring ist perfekt. Danke, dass du mich davon abgehalten hast, einen Fehler zu machen."

„Jederzeit."

Lowell seufzt, biegt auf die Hauptstraße, die zurück in die Stadt führt.

Wenn er nur herausfinden könnte, wie er Dan dazu bringen kann, zu sehen, dass die Heart Route auch ein Fehler ist.

Aber sein Leben ist zu voll von „wenn nurs".

KAPITEL FÜNFUNDVIERZIG

Dan

Neun Wochen seit dem Free Solo Versuch

„MACHT MAN ES so, Dan?", fragt Jeremiah und hängt dabei kopfüber von ein paar niedrigen Boulder-Griffen. Lowell und ich haben sie letzte Woche in die Wände von Peggy Jos leerer, frei stehender Garage gebohrt. Sie hat mir während eines der Facetime-Anrufe, auf die sie besteht, die Erlaubnis erteilt.

Unter Jeremiah liegt der Stapel Schaummatten, die wir ausgelegt haben, um meine Stürze abzufedern. Und ich falle oft, während ich an meiner Armkraft arbeite und anfange, die Kraft in meinem Bein wiederaufzubauen.

„Gut so", ermutige ich Jeremiah. „Jetzt heb den anderen Fuß ein wenig hoch zu dem blauen Tritt und – ah!" Ich zucke mit den Schultern. „Jetzt schüttelst du es ab und versuchst es erneut."

Jeremiah rollt auf den Matten herum, genießt eindeutig, wie sie ihn hüpfen lassen und unter ihm nachgeben und dann springt er auf und klettert weiter. „Wenn Mommy kommt, zeige ich ihr, wie ich hoch ich komme!"

„Das wird sie lieben", lüge ich.

Leenie ist nicht erfreut, dass Jeremiah denkt, ich wäre eine Art Held mit göttlichen Kletterkünsten. Sie hasst es zutiefst, dass er immer wieder verkündet, dass er eines Tages genau so wie ich sein wird, wenn er groß ist. Ich bin mir auch nicht sicher, wie ich das finde.

„Ich werde auch Sejinie heiraten", hat er vorhin stolz verkündet, sich dabei aufgeplustert, bevor er sich auf Sejins Schoß geworfen und ihm eine heftige Umarmung gegeben hat.

Sejin hat mich zum Schweigen gebracht, als ich versucht habe, ihm Polygamie und das Gesetz zu erklären. „Lass Kinder Kinder sein", hat er gesagt. „Ich verspreche dir, dass er mich nicht heiraten wollen wird, sobald er groß ist."

Ich habe da so meine Zweifel.

Wo wir gerade von Sejin reden, er ist mit Sarah Kate im Haus und versucht, sie für die Nacht hinzulegen. Es läuft nicht gut. Ich kann ihr durchdringendes Geschrei bis hier draußen hören.

Der Klang weinender Babys erinnert mich immer viel zu sehr an meine achte Pflegefamilie und diese ewig heulenden Zwillinge. Warum konnten sie sie nicht beruhigen? Hatten diese Babys dasselbe bei dieser Familie empfunden wie ich? Hatten sie gewusst, dass sie nicht geliebt wurden? Waren ihre Herzen auch gebrochen? Die Frage hat mich damals verfolgt und sie verfolgt mich jetzt, als Sarah Kates Schreie doppelt so laut werden. Die Berge hallen von ihrem Unmut wider. Es ist nervtötend und ich hoffe, dass es bald aufhört.

„Dan?"

„Ja?"

„Wann kommt Mommy zurück?" Jeremiah hat das heute Abend schon zwei Mal gefragt, aber ich folge Sejins Beispiel von vorhin und erkläre es noch einmal.

„Sie und dein Dad sind in Fresno. Sie verbringen dort die Nacht, damit sie Sejins Vater – deinen Onkel Buck – und meine Freundin Peggy Jo vom Flughafen abholen können. Sie werden sie beide morgen hierher bringen und dich und deine Schwester mit nach Hause nehmen."

Und dann werden Sejin und ich endgültig zurück in den Van ziehen. Ich habe deswegen gemischte Gefühle. Seltsam, dass mir das

Leben im Van vor wenigen Monaten noch so wichtig war. Seht ihr? In Peggy Jos gemütlichem Haus zu wohnen, *hat* mich weich gemacht.

„Warum ist Sejinie nicht gefahren, um seinen Daddy zu holen?", fragt Jeremiah, zieht sich dabei wieder in die Position, von der er vorhin gefallen ist.

Ich schaue zu, wie er seinen linken Fuß nach oben zu dem blauen Tritt hebt, den ich ihm vorhin gesagt habe und dieses Mal schafft er es. „Gut gemacht! Sejinie-" Ich lache schnaubend. Ich nenne ihn nie so. „- konnte nicht fahren, weil er an der Tater Tots Weihnachtsvorführung arbeiten muss. Du machst da auch mit, oder?"

„Ich bin ein Weihnachtskätzchen", bestätigt Jeremiah und grunzt, als seine winzigen Arme ihn in eine weitere, sogar noch schwierigere Position an der Wand ziehen. „Sarah Kate wird ein Weihnachtsmond sein." Er runzelt die Stirn. „Sie wird ein großes weißes Ballding auf dem Kopf tragen."

Sejin hat jedes Kind aussuchen lassen, was sie bei der Vorführung sein wollen, darum hat er jetzt eine Menge Weihnachtskätzchen, Weihnachtsdinosaurier, zwei Weihnachtstrucks, einen Weihnachts-Spiderman und eine Weihnachts-Taylor Swift. Unter anderem.

Sarah Kate ist im Moment vom Mond fasziniert. Sie deutet auf alles, was rund ist und verkündet, dass es der Mond ist. Leenie möchte, dass sie ein Weihnachtsmond ist.

„Dann weißt du, dass Morgen die Kostümprobe ist. Die kann Sejin nicht verpassen."

Trotz unserer genauen Pläne – oder Sejins genauer Pläne, sollte ich wohl sagen – haben wir es nur geschafft, dass eine Sache diese Woche vom Timing her richtig funktioniert. Peggy Jo und Sejins Dad kommen am gleichen Tag am Flughafen an.

Anstatt quer durchs Land nach Hause zu fahren, hat Peggy Jo

ihren Truck bei Bella und dem Baby gelassen, damit sie ihn benutzen können. Was sie machen wird, wenn sie wieder hier ist, weiß ich nicht. Wohl auf ihrem Motorrad herumfahren wie die knallharte Biker-Großmutter, die sie ist.

Ich *könnte* fahren, aber Sejin braucht das Auto, um zu der Kostümprobe zu kommen. Am Ende ist es Leenie und Martin zugefallen, Buck und Peggy Jo abzuholen. Sie waren sogar ziemlich aufgeregt gewesen, als Sejin sie um diesen Gefallen gebeten hat. Was Sinn ergab, sobald mir klar geworden war, dass sie vorhatten, die Gelegenheit wahrzunehmen und sich eine romantische Nacht in einem Hotel zu gönnen – „mit einem Swimmingpool im Haus!", hatte Leenie geschwärmt – weit weg von den Kindern.

Im Gegenzug müssen wir auf Jeremiah und Sarah Kate aufpassen und weil Martin außerdem einen Profi angeheuert hat, der das Haus als Leenies Weihnachtsgeschenk von Grund auf reinigt, während sie unterwegs sind, müssen wir sie hier im Auge behalten.

Das stellt sich als überraschend kompliziert heraus, weil Sarah Kate jetzt mobil ist und beide Kinder von Katzen besessen sind – die sie verabscheuen. Was bedeutet, dass *ich* davon besessen bin, sie beide vor narbenreichen Vorfällen zu schützen, wie ich sie in meiner Jugend erlebt habe.

Nur Muggs ist brav bei ihnen, lässt sowohl Jeremiah als auch Sarah Kate ein oder zwei Berührungen schaffen, bevor er unter die Kommode im Schlafzimmer rennt, um sich zu verstecken. Die anderen beiden fauchen und versuchen, sie mit ihren Nadelpfoten zu schlagen. Ich hasse es. Aber, wie alle Katzen, kümmern sie sich nicht sonderlich darum, wie sehr ich sie schimpfe. Sie sind schamlos. Sie können aber nichts dafür. Es sind ihre Halbdämonen, die durchbrechen.

Jeremiah lässt sich wieder auf die Schaummatten fallen und rollt sich auf die Seite, schaut mich dabei ernst an. „Dan?"

„Ja?"

„Ich denke, ich sollte Sarah Kate helfen, einzuschlafen." Sein kleines Lispeln ist besser geworden, aber er spricht seine „S" immer noch wie „Sch" aus. „Willst du mitkommen?"

Ich verkneife mir eine Grimasse, als ich zustimme, lasse mich an der Hand nehmen und aus der Garage in den Garten führen.

Sejin und Lowell haben im knietiefen Schnee einen Weg geräumt. Ich humpele entlang, bin mir der Metallplatte in meinem Bein bewusst. Ich bemerke sie nicht immer, aber heute Nacht sorgt die Kälte, die durch meine Jeans dringt, dafür, dass meine Haut sich um die Verletzung herum gespannt anfühlt. Die Platte ist genau unter der Oberfläche. Ich kann sie mit meinen Fingern nachfahren. Sejin küsst sie sogar hin und wieder, wenn wir uns lieben.

Der Arzt sagt, dass es keinen Grund gibt, sie zu entfernen und eine Infektion zu riskieren, nicht, solange sie mir keine Probleme macht.

Ich weiß nicht, wie ich das finde. Einerseits bin ich dem Metall dankbar, das mir hilft zu genesen, aber in einer tiefen, dunklen Ecke meines Verstandes mache ich mir Sorgen, dass es Betrug ist. Dass ich meine Genesung mit „Hilfsmitteln" mache oder dass das Metall in meinem Bein es mir nicht gestatten wird, zu sagen, dass ich die Heart Route ganz allein geschafft habe – als wäre ich zum Teil ein Cyborg. Es ist albern, aber nicht wegzubekommen.

Drinnen finden wir Sejin, der mit Sarah Kate auf und ab geht, dabei leise eine K-Pop-Ballade singt – etwas von IU, glaube ich – und ihr auf den bebenden Rücken klopft.

Nachdem ich Jeremiah aus seinen Schuhen geholfen habe und er sich seine nasse Jeans und seinen Mantel ausgezogen hat, bis zu seiner kleinen langen Paw Patrol Unterwäsche, trottet er zu ihnen und tätschelt Sarah Kates Bein.

Sie verschluckt sich an einem Schluchzer und schaut nach unten. Eine fette Träne gleitet an ihrer Wange entlang und trifft den Boden.

„Es ist in Ordnung. Mommy kommt morgen zurück."

Die Erwähnung von Mommy ist ein Fehler und Sarah Kate fängt wieder an zu schluchzen. Meine Haut kribbelt und ich fühle mich schwindlig, aber ich schlucke es hinunter, setze mich auf den Boden am Eingang und ziehe meine eigenen Stiefel aus.

„Ich will sie halten", verlangt Jeremiah, obwohl er kaum groß genug ist, um seine Schwester zu tragen. Dennoch geht Sejin in die Hocke und reicht ihm seine Bürde.

Jeremiah drückt sie in einer ungelenken Umarmung an sich. Sarah Kates Beine baumeln und schleifen über den Boden. Er küsst ihre roten und nassen Wangen und fängt an, ein anderes Lied zu singen. Es muss das sein, das Leenie ihnen vorsingt, weil Sarah Kate anfängt, sich zu beruhigen.

Sejin stimmt ein, weil er die Worte kennt.

Ich ziehe meine Schuhe aus und stehe auf, folge Sejin, als er beide Kinder zu der aufblasbaren Matratze bringt, die wir aus Peggy Jos Schrank gezogen haben, damit sie darauf schlafen können. Er legt Sarah Kate hin und Jeremiah rollt sich um sie herum zusammen, küsst ihre Haare und singt. Sarah Kate schmiegt sich an ihren Bruder, vergräbt ihr Gesicht in seinem Hals, findet bei ihm Trost.

Sie schluchzt weiterhin traurig und schaudert unter schweren Atemzügen, sogar als ihre seidigen Lider sich schließen und sie einschläft. Jeremiah singt sich in einen verschwitzten, tiefen Schlaf, den ich in seinem Alter nicht einmal erlebt habe.

Als ich ein Kind war, hatte ich immer das Gefühl, dass ich ein Auge offenlassen und mich ständig umschauen musste. Sogar als Erwachsener habe ich selten einen so tiefen Schlaf genossen und überhaupt nicht mehr seit dem Absturz. Es sei denn, man zählt die von den Schmerzmitteln verursachte Leere, was ich nicht tue.

Ich lasse mich von Sejin ins Schlafzimmer führen. Sobald die Tür sich hinter ihm schließt, seufzt er schwer. „Sie ist so traurig", murmelt er und nimmt mich in seine Arme. „Sie versteht nicht, warum sie hier ist oder wohin ihre Mommy gegangen ist. Es bricht mir das Herz, sie so weinen zu sehen."

Ich streichle seinen Rücken und sage nichts. Ich kann nicht gestehen, dass ihre Tränen in mir den Wunsch wecken, mich zu übergeben und wegzulaufen. Sie bringen viel zu viele meiner irrationalen Gefühle ans Tageslicht, von denen ich jetzt weiß, dass sie mit den Erinnerungen verknüpft sind, die ich unterdrücke. Darum flüstere ich: „Sie hat Menschen, die sie lieben, die versuchen, ihre Ängste zu nehmen, und das ist das Wichtige."

Ich liebe Sarah Kate. Und Jeremiah. Ich liebe sie jeden Tag mehr und mehr. Ich kann nur nicht die tiefe Reaktion abschütteln, die ich auf den Klang von Babygeschrei habe.

Ich streiche Sejin die Haare aus dem Gesicht und er schaut mit einer Müdigkeit auf mich herunter, die mich dazu bringt, ihn in Richtung Bad zu schieben. „Dusch dich. Mach dich bettfertig. Diese Kinder haben dich fertiggemacht. Du siehst aus, als wärst du heftig geritten worden, aber nicht auf die gute Art und Weise."

Sejin schnaubt und zieht mich mit. Ich habe vorhin geduscht, bevor ich Jeremiah mit zur Boulder-Wand genommen habe, darum denke ich, dass bei mir bis morgen alles gut ist. Ich lehne mich an die Wand und schaue zu.

„Wie war es in der Garage?", fragt Sejin von hinter dem mit Wasser bedeckten Duschvorhang. Ich linse darum herum und bewundere seinen langen, nassen Körper.

„Der Junge hat es hervorragend gemacht. Er ist stark. Wenn ich wieder der Alte bin, wird er so weit sein, eine kleine Wand hinaufzuklettern."

„Ich habe nachgedacht ..."

„Ja?"

„Ich denke, ich sollte anfangen, mehr zu trainieren, stärker zu werden."

„Warum? Du bist ziemlich stark."

„Weil ich denke, dass ich auch bereit bin, eine kleine Wand hinaufzuklettern. Vielleicht sogar eher eine mittelgroße. Bei Tag. Wenn du bereit bist."

Ich erstarre. „Warum?"

„Ich finde, es klingt nach Spaß."

„Nein, tust du nicht."

„Na gut, ich finde, es klingt beängstigend", gibt Sejin zu. „Aber vielleicht muss ich herausfinden, wo meine Grenze ist, und sie erweitern."

Ich lehne mich wieder an die Wand, verlagere mein Gewicht auf mein stärkeres Bein. Ich werde dieses Stapfen durch den Schnee von der Garage zum Haus die ganze Nacht spüren. Vielleicht werde ich später noch ein Aspirin gegen die Schmerzen nehmen.

Ich kann hören, wie Sejin seine Haare wäscht. Das Klatschen des Wassers, das auf die Wanne trifft, als es über seine Schulter rinnt. Ich rieche sein saures, zitroniges Shampoo. Das Billige, zu dem er nach dem Unfall gewechselt hat.

„Du lotest bereits eine Grenze aus, indem du mit mir in einer Beziehung bist."

Er lacht, aber es klingt nicht wirklich freudig.

Mein Hirn geht die letzten paar Tage durch. Was hat sich verändert? Was ist anders?

„Hat Sailor dich gefunden?", frage ich. Sie war Anfang der Woche hier weggefahren, nachdem wir ein paar Segmente für ihren Kanal und meinen gefilmt hatten und hat gesagt, dass sie Sejin suchen würde, um dieses Interview zu bekommen, das sie wollte. Als er nach Hause gekommen war und nichts davon erwähnt hat, hatte ich angenommen, dass sie ihn nicht erwischt hat. Aber vielleicht doch …

Sejins Schweigen sagt genug.

„Es geht also um etwas, das sie gesagt hat", schließe ich. „Siehst du, die Leute denken, dass ich nicht aufmerksam bin, aber das bin ich. Zumindest, wenn es um dich geht.“

Sejin seufzt laut genug, um über das Wasser gehört zu werden. „Du hast nur vier Tage gebraucht, um zu diesem Schluss zu kommen, aber klar, du bist aufmerksam, Dan. Was auch immer du sagst.“

„Doc, ich weiß nicht, was sie jetzt gesagt hat, dass dir wieder unter die Haut gegangen ist, aber du musst mir nichts beweisen.“

„Ich will kein Vorhang sein.“

„Hä?“

„Oder eine Tapete.“

„Ist das wie das Seepferd?“

„Nein! Ich *bin* ein Seepferd. Ich bin *kein* Hintergrund.“ Er dreht das Wasser mit einer Vehemenz aus, dass die Rohre ein wenig klappern. „Ich weigere mich, ein Teppich zu sein.“

Ich nicke. „Ja. Das ergibt Sinn. Ich würde auch kein Teppich sein wollen.“

Er zieht den Duschvorhang zurück, greift an mir vorbei nach einem frischen Handtuch und ich lasse meinen Blick auf seinem nackten Körper verharren. Ich liebe es, wie die dunklen Haare unter seinem Nabel zu diesen geraden Schamhaaren führen und wie sein süßer Schwanz herumhüpft, wenn er –

„Dan, wirst du das einfach so stehenlassen?“, fragt Sejin, klingt genervt oder enttäuscht, dass ich ein Thema fallenlasse, dass er nur zögerlich überhaupt angesprochen hat.

Aber wie dem auch sei. Ich spreche es jetzt an.

„Nein, ich bewundere dich nur zuerst. So ein großartiger Hintern“, sage ich, als er sich über das Waschbecken beugt, um seine Zähne zu putzen. „Vielleicht darf ich ihn später küssen.“

„Nicht mit den Kindern hier“, sagt er um den Zahnpastaschaum herum. Er spuckt aus. „Heb dir das für unsere erste Nacht zurück im Van auf.“

„Ah, das ist Romantik.“

Er grinst beinahe widerwillig und schlingt dann ein Handtuch fest um seine Taille, bevor er an mir vorbei ins Schlafzimmer geht. Er fängt an, nach einer sauberen Unterhose zu suchen und einem T-Shirt, in dem er schlafen kann. Wir hinken mit der Wäsche hinterher. Schon wieder. Vor allem, weil ich nicht richtig hinunter zur Waschmaschine und dem Trockner komme, um die Kleidung ohne große Schmerzen in meinem Bein hinein und hinauszubefördern. Was wahrscheinlich bedeutet, dass ich es öfter tun sollte, anstatt weniger …

„Also, Vorhänge", fange ich an, als wir beide im Bett sind und die Lichter ausgemacht haben. Ein Nachtlicht glüht in der Ecke. Sejin hat es früh im mobileren Teil meiner Genesung angebracht, damit ich nicht über die Katzen stolpere, wenn ich in der Nacht aufstehe, um zu pissen.

„Sailor sagt, dass wenn ich nicht lerne, es zu lieben, Risiken einzugehen, wie du es machst, dann werde ich zu Hintergrund und das wird nicht passieren. Ich habe entschieden, dass ich mich selbst fordern und als Anfang eine mittelgroße Wand klettern werde."

Ich denke darüber nach. Es ist nicht so, dass ich etwas dagegen habe, dass Sejin klettert. Ich würde liebend gerne das, was ich liebe, mit ihm teilen, aber ich bin mir nicht sicher, ob mir seine Gründe gefallen. Es scheint zu implizieren, dass er außerhalb meines Antriebs, die Heart Route zu klettern, nicht alles auf der Welt für mich bedeutet.

Oh. Vielleicht *ist* das aber das, was er meint.

„Du kannst gern eine mittelgroße Wand klettern, Doc, und ich werde dir helfen und die ganze Zeit für dich da sein – sobald ich gesund genug bin – aber ich möchte nicht, dass du es machst, weil du denkst, dass ich deiner müde werde."

„Sailor sagt, dass alles außerhalb einer todestrotzenden Erfahrung beige und graue Tapete ist."

„Das ist Sailor und das ist Unsinn. Sie sagt gern extreme Dinge, weil sie dann etwas fühlt."

„Ich denke nicht, dass es Unsinn ist, Dan", erwidert er und dreht sich im Halbdunkel zu mir. „Wenn es das wäre, müsstest du nicht die Wand hinauf."

„Was ist die Bedeutung des Lebens, Doc?", frage ich.

„Wie bitte?"

„Worum geht es bei der ganzen Sache? Der Grund, warum wir am Leben sind?"

„Um glücklich zu sein."

„Nein … um es zu fühlen." Ich stoppe, bin von den Worten überrascht, sobald sie aus meinem Mund heraus sind.

„Du fühlst dich am lebendigsten, wenn du ein Free Solo machst, ich weiß."

„Auf gewisse Weise, ja. Der Tod ist bei mir. Man kann ihn beinahe sehen. Man kann ihn definitiv berühren, wenn man die falsche Bewegung macht oder die falsche Entscheidung trifft. Aber die Sache ist die, es ist das Leben, auf das man sich konzentriert. Wie die Luft sich auf deiner Haut anfühlt. Die Zeit vergeht langsamer. Du bist wirklich da. Absolut präsent."

„Auf eine Art und Weise, wie du es nicht bist, wenn du nur, ich weiß nicht, YouTube-Videos mit mir anschaust?"

„Richtig. Aber es lässt mich die Zeit mit dir auf eine Art und Weise schätzen, die ohne das Klettern nicht möglich wäre. Vielleicht fühlt sich für Sailor, wenn das Klettern vorbei ist, alles andere grau an, aber für mich bleibt das Leuchten. Es macht dich besonders funkelnd. Du strahlst."

„Du kannst manchmal so gut mit Worten umgehen."

„Ich weiß. Ich bin sehr gut mit meiner Zunge."

„Und dann verkackst du es."

Ich zucke mit den Schultern. „Das ist es, was du an mir am meisten liebst, Doc."

„Ist es das?"

„Du liebst es, wie unvorhersehbar ich bin. Du liebst, dass du nicht weißt, was ich als Nächstes tun oder sagen werde."

„Außer dann, wenn ich es tue. Ich *kenne* dich, Dan. Ich kenne dich ziemlich gut."

„Was werde ich also als Nächstes sagen?"

Sejin denkt darüber nach. „Etwas Sexuelles."

„Falsch. Ich werde sagen, dass ich Angst habe, morgen deinen Dad kennenzulernen."

Sejin richtet sich auf. „Du hast recht. Das habe ich nicht erwartet." Er schaltet das Licht auf dem Nachttisch an. „Er ist kein angsteinflößender Mann. Er schweigt sehr viel. Ist introvertiert. Nett."

„Du hast aber Angst vor ihm."

Sejin schnauft. „Nein, ich bin nur nervös."

„Dass er mich nicht mögen wird."

„Ich denke, dass er dich mögen wird." Aber er klingt nicht sicher.

„Ich werde mich damit abfinden, nicht gemocht zu werden, und wenn es dann eintritt, werde ich deswegen nicht traurig sein."

„Lass uns das Beste hoffen", sagt Sejin. „Er ist ein verständnisvoller Mann. Hat nie mit einer Wimper gezuckt, weil ich schwul bin."

„Ich werde *nicht* das Beste hoffen", verkünde ich. „Ich werde auf das Schlimmste hoffen. Von dort kann es nur aufwärtsgehen."

Sejin schmiegt sich an mich. „Ich kann nicht glauben, dass dies die letzte Nacht ist, die wir hier schlafen. Dieses Haus fühlt sich wirklich wie Zuhause an."

„Der Van wird sich wie Zuhause anfühlen, ehe du dich versiehst."

„Zumindest lässt Peggy Jo uns hier parken. Ich glaube nicht, dass ich damit klargekommen wäre, zurück zu den Duschen auf dem Campingplatz zu gehen und der Wasserfall kommt zu dieser

Jahreszeit nicht infrage."

„Zu kalt", stimme ich zu.

„Wann *wirst* du hochgehen?", fragt Sejin ein paar Minuten später, als wir beide still dösen. „Du weißt schon, das erste Mal nach deinem Absturz."

„Der Arzt hat gesagt nach Silvester ist es möglich, dass ich eine kleine Runde versuchen kann, wenn es keine Rückschläge gibt. Ein großer Boulder vielleicht. Betonung auf möglich. Nicht empfohlen."

„Ich verstehe."

„Willst du mitkommen?"

„Klar."

„Wirklich?"

„Ich bin ein Seepferd und ich finde heraus, wo meine Grenze ist. Ja, ich begleite dich."

„Sejin an der Grenze."

„Ich hoffe, du magst diesen Sejin."

„Ich weiß nicht. Ich habe das Gefühl, dass ich mich wirklich sehr in ein paar gute Vorhänge verlieben könnte."

Sejin beißt mir sanft in die Schulter und rollt sich dann auf seine Seite. Er schläft vor mir ein und ich liege in der Dunkelheit, träume vom winterlichen Brennen des Felsens unter meinen Fingern. In meiner Fantasie ist Sejin auch da.

Zeigt dieses Lächeln.

KAPITEL SECHSUNDVIERZIG

Sejin

DRAUßEN IN DER Garage, die zum Kletterstudio geworden ist, trete ich von einem Bein auf das andere, fühle mich unsicher und gestresst, während ich und Dan darauf warten, dass Leenie und Martin mit ihrer kostbaren Fracht ankommen – unseren Elternfiguren. Ich spiele mit dem Ring an meinem Finger, indem ich meinen Daumen dagegen drücke und ihn drehe.

Sarah Kate springt und rollt auf den Matten herum, versucht hin und wieder, sich an den niedrigsten Griffen hochzuziehen. Sie macht es auch ziemlich gut, hebt sich mit einem winzigen Grunzen ganz vom Boden weg.

Jeremiah wird besser und abenteuerlustiger. Er zieht sich zu einer Höhe hoch, die Leenie zusammenzucken lassen wird, wenn sie ihn sieht, aber Dan ist wirklich beeindruckt.

„Gut gemacht!", ruft er. „Du kannst das. Noch ein … *uff*. Nun ja, guter Versuch. Noch einmal."

Für Jeremiah ist die Anstrengung ein Vergnügen. Ich kann sehen, dass seine ursprüngliche Furcht vor den höheren Griffen zu überwinden und sein Erfolg, es beinahe bis ganz nach oben an der Boulder-Wand zu schaffen, ihm ein seliges Gefühl gibt. Es ist diese Euphorie, von der Sailor gesprochen hat. Ich kann auch den Beweis dafür sehen, dass die eigenen Grenzen zu testen – in einer sicheren Umgebung – zu einem wachsenden Selbstbewusstsein führt. Sein kleines Kinn ist vor Stolz vorgereckt.

„Gut gemacht, Sarah Kate", meint Dan, als sie sich an den niedrigeren Blöcken hin und her schwingt und dann einen Sprung zur Seite macht, sich dabei für einen Moment sogar fängt, bevor sie wieder stolpert. Sie grinst auch, als sie wieder aufsteht.

„Leenie wird deinen Kopf auf einem Silbertablett haben wollen, weil du ihre beiden Kinder so tollkühn gemacht hast."

„Ihre Schuld, wenn sie sie bei mir lässt."

„Technisch betrachtet, hat sie sie bei mir gelassen."

„Dann solltest du derjenige sein, der Ärger bekommt, weil er sie schlechten Einflüssen ausgesetzt hat."

Ich schnaube, aber er liegt nicht falsch. Ich bin sicher, dass ich auch eine Standpauke bekommen werde. Nicht, dass Dan und ich nicht eingehend mit den Kindern darüber gesprochen haben, dass Klettern etwas ist, das man nicht allein macht und dass sie nur hier in der Garage unter Aufsicht üben sollen oder mit ihrer Mutter oder ihrem Vater in einer richtigen Kletterhalle.

„Sie sind da!", quietscht Jeremiah und fällt aus einer ziemlichen Höhe, landet dabei beinahe auf seiner kleinen Schwester.

Nur einen Moment später höre ich die Autoreifen auf dem Kies und wir schaffen es gerade so, den Kindern die Mäntel anzuziehen und unsere auch, bevor sie nach draußen zu ihren Eltern rasen. Nun, Jeremiah rast. Sarah Kate rennt und fällt und rennt und fällt, bis ich sie hochhebe und sie den Rest des Weges trage.

Dan hinkt hinter mir her, aber er kommt gut voran. Aber nicht gut genug für Peggy Jo. Sie springt aus dem Auto und joggt mit ausgestreckten Armen zu ihm. Sie hat Dan an ihren Brustkorb gedrückt, bevor Jeremiah Leenie überhaupt erreicht hat und bevor mein Dad seine Autotür geöffnet und sich selbst herausgehievt hat.

Ich reiche Sarah Kate an Martin weiter und gehe um das Auto. Die Arme meines Dads fühlen sich vertraut an und sein Geruch ist genau wie immer – Old Spice Rasierwasser. Ich bin wieder ein Kind, eng an seinen Brustkorb geschmiegt und ich drücke ihn besonders fest.

Schließlich lehnt er sich zurück und streckt die Hand aus, um meine Haare zu berühren. „Schau dich an." Er schüttelt seinen Kopf. „Ich hätte nie gedacht, dass ich diesen Tag noch erlebe."

„Es war ein Fehler", erkläre ich ihm und rümpfe die Nase.

„War es das? Na gut. Das ist umkehrbar, Sohn. Haare wachsen. Lass dich davon nicht runterziehen." Er schlägt mir auf die Schulter und sein grauer Blick huscht zu der Stelle, an der Dan sich wie ein verwirrter Welpe Peggy Jos Umarmungen und Küssen unterwirft.

Zum Brüllen komisch.

Ich lache und mein Dad schaut zu mir. Er nickt. „Gut", sagt er.

Ich runzle meine Brauen, um meine Verwirrung zu zeigen.

„Du liebst ihn. Ich habe mir gerade gedacht, dass das besser so ist, wenn du dich mit seinen Eskapaden abfindest."

„Das tue ich", murmele ich und hebe meine Hand, damit er den Ring sehen kann. „Ich werde ihn heiraten, Dad."

„Da schau her", sagt er leise, all die Appalachen-Süße schwingt in den Worten mit. Ich habe das Gefühl, als könnte ich sie mir wie eine Decke über die Schulter legen und für immer warm sein. „Ich wünschte, deine Mama könnte das sehen."

„Ich auch."

Er räuspert sich, löst sich aus der Blase aus Intimität, in der wir für einen Moment gestanden sind und ruft Martin zu: „Mach den Kofferraum auf. Ich hole das Gepäck heraus."

Ich neige meinen Kopf. „Ich dachte, du würdest in der Stadt bleiben."

„Das habe ich auch gedacht, aber Peggy Jo hier wollte davon nichts wissen. Sie sagt, dass sie ein hervorragendes Ausziehsofa hat, und sie hat es mir angeboten."

„Wirklich? Ein Ausziehsofa …" Ich blinzele. „Ich wusste nicht, dass man es ausziehen kann."

„Ja und es ist deutlich billiger als ein Hotel."

Ich will etwas einwenden, denke, dass in seinem Alter ein Ausziehsofa – *was … wie? Wo?* – sicher unbequemer sein wird, als die finanzielle Ersparnis es wert ist.

Aber genau in diesem Moment packt Leenie meinen Arm und führt mich auf das Haus zu, während Martin und Dad anfangen, Peggy Jos und sein Gepäck hineinzutragen.

„Versau das nicht.“

„Was versauen?“

„Das. Zwischen diesen beiden.“

„Wovon redest du?“

„Sie waren auf demselben Verbindungsflug von Dallas-Fort Worth und haben dort eine lange Wartezeit zusammen verbracht. Ich weiß nicht, was die Stewardessen in ihr Wasser gegeben haben, aber Onkel Buck ist hingerissen und Peggy Jo flirtet gnadenlos. Wer hätte das gedacht?“

Ich blinzele, als Peggy Jo losläuft und versucht, meinem Vater einen Koffer abzunehmen. Er lässt nicht los, sagt galant, dass er alle tragen wird und dass eine Lady keine solchen Lasten schleppen sollte.

Peggy Jo klimpert mit ihren Wimpern – *Ja! Sie klimpert mit ihren Wimpern!* – und folgt an seiner Seite, hakt sich bei ihm unter. „Lass mich dir zeigen, wo du deine Sachen hinbringen kannst, Buck.“

Dan wirft mir einen entrüsteten Blick zu.

Ich werfe direkt zurück.

„Versau es nicht“, sagt Leenie direkt an meinem Ohr. „Er verdient das.“

Aber er liebt meine Mom …

Ich schüttle meinen Kopf. Meine Mom war *immer* die Eine für ihn …

Meine Mom, die tot ist und nicht zurückkommen wird.

Ich versuche, mein Unwohlsein loszulassen, gehe stattdessen zu

Dan und helfe ihm, sicher ins Haus zu kommen.

„Wenn dein Dad meine Pseudo-Mom verführt und benutzt, dann werde ich mich mit ihm unterhalten müssen."

„Sie *benutzt?*"

Dan hebt seine Brauen.

„Was ist damit, dass *sie ihn* benutzt? Peggy Jo ist schon viel länger verwitwet als er. Sie ist schlimm dran."

„Willst du damit sagen, dass meine Pseudo-Mom keine Action bekommen kann?"

„Nein. Ich bin nur …" Ich reibe mit einer Hand über mein Gesicht, bevor ich mich am Eingang hinknie, um ihm zu helfen, seine Schuhe auszuziehen. „Ich dachte nur nicht, dass dies etwas wäre, das passieren kann."

„Hey, er liebt immer noch deine Mom", sagt Dan nach einem Moment mit überraschender Einsicht. „Auch wenn er Peggy Jo vögelt, liebt er immer noch deine Mom. Darüber musst du dir keine Sorgen machen. Es ist nur Sex."

„Halt den Mund", keuche ich.

„Er sollte Peggy Jo aber besser nicht verarschen. Das will ich damit sagen. Er kann ihren-" Dan deutete dorthin, wo sie jetzt an der Küchenplatte stehen, lachend und sich zufällig berührend, als würden sie einander gut kennen. *Wie lang war dieser Aufenthalt in Dallas-Fort Worth?* „Er kann ihren Körper haben, aber-"

„Psst", sage ich, als Peggy Jo auf uns zukommt.

„Sejin, ich bin nicht einmal dazu gekommen, dich zu begrüßen." Sie umarmt mich fest und ich erwidere die Umarmung viel besser, als Dan das getan hat. „Ich kann dir nicht genug danken, dass du auf meine Babys aufgepasst hast."

Zuerst denke ich, dass sie nur die Katzen meint, aber dann tätschelt sie Dans Wange. „Vor allem auf dieses hier."

Dan verdreht seine Augen und hinkt an ihr vorbei, aber er küsst auf dem Weg ihre Wange.

„Frechdachs", sagt sie und lächelt ihm hinterher. „Er ist störrisch, wie dein Vater sagt."

Sie nimmt meinen Arm, wie sie vorhin den von meinem Vater genommen hat. „Übrigens freut dein Dad sich wirklich, dass er hier ist. Er hat dich vermisst."

„Ja?" Ich sage ihr nicht, dass es supercool wäre, wenn mein Dad das je zu mir sagen würde. „Ich habe ihn auch vermisst."

„Er ist so ein netter Mann." Ihr Blick sucht meinen. „Seit Dan mir gesagt hat, dass wir von Dallas aus im selben Flugzeug sitzen würden, hatte ich am Gate nach jemandem gesucht, der dein Vater sein könnte. Ich habe gehört, wie er den Steward gefragt hat, ob auf dem Flug ein Abendessen serviert wird, und ich habe seinen Akzent als denselben wie deinen und den von Martin erkannt. Ich wusste sofort, dass er dein Dad sein muss."

Da kommt Dad zu uns und er lächelt Peggy Jo an. Ein Lächeln, das sein ganzes Gesicht erhellt und ich kann meine Augen kaum davon abhalten, aus den Höhlen zu fallen. „Wie sich herausgestellt hat, haben sie *kein* Abendessen serviert", sagt er. „Aber der Aufenthalt war lang. Peggy Jo hat angeboten, mit mir etwas in dem Applebees am Flughafen zu essen, während wir gewartet haben."

„Applebees", quieke ich.

„Drei Margaritas und eine Nacho-Platte später, sind wir die besten Freunde", sagt Peggy Jo und zwinkert meinen Dad an.

Heilige Scheiße, sie flirtet wirklich mit ihm. Vor mir. Vor allen. Die *Kinder* dürfen das auf gar keinen Fall sehen! Ich habe das Gefühl, dass ich Jeremiahs Augen abschirmen sollte, damit er nicht auf den Gedanken kommt, dass alte Leute sich ineinander verlieben können.

Was sie wohl können.

Aber sie lieben sich nicht, oder?

Ich meine damit, man kann nicht innerhalb eines Tages einen Menschen lieben, oder?

Ich werfe einen Blick auf Dan, der sich auf das Sofa hat fallenlassen – das man anscheinend ausziehen kann? *Stimmt* das überhaupt? – und erinnere mich, wie ich mich gefühlt habe, als ich damals im August seinen Van nach unserer ersten gemeinsamen Nacht verlassen habe. Das Ziehen in meinem Bauch. Das Flattern in meinem Brustkorb.

Bah.

In diesem Moment fangen Leenie und Martin ihre Kinder ein und beginnen, sich zu verabschieden. Ich sage ihnen, dass ihre Kinder gesegnete kleine Engel sind, was sie gern hören, und Dan korrigiert mich nicht. Ich glaube, ihm hat es auch gefallen, auf sie aufzupassen. Er mag Kinder wirklich. Dann, als Peggy Jo und Dad sie nach draußen zu ihrem Auto begleiten, gehe ich zum Sofa und setze mich neben Dan.

Er legt seinen Arm um meine Schultern und zieht mich an sich, um mir ins Ohr zu sagen: „So ist das also, wenn man eine Familie hat, hm? Die Leute fahren und holen für dich andere Leute vom Flughafen ab. Die Leute umarmen dich und geben dir Küsse auf die Wange. Leute kommen mit deiner Pseudo-Mom zusammen und alles wird seltsam."

„Shh", bringe ich ihn erneut zum Schweigen, als Dad zurückkommt und sich auf den Sessel gegenüber der riesigen Fenster setzt – Lowells üblicher Platz in letzter Zeit.

„Was für eine Aussicht", sagt er. „Peggy Jo hat erzählt, dass sie dieses Haus vor beinahe dreißig Jahren mit ihrem Ehemann gekauft hat."

Dan nickt.

Die Augen meines Dads richten sich jetzt auf ihn, mustern ihn, als wäre er ein Buch voller Worte, die er nicht versteht. Aber dann nickt er nur, bevor er sagt: „Es ist schön, dich kennenzulernen, Junge. Wie geht es dem Bein?"

„Besser."

Wir verfallen wieder in Schweigen, bis Muggs auf Dads Schoß springt und anfängt zu schnurren und sich an seinem Hemd zu reiben.

„Er ist mein Liebling", verkündet Dan freiwillig.

„Wirklich?", frage ich. „Ich wusste nicht, dass du einen Liebling hast."

„Ja. Er hat den geringsten Prozentsatz von Dämon in seinem Blut."

Dad blinzelt.

„Das ist ein Witz", biete ich als Erklärung an. „Dan hatte früher Angst vor Katzen."

„Ah. Angst vor Katzen, aber nicht, im Free Solo eine Schönheit wie El Cap zu klettern", sagt Dad und krault Muggs an den Ohren. Er genießt es, dreht seinen Kopf zu ihm und zeigt ein schnurrendes Katzenlächeln.

„Nein, Sir."

„Ich habe Angst vor Bienen."

„Bienenstiche sind furchtbar", stimmt Dan zu.

Wieder schweigen.

Ich räuspere mich. „Was willst du unternehmen, während du hier bist, Dad?"

„Deine Kinder tanzen sehen. Weihnachten mit dir verbringen. Martins Familie besuchen." Sein Blick gleitet in Richtung Küche, wo Peggy Jo die Lebensmittelsituation zu begutachten scheint. „Es genießen, neue Freunde zu finden."

Dan stupst mich mit dem Ellbogen an.

„Entschuldigt mich einen Moment, Jungs. Ich werde Peggy Jo in der Küche helfen. Bin gleich wieder zurück", sagt Dad, setzt Muggs auf den Boden und steht auf.

„Oh, ihn hat es schlimm erwischt", flüstert Dan. „Ich kann nicht sagen, dass ich ihm einen Vorwurf mache. Meine Pseudo-Mom ist eine Granate."

„Dan …“

„Was?“

„Halt den Mund.“

In der Küche kichert Peggy Jo. Sie *kichert*, verdammt noch mal.

Dan schaut mich mit zuckenden Lippen an. „Es tut mir leid, Doc. Wie es aussieht, wurdest du von einer heißen alten Lady ausgestochen.“

Ich schlucke schwer und in meinem Brustkorb breitet sich Schmerz aus.

Dans Gesichtsausdruck wird besorgt. „Ich habe nur gewitzelt. Das war ein Scherz. Er will Zeit mit dir verbringen. Darum ist er hier.“

Ich nicke und schaue zu, wie mein Dad sich an den Kühlschrank lehnt, um zu sehen, wie Peggy Jo ein paar Gegenstände aus ihrem Gepäck in den Schränken verstaut. Irgendeine Marmelade. Eine Schachtel Cookies. Früher hat er Mom so angesehen. Und manchmal, nur manchmal, hat er mich mit so viel Interesse angesehen. Ich hatte gehofft, dass er das bei diesem Besuch wieder machen würde. Aber vielleicht nicht.

„Lass uns gehen“, sage ich und ziehe an Dans Hand, damit er aufsteht. Er stöhnt, sein Bein ist müde nach all dem Herumgehen im Schnee mit den Kindern heute.

Ich führe ihn zur Eingangstür und rufe: „Dan und ich sind fertig, nachdem wir auf die Kinder aufgepasst haben. Wir werden im Van ein Nickerchen machen.“

„Dann bis später, Junge“, sagt Dad, wendet den Blick kaum von Peggy Jo ab.

Ich presse meine Lippen zusammen und Dan ist direkt hinter mir, als wir in die Einfahrt gehen und zu dem Van, der dort wartet. Drinnen ist es kalt, aber der Gasheizer wärmt ihn schon bald auf.

Bis ich ihn angeworfen habe, liegt Dan bereits auf dem Bett, das Handy in der Hand. Ich krieche neben ihn, schaue auf die funkelnden Lichter an der Rückseite und versuche, mich nicht noch mehr aufzuregen, als ich das schon tue.

„Das ist nicht so gelaufen, wie ich es erwartet habe."

Dan schüttelt seinen Kopf. „Nein. Ganz sicher nicht. Dein Dad hat mich gemocht."

„Hat er das?"

„Jep."

Dan drückt auf seinem Telefon herum und die vertrauten Eröffnungsnoten von „gemini" erklingen.

„Dan, ich bin nicht in Stimmung."

„Warum nicht? Peggy Jo und dein Dad sind es. Warum können wir es nicht sein?"

„Weil Peggy Jo und mein Dad es sind!"

Dan lässt den Song weiterspielen, aber er wirft sein Handy auf die andere Seite des Bettes und kuschelt sich neben mich. Eine lange Pause entsteht, während der ich ihn den Geruch meines Halses einatmen lasse. Irgendwann meint er: „Ich glaube, ich verstehe uns jetzt besser."

„Wie meinst du das?"

„Dein Dad ist mir sehr ähnlich."

Ich runzle die Stirn, aber Dan hat recht. Mein Dad ist unbeholfen und still und lässt sich anscheinend leicht von einem hübschen Lächeln einfangen. Genau wie Dan. „Ich wollte, dass er *mich* sehen will."

„Er will dich sehen und das wird er. Heute Abend, beim Abendessen, wird er normal sein."

„Woher weißt du das?"

„Weil sie es bis dahin hinter sich gebracht haben."

Wenn Gott es so will und der Fluss nicht anschwillt, wie mein Dad immer sagt.

KAPITEL SIEBENUNDVIERZIG

Dan

ICH HABE NATÜRLICH recht. Beim Abendessen ist Buck viel entspannter und seine Aufmerksamkeit wechselt mit Leichtigkeit zwischen Sejin und Peggy Jo. Ob sie es nun getrieben haben oder nicht, kann ich nicht sicher sagen, aber er ist nicht annähernd so abgelenkt wie am Anfang.

Hin und wieder schaut er zu mir, aber ich weiß nicht, was ich mit seinem Blick anfangen soll. Er ist leer, aber nicht unfreundlich. Wie ein Mysterium, das ein Mysterium betrachtet.

Mir wird klar, dass sich die Leute so oft fühlen müssen, wenn sie es mit mir zu tun haben.

„Wie ist die Kostümprobe heute Morgen gelaufen?", fragt Peggy Jo Sejin und nimmt einen großen Bissen von der Pizza, die wir haben liefern lassen, weil die Küchenschränke beinahe leer sind.

„Großartig", sagt er mit einem freudigen Grinsen. „Die Kinder sind niedlich. Du wirst es lieben."

„Das habe ich nicht bezweifelt."

Mir fällt auf, dass er nicht erwähnt, dass Jeremiah versucht hat, sich seinen Weg zur Vorderseite der Bühne zu erkämpfen, indem er die süß singende Weihnachts-Taylor Swift zur Seite geschoben hat. Das gehört wohl dazu, wenn man mit Kindern arbeitet.

„Wie geht es Bella?", frage ich und überrasche alle am Tisch mit Ausnahme von Buck mit dieser Frage. Er kennt mich nicht gut genug, um von meinem Interesse geschockt zu sein. Ich verdrehe die Augen. „Was? Edith hat mir ein paar soziale Nettigkeiten beigebracht. Das habe ich euch schon erzählt."

Ich bin auch wirklich neugierig. Ich bin mir nicht sicher, wer der Vater von Bellas Kind ist, und ich bin mir nicht sicher, ob Peggy Jo vorhat, zurückzugehen, wie lang sie hierbleiben wird oder ob überhaupt. Sie war sehr vage, was das alles betrifft.

Peggy Jos Augen verdunkeln sich für einen Moment, aber dann setzt sie ein Lächeln auf. Wenn sie denkt, dass ich nicht sehen kann, dass es falsch ist, dann ist sie eine Närrin. „Ihr und der kleinen Amelia Rose geht es hervorragend. Oh, übrigens, wir nennen sie Mimi."

„Bella?"

„Nein, Amelia Rose."

„Stimmt. Ergibt Sinn. Es wäre ein seltsamer Spitzname für Bella."

Sejin lacht und berührt meine Hand mit einem liebevollen Blick. Ich bin froh, dass ich ihn unterhalten kann.

Buck murmelt: „Ich habe immer ein kleines Mädchen gewollt, aber ich war glücklich mit dem Jungen, den wir bekommen haben." Er zwinkert Sejin zu. „Das niedlichste Baby im Babyladen."

„Babyladen?", fragt Peggy Jo, wechselt eindeutig gern das Thema weg von Bella und Amelia Rose.

„Oh", meint Buck mit einem kleinen Lächeln. „Lisa und ich haben immer gescherzt, dass Sejin ein im Laden gekauftes Baby war, anstatt selbst gemacht." Er lacht. „Er war genauso gut, aber *sehr* teuer."

Sejin rutscht ein wenig herum und ich kann nicht entscheiden, ob es ihn stört, wenn so über ihn gesprochen wird. „Jep. Mom hat gesagt, dass ich das niedlichste Baby im ganzen Versandkatalog war", wirft er mutig ein, als würde er versuchen, dass die Worte nicht falsch auf seiner Haut zu liegen kommen.

„Gab es damals wirklich einen Katalog?", fragt Peggy Jo Buck.

„Hattet ihr viele Babys zur Auswahl?"

„Nein, nein. Das war ein Witz, den wir erzählt haben. Die Adoptionsagentur hat Lisa ein paar Fotos von ihm geschickt und wir haben sofort entschieden, dass er für uns bestimmt war. Wir haben uns keine anderen Babys angesehen."

Sejins Lippen heben sich.

„Es war Liebe auf den ersten Blick", verkündet Buck.

Peggy Jo lächelt und deutet mit ihrer Gabel in meine Richtung. „Das kann Dan verstehen."

„Für mich war es auch ein Foto von ihm", sage ich. „Habe es gesehen und *bamm*. Ich musste ihn haben."

Sejins Wangen werden dunkel, so heftig errötet er und er schaut mich warnend an.

„Ein Foto, huh?", fragt Buck.

„Ja, auf einer App."

Sejin tritt mich unter dem Tisch.

Buck nickt nachdenklich. „Ich habe gehört, dass die Jugend dieser Tage auf Dating-Apps steht. Nevaeh – das ist meine Nichte – hat versucht mich dazu zu bringen, eine zu benutzen. Hat gesagt, dass es mir sehr guttun würde, ein paar nette Single-Damen kennenzulernen." Er wirft Peggy Jo einen Blick zu, die die Eier hat, schüchtern auszusehen, und sagt: „Sie hat vielleicht recht gehabt, aber eine App schien mir eine seltsame Art zu sein, es zu machen. Ich habe Lisa bei einem Kirchentanz kennengelernt, als wir Teenager waren. Das war damals, als wir noch in die Kirche gegangen sind."

Sejin schluckt seinen Bissen der Pizza hinunter. „Das wollte ich immer fragen – habt ihr wegen mir aufgehört, in die Kirche zu gehen?"

Buck runzelt die Stirn. „Nein, wir haben aufgehört, hinzugehen, weil ein paar der Frauen hinter dem Rücken deiner Mama getratscht haben und das hat sie sehr verletzt. Darum habe ich zu ihr gesagt, dass sie es *und* sie vergessen sollte. Wir waren ohnehin nie große Kirchgänger. Da ist zu viel passiert, das überhaupt nichts mit Jesus zu tun zu haben schien."

„Es tut mir leid, Dad."

„Warum?"

„Nun, weil es bei dem Tratsch um mich ging. Darum, dass ich schwul bin."

Buck legt sein Pizzastück weg. „Nein, Junge, es ging darum, dass der echte Daddy deiner Mom Bob Herron war – der Pocatalico River Valley Baptisten-Prediger."

„*Was?*"

Buck nickt. „Das war er. Er und deine Oma Alice hatten eine ziemlich lange Affäre. Gerüchte besagen, dass dein Onkel Derek auch von ihm war. Aber deine Tante Ivy ist durch und durch von Opa Terrance. Hat genauso ausgesehen wie er." Er überlegt. „Bitty Beau war wahrscheinlich auch von Terrance."

„Moment, Moment. Du willst mir erzählen, dass … was? Die kleine Oma Alice? Hatte etwas mit dem River Valley Baptisten-Prediger?"

„Jep. Keine treue Frau oder Mann, wenn wir schon dabei sind", sagt Buck traurig und schnalzt mit der Zunge. „Hat eine Menge unnötiges Drama verursacht. Aber ich glaube, Alice hat sie beide geliebt. Ich habe gehört, dass so etwas passieren kann. Nevaeh hat mir erklärt, dass das heutzutage häufiger vorkommt. Sie hat etwas davon erzählt, dass alle Kinder jetzt in Polykülen leben?"

„Nevaeh erzählt dir eine Menge", bemerkt Sejin und sieht benommen aus.

Buck zuckt mit den Schultern und kehrt zum Familienklatsch zurück. „Ich vermute, deine Mama hat dir nichts von all dem Gerede in der Kirche erzählt, weil sie nicht wollte, dass du Oma Alice anders siehst. Aber ich denke, du bist jetzt ein erwachsener Mann und du verdienst die Wahrheit. Dein leiblicher Großvater war-" Buck hält inne und lacht schnaubend. „Nun, dein *leiblicher* Großvater, dein biologischer, da haben wir keine Ahnung, würde ich sagen. Was ich sagen will, ist, dass deine Mama es satt hatte, dass diese Heuchler in der Kirche über sie getratscht haben, vor allem weil es ihr eigener verdammter Prediger war, der mit Alice eine Affäre hatte."

„Wow", sagt Sejin. „Ich habe das Gefühl, dass sich mein gesamtes Leben vor meinen Augen verändert."

„Menschen sind nur Menschen, Junge. Sie alle machen Fehler."

„Denkst du je über deine leibliche Familie nach, Sejin?", fragt Peggy Jo in das Schweigen, das dieser zutreffenden Erklärung folgt.

Sejin zuckt mit den Schultern. „In Momenten wie diesen mache ich das. Der Vater meiner Mom – oder Väter, wie es scheint – sind biologisch nicht mit mir verwandt, ganz egal, wer sie sind. Da frage ich mich schon. Wie *war* mein leiblicher Großvater so? Was hat er mit seinem Leben gemacht? Hatte *er* Affären und Skandal-Babys? Oder war das nur meine leibliche Mutter?"

Peggy Jo lacht und Buck sieht aus, als würde er ebenfalls über diese Frage nachdenken. „Weißt du", fängt er langsam an. „Ich habe es versucht, damals, als du achtzehn geworden bist. Ich habe geprüft, ob die Adoptionsagentur, die wir damals genutzt haben, noch existiert. Wir hatten es so organisiert, dass du, wenn du willst und volljährig bist, sie um Informationen über deine leibliche Mutter bitten kannst. Wir wollten dir diese Wahl lassen."

Sejins Augen weiten sich.

Buck seufzt. „Aber die Agentur ist geschlossen. Korea hat seine internationalen Adoptionen beendet und all diese Unterlagen sind wohl mit der Agentur verschwunden."

Ich sage um einen Bissen Pizza herum: „Es gibt Adoptionsdokumente, die die Regierung aufbewahrt. Wenn Sejin es möchte, könnte er seine Unterlagen vielleicht dort anfordern."

Alle schauen mich überrascht an.

„Was soll ich sagen, mir war langweilig im Bett, Wochen um *Wochen*-"

„Zwei Wochen", murmelt Sejin.

„- und ich bin von ihm besessen, darum wurde ich neugierig, was seine Vergangenheit betrifft. Also habe ich gegoogelt."

„Ich weiß nicht", sagt Sejin und schüttelt seinen Kopf. „Ich fühle im Moment keinen Drang, das zu machen. Ich möchte nur morgen die Vorführung überstehen und Dans nächstes Free Solo … wann immer er es macht. Ich sehe keinen Grund, Komplikationen in mein Leben einzuführen. Außerdem kann ein Kind aufzugeben für eine Frau sehr traumatisierend sein, laut der Adoptionsvideos, die ich auf YouTube gesehen habe. Ich möchte keine alten Wunden aufreißen, wenn meine leibliche Mutter jetzt glücklich ist."

„Es wäre in Ordnung, wenn du Nachforschungen über deine leibliche Familie anstellen möchtest", sagt Buck. „Ich möchte nicht, dass du dir Sorgen machst, dass das irgendwie meine Gefühle verletzen würde. Du bist mein Junge und das wissen wir beide. Aber wenn du deine Abstammung erkunden möchtest, ist das auch in Ordnung."

„Danke, Dad."

Peggy Jo schaut Buck an, als ob er den Mond an den Himmel gehängt hätte. Ich habe es vorhin ernst gemeint, als ich Sejin gesagt habe, dass sein Dad meine Pseudo-Mom besser gut behandeln soll. Ich habe ein Gefühl, dass er das wird, wenn man sich den Sohn ansieht, den er großgezogen hat. Darum lehne ich mich zurück und genieße Sejins Entsetzen angesichts ihrer schmachtenden Blicke.

„Was hast du morgen früh vor der großen Show auf dem Plan stehen?", fragt Buck Sejin. „Hast du ein wenig Zeit für deinen alten Herrn?"

Sejin lächelt und mein Brustkorb entlässt den Rest der Anspannung, die ich wegen dem Besuch seines Vaters noch festgehalten hatte. Es wird gut werden zwischen den beiden.

Es wird für uns *alle* gut werden.

Ich verheile gut und wenn ihre Anspannung, was das Thema Bella betrifft, ein Hinweis ist, dann bin ich immer noch Peggy Jos Lieblingskind. Okay, dieses Baby Mimi mag mir um eine dünne Haaresbreite auf ihrem kahlen Kopf voraus sein, aber ich habe Bella und den Vater ihres Kindes *ganz sicher* ausgestochen. Obwohl ich um Peggy Jos Willen hoffe, dass sie und Bella was immer zwischen ihnen vorgefallen ist, bald klären.

Aber zum ersten Mal in meinem ganzen Leben habe ich eine Ahnung, was die Leute meinen, wenn sie vom „Geist der Feiertage" reden. In diesem Moment, hier mit diesen Leuten …

Ist mit der Welt alles in Ordnung.

KAPITEL ACHTUNDVIERZIG

Sejin

ICH NEHME MIR den Nachmittag bei Papa Bear frei, um meinem Dad Yosemite zu zeigen. Das stört Pete nicht, weil bei diesem Wetter die meisten, die können, es sich zu Hause gemütlich und warm machen.

„Das ist der Campingplatz, auf dem Dan gewohnt hat, als ich ihn kennengelernt habe", sage ich, fahre dabei vorsichtig über die von Schneematsch bedeckten Straßen. Sie sind diese Saison schon ein paar Mal geräumt und gesalzen worden, aber der Himmel segnet uns mit weiteren Schneeflocken.

„Home Sweet Home", meint Dad und hebt eine Braue angesichts der Dürftigkeit in einer seltenen Zurschaustellung von Sarkasmus.

Ich umklammere das Lenkrad ein wenig fester. „Er ist nicht die Art Mann, der sich einen Job sucht und ein Haus kauft, weißt du?"

„Das sehe ich, Junge. Diese Nachricht ist klar und deutlich angekommen."

Ich spiele mit dem Verlobungsring an meinem Finger und belasse es dabei, bin mir nicht sicher, ob er etwas Negatives andeutet oder nicht. Ich drehe das Lenkrad, als es um eine Kurve geht und fahre in Richtung Papa Bear. Dad hat vorhin gesagt, dass er alle meine Arbeitsplätze sehen möchte und ich weiß, dass er auf Tater Tots morgen einen Blick werfen kann, bevor wir ins Theater der Yosemite High School fahren, für die Weihnachtsvorführung der

Kinder.

Ich hoffe, dass der Schnee nachlässt und die Schneepflüge ihre Jobs wieder über Nacht erledigen, damit das Wetter die Zuschauer oder meine kleinen Künstler nicht davon abhält, zu kommen. Sie haben so hart an ihren Tänzen und Kostümen gearbeitet. Sie haben sich jedem einzelnen Teil der Stücke verschrieben und das ist so niedlich. Ihnen ihren Moment im Scheinwerferlicht zu geben, ist mir jetzt wichtiger als das Geld. Auch wenn wir das Geld immer noch dringend brauchen.

Ich räuspere mich und bin dankbar, dass Dan nicht bei uns ist. Er und Lowell sind in Peggy Jos Garage und trainieren an der Boulder-Wand, machen dazu heute zusätzliche „Physiotherapie". Er bereitet sich auf den Januar vor und plant einige Boulder und kleine Wände zu klettern. „Der Fels ist im Winter klebriger", hat er mir heute Morgen beim Frühstück im Van enthusiastisch erzählt. „Ein großes Plus, um die Kälte aufzuwiegen, die die Finger taub macht."

Über die letzte Woche habe ich mich bemüht, nicht zu sehr darüber nachzudenken, was es bedeutet, dass er diese nächsten Schritte macht oder dass der Arzt ihm erlaubt, mehr und mehr zu machen. Wir haben eine Hochzeit zu planen, sobald die Weihnachtsvorführung vorbei ist und ich versuche, mich darauf zu fokussieren, anstatt mir Sorgen zu machen, was danach kommt.

Aber es *gibt* eine Sorge, der ich mich entschlossen stelle, so beängstigend sie auch ist. „Also, was hältst du von Dan?"

Dad runzelt die Stirn und fängt nicht sofort an zu reden.

Mein Magen dreht sich um und ich verlagere meinen Griff um das Lenkrad erneut, wappne mich, weil ich weiß, dass mein Dad nicht lügen wird. Wenn er Dan nicht mag, wird er mir das sagen – aber auf die sanfteste, netteste, appalachischste Art und Weise.

„Ihr passt gut zusammen. Ich weiß nicht, was deine Mama von ihm gehalten hätte. Sie hätte ihn wahrscheinlich gemocht. Sie mochte die meisten Leute. Aber ich habe keine Zweifel, dass was er da draußen an diesen Wänden macht? Das hätte sie als närrisch angesehen. Ich muss zugeben, das finde ich auch."

„Ich weiß."

„Versteh mich nicht falsch", sagt Dad. „Er ist ein beeindruckender Athlet. Ich muss seine Entschlossenheit, ein Ziel zu erreichen, bewundern. Man kann nicht sagen, dass er keine Ambitionen hat."

„Nein."

„Peggy Jo hat mir ein wenig erklärt, was an dem Sport so reizvoll ist."

Nur ihren Namen zu erwähnen, lässt ihn strahlen und ich sorge mich, dass er mir gestehen wird, was zwischen ihnen läuft, anstatt meine Fragen zu beantworten. Aber das macht er nicht.

„Was mir noch gefällt, ist, wie dieser Junge dich herausfordert. Er möchte mehr für dich, als du für dich selbst willst, und manchmal ist das die beste Art von Partner, die man haben kann. Er wird dich antreiben, wenn du es brauchst." Dan nickt nachdenklich. „Manchmal braucht jeder einen guten Schubs in die richtige Richtung. Aber er ist auch zärtlich mit dir. Er kümmert sich auf seine eigene Weise um dich. Ich glaube, ich kann dich ihm anvertrauen." Er schnalzt mit der Zunge und schüttelt seinen Kopf ein wenig. „Ihn sich selbst anvertrauen? Das ist eine ganz andere Geschichte, aber wahrscheinlich etwas zwischen ihm und Gott."

Er denkt noch einmal wirklich intensiv nach und fügt hinzu: „Viel Glück, Junge."

Meine Hände entspannen sich am Lenkrad, während er redet. „Ich war so nervös, dass du ihn hassen würdest. Er ist nicht einfach."

Dad zuckt mit den Schultern, beugt sich vor, um aus dem Fenster zu schauen, als Papa Bear hinter der Kurve in Sicht kommt. „Er ist direkt. Ehrlich. Klug. Und er liebt dich wie verrückt. Ein blinder Mann kann das sehen."

„Ja", stimme ich zu. „Ja, das ist er und das tut er."

Dad räuspert sich. „Also, ich nehme an, dir ist aufgefallen, dass ich deine Freundin, Peggy Jo, mag."

Meine Fingerknöchel werden wieder weiß auf dem Lenkrad. „Das ist es. Ja."

„Sie ist etwas Besonderes."

„Das ist sie", stimme ich zu.

„Magst *du* sie?"

„Ich? Ich liebe sie", antworte ich. „Sie war für Dan wie eine Mutter. Er hat diese Art Frau in seinem Leben gebraucht."

Dad schweigt für einen Moment, aber dann meint er: „Mir gefällt ihre Art zu reden."

Ich werfe ihm einen Blick zu. Er klingt schüchtern. Ich packe das Lenkrad aus einem Reflex heraus und lockere dann meinen Griff. „Wenn du sie besser kennenlernen willst, stört es mich nicht."

Dad schaut zu mir. „Ich habe deine Mama geliebt."

„Ich weiß, Dad. Aber es ist in Ordnung, wenn du bereit bist, jemand anderen in dein Herz zu lassen." Ich habe das Gefühl, dass ich einen goldenen Stern verdiene, weil ich so erwachsen und großzügig bin, aber ich weiß auch, dass niemand ihn mir geben wird.

Dads peinlich berührtes Lächeln und Nicken ist das Beste, was ich bekommen werde.

Es ist genug.

KAPITEL NEUNUNDVIERZIG

Dan

AM ABEND DER Talent-Show ist Yosemites kleines Theater weihnachtlich geschmückt und stinkt nach buttrigem Popcorn. Der Kiosk ist offen, verkauft aber nichts, was stärker als ein Sprite ist. Das Gebäude hat auch diesen schalen Geruch, als ob ungefähr fünfundzwanzig Leute irgendwann in den letzten zehn Jahren einmal auf den roten Teppich gekotzt haben und der Nachgeschmack bleibt einfach.

Ich ignoriere es und gehe, um mich zu Buck, Peggy Jo und Rye in die vorletzte Reihe des Theaters zu setzen, direkt hinter Pete, Gage, Celli und weiteren Angestellten bei Papa Bear. Sailor ist auch irgendwo. Sie filmt Content für unsere Kanäle, sowohl hinter der Bühne als auch davor. Ich habe ihr gesagt, dass sie das nicht muss – weil es eigentlich mehr für meinen Kanal ist als für ihren – aber sie hat darauf bestanden. Es wird aber ein ziemlicher Akt sein, von all den Eltern die Erlaubnis zu bekommen, ihre Kinder zu zeigen. Wir könnten vielleicht die Gesichter der Kinder verpixeln. Das ist aber Sailors Aufgabe und es wird ihr wahrscheinlich nichts ausmachen. Ich denke, dass sie nicht weiß, was sie mit sich anfangen soll, wenn sie nicht beschäftigt ist.

Rye hat schlechte Laune. Das ist mir aufgefallen, als er angekommen ist. Er versucht, sich zusammenzureißen, wahrscheinlich für Jeanie und auch Sejin. Aber ich kann die Wahrheit sehen in der Art, wie er auf seinem Sitz herumrutscht und seine Augen sich hin und wieder mit Tränen füllen. Er ist wirklich traurig.

Ich würde sagen, es liegt an der Anwesenheit seines Ex heute Abend, der in der ersten Reihe sitzt, mit sowohl seinen eigenen Eltern *als auch* denen von Rye. Andrew hat nicht einmal mit Rye geredet, als er hereingekommen ist, hat so getan, als würde er ihn nicht sehen und Ryes eigene Eltern haben das auch nicht. Aber ich habe Rye nicht mehr wegen irgendetwas, das mit seinen Eltern oder Andrew zu tun hat, weinen sehen, seit damals, als er seine Transition begonnen und dann das Sorgerecht für Jeanie verloren hat.

Was mich denken lässt, dass es mit Lowell zu tun hat. Der, auffälligerweise, heute Abend nicht hier ist. Kein gutes Zeichen.

Ich bin der Erste, der zugibt, dass ich oft keine Ahnung von den Beziehungen anderer Menschen habe und wie sie funktionieren. Ich verstehe zum Beispiel nicht wirklich, warum Peggy Jo sich zu Buck hingezogen fühlt. Er ist ein schwer gebauter, grauhaariger Mann, der nicht viel redet. Aber ihr Ehemann war auch stämmig. Ivan war wie ein Hydrant gebaut gewesen und hat einen Bart getragen und von dem, was ich gehört habe, war er kein großer Redner gewesen. Darum kann man wohl sagen, dass diese Art Mann ihr Typ ist.

Aber ich *weiß*, dass Rye und Lowell gut zusammenpassen. Ich sehe es. Ich verstehe es.

Ich weiß auch, dass Rye mir nicht sagen wird, was los ist, sogar wenn ich versuche, ihn zu drängen, mit ein paar Einzelheiten herauszurücken. Er hat mir schließlich auch nicht gesagt, dass sie zusammen sind, darum wird er auch nicht freiwillig erzählen, warum es vorbei ist.

Wenn es vorbei *ist*.

Ich glaube aber schon, basierend auf dem reinen Elend, das alle paar Minuten über Ryes Gesicht huscht.

Wenigstens wird er diesen Frühling mein exklusiver Kletterpartner sein. Ich werde ihn doch nicht mit Lowell teilen müssen und wir können wieder vollkommen unterschiedliche Freundschaften haben, so wie zuvor. Freundesgruppen sind wahrscheinlich ohnehin überbewertet und zu chaotisch. Zu viel Drama.

Dennoch, als seine Augen sich wieder füllen, kann ich dem Wunsch, ihm zu helfen, nicht widerstehen. „Wo ist Lowell?", frage ich leise, als Peggy Jo und Buck anfangen, miteinander zu flüstern und ihr Popcorn zu teilen.

„Ich bin nicht sein Aufpasser. Woher zur Hölle sollte ich das wissen?"

Ich runzle die Stirn. „Du bist sein fester Freund."

„Nein, bin ich nicht."

Ich sitze einen Moment schweigend da, versuche mir vorzustellen, was Sejin jetzt sagen würde und mir fällt rein gar nichts ein. Darum nehme ich das, was ich sagen würde. Authentizität ist das Beste, wie Sailor immer sagt. „Es tut mir leid."

Rye schaut mich an, als ob mir ein zweiter Kopf gewachsen wäre. „Was?"

„Es tut mir leid." Ich hebe meine Hände und lasse sie auf meinen Schoß fallen. „Ich weiß, dass du ihn gemocht hast, und er hat dich gemocht. Es ist beschissen, dass es vorbei ist. Also ja. Es tut mir leid."

Rye schluckt schwer, diese Tränen schwimmen wieder in seinen Augen und verschwinden dann. „Es wird einfach nicht funktionieren."

„Warum?"

Rye lässt ein kleines, gebrochenes Lachen hören. „Es ist kompliziert."

„Fass es zusammen."

„Ich wusste, dass ein einfaches ‚es tut mir leid' zu gut war, um wahr zu sein." Er reibt mit einer Hand über seinen Kopf, glättet seine Haare. „Er ist kaputt und ich bin in keiner Position, in der ‚kaputt' etwas ist, das ich in meinem Leben haben kann." Ein leichtes Schlucken lässt seine Kehle hüpfen. „Für mich steht zu viel auf dem Spiel. Ich … kann nicht.“

Ich weiß nicht, wovon er redet, doch als ich meinen Mund wieder aufmache, deutet Rye auf die Bühne. Die Zeit für Fragen ist vorbei.

„Shh!“, kommt es aus der Menge und das Rascheln und die Gespräche verstummen, als Sejin auf die kleine Bühne der High School tritt.

Mein Herz macht einen Hüpfer und trotz der Schwere, die ich für Rye gefühlt habe, möchte ich jubeln, als ich meinen Mann da oben anstarre. Er ist groß, ja, und wunderschön, ja, wie immer, aber ihn im Scheinwerferlicht zu sehen, mit diesem aufgeregten, nervösen Grinsen auf seinem Gesicht, macht mich schwindlig. Es erinnert mich daran, wie es sich anfühlt, ein Free Solo zu machen – eine Wand hinauf, nur mit Selbstbewusstsein und Übung, die mich führen, Anmut und Glück auf meiner Seite. Ich möchte unbedingt aufstehen und allen verkünden, dass er mir gehört. Mir, mir, *mir*.

Ich beherrsche mich.

„Guten Abend, ihr alle“, sagt er, sein Appalachen-Akzent kommt mehr und mehr durch, je länger sein Vater in der Stadt ist. „Ich freue mich so sehr, dass ihr alle heute Abend gekommen seid, um die allererste jährliche Wintervorführung von Tater Tots zu sehen. Dieses Jahr ist unser Motto *Alles Weihnachten und alles Winter und alles, was man feiert*. Es ist lang, ich weiß, aber wir haben eine Handvoll Kinder, die Weihnachten nicht feiern und wir wollten sie alle auf respektvolle, spaßige Weise einbeziehen. Bevor wir anfangen, möchte ich euch alle wissen lassen, dass es mir eine absolute Freude gewesen ist, in den letzten paar Jahren mit euren Kindern zu arbeiten und vor allem in den letzten paar Wochen. Sie bringen mir so viel Freude. Jeder Tag, an dem ich mit ihnen arbeiten darf, ist einer der glücklichsten in meinem Leben.“ Er berührt seinen Brustkorb. „Ich fühle das sehr intensiv und ich hoffe, *euch* gefällt, wie sehr sie es genießen zu lernen, wie sie ihre Körper bewegen und ihre windenden Bewegungen in Form von Tanz herauslassen können."

Die Menge applaudiert.

Sejin atmet pfeifend aus und schüttelt seine Hände aus. „Ich muss ein paar Leuten danken. Zunächst einmal war es Heather Tates Idee, diese Show zusammenzustellen und ich möchte ihr dafür danken, dass sie mich ermutigt hat, die Rollen eines Choreografen und eines Regisseurs anzunehmen. Es hat sehr viel Spaß gemacht."

Heather winkt von der Seite der Bühne.

Sejin fährt fort. „Sie war auch diejenige, die vorgeschlagen hat, dass der kleine Preis für die Eintrittskarten an Dans Fonds gespendet wird." Bei diesen Worten nickt er mir zu. Ich hebe meine Hand, wie er mich angewiesen hat, es zu tun, versuche das Lächeln, das er mich früher an diesem Abend hat üben lassen. Ich hoffe, es *sieht* dankbar und aufrichtig aus, weil es sich seltsam und aufgesetzt anfühlt. Aber ich gebe mein Bestes.

Sejin scheint jedoch zufrieden zu sein. „Wir ihr euch vielleicht vorstellen könnt, waren Dans Krankenhausrechnungen nach seinem Absturz gewaltig und jede zusätzliche Hilfe wissen wir sehr zu schätzen. Wir können euch nicht genug dafür danken, dass ihr heute Abend hier seid und auf diese Weise etwas dazu beitragt. Wenn jemand von euch noch mehr beisteuern möchte, der QR-Code auf der Rückseite des Programms in euren Händen wird euch zu unserer GoFundMe Seite bringen und dort könnt ihr direkt spenden."

Schließlich wischt Sejin sich mit zitternder Hand über seine Stirn und holt tief Luft. „Ohne weitere Umschweife … Tater Tots wünscht euch allen eine frohe Vorweihnachtszeit." Er dreht sich zu den Seitenaufgängen und flüstert: „Evelyn, wir sind bereit. Kinder … auf eure Plätze, bitte."

Als Sejin zur Seite der Bühne geht, gegenüber von Heather –

immer noch sichtbar, aber dem Publikum die Chance gebend, sich auf die Kinder zu konzentrieren – kommen sie alle herausgeplatzt.

Zuerst Jeanie, die als Schneeflocke verkleidet ist und dann Jeremiah als Weihnachtskätzchen. Leenie steht auf, um Sarah Kate an Evelyn zu übergeben, die im Hintergrund mit ihr steht, mit ihrem runden Weihnachtsmondkostüm. Die anderen joggen heraus, gekleidet in verschiedenste Weihnachtskostüme und verteilen sich, bis sie den Großteil der Bühne einnehmen.

Der erste Song fängt an – Jimins „Christmas Love" – und die Kinder wissen, zum größten Teil, ganz genau, was zu tun ist. Diejenigen, die es nicht wissen, schauen zu Sejin und imitieren ihn, so gut sie können. Nur Byron, der als Weihnachtscowboy verkleidet ist, fängt an zu weinen und Heather kommt und trägt ihn von der Bühne.

Die Eltern wiegen sich vor und zurück und bei der Hälfte ermuntern die Kinder die Eltern, die leicht zu lernenden und gut verständlichen englischen Lyrics zu singen. Das tun sie und der Raum ist voller Lachen und einem Chor von Stimmen.

Ein seltsames Gefühl zupft an meinem Brustkorb. Ich glaube, es ist Liebe und nicht nur für Sejin, und nicht nur für meine Freunde, sondern für diese Gemeinschaft und die Stadt insgesamt. Ich reibe über mein Brustbein und fühle mich davon erschöpft.

Ich spüre Peggy Jos Blick auf mir und drehe mich, um ihr in die Augen zu sehen. Sie hat Tränen in den Augen, als sie meine Hand nimmt. Das ist es, was sie schon seit einer langen Zeit für mich möchte – eine Familie, einen Platz in dieser Stadt und in den Herzen dieser Menschen. Aber ich weiß, dass es nicht um mich geht. Das ist alles Sejin. Er ist die Magie, die das hier geschaffen hat. Die mir alles gebracht hat, was ich jetzt fühle.

Ich erinnere mich, wie der kleine Jeremiah – absolut niedlich auf der Bühne in seinem Weihnachtskätzchen-Kostüm – versucht hat, mich zu beißen, weil ich ihm Sejin weggenommen habe. Was für ein Narr ich doch bin, oder? Dass ich je zugelassen habe, dass die Heart Route eine Chance hat, unsere Zukunft – seine Zukunft – zu stehlen.

Ich habe ihm versprochen, als ich ihn gebeten habe, mich zu heiraten, dass ich ihn immer an erste Stelle setzen würde. Als die Süße dieser Weihnachtsvorführung, sein Triumph der Freundlichkeit, sich um mich erhebt und die Musik mein Herz anschwellen lässt, hebe ich meinen Arm an meinen Mund und beiße mir auf mein nacktes Handgelenk. Gerade hart genug, um mich zu erinnern.

Verbock das nicht, Dan. Wage es ja nicht, ihn zu verlieren oder das hier oder uns.

Rye nimmt meinen Arm und zieht ihn herunter. Er weiß nicht, was ich mache oder warum, aber er schiebt seine Finger zwischen meine und hält meine Hand. Später, wenn ich allein mit ihm bin, werde ich es erklären müssen. Vielleicht kann auch er etwas von Jeremiahs wilder Besitzgier lernen. Vielleicht kann er einen Weg finden, nicht das zu ruinieren, was er mit Lowell haben könnte.

Oder vielleicht kann er das nicht.

Ich drücke seine Hand. Er ist nicht ich und Lowell ist nicht Sejin … darum kann er dieses Mal vielleicht einfach nicht dafür sorgen, dass es funktioniert.

Sejins Augen glänzen, als er die Kinder anweist, sich zu verbeugen, und der nächste Song fängt an. Es ist eine Feiertagsversion von BTS' Song „Dynamite" und die Kinder tanzen sich ihre kleinen Herzen aus dem Leib.

Mein Herz liegt auch offen da, aber das weiß niemand. Es schlägt in Sejins Lächeln, in seinen Augen, in seinem Körper, der so einfach den Rhythmus der Musik hält.

Es ist verrückt, wie meine Liebe für ihn weiter wächst. Tatsächlich denke ich, kann man sagen, dass ich noch nie so verliebt gewesen bin wie in *genau dieser Sekunde.* Er sieht so glücklich aus.

Seine Freude ist meine Freude. Wunderbar.

Die meisten der Eltern scheinen den Song zu kennen und als Sejin sie ermuntert, mitzusingen, heben sie enthusiastisch ihre Stimmen. Ich habe das Gefühl, als würde ich bersten, wenn ich nicht etwas mache, darum fange ich an, mit ihnen zu singen. Neben mir bewegt Rye seine Lippen, aber kein Laut kommt heraus.

Ich drücke seine Hand erneut und singe laut genug für uns beide.

KAPITEL FÜNFZIG

Sejin

DIE VORFÜHRUNG DER Kinder ist ein Riesenerfolg. Als sie vorbei ist, stellen alle Eltern, die da sind, sich an, um ihre Kinder abzuholen und sagen mir, wie sehr es ihnen gefallen hat. Ich habe, zum ersten Mal seit langer Zeit, das Gefühl, dass ich etwas Lohnenswertes gemacht habe. Ich kann es in ihren Augen sehen, dass diese Eltern sich für den Rest ihres Lebens an diese kleine Show erinnern werden.

„Versprich, dass du nächstes Jahr wieder eine machst!", fleht Byrons Mom. Er hat bei „Last Christmas" aufgehört zu weinen und Heather hat ihn zurück auf die Bühne kommen lassen, um das Programm zu Ende zu spielen. Seine Mom streichelt seine Haare und schaut ihn liebevoll an. „Es war einfach so niedlich."

Ich schaue zu Dan, der weiter hinten mit Peggy Jo und meinem Dad steht und ich zeige ihr mein bestes Lächeln, bevor ich sage: „Ich muss abwarten und sehen. Es hängt davon ab, wie es Dan nächstes Jahr um diese Zeit geht. Es könnte sein, dass wir unterwegs sind."

Sie zieht ihre Brauen zusammen. „Oh, du kannst uns nicht verlassen, Sejin. Wir lieben dich so sehr."

„Ich werde nicht endgültig weggehen", versichere ich ihr. „Ich werde immer zurückkommen. Aber Dans Karriere ist ..." Ich weiß nicht, wie ich es beschreiben soll. Wie sich herausstellt, muss ich das nicht. Sie geht bereits mit Byrons Dad weiter, zieht Byron und seiner Schwester Straßenkleidung an, um nach Hause zu fahren.

Die nächsten Eltern sagen dasselbe. Sie wollen eine weitere Vorführung im nächsten Jahr. Ich lache. „Wir müssen abwarten und sehen."

Evelyn meldet sich zu Wort. „Ja! Jedes Jahr eine zu machen wäre wunderbar."

Mrs Hunter sagt: „Aber hoffentlich wird dein Dan bis dahin genesen sein, solange er nichts Dummes macht. Dann könnte der Erlös der verkauften Eintrittskarten an eine andere wohltätige Sache gehen."

Ich schlucke schwer und unterdrücke die Furcht, die immer hochkommt, wenn ich daran denke, dass Dan wieder ein Free Solo machen wird. Aber wer weiß, ob er nächsten Herbst überhaupt schon so weit ist, es zu versuchen? Der Arzt hat ihm zu Anfang gesagt, dass es ein Jahr dauern würde.

Er wird bereit sein, flüstern meine Gedanken. *Lange vorher.*

Ich versuche, loszulassen, mich auf das Hier und Jetzt zu konzentrieren.

Als mein Dad mich erreicht, hat er das breiteste Lächeln im Gesicht. „Junge, das war das Niedlichste, was ich je gesehen habe und deine Mama wäre so stolz gewesen."

Ich lasse mich von ihm umarmen. „Denkst du?"

„Denken? Ich weiß es. Sie hat immer gewusst, dass du auf dieser Welt etwas Besonderes zu tun hast." Er nickt in den Raum um uns herum. „Schau dir all diese Freude an, wegen dir."

Ich fange an zu protestieren, dass es wegen der Kinder ist, aber Peggy Jo tritt um Dads massige Gestalt herum und sagt: „Das ist unser Sejin. Nur sein Lächeln macht diese Welt zu einem besseren Ort."

Sie tätschelt meine Wange. „Aber das hier war etwas Besonderes, mein Kleiner. Nächstes Level, wie die Kinder sagen."

„Die Kinder sagen das nicht", meldet Dan sich hinter ihr.

„Das tun sie definitiv. Bella macht es", beharrt Peggy Jo.

„Bella ist kein Kind."

Peggy Jo ignoriert ihn und wendet sich wieder mir zu. „Du hast diese kleinen Kinder wirklich glücklich gemacht und ihre Eltern auch. Gut gemacht."

„Nicht zu vergessen", wirft Heather ein, die plötzlich an meiner Schulter auftaucht. „Das GoFundMe ist beinahe komplett finanziert." Sie zeigt mir die Seite. „Schau dir das an."

Dan schlüpft an meinem Dad vorbei, legt seinen Arm um meine Taille und sagt: „Sieht so aus, als könnten wir jetzt anfangen in Luxus zu leben, Doc. Wir können diese neue Yeti Allwetter-Decke kaufen, die du für den Van wolltest. Dann musst du nicht mehr frieren."

„In Luxus leben." Ich lache.

Ich bemerke, dass Rye hinter Peggy Jo steht, sein Blick ist quer durch den Raum gerichtet, wo Jeanie in den Armen ihres Vaters ist, von beiden Großelternteilen gelobt und bewundert wird. „Konntest du mir ihr reden?", frage ich ihn.

Er schüttelt seinen Kopf.

Das hatte ich mir irgendwie gedacht. Andrew blockiert Ryes Zugang zu Jeanie, wann immer seine Eltern dabei sind, wie mir aufgefallen ist.

„Sie weiß aber, dass du da warst", erzähle ich ihm. „Ich habe ihr gezeigt, wo du gesessen bist."

Rye presst seine Lippen zusammen, schließt seine Augen und holt tief Luft.

Ich schaue mich nach Lowell um, bin sicher, dass er kommen wird, um Rye in diesem schwierigen Moment zu helfen, aber ich kann ihn nirgendwo sehen. Ehe ich fragen kann, öffnet Rye die Augen, zwingt sich zu einem Lächeln und sagt: „Gute Arbeit, heute Abend, Sejin. Es war süß. Hey, wenn du Jeanie siehst, bevor du gehst, sag ihr, dass Papa sie liebt und stolz auf ihre Tanzkünste ist."

Dann macht er auf dem Absatz kehrt und ist auf dem Weg nach draußen, schlüpft durch die Lücken zwischen den Grüppchen und verschwindet.

„Frag nicht, weil ich es nicht weiß", sagt Dan, als ich mich mit fragendem Blick zu ihm drehe.

„Hier ist Sejin! Der Star der Stunde-" Sailor kommt her und schiebt mir ihre Kamera ins Gesicht. „Wie fühlt es sich an, so von allen geliebt zu werden, Sejin?"

„Zunächst einmal sind die Kinder die Stars", korrigiere ich. „Und zweitens …" Ich möchte gegen die Bemerkung protestieren, dass ich von der gesamten Gemeinschaft geliebt werde, doch als alle Augen im Raum mich mit ungezügelter Nettigkeit und Zustimmung ansehen, kann ich es nicht wirklich leugnen. „Es fühlt sich großartig an. Jeder wird gerne geliebt. Aber ich denke, das Wichtigste ist, dass ich mich gut fühle wegen dem, was wir heute hier gemacht haben. Die Erinnerungen, die wir geschaffen haben. Ich hoffe, dass dies für immer eine Nacht ist, an die die Familien aus Yosemite Valley und Mariposa County voller Freude zurückdenken."

Sailor verdreht ihre Augen. „Du bist zu gut, um wahr zu sein."

„Nein, er ist wirklich gut", verkündet Dan, legt seine Arme um meine Taille und umarmt mich fest.

Wenn unsere schwule Zurschaustellung von Zuneigung bei irgendjemandem die Meinung dazu ändert, wie sehr sie mich mögen, dann sehe ich es nicht. Ich bin zu sehr damit beschäftigt, von meiner engsten Familie und meinen Freunden geliebt zu werden, als dass es mich kümmert. Das hier ist die neue Saison meines Lebens, auf die ich gewartet habe. Die Flut ist gekommen und hat mir alles gebracht, was ich je wollte.

Hier und jetzt? Ist es perfekt.

KAPITEL EINUNDFÜNFZIG

Dan

ALS WEIHNACHTEN NÄHER rückt und die letzten Tage des Jahres vergehen, verbringe ich sehr viel Zeit draußen in der Garage und arbeite an meinem Bouldern.

Mein Bein wird immer stärker. Ich werde ungeduldig, rauszugehen und es an echten Bouldern zu testen. Gleichzeitig bin ich auch nervös. Was, wenn ich es verbocke und um Monate oder mehr zurückgeworfen werde? Ich darf so nicht denken. Ich konzentriere mich auf die Gegenwart und bin stolz darauf, wie gut mein Bein verheilt.

Ich gebe Magnesium auf meine Hände und starre auf die Griffe, die Sejin und ich gestern ausgetauscht haben, überlege mir meine Bewegungen. Die Garagentür öffnet sich und ich drehe mich, um zu sehen, wer meine Konzentration stört.

„Hey, Jungchen." Peggy Jos Begrüßung bringt mich zum Lächeln.

„Hey."

Sie setzt sich auf eine der Matten, die unter der Wand platziert sind und ich gebe das Üben für den Moment auf und setze mich zu ihr. Ich kann spüren, dass sie über etwas reden möchte. Es ist der Preis, den ich dafür bezahle, ein Pseudo-Sohn zu sein.

„Wie du weißt, haben Buck und ich ..." Sie hält inne und sagt dann beinahe zimperlich: „Die Gesellschaft des anderen genossen, während er zu Besuch war."

Ich wackle mit den Brauen. „Schöner Euphemismus dafür, dass ihr wie die Karnickel vögelt."

Peggy Jo verdreht ihre Augen. „Oh, bitte. Buck ist ein Gentleman."

„Ich habe nie behauptet, dass er das nicht ist. Ich sage nur, dass du nicht einmal eine ausziehbare Couch *hast* und das weißt du auch."

„Ich habe aber doch eine ausziehbare Couch. Nur weil du und Sejin das nicht gemerkt habt, heißt das nicht, dass sie nicht da ist."

„Und nur weil du angeblich eine hast, heißt das nicht, dass er sie auch nur einmal benutzt hat."

„Ich habe eine."

Ich blinzele. „Warum haben Sejin und ich dann eine aufblasbare Matratze für die Kinder benutzen müssen?"

„Weil ihr mich nicht gefragt habt? Weil ihr nicht neugierig genug auf die Couch wart, um herauszufinden, was sich unter den Polstern befindet? Hast du auch nur einmal darunter Staub gesaugt, während ich weg war?"

„Hey, mein Bein war die meiste Zeit gebrochen."

Sie schüttelt ihren Kopf. „Das Bett tut nichts zur Sache. Buck hat mich eingeladen, ihn nach Weihnachten für ein paar Wochen, vielleicht länger, in West Virginia zu besuchen. Er möchte, dass wir uns weiter besser kennenlernen, während er sein Haus ausräumt und zum Verkauf anbietet."

Ich runzle die Stirn. „Weiß Sejin das?"

„Buck wird ihm heute erzählen, dass er mich eingeladen hat."

„Ich meine, weiß er, dass sein Dad das Haus verkaufen möchte?"

„Das nehme ich an."

Ich schüttle meinen Kopf. „Nein, er weiß es nicht. Er hätte etwas gesagt. Er hat eine Menge große Gefühle, die mit dem Tod seiner Mom und dem alten Haus verknüpft sind. Er hätte etwas gesagt, wenn er es gewusst hätte.“

Peggy Jo runzelt die Stirn. „Sollte ich die Einladung ablehnen?“

Ich schüttle meinen Kopf, reibe über das Magnesium in den Linien auf meiner Hand. „Was würde das helfen? Er wird so oder so aufgebracht sein. Warum solltest du es dazu noch für dich und Buck verbocken?“

Peggy Jo schweigt und darum stehe ich auf und beginne wieder, an der Boulder-Route zu arbeiten. Ich schaffe es zur Schlüsselstelle und gerade, als ich mir sicher bin, dass ich sie schaffe, falle ich. Die Matte schlägt gegen meinen Rücken und ich grunze.

Peggy Jo seufzt. „Ich möchte Sejin nicht verletzen. Aber seine Mom ist jetzt seit ein paar Jahren tot.“

„Ja.“

„Unter uns gesagt, ich habe das Gefühl, dass Buck etwas Besonderes ist.“

„Sejin hat sich mit der Affäre abgefunden, die ihr beide habt. Es ist das Haus, das für ihn schwierig sein wird. Es ist das Haus seiner Mom“, sage ich. „Außerdem, obwohl ich nie eine Mom hatte, nicht so, denke ich mir, dass ihm der Gedanke nicht gefallen wird, dass du und Buck es in ihrem Bett treibt.“

Peggy Jo lässt sich auf die Matten fallen, starrt hinauf an die Garagendecke. „Darum werde ich in einem Hotel oder einer Wohnung bleiben. Ich nehme an, dass er diesen Teil unserer Beziehung von den Erinnerungen im Haus fernhalten möchte.“

„Hoffentlich wird Buck das Sejin gegenüber klar ausdrücken.“ Ansonsten habe ich heute Abend einen sehr aufgebrachten und emotionalen Mann im Van. Nicht, dass ich damit nicht umgehen kann. Nicht, dass ich keine sehr spaßigen Methoden habe, ihn abzulenken.

„Jetzt lass uns über ein paar andere Dinge plaudern“, sagt Peggy Jo. „Du hast es vermieden, mit mir über deine Pläne für die Tour zu reden.“

„Was gibt es da zu reden? Ich muss noch eine Menge trainieren, bevor ich auch nur annähernd so weit bin. Du bist diejenige, die es vermieden hat zu reden.“

Peggy Jo schnaubt.

„Was ist mit Bella und dem Vater ihres Kindes?“

Sie runzelt die Stirn. „Das geht dich nichts an.“

Ich zucke mit den Schultern. „Meine Kletterpläne gehen dich auch nichts an.“

Sie starrt mich finster an, aber als ich wieder aufstehe und anfange, erneut an der Boulder-Route zu arbeiten, gebe ich ein wenig nach. „Ich habe Amazon Face – Housekeeping – für den Start ausgesucht.“

„Nett.“

„Es ist ein guter Boulder, eher eine kleine Wand. Ich denke, es ist ein guter Platz, um anzufangen.“

„Und dann?“

„Ich werde anfangen, am Shadow Warrior Überhangtraining zu machen. Nah am Boden, wenig Risiko, aber hat einen horizontalen Teil.“

„Gute Idee.“

Ich ziehe mich nach oben und hebe mein Bein weiter nach oben, als ich es je gewagt habe, und schaffe es über die Schlüsselstelle. Ich spüre einen leichten Schmerz in meinem Bein, der mich ein wenig nervös macht, aber nach einem Moment mache ich weiter. Dann klettere ich wieder nach unten.

„Wird das mit Bella wieder?“, frage ich, liege auf dem Rücken und atme ein wenig schwerer, als mir das bei so einer einfachen Kletterei gefallen würde.

„Das nehme ich an“, sagt sie, staubt dabei ein wenig Magnesium von der Matte neben ihr. „Ich bin ihre Mama und werde da sein, wenn er wieder verschwindet.“

„Er ist also das Problem?“

„So scheint es", meint sie vage.

Ich kann sehen, dass, was immer mit Bella und dem Mann, der ihr das Kind gemacht hat, passiert ist, Peggy Jo sehr verletzt hat. Ich krieche zu ihr und lege meinen Arm um ihre Schulter.

„Du schwitzt", beschwert sie ich, kuschelt sich aber in die Umarmung.

„Was ist passiert?", frage ich erneut.

„Sie hat mich gebeten zu gehen. Er mag mich nicht sonderlich. Anscheinend bin ich nicht still genug, wenn er meinem Mädchen gegenüber ein Arschloch ist."

„Verletzt er sie?"

Peggy Jo schüttelt ihren Kopf. „Nicht physisch."

Ich grunze, um zu zeigen, dass ich verstehe, was sie nicht ausgesprochen hat. Ich glaube nicht, dass ich um diesen Preis Peggy Jos Liebling sein möchte. „Was wirst du tun?"

„Beten", sagt sie. „Das ist alles, was ich für meine beiden sturen Kinder tun kann."

Sejin

„DU BIST MIT ihr auf dem Motorrad gefahren?", frage ich und versuche, mir die kleine Peggy Jo mit den großen Armen meines Dads um ihre Mitte geschlungen vorzustellen, wie sie auf dem Bike durch die vereiste Stadt fahren.

Dad grinst. „Es war absolut aufregend, Junge. Du solltest es probieren."

„Das habe ich. Dan hat mich einmal mitgenommen."

„Dann weißt du, dass es eine coole Sache ist."

„Es war auch nicht verschneit und eisig draußen", füge ich nachdrücklich hinzu. „Ich habe mein Leben nicht für ein wenig

Spaß riskiert."

Dad schnaubt. „Willst du damit sagen, dass ich mich wie ein Kind benehme?"

Ich halte inne und überdenke meine Antwort. Papa Bear ist im Moment beinahe leer und ich habe Pause. Wir haben uns einen Bubble-Tea mit Tapioka-Perlen geteilt, weil Dan ihn empfohlen hat und mein Dad, der Tee eigentlich hasst, wollte ihn nicht enttäuschen, ohne es nicht wenigstens versucht zu haben. Ich glaube, er schmeckt ihm sogar.

Tatsächlich habe ich den Eindruck, dass ihm viele Dinge an meinem Leben in Yosemite gefallen.

„Ich denke, dass du Entscheidungen triffst, die für dich nicht typisch sind."

„Vielleicht mache ich das", sagt Dad leise. Sein Blick wandert zu dem Fenster in Richtung der Berge hinter dem Parkplatz. „Ich fühle mich zum ersten Mal seit langer Zeit lebendig."

„Wegen Peggy Jo", sage ich.

Ich versuche, den Moment nicht mit Eifersucht sauer zu machen. Ich möchte, dass er glücklich ist. Das tue ich wirklich. Ich will nur nicht, dass das bedeutet, dass meine Mom tot ist und dass er ohne sie weitermacht – aber natürlich ist es so. Das muss es bedeuten. Das ist es, was meine Mom für ihn wollen würde.

Ich will *auch* nicht, dass es bedeutet, dass ich nicht genug war, um ihn wieder zum Strahlen zu bringen. Dad bemüht sich mit mir. Er ist schließlich den ganzen Weg hierhergekommen. Er hat sich bei diesem Besuch richtig reingehängt, hat versucht, Dan besser kennenzulernen, alle Attraktionen zu sehen, hat Zeit mit Martin und Leenie und ihren Kindern verbracht und ist mir zu meinen Jobs gefolgt.

Ich bin unvernünftig, wenn ich das Gefühl habe, dass es nicht genug ist.

„Nun, ja, ich genieße Peggy Jo", sagt er, schüttelt dabei den

Tee, sodass die Tapioka-Perlen herumwirbeln. „Aber auch hier in Yosemite … Die Luft-" Er schlägt sich mit einer Faust auf den Brustkorb. „Ich fühle mich auf eine Weise frei, wie ich es zu Hause nie war. Es liegt nicht nur daran, dass Peggy Jo und ich etwas Nettes am Laufen haben."

Er hält inne und wirft mir einen langen Blick zu, einen voller Hoffnung. „Es ist, weil ich denke, dass ich bereit bin, Sohn. Ich denke, es ist an der Zeit."

Meine Kehle ist zugeschnürt. Ich weiß, das bedeutet, dass ich das süße Lächeln meiner Mutter nie wiedersehen werde. Albern. Auf intellektueller Ebene habe ich das seit Jahren gewusst. Aber solange Dad in West Virginia war und diese Trauer für mich festgehalten hat, konnte ich meine Aufmerksamkeit woandershin richten und sie ignorieren.

Ich schaffe es, um den Kloß herum zu sprechen. „Ich weiß."

„Tust du das?"

Ich nicke.

„Dann weißt du, dass ich West Virginia verlassen muss."

„Ja, aber willst du wirklich hierherkommen?"

Er räuspert sich. „Ich weiß, dass du dich daran gewöhnt hast, ohne mich zu sein, aber-"

Ich packe seine Hand. „Nein. Wenn du West Virginia verlässt, dann will ich dich natürlich hier haben. Aber die Sache ist die … Ich werde vielleicht nicht bleiben."

„Nein? Nicht einmal nach dieser wunderschönen Vorführung? Du hast hier einen Platz, Sejin. Die Leute lieben dich. Warum solltest du das verlassen?"

„Dan …" Ich drücke die Hand meines Dads. „Er muss klettern und er muss sich neuen Herausforderungen stellen. Yosemite hat ein paar atemberaubende Wände, einige der Besten der Welt, aber er wird etwas tun müssen, das ihn wirklich an seine Grenzen bringt, sobald er die Heart Route durchstiegen hat. Etwas Großes. Das heißt, dass er reisen muss."

„Du wirst mit ihm reisen.“

Ich nicke.

„Du warst immer dazu bestimmt, zu fliegen. Deine Mama hat mir das schon gesagt, als du noch ein Baby warst. Sie hat gesagt, dass wir großes Glück hatten, dich für eine kleine Weile gefangen zu haben, aber dass du ein Schmetterling bist und wegflattern würdest.“

Ich bin aber ein Seepferd.

„Ich liebe es hier, offensichtlich. Ich bin hierhergekommen und habe gedacht, dass ich weiter zur Küste reisen würde, aber ich bin geblieben und geblieben. Sogar wenn Dan und ich weggehen, wenn er an einem großen Kletter-Projekt arbeitet, möchte ich zurückkommen. Und Peggy Jo ist hier-“

Dads Lippen heben sich in den Mundwinkeln, wenn ich ihren Namen erwähne.

„Sie kommt einer Familie für Dan am nächsten.“

„Sie liebt ihn wie einen Sohn“, sagt Dad. „Aber er macht ihr Angst.“

„Ich weiß. Er macht mir auch Angst.“

Dad nimmt einen Schluck von seinem Tee, kaut auf einer Tapioka-Perle und fragt dann: „Eine gute Art von Angst?“

Ich lache. „Nein? Aber ich würde ihn nicht ändern wollen.“

„Als würde man das Lachen aus der Stimme deiner Mama nehmen.“

„Genau. Du hast mir das gesagt und ich habe es nie vergessen.“

„Wir können nur Gott bitten, dass er dafür sorgt, dass Dan sich nicht umbringt.“

Ich nicke erneut.

„Was Peggy Jo betrifft, ich habe sie eingeladen, mich nach West Virginia zu begleiten. Wenn ich vorhabe, endgültig wegzugehen, muss ich-“ Er zögert, fährt dann fort. „Das Haus für den Verkauf vorbereiten.“

Ich weiß nicht, was ich erwartet habe, aber das war es nicht.

„Du wirst wirklich Moms Haus verkaufen?", kann ich schließlich an der plötzlichen, blind machenden Trauer in meinem Kopf vorbei sagen.

Dad ignoriert den Teil, dass das Haus Mom gehört hat, und dafür bin ich dankbar. Es war sein Haus, unser Haus, nicht nur ihres. Aber gerade im Moment kann ich nur daran denken, dass ihre Kleider immer noch im begehbaren Schrank ihres Schlafzimmers hängen. Ihre rosa Rosen im Garten. Ihre Nähmaschine im Gästezimmer.

„Der Profit wäre ordentlich. Ich könnte finanziell auf die Beine kommen. Oder, zur Hölle, wenn ich sparsam lebe, könnte ich es vielleicht bis zum Ende meines Lebens schaffen, ohne wieder Arbeit finden zu müssen. Wer weiß?" Sein Blick wird traurig und geht in die Ferne. „West Virginia war mein Zuhause. Ich habe mir dort ein Traumleben mit Lisa aufgebaut, aber jetzt muss ich einen neuen Traum schaffen. Weg von diesen Erinnerungen. Und dieser ganzen verdammten Familie."

Ich lache, obwohl ich mich am ganzen Körper schwer fühle.

Mein Kinderzimmer. Der Küchentisch, an dem wir jeden Morgen vor der Schule gefrühstückt haben. Die steile Auffahrt, in der ich auf einen Basketballkorb geworfen habe und dann dem Ball bis hinunter in den Garten der Nachbarn habe hinterlaufen müssen, wenn ich nicht getroffen habe.

Die Tapete meiner Mom im Wohnzimmer, die sie ausgesucht hatte, als ich fünf war, um die Stellen zu überdecken, die ich mit Magic Marker vollgekritzelt hatte. Die Garage meines Dads, immer sauber und ordentlich. Das Trampolin im Garten, das sich langsam auflöst und verrostet.

„Junge?"

„Musst du es verkaufen?"

„Ich bin ein alter Mann. Die Leute wollen mich nicht anstellen.

Ich brauche Geld, um durchzukommen."

„Ich weiß." Ich hatte es gewusst, bevor ich gefragt habe, aber mein Herz ist aufgewühlt wegen so vieler verlorener Dinge, von denen ich nicht gewusst hatte, wie ich um sie trauern sollte. Ich hatte immer angenommen, dass ich zurückgehen könnte. Ich hatte immer geglaubt, dass das Haus und Dad – und Mom – dort auf mich warten würden.

„Peggy Jo ist eine wunderbare Frau", sagt Dad erneut und klingt dabei, als würde er sich unwohl fühlen. „Ich mag nicht viel Erfahrung mit der Welt haben, aber ich weiß, dass Frauen wie sie nicht oft auftauchen. Irgendwie scheint sie dasselbe von mir zu denken …"

Ich versuche die Trauer loszulassen, um mich auf das zu fokussieren, was er sagt.

„Sie hat gesagt, dass sie im Moment in einer Übergangsphase ist. Sie wollte eigentlich länger bei Bella bleiben, aber der Vater des Babys ist kein Fan von ihr. Sie war nicht nett zu ihm, weil er Bella sitzengelassen hat, als sie schwanger war-"

„Warum sollte sie nett sein? Arschloch."

„Die Beziehung wird nicht gut ausgehen, aber bis sie vorbei ist, ist sie dort nicht mehr willkommen."

Mein Herz schmerzt für Peggy Jo. Ich habe Bella nie kennengelernt, aber das erscheint mir nicht nett.

„Sie macht sich auch Sorgen, dass Dan während der Vorbereitung zu seinem nächsten Versuch im Van wohnt. Sie denkt, dass es besser wäre, wenn er wieder in ihrem Haus wäre – dass es für euch beide besser wäre. Ich kann dem nicht widersprechen."

„Wir kommen im Van klar."

„Klarkommen ist vor einem solchen Unterfangen nicht gut genug. Er braucht ideal."

Jetzt kann *ich* nicht widersprechen.

„Ich habe sie gebeten, mit mir nach Hause nach West Virginia zu kommen, als Freundin, zur moralischen Unterstützung.“

„Als feste Freundin“, flüstere ich.

Dad räuspert sich. „Ich bitte dich nicht um Erlaubnis.“

„Nein“, murmele ich. „Nein, die brauchst du nicht. Ich würde sie dir so oder so geben, aber du brauchst sie nicht.“

Ich streiche mit einer Hand über meinen Nacken und spüre die Stoppeln meines herauswachsenden Undercuts unter meinen Fingern. „Es ist alles gut, Dad. Ich möchte, dass du glücklich bist. Ich verstehe es. Es ergibt Sinn.“

Ich habe das Gefühl, als würde meine Stimme aus dem inneren einer Dose kommen, aber Dad scheint das nicht aufzufallen. Er lächelt. „Ich wusste, dass du es verstehen würdest. Du warst schon immer ein liebevoller Junge. Deine Mama und ich sind stolz auf dich.“

„Danke. Ich bin auch stolz auf dich. Ich bin froh, dass ihr diejenigen wart, die mich aus dem Babyladen geholt haben.“

Er schluckt schwer und ein Glänzen erscheint in seinen Augen.

Ich schaue auf mein Handy und stehe auf. „Meine Pause ist vorbei. Möchtest du den Rest des Bubble-Teas?“

Dad nimmt den Becher, trinkt einen großen Schluck und kaut auf dem Tapioka. „Er schmeckt mir. Dein Dan hat guten Geschmack. Keine Überraschung. Er hat dich ausgesucht.“

Ich weiß nicht, ob Dad versucht, mich einzuwickeln, damit es in Ordnung ist, dass er unsere Vergangenheit und meine letzte Verbindung zu meiner Mom verkauft, oder dass er etwas mit einer neuen – wunderbaren – Frau angefangen hat oder ob er es wirklich ernst meint und eine neue Liebe sein Herz und seinen Geist auf eine Art und Weise geöffnet hat, die ich nie habe kommen sehen.

Aber *mein* Geist ist zu schwer von Trauer darüber, dass die letzten Reste meiner Kindheit verschwinden, um Platz für seine hellere Zukunft zu machen. Ich habe nicht genug Kraft, es als mehr als nur Worte aufzunehmen.

„Wir sehen uns bei Peggy Jo“, sage ich, frage mich nicht einmal, wie er dorthin kommen wird. Ich fange wieder an, hinter der Theke zu arbeiten, und sehe später Martin an der Tür des Cafés. Dad steht auf, um mit ihm zu gehen, aber ehe er das macht, kommt er zu mir und sagt noch ein paar Worte. Ich höre zu und schaue ihm nach.

Ich bin ein Seepferd und ich dachte, Dad wäre es auch. Vielleicht ist er das. Vielleicht ist er einfach nur auf der anderen Seite der Trauer herausgekommen und wurde neu geboren.

Was mich betrifft, ich habe meinen Halt verloren und ich brauche Dan, damit er mich zurückholt.

ES IST EWIG her, dass Dan mich so durchgefickt hat wie jetzt gerade – das letzte Mal war vor dem Unfall. Ich bin über das Bett im Van gebeugt, wie das erste Mal vor neun Monaten. Er packt meine Schultern anstelle meiner Haare und fickt mich gnadenlos. Der Ballknebel hält den Großteil meiner Schreie zurück, aber die Tränen sind unleugbar, als ich auf seinem Schwanz zittere und zerbreche, mit einem die Zehen aufrollenden, in die Laken klammernden, gedämpften Schrei komme. Ekstase reitet mich so heftig, wie er es tut und ich kralle mich in das Bett, stöhne und zucke, während er ein gleichmäßiges Tempo beibehält, das so gut ist, dass es jetzt schmerzt.

Der innere Aufruhr nach meinem Gespräch mit meinem Dad bei Papa Bear wird immer und immer wieder von Lust ausgeblendet. Als Dan endlich meine Hüften packt und tief eindringt, sich in mich ergießt, kann ich nicht mehr geradeaus schauen und habe keine Ahnung, wie spät es ist, warum ich vorhin so traurig war, ob ich befriedigt bin oder nicht und ob Dan schon mit mir fertig ist.

Wie sich herausstellt, ist er das nicht.

Er dreht mich um, schiebt meine Knie an meinen Brustkorb

und fängt an, meinen Hintern mit den Fingern zu ficken. Seine Wichse gleitet über seine Finger, bereitet ihnen den Weg. Ich winde mich und schwitze und erst, nachdem ich mehrere weitere Höhepunkte der Lust erreicht habe, löse ich den Ballknebel mit zitternden Händen und flehe ihn an, aufzuhören.

Er macht das, ohne zu zögern, wischt uns beide mit einem Handtuch ab und hilft mir dann, mich aufs Bett zu legen. Er bricht neben mir zusammen, liebkost meine Haare und flüstert: „Fühlst du dich besser?"

Ich lasse ein schnaubendes, nasses Lachen hören, stöhne dann. „Ich kann nichts fühlen. Oder vielleicht fühle ich alles."

„Hmm, klingt so, als ob ich dich gut gefickt habe."

Ich lache erneut, aber es verwandelt sich in halbe Schluchzer und Dan hält mich, als die verschiedensten Emotionen durch mein Herz toben – Trauer, Freude, Hoffnung, Furcht, Traurigkeit. Ich bin ein Chaos und Dan stört es nicht. Er spielt mit meinen Haaren, die so weit herausgewachsen sind, dass ich den oberen Teil zu einem kurzen, stummeligen Pferdeschwanz an meinem Hinterkopf binden kann. Jetzt hängen sie aber frei herunter und sind von unseren Bettspielen zerzaust.

„Er kann nicht in West Virginia bleiben", sage ich nach einer langen Zeit, sobald meine Gefühle sich beruhigt haben und Dan uns beide zugedeckt hat. „Und die Sache ist die, ich verstehe es. Ich konnte auch nicht bleiben. Ich musste weg. Die Trauer war erstickend. Dieser Ort hat mich umgebracht."

„Mm."

„Ich will nicht, dass er das Haus verkauft. Denn wenn er das macht, dann ist das Lied vorbei. Es ist weg. Für immer."

Dan spielt weiter mit meinen Haaren und sagt nichts.

„Aber das ist nicht fair, oder?"

Er zuckt mit den Schultern.

„Es war ein langes Lied", fahre ich fort. „Zweiundzwanzig Jahre in diesem Haus für mich und noch länger für ihn.“

„Eine gute Länge für ein Lied“, sagt Dan, bleibt in der Metapher.

Ich nehme seine Hand und hebe sie an meinen Brustkorb, drücke sie an mein Herz. „Das mit dir – unsere Zeit zusammen – es könnte eine kurze kleine Melodie sein.“

„Unhöflich.“

„Das könnte es. Warum fühlt es sich also schwieriger an zu akzeptieren, dass das längere Lied meiner Kindheit und Teenagerjahre endlich und dauerhaft enden wird?“

„Es wird nicht enden“, sagt er. „Du bist daraus gemacht. Du wirst dieses Lied für den Rest deines Lebens leben. Gute Erinnerungen bleiben immer. Das Lied bist du.“

Ich versuche, das zu verarbeiten.

„Du bist ein Lied, du bist ein Seepferd, du bist eine Serie an Lächeln, du bist ein Ozean und ein See und ein Traum ...“ Dan plappert jetzt müde und überanstrengt von der Intensität unserer Liebesspiele. „Du bist mein.“

Ich schmiege mich eng an ihn, atme seinen verschwitzten Geruch ein.

Ich bin sein, ja. Aber wie lang *wird* unser Lied sein?

Ich denke an das, was mein Vater vorhin gesagt hat, bevor er mit Martin gegangen ist. Er war zu mir gekommen, hat meinen Arm genommen und gesagt:

Ich werde deine Mama bis ans Ende der Zeit lieben. Diese Art Liebe kennt kein Ende. Aber mein Leben ist nicht vorbei, Sohn. Ich muss nach vorne blicken. Peggy Jo ist eine nette Lady. Wir haben noch eine Menge Leben in uns und wenn die Dinge gut laufen, können wir einander noch für eine lange Zeit genießen. Aber das heißt nicht, dass ich deine Mama nicht immer noch liebe und bis ans Ende des Endes.

Verstehst du das?

Er hat recht. Ganz egal, wie unsere Leben sich von hier an entwickeln, unsere Liebe ist ein Lied, das ewig andauern wird.

Bis zum Ende des Endes.

KAPITEL ZWEIUNDFÜNFZIG

Dan

WEIHNACHTEN IST DA, mit funkelnden Lichtern, verpackten Geschenken, jeder Menge Süßigkeiten und einem weiteren halben Meter Schnee.

Weil Peggy Jos Garten der einzige Ort ist, der groß genug ist, dass alle dort Platz haben, haben wir den Bereich um die Veranda herum geräumt und ein weiteres Lagerfeuer angezündet. Und mit „wir" meine ich Sejin, Buck, Peggy Jo, Martin und Rye. Sogar der kleine Jeremiah versucht, den Schnee mit einer Kinderschaufel zu bewegen. Ich tue, was ich kann, aber mein Bein schmerzt wie verrückt und Sejin zwingt mich, drinnen zu sitzen und es hochzulagern, betastet die Haut über dem Knochen immer wieder auf Anzeichen von Fieber. Es ist in Ordnung, aber er ist nervös.

Lowell ist immer noch nicht aufgetaucht, er weicht diese Woche sogar *meinen* Anrufen aus. Ich sorge mich deswegen auf eine Weise, die mir nicht gefällt. Sailor schwört, dass es ihm gut geht. Sie muss es wissen, weil sie die Einzige ist, von der er Anrufe entgegennimmt. Ich bin mir auch nicht sicher, wo *sie* heute Abend ist. Wo auch immer, ich hoffe, sie ist nicht allein. Vielleicht sind sie und Lowell gemeinsam unglückliche Miststücke.

Ich schaue durch die Fenster zu wie Rye und Martin das Feuer anzünden und Sejin und Leenie den großen Picknicktisch mit all den Leckereien decken, die sie, Peggy Jo und Buck zubereitet haben.

„Ich wusste nicht, dass du so ein guter Koch bist, Buck", sage ich, als er neben mir eine Ladung abstellt und mir eine schäumende Dose Bier reicht. Kalt und bitter. Genau wie ich es mag.

„Das war ich nicht, bevor Lisa gestorben ist, aber nachdem sie tot war und Sejin gegangen ist, musste ich mich selbst versorgen. Ich habe mich genug darin vertieft, um ein paar wirklich gut schmeckende Mahlzeiten zu kochen. Dummerweise hat das bedeutet, dass ich meine nervige Familie ein- oder zweimal die Woche sehen musste, um all die Reste loszuwerden. Es ist schwer, gute Mahlzeiten für eine Person zu kochen." Sein Blick huscht zu Peggy Jo, die Jeremiah hilft, Muggs zu streicheln. Die anderen Katzen sind im hinteren Schlafzimmer und verstecken sich.

„Kochst du?", fragt Buck mich.

„Ich mache ziemlich krasse Nachos aus Bohnen in der Dose und geriebenem Käse."

Buck lacht. „Sejin hat das Talent seiner Mama, einfache, aber schmackhafte Sachen zu kochen. In dieser Hinsicht hast du also Glück."

Ich nicke. „Er hat mich während meiner Genesung gut gefüttert."

Bucks Blick löst sich von Peggy Jo und landet auf mir. Seine Augen sind ein wolkiges Grau wie die Nebel über Yosemite an einem verregneten Tag. Ich kann sie nicht als traurig bezeichnen, aber sie sind auch nicht voller Sejins funkelnder Freude. „Junge, ich werde dir nichts erzählen, was du nicht bereits weißt, aber ich möchte, dass du verstehst, dass ich meinen Jungen liebe."

Ich spüre, wie mein Herz schneller schlägt. Da kommt es. Das Droh-Gespräch. Ich wusste, dass es kommen würde. Ich habe immer nur davon gehört und ich habe es in ein paar Filmen gesehen, aber ich habe noch nie eines bekommen. Ich beuge mich vor, bin bereit.

„Ich liebe ihn und er ist für mich die wertvollste Sache in meinem Leben. Ich mag es nicht immer auf die beste Art und Weise zeigen, aber wenn irgendetwas ihn so zerreißen würde, wie ich zerrissen war, nachdem Lisa gestorben ist, wäre ich verdammt wütend darüber."

Ich nicke, möchte ihn wissen lassen, dass ich zuhöre.

„Lass es mich so formulieren: Wenn du wieder abstürzt und du es irgendwie schaffst, nicht zu sterben, dann ist das vielleicht ein weiteres Wunder für dich. Aber es wird keine weitere Genesung geben. Brich meinem Sohn noch einmal auf diese Weise das Herz und das war es. Verstehst du mich?"

Wow. Ein echtes, richtiges Droh-Gespräch. Ich bin ein wenig aufgeregt. Ich sollte Angst haben, oder? Mich wütend oder bedroht fühlen? Aber das tue ich nicht. Ich bin nur wirklich verdammt froh, dass Buck Sejin genug liebt, um eine Drohung auszusprechen, von der ich genau weiß, dass er nicht in der Lage ist, sie durchzuziehen. Er produziert heiße Luft und ich freue mich, sie einzuatmen.

Stell dir vor, einen Vater zu haben, der dich so liebt?

„Ich verstehe, Sir. Ich werde sicherstellen, dass wenn ich wieder abstürze, ich gut und solide sterbe. Oder, nun, gut und platschend. Aber ich verspreche, was auch passiert, ich werde ihn nicht noch einmal so etwas durchstehen lassen."

Aber das werde ich. Wir beide wissen es. Wir erzählen einander Lügen, um uns gegenseitig zu versichern, dass Sejin unsere Priorität ist.

Buck nickt und hebt sein Bier. „Dann trinken wir darauf, dass du nicht stirbst."

„Darauf stoße ich an." Das Bier ist immer noch schaumig und es rinnt meine Kehle zu schnell hinunter, kommt an meinen Mundwinkeln heraus.

„Ich werde ein Kletterer wie Onkel Dan, wenn ich groß bin, Onkel Buck." Jeremiahs Stimme erklingt von der Seite des Sofas. Er kriecht auf Bucks Schoß. „Mama sagt, dass ich das nicht kann, aber ich sage, ich kann."

Buck zieht das Kind an sich und küsst ihn auf den Kopf. „Was du auch machst, ich weiß, dass du großartig darin sein wirst."

„Das habe ich ihr gesagt!", meint er, rutscht wieder von Bucks Schoß und rennt zu mir. Er wirft sich in eine Umarmung mit mir und ich unterdrücke das Grunzen, das mir beinahe entkommt. Ich lasse ihn neben mir auf die Couch klettern, unter meinen Arm schlüpfen und seinen Kopf an meinen Brustkorb legen.

„Ich kann dein Herz hören, Dan", sagt er. „Wusstest du, dass wenn du deinen Kopf auf den Brustkorb einer Person legst, du es hören kannst? Es schlägt und schlägt." Er reibt seinen Kopf an meiner Seite und seufzt dann zufrieden. „Mir gefällt es."

Der Klang von Sarah Kates wütendem Kreischen von draußen lässt mich vor Schreck zusammenzucken, aber Jeremiah schlingt seine Arme um mich und gibt einen kleinen, beruhigenden Laut von sich. „Keine Sorge. Sie ist nur wütend, dass Daddy sie nicht zum Feuer lässt. Sie ist müde. Sie wird bald einschlafen."

Buck lächelt mich an. „Du kannst gut mit Kindern."

„Sie mögen mich, anders als Katzen."

„Diese drei Katzen scheinen dich ziemlich zu mögen", korrigiert Buck, während er mit einer Hand über Muggs' Rücken streicht. Die Katze ist gekommen, um zu sehen, was Jeremiah mit mir auf dem Sofa macht, und sieht ein wenig eifersüchtig aus, wenn ich das so sagen kann.

„Diese Katzen sind nicht so. Andere ..." Ich schüttle meinen Kopf. „Nein. Kinder mögen mich aber."

„Ich habe dich zuvor nicht gemocht", verkündet Jeremiah, setzt sich dabei auf, um Buck anzusehen. „Er hat Sejinie gestohlen."

Er knurrt mich kurz an, als ob die Erinnerung an diesen Verrat ihn immer noch wütend macht, aber dann lässt er es gut sein. Er lächelt. „Aber jetzt bringt Dan mir Klettern bei, darum mag ich ihn. Ich bin aber immer noch wütend wegen Sejinie." Er schnaubt.

„Aber es ist in Ordnung. Eines Tages werde ich auch Sejinie heiraten und dann können wir ihn teilen. Teilen ist gut."

Buck lacht hustend und ich tätschle Jeremiahs Kopf. „Es tut mir leid, Junge, aber ich bin nicht polyamorös, darum wird das für mich nicht funktionieren."

Jeremiah wirft mir einen finsteren Blick zu. „Das wird es. Du wirst schon sehen."

„Nein, du wirst es sehen", wende ich ein.

„Hey, warum warten nicht *alle* ab und sehen, ob du Sejin immer noch heiraten *willst*, wenn du groß bist", meint Leenie, kommt aus der Küche, wo sie die Obst- und Käseplatte zusammengestellt hat, die sie vor mir abstellt.

„Sejinie ist wunderschön", sagt Jeremiah mit einem langen Seufzen.

„Das ist er", stimme ich zu.

„Ich liebe ihn."

„Ich auch."

„Siehst du? Darum wird alles gut sein", verkündet Jeremiah, bevor er auf den Boden rutscht und schreit: „Sie haben Marshmallows!"

Er rennt los und reißt die Tür auf, um sich draußen seinem Vater, Sarah Kate, Sejin und Rye am Feuer anzuschließen.

Für einen Moment ist es still im Raum, als wir alle zusehen, wie er zu seinem Vater läuft, der Sarah Kate vorerst an Sejin abgegeben hat und sich einen Stock geben lässt, den er durch das Herz eines weißen Marshmallows sticht.

„Ich werde nachsehen, ob Peggy Jo mich braucht", sagt Buck und geht in Richtung Küche. Ein paar Momente später kann ich sie hinter mir hören, wie sie flirten und lachen. Sie stehen wirklich aufeinander. Es ist seltsam, aber niedlich.

„Also ...", fängt Leenie von dem Platz aus an, den sie von Buck übernommen hat. Die Weihnachtslichter glänzen in ihren hellen

Haaren. Sie beugt sich vor, stützt ihre Ellbogen auf ihre jeansbedeckten Knie und lässt ihre Hände in Richtung Boden baumeln. Sie schaut mir in die Augen.

Ich nehme einen Schluck von meinem Bier.

„Äh … es … sind die Feiertage …", fängt sie an.

„Sind sie, jep."

„Hast du …?" Sie räuspert sich. „Ist das dein erstes Weihnachten mit einer richtigen Familie?"

Ich runzle die Stirn. „Ich hatte viele Weihnachten mit vielen Familien. Sie waren alle ‚richtig‘, aber sie haben mich nicht gemocht oder auch nur einander."

„Bevor du diese Videos gemacht hast, wusste ich nicht, dass du in Pflegefamilien groß geworden bist."

Ich zucke mit den Schultern. „Das tun eine Menge Kinder."

„Ich fand, dass das, was du über die Frauen zu sagen hattest, die dich geliebt haben und versucht haben, dir Mütter zu sein, wirklich wunderschön war."

Ich nehme einen weiteren Schluck Bier. Ich möchte im Moment nicht wirklich an Edith und Mrs Crawford denken. Ich habe einen schönen Abend. Ich möchte mich nicht traurig fühlen.

Leenie fährt fort. „Ich denke, ich schulde dir eine Entschuldigung."

Ich nehme einen weiteren Schluck, warte ab, versuche herauszufinden, ob ich überrascht bin oder nicht. Ich glaube, das bin ich, obwohl ich auch das Gefühl habe, dass ich das seit ein paar Tagen habe kommen sehen, nur anhand der Art, wie sie mich in letzter Zeit behandelt hat.

„Du wirst mir das wirklich nicht leicht machen, oder?", sagt sie und presst ihre Hände zusammen.

„Warum sollte ich? Du willst dich entschuldigen, also mach es."

„Du bist so-" Sie seufzt. „Na schön. Du hast recht. Ich liebe Sejin. Du liebst Sejin-"

„Sag mir nicht, dass *du* ihn auch heiraten möchtest", scherze ich.

Sie verdreht ihre Augen, aber ihre Lippen werden an den Mundwinkeln weich. Ist das ein Lächeln, das ich aus Leenie Anderson-Sutley herausgekitzelt habe? Haut mir auf den Hintern und sagt, dass ich der Hammer bin.

„Wir alle lieben Sejin", murmelt sie. „Zuerst dachte ich, dass du ihn benutzen und verletzen wirst. Dann dachte ich, dass du dich *selbst* verletzen wirst, und das würde ihn verletzen." Sie deutet auf mein hochgelagertes Bein, als ob sie andeuten möchte, dass sie sich da nicht geirrt hat. „Aber obwohl ich dich nicht verstehe und obwohl ich mir nicht nur um Sejins emotionale Sicherheit Sorgen mache, sondern auch um seine finanzielle Situation, wenn er weiter mit dir zusammen ist, erkenne ich doch an, dass du ihn gebeten hast, dein Ehemann zu werden. Du nimmst eine Zukunft mit ihm sehr ernst. Ich möchte nicht, dass wir – du und ich – auf dem Weg bleiben, den wir bis jetzt gegangen sind. Das ist nicht gut für meine Beziehung zu Sejin und es ist nicht gut für unsere Familie. Und du bist jetzt ein Teil unserer Familie."

„Ob es dir nun gefällt oder nicht, oder? Das ist der Teil, den du ausgelassen hast."

Sie seufzt. „Ich verstehe es, wenn du es mir nachträgst. Ich war nicht nett zu dir. Aber es tut mir wirklich leid. Ich hätte dich wärmer willkommen heißen sollen. Stattdessen habe ich nur an all den Schmerz gedacht, den du vielleicht den Menschen bringen wirst, die mir wichtig sind – und den Schmerz, den du *mir* bringen wirst, wenn ich ehrlich bin – wenn ich dich nahe genug heranlasse. Mir war auch nicht klar, wie sehr eine Beziehung mit Sejin zu haben, dich verändern würde."

Ich neige meinen Kopf. „Das heißt?"

„Du arbeitest jetzt hart, oder? Du machst diese Videos, sammelst Abonnenten und versuchst, in einen Lebensstil zu kommen, der fair für Sejin ist. Das weiß ich zu schätzen."

Ich trinke weiter mein Bier und schaue durch das Fenster zu, wie Jeremiah seinen geschmolzenen Marshmallow auf dem Stock herumwedelt und ihn dann Sejin füttert, der Sarah Kate wieder ihrem Vater zurückgegeben hat. Der Marshmallow verschmiert Sejins Kinn und ich lache, als er versucht, ihn weg zu lecken – dabei seine Zunge so weit ausstreckt, wie er kann.

„Ich war gestern mit Buck im Auto und er hat mich gefragt, was für ein Problem ich mit dir habe."

„Ach ja?"

„Während ich ihm geantwortet habe, wurde mir klar, nach wem ich klinge. Meiner Mutter. Sie ist nie zufrieden, sie will immer mehr für mich und von mir – es kümmert sie aber nie, was ich selbst für mich möchte. Es muss immer zu ihren Bedingungen laufen, weil sie sich sonst nicht beherrschen kann, zu nörgeln und zu sticheln und abfällige Bemerkungen zu machen."

Ich trinke mehr Bier und warte darauf, dass sie zum Punkt kommt.

„Das habe ich mit dir gemacht – ich habe versucht, dich zu zwingen, zu meinen Bedingungen zu leben, damit du meine Billigung bekommst."

„Deine Billigung spielt für mich keine Rolle."

„Ich weiß das."

Ich schaue zu Leenie, die ein wenig rot im Gesicht und mehr als nur ein bisschen wütend auf mich ist. Diese Entschuldigung ist nicht so gelaufen, wie sie das wollte, aber warum sollte sie? Ich war nie derjenige, der die Dinge zwischen uns schwierig gemacht hat.

Sie holt tief Luft und fährt fort. „Als ich Jeremiah bekommen habe, habe ich mir geschworen, dass ich nicht wie meine Mutter werden würde. Ich würde ihn lieben und ihn so unterstützen, wie er ist, ganz egal, wie das aussieht, auch wenn das Leben, das er für sich wählt, nicht das ist, das ich mir für ihn erträumt habe. Sogar wenn er groß wird und ein Kletterer werden wird wie sein Held. Das bist du, Dan."

„Er ist ein guter Junge und ein guter kleiner Kletterer."

Sie gibt einen leisen Laut der Erleichterung von sich angesichts dieses Beweises, dass ich weich werde. „Ich weiß, dass er das ist, und ich möchte ihn bei seinen Interessen unterstützen. Ich möchte nicht wie meine Mom sein und die Sache, die er liebt, kleinreden."

Ich hebe meine Bierdose in ihre Richtung, in der Hoffnung, dass dies das Ende ihres Geständnisses ist. Ist es nicht.

„Gestern, im Auto, hat Buck zu mir gesagt, ‚Wir müssen den Leuten vergeben, dass sie anders sind, als wir sie haben wollen, Leenie' und es war mir so peinlich. Ich wusste, dass er mich durchschaut hatte, und er hat mich darauf angesprochen. Ich war wie meine Mom, wenn es um dich geht. Ich habe dir *meine* Regeln, Standards und Werte aufgedrängt und habe keinen Raum für die Tatsache gelassen, dass du deinen eigenen Kompass im Leben hast, dem du folgen musst. Ich habe mich wie meine Mom benommen."

„Vielleicht."

„Das ist kein Vielleicht. Buck hat recht. Ich muss aufhören, die Liebe, die ich anderen Menschen gebe, mit all diesen Bedingungen zu versehen. Es geht nicht nur darum, welche Art Mom ich für Jeremiah oder Sarah Kate sein möchte, sondern auch um die Art Person, die ich sein möchte, *Punkt.* Darum muss ich das loslassen, Dan. Ich muss aufhören zu verlangen, dass meine Mutter die Art Mom ist, die ich mir immer gewünscht habe und sie so akzeptieren, wie sie ist."

Ich zucke mit den Schultern. Leenies Mom interessiert mich nicht.

„Ich muss auch dich so akzeptieren, wie du bist. Es tut mir leid, Dan. Wirklich. Ich hoffe, dass du mir vergeben kannst."

Ich entscheide, dass es an der Zeit ist, sie vom Haken zu lassen. Sie hat recht. Die Spannung zwischen uns ist für niemanden gut und mir ist ihre vergangene schlechte Meinung über mich nicht wichtig genug, um zuzulassen, dass sie sich deswegen voller Reue ans Kreuz schlägt. Sie hat mich nicht so tief verletzt.

„Ich nehme deine Entschuldigung an."

„Was?", sagt sie und schaut mir überrascht in die Augen.

„Ich nehme deine Entschuldigung an und-" Ich zögere. Ich bin mir nicht sicher, ob ich ihr wirklich auch eine schulde, weil es nicht so ist, dass das Leben, das ich führe, absichtlich dahingehend ausgerichtet ist, ihr Unwohlsein zu bescheren, aber ich gebe ihr dennoch eine. Für Sejin. „Ich entschuldige mich dafür, dass ich nicht die Art Mann bin, den du für Sejin gewollt hast. Das ist schade, weil er wirklich das Beste verdient. Stattdessen hat er sich in mich verliebt und, nun, über Geschmack kann man nicht streiten. Aber weil ich solches Glück hatte, habe ich nicht vor, ihn gehen zu lassen."

Sie lächelt und Erleichterung glimmt in den Tiefen ihrer Augen auf. Ich habe etwas gesagt, mit dem sie umgehen kann. Ich kann nicht behaupten, dass ich das Richtige gesagt habe, aber ich habe etwas gesagt, dass sie nicht bedrohlich oder aufwühlend findet. „Du bist gar nicht so schlecht. Du liebst ihn. Wie können wir mehr verlangen?"

Ich erinnere sie nicht daran, dass sie das hat und wahrscheinlich wieder tun wird. Ich stehe auf, als sie das macht, mein Kühlpack fällt auf die Couch und ich lasse mich von ihr umarmen. Ich tätschle ungelenk ihren Rücken, bemerke, dass sie dasselbe Shampoo benutzt, das Sejin kauft, seit Geld für ihn zu einem solchen Problem geworden ist, dass er nur die superbilligen Sachen kauft.

„Das ist schön zu sehen", sagt Peggy Jo hinter uns. Sie hat ihre Arme vor ihrer Brust verschränkt und lehnt an Bucks solider Gestalt, während sie zusieht, wie wir uns versöhnen. „Es ist ein Weihnachtswunder, Buck. Das Erste an diesem Abend."

„Wird es noch mehr geben?", frage ich.

Sie lacht. „Oh, man kann nie wissen, Kumpel. Warte es ab."

Ich nehme meinen Mantel, den sie mir reicht und folge den anderen nach draußen, um zu Abend zu essen. Ich sitze neben Sejin und trinke ein schönes Glas Wein, für das jemand anderes bezahlt hat und esse eine köstliche Mahlzeit und mir wird bewusst, dass das Leben voller Überraschungen ist. Ein Klischee, ich weiß, aber ich habe mich jahrelang nie von irgendetwas sonderlich überrascht gefühlt.

Jetzt beobachte ich, wie Martin versucht, sich Essen in seinen Mund zu schaufeln, während er mit einer schlafenden Sarah Kate kuschelt und wie Leenie dafür sorgt, dass Jeremiah sein Fleisch isst, bevor er mit seiner Nachspeise anfängt und ich höre zu, wie Buck den Kindern von der Ankunft von Santa Claus heute Nacht erzählt. Ich denke über die Geschenke im Haus nach. Die, auf denen mein Name steht – nicht nur in Sejins Handschrift und auch nicht nur in Peggy Jos. Viele Geschenke, von jedem der Anwesenden. Sogar Buck scheint ein Geschenk für mich eingewickelt zu haben.

Wo wir gerade dabei sind, ich schaue zu, wie Peggy Jo Buck schmachtend anblinzelt und ich denke darüber nach, dass ich das nie habe kommen sehen. Ich denke an die frischen Laken, die heute Nacht im Van auf uns warten und ich denke an die Strümpfe, die an Peggy Jos Wand neben dem Holzofen hängen. Ich denke daran, dass auf einem mein Name in glitzernder Schrift steht.

Als ich die Wärme, die Leichtigkeit und das Zugehörigkeitsgefühl in meine Muskeln und Knochen gleiten lasse, legt Sejin eine Hand auf mein Knie … und ich bin überrascht. Von allem. Irgendwie, auf irgendeine Weise, ist das mein Leben.

Ich möchte es behalten.

KAPITEL DREIUNDFÜNFZIG

Sejin

„ICH LIEBE DICH!"

„Ich liebe dich auch."

„Nein, ich liebe dich wirklich."

„Und ich liebe dich auch wirklich", sage ich, als Jeremiah meine Wangen zwischen seinen kleinen Handflächen drückt und mir in die Augen starrt.

„Nicht so sehr, wie du Dan liebst", schmollt er und seine Unterlippe bebt.

„Komm", sagt Leenie und greift nach Jeremiah, zieht ihn aus meinen Armen. „Santa wird sehr bald hier sein. Wenn du dann nicht im Bett liegst und schläfst, lässt er uns vielleicht aus."

Jeremiahs Augen weiten sich und er sieht kurz hin- und hergerissen aus zwischen seinem Wunsch, mich weiter auf seine ernste kleine Jungenart zu umwerben und seinem absoluten Hunger auf diese versprochenen Weihnachtsgeschenke. Er dreht sich zu seiner Mutter um. „Denkst du, er wird eine Kletterwand für *unsere* Garage bringen?"

Sarah Kate wählt diesen Moment, um frustriert zu brüllen. Sie ist unglücklich, dass sie in den Armen ihres Daddys aufwacht und nicht in ihrem Bettchen.

Martin und Leenie schaffen es endlich durch die Tür, während ihre beiden Kinder eine Menge Lärm machen, und ich folge ihnen ohne Mantel nach draußen. Ich helfe ihnen, Jeremiah auf den

Rücksitz zu setzen, gebe noch ein letztes Versprechen, dass ich am Morgen kommen werde, um zu sehen, was Santa gebracht hat, und winke ihnen, als sie die Auffahrt hinunterfahren. Der Wind ist eisig in meinen Haaren und der frische Schnee und Salzkristalle knirschen unter meinen Stiefeln.

Gerade als ich die Eingangstür erreiche, schwingt sie auf und Peggy Jo kommt heraus in ihrem roten dicken Mantel und mit meinem eigenen, ähnlichen Mantel in der Hand. „Komm mit", sagt sie und nickt in Richtung des Holzstapels. Ich habe immer gut darauf geachtet und er ist immer noch hoch. „Lass uns noch ein paar Scheite holen, für die Nacht."

Ich ziehe mir meinen Mantel an, frage mich, wie sie es geschafft hat, hier herauszukommen, um diese Arbeit zu machen, ohne dass mein Dad darauf besteht, dass er sie übernimmt. Dan würde niemals versuchen, sie aufzuhalten, nicht nur, weil er daran gewöhnt ist, von ihr bemuttert zu werden, sondern auch, weil er weiß, wie stark sie ist, wie unabhängig und dass sie diejenige ist, die das Holz hackt, wenn wir *nicht* auf dem Grundstück sind.

Wir kommen um die Ecke und die Berge ragen über uns auf, dunkel und hin und wieder funkelnd von den Scheinwerfern eines Autos und den Weihnachtslichtern von Häusern, die sonst von den Bäumen verdeckt werden.

„Sejin", fängt sie an und packt meinen Ärmel, um mich anzuhalten, bevor wir den Stapel erreichen. „Ich wollte mit dir reden."

Ich schließe meinen Mantel, die kalte Nachtluft fängt an, in meine Knochen zu dringen. „Klar, was gibt es?"

„Dein Vater …" Sie hält inne und ein Lächeln, das nicht so anders ist als das von Dad, wenn er über sie redet, lässt in ihren Augenwinkeln Falten entstehen. „Ich hoffe, du kannst mir vergeben, dass ich während dieser Reise so viel von seiner Aufmerksamkeit beansprucht habe."

Ich schlucke und ein kleiner Schmerz erblüht in meinem Brustkorb. „Er mag dich. Das freut mich."

Sie nickt, hält dabei immer noch meinen Mantelärmel. „Ich mag ihn auch. Er ist ein guter Mann. Du und ich wissen, dass die dieser Tage dünn gesät sind."

Ich lache, ein Hauch von Tränen brennt in meinen Augen, obwohl ich nicht sagen kann warum.

„Ich hätte aber mehr Rücksicht auf dich nehmen sollen", fährt sie fort. „Ich muss zugeben, ich war zu sehr von der Anziehung zwischen uns getroffen, wie ich sie seit langer, langer Zeit nicht mehr gespürt habe. Ich habe mich einfach darauf gestürzt wie ein Hund auf den Geruch einer lang verlorenen Person, nach der er überall gesucht hat."

„Klingt so, als würde die Sprechart meines Vaters auf dich abfärben", sage ich und rümpfe lachend die Nase. „Er hat so etwas Appalachen-Typisches nicht gesagt, seit er hergekommen ist, glaube ich, aber irgendwie hast du es dir angeeignet."

Hat sie das Lachen aus Mamas Stimme gestohlen? Hat sie das Leuchten aus den Augen meines Dads genommen? Nein … wir wachsen nur alle. Wir alle verändern uns nur und lernen und werden größer. Wir werden nur alle mehr und mehr zu denen, die wir sind.

„Er hat definitiv eine charmante Art zu sprechen, wenn er loslegt, nicht wahr? Es ist das Loslegen, das er nicht so wirklich zu machen scheint." Sie lächelt. „Nur dass er viel zu sagen hatte, als ich ihn am Flughafen kennengelernt habe. Vor allem über dich."

Ich hebe meine Brauen. „Oh?"

„Ja, darüber, wie stolz er auf dich ist."

Ich blinzele und für einen Moment glaube ich ihr nicht. „Aber warum sollte er das sein? Ich habe mit meinem Leben gar nichts angefangen."

„Was ist das für ein Blödsinn? Du hast für einen Mann deines Alters verdammt viel erreicht. Du bist quer durchs Land gereist, hast dich hier angesiedelt, hast deine eigenen kleinen Tanzstunden angefangen, die du mit deiner eigenen, inspirierten Vision geschaffen hast. Alle hier lieben dich. Du hast so viele Herzen berührt. Die Kinder bei Tater Tots denken, dass du der großartigste Erwachsene bist, den sie kennen."

„Da wäre ich mir nicht so sicher", wende ich ein. „Einige von ihnen finden Dan ziemlich cool. Jeanie möchte wie er werden und Jeremiah auch."

„Denkst du, dass ein Mann einen riesigen Felsen erklimmen muss, um etwas Außergewöhnliches geleistet zu haben?"

„Natürlich nicht."

„Denkst du, du musst eine Million Dollar verdienen? Oder einen verletzten Delfin retten? Oder ein Haus besitzen? Oder irgendein anderes, immer außer Reichweite liegendes Ziel erreichen, bevor du ein Mann bist, auf den man stolz sein kann?" Sie stemmt ihre Hände in die Hüften. „Kann nicht einfach eine wunderschöne Person mit einem Herz aus Gold zu sein ausreichen?"

Ich schnaube. „Du klingst wie Dan. Er *ist* doch dein Sohn."

Sie lächelt. „Er ist der Sohn meines Herzens. Ich liebe ihn. Aber er kann dir nicht das Wasser reichen, wenn es darum geht, ein ganzes Herz zu haben, das man geben kann – obwohl deines so schrecklich gebrochen wurde, als deine Mama gestorben ist."

„Peggy Jo, hast du etwas getrunken?" Es ist eine rhetorische Frage. Ich weiß, dass sie das hat. Ich habe gesehen, wie sie vor dem Abendessen zwei Bier geleert hat und zwei Gläser Wein während des Essens und einen Whiskey, als es vorbei war. Ihre Augen sind ein wenig glasig vom Alkohol und ihre Wangen glühen in einer Röte, die nicht nur vom Schnee und der Kälte kommt.

Sie ignoriert die Frage. „Sei ehrlich – denkst du wirklich, dass dein Vater nicht stolz wie ein König ist, dich seinen Sohn zu nennen?"

Ich schweige lang genug, dass sie ihre Arme um mich legt und mich umarmt, sich zurückzieht und dann meine beiden Hände nimmt.

„Wenn er so stolz auf mich ist und mich so sehr mag, warum war er die letzten Jahre dann so distanziert? Ich hatte das Gefühl …" Ich schüttle meinen Kopf. „Ich habe mich gefragt, ob er mich nur als Sohn meiner Mom gesehen hat oder dass ich vielleicht bewirke, dass er sich schlimmer fühlt, weil ich ihn daran erinnere, was wir hatten, bevor sie gestorben ist."

„Was hattet ihr, das ihr jetzt nicht habt."

Ich klinge wie ein kleines Kind, als ich antworte: „Eine Familie."

„Das musst du ihm sagen."

„Nein", flüstere ich. „Ich kann nicht. Ich möchte ihn nicht verletzen."

„Dummer Junge. Er liebt dich. Sag es ihm", drängt sie.

Ich schüttle meinen Kopf erneut.

„Ja, sag es ihm, bevor er geht."

„Wirst du ihn begleiten?", frage ich.

Peggy Jo neigt ihren Kopf und denkt darüber nach. „Ich wollte mit dir darüber reden, weil ich dich nicht verletzen möchte. Also, sei ehrlich, Sejin – wäre es dir lieber, wenn ich hier bei dir und Dan bleibe? Oder sollte ich zurück nach Georgia gehen und versuchen, mich bei Bellas beschissenem festen Freund lieb Kind zu machen, damit ich mich wieder in Mimis Leben schleichen kann? Oder ist es in Ordnung, wenn ich deinen Dad unterstütze, während er etwas wirklich Schwieriges macht? Ich könnte seine Aufmunterung auch brauchen, wenn ich mich mit der Erkenntnis auseinandersetze, dass meine Tochter ein paar wirklich beschissene Entscheidungen getroffen hat." Ihre Stimme bebt ein wenig.

„Es tut mir leid, Peggy Jo. Das mit Bella. Das mit dir und meinem Dad ist für mich in Ordnung. Das Haus-" Ich breche ab und versuche, meine Stimme zu stärken. „Das Haus schmerzt. Ich kann nicht mit ihm zurück, weil ich bei Dan bleiben muss. Aber zu wissen, dass ich mich auch nicht davon verabschieden kann? Ich weiß nicht. Ich habe eine Menge Gefühle, aber bei keinem davon geht es um dich. Du solltest ihn begleiten. Zumindest wirst du dann auf derselben Seite des Landes sein, wenn Bella zu Sinnen kommt."

Peggy Jo zieht mich wieder in eine Umarmung. „Ich weiß nicht, ob ich dir das je gesagt habe, Sejin, aber ich bin dir so dankbar."

„Ihr seid erwachsen. Ihr braucht meine Erlaubnis nicht."

„Ich rede von Dan, Liebling. Du bist das Beste, was je in seinem Leben passiert ist, und es schenkt mir solchen Frieden zu wissen, dass-" Jetzt ist sie an der Reihe abzubrechen, sich zu räuspern und noch einmal anzusetzen. „Wenn das Schlimmste eintritt, finde ich Frieden in dem Wissen, dass er echte Liebe gekannt hat. Dass er diese wunderschöne Zeit mit dir hatte."

Meine eigene Kehle schnürt sich zu. „Morbide, Peggy Jo."

„Ich weiß. Und das an Weihnachten."

Wir beide lachen mit diesem feuchten, harschen Klang jener, die auf schmerzlich dunkeln Humor zurückgreifen mussten, um klarzukommen.

„Als Ivan gestorben ist", fängt Peggy Jo an, während sie sich dem Holzstapel zuwendet und anfängt, Scheite auszuwählen, „habe ich gedacht, dass ich den Schmerz nie überwinden, nie in der Lage sein würde, mich von seinen Sachen zu verabschieden. Wenn Bella nicht gewesen wäre – und später Dan – hätte ich einfach nur auf den Boden fallen und ins Nichts verschwinden wollen."

Das kann ich verstehen. So habe ich mich gefühlt, als Mom gestorben ist.

„Aber das Leben ist unnachgiebig. Es kommt und hebt uns auf, stellt uns wieder auf die Beine und du verabschiedest dich von diesem Mantel, diesem Hut, diesem Leben. Es ist immer nur ein klein wenig, aber am Ende erscheint diese Welt, die du mit dieser

Person geteilt hast, wie ein anderes Universum und eine ganz andere Version deiner selbst."

Ich berühre meinen Verlobungsring mit meinem Daumen. Ich möchte keine andere Version meiner selbst ohne Dan.

Peggy Jo hat die Arme voll und ich fange auch an, Scheite zu nehmen.

„Diesen da auch", sagt sie und deutet auf einen Scheit, weil ihre Arme voll sind.

Ich füge ihn dem Stapel auf meinem Arm hinzu und zusammen kehren wir zur Hintertür des Hauses zurück. Dan oder mein Dad werden uns durch die Fenster sehen und aufmachen.

Wir beide lächeln sie an, als sie uns entdecken und als mein Vater vom Sofa drinnen aufsteht und in Richtung Tür kommt, meint Peggy Jo: „Manchmal denke ich, dass wir alle unsere persönliche Heart Route im Free Solo klettern, Sejin. Wir geben unser Bestes und es gibt enorme Konsequenzen, wenn wir es verbocken. Das nennt man Leben."

Die Tür schwingt auf und die Hitze des Hauses dringt heraus und über mich, zusammen mit der Zuneigung in Dads und Dans Lächeln.

KAPITEL VIERUNDFÜNFZIG

Dan

Elf Wochen seit dem Free Solo Versuch

IN DER WOCHE zwischen Weihnachten und Silvester verbringe ich meine Zeit damit, die „Reha"-Übungen zu machen, die Lowell und ich uns ausgedacht haben und mit Sejin Sex im Van zu haben.

Ich war auch am empfangenden Ende von mehr als genügend Familienzeit. Da ich vorher nie eine echte Familie gehabt habe, freue ich mich darauf, wenn sie alle wieder zu ihren normalen Tagesabläufen zurückkehren.

Peggy Jo und Buck waren ständig da – weil sie ja hier wohnt und so – und er schläft auf ihrer „Ausziehcouch", von der Sejin und ich immer noch absolut keine Spur gesehen haben.

So viel zu Ehrlichkeit zwischen mir und meiner Pseudo-Mom.

Leenie und Martin haben Bucks Besuch absolut ausgenutzt, um ihre Kinder für mehrere Stunden täglich abzugeben, während sie mit anderen Dingen beschäftigt waren. Mit anderen Dingen meine ich, dass Martin viel arbeitet und Leenie ihr zweites Bad renoviert, weswegen sie voller Farbflecken und Tapetenkleister ist, wenn sie kommt, um die Kinder abzuholen.

Jeremiah ist weiterhin besessen von der Kletterwand in der Garage, vor allem, weil Santa keine für sein eigenes Haus gebracht hat. Deswegen ist er sehr verbittert. Darum bekomme ich eine Menge Zeit als Pseudo-Onkel oder Cousin oder als was auch immer

Sejins winzige Familienmitglieder mich sehen.

Heute aber bin ich allein.

Sejin fährt Buck und Peggy Jo zum Flughafen. Wir haben uns bereits verabschiedet, bevor sie losgefahren sind. Da die Pseudo-Großeltern abreisen, hat Leenie ihre Kinder wieder da, wo sie hingehören – in ihren starken Armen und wahrscheinlich bei Papa Bear, wo sie jemanden, der nicht Sejin ist, dazu zwingt, ihnen frische Apfelschnitze zu bringen.

Obwohl ich froh bin, dass ich nicht mehr ans Bett oder Sofa gefesselt bin, werde ich es ein wenig müde, in Peggy Jos Garage zu bouldern. Sie ist stickig, wenn ich die elektrische Heizung anschalte, damit ich da draußen nicht erfriere und der Magnesiumstaub in der Luft schnürt mir die Kehle zu.

Ich will unbedingt hinaus auf die süß riechenden Wiesen von Yosemite, bevor ich zu unruhig werde und wieder den Verstand verliere. Ich hatte seit ein paar Wochen keine unerwünschten Erinnerungen an meine Mutter oder meine beschissene Kindheit und ich würde das gerne so beibehalten.

Obwohl ich mich vor ein paar Tagen mit einer Anfrage an Henry gewandt habe, die ihn zweifellos überrascht hat. Er hat mich nach nur ein paar Stunden zurückgerufen und gesagt, dass er herausfinden würde, was möglich ist. Also muss ich jetzt warten und sehen, ob er es umsetzen kann.

Ich setze mich auf die Matte, schaue hinauf auf die schwierige Boulder-Route, die ich mir für heute ausgesucht habe und reibe über mein Bein. Ich versuche, die Stelle weiter unten nicht zu berühren, wo ich das Metall spüren kann, weil ich das absolut seltsam finde.

Der Knochen schmerzt sehr viel, während er heilt. Manchmal muss ich die Zähne zusammenbeißen. Ich weiß, dass es nur eine Frage der Zeit ist, bis der Schmerz Vergangenheit ist, abgesehen von einem Ziehen an regnerischen Tagen, aber es ist nervig, dass er noch da ist.

Wann immer ich mich beschwere, schiebt Sejin sich die Haare aus den Augen und wirft mir einen Blick zu. Ich weiß, was er bedeutet – *Halt den Mund, Vollidiot, du hattest verdammtes Glück.*

Das hatte ich. Er hat recht. Und nicht nur, weil ich überlebt habe.

Mein Bein heilt, als würde ich zum Frühstück Knochen aufbauendes Pulver essen. Mein Arzt ist vollkommen überrascht von meinen großen Fortschritten und meiner schnellen Genesung. Er hat mir für Februar die Freigabe erteilt, wieder richtig zu klettern – solange ich angeseilt bin.

Ich kann es aber nicht erwarten, nächste Woche zum Bouldern zu gehen. Das Gefühl von echten Felsen unter meinen Fingern wird so gut sein. Ich streiche über die schwindenden Schwielen an meinen Händen und frage mich, wie sehr der kalte Granit sie aufreißen wird. Ich kann den beißenden Schmerz beinahe spüren. Der Preis für meine Leidenschaft.

Der Klang von Kies, der unter Rädern knirscht, erweckt meine Aufmerksamkeit und ich öffne das Garagentor, um zu sehen, wer früher nach Hause gekommen ist oder zu Besuch kommt. Ich bin nicht sonderlich überrascht, Lowell zu sehen. Ich habe seit vor Weihnachten nichts mehr von ihm gehört oder gesehen, darum ist es an der Zeit, dass er vorbeikommt, um nach mir zu sehen.

Er steigt auf diese langsame, intensive Art aus seinem Auto, die mir die Haare im Nacken aufstellt.

Ich bin immer noch nicht sicher, warum Rye ihn je gefickt hat. Dieser Mann ist die Definition von angsteinflößend. Nicht weil er je auch nur einem Floh etwas antun würde, sondern weil in ihm etwas absolut Ungezähmtes ist.

Ich denke zurück an die Zeit, als er mit Nina verheiratet war, wie er für YOSAR gearbeitet hat, wie jeder andere, halbwegs normale, den Thrill suchende Helfertyp. Damals musste er diesen schrecklichen Teil von sich fest verschlossen gehalten haben. Ich habe ihn jedenfalls nie zu Gesicht bekommen. Aber diese letzte Rettungsmission hat seine Schlösser aufgebrochen und jetzt windet sich der Engel oder das Monster – oder woraus auch immer diese Energie gemacht ist – unter seiner Haut und versucht, freizukommen.

Wenn ich es sehen kann, weiß ich, dass Rye das auch kann.

Ich lache in mich hinein. Buck färbt eindeutig auf mich ab mit seinen skurrilen Appalachen-Gedankengängen. Er ist in der Regel ein stiller Mann, aber wenn er redet, ist es entweder kurz und auf den Punkt oder romantisch und langatmig.

Oder vielleicht war ich schon immer so unter meinem eigenen schweren Mantel aus innerer Stille. Wer weiß das schon?

„Was gibt es?", frage ich, als Lowell sich nähert. Sein rostroter Mantel ist voller Schneeflocken und seine haselnussbraunen Augen sind stürmisch.

„Ich wollte sehen, ob du Hilfe brauchst, diese Routen zu ändern. Ich vermute, du hast sie so oft durchgearbeitet, wie du möchtest."

Ich schlage ihm auf die Schulter. „Zur Hölle, ja. Perfektes Timing."

Er runzelt die Stirn, als würden die Worte ihn stören, aber er sagt sonst nichts mehr. Nicht für eine lange Weile. Stattdessen fokussiert er sich darauf, die neuen Routen zu studieren, für die ich mich entschieden habe, und arbeitet daran, die Griffe zu versetzen.

Irgendwann habe ich den Mut zu fragen: „Also, was zur Hölle ist passiert?"

Er schraubt einen neu platzierten Griff mit mehr Kraft fest. „Womit?"

„Mit Rye."

Er stoppt und bewegt sich vorsichtig an der Wand nach unten und dann von ihr weg. „Was hat er dir erzählt?"

„Nichts. Darum frage ich dich."

Lowell reibt sich über sein Gesicht. „Es wird nicht funktionieren. Wir sind uns einig. Lass uns einfach sagen, dass es zum Besten war."

„Warum seid ihr beide dann so verdammt unglücklich?"

„Fuck." Lowell setzt sich auf die Matte. Ich lehne mich an die Garagenwand, schaue zu, wie er nachdenkt. Er streicht mit seinen Fingern durch seine Haare, sein innerer Kampf wird immer angespannter. Schließlich sagt er: „Wusstest du, dass ich diese letzte Such- und Rettungsaktion geleitet habe?"

Ich nicke.

„Weißt du, in welchem Zustand wir sie gefunden haben?"

Dieses Mal schüttle ich meinen Kopf, weil ich die Einzelheiten nicht kenne. Ich weiß, dass es schlimm war und was in den Nachrichten berichtet wurde, war grauenvoll genug, dass ich keine weiteren Informationen darüber gesucht habe.

Lowell stöhnt, bevor er flüstert: „Sie waren noch am Leben."

„Oh."

Er schluckt schwer. „Ja."

„Sie waren was … neun, sieben und vier Jahre alt?"

Lowell nickt. „Das Jüngste war in Jeanies Alter."

Ich rutsche näher, als Lowells Atmung den Raum füllt, hart und rau. „Hey", flüstere ich. „Wir müssen nicht darüber reden."

Er lässt ein bitteres, wütendes Lachen hören. „Du hast gefragt."

Ich halte mich still, lasse, was immer passiert, geschehen.

„Ich werde dir keine Einzelheiten nennen. Ich werde ins Grab gehen und sie direkt hier haben." Er schlägt sich härter als nötig auf seinen Brustkorb. „Niemand sonst weiß alles über diesen Tag. Niemand."

Ich sage nichts.

„Es hat mich kaputtgemacht."

Ich nicke.

„Der Therapeut, zu dem YOSAR mich verpflichtend geschickt hat, hat gesagt, dass es nicht nur diese Rettung war, sondern auch all die Traumata davor. Es ist ein kumulativer Effekt. Eine Kaskade an Schäden." Er streicht wieder mit seinen Fingern durch seine Haare, wodurch sie aufstehen, hoch und wild. Er versucht, das Monster einzusperren. Ich kann sehen, wie er sich Mühe gibt. „Aber ich weiß nicht. Ich denke, es *war* diese letzte Rettung. Ich kann sie nicht vergessen. Manchmal kann ich nicht aufhören zu hören …"

Ich bewege mich nicht, sage nichts.

Er schüttelt sich. „Schlimme Dinge passieren, wenn ich die Erinnerungen nicht stoppen kann. Es wird beängstigend. In meiner Nähe zu sein ist für niemanden gut, wenn sie mich packen. Nina ist gegangen, weißt du noch?"

„Nina war schon davor auf dem Weg zur Tür. Sie hat nur eine Entschuldigung gebraucht."

Sein Lachen ist kurz, aber schwer von Emotionen. „Ich habe ihr eine Menge Gründe gegeben, Dan. Ich war wütend und obsessiv und ich konnte mich nicht davon abhalten …" Er schüttelt seinen Kopf. „Du weißt, dass ich bei YOSAR nicht gekündigt habe, oder? Sie haben mich entlassen. Ich war angeknackst. Mental. Sie wussten, dass ich eine Gefahr für mich selbst und andere war, darum-" Er streicht mit seinem Zeigefinger über seine Kehle. „Abgesägt."

Ich habe das Gefühl, dass ich dazu ganz sicher etwas sagen sollte, aber ich habe keine Ahnung was. Mein vierter Pflegevater hat immer gesagt, dass Schweigen besser ist, als das Falsche zu sagen, daran halte ich mich jetzt.

„Hat Sejin dir je erzählt, wie ich ihn auf der Wiese gefunden habe, nachdem du abgestürzt warst?"

Ich schüttle meinen Kopf. Ich wusste, dass er es getan hatte, aber ich habe nie gefragt, wann oder wie oder warum.

„Ja. Nun, wenn die Erinnerungen anfangen, sich einzuschleichen, und zu übernehmen, versuche ich, sie zu ignorieren. Manchmal gehen sie dann weg. Wenn das nicht funktioniert, versuche ich, sie zu beruhigen. Ich höre mir den Polizeifunk an und sage zu meinem gottverdammten Hirn, ‚Siehst du? Es ist vorbei, es passiert nicht wieder.'"

„Du hast den Polizeifunk abgehört, als ich abgestürzt bin", leite ich ab.

„Ja. Die Erinnerungen hatten mich diese Woche verfolgt. Ich habe zugehört, weil es manchmal ausreicht, damit sie aufhören." Er legt seine Fäuste an seinen Kopf und kneift seine Augen zu.

Ich schlucke.

Mit sichtlicher Mühe beruhigt er sich. „Tut mir leid."

„Es ist in Ordnung."

„Ich bin innerlich hässlich, Dan."

„Es tut mir leid." Ich verstehe es. Ich trage auch Hässlichkeit in mir. Ein Monster, das mich verfolgt, es sei denn, ich kann ihm davonlaufen, davonfokussieren, davonklettern. Das Monster der Erinnerung.

„Als ich über Funk gehört habe, dass du abgestürzt bist, musste ich etwas tun, um zu helfen. Das ist der schlimmste Teil. Dieser Impuls. Dieses Bedürfnis. Meistens kann ich gar nichts tun. Wingsuiter, der im Tal abgestürzt ist?" Er schüttelt seinen Kopf. „Nichts, was ich tun kann. Nicht, seit ich nicht mehr bei YOSAR bin."

„Du könntest einem abgestürzten Wingsuiter so oder so nicht helfen, sogar wenn du noch bei YOSAR *wärst*."

Seine Kehle bewegt sich. „Erzähl das meinem Hirn, Mann. Erzähl das meinem verdammten Hirn."

„Das habe ich gerade."

Er reibt sich mit seinen Handflächen über seine Augen und seine Schultern beben. Zuerst denke ich, dass er lacht, aber dann weiß ich, dass er weint. Ich wünschte, Sejin wäre hier, um ihn zu trösten. Ich bin schlecht in diesen Dingen.

Darum sitze ich nur da. Aber das muss doch in Ordnung gewesen sein, denn als er endlich sein Gesicht abwischt, sagt er: „Danke.“

„Wofür?“

„Dass du es nicht peinlich gemacht hast.“

„Okay.“

„Also … das ist es, was mit Rye passiert ist“, sagt er dumpf.

Ist es das? Ich möchte fragen, weil diese Erklärung für mich so klar wie Schlamm ist. Aber für den Moment entscheide ich, dass er vielleicht recht hat und dass es mich nichts angeht. Ich möchte keine weiteren Weinanfälle in meiner Boulder-Garage. Nicht heute.

Darum sage ich: „Willst du diese Routenänderung für mich fertigstellen?“

„Ja. Gute Idee.“ Er klettert wieder nach oben und fängt an zu arbeiten.

Ich bleibe am Boden, beobachte wie er die Änderungen macht.

Ich könnte helfen. Ich bin jetzt viel mobiler, als ich es zuvor war und ich hatte sogar vor, diese Änderungen allein zu machen. Aber er braucht etwas zu tun und mein Bein braucht eine Pause. Ich lasse ihn machen.

„Hey, Lowell“, sage ich, nachdem ein paar weitere Minuten vergangen sind.

„Ja?“

„Danke, dass du Sejin an diesem Tag ins Krankenhaus gebracht hast.“

„Kein Problem.“

Weitere Minuten vergehen. „Lowell?“

„Hmm?“

„Hilfst du mir bei meiner Genesung, weil es deinen Kopf zum Schweigen bringt?“

Er zögert einen Moment. „Ja.“

„Ah. Ich habe mich gefragt, warum du hier bist, wo du doch

weißt, wie mein ultimativer Plan aussieht und du ihn nicht billigst.“

Er grunzt.

„Aber nur damit du es weißt, wenn etwas schiefläuft, hättest du es nicht verhindern können.“

„Ich weiß.“

„Aber dein Hirn glaubt das nicht.“

„Nein.“

Während er arbeitet, denke ich über unser Gespräch nach. Irgendwann verstehe ich, was mit Rye passiert ist. Ich kenne die Einzelheiten nicht und das muss ich auch nicht. Aber wenn Lowell sich *damit* herumschlagen muss? Ich verstehe es.

Rye hat eine Menge eigenes Trauma. Im mentalen Schaden eines anderen Mannes zu ertrinken, wird ihm nicht helfen, zu heilen. Es ist schmerzhaft und traurig für sie beide, aber ich verstehe es.

Manchmal ist niemand schuld. Manchmal ist es einfach, wie es ist.

KAPITEL FÜNFUNDFÜNFZIG

Sejin

„WIR SEHEN UNS im April, wenn nicht früher", sagt Dad und umarmt mich fest neben der Schlange, die zur Flughafen-Security führt. „Ich werde deine Hochzeit um nichts in der Welt versäumen."

Peggy Jo ist losmarschiert, um auf die Toilette zu gehen und einen Snack zu kaufen, gibt mir und Dad so einen letzten Moment allein.

„Du wirst neben mir stehen?", frage ich.

Dads Augen füllen sich, wodurch auch mir die Tränen kommen. „Ich kann mir nichts vorstellen, was mich stolzer machen würde."

„Dad?" Das ist es. Ich nehme meinen Mut zusammen, um das Schwierige zu machen.

„Ja, Junge?"

„Ich will dich nicht wieder verlieren."

Er macht einen Schritt zurück, um mich besser ansehen zu können. „Du hast mich nie verloren."

„Ich hatte eine wirklich lange Zeit das Gefühl, dass ich das hatte. Ich weiß, dass ich vor der Trauer geflohen bin, den Erinnerungen und sogar dir. Ich bin weggelaufen und nicht ans Telefon gegangen und habe mich davor versteckt, wie wir Mom verloren haben. Ich bin auch schuld daran, aber du bist mein Dad. Als du nicht angerufen oder auf meine Nachrichten geantwortet hast, hatte ich das Gefühl, als hätte ich dich auch verloren."

Er steht da mit einem Ausdruck reiner Traurigkeit. „Junge, ich-"

Ich kann ihn nicht reden lassen. Sonst mache ich einen Rückzieher vor dem, was ich als Nächstes sagen möchte. „Aber jetzt ist es besser. Es war großartig dich hier zu haben, Dad. Gemeinsam Zeit zu verbringen und dich jeden Tag zu sehen, das hat mir sehr viel bedeutet. Auch wenn es ein wenig seltsam war zu sehen, wie du dich in Peggy Jo verliebst, verstehe ich es. Das tue ich. Sie ist eine wunderbare Person." Ich hole tief Luft. „Aber Dad, wenn du hier weggehst, kann ich dich nicht wieder aus meinem Leben verlieren."

„Wovon redest du, Junge? Ich komme hierher, um in deiner Nähe zu wohnen, um Teil deiner neuen Welt zu sein."

„Dad, bitte verstehe, was ich sage."

Er hält inne, kratzt sich an der Nase und sagt dann: „Okay. Du hast recht, Junge, wir waren nicht sehr gut darin, eine Familie zu sein, seit deine Mama gestorben ist. Das tut mir leid. Ich bin kein brillanter Mann, Sejin, aber ich habe in den letzten paar Jahren eine harte Lektion gelernt. Ich habe versucht, mein Herz vor Schmerz zu schützen-"

„Ich auch."

„- und ich hatte Angst, mich zu melden, für den Fall, dass es wehtut." Er reibt seinen Brustkorb über seinem Herzen. „Aber wenn man nicht ein wenig Schmerz riskiert, verliert man, was man liebt." Er zieht mich wieder in eine Umarmung. „Ich liebe dich. Du bist mein Junge. Mein Sohn. Meine Familie."

„Ich liebe dich auch." Meine Kehle ist zugeschnürt.

Als Peggy Jo zurückkommt, halten wir einander noch immer.

„Also gut, Jungs", sagt sie und sucht in ihrer Handtasche nach einem Haargummi. Sie bindet ihre Haare hoch. „Wir müssen durch die Security und dann zu unserem Gate."

Sie dreht sich zu mir. „Du kümmerst dich gut um Dan und

meine Katzen und dich selbst, hast du verstanden?“

„Das werde ich.“

„Wenn du irgendetwas brauchst, zögere nicht anzurufen“, sagt Dad, der immer noch Tränen in den Augen hat. „Und ich werde dich anrufen. Sogar wenn es überhaupt keinen verdammten Grund dafür gibt. Du wirst mich nicht verlieren.“

Ich umarme sie beide und warte dann, schaue zu, wie sie durch die Security gehen. Dad dreht sich um und winkt. Ich schicke ihm einen Luftkuss und er lächelt und tut so, als würde er ihn fangen, wie damals, als ich ein kleiner Junge war.

Er verschwindet mit Peggy Jo den Gang entlang zum Gate. Ich schiebe meine nervig kurzen Haare aus meinem Gesicht und sammle mich, bevor ich auf den Parkplatz gehe. Ich schalte den Motor an und fädele mich in den Verkehr ein. Mein Herz fühlt sich empfindlich an, aber nicht gebrochen.

Dad ist weg, aber es ist in Ordnung. Ich verliere ihn nicht.

ZWISCHENSPIEL 6

SAILOR EVANS PRÄSENTIERT:
EIN NEUES INTERVIEW MIT DAN McBRIDE!

…

…

…

Zeitstempel: 17 Minuten, 24 Sekunden

„Hat schwul zu sein, dazu beigetragen-"
Ich bin bisexuell.

„Entschuldige. Hat bisexuell zu sein dazu beigetragen, dass du dich von der Community der Kletterer ausgeschlossen gefühlt hast?"
Nein.

„Das ist alles, was du hast? Nur nein?"
Nur nein.

„Warum denkst du, ist das so? Sind Kletterer insgesamt queer-freundlich?"
Ich habe mir nie gestattet, anderen Kletterern nahe genug zu kommen, um ein Urteil zu fällen.

„Du entscheidest also im Zweifel für den Angeklagten?"
Klar. Warum nicht?

„Okay, zur nächsten Frage. Es ist dieselbe alte, alte Frage, die du immer gestellt bekommst. Machst du dir je Sorgen, dass du zukünftige

Generationen dazu inspirierst, die Arten von Risiko einzugehen, die du eingegangen bist?"

Ist das eine Frage, die man über Shaun White stellt? Oder Tony Hawk? Oder Jesper Tjäder? Warum ist mein Sport anders? Ein Fehler – ein winziger Irrtum – in jeder von ihren Sportarten kann zu Kopfverletzungen, gebrochenen Hälsen, Hirnschäden oder dem Tod führen. Aber niemand sieht sie an und fragt sie, ob sie Angst haben, dass sie zukünftige Generationen mit *ihrem* todesverachtenden körperlichen Können auf Abwege führen.

„Gut gesagt. Was passiert bei deiner Genesung als Nächstes?"
Bouldern an einem echten Felsen. Nimm dich in Acht, Housekeeping, weil ich komme.

„Housekeeping ist eine fantastische Route. Wir alle haben deine Videos auf TikTok und Instagram gesehen. Deine Fortschritte sind beeindruckend."
Sag das meinem festen Freund.

„Er ist nicht beeindruckt?"
Er ist immer beeindruckt. Er will nur, dass ich etwas vom Gas gehe."

„Warum?"
Er freut sich nicht auf das, was kommt.

„Und was kommt, Dan?"
Die Heart Route wieder im Free Solo zu klettern, natürlich.

TEIL VIER

Januar 2022

KAPITEL SECHSUNDFÜNFZIG

Sejin

Fünfzehn Wochen seit dem Free Solo Versuch

DIE WINTERLUFT SCHLÄGT mit einer hysterischen Kälte zu, die meine Nasenflügel brennen lässt, aber ich habe Dan schon seit langer Zeit nicht mehr so aufgeregt gesehen. Er steht unten am Amazon Face und dehnt sich in Vorbereitung darauf, seine Hände zum ersten Mal seit seinem Absturz an richtigen Felsen zu legen.

Ich bin nicht nur als moralische Unterstützung hier.

Ich soll auch Klettern übern. Rye erklärt mir die seiner Meinung nach beste Route für mich zum Ausprobieren auf der anderen Seite des Boulders. „Aber erwarte nicht, dass du heute sonderlich weit kommen wirst. Es ist keine Anfängerroute und du bist definitiv ein Anfänger."

Sailor ist auch da und sie hält ihre Kamera jedem außer Dan ins Gesicht. Es stört mich nicht, dass sie uns begleitet hat. Manchmal denke ich, dass ich mich an sie gewöhnt habe. Ich kann sie als Teil der kleinen Gruppe schätzen, die Dan in den letzten paar Monaten irgendwie um sich gesammelt hat.

Ich lächle. Dan, der Einsame Wolf, hat eine Gruppe. Wer hätte das gedacht?

Heute ist Sailor allerdings in einer seltsamen Stimmung. Sie schaut immer wieder auf ihr Handy, ist aber ständig enttäuscht, von was immer auf ihrem Bildschirm erscheint. Das verleiht ihr eine

Aura der Verzweiflung, die ich bei ihr noch nie gesehen habe und ich frage mich, ob sie auf medizinische Nachrichten wartet.

Sie steckt ihr Telefon wieder ein und richtet ihre Kamera erneut auf mich. Ich lächle, versuche, mich an die K-Pop VLive Lektionen zu erinnern, die ich gelernt habe. *Gib den Zuschauern das Gefühl, dass sie etwas Besonderes sehen, etwas, das sonst niemand zu sehen bekommt. Etwas Authentisches und Reales.*

Meistens ist das einfach. Wir *werden* ganz authentisch heute einen riesigen Boulder klettern und ich bin wahnsinnig nervös deswegen. Ich habe keine Angst, verletzlich oder unsportlich vor der Kamera zu wirken. Es ist in dieser Beziehung oder auf dem YouTube Kanal nicht meine Aufgabe, ein guter Kletterer zu sein. Das ist Dans Aufgabe und er scheint vollkommen und authentisch begeistert zu sein angesichts der Chance, das wieder zu beweisen, wenn auch nur in kleinem Maßstab.

„Sailor, ich weiß, dass er hübsch ist, aber lass meinen festen Freund in Ruhe", ruft Dan. „Komm und filme mich, wie ich mein Comeback starte."

Sailor verdreht ihre Augen. „Ja, Eure Majestät. Was immer du sagst." Sie hüpft über Äste und knirscht durch Schnee, um näher an den Boulder zu kommen. Sie hebt die Kamera, ist bereit.

Mein Inneres zieht sich zusammen, als ich sehe, wie Dan leicht hinkend zu dem Felsen geht. Die Matten sind darunter ausgebreitet, um ihn abzufedern, wenn er fällt – und wir alle wissen, dass er heute oft fallen wird. Ich habe Angst wegen seiner Landungen. Sein Bein heilt laut Aussage des Arztes auf wundersame Weise, aber was, wenn er einen Fehler macht? Was, wenn er einen Rückschlag erlebt? Sein Elend, als er ans Bett gefesselt war, war so schmerzlich anzusehen. Ich hasse den Gedanken daran, dass wir das noch einmal durchmachen.

Aber Dan ist am Felsen und klettert, bevor ich ihm überhaupt viel Glück wünschen kann.

Sailors Linse ist auf ihn gerichtet. Ich halte den Atem an, als er sich an der Seite des Felsens nach oben zieht, seine Füße benutzt, um auf dem kalten Granit Haftreibung zu bekommen. Einmal johlt er, ein schriller Laut, der mir die Nackenhaare aufstellt, aber er ist glücklich.

„Er ist stark", sagt Rye neben mir. Er hat zerbrechlicher und physisch kleiner gewirkt, seit er und Lowell beendet haben, was immer sie hatten, aber er legt seine Hand auf meine Schulter und drückt sie beruhigend. „Er hat hart am Hangboard trainiert, mit den Gewichten, wenn Lowell bei ihm ist, und er hat sein Bein im Hot Tub und im Schnee gearbeitet. Er kann das."

„Ich weiß", flüstere ich. „Das ist zum Teil, was mir Angst macht."

Rye drückt erneut meine Schulter.

Mein Daumen sucht nach meinem Ring, um ihn nervös zu drehen, aber er ist nicht da. Ich habe ihn abgenommen, bevor wir das Haus verlassen haben, um meinen Finger beim Klettern zu schützen.

Wir schauen zu, wie Dan schneller nach oben klettert, als ich mir vorgestellt habe, dass er starten würde. Aber die Schlüsselstelle besiegt ihn, nachdem er sich ein paar Minuten an den komplizierten Griffen abgearbeitet hat, und er fällt mit einem Triumphschrei auf die Matte unter ihm.

Sailor ist da und filmt alles. „Zur Hölle, ja!", schreit sie. „Perfekt!"

„Dann wollen wir jetzt mit dir anfangen, was?", meint Rye und führt mich zur gegenüberliegenden Seite des gewaltigen Felsens. Meine Nerven melden sich zu Wort. Von hier aus werde ich Dan nicht sehen können. Aber Rye hat mit seiner Entscheidung für diesen Winkel recht. Die Griffe hier sind leichter und die Route führt zu einer flacheren Stelle, an der ich mich oben ausruhen kann. Ich sollte mich ohnehin nicht von Dan ablenken lassen.

Die Höhe des Boulders ist beängstigend. Er ragt wie ein zweistöckiges Haus über meinem Kopf auf, viel größer als die kleinen „Routen", die ich mit Dan tagsüber gemacht habe. Aber es sind bereits vier verschiedene Topropes angebracht – dort von Sailor früher am Tag platziert, während ihrer Erkundungstour der Gegend, jedes so gesetzt, dass es ein anderes Erlebnis am Boulder ermöglicht.

„Du kannst das", ermutigt Rye mich. „Es ist genau wie in der Nacht. Schau auf den Felsen. Nicht nach unten."

Ich nicke, mein Magen dreht sich nervös um. Ich will gerade meine Hände auf den Felsen legen, als ich höre, wie Sailor laut und lang flucht. Mein Herz hämmert bis hinauf in meinen Hals und Adrenalin schießt mir durch die Schädeldecke.

„Dan!", rufe ich.

Rye und ich rasen um den Boulder herum und stellen fest, dass Dan immer noch am Felsen ist, gut klettert, aber Sailor starrt ihr Telefon an. „Es tut mir leid", schreit sie zu Dan hinauf und stellt die Kamera mit Abstand zu den Matten ab, damit sie keinen Schaden nimmt, sollte er fallen. „Ich muss diesen Anruf annehmen!"

„Du verpasst mein Genie!"

„Du wirst später wieder ein Genie sein. Dieser Anruf erfordert jetzt meine Aufmerksamkeit." Sie versichert sich schnell, dass Rye und ich Dans Kletterei überwachen können, bevor sie sich von uns abwendet und davonmarschiert.

„Jemand muss mich filmen", drängt Dan. „Wie können wir das an Reel Rock verkaufen, wenn Teile meines Comebacks fehlen?"

Rye zieht schnell sein Handy heraus und richtet es auf Dan. „Sie kann es später schneiden", sagt er zu mir.

Ich halte den Blick auf Dan gerichtet, bereit, seinen Fall auf die Matte abzufangen, sollte er abdriften.

Ich will nicht lauschen, aber der Wind trägt Sailors Stimme direkt zu uns.

„Hi, Onkel Eric. Ja, natürlich. Ich habe dir bereits die Scouting-Reels geschickt. Ich weiß, dass du es bevorzugt hättest-" Sie bricht ab und scheint einen Moment lang zuzuhören. „Wie ich dir schon gesagt habe, habe ich diesen Kontakt nicht mehr."

Dan kommt wieder zur Schlüsselstelle, arbeitet ein paar Sekunden daran und fällt dann. Er lacht, als er mit einem *Uff* auf die Matte *klatscht*. Er grinst wie ein Irrer, als er sich aufsetzt.

„Weil wir uns getrennt haben!", schreit Sailor. „Ich kann meine Ex-Freundin nicht anrufen und sie um einen derartigen Gefallen bitten. Kannst du nicht jemand anderen zu dem Projekt holen, wenn es so wichtig ist? Oder besser noch, lass mich mit Harris klettern. Mit ihm kann ich immer gut zusammenarbeiten und er kennt sich mit Kameras aus. Wir brauchen keine wissenschaftliche Sichtweise, um den Film interessant zu machen. Das tun wir nicht. Nein, tun wir nicht!"

Sie hat uns den Rücken zugekehrt, aber jedes Wort ist klar. Dan kann es offensichtlich von seiner Position auf den Matten hören. Er klopft sich das Magnesium von den Händen und schaut neugierig in ihre Richtung.

„Du sagst also, entweder das oder nichts?" Ihre Stimme bricht. „Warum? Ich habe alles gemacht, was du für das YOSAR-Projekt wolltest. Außerdem bekomme ich wirklich großartiges Material hier draußen von diesem genesenden Kletterer – das hast du selbst gesagt! Du hast gesagt, dass du mir helfen würdest, es an Reel Rock oder NatGeo zu verkaufen. Nein, du schuldest mir nichts, aber du weißt, dass ich Ingmikortilaq klettern will, seit Honnold und Findlay es gemacht haben und du wirst mir das unter den Füßen wegziehen, es sei denn, ich ziehe Carrie hinzu? *Warum?* Das ist … es ist … nein! Einfach nein!"

Sailor drückt auf ihr Handy, wirft ihren Kopf zurück und schreit. Der Laut hallt um uns herum und Vögel flattern in Reaktion darauf in einem Durcheinander aus Zwitschern und

Rufen auf. Schnee raschelt in den Bäumen und fällt in kleinen Lawinen zu Boden.

„Alles in Ordnung?", fragt Rye, als Sailor sich langsam umdreht und mit hartem Gesichtsausdruck durch den Schnee zurück zu uns marschiert.

„Nur mein Onkel, der sich wie ein Arsch benimmt. Das ist nichts Neues." Sie schnappt sich ihre Kamera und hebt sie hoch, bemerkt erst dann, dass Dan auf den Matten sitzt. „Okay, wie sieht der Plan jetzt aus? Wir werden hier nicht nur rumsitzen, oder? Geh Klettern!"

Ich runzle die Stirn. „Hey, wenn du eine Pause brauchst-"

„Ich habe keine Zeit für eine Pause, Sejin", sagt sie hysterisch. „Es heißt jetzt oder nie. *Alles* ist jetzt oder nie. Was daran verstehst du nicht?"

Ihre Wangen und ihr Mund röten sich und sie macht auf dem Absatz kehrt und stürmt durch den Wald zurück in Richtung des Parkplatzes. Ich schaue ihr nach, aber Rye schiebt sein Handy in seine Tasche und folgt ihr mit ein paar Schritten Abstand. Dan steht auf, stemmt seine Hände in seine Hüften, starrt Sailor hinterher und dreht sich dann zu mir.

„Filme mich, Doc."

„Was war das gerade?", frage ich.

„Wir sind hier, um das durchzuziehen", sagt Dan.

Zögerlich ziehe ich mein Handy aus meiner Tasche und filme mit zitternden Händen seinen dritten Versuch. Dieses Mal schafft er es beinahe durch die Schlüsselstelle, bevor er fällt. Er lacht mit einem kleinen Fluch auf seinen Lippen und ich schalte das Video aus.

„Sollten wir ihnen nicht folgen?", frage ich und linse dabei in den Wald, wo Rye und Sailor verschwunden sind.

„Nein", antwortet Dan. „Sie wird sich beruhigen. Gib ihr eine Minute."

Wie sich herausstellt, hat er recht. Aber es dauert nicht nur eine Minute. Es dauert zwanzig. Nachdem Dan noch einmal hinaufgeklettert ist, sich kurz ausgeruht und einen halben Energieriegel gegessen hat, kehren Sailor und Rye zurück. Sie hat ihr Kinn hochgereckt und ihre blonden Haare fliegen in der Brise hinter ihr. Ihre roten Wangen leuchten immer noch und es ist offensichtlich, dass sie geweint hat, aber ihr Blick sagt deutlich, dass wir dazu keinen Kommentar abgeben sollen.

Rye lässt sich ein paar Schritte zurückfallen und hebt einen Daumen, um anzudeuten, dass es Sailor jetzt gut geht.

„Na schön", sagt sie, als sie wieder vor dem Boulder steht. „Was habe ich verpasst?"

„Zwei weitere Abstürze", sagt Dan mit einem zufriedenen Lächeln. „Die besten Fehlschläge meines Lebens."

Ich starre Sailor nachdrücklich an und sie seufzt. „Ihr werdet das peinlich für mich machen, oder?"

„Nein", sage ich. „Wir machen uns Sorgen."

„*Du* machst dir Sorgen", korrigiert Dan. „Für mich hat das nach Familien-Mist geklungen. Oder Boss-Mist. Oder beides."

Ich runzle die Stirn, bin bereit, etwas einzuwenden, aber Sailor fängt an zu reden, bevor ich etwas sagen kann.

„Mein Onkel möchte ein Projekt in Grönland machen und *ich* möchte auch ein Projekt machen – sowohl einen Film *als auch* Klettern. Aber *er* möchte, dass meine Ex-Freundin mitkommt. Sie studiert Gletscher. Er denkt, dass es unserer Klettertour einen gewissen *Sinn* verleihen wird, wenn wir sie nicht machen, um unsere ‚Egos zu streicheln'. Er möchte, dass es so aussieht, als wären wir dort, um der Natur zu helfen." Sie tritt gegen ein paar Blätter am Boden. „Er ist stur und versteht nicht, wie die Trennung von Carrie gelaufen ist. Caroline. Wie auch immer." Sie schnieft.

Ich werfe Rye einen Blick zu, der Sailor mit einem mitfühlenden Ausdruck betrachtet, von dem ich nie gedacht hätte, dass er ihn für sie übrig hätte, weil sie Lowell immer so nahegestanden ist und weil ihn das in der Vergangenheit so gestört hat.

„Er denkt, es geht nur um einen Anruf und darum ein wenig nett zu sein. Ich glaube nicht, dass er überhaupt denkt, dass lesbische Beziehungen real sind. Er würde seine Ex-Frau nicht anrufen wollen, um sie um einen Gefallen zu bitten, aber irgendwie ist das, was zwischen mir und Caroline passiert ist, nicht dasselbe und-" Sie beißt ihre Zähne zusammen und quetscht hervor: „Ich will nur meine verdammten Filme machen und die Wände klettern, die ich mir vorgenommen habe, bevor ich sterbe. *Er* will deutlich mehr als das. Er will Investoren und Profite und Sponsoren."

Sie wirft ihre Haare zurück und schaut uns forsch an, als wollte sie uns herausfordern, irgendetwas zu sagen. „Darum war ich wütend."

„Ergibt Sinn", bemerkt Dan.

„Nachdem ich meinen Ausbruch erklärt habe, bist du bereit, es wieder zu versuchen, Dan?", fragt sie.

„Nein", antwortet Dan. „Sejin ist an der Reihe. Richtig, Doc?"

Ich lausche auf meine Eingeweide, die immer noch ein wenig unruhig sind nach Sailors Ausbruch, aber ich nicke. Ich bin mir nicht sicher, ob ich die volle Tiefe hinter mir ertragen kann, sollte ich es wirklich bis nach oben schaffen, aber das wird wahrscheinlich ohnehin nicht passieren. Ich straffe meine Schultern und trete an den Felsen.

„Ich werde sichern", sagt Dan, doch als er aufsteht und prompt das Gesicht verzieht, greift Rye ein.

„Das wirst du ganz sicher nicht. Du hast dieses Bein genug gefordert. Ruh dich aus. Ich werde sichern."

„Ich filme", sagt Sailor und die Forschheit ist aus ihrer Stimme verschwunden. Sie klingt dünn und ich frage mich erneut, wie zerbrechlich sie im Inneren ist.

Dan hinkt zu mir und legt seinen Arm um meine Schultern.

Wir gehen zusammen zum Boulder und ich blinzele nach oben. Die Sonne scheint mir in die Augen, als Dan mich seitlich drückt. „Schau nicht nach unten", rät er mir. „Richte den Blick auf die Griffe. Du kannst das."

Ich zeige ihm ein zittriges Lächeln und nähere mich dem Boulder. Er ist rau und kalt unter meinen Händen. Ich streiche mit meinen Fingern darüber, denke an den Gletscher, der ihn aus der umgebenden Erde geschnitten hat. „Na gut", flüstere ich in mich hinein. „Entweder das oder ein Duschvorhang sein oder ein Tischtuch oder ein Sofakissen oder etwas in der Art."

Rye, der mit dem Seil in der Hand dasteht, bereit, jeden Absturz mit seinem Gewicht zu bremsen, runzelt die Stirn. „Ein Sofakissen?"

„Egal." Ich trete gegen die Matten unter meinen Füßen. „Na gut. Es geht nach oben."

Es ist anstrengend, vor allem, weil ich nicht an der Boulder-Wand in der Garage geübt habe und ich keine kleinen Kletereien unternommen habe, seit Dan verletzt wurde. Aber ich ziehe und verlasse mich auf die Reibung und packe zu. Mein Puls hämmert, aber ich höre vage Ermunterungen von unten, während ich mich an dem Felsen nach oben arbeite. Es ist beinahe so, als ob der Boulder *gestattet*, dass ich ihn klettere. Anstatt den Felsen gleichgültig zu finden, scheint es, als würde er mich anfeuern. Als würde er *wollen*, dass ich es nach oben schaffe, mich auf die flache Spitze setze und bessere Luft atme, versichert durch seine Stärke unter mir.

Ich lache vor mich hin. Ich bin im Delirium.

Meine Arme brennen und mein Knie kratzt über die raue Oberfläche, reißt meine Jeans auf, aber ich mache weiter.

„Gut so!", höre ich Dan schreien. „Du machst das großartig. Du bist schon fast da."

Ich habe Probleme mit einem Griff und rutsche beinahe weg, aber ich schaffe es, meine Zehe hinein zu bohren und verhindere so meinen Fall. Ich spüre, wie Rye das Seil unten anpasst.

Ich schiebe erneut und kann die Spitze sehen. Rye hat gesagt, dass es keine Anfängerroute ist, aber vielleicht ist es auch keine so schwierige. Ich ziehe mich über den verschneiten Rand, atme schwer unter der Wintersonne. Ich setze mich auf, wische den Schnee und das Magnesium von meinen Fingern und schaue über die Seite. Prompt fängt meine Welt an sich zu drehen.

„Oh nein", murmele ich, werfe mich rückwärts gegen die felsige Spitze. Mein Magen dreht sich um und ich habe Sorge, dass das kleine Frühstück, das ich vorhin verzehrt habe, wieder nach oben kommen wird. Ich hebe meinen Kopf zögerlich und atme durch meine Nase. Das *Wusch* des Schwindels trifft mich erneut und ich falle zurück, die Welt dreht sich um mich.

„Alles in Ordnung, Doc?", schreit Dan nach oben.

„Nein!", rufe ich zurück.

„Was ist los?"

„Ich werde mich übergeben. Schwindlig."

„Ich komme", sagt Dan. „Warte dort."

„Nein, nicht. Du sollst dich ausruhen", bringe ich schwach heraus, aber ich glaube nicht, dass er mich hört. In Wahrheit möchte ich ihn hier oben bei mir haben. Ich weiß nicht, wie ich sonst wieder herunterkommen soll. Er ist der Einzige, dem ich vertraue, wenn ich solche Angst habe.

Ich höre die Geräusche der Vorbereitung unten und dann ein paar Minuten später, in wirklich kurzer Zeit, was beweist, wie wenig herausfordernd die Route ist, die Rye mir gegeben hat, kriecht Dan über den Rand, komplett gesichert, wie er es sein sollte.

„Diese ganze Kletterei ist vielleicht nichts für dich", meint Dan, legt sich neben mich und nimmt meine Hand. Wir starren zusammen in den blauen Himmel hinauf, schauen zu, wie fluffige Wolken über uns vorbeiziehen. Der Winter ist da. Aber der Himmel ist immer noch fröhlich.

„Nein", flüstere ich. „Das ist sie wohl nicht."

„Dann wirst du wohl ein Vorhang sein müssen", meint Dan traurig. „Oder ein Teppich. Gut, dass ich total auf Haushaltsgegenstände stehe. Leinen. Kissen. Handtücher."

„Fick dich", schaffe ich zu sagen, aber ich lache auch.

Er küsst meine Hand. „Du wirst keines dieser Dinge sein, Doc. Möchtest du wissen warum?"

„Ja." Die Welt hat aufgehört, sich zu drehen, jetzt da ich hinauf in den Himmel blicke und seine Hand halte. Ich habe aber immer noch Angst mich aufzusetzen.

„Du bist meine Vorstellung vom Himmel. Ich *will* nicht einmal, dass es ein Leben nach dem Tod gibt, wenn es nicht mit dir ist."

Dieses Mal küsse ich seine Hand, mein Herz hämmert. „Eines Tages wirst du denken, dass ich ein Polster bin. Sailor sagt das."

„Sailor hat keine Ahnung von Beziehungen, wie du gerade gesehen hast", entgegnet Dan. „Aber ich weiß anscheinend jede Menge darüber, weil du mich heiraten wirst, oder?"

„Das werde ich."

„Du wirst immer der Grund sein, warum ich leben möchte, der Grund, warum ich klettern möchte. Du bist schlicht *der* Grund. Punkt. Vorhänge sind nie ein Grund." Dan setzt sich auf, bedeckt meine Augen und sagt: „Wir müssen dich jetzt runterbringen, Doc. Es wird ein wenig anstrengend, aber du vertraust mir, oder?"

Ich nicke.

„Gut. Ich werde meine Hand wegnehmen und du wirst nur auf den Boulder unter uns schauen und dann, wenn es darum geht, an die Wand zu kommen, um abzuseilen, möchte ich, dass du nur vor dich schaust. Verstanden?"

Ich stimme zu.

„Normalerweise solltest du aus Sicherheitsgründen nach unten schauen, aber du … machst das lieber nicht. Rye und Sailor haben das von unten im Griff und ich werde direkt neben dir sein und mich abseilen. Okay?"

„Okay."

Ich befolge seine Anweisungen und obwohl ich viel zu viele Male aus Versehen nach unten schaue, schaffe ich es, nicht zu kotzen. Als meine Füße wieder fest auf dem verschneiten Waldboden stehen, umarme ich Dan fest.

„Wir haben es geschafft, Doc", verkündet er. „Der erste Tag zurück an echten Felsen. Es fühlt sich gut an."

Ich lache, denn das Letzte, was ich fühle, ist *gut* wegen meiner Kletterei und dem darauffolgenden Drama, aber Dan ist so glücklich, dass ich willens bin, ihn auch als gut zu bezeichnen.

Unsere kleine Gruppe ist müde und hungrig, nachdem wir mit all unseren Sachen zurückgewandert sind. Wir halten bei einem mexikanischen Restaurant, um zu essen. Als wir uns mit Chips und Salsa vollstopfen und die Burrito-Angebote durchgehen, meint Sailor: „Hey, ich will mich noch einmal entschuldigen, weil ich da draußen so ein Arschloch war."

„Mir ist nicht aufgefallen, dass du dich ein erstes Mal entschuldigt hast", sagt Dan.

Ich trete ihn. „Angenommen."

„Du warst kein Arschloch", versichert Rye ihr, taucht dabei einen Chip in Salsa. „Du warst überwältigt."

„Und das hat dazu geführt, dass du dich wie ein Arschloch aufgeführt hast", führt Dan aus.

Rye verdreht seine Augen, widerspricht aber nicht.

„Die Sache ist aber die", fängt Sailor an. „Entschuldigungen wie diese haben nur eine gewisse Reichweite. Wie ich Menschen behandle – meinen Onkel eingeschlossen – das ist meine Schuld. Ich bin zu forsch und zu wütend und ich muss mir wirklich eine bessere Möglichkeit einfallen lassen, als so aufzugehen. Ihr sollt nur wissen, dass ich daran arbeite."

„Wie?“, fragt Dan.

„Äh …“ Sailor runzelt die Stirn. „In meinem Kopf, vermute ich.“

„Mir scheint, dass du dabei vielleicht ein wenig Hilfe brauchst“, schlägt Rye vor. „Hast du schon einmal eine Therapie in Erwägung gezogen?“

„Oder Pilze?“, wirft Dan ein. „Ich habe vor Kurzem in einer Studie gelesen, dass sie großartig bei der Existenzangst helfen, die nach einer lebensbedrohlichen Diagnose kommt. Oder war das ein TikTok, das ich gesehen habe, während ich ans Bett gefesselt war? Ich kann mich nicht erinnern.“

Ich trete ihn extra heftig und er dreht sich zu mir. „Es ist gut, dass das nicht mein verletztes Bein ist.“

Sailor nimmt sich einen weiteren Chip, taucht ihn in Salsa, schiebt ihn in ihren Mund und kaut. Wir alle machen dasselbe. Nachdem sie geschluckt hat, meint sie: „Nein, ich habe keines von beiden probiert, aber vielleicht ist es an der Zeit.“

Der Tag endet damit, dass wir uns alle wieder ins Auto setzen, dabei wegen der Bohnen und dem Reis rülpsen. Ich weiß nicht, ob es allen so geht oder nur mir, aber ich habe das Gefühl, als läge wieder eine Veränderung in der Luft. Eine weitere Saison liegt vor uns.

Es ist eine Saison des Felsens und von Schweiß und Furcht und sich durchzubeißen. Eine Saison, in der wir uns mit unserem Mist auseinandersetzen. Eine Saison der Entschuldigungen.

Und ja, eine Saison, um zu heiraten.

KAPITEL SIEBENUNDFÜNFZIG

Dan

Februar

Zwanzig Wochen seit dem Free Solo Versuch

„ALSO, WAS IST das mit der Dawn Wall?", frage ich Lowell, während wir an der Basis von Westie Face darauf warten, dass Sailor und Sejin kommen.

Sailor muss ein paar Dinge für das YOSAR-Projekt erledigen und Sejin musste bei Tater Tots arbeiten. Die Kinder lernen für den Frühling neue Tänze und Sejin hatte die ganze Woche Spaß, sie zu entwickeln. Obwohl sie heute Vormittag beschäftigt sind, kommen sie beide hierher, um zu sehen, wie ich die erste Wand seit dem Unfall klettere. Noch dazu in einem Auto. Daumen gedrückt, was das betrifft.

Ich kehre zu meiner Frage über die Dawn Wall zurück. „Hast du das immer noch vor?"

„Nein", sagt er leise, wickelt dabei das Seil ab und überprüft es.

„Weil Rye dir nicht hilft?"

„Ich werde nicht lügen und sagen, dass das nichts damit zu tun hat, aber es liegt mehr daran, dass ich nicht denke, dass das ein gesundes Ziel für mich ist."

„Es ist hart und beinahe unmöglich, aber was ist daran falsch?"

„Für mich? Eine Menge."

„Warum wolltest du es überhaupt machen?"

„Es war die unmöglichste Sache, die mir eingefallen ist. Ich dachte, dass vielleicht, wenn ich mich entscheide, es zu machen und mich wirklich fokussiere, ich in der Lage sein würde, mein Arschloch-Hirn zum Schweigen zu bringen." Er tippt an seine Schläfe. „Zumindest für die Zeit, die ich brauche, um es zu schaffen, und da das so schwierig ist, hätte es den Rest meines Lebens gedauert."

„Was ist dann jetzt dein Plan, dein Arschloch-Hirn zum Schweigen zu bringen?"

Er lacht, schon immer ein seltener Laut von ihm, aber vor allem in letzter Zeit. „EMDR. Hast du schon davon gehört?"

„Tabletten?"

„Nein, es ist eine Art Therapie. Sie hat eine ziemlich gute Erfolgsrate bei PTBS bei Erwachsenen. Ich will es versuchen."

„Gut", antworte ich. „Weil du etwas versuchen musst."

„Ehrlich wie immer", sagt Lowell. „Ah, hier kommen sie."

Sailor hat ihre Haare zu einem Pferdeschwanz gebunden und ihre wunderschönen Brüste werden durch ihren engen Merinopulli betont. Sie sehen besser aus als seit langer Zeit oder vielleicht fallen sie mir wieder auf, weil sie dieses spezielle Glühen hat, das sie immer bekommt, wenn Lowell da ist. Sie hüpft zu ihm und wirft sich in seine Arme. Sie umarmen sich und Sejin wirft mir einen seltsamen Blick zu.

Ich zucke mit den Schultern. Ich habe wirklich keine Ahnung. Sie sind einfach so zusammen.

Sejin sieht ebenfalls wunderschön aus. Seine Haare wachsen und er hat jetzt einen Dutt von ziemlich ordentlicher Größe an seinem Oberkopf. Wahrscheinlich dauert es jetzt nur noch ungefähr sechs Jahre, bevor ich seine Haare wieder als Zügel benutzen kann. Ich bin willens zu warten.

„Hey", sagt er und küsst mich zur Begrüßung. „Bist du nervös?"

„Nein." Ich kann das Grinsen spüren, das meine untere Gesichtshälfte teilt.

„Aufgeregt.“

„Sehr.“

„Lasst uns aufhören, Zeit zu verschwenden“, ruft Sailor, ihre übliche Hibbeligkeit verkürzt zweifellos ihre Freude darüber, Lowell zu sehen. „Wir müssen loslegen, bevor die Sonne höher steigt und der Felsen heiß wird.“

Ich widerspreche ihr nicht, obwohl ich diesen Felsen wie meinen Handrücken kenne. Oder gekannt habe. Es mag nicht die Heart Route sein, aber es ist eine Route, die ich regelmäßig geklettert bin, und zwar jahrelang.

Lowell sichert mich, damit Sailor filmen kann und Sejin kann herumstehen und sich Sorgen machen. Ich habe eine Go-Pro auf dem Kopf und werde mein erstes Mal zurück an einer richtigen Wand aus meinem eigenen Blickwinkel filmen.

„Das ist es“, sagt Sailor, als ich gesichert und bereit bin.

Meine Kletterschuhe zwicken, aber es fühlt sich gut an. Vertraut.

„Irgendwelche Worte an die Abonnenten?“

„Nein.“

Sailor lacht und ich wende mich der Wand zu, drücke meine Wange dagegen. Ich schließe meine Augen, rieche die Mineralien und den Felsen und ich möchte lachen. Stattdessen klettere ich hinauf.

Es fängt mühelos an. Ich klettere schneller, als irgendjemand es wohl erwartet hat, habe die ersten beiden Seillängen innerhalb eines Herzschlags. Und das ist es. Das ist alles, was ich heute machen darf. Nächstes Wochenende aber klettere ich mit Rye und dann geht es in die Vollen. Wir werden so viel machen, wie mein Bein schafft.

Lowell und ich seilen uns ab.

„Wie war es?“, fragt Sejin.

„Großartig. Nicht annähernd genug“, antworte ich. „Mehr. Ich will mehr.“

Sein Lächeln lässt seine Augen schmal werden und sein Lachen lässt mein Herz hüpfen. „Ich habe mir gedacht, dass du das sagen würdest."

Ich küsse ihn und weiß, dass es das ist, der Anfang des Endes meiner Heart Route Reise. Ich mag heute nicht an der Route sein, aber schon bald. Ich werde sehen, wie viel Muskelgedächtnis der Tour ich noch habe und wie nahe ich dem Free Solo bin. Es wird sicher nicht mehr lang dauern, bis ich meinen nächsten Versuch machen kann. Und dann, auf die eine oder andere Weise, werde ich die Heart Route nie wieder klettern.

Sejin

DIE UHR ZÄHLT die Minuten, bis meine Schicht bei Papa Bear vorbei ist. Dan muss jeden Moment kommen. Da wir das GoFundMe Geld nutzen konnten, um den Großteil seiner Krankenhausrechnungen zu bezahlen – und nach einem langen Telefonat mit dem Krankenhaus, das den Großteil seines Tages gekostet hat, war Dan in der Lage sie zu überzeugen, auf den letzten Teil zu verzichten – haben wir tatsächlich genug Geld, um eine richtige Hochzeit zu planen.

So nenne ich es – eine richtige Hochzeit.

Denn als Dan mich im Dezember gefragt hat, ob ich ihn heiraten möchte, hatte ich gedacht, dass wir aufs Standesamt gehen würden oder was auch immer, mit meinem Dad und Peggy Jo und das wäre es dann. Aber Dan hat mich, wie üblich, überrascht. Wie sich herausstellt, ist er ein ziemlicher Romantiker und möchte eine Zeremonie mit allem Drum und Dran.

Heute treffen wir uns mit einem Floristen und einer Bäckerin. Ich bin neugierig, was sie denken, wenn sie von unserem gewünschten Veranstaltungsort hören, obwohl ich mir sicher bin, dass sie alle möglichen ähnlichen Anfragen bekommen, weil wir ja im Yosemite Valley sind.

„Hey", ertönt eine Stimme hinter mir.

Ich wische schnell die Krümel auf dem Tisch in die Plastikwanne, mit der ich abräume und drehe mich um, um zu sehen, was diese Kundin möchte, in der Hoffnung, dass es einfach zu erledigen ist, bevor meine Schicht offiziell zu Ende ist.

„Du bist Dan McBrides fester Freund."

„Das bin ich." Und *sie* ist die junge Kletterin, an die ich mich von dem Tag erinnere, als ich zum ersten Mal gehört habe, was ein Free Solo ist. Diejenige, die das Humpty Dumpty Lied gesungen hat. „Ich habe dich eine Weile nicht gesehen."

„Du hast dir die Haare geschnitten."

„Genau wie du."

Sie lächelt und berührt ihre zerzausten Locken. „Ich heiße Amalia und du bist Sejin."

„Wieder richtig."

„Ich, äh, wollte dir sagen, dass es mir leidtut."

Ich neige meinen Kopf. „Was?"

„Unser Benehmen an dem Tag, als du uns gefragt hast, was Free Solos sind. Wir wussten nicht, dass du mit ihm zusammen bist. Wir haben nicht einmal gewusst, dass er schwul ist. Ich meine damit, wir haben insgesamt nicht viel über ihn gewusst."

„Nein, habt ihr nicht."

„Wir haben ein paar beschissene Dinge gesagt. Ich habe deswegen seitdem ein schlechtes Gewissen."

„Seit er abgestürzt ist?"

„Ja, wenn ich ehrlich bin. Danach, als ich ein paar seiner Videos auf TikTok gesehen habe, wurde mir klar, dass er eine echte Person ist. Davor war er wie eine Figur, der Star eines unmöglichen Gerüchts."

Ich schaue sie an und erkenne, wie aufrichtig sie ist. Sie ist in vielerlei Hinsicht noch ein Kind und es ist klar, dass es ihr wirklich leidtut, dass sie eine gewisse Freude angesichts Dans potenziellen Todes empfunden hat. „Entschuldigung angenommen", sage ich und werfe einen Blick auf die Uhr an der Wand. Nur noch eine halbe Minute.

„Ich bin froh, dass es ihm gut geht."

„Ich auch."

„Er ist ein hervorragender Kletterer."

„Das ist er."

Die Tür klingelt und da kommt Dan mit den Händen in seinen Taschen, seinem leichten Hinken und diesem suchenden Blick. Seine Augen leuchten auf, als sie finden, wonach er gesucht hat – mich. Er kommt in unsere Richtung.

„Oh mein Gott", flüstert sie. „Er kommt hierher."

Ich runzle die Stirn, erkenne verspätet, dass sie jetzt sein Fan ist. So viel dazu, zu denken, dass er ein normaler Mensch ist. Ich will gerade etwas sagen, um diese Grenzen zu stärken, zu denen Pete mich ermuntert hat, aber der Ausdruck auf ihrem Gesicht, als Dan sich nähert, ist reine Heldenverehrung. Ich entscheide, dass Dan es verdient, das zu sehen, auch wenn es mich nervös macht, dass er es sich vielleicht zu sehr zu Herzen nehmen wird. Ich möchte nicht, dass seine Fans seine risikofreudige Art auch noch bewerben.

„Doc, lass uns gehen", sagt er und verlagert sein Gewicht auf seine Fersen. „Die Bäckerin wartet. Sie wird Kostproben haben. Ich möchte sie in meinem Mund."

Ich lache. „Na gut, lass mich-" Ich deute nach hinten. Ich kann fühlen, wie Amalia neben mir hyperventiliert. „Oh, das ist Amalia, Dan. Sie klettert und ist ein Fan von dir."

„Hi", quiekt sie und zittert.

„Hi", sagt er und schüttelt ihre Hand.

„Äh ... Ich ... Hi."

„Hi", sagt Dan erneut.

Ich lasse sie miteinander peinlich sein und gehe in den rückwärtigen Raum, um mir mein Uniformoberteil auszuziehen. Ich beeile mich, meine Haare zu bürsten, binde die oberen zu einem kleinen Pferdeschwanz und schließe dann meinen Spind.

Zurück im Café kann ich Dan und Amalia nirgendwo entdecken. Celli arbeitet an der Theke und sie deutet in Richtung Parkplatz. Ich gehe hinaus und finde Dan und Amalia, wie sie sich auf der niedrigen Slackline abwechseln. Der Schneematsch auf dem Boden stellt für sie beide kein Hindernis dar.

„Du solltest kommen", sagt sie zu ihm. „Es werden eine Menge Kletterer da sein und das Parkmanagement kommt in der Regel auch. Es kann nie schaden, die Ranger auf unserer Seite zu haben, weißt du? Dein Freund Rye ist manchmal da", sagt sie mit einem raffinierten Lächeln, als ob sie hofft, dass sie ihn mit dem Versprechen eines Freundes, der ihn unterstützt, hinlocken kann.

Ich lehne mich an den größeren Baum, an dem die Slackline befestigt ist und frage: „Was ist damit, diese Proben in deinen Mund zu bekommen?"

Dan hebt den Kopf, wackelt auf der Slackline, fällt aber nicht herunter. Das ist beeindruckend, wenn man bedenkt, dass sein Bein vor nicht einmal fünf Monaten in zwei Teile gebrochen war. Mein Magen dreht sich dennoch vor Nervosität um. Er grinst. „Beeindruckt, Doc?"

„Immer."

„Das solltest du sein." Da fällt er herunter und ich zucke zusammen, als er ein wenig schief landet. Aber er richtet sich schnell auf, klopft mit einem forschen Grinsen sein schlechtes Bein und sagt: „Schau dir das an. Stark wie ein Bulle."

Amalia starrt ihn voller Bewunderung an und hüpft wieder auf die Line. Dan schaut zu, wie sie sie überquert und sagt dann: „Ich werde darüber nachdenken. Wann ist es gleich wieder?"

„Am Samstag um neun Uhr, Camp 4", antwortet sie.

„Gut."

Dan dreht sich zu mir, nimmt meine Hand und zieht mich vom Baum weg, führt mich zu meinem Auto. Er hatte den Versa den ganzen Tag, während ich gearbeitet habe, und hat ein paar Dinge erledigt und ist hinauf zum Cook's Meadow Loop gefahren, um zu wandern. Er ist so weit genesen, dass er anfangen kann, sich im Park zu fordern und hin und wieder solo zu klettern, was mir schreckliche Angst macht, aber er liebt es. Trotz meiner Furcht freue ich mich für ihn, auch wenn er oft müde nach Hause kommt und früh ins Bett geht, um sich zu erholen.

„Worum ging es da?", frage ich, als wir uns dem Auto nähern.

„Sie hat mich zu einer Veranstaltung der Kletter-Community eingeladen. Kaffee im Camp 4. Es findet das ganze Jahr über in unregelmäßigen Abständen statt." Er steigt an der Beifahrerseite ein und ich setze mich auf den Fahrersitz.

„Du denkst darüber nach, hinzugehen?"

Er nickt. „Das sollte ich wahrscheinlich."

Ich fahre schweigend in Richtung Coulterville und der Bäckerei.

„Denkst du, ich sollte nicht?", fragt er.

Ich kämpfe mit meinen Ressentiments wie ich die Community vor und direkt nach seinem Absturz wahrgenommen habe. Schließlich gestehe ich: „Ich denke, es ist eine gute Idee. Peggy Jo sagt immer, dass Klettern ein Gemeinschaftssport ist. Du verdienst es, Teil dieser Welt zu sein."

Dan zuckt mit den Schultern. „Vielleicht, aber das ist nicht der Grund, warum ich gehen möchte. Da Rye emotional in dieser Sache mit Lowell gefangen ist und vor Gericht mit Andrew um Jeanie kämpft und sich diesen verdammten ‚respektablen' Job gesucht hat, ist er nicht mehr so oft da. Ich brauche einen verlässlichen Sicherungspartner."

Ich wünschte, ich könnte anbieten, die Fähigkeiten zu lernen, um ihm dabei helfen zu können, aber wir haben uns bereits darauf geeinigt, dass meine Fähigkeit, mit großen Höhen klarzukommen, so viel Luft nach oben hat, dass ich an einer echten Wand gefährlich wäre.

„Ah, gute Idee", sage ich aufmunternd.

„Ich denke mir, jetzt da ich internet-berühmt bin, wird irgendjemand auf dem Kanal auftauchen wollen."

„Dan, ich denke, sie werden einfach nur geehrt sein, mit dir zu klettern. So gut bist du."

Er lächelt. „Das bin ich."

„Ein paar von ihnen werden dich vielleicht sogar um *deinetwillen* mögen. Sie wollen vielleicht Freunde werden."

„Ich sage Peggy Jo immer, dass ich welche habe. Das wäre noch ein Beweis."

Ich lege meine Hand auf sein Bein und drücke, bevor ich wieder das Lenkrad umfasse. „Vorwarnung, ich werde wahrscheinlich für die Zitrone stimmen", sage ich. „Was ist mit dir?"

„Erdbeere", sagt er mit einem festen, entschlossenen Nicken.

„Warum?"

„Weil das meine Lieblingsbeere ist" – er zählt an seinen Fingern ab – „und weil Rosa meine Lieblingsfarbe ist."

„Wirklich?"

„Jep."

„Ach. Wer hätte das gedacht?"

„Ich", sagt Dan. „Und du jetzt auch."

Es gibt so viele Dinge, die ich noch über Dan lernen muss. Ich kann es nicht erwarten, den Rest unseres Lebens damit zu verbringen, sie alle zu entdecken. Ich kann nur hoffen, dass die Kletterer, die er beim Kaffee in Camp 4 kennenlernt, ihn auch faszinierend finden werden.

KAPITEL ACHTUNDFÜNFZIG

Dan

IN EINTAUSENDZWEIHUNDERT METERN Höhe und in der Nähe der Granitklippen der Yosemite Falls, ist Camp 4 ein ikonisches Ziel. Seit Jahren kämpfen Kletterer und Touristen um die Plätze dort oben. An diesem kalten Morgen sind nur eine Handvoll anderer Kletterer da und die meisten sitzen um ein Feuer in der Mitte.

Als sie mich entdeckt, eilt Amalia los, um mich zu begrüßen, und, als sie meine Enttäuschung sieht, verspricht sie, dass im späten Frühjahr und den Sommermonaten viel mehr da sind. Aber ich brauche nicht viel mehr … Ich brauche nur ein oder zwei verlässliche Sicherungspartner, die willens sind, mir zu helfen, zurück auf die Heart Route zu kommen.

„Du bist Dan McBride, richtig?", fragt ein schlampig aussehender Typ mit einer Mütze und einem offenen Wintermantel. Er streckt die Hand aus, mit der er keine dampfende Kaffeetasse hält. „Ich bin Amalias fester Freund, Jory. Ich habe gehört, du suchst nach jemandem, der dir beim Sichern hilft."

„Das tue ich."

„Nun, du bist am richtigen Ort. Alle hier … nun, alle, die heute hier sind, sind großartige Kletterer." Er schlägt mir auf die Schulter und führt mich zu einem kleinen Kreis aus Menschen.

Einige sind ungekämmt und schmuddelig, echte Dirtbagger. Andere haben das frische, rosige Glänzen einer kürzlich erfolgten

Dusche. Sie alle halten biologisch abbaubare Wegwerfbecher mit Kaffee und ein paar knabbern lecker aussehende Donuts. Ich schaue mich um und freue mich zu sehen, dass es sechs ganze Schachteln davon gibt.

„Hey, ihr alle, das ist Dan. Er war noch nie bei einer dieser Veranstaltungen-", fängt Jory laut an.

„Ich kenne dich!", ruft ein bärtiger Kerl. „Du bist auf YouTube."

Ich sage nichts zur zweiten Hälfte dieser Aussage, weil das einfach eine Tatsache ist, aber ich habe ein Problem mit dem ersten Teil. „Ich habe dich noch nie im Leben gesehen", sage ich.

Alle lachen, als würde ich versuchen, lustig zu sein.

„Du bist berühmt", erklärt Amalia lachend. „Jeder kennt dich."

„Sie wissen, wer ich bin. Das ist nicht dasselbe, wie mich kennen."

„Pedantisch-", fängt Jory an und hebt einen Finger. „Kletterer. Lass mich nachdenken ... ich wette ... Autismus?"

„Das ist keine Neuigkeit", gebe ich zurück. „Darüber habe ich in meinen Videos gesprochen."

„Ich schaue mir deine Videos aber nicht an", sagt Jory. „Ich habe es selbst herausgefunden."

Hm. Interessant. Das passiert in der Regel sonst nicht. Aber vielleicht erreichen all diese Lehrvideos über Autismus auf TikTok doch ihr Zielpublikum.

„Ich bin hier, weil ich einen Sicherungspartner brauche", fange ich an, aber ehe ich weiterkomme, werde ich mit den üblichen Fragen bestürmt.

„Wann hast du mit dem Klettern angefangen?"

„Warum hast du Free Solos probiert?"

„Dachtest du, du würdest sterben, als du abgestürzt bist?"

„Wie sieht der Zeitplan für den nächsten Versuch aus?"

„Wirst du es wirklich noch einmal versuchen?"

Ich runzle die Stirn, bin überwältigt von dem Geschnatter und Jory rettet mich auf dieselbe Art, wie Sailor es immer macht. „Hey, er ist hier, um Leute kennenzulernen, nicht, um ausgefragt zu werden. Lasst uns so tun, als wäre Dan ein ganz normaler Neuling, okay?"

„Kennst du Alex Honnold?", meldet eine junge Frau sich zu Wort, beinahe so, als könnte sie sich nicht beherrschen.

„Nein."

„Tommy Caldwell?"

„Auch nicht."

„Willst du sie kennenlernen?"

„Ich möchte einen guten, verlässlichen Sicherungspartner", sage ich genervt. „Wenn einer von ihnen kommen und mich sichern will, dann klar. Ich werde sie treffen."

Lachen bricht in der Gruppe aus und ich verstecke meine Verwirrung mit einem Schluck von meinem Kaffee. Ich meine es ernst. Ich habe eine Mission für dieses Treffen und bis jetzt sieht es nicht erfolgreich aus.

„Top oder Bottom?", fragt ein Typ am Rand des Kreises und ein paar andere Kerle lachen, aber als Jory sie in bellendem Ton ermahnt, werden alle still.

Ich neige meinen Kopf und mustere den Arsch, bevor ich antworte: „Mit dir? Nein, danke. Ich bin monogam."

Der Mund des Arsches klappt auf, und er will mein „Missverständnis" korrigieren, aber seine Freunde bringen ihn schnell zum Schweigen.

Ein kleinerer Kreis schließt sich um mich. Ich entscheide, dass wenn ich wie ein Star behandelt werde, ich mich auch wie einer benehmen werde. „Ihr könnt jetzt anfangen, euch für den Job als Sicherungspartner zu bewerben." Ich werfe einen Blick auf meine Uhr. „Ich habe eine halbe Stunde. Ich werde euch alle gleichzeitig befragen. Auf meine Art. Ich rede und ihr haltet den Mund."

Ein paar aus der Gruppe gehen, aber eine annehmbare Anzahl bleibt und ich räuspere mich. „Macht einen Schritt zurück, wenn ihr weniger als ein Jahr Erfahrung beim Sichern an einer hohen Wand habt.“

Ich verliere einige mit dieser ersten Frage und mit jeder darauffolgenden, bis nur noch Jory übrig bleibt. „Ich nehme an, wir hätten Zeit sparen und du hättest dich gleich von Anfang an freiwillig melden können.“

Jory schüttelt mir grinsend die Hand. „Ich wollte sehen, wie du dafür arbeiten musst.“

„Das ist fair“, erwidere ich. „Weil du für mich arbeiten wirst.“

„Ich kann es nicht erwarten.“

KAPITEL NEUNUNDFÜNFZIG

Sejin

März

Vierundzwanzig Wochen seit dem Free Solo Versuch

„HEY", SAGT DAN und schaut von seinem Handy auf. „Du hast heute frei?"

„Habe ich. Ja." Ich rasiere mich und er lehnt am Türstock und wartet darauf, an die Reihe zu kommen.

Im Spiegel sehe ich ihn nicken, bevor er wieder auf sein Handy schaut. Seine Unterlippe hat er zwischen die Zähne gezogen.

„Was ist los?" Ich stelle mir sofort Geldprobleme vor oder eine Nachricht von seinem Arzt, die besagt, dass sie sich die ganze Zeit geirrt haben, was sein Bein betrifft und dass er doch nicht mehr klettern darf.

Letzteres ist vielleicht eine Kombination aus Angst *und* Wunschdenken.

„Es ist alles in Ordnung", sagt er und hält mir dann sein Telefon hin.

Zuerst ergeben die Worte keinen Sinn, aber dann schaue ich nach oben auf den Namen über den Nachrichten – Henry Fonds Typ – und plötzlich ergibt alles deutlich mehr Sinn. „Es geht hier um deine Mom?"

„Ja."

Ich schaue mir erneut die Adresse an. „Das ist nicht weit von hier.“

„Näher, als ich es je gedacht habe.“

Ich gebe ihm sein Handy zurück und fange wieder an, mich zu rasieren. Nachdem ich fertig bin, wische ich mir das Gesicht mit einem Handtuch trocken, beobachte immer noch Dan im Spiegel. Jetzt schaut er sich eine Karte auf seinem Handy an und ich bin mir ziemlich sicher, dass ich weiß, was das bedeutet.

„Willst du da hinfahren?“

Dan spielt mit der Karte herum, zoomt sie näher. Er braucht ein paar lange Sekunden, bevor er den Blick hebt und sagt: „Wirst du mitkommen?“

„Natürlich.“

Die Katzen zu versorgen ist einfach und innerhalb einer Stunde sitzen wir in meinem Auto und fahren. Nach ungefähr zwanzig Minuten macht Dan die Lautsprecher an. Er verbindet sein Handy mit dem Bluetooth und ruft einen Song auf. Kurz darauf ertönt eine Gitarrenmelodie.

Ich blinzele überrascht. Der Song ist ganz anders als das, was er sich sonst anhört. Es ist nicht seine Wild-und-bereit-Rockmusik und auch kein K-Pop. Es ist „How to Save a Life“, von The Fray. Ich kenne den Song aus meiner Kindheit, vor allem als etwas, das in Supermärkten dudelt, aber ich habe ihn mir noch nie bewusst angehört.

Als er vorbei ist, spielt Dan ihn erneut ab.

Beim dritten Mal mache ich ihn ein wenig leiser. „Was bedeutet dieser Song dir?“

Er dreht sich, um aus dem Fenster zu sehen. Zuerst denke ich, dass er vielleicht nicht antworten wird, aber schließlich sagt er: „Habe ich dir je von meiner siebten Pflegemutter erzählt? Kristie?“

„Nein. Ich glaube nicht.“

Der Song dudelt im Hintergrund. Dan drückt auf etwas an seinem Handy und seufzt dann schwer. „Sie war Lehrerin. Jung.

Wahrscheinlich sechsundzwanzig." Er rutscht auf seinem Sitz herum. „Ich weiß nicht, warum sie überhaupt eine Pflegemutter geworden ist. Was auch der Grund war, sie war mit mir komplett überfordert. Ich war damals zwölf, habe eine wütende Pubertät durchlitten. Sie hatte wahrscheinlich gehofft, ein niedliches Kind zu bekommen, aber sie wurde mir zugeteilt."

Der Song kommt wieder zum Refrain und er runzelt die Stirn, lauscht einen Moment, bevor er mit seiner Geschichte fortfährt. „Sie war keine schlechte Person."

„Ich bin sicher, dass sie das nicht war", flüstere ich, obwohl ich mir da überhaupt nicht sicher sein kann. Viele der Leute, bei denen Dan in seiner Kindheit gewohnt hat, klingen in meinen Ohren schlecht.

„In den Wochen vor dem Tag, an dem Kristie mich dem Staat zurückgab, hat sie sich oft diesen Song angehört. Ich habe ihn in der Nacht aus ihrem Schlafzimmer kommen hören und ich bin im Bett gelegen und …"

Ich lasse ihn verstummen. Wir hören uns den Song schweigend an, bis er wieder von vorne beginnt. Dan erzählt weiter.

„Ich wusste wegen des Songs und weil sie ihn immer wieder gespielt hat, dass sie mich aufgeben würde. Als die Sozialarbeiter kamen, war ich darum nicht einmal traurig oder wütend. Ich war bereit. Ich hatte wegen Edith viel geweint, als sie mich von ihr weggeholt hatten, aber Kristie … Da habe ich nicht geweint. Auf dem Weg aus der Tür hat sie mir einen iPod Nano gegeben. Erinnerst du dich an die?"

„Kaum."

„Sie hat ihn mir mit einem Paar Kopfhörer in die Hand gedrückt und sie hat gesagt, ‚Lass dir das von niemandem wegnehmen, ja? Darauf sind Songs, und ich möchte, dass du sie dir anhörst und wirklich darüber nachdenkst.'"

Ich blinzele. „Wie seltsam."

„Ich habe ungefähr eine Woche lang gar nicht hineingehört, aber der Staat hatte mich zu den O'Nallys gesteckt und diese Babys haben einfach geschrien und geschrien. Ich bin durchgedreht ...“ Er schweigt wieder.

Ich lasse ihn.

Der Song ist eindeutig auf Wiederholung gesetzt, weil er wieder anfängt.

„Ich habe entschieden zu versuchen, ihre Schreie zu übertönen, darum habe ich mir den iPod Nano angehört. Es hat größtenteils funktioniert. Er war voll mit christlichen Rocksongs, aber *dieser* Song war die erste .mp3 Datei. Ich habe ihn zuerst gehört. Ich glaube, es war ihre Art, sich zu entschuldigen. Sie hatte eine Verbindung zu mir aufbauen wollen, konnte aber nicht durchdringen. Sie hat gedacht, ich wäre bei einer anderen Familie besser aufgehoben.“ Er neigt seinen Kopf und hört weiter zu. „Jesus ist großartig und all das, aber ich wollte mir wirklich keine Rockmusik über ihn anhören, darum hatte ich angefangen, mir diesen Song auf Wiederholung anzuhören, wenn die Babys geweint haben.“

„Er ist emotional“, murmele ich. „Ich fühle mich da immer traurig.“

„Ja.“

Ich warte ein paar Minuten, um die nächste Frage zu stellen, und der Song spielt weiter. „Warum heute? Warum für diese Fahrt?“

Dan seufzt und zupft an seinem Pulli, bevor er antwortet. „Als ich ans Bett gefesselt war, sind die Erinnerungen gekommen. Ich habe dir ein wenig davon erzählt.“

„Ja.“

„Ich erinnere mich, wie mein Großvater sie geschlagen hat und ich erinnere mich an eine Nacht, als sie in mein Zimmer gekommen und zu mir ins Bett geklettert ist. Sie hat immer noch geweint, aber sie hat sich um mich geschlungen, als wollte sie mich beschützen.“

„Davon hast du mir nicht erzählt.“

„Nein“, stimmt er leise zu. Es ist, als wäre die Luft aus dem Auto verschwunden.

„Dieser Song. Er lässt dich an diese Erinnerung denken?“

„Ich glaube, sie wusste nicht, was sie sonst tun sollte. Sie hat mich aufgegeben, um mich zu beschützen.“

„Um dein Leben zu retten.“

Dan lehnt seinen Kopf zurück und schließt seine Augen. „Aber niemand hat ihres gerettet.“

Der Song spielt immer und immer wieder ab. Wir parken vor dem Friedhof und der Kies knirscht unter den Reifen.

Er öffnet seine Augen und schaltet den Song aus.

Dan

DIE LUFT IM Friedhof ist still. Ich möchte, dass der Wind bläst, über uns wäscht und die schweren Emotionen wegfegt, die ich nicht spüren möchte. Ich starre auf den Granit. Ihr Name steht darauf.

Starla Marie McBride
1980 – 2007
Geliebte Tochter

„Sie hatte einen wunderschönen Namen“, sagt Sejin. Seine Hände sind in seinen Taschen und sein Gesichtsausdruck ist grimmig.

Neben ihrem Grab ist ein anderes.

Ann Marie McBride
1958 – 1986

Geliebte Ehefrau

Und noch eines.

Marvin Ellsworth McBride
1946 – 2018
Geliebter Ehemann & Vater

„Ich frage mich, wer seinen Stein ausgesucht hat", flüstert Sejin.

„Henry hat erzählt, dass er ihn selbst ausgesucht hat. Er war eine lange Zeit krank, bevor er gestorben ist. Er wusste, dass es passieren würde."

„Das war ein ziemlicher Altersunterschied. Zwölf Jahre."

Ich schweige, wünsche mir, das Grab meines Großvaters wäre nicht auch hier. Ich möchte nicht mit meiner Mutter reden, während seine Knochen so nahe bei ihren liegen. Aber wir bekommen nicht immer, was wir uns wünschen.

Ich drehe mich zum Grabstein meiner Mutter und sage: „Ich bin dein Sohn. Der, den du weggegeben hast." Ich mache eine Pause, um mich zu räuspern. „Danke dafür. Vielleicht hatte ich dennoch keine gute Kindheit, aber du hast dein Bestes für mich gegeben. Ich vermute, das bedeutet, dass du mich geliebt hast, richtig? Ich habe zu lang gebraucht, um das zu erkennen. Das tut mir leid."

Ich starre den Grabstein an. Sie war so jung. Nur ein Kind. Sie hat getan, was sie dachte, dass sie tun musste oder wozu sie gezwungen wurde, aber ich weiß in meinem Herzen, dass es nicht war, weil ich im Grunde genommen nicht zu lieben war. Obwohl ich das für eine sehr lange Zeit geglaubt habe.

„Das ist Sejin", sage ich, nehme seine Hand und ziehe ihn auch vor das Grab. „Ich werde ihn nächsten Monat heiraten."

„Hi", sagt Sejin und winkt, als ob meine Mom hier auf dem Grabstein sitzt und uns sehen kann.

„Ich bin mir nicht sicher, was du von schwulen Menschen gehalten hast, aber das spielt jetzt keine Rolle. Wenn es ein Leben nach dem Tod gibt, vermute ich, dass es für dich in Ordnung ist, sogar wenn es das nicht war, als du noch gelebt hast. Wenn es kein Leben nach dem Tod gibt, dann bin ich ein Idiot, weil ich hier stehe und mit einem Grab rede, aber was soll's."

„Du bist kein Idiot", flüstert Sejin.

„Ich wusste übrigens nicht, dass du hier bist. Niemand hat es mir erzählt. Ich habe auch nicht gefragt. Ich war für eine lange Zeit auf mich selbst fokussiert. Bis ich Sejin kennengelernt habe. Jetzt bin ich auf mich selbst und ihn fokussiert. Und seine Familie. Sie sind ziemlich großartig. Ich wünschte, du hättest eine großartige Familie erleben können. Ich wünsche dir mehr Glück beim nächsten Mal, falls Reinkarnation echt ist."

„Danny", sagt Sejin und es ist ein wenig Lachen in seinen Tonfall gemischt. „Wolltest du das wirklich sagen? Mehr Glück beim nächsten Mal?"

Ich schnaube und in diesem Moment kommt eine Brise auf. Sie ist scharf und kalt und meine Augen brennen. „Es tut mir leid, dass du neben ihm begraben bist. Du hast Besseres verdient. Das haben wir beide."

Der Wind zaust meine Haare, als würde er zustimmen.

„Ich weiß nicht warum", murmele ich, aber ich muss dir auch sagen, dass ich dich liebe. Ich kann mich kaum an dich erinnern, aber das spielt keine Rolle. Du warst meine Mom. Ich habe dich geliebt. Das tue ich immer noch. Ich hoffe, du ruhst gut. Ich hoffe, du hast Frieden gefunden."

Der Wind streicht wieder über uns und Sejin zittert. Ich starre das Grab noch ein paar Momente lang an. Ich denke darüber nach, ein Foto zu machen, entscheide mich aber dagegen. Ich möchte nicht, dass dieser Moment andauert. Er musste nur passieren.

„Lass uns gehen", sage ich, lasse Sejins Hand los und wende

mich in Richtung Auto.

Als ich durch den knirschenden Schnee gehe, höre ich ihn sagen: „Ich werde mich für dich um ihn kümmern. Ich verspreche es.“

KAPITEL SECHZIG

Dan

DER TRAUM KOMMT, als ich ihn am wenigsten erwarte.

Ich bin in der Zone, fließe das Golden Gate hinauf, mit der süßen Brise auf meiner Haut, das Ziel liegt vor mir, gerade sichtbar und plötzlich bin ich gepumpt. Die Zeit verlangsamt. Meine Finger fühlen sich hart und geschwollen an und ich schreie.

Sejin hält mich in der Dunkelheit, bis ich ganz wach bin.

Ich schaue mich um. Ich bin in Peggy Jos Schlafzimmer. Die Laken sind sauber. Das Fenster ist offen und lässt eine kalte frühe Frühjahrsbrise herein und Muggs jault im Wohnzimmer als Echo auf meine Not.

„Alles gut jetzt?", fragt Sejin.

„Ja", krächze ich.

„Worum ging es?"

Ich schüttle meinen Kopf, weil er das nicht wissen will – nicht wirklich. Es wird weder ihm noch mir helfen, wenn ich es noch einmal durchlebe und es ist ohnehin nicht real. Ich bin hier. Sejin ist hier. Peggy Jo ist in West Virginia. Die Katzen sind hier. Die Sterne sind hier. Die ganze weite Welt ist hier und ich bin darin.

„Willst du morgen immer noch raufgehen?", flüstert Sejin, nachdem ein paar Minuten der Stille vergangen sind. „Du musst nicht."

„Ich gehe. Kommst du mit?"

„Das würde ich auf keinen Fall verpassen."

Ich nicke. „Gut.“

Der Rest der Nacht vergeht schnell. Ich falle wieder in einen tiefen und traumlosen Schlaf, nachdem ich ein paar Minuten damit verbracht habe, Sejins Atem zu zählen. Der Morgen geht rosig und süß riechend auf, mit schmelzendem Schnee und frischem Gras.

„Sailor und Rye werden mich am Ausgangspunkt der Heart Route treffen“, erkläre ich Sejin beim Frühstück, nachdem ich meine Nachrichten gecheckt habe, um zu bestätigen, dass der Plan immer noch steht.

„Lowell und ich werden auf der Wiese warten.“

„Ja. Du hast ein Fernglas?“

Sejin presst seine Lippen zusammen und nickt einmal.

„Alles wird gut. Es ist nicht wie damals. Ich werde ein Seil haben, unter anderem.“

„Ich weiß. Ich war aber seit deinem Absturz nicht mehr auf der Wiese. Zumindest nicht in diesem Teil davon. Mach nichts Riskantes.“

„Erinnerst du dich daran, was ich dir versprochen habe, als du Ja gesagt hast? Ich werde mich daran halten.“

Sejins Handy pingt. „Das ist Rye. Er fragt, ob Lowell danach auf der Wiese bleiben wird.“

„Wahrscheinlich nicht. Es wäre sicher grauenvoll für sie beide, wenn sie einander sehen müssten.“ Ich verdrehe die Augen.

„Ich wünschte, sie würden eine Lösung finden. Es ist jetzt so angespannt.“ Sejin wendet sich wieder seinem Müsli zu.

Ich strecke mich und stehe auf. „Okay, Zeit aufzubrechen. Diese Wand wird nicht warten.“

Sejin steht ebenfalls auf und spült seine Schüssel in der Spüle aus. Ich mache dasselbe. „Dan?“

„Ja?“

„Hast du Angst?“

Ich halte inne, um nachzudenken, denn die Wahrheit ist, dass der Traum letzte Nacht mich erschüttert hat. Ich weiß, dass ich das kann. Ich bouldere seit Januar und bin mit dem Segen meines Arztes seit über eineinhalb Monaten mittelgroße Wände geklettert und ich habe sogar ein paar hohe Wände im Tal gemacht. Aber das ist mein erster Versuch, die Heart Route zu durchsteigen, seit dem Tag meines Absturzes.

Ich *möchte* mich aufgeregt fühlen. Ich *möchte* mich bereit fühlen, diese Wand hinaufzufliegen und mich zu beweisen.

Aber ja. Ich habe Angst.

„Vielleicht ein wenig", gestehe ich.

Sejin reibt meine Arme und scheint sich gegen seine Instinkte zu wappnen. „Du kannst das. Ich weiß, dass du es kannst."

„Danke, Doc." Ich weiß, dass es ihm schwerfällt mich zu ermutigen, aber ich weiß auch, dass er dieser Tage den Unterschied bei mir sieht. Ich habe jede Menge Spaß an den Wänden, nehme alles auf, schneide und poste es für die Zuschauer. Die Unterstützung online war außergewöhnlich. Jory und Amalia waren ebenfalls fantastisch. Ihr kleiner Kreis an Kletterfreunden ist mir immer zugänglich. Mir fehlt es in letzter Zeit nie an einem Kletterpartner, Sicherungspartner oder sogar Fahrer.

Am wichtigsten ist, dass ich wieder dort bin, wo ich mich am menschlichsten fühle. Im Tal, an einer Wand …

Ich werfe einen Blick auf mein Handy, um zu sehen, wie spät es ist.

„Lass uns gehen", sage ich und küsse ihn schnell.

„Ja", stimmt er zu. „Wir wollen uns dieser Sache stellen."

Endlich.

Sejin

DER WIND AUF der Wiese unter El Cap lässt mich zittern. Ich halte mich an der warmen Thermoskanne fest, die Lowell mir in die Hand gedrückt hat.

„Er sieht gut aus", bemerkt Lowell, der sich das Fernglas an die Augen hält. „Er ist an der ersten Schlüsselstelle. Dem Dyno."

„Wird er springen?", frage ich und mein Magen dreht sich bei dem Gedanken um.

„Er schaut ihn sich an. Er redet mit Rye. Er deutet auf etwas."

Ich trinke Kaffee, obwohl ich eigentlich nichts brauche, das mich noch kribbeliger macht. Es ist schwer, meinen Kopf nach hinten zu neigen und auf den Monolithen zu schauen, der sich in den Himmel erhebt. Es erinnert mich viel zu sehr an den Tag, an dem Dan abgestürzt ist. Aber ich zwinge mich, zu schauen, nehme Lowells Fernglas, als er es mir anbietet.

„Worüber reden sie?", frage ich. Dan gestikuliert. Rye deutet nach rechts und dann nach oben. Dan bewegt sich von der Stelle weg, an der er den Dyno machen müsste. Ich reiche Lowell das Fernglas zurück. „Warum macht er das?"

Lowell nimmt es und nachdem er die Aktivitäten auf der Route studiert hat, lächelt er. „Er probiert eine alternative Route."

„Was?" Ich schnappe mir das Fernglas von ihm. „Es gab die ganze Zeit einen anderen Weg?"

Lowell schüttelt seinen Kopf. „Wer weiß? Vielleicht kann sich die Oberfläche mit der Zeit verändern. Es ist möglich, dass sich etwas ergeben hat."

Ich schaue zu, wie Dan sich entlang eines Abrisses bewegt, dann innehält, die Stabilität des Griffs über ihm zu testen scheint und sich dann nach oben zieht, einen neuen Weg beginnt.

„Ist es überhaupt noch die Heart Route, wenn er nicht genau

dieselbe Route nimmt, wie die Jungs, die sie ursprünglich zum Klettern freigegeben haben?"

„Spielt es eine Rolle?"

Ich kaue auf meiner Unterlippe, frage mich, ob es für Dan eine Rolle spielt. Ich habe das Gefühl, dass es das wird, aber als ich das Fernglas wieder hebe und sehe, wie er nach oben an der Gefahr des Dynos vorbeifliegt und dann seitlich, um wieder auf die Route zu kommen, ist mir vor Erleichterung ganz schwindlig.

„Es gibt immer noch den Überhang", erinnert Lowell mich.

„Vielleicht kann er um den auch einen Weg herum finden."

Lowell sagt nichts. Wir beide wissen, dass Dan die Route nicht zweimal verändern wird. Er wird sie vielleicht auch nicht einmal ändern. Es könnte sein, dass dies nur eine Anpassung war, die er willens war, heute zu machen, weil er noch nicht wieder seinen alten Fitnesszustand erreicht hat. Vielleicht war er noch nicht bereit, sein Bein an diesem Dyno zu testen.

Aber ich bete, dass er es in Betracht zieht.

Ich bete, dass er sein Versprechen hält und an mich denkt.

Dan

„MICH HIER AUSZURUHEN, wird nicht länger eine Option sein", sage ich zu Rye, als ich auf dem Felsvorsprung stehe, der mir das Leben gerettet hat. Ich glaube, dass ich noch etwas von meinem Blut auf dem Granit sehen kann.

„Ist mir recht."

Ich runzle die Stirn. „Ich glaube … Ich glaube, dass es hier falsch gelaufen ist."

„Du hast dich nicht an den Plan gehalten, dich hier auszuruhen?"

„Ich glaube nicht." Die Bäume sehen wie winzige Puppenstücke aus. Die Wasserfälle brüllen in ihrer tauenden Frühjahrsschönheit.

„Du Arschloch."

„Ja."

Wir trinken Wasser und genießen die Aussicht. Ich weiß, dass Sejin auf der Wiese ist und ich sehe ein Glitzern, das wahrscheinlich von dem Fernglas kommt. „Ich habe Sejin versprochen, dass wenn er mich heiratet, ich niemals klettern würde, ohne ihn bei jedem Schritt mit einzubeziehen."

Rye schweigt, aber ich weiß, dass er das gut findet.

„Ich denke, ich möchte sehen, ob es eine Möglichkeit gibt, um den Überhang herumzukommen. An der Seite der Formation hochzukommen und aus dieser Richtung nach einem Zugang zum Golden Gate zu suchen."

„Du kannst hier nicht an der Seite hoch. Es gibt keinen Abriss."

„Stimmt."

Wir trinken mehr Wasser. Rye meint: „Du könntest das bis ganz nach oben durchziehen. Zur Hölle mit der Heart Route. Öffne eine neue Route. Gib ihr einen anderen Namen. Sejins Süße Poritze oder etwas in der Art."

Ich antworte nicht, aber mein Hirn arbeitet mit Volldampf. Wenn ich das mache, dann würde ich auf einer neuen Route von vorn anfangen. Ich müsste ein komplett neues Set an Griffen und Bewegungen lernen und mir wird klar, dass das nicht möglich ist.

„Den Dyno zu vermeiden, ist es wert", sage ich. „Das sind nur ein paar zusätzliche Bewegungen. Zwölf oder so. Es dauert länger, aber ich mache kein Speed-Climbing."

„Stimmt."

„Wenn dieser Felssturz diesen Winter nicht passiert wäre, würde dieser Weg nicht existieren."

„Es ist, als ob das Universum möchte, dass du diesen Dyno nicht machst."

„Wenn es diese Option zuvor gegeben hätte, hätten die Jungs, die die Route freigegeben haben, sie genommen."

„Zweifellos."

Ich trinke den Rest meines Wassers, denke über den Überhang nach und lasse meine Knöchel knacken. „Denkst du, ich sollte Angst haben?"

„Hast du?"

„Ich hatte letzte Nacht einen Albtraum darüber, zu fallen."

Rye bleibt stumm. Er macht das in letzter Zeit immer öfter. Es stört mich nicht, aber es bedeutet auch, dass er immer noch traurig ist. *Das* gefällt mir nicht.

„Ich war nervös, bevor ich hierhergekommen bin", erkläre ich. „Die ganze Fahrt über habe ich an diesen Traum gedacht."

„Ergibt Sinn."

„Aber jetzt, da ich wieder an der Wand bin …" Ich hole tief Luft und hebe meine Arme hoch. „Habe ich das Gefühl, dass ich fliegen kann."

„Nichts da", warnt Rye. „Denk an Sejin."

„Ich fliege direkt hinunter zu ihm auf die Wiese", murmele ich, werfe einen Kuss, für den Fall, dass er mich sieht. Grinsend drehe ich mich zu Rye. „Aber ich werde nicht fliegen. Ich werde *wie* eine Fliege an dieser Wand kleben."

„Gut."

Ich gebe Magnesium auf meine Finger. „Ich kann das. Vielleicht nicht heute, vielleicht nicht diesen Monat, aber schon bald."

Rye überprüft noch einmal seine Karabiner und Seile. „Dann lass es uns durchziehen."

Ich drehe mich wieder zur Wand. Es ist an der Zeit, den Überhang neu zu trainieren.

KAPITEL EINUNDSECHZIG

Sejin

April

Achtundzwanzig Wochen seit dem Free Solo Versuch

„SEHE ICH GUT aus?", fragt Leenie und streicht ihre Spaghettiträger glatt und rückt die pinken Rosen in ihren Haaren zurecht. Ihre Wangen sind rosig vom kalten Wind auf dem Felsen und sie hat Gänsehaut an den Armen.

„Wunderschön", sage ich von meinem Platz auf einer der Decken, die auf dem Granit ausgebreitet sind. Mir ist warm genug, aber ich trage einen grauen Anzug, den Sailor unbedingt für mich ausleihen wollte, als Teil ihres Hochzeitsgeschenks. Die Fliege und der Kummerbund haben ein rosa und lila Karomuster.

Auf der Decke uns gegenüber sitzt meine Cousine Nevaeh in einem lila Minikleid und legt Peggy Jo ein leichtes Make-up auf. Ich hatte sie angerufen und gefragt, ob sie gerne zur Hochzeit kommen und eine meiner Brautjungfern sein wollte. Sie hatte begeistert zugestimmt, nicht nur, weil sie sich für mich freut, sondern auch, weil sie dadurch einen Urlaub im Westen bekommt. Am Telefon hatte sie gefragt, ob es für die Rolle irgendwelche Bedingungen gibt, und ich hatte sie gebeten, Lila zu tragen. Irgendeine Art von Lila. Mir ist es egal, ob die Leute zusammenpassen, solange die Angelegenheit geschlossen genug ist, dass die Fotos annehmbar aussehen.

Rye sitzt auch in meiner Nähe, aber er wird Dans Trauzeuge sein, zusammen mit Peggy Jo. Er trägt ein lila und rosa Hawaiihemd und eine lose sitzende Leinenhose. Drüben am Rand des Felsens wartet Lowell, der ähnlich wie Rye gekleidet ist, mit meinem Vater, schaut die Wand hinunter, an deren Basis Dan gerade im Moment ist. Das Hawaiihemd meines Dads ist ebenfalls rosa und lila, aber er hat überall im Muster Mickey-Maus-Ohren. Er und Peggy Jo waren nach Los Angeles geflogen, um Disneyland zu besuchen, bevor sie für die Hochzeit nach Yosemite gefahren sind.

Peggy Jo trägt ein passendes Kleid mit demselben Muster wie das Hemd meines Vaters und ich weiß noch nicht, was Dan trägt. Er hat es mich nicht sehen lassen, was er ausgesucht hat. „Du kannst das Outfit der Braut nicht vor der Hochzeit sehen", hatte er verkündet, war beleidigt gewesen, dass ich überhaupt gefragt hatte.

„*Du* bist die Braut?" Ich hatte ebenfalls so getan, als wäre ich beleidigt. „Was, wenn *ich* die Braut sein möchte?"

„Ich bin derjenige, der auf dich zugehen wird, also bin ich die Braut – die Dan *McBride*, wenn man so sagen will", hatte er beharrt. „Der Bräutigam wartet. Die Braut kommt. Also bist offensichtlich du der Bräutigam."

Ich werfe einen Blick auf mein Handy, um nach der Zeit zu sehen, und frage: „Denkst du, die Braut ist bald fertig? Ich möchte nicht verspätet anfangen."

„Schätzchen, hier sind nur wir", sagt Peggy Jo. Sie sieht hübsch aus mit ein wenig Make-up.

Rye fügt hinzu: „Ich glaube nicht, dass Lowell sich weigern wird, die Zeremonie durchzuführen, wenn wir ein wenig dem Zeitplan hinterherhinken."

Er schaut mit diesem hungrigen, verletzten Gesichtsausdruck, der mir das Herz zusammenzieht, zu Lowell.

Ich habe in den letzten Monaten etwas mehr über ihre Situation erfahren und die Rolle, die der neu entflammte Sorgerechtsstreit um Jeanie bei ihrer Trennung gespielt hat. Ich stimme ihnen beiden zu. Ich bin nicht sicher, ob sie je eine Lösung finden werden, nicht in den nächsten vierzehn oder fünfzehn Jahren und bis dahin … Wird es wahrscheinlich zu spät sein.

„Die Zeremonie kann jederzeit beginnen", sagt Peggy Jo. „Ihr habt die Erlaubnis für den ganzen Nachmittag."

Ich nicke, aber mein Herz klopft wie wild und ich fühle mich innerlich ein wenig zittrig. Es ist nicht so, dass ich Zweifel an dem habe, was wir machen, weil das absolut nicht der Fall ist, aber ich fühle mich sehr emotional und nervös. Ich bin mir ziemlich sicher, dass ich irgendwann weinen werde – aus einer Menge Gründen, aber vor allem, weil ich nicht glauben kann, dass ich heirate und meine Mama nicht hier ist, um es zu sehen.

Aber wer ist hier? So viele Menschen, die ich liebe. Darauf muss ich mich konzentrieren.

Während der Zeremonie haben wir Lowell, Rye, Peggy Jo, Nevaeh, meinen Dad und Leenie. Martin hat sich freiwillig gemeldet, auf die Kinder aufzupassen, damit er nicht auf die „Bühne" muss.

„Ich freue mich, dass du gefragt hast, Cousin, aber ich hasse es, vor Menschen zu stehen. Das weißt du. Ich bin bei meiner eigenen Hochzeit beinahe vor Lampenfieber ohnmächtig geworden. Ich werde mich um die Kinder kümmern und Leenie kann glänzen. Das wird ihr gefallen."

Was mich zu den Gästen bringt – Martin und die Kinder spielen in der Nähe des Weges, der hierher führt. Pete, Celli und Gage von Papa Bear. Heather und Evelyn von Tater Tots. Amalia und Jory. Und natürlich Sailor – sie trägt eine Kamera und ein beiges und rosa Kleidungsstück, das sie als Romper bezeichnet und ich als flauschigen Strampler.

Ich habe darüber nachgedacht, meine Schüler und ihre Familien einzuladen, aber der Gedanke, auf so viele Kleinkinder während der Zeremonie achten zu müssen, war zu überwältigend. Stattdessen haben die Kinder mir eine kleine „Hochzeitsparty" in der Krippe organisiert, die darin bestand, dass sie ein paar Liebeslieder gesunden haben, die Evelyn ihnen beigebracht hat, und mir selbst gebastelte Karten geschenkt haben.

Keine von ihnen war beängstigend, obwohl die von Jeanie ein wenig wütend ausgefallen ist, weil ihr Dad sie nicht mit Rye zu der Hochzeit gehen lässt. Die Karte hatte einen großen, dürren Mann mit braunen Haaren gezeigt, der vor einem kleinen, rothaarigen Mädchen mit dem Finger wackelt, während Dan und ich in einem Feld aus Blumen stehen. Ich bin mir nicht sicher, wie ich das finden soll, aber ich habe sie nicht zu ihrer anderen Karte, auf der Dan von der Klippe abstürzt, an den Kühlschrank gehängt.

Die Gruppe heute ist klein, aber unsere Freunde haben alle zusammengeholfen, damit es schön aussieht. Amalia, Jory und einige ihrer Freunde haben alle Dekorationen und die nötigen Gegenstände heute Morgen als Geschenk für uns nach oben geschleppt. Darum ist jetzt alles einfach perfekt. Die lila Decken sind überall verteilt und mit rosa Sträußen geschmückt – Rosen, Azaleen und Schleierkraut – und Picknickkörbe, die mit lila Schleifen dekoriert sind, stehen darauf. Die Spitze von Pothole Domc hat nic so hübsch ausgcschcn.

Lowell löst sich von meinem Vater und kommt zu mir. „Bereit?"

„Dan ist so weit?"

„Ist er."

„Okay." Ich schüttle meine Hände aus und hole langsam Luft. „Ich auch."

Ich folge meinem Dad und Lowell zum anderen Ende des Domes, gegenüber der Stelle, an der Dan auftauchen wird. Ich bin froh, dass Peggy Jo daran gedacht hat, eine große weiße Plane zur

Verfügung zu stellen, unter der wir während der Zeremonie stehen können, weil ich ansonsten angefangen hätte in der Sonne zu schwitzen. Aber das Wetter ist ansonsten perfekt. Eine leichte Brise. Ein blauer Himmel mit flauschigen Wolken. Eine Wiese voller Blumen unten.

Wie ein Traum.

Rye stellt sich mir gegenüber unter die Plane. Ich bemerke, dass er nicht zu Lowell schaut, der den Gefallen erwidert, indem er seinen Blick dorthin gerichtet hat, wo Dan in wenigen Minuten auftauchen wird.

Mein Vater steht neben mir und Leenie neben ihm und dann Nevaeh. Peggy Jo nimmt ihren Platz zwischen Lowell und Rye ein und wir alle warten darauf, dass Martin Jeremiah hinüber zum Rand führt, damit Jeremiah über die Seite schreien kann: „Wir sind bereit, Dan!"

Dann rennt er von seinem Dad weg und zurück zu der Decke, von der aus er zuschauen soll. Dort drückt er Play auf dem Handy, das über Bluetooth mit großen Lautsprechern zu beiden Seiten der Plane verbunden ist.

Der Wind lässt die Plane zweimal knallen und dann beginnt der Song. Meine Kehle verengt sich sofort bei dem vertrauten Anfang. Dan hat darauf bestanden, dass er allein die Musik auswählt, zu der er herkommt, hat gesagt, dass er mich überraschen möchte. Der Song ist nicht das, was ich erwartet hatte. Ich hatte gedacht, es würde *unser* Song von unserer ersten Nacht hier auf Pothole Dome sein, aber das ist er nicht. Es ist „Euphoria" von Jungkook von BTS, ein aufmunterndes Stück über Liebe und Freude und darüber, die Hände der Person zu ergreifen, die dein Leben erfüllt.

Meine Augen füllen sich mit Tränen.

Der Song geht weiter und Dan taucht nicht auf. Nicht zur ersten Strophe und nicht zum ersten Refrain. Ich mache mir aber keine Sorgen. Nicht einmal er kann so schnell klettern, wenn er ganz unten angefangen hat. Endlich, beim nächsten Vor-Refrain, sehe ich seine Hände an der Kante und dann seinen Kopf und sein Grinsen erhellt die Welt mehr als die Sonne. Er zieht sich über den Rand und richtet sich auf, trägt einen schwarzen Anzug mit einer lila Krawatte. Er ist nur ein klein wenig schmutzig, weil er beim Aufstieg über den Stein gerutscht ist. Ich unterdrücke ein kleines Schluchzen, reibe mit meiner Faust über meinen Mund.

Während des nächsten Refrains zieht er seine Ausrüstung dort am Rand aus und stoppt, um einen Strauß aus rosa Rosen von Celli anzunehmen, als er an der Picknickdecke von Papa Bear vorbeikommt. Eine weitere Strophe erhebt sich in die Luft und Dan schlendert langsam den Gang hinunter, sein Blick ist auf mich gerichtet. Als die Bridge kommt, lache ich, weil Dans langsame Schritte sich in einen fröhlichen kleinen Tanz verwandeln und dann wieder, als er ein paar alberne kleine Drehungen macht, was seine Annäherung verzögert. Ich verstehe warum, als er den Strauß einer weinenden Peggy Jo reicht und meine Hände ergreift, gerade als der Song zu Ende geht. Er hat es perfekt geplant.

Ich ziehe ihn in eine Umarmung, nicht in der Lage, mich noch einen Moment länger zu beherrschen und versuche, meine wirbelnden Emotionen zu zähmen. Dan schlingt ebenfalls seine Arme um mich und ich klammere mich an ihn, als unsere Gäste anfangen zu applaudieren.

Dan

SEJIN WEINT BEREITS, als ich ihn erreiche und all meine Albernheiten auf dem Weg zu ihm scheinen ihn nur noch emotionaler gemacht zu haben. Er packt mich, sobald ich seine Hände ergreife, und hält mich fest.

Ich atme seinen Duft ein, sein vertrautes Shampoo und einen Hauch eines nicht vertrauten Rasierwassers, wahrscheinlich das von seinem Dad. Ich küsse seine Wange. „Komm schon, Doc", flüstere ich nur für ihn. „Lass uns heiraten."

Er drückt mich erneut, zieht sich dann aber weit genug zurück, um meine Hände zu nehmen und mit seinem feuchten Blick in meine Augen zu starren. Ich grinse ihn an. „Gefällt dir meine Songauswahl?"

„Rede nicht mehr darüber oder ich fange wieder an zu weinen."

Ich lache. „Ich habe so ein Gefühl, dass die Schwüre dich fertigmachen werden."

Sejin drückt meine Hände und wir beide drehen uns zu Lowell, der dasteht und in seinem Hawaiihemd und seiner Leinenhose irgendwie imposant aussieht. Er räuspert sich und murmelt: „Sollen wir weitermachen?"

„Mach schon", dränge ich.

Sejin lacht tränenreich. „Ja, lass uns weitermachen."

Lowell beginnt mit den Worten, mit denen er die ganze letzte Woche gerungen hat. Ich sollte wahrscheinlich zuhören, was er sagt, vor allem, weil er sich so viele Gedanken gemacht hat, aber das tue ich nicht. Sejins Gesicht, während *er* zuhört, ist viel faszinierender. Das Beben seiner Lippen, das kleine Nicken seines Kopfes und die Art, wie sein Blick immer wieder meinen findet und seine Augen sich mit Tränen füllen. Diese wunderschönen auf dem Kopf stehenden Monde der Freude. Ich habe das Gefühl, dass mein Herz aus meinem Brustkorb fliegen wird. Ich liebe ihn so sehr. Ich bin so dankbar, dass er mir gehört.

Ich werfe einen Blick zu Peggy Jo. Sie hat Bucks Taschentuch an ihren Mund gepresst und Tränen laufen ihre Wangen hinunter. Ich räuspere mich, weil meine Kehle plötzlich eng wird, als ich ihre Emotionen sehe.

„Ihr habt eure eigenen Schwüre geschrieben?", fragt Lowell,

obwohl er das ganz genau weiß.

„Das haben wir", stimmt Sejin zu.

„Seht einander an."

Ich gehorche und Sejin schaut mich erwartungsvoll an. „Du zuerst, Doc", fordere ich ihn auf. „Wir heben uns das Beste für den Schluss auf."

Er schnaubt und lacht dann wieder, als er meine linke Hand nimmt und mir den Holzring, der mit dem Diamanten seiner Mutter geschmückt ist, auf meinen Ringfinger schiebt. Er hat Helki gebeten, ihn so zu gestalten, dass er zu seinem passt, und er hat es großartig gemacht.

„Daniel McBride …" Er hält inne und flüstert dann: „Dan …" Und dann noch zärtlicher: „Danny, ich nehme dich von diesem Tag an zu meinem Ehemann, zu lieben und zu ehren in guten und in schlechten Zeiten, *natürlich*, und dich zu schätzen und zu unterstützen, bei all deinen unmöglichen und beängstigenden Plänen. Ich schwöre, so intensiv mit dir zusammen zu leben, als könnte jeder Tag unser letzter sein. Ich verspreche, dass ich dir treu sein werde, dich zu lieben und immer an dich zu glauben, auch wenn ich Angst habe. Ich liebe dich jetzt und für immer. Danke, dass du in mein Leben gekommen bist. Ich bin dein Seepferd."

Ich bin an der Reihe. Ich stecke seinen Ring an seinen Finger, zurück dorthin, wo er hingehört, und fange an: „Sejin Moon Sutley. Ich nehme dich von diesem Tag an zu meinem Ehemann, zu lieben und zu ehren, in guten und in schlechten Zeiten, *offensichtlich*. Aber ich verspreche auch, dass du niemals ein Teppich oder Polster oder ein Duschvorhang sein wirst."

Sailor lacht hinter uns, wo sie, wie ich vermute, alles filmt. Ein verwirrtes Murmeln kommt von allen anderen, aber das ist in Ordnung. Sejin presst seine Lippen zusammen, um sein Lachen zurückzuhalten, und schüttelt amüsiert seinen Kopf.

„Ich verspreche, dass du immer der Grund für all meine Euphorie sein wirst. Seligkeit, Freude, all die besten Gefühle werden nie davon kommen, irgendeine Klippe zu erreichen oder Route zu durchsteigen oder Herausforderung zu meistern, sondern erst danach, wenn ich zu dir nach Hause komme. Ich verspreche, dass ich die kleinen Dinge mit dir ausleben und sie wirklich spüren werde. Ich verspreche, immer deine Träume zu unterstützen, ob es dir gefällt oder nicht. Tatsächlich habe ich ein Hochzeitsgeschenk für dich, das dich wahrscheinlich wütend machen wird. Aber am Ende wirst du es lieben. Höchstwahrscheinlich."

Über Sejins Gesicht huschen unzählige Reaktionen, aber dann lacht und lächelt er wieder.

„Ich liebe dich. Du bist meine Euphorie, mein Universum und mein allerbester Freund. Ich verspreche, dich *immer* an erste Stelle zu setzen – und das bedeutet immer, nicht nur, wenn ich klettere. Aber lass uns übers Klettern reden-"

Die Anwesenden regen sich ein wenig und Spannung baut sich in der Luft auf.

„Lass uns vor allem über Free Solos reden. Ich habe versprochen, als du eingewilligt hast mich zu heiraten und ich verspreche es jetzt wieder – ich werde es wieder versprechen vor jedem Klettern, wenn ich dich daran erinnern muss – ich werde vor jeder Entscheidung, die ich während des Kletterns treffe, immer zuerst an dich denken. Du wirst so wütend sein, dass ich das sage, aber ich meine es ernst. Wenn das Schlimmste eintritt, verspreche ich auch, dass ich als Letztes an dich denken werde. Sejin, du wirst der letzte Gedanke in meinem Kopf sein, wann immer meine Zeit kommt – was hoffentlich noch lange dauern wird!", beeile ich mich hinzuzufügen, weil Sejins Augen schon wieder feucht werden, aber ich bin mir nicht sicher, ob es auf gute Weise ist. „Weil wir heiraten, um zusammen alt zu werden, richtig? Richtig. Und außerdem liebe ich dich. Das habe ich schon gesagt, ich weiß, aber ich werde es jeden Tag sagen. Du bist das Lied, das ich nie aufhören werde, hören zu wollen, der Traum, den ich nie enden sehen will und das Seepferd zu meinem Kaiserfisch. Ende."

Sejin drückt meine Hände und formt mit den Lippen: „Ich liebe dich auch", als eine weitere Träne sein Gesicht hinunterläuft.

„Nun, nach dieser einmaligen Verkündigung von Schwüren", intoniert Lowell, „bin ich bereit, euch zu Ehemann und Ehemann zu erklären. Ihr könnt jetzt euren Partner küssen."

Ich küsse Sejin zunächst keusch, vertiefe ihn dann aber ein wenig, während ich mit der Hand hinter mich wedele. Jeremiah muss die Botschaft verstanden haben oder vielleicht eher Martin, der ihm hilft, weil der jubilierende Eröffnungsgesang von „My Universe", einer BTS/Coldplay-Kollaboration durch die zärtliche Stimmung bricht.

Sejin löst sich und Lachen erhellt sein Gesicht. „Du bist albern."

„Du liebst es."

„Das tue ich."

Ich nehme seine Hand, hebe sie triumphierend in die Luft und hole mir meinen Strauß von Peggy Jo. Ich reiche ihn Sejin, damit er auch die Braut sein kann, und führe ihn dann den Gang zwischen den ausgebreiteten Decken zurück. Alle applaudieren und als der Song weiterläuft, stehen unsere Freunde und Familie auf und fangen an zu tanzen.

Dann beginnt die Feier richtig.

Die Luft explodiert mit dem Poppen von Champagnerflaschen und es findet eine Menge Schulterklopfen, Tanzen, Lachen und lautstarkes Singen statt. Jeremiah nippt an seinem alkoholfreien, blubbernden Apfelsaft und tanzt mit seiner Mutter und Martin schwingt Sarah Kate zur Musik herum. Peggy Jo und Buck tanzen zusammen und überall um mich herum kann ich Liebe spüren. Es ist wunderschön.

Das ist Glück. Das ist Familie.

Als der Nachmittag sich dem Ende neigt und unsere Zeit auf

dem Pothole Dome ausläuft, löse ich meine Krawatte, reiche sie Sailor, damit sie nicht verloren geht, und verkünde allen, dass Sejin und ich den letzten Song allein tanzen werden. Alle versammeln sich in einem Kreis und als die Noten von „gemini" einsetzen, lacht Sejin. Ich küsse ihn, begleitet von den Jubelrufen und dem Applaus unserer Freunde und dann schunkeln und drehen wir uns zusammen auf dem Dome, bis Rosa und Koralle den frühen Abendhimmel überziehen.

Und einfach so, wie er es praktisch vorausgesehen hat, sind wir verheiratet.

KAPITEL ZWEIUNDSECHZIG

Sejin

„ES IST WUNDERSCHÖN", murmele ich und trete aus der Dunkelheit des Weges in die Ahwahnee Flitterwochenhütte. Der Gas-Kamin ist bereits an, Champagner steht auf einem silbernen Tablett, kühlt zusammen mit Erdbeeren. Dampfend heiße Schokolade läuft über einen erhitzten Fondue-Wasserfall. Rosa Rosenblätter sind auf dem riesigen Kingsize-Bett verteilt und ein großer Strauß von ihnen steht in der Mitte des Tisches am Fenster.

Dan schließt hinter mir ab, stellt die Tasche, die wir für das Wochenende gepackt haben, ab und geht dann an mir vorbei, um zu erkunden. „Erdbeeren. Meine Lieblingsfrüchte." Er grinst. Er ist bereits mit Erdbeerkuchen von der Feier vollgestopft, darum weiß ich nicht, ob er noch Platz für mehr hat, aber wenn, dann wird er sicher welche essen.

„Ich würde das Lob dafür, dass sie hier sind, für mich beanspruchen", antworte ich. „Aber das ist alles Sailors Werk."

Dan schiebt die Vorhänge zurück und zeigt auf die Dunkelheit draußen. „Ich frage mich, was für eine Aussicht wir am Morgen haben werden." Er schließt sie wieder, damit wir Privatsphäre haben.

„Ich kann mir vorstellen, dass sie gut sein wird."

„Das ist ein ziemlich schönes Hochzeitsgeschenk, meinst du nicht, Doc?", sagt Dan. „Das ist es wert, dich damit abzufinden, wie sehr sie dich nervt."

Ich löse meine Fliege und werfe sie auf das grüne Samtsofa der Suite. „Es ist wunderschön. Ich bin wirklich gerührt, wie weit sie gegangen ist, damit es für uns so schön ist. Aber das hätte sie wirklich nicht tun müssen. Ich hätte auch unseren ursprünglichen Plan für Flitterwochen genossen, weißt du."

Dan dreht sich mit dem Aufblitzen eines Grinsens zu mir. „Drei Tage lang mit mir in einem Zelt schmutzig werden?"

„Absolut."

„Sich im Fluss waschen?"

Ich schaudere. „Vielleicht nicht dieser Teil."

„Sailor hat mehr Geld, als sie ausgeben kann", sagt Dan. „Wenn sie dich mit Flitterwochen in einem schönen, historischen Hotel mit Champagner und Erdbeeren und Blütenblättern auf den Kissen verwöhnen möchte, werde ich sie nicht aufhalten. Ich habe dir bei unseren Schwüren das Beste versprochen, was das Leben zu bieten hat, oder nicht?"

„Das hast du genau genommen *nicht* versprochen", erwidere ich lachend.

„Oh. Nun, das hätte ich aber machen sollen." Dan zieht seine Anzugjacke aus, hat seine Krawatte irgendwo auf der Motorradfahrt hierher verloren. Er hat sie an einer Ampel geöffnet und im Wind flattern lassen, bis sie sich gelöst hat und weggeflogen ist. Da Sailor auch für seinen Anzug zahlt, hoffe ich, dass es keine Gebühr dafür gibt, wenn sie weg ist.

Tatsächlich hat Sailor für sehr viel von der Hochzeit bezahlt und ich habe sie gelassen, weil sie das wirklich zu lieben scheint. Ich habe noch nie jemanden eine Kreditkarte mit so viel Freude zücken sehen, als in den Momenten, als sie den Floristen und die Anzüge und dieses Zimmer gebucht hat. Ich glaube, wenn ich sie gelassen hätte, hätte sie auch für den Kuchen und Dans Ring bezahlt.

Ich weiß, dass sie all das gemacht hat, weil sie es wirklich möchte und weil sie Dan sehr mag – und mich – wie eine Familie. Sie hat das überdeutlich gemacht, als sie heute Abend auf dem Pothole Dome ihren Toast ausgesprochen hat: „Auf Dan und Sejin, ich möchte nichts als Glück für euch beide. Ich lebe stellvertretend durch eure Liebe zueinander und ich verspreche, sie auf jegliche Art, die mir möglich ist, zu unterstützen und zu erhalten. Betrachtet mich als die gute Fee eurer Ehe. Immer da, wenn ihr mich am meisten braucht. Mit einer Kreditkarte und einem Lächeln."

Es überrascht mich aber, dass Dan sich nie irgendwelche Sorgen gemacht hat, welche Bedingungen an Sailors Geschenke geknüpft sein könnten. Das ist wieder diese Unschuld. Er glaubt viel zu oft und bereitwillig alles, was die Leute ihm erzählen, aber in diesem Fall denke ich, hat er recht. Sailor ist manchmal nervig, aber sie geht mit ihrer Zuneigung aufs Ganze – was man an ihrer Freundschaft mit Lowell sehen kann – und wenn sie dich liebt, dann ist sie unglaublich großzügig. Ich denke, es hätte ihr das Herz gebrochen, wenn wir ihr Angebot finanzieller Hilfe abgelehnt hätten.

„Schau dir das Bad an", sagt Dan und seine Stimme hallt von den Fliesen wider.

Ich werfe meine weiße Anzugjacke auf das Sofa und folge ihm.

Es ist groß, mit grauen Marmorfliesen, einem riesigen Jacuzzi mit Bänken, auf denen man sitzen kann, wenn man sich abkühlen muss, und einem großen Spiegel, der an der Wand darüber hängt – damit man sich selbst beim Baden zusehen kann, vermute ich. Oder vielleicht, damit der Raum größer aussieht. Die Waschbecken haben die Form von Bassins und die Toilette ist futuristisch mit Extras wie einem eingebauten Bidet und einem heizbaren Sitz. Neben der Badewanne steht ein großer Korb mit pinken Rosenblättern, die das ganze Zimmer beduften. Eine weitere romantische Geste, die, zweifellos, Sailors Idee war.

„Nett", murmelt Dan, nickt dabei in Richtung des Spiegels über der Wanne. „Da kannst du dich selbst sehen, während du gerimmt wirst, Doc, und dann, wie du aussiehst, wenn ich dich ficke und dafür sorge, dass du kommst.“

Sofort schwinden alle Gedanken an Dans Unschuld und ich kann nur meiner eigenen Naivität ins Gesicht starren. *Natürlich* ist dieser Spiegel dafür da … das hier ist die Flitterwochensuite.

Dan fängt an, sein Hemd aufzuknöpfen. „Wir sollten keine Zeit vergeuden.“

„Der Champagner …“, fange ich an, doch als er sein Hemd beiseite wirft und mit seiner Hose anfängt, wende ich mich meiner zu. Man kann nicht sagen, dass ich nicht leicht zu haben bin, vor allem wenn es um die Aussicht auf ein Rimming von Dan geht.

„Möchtest du zuerst ein Glas?“, fragt er. „Um dich zu lockern?“

„Nein“, sage ich und ziehe meine Hose hinunter.

„Ich hatte dich mit Rimmen, oder?“ Dan lacht, zieht mich an sich und hilft mir, den Rest meiner Kleidung auszuziehen.

„Ja“, gebe ich zu. Ich liebe es.“

Sein nackter Körper presst sich gegen meinen und, wie immer, bewundere ich, wie wir zusammenpassen. Unsere harten Schwänze gleiten über unsere Bäuche. Dan hat bereits Liebestropfen an der Spitze, verschmiert sie auf meiner Haut.

„Ich bin mir ziemlich sicher, dass du in der ersten Nacht im Van, als ich dich gerimmt habe, bis du den Verstand verloren hast, gewusst hast, dass du mich heiraten wirst.“

„Das habe ich“, flüstere ich. „Ich habe nicht *gewusst*, dass ich es gewusst habe, aber im tiefsten Inneren, glaube ich, habe ich das.“

Ich kann sehen, dass dies für Dan absolut Sinn ergibt, und er küsst mich. Ich verliere mich in seinen weichen Lippen und der Art, wie er seine Zunge mit so einem großen Versprechen nutzt, wie er meinen Hintern später behandeln wird. Ich beuge mich vor, sehne mich nach ihm, als er sich entfernt.

„Lass mich nur …“ Er dreht sich um und dreht das Wasser auf. Ich lehne mich zurück, lasse meine Hüften den Badschrank berühren. Ich pumpe mich selbst, schaue zu, wie die Wanne sich füllt.

Dans Lippen heben sich in einem zufriedenen Grinsen an den Mundwinkeln, als er beobachtet, wie ich meinen Schwanz bearbeite. Das Wasser rauscht wild in die Wanne, der Dampf steigt im Raum auf und der feuchte Duft von Rosen erhebt sich um uns.

„Nimm deine Eier mit der anderen Hand", befiehlt er, sitzt dabei auf dem Rand und prüft hin und wieder die Temperatur des Wassers. „Gut so. Neig deinen Kopf nach hinten."

Er nimmt seinen eigenen Schwanz in die Hand und ich betrachte ihn durch gesenkte Wimpern. „Gut so, Baby." Er pumpt sich in meinem Rhythmus und ich stelle sicher, dass es nicht genug ist, dass einer von uns kommt. „Jetzt hör auf."

Ich gehorche und schaue ihm in die Augen.

„Komm her", sagt er und bedeutet mir, zu kommen.

Ich trete in seinen Raum und er grinst zu mir auf, packt meine Pobacken und zieht sie auseinander, um mit seinen schwieligen Fingerspitzen über mein Loch zu streichen. Er ist in letzter Zeit so viel geklettert, dass seine Finger sich so anfühlen wie damals, als wir uns kennengelernt haben. Rau und schockierend an so empfindlicher Haut.

„Dan", murmele ich, als er erneut mit seinen Fingern über meinen Anus streicht. „Ich liebe dich."

„Ich weiß, dass du das tust. Du hast mich geheiratet, oder nicht?" Er tippt mich mit den Spitzen seines Mittel- und Zeigefingers an. „Niemand wird dieses Loch je wieder berühren, verstanden? Außer mir."

„Nur du", stimme ich zu.

Er runzelt die Stirn. „Es sei denn …"

Ich lege meinen Finger an seine Lippen. „Nicht jetzt. Ich kenne das ‚es sei denn'. Ich möchte darüber jetzt nicht nachdenken. Lass uns dabei bleiben, dass dir mein Loch gehört und wie du mir all die Arten zeigen wirst, auf die es dir gehört."

Er grinst erneut. „Schmutzig, Doc. Dir gefällt der Gedanke,

dass es mir gehört?"

„Ja." Ich nehme meinen Schwanz wieder in die Hand und er schüttelt seinen Kopf.

„Nein. Der gehört mir auch."

„Wirklich? Da bin ich mir nicht so sicher."

Er schlägt meine Hand weg und ich stöhne, als er seinen Mund öffnet und mich aufnimmt. Dan ist nicht immer daran interessiert, einen zu blasen, aber wenn er meinen Schwanz lutscht, dann mit einer Intensität, die meine Knie weich werden lässt. Ich presse meine Hände an seine Schultern, nutze ihn als Stütze. Er öffnet seine Kehle und würgt an mir und dann, seine Augen sind feucht vor Mühe, schluckt er mich wieder. Dieses Mal gleite ich tief genug, dass ich schaudere, als ich spüre, wie seine Kehle um meine Eichel herum arbeitet.

„Danny, das ist … oh mein Gott, ich möchte deinen Mund ficken."

Er tippt meine Hüfte in einem „mach ruhig"-Signal an. Mit seiner Erlaubnis packe ich seinen Kopf, presse mit meinen Handflächen leicht gegen seinen Kiefer, um ihn weit offenzuhalten. Er schaut zu mir auf und blinzelt Tränen aus seinen Augen, als sein Würgereflex droht, wieder einzusetzen. Ich gleite ein wenig zurück und wieder hinein, pumpe langsam, arbeite mich in seine Kehle, während er sich bemüht, mich aufzunehmen.

„Danny", gurre ich, meine Eier pulsieren und mein Puls rast. Es ist zu früh, aber ich denke nicht, dass ich es stoppen kann. „Ich werde kommen."

Dan schiebt meine Hüften zurück und ich gleite mit einem Wimmern heraus. Mein Schwanz ist nass und die feuchte Luft im Bad fühlt sich dennoch kühl an nach der Hitze von Dans Mund. Er hustet, wischt sich die Lippen mit seinem Handrücken und quetscht hervor: „Du kommst noch nicht. Wir sind noch nicht einmal annähernd fertig."

Die Wanne ist jetzt beinahe voll. Dan schnappt sich den Korb mit den Blütenblättern und kippt ihn komplett hinein und bedeutet mir dann, auch ins Wasser zu kommen. Die sanfte Berührung der Blütenblätter auf meiner Haut ist neu, aber Dan lässt mir keine Zeit, sie zu genießen.

Er klettert mit einem Platschen in die Wanne, die viele Rosenblütenblätter bis an den Rand hebt und ein paar schwappen über und fallen zu Boden. „Schwing deinen süßen Arsch hier rauf, Baby", murmelt er. „Damit ich das Loch meines Ehemanns küssen kann."

Er muss mich nicht zweimal bitten. Ich beuge mich über die tiefe Bank, die zum Spiegel an der Wand zeigt und betrachte mein eigenes gerötetes Gesicht, als er meine Pobacken spreizt. Ich lecke meine Lippen, mein Atem stockt, als er sich vorbeugt und einen Strom aus Luft auf meinen Anus bläst.

„Baby, es ist einfach so hübsch."

Mein Herz hämmert und ein Beben der Vorfreude beginnt in meinen Fingern und Hüften. Er leckt mich und stöhnend schließe ich schnell meine Augen. Ich habe den Verdacht, dass sich auf meine eigenen Reaktionen im Spiegel zu konzentrieren, meine Fähigkeit dämpfen wird, mich den Empfindungen hinzugeben. Zumindest zu Anfang. Zuschauen kann warten.

„Verdammt", murmelt Dan. „Ich liebe das." Er spritzt Wasser über meine Pobacken, spreizt mich erneut auf und küsst mein Loch mit geschlossenen Lippen. Dann bearbeitet er mich sanft mit seiner Zunge. „Ich liebe es, dich zum Zucken zu bringen. Liebe es, dich zum Stöhnen zu bringen."

Ich drücke meine Fäuste zusammen und rolle meine Zehen ein, versuche, mich stillzuhalten und den Angriff zu ertragen, als er endlich anfängt und mich mit seinem Mund in den Himmel bringt. Seine Zunge und Lippen sorgen dafür, dass mein Loch zittert und weich wird, aber die Lust wächst nur, als er Zähne und Finger zu der Mischung hinzugibt. Ich schreie auf und balle meine Fäuste und drücke mich für mehr nach hinten.

Sobald ich zittere und bettle, öffne ich meine Augen ein wenig, um mich selbst zu sehen. Ich bin rot, verschwitzt und verschwommen in dem beschlagenen Spiegel und meine Augen sind Bögen in der Form von Weidenblättern voller feuchter, verträumter Lust. Meine Haare bilden einen chaotischen Heiligenschein um meinen Kopf und für einen Moment sehe ich mich so, wie Dan das tut – wunderschön, liebenswert und sehr zum Ficken einladend.

„Gefällt dir, was du siehst?", fragt Dan, setzt sich dabei zurück und fingert mich, während ich mich im Spiegel betrachte.

Ich antworte nicht, konzentriere mich auf die Art, wie seine Finger meine Prostata berühren. Ich starre mich selbst an, beobachte, wie meine Gesichtsmuskeln zucken und reagieren und sehe, wie mein Atem ruckartig und stoßweise kommt. Ich bin für ihn wie ein unisoliertes Kabel.

„Wenn ich so weitermache, wirst du dann kommen?", flüstert er. „Anal, meine ich. Damit du sehen kannst, wie du aussiehst, wenn du so wild wirst?"

„Ich glaube nicht", flüstere ich. „Ich brauche mehr."

„Was brauchst du, Baby? Ich möchte alles sehen. Ich möchte, dass du siehst, was ich sehe."

„Aber ich will dich auch sehen", protestiere ich, greife nach hinten, um seine Finger zu lösen und versuche, ihn nach oben in Position zu ziehen, damit er mich fickt.

„Du willst sehen, wie du aussiehst, wenn ich in dir bin?"

Ich nicke, obwohl ich ihn eigentlich nur tief in mir spüren möchte. „Danny, mach mich in jeder Hinsicht zu deinem Ehemann", flüstere ich. „Sorg dafür, dass ich das morgen nicht annullieren kann."

„Das würdest du niemals", sagt er voller Überzeugung. „Dafür liebst du mich zu sehr."

„Das tue ich. Bitte. Ich will dich."

„Nicht betteln, Baby. Ich werde dir geben, was du brauchst. Ich habe bei diesen Schwüren versprochen, dich immer zu ficken, bis du weinst, oder nicht?"

„Nein", würge ich lachend hervor.

„Ah, nun, das wollte ich."

„Ich bin froh, dass du-" Ich kann nicht mehr als das sagen, weil Dan diesen Moment wählt, um grob zwei Finger in mich zu schieben. Es brennt und ich drücke dagegen und grunze, um ihn aufzunehmen. Mein Loch fühlt sich heiß und gedehnt an, brennt, wie es das seit langer Zeit nicht mehr getan hat. Wir haben hier kein Gleitgel und ich sollte wahrscheinlich vorschlagen, dass wir welches aus unserem Gepäck holen, aber ich möchte nicht, dass er aufhört, mich zu berühren. Ich brauche ihn jetzt. Auch wenn es rau ist. Ich schwitze in der feuchten Luft, als er meine Pobacke küsst, meine Prostata bearbeitet und mich aufdehnt. Meine Beine fangen an zu zittern, als er einen dritten Finger hinzufügt.

„In Ordnung", knurrt Dan, seine Stimme ist rau vor Begehren. „Du bist jetzt ziemlich offen." Er dreht seine Finger, um es mir zu zeigen. „Kannst du mich aufnehmen? Oder soll ich das Gleitgel holen?"

„Nein, geh nicht."

„Ich passe auf dich auf, Doc." Dan kniet hinter mir und schlingt seine Arme um meinen Brustkorb. „Zieh dein Bein nach oben", murmelt er und deutet auf die Bank. „Das wird helfen, dich für mich zu öffnen."

Ich gehorche und spüre, wie viel einfacher es für ihn ist, hinter mich zu gleiten und seinen Schwanz in Position zu bringen. Er reibt mit seiner feuchten Eichel über meinen von Spucke glitschigen und mit seinen Fingern gedehnten Rand. „Bereit, Baby?", fragt er.

„Bereit", flüstere ich. „Beeil dich. Ich will es."

„Du redest zu viel, Doc. Darum sollten wir uns kümmern."

Gerade als er hineingleitet, schiebt Dan seine Hand von meinem Brustkorb nach oben und umschließt meine Kehle. Er drückt leicht und ich lehne meinen Kopf nach hinten auf seine Schulter, ergebe mich seinem Kommando. Als er tiefer gleitet, konzentriere ich mich darauf, das dehnende, ziehende Brennen durch mein Becken strömen zu lassen, bis ich das Gefühl habe, in Flammen zu stehen. Mein Schwanz wird ein wenig weich, doch als mein Anus endlich nachgibt und ihn bis zur Basis einsinken lässt, braucht es nur ein paar Bewegungen meiner Hand, damit er wieder hart hochsteht.

„Heilige Scheiße", grunzt Dan. „Doc, du bist so verdammt eng auf diese Weise."

Ich wimmere.

Seine Finger drücken in meine Kehle und sein Atem ist harsch in meinem Ohr. „Ich kann deinen Herzschlag hier spüren."

Mein Puls hämmert gegen seine Finger. Ich kann es auch spüren.

„Und hier." Er reibt sich in meinem Körper.

Ich greife nach seiner anderen Hand und ziehe sie an meinen Brustkorb, halte sie über mein Herz. „Hier", murmele ich.

„Immer dort", flüstert er, erinnert sich. Er zieht seinen Schwanz langsam heraus und stößt dann wieder mit einer gleichmäßigen Bewegung hinein, die Liebestropfen aus meinem Schwanz drückt. „Ich liebe dich, Doc."

„Ich liebe dich auch", wimmere ich und rolle meinen Kopf auf seiner Schulter. Er verstärkt den Griff um meine Kehle ein wenig und lässt dann los. Er zieht sich aus mir zurück, lässt mich mit einem Gefühl der Leere und Offenheit zurück. Ich halte meine Position mit ausgestrecktem Hintern, hoffe, dass er hart und schnell wieder in mich fickt.

„Mit diesem Schwanz", fängt er an und ein wahnsinniges Lachen schleicht sich in seine vor Lust triefende Stimme, „heirate ich dich."

Er stößt zu und ich wimmere, als er mich wieder weit aufdehnt, seine Schamhaare kratzen über meine Pobacken. „Da. Vollzogen. Verheiratet. Keine Annullierung. Du gehörst jetzt für immer mir. Mein Ehemann."

„Dein Ehemann", stöhne ich und hoffe, dass er aufhört, mit mir zu spielen, und anfängt, mich richtig zu ficken.

Als ob er meine Gedanken gelesen hätte und nicht vorhat, mir die Erlösung eines schnellen Ficks zu geben, beginnt er mit einem langsamen und gleichmäßigen Tempo. Mit zu Fäusten geballten Händen und Ellbogen, die sich in die Fliesen der Bank graben, winde ich mich an seinem Körper. Alles Unwohlsein verwandelt sich in Lust, als er sich auf genau die richtige Weise bewegt und jeder verdammte Stoß direkt über meine Prostata geht.

Ich fange an, noch heftiger zu zittern, meine Eier werden hart und meine Stimme lauter – sie hallt von den Wänden wider. Die Lust sorgt dafür, dass ich zittere und winsele und ich möchte nicht, dass es aufhört. Ich möchte diese Verbindung mit ihm für immer spüren.

„Leg deine Hand wieder auf meine Kehle", murmele ich. „Besitze mich, Dan. Bitte-"

Er packt meine Kehle erneut und meine Worte werden überrascht abgeschnitten, angesichts der Spannung in seiner Hand. Er drückt hart genug, um mich festzuhalten, während er meinen Hintern mit harten, starken Bewegungen fickt, von denen meine Zähne schmerzen und meine Prostata singt. Ich spüre tiefe, herrliche Lust, die sich von der Stimulation in meinem Becken aufbaut und ich denke, dass wenn ich stillhalte, wenn ich seinen Schwanz im richtigen Winkel erwische, ich diese perfekte Kante reiten kann, ohne hinunterzufallen.

Ich beobachte ihn im Spiegel, während er arbeitet. Seine Wangen sind rot, seine Locken feucht vom Dampf und Schweiß und seine Augen so intensiv und gierig, als sie zuerst auf mein Loch und dann auf mein Gesicht im Spiegel starren, beobachten, wie ich ihn ansehe, sicherstellend, dass ich das hier liebe. Ich wimmere und winsele und als die tiefen Zuckungen anfangen, die Vorboten gewaltiger Lust, setzen auch die Tränen ein.

„Ja", sagt Dan, verlangsamt seine Stöße nicht. „Gut so. Lass los. Gib mir alles, Baby."

Die Tränen gleiten an meinen Wangen nach unten und ich schaudere heftig, die Intensität unserer Verbindung im Spiegel – Blick zu Blick – zwingt mich beinahe in den Orgasmus. Ich wehre mich, möchte, dass es dauert. Ich muss so entblößt und verletzlich und *sein* für so lange wie möglich sein.

„Komm für mich", verlangt Dan. „Du zitterst so sehr, Doc. Komm für mich."

„Noch nicht." Es klingt angespannt wegen des Drucks seiner Hand an meiner Kehle. „Mehr."

„Hungriges kleines Loch", flüstert er in mein Ohr. „Mein *Ehemann* hat ein sehr hungriges Loch."

Ich presse meine eigene Hand auf seine und er schiebt mein Knie weiter auf die Bank, damit er mehr Platz hat. Ich bin offen und nehme ihn auf, als er vor und zurückstößt, hart und süß und mich gleichzeitig an beiden Enden besitzt.

„Komm für mich", sagt Dan. „Ich will es spüren. Kein Warten mehr. Gib mir, was ich brauche."

Ich nehme meinen Schwanz in die Hand und pumpe ihn, während er mich fickt. „Danny", schreie ich auf, als ich auf meinen Orgasmus zurase.

„Gut so. Komm für mich, Doc. Tu es."

Ich kann uns nicht länger im Spiegel beobachten, als meine Augen sich verdrehen und der Druck sich aufbaut und dann in riesigen Spritzern Seligkeit aus mir pumpt. Dickflüssige Wichse schießt aus meinem Schwanz, landet auf dem Rand der Wanne, trifft den Spiegel, und klatscht auf die Blütenblätter im Wasser. Ich stoße einen Jubelschrei aus. „Für dich. Alles für dich.“

„Ja“, sagt Dan, lässt meine Kehle los, während er mich weiter heftig fickt. „Für dich.“

Er packt meine Hüften und gräbt seine schwieligen Finger fest hinein. „Für dich Baby. Für dich.“

Er kommt mit seinem üblichen Grunzen, zuckt und stößt aber für lange, heiße Sekunden, füllt mich mit Wichse. Ich keuche, schaue in den Spiegel, als sein Gesicht sich vor Lust verzieht, bis er auf meinem Rücken zusammenbricht, schwer atmend und lachend. Meine Aufmerksamkeit richtet sich auf mein eigenes Gesicht – gerötet, die Augen benommen, voller Tränen und absolut liederlich aussehend.

„Hungriges kleines Loch des Ehemanns“, kichert Dan, zieht sich aus meinem Körper zurück und schiebt dann prompt seine Finger hinein, um mich zu füllen. „Hungrig, *hungrig*.“

Ich fange auch an zu kichern. Es ist einfach zu absurd.

Aber er hört nicht auf, seine Finger in mein gnadenlos hungriges Loch zu schieben. Er spielt mit meiner Prostata, bearbeitet sie mit einem Fokus und einer Intensität, die mich in kürzester Zeit wieder seiner Gnade ausliefert und ich bin glücklich, dass es so ist. Es dauert nicht lang und ich wimmere und zittere wieder, schnaufe so heftig, dass der Spiegel von meinem Atem beschlägt und dann, nach einer scharfen Sternenexplosion an Herrlichkeit, schluchze ich im ersten analen Orgasmus dieser Nacht.

Ich sehe mich im Spiegel, als ich durchdrehe. Ich bin wild, irre, mein Mund ist offen, als Laute herausströmen und meine Augen verströmen Tränen, während ich zittere wie ein Vibrator, der auf die höchste Stufe gestellt ist.

Ich bin dankbar, dass Sailor darauf bestanden hat, für die Flitterwochenhütte zu bezahlen, die etwas abseits des Hotels steht. Wir würden sonst mittlerweile Beschwerden über den Lärm bekommen.

„Gut gemacht, mit diesem Orgasmus, Doc“, lobt Dan mich,

bringt mich zum Lachen, obwohl ich vor Lust beinahe zerfalle.

„Danke", murmele ich. „Ich habe hart dafür gearbeitet."

„Ich auch. Ich liebe dich. Mein Ehemann."

„Ich liebe dich auch, Ehemann", wiederhole ich, schaudere, als er meine Schultern und meinen Hals küsst.

Als wir beide vom High unserer Orgasmen herunterkommen, bemerken wir, dass das Wasser kalt geworden ist. Dan lässt es aus und wir trocknen uns ab. Er zieht mir einen Bademantel an und führt mich hinaus in den Hauptraum.

„Setz dich hierhin, Doc", sagt er und drückt mich auf das Sofa. Er dreht sich um und verändert das Gas im Kamin, senkt die Flamme, damit der Raum ein wenig dunkler und weniger heiß ist. „Du musst dich jetzt ausruhen. Die Nacht ist noch nicht vorbei. Ich habe noch mehr für dich in petto."

Ich bin so schlaff von dem Sex, den wir bereits hatten, dass ich beinahe protestiere, aber die Wahrheit ist, dass ich Dan die ganze Nacht will. Ich möchte so oft kommen, wie er einen Orgasmus aus mir herauswringen kann und ich möchte es ihm geben. Alles für ihn. Für immer. Eine Feier unserer Liebe, eine Nacht, wie unsere erste, ein Ende unseres unverheirateten Lebens und gleichzeitig ein Neuanfang.

Er öffnet den Champagner, füttert mich mit Erdbeeren und Schokolade und wir liegen aneinander gekuschelt auf dem Sofa. Wir unterhalten uns über die Hochzeit – wie perfekt sie war, wie niedlich Jeremiah war, dass Leenies Trinkspruch weniger missgünstig war, als wir es erwartet hatten – während wir langsam die Flasche leeren.

Als wir nichts mehr zu sagen haben, brennt das Feuer in angenehmem Schweigen, während Dan meine Füße massiert. Der Tag war lang und aufregend und nach dem Sex in der Wanne, sorge ich mich, dass ich einschlafen werde, wenn er so weitermacht. Aber Dan wird das nicht geschehen lassen. Zumindest nicht in unseren

Flitterwochen.

„Lass uns Liebe machen", verkündet Dan, als meine Lider anfangen, länger geschlossen zu bleiben, als sie das wahrscheinlich sollten, wenn wir heute Nacht noch mehr machen wollen. Er steht auf und greift nach meiner Hand. „Auf dem Bett. Wie ein langweiliges, verheiratetes Paar."

Ich lache, lasse mich aber von ihm zum Bett bringen. Nachdem er dieses Mal das Gleitgel aus unserem Gepäck geholt hat, küsst er mich. Während seine Zunge absolut versaute Dinge mit meinem Mund macht, denke ich, dass nichts Langweiliges daran ist, wie schmutzig er sein kann. Sobald ich wieder keuche und hart bin, zieht er sich zurück und lässt meinen Bademantel zu Boden gleiten. Seine Finger wandern an meinem Rücken nach unten und zwischen meine Ritze, um zu liebkosen, was jetzt ihm gehört.

„Wie geht es deinem Loch? Ist es wund?"

Ich lache und kann mich nicht beherrschen. „Es ist hungrig."

Dan johlt, drückt mich auf das Bett und hebt dann meine Beine auf seine Schultern.

„Nun, dann wollen wir es wieder füttern, Doc." Er gleitet mit von Gleitgel feuchten Fingern über mein Loch, wirft die Flasche zur Seite und positioniert sich, um einzudringen. „Ich kann meinen Ehemann nicht nach meinem Schwanz hungern lassen, oder?"

Ich presse mit meinen Fersen gegen seinen Hintern, helfe ihm, nach Hause zu kommen. „Fuck, Danny. Du fühlst dich immer so gut an." Der Druck auf meiner Prostata verspricht so viel Lust, die vor mir liegt, sobald er anfängt sich zu bewegen, und das liegt alles daran, wie perfekt wir zusammenpassen. Ich möchte weinen angesichts des Wunders, dass Dan und ich einander gefunden haben, angesichts des Wunders, dass er überlebt hat und wir das hier haben können.

„Bereit, dass ich meinen Schwur wieder erfülle?", fragt er, stößt erneut gegen mich, sodass ich seine Schamhaare an meinem Rand spüren kann.

„Welchen?“

„Den, bei dem ich versprochen habe, dich immer zu ficken, bis du weinst.“

Ich hole schaudernd Luft. „Oh, ja, bitte, Danny. Bring mich zum Weinen.“

„Mm. Leg dich hin. Das könnte eine Weile dauern.“

Und das tut es, aber auch nicht.

Unsere Körper singen zusammen in so perfekter Harmonie, dass, als ich den Punkt erreiche, an dem mein Verstand und mein Herz so weit aufgedehnt sind wie mein Loch, an dem ich Dan komplett bis zum Anschlag akzeptiere, die Tränen mühelos fließen. Freude und Lust und Hingabe, alles in einem.

„Gut so“, ermuntert Dan mich, als die ersten Tränen herauskommen. „Komm noch einmal für mich. Gut so. Ja.“

Ich bebe durch einen Orgasmus und er fickt mich weiter. Der Schwur ist erfüllt, aber er hört nicht auf und er bringt mich wieder höher und höher. Ich schluchze und bettele um mehr. Ich weiß nicht einmal, was *mehr* bedeutet, weil was wir haben alles ist.

Dan gibt mir aber irgendwie mehr.

„Dannyyyyy“, gurre ich, schluchzend und bebend, als ich erneut komme. Mein Loch packt seinen stoßenden Schwanz, als ich von seligen Zuckungen erfasst werde. „Ich liebe dich.“

Wir machen eine lange Zeit weiter, Dan mustert mich voller Gier, küsst mich, lobt mich und hört nicht auf, bis ich im Delirium und vollkommen weggetreten bin. Es wächst und wächst und wieder werde ich in die Stratosphäre katapultiert, Liebe und Lust verschlingen mein ganzes Selbst, bis ich mich fühle wie ein Stern, der ins Leben explodiert.

„Komm für mich, Baby“, flüstert er, nimmt meinen Schwanz in die Hand. „Lass es mich noch einmal sehen.“

Ich winsele, als er mich streichelt, aber wegen der alles blendenden Seligkeit, die mich durch den weiten Himmel meines Körpers jagt, gebe ich mich einfach hin und lasse mich mitnehmen. Ich spritze ab und schreie und zittere und klammere mich an ihn, als wäre er mein einziges Rettungsboot in einem Meer aus Sternen.

Dan hält mich die ganze Zeit und dann, mit zwei weiteren Stößen, grunzt er endlich und kommt auch. Als er zerbricht, starrt er in meine Augen, seine Stirn an meine gepresst, atmet meinen Atem und seine eigenen Tränen steigen auf. „Ich liebe dich", flüstert er erneut, zuckt in den Nachbeben. „Für immer."

In diesem Moment ist das, was wir haben, eine leuchtende, perfekte Unendlichkeit.

Die Unendlichkeit kann niemals sterben.

Buck

Vier Stunden zuvor

BUCK NIPPT AM Champagner und schaut zu, wie sein Sohn mit seinem frischgebackenen Ehemann tanzt und ohne, dass er es will, ergreift Trauer sein Herz. Er blinzelt schnell und dreht sich, um auf die Wiese unten zu schauen. Er wünscht sich, Lisa hätte hier sein können, um das zu sehen. Sie hatte ihm, als Sejin ein kleiner Junge gewesen war, gesagt, dass sie glaubte, ihr Sohn wäre schwul und sie hatte ihm deutlich klargemacht, dass, für sie, Sejin an erster Stelle kam.

„Darum hoffe ich, dass du damit deinen Frieden machen kannst", hatte sie mit zitterndem Kinn zu ihm gesagt. „Weil ich nicht zulassen werde, dass er in diesem Haus je etwas anderes als Liebe spüren wird."

Buck erinnert sich, wie er Lisa staunend gefragt hat: „Denkst du wirklich, dass ich ein Problem damit haben würde? Nachdem du mich all diese Jahre gekannt hast?"

„Das hast du nicht?"

„Nein, er ist derselbe Junge, der er immer gewesen ist. Ich habe versprochen, ihn zu lieben, als wir ihn adoptiert haben, und das wird sich nicht ändern."

„Und wenn er einen Jungen nach Hause bringt? Wenn er ihn küssen oder mit ihm ausgehen oder ihn heiraten möchte?"

Das, muss Buck sogar jetzt zugeben, hat eine lange Sekunde

gedauert, um es zu verarbeiten, aber sobald er es sich vorgestellt hatte – Sejin mit seinen damals langen Haaren, wie er einen Jungen aus dem Ort mit nach Hause bringt, dessen Vater zweifellos mehr Probleme damit haben würde, als Buck … Sejin, der einen Jungen auf ihrem Sofa küsste, wenn er dachte, dass niemand zuschaute … Sejin, der einen Jungen heiratete, auf welche Art das Gesetz es auch erlaubte … Er hatte sich all das ausgemalt. „Dann werde ich die Hand dieses Jungen schütteln und ihm sagen, dass er meinen Sohn ordentlich behandeln soll und ich werde dafür sorgen, dass er genau das macht.“

Wie sich herausgestellt hatte, war das nicht das letzte Mal gewesen, dass Buck und Lisa Sejins sexuelle Orientierung diskutiert hatten, aber es war das wichtigste Mal gewesen.

Eine Hand gleitet an seinem Arm nach unten und ergreift seine. Buck lächelt, löst seinen Blick von der sonnengesprenkelten Wiese und dreht sich zu Peggy Jo.

„Alles in Ordnung, Mister?“, fragt sie, tätschelt seinen Rücken und lächelt zu ihm auf. Ihre Wimperntusche ist immer noch ein wenig verschmiert, weil sie während der Zeremonie geweint hat, aber sogar damit sieht sie bildschön aus, mit der untergehenden Sonne auf ihrem Gesicht, die ihre blauen Augen leuchten lässt.

„Mir geht es gut“, antwortet er. „Was ist mit dir?“

„Ich denke, dass du deine Lisa jetzt gerade vermisst.“

Er lacht, hebt das Glas an seine Lippen und nimmt einen weiteren Schluck Champagner.

„Was würde sie von all dem halten?“, fragt Peggy Jo und Buck weiß, dass sie alles meint, von was Lisa von Dan halten würde bis hin zum Ort und der Zeremonie.

„Sie hätte sich die Augen aus dem Kopf geweint“, antwortet Buck. „Sie hätte versucht, die Tränen zurückzuhalten, aber das hätte sie auf gar keinen Fall geschafft. Lisa hat jede Emotion so stark gefühlt. Sie hat ihn mit jeder Faser ihres Seins geliebt. Das ist …“

Er schluckt. „Es ist ein schwieriger Tag – ein guter Tag – aber dennoch ein schwieriger Tag. Sie hätte ihn glücklich sehen wollen, seine Schwüre hören, hier sein wollen, lebendig und gesund. Um Dan kennenzulernen und-" Er bricht ab.

Sie starren eine lange Zeit auf die Wiese und dann flüstert Peggy Jo: „Es war eine wunderschöne Zeremonie."

Buck nickt zustimmend.

Peggy Jo lehnt sich an seine Seite und legt ihren Kopf auf seine Schulter. Er neigt seinen Kopf leicht zur Seite, lässt seine Wange auf ihren Haaren ruhen. Er atmet aus, wieder ein und dann lässt er Lisa wieder gehen.

Jeremiah

Eine Stunde früher

„SEJINIE LIEBT DAN", sagt Jeremiah und vergräbt sich in seinem Bett.

„Das stimmt, Kumpel", bestätigt sein Vater und deckt ihn zu.

„Ich liebe Sejinie."

„Mm."

„Aber Dan hat ihn zuerst geheiratet." Jeremiah zieht seinen Teddybären an sich. „Dan sagt, dass ich jemand anderen finden werde, den ich liebe, wenn ich groß bin. Jemanden genau wie Sejinie."

„Du wirst jemanden finden, Kumpel." Sein Vater zaust seine Haare und steht auf, um das Licht auszuschalten. Als er die Tür beinahe geschlossen hat, sagt er: „Wir werden glücklich sein, mit wem immer du liebst."

„Mommy wird auch glücklich sein?"

Die Stimme seiner Mutter kommt aus dem Flur. „Ja, Baby. Mommy auch."

Sie kommt ins Zimmer, schiebt ihm seine Haare aus dem Gesicht und gibt ihm einen Kuss auf die Stirn. „Ich liebe dich. Und ich liebe, wer du sein wirst, und ich liebe, wen du lieben wirst."

„Ich liebe dich auch, Mommy."

Jeremiah schließt seine Augen und schläft ein, während er an einen Tag denkt, an dem er vielleicht einen Jungen mit langen, dunklen Haaren und einem breiten Lächeln findet. Er kann es beinahe nicht erwarten, erwachsen zu werden, damit er das kann. Aber er kann es auch nicht erwarten, im Herbst mit dem Kindergarten anzufangen. Das wird er wohl zuerst machen.

Erwachsenwerden hat noch ein wenig Zeit.

KAPITEL DREIUNDSECHZIG

Dan

Mai

ICH KANN MEINEN Ohren nicht trauen. Es ist beinahe zu gut, um wahr zu sein.

„Die Zeit ist das Problem", sagt Sailor, ihre Augen glühen und ihre Hände zittern vor Aufregung. „Das Geld, das Budget, die Erwartungen, der Käufer am Ende, der ganze Rest -" Sie küsst ihre Fingerspitzen. „Könnte nicht besser sein. Das kann für dich und Sejin alle Probleme lösen. Wir reden hier über Geld, das reicht, um eine Basis hier in Mariposa County einzurichten. Mieten oder kaufen. Was auch immer du willst."

Ich zwinge mich, einen langen Schluck von dem Bubble-Tea zu nehmen, kaue auf den Tapioka-Perlen, bevor ich ihr antworte. Ich möchte Ja sagen. Natürlich. Aber sie hat recht, dass der geforderte Zeitplan mich unter Druck setzt, Ende Mai nicht nur bereit zu sein, Heart Route im Free Solo zu klettern, sondern es noch dazu zu machen, während ich von Drohnen und Kletterern mit Kameras aufgezeichnet werde. Sie möchten jede einzelne Sekunde von etwas filmen, das hoffentlich *kein* schicksalhafter oder tödlicher Aufstieg sein wird.

Ich habe Sejin an unserer Hochzeit versprochen – und viele Male davor und seitdem – dass ich immer zuerst an ihn denken werde. Darum mache ich das jetzt.

Sailor ist, sehr selten für sie, geduldig mit mir. Sie drängt nicht oder überredet oder versucht auch nur, mich auf die eine oder andere Weise zu überzeugen. Stattdessen beschäftigt sie ihre Hände, indem sie sie um ihren Latte legt, in seine milchigen Tiefen blickt und schweigt.

Ich denke an den Tag zuvor. Ich und Jory an der Heart Route. Der Überhang. Der Triumph ihn geschafft zu haben und die schwindelerregende Freude, danach beinahe perfekt die nur münzgroßen Griffe darüber gemeistert zu haben und der frohlockende Teil des Golden Gates bis zum Ende.

Es hat sieben Stunden gedauert, aber es war makellos gewesen.

„Dein Onkel kann uns keine zusätzliche Woche geben?"

Sailor schüttelt ihren Kopf und beißt sich auf die Lippe. Ich kann spüren, dass sie mehr sagen, mich wahrscheinlich ermutigen möchte, diese Gelegenheit zu ergreifen, aber sie schweigt. Sejin wird ihr dafür dankbar sein. Oder das wäre er gewesen – wenn ich eine andere Entscheidung treffen würde, aber ich habe mich bereits entschieden.

„Lass es uns machen."

Sie hebt besorgt den Blick und schaut dann zur Theke, wo Sejin arbeitet, einem solide gebauten Trucker eine sprudelnde Limonade reicht, der anscheinend auf der Durchreise ist. „Bist du dir sicher?"

Ich schaue ebenfalls zu ihm. Ich sehe, wie seine Haare gewachsen sind, sie sind jetzt mehr als Kinn lang. Sie fangen an, sich an den Spitzen zu wellen. Sie sind nicht so viel länger als letzten Monat bei unserer Hochzeit, aber es gibt genug Fortschritt, dass ich mir den Tag vorstellen kann, wenn ich sie mir wieder um meine Fäuste wickeln kann. Ich möchte hier sein, um das tun zu können.

Mit gerunzelter Stirn zwinge ich meine Gedanken zu den letzten beiden Wochen des Trainings. Ich habe die Seillängen mühelos geklettert. Die neue Traverse, die den Dyno umgeht, ist perfekt für diesen Zweck und ich bin sie so oft geklettert, bis ich sie im Schlaf machen kann.

Der Überhang …

Ich stochere mit meinem Strohhalm in dem beinahe leeren Bubble-Tea Becher. Ich spieße eine Tapioka-Perle mit dem Ende auf. Nun, der Überhang wird mir immer die Nackenhaare aufstellen, aber wenn er das nicht tun würde, dann sollte ich ihn überhaupt nicht klettern, ganz zu schweigen davon, das verdammte Ding im Free Solo zu machen. Ich sollte Angst haben, wenn ich da dranhänge. Ich sollte so absolut darauf fokussiert sein, so intensiv, dass ich weiß, ob ich habe, was es braucht, um ihn zu schaffen oder nicht.

Gerade im Moment glaube ich, dass ich es habe.

„Worüber denkst du nach?", fragt Sailor schließlich und beugt sich auf ihrem Sitz vor. Ihre Ellbogen liegen auf dem Tisch und ihre Hände hat sie unter ihrem Kinn zusammengepresst. Ich kann nicht sagen, ob sie sie wringt oder betet oder beides.

„Ich habe über etwas nachgedacht, was mein Arzt mir gesagt hat", fange ich an und mein Blick wandert zurück zu Sejin. „Er hat mir gesagt, dass ich ein Wunder bin. Nicht nur weil ich an diesem Tag überlebt habe, sondern auch, wie ich verheilt bin. Er hat gesagt, dass bei den meisten Brüchen, die so schlimm sind wie meiner, er sich nicht hätte vorstellen können, dass ich schon wieder klettere."

„Ein Wunder", murmelt Sailor.

„Als er herausgefunden hat, wofür ich trainiere, hat er gesagt-" Ich schlucke schwer und kann nicht anders, als wieder zu Sejin zu schauen. Er ist so gut aussehend und so glücklich im Moment, lacht über etwas, das ein kleines Mädchen ihm erzählt. Ich blinzele, schaue genauer hin. Ich glaube, das ist Lisa Kohl aus seinem Tanzunterricht. Ich richte meine Aufmerksamkeit auf Sailor. „Der Arzt hat gefragt, ,Denken Sie wirklich, dass Sie noch ein Wunder in sich haben? Wollen Sie diese Wette eingehen?'"

Sailor schweigt. Sie fragt mich nicht, was ich dem Arzt geantwortet habe.

Ich erzähle es ihr dennoch. „Ich habe ihm gesagt, dass es um Training geht. Um Disziplin. Es geht darum, den besten Tag meines Lebens zu haben, an genau dem Tag, an dem ich es brauche."

„Es ist ein Wunder", sagt sie.

Ich nicke. „Jedes verdammte Mal. Sag deinem Onkel, dass ich dabei bin."

„Du wirst nicht einmal zuerst mit deinem Ehemann darüber reden?"

Ehemann. Ich lächle bei dem Wort. „Er weiß, wen er geheiratet hat."

Sejin

„DU HAST NICHT einmal daran gedacht, dass du, ich weiß nicht, *mich zuerst fragen solltest?*", schreie ich und erschrecke die Katzen, die in Richtung verschiedener Verstecke im Haus auseinanderstieben.

Dan lehnt sich an das Kopfteil, das Bett ist immer noch zerwühlt von dem Sex, den wir gerade hatten, eine Erinnerung daran, wie gut der Tag *gewesen war*, bevor Dan die Bombe hat platzen lassen, dass er einer Deadline für sein Free Solo zugestimmt hat. Nicht nur das, er hat auch noch ein Datum ausgesprochen, damit sich alle Mitglieder der Filmcrew vorbereiten können.

„Was ist mit mir? Was ist damit, *mich* vorzubereiten?"

„Doc-"

„Nein!", schreie ich, wirbele herum und zeige mit dem Finger auf ihn. „Komm mir nicht mit ‚Doc' an. Das ist … du bist …" Ich spüre, wie meine Knie nachgeben, und sinke auf das Bett, um meinen Kopf in meinen Händen zu verstecken. Meine Furcht kommt als Schluchzer heraus.

„Hey", sagt Dan leise, kriecht jetzt auf dem Bett zu mir und zieht mich in seine Arme.

Ich bin immer noch so wütend, dass ich mich wehren möchte, aber das mache ich nicht. Ich breche an ihm zusammen, weinend und zitternd.

„Hey, Doc, ich bin hier. Alles wird gut."

„Aber wir haben gerade erst geheiratet", flüstere ich.

„Du wusstest, dass ich das wieder machen würde." Seine Stimme ist zärtlich. Es gibt keine Spur von Feindseligkeit oder Wut mir gegenüber, weil ich so reagiert habe. Er ist nicht einmal überrascht, was mir sagt, dass meine Reaktion nicht so unerwartet ist.

„Ich dachte, ich hätte mehr Zeit."

„Du hast den Rest der Ewigkeit", flüstert er. „Ganz egal, was ist."

„Aber ich will nur eine Art von Ewigkeit", quetsche ich hervor. „Die Art, bei der du hier auf dieser physischen Ebene bei mir bist."

„Ich weiß und ich würde das nicht machen, wenn ich denken würde, dass ich nicht könnte."

„Dan, du denkst, dass du alles kannst."

„Tue ich nicht", widerspricht er. „Ich springe nicht mit Wingsuits ab, oder? Das ist dämlich. Menschen sterben, wenn sie das machen."

Ich stöhne und er zieht mich noch enger an sich. Ich sage nicht, dass wir beide noch etwas anderes wissen – dass Menschen bei dem sterben, was er machen wird. Viele von ihnen.

„Ich dachte, es würde nächsten Herbst sein", gestehe ich. „Ich dachte, dass ich mindestens bis zum Oktober mit dir hätte."

„Doc, erinnerst du dich, dass du mir gesagt hast, dass du an mich glauben würdest? Glaub jetzt an mich. Ich kann das. Ich brauche keine fünf oder sechs Monate mehr. Ich habe diese Route komplett austrainiert. Ich habe das Muskelgedächtnis von vor dem Unfall und ich denke wirklich, dass es schlechter für mich wäre, weiter zu trainieren. Bis dahin würde es mir zum Hals heraushängen. Ich würde es zu sehr gearbeitet haben. Ich bin jetzt gerade am perfekten Punkt. Ich kann das. Ich hätte nicht zugestimmt, wenn ich nicht gewusst hätte, dass ich es kann."

„Aber was ist mit dem Geld?", frage ich schniefend. „Erinnerst du dich, als du keine Sponsoren wolltest? Du wolltest den Druck nicht, du hast gesagt-"

„Ich will das Geld, ja, natürlich. Aber darum habe ich nicht zugestimmt. Ich kann das. Glaub an mich, Doc. Du hast gesagt, dass du das würdest. Bitte. Für mich." Er drückt mich. „Glaube."

Ich hole zittrig Luft und schlinge meine Arme noch fester um ihn. Ich nicke, erinnere mich an meine Hochzeitsschwüre, erinnere mich an das, was ich von Anfang an gewusst habe. Das ist Dan, mein Dan und so ist er …

„Ich glaube an dich", flüstere ich.

„Nein, tust du nicht. Aber das wirst du. Ich werde es dir beweisen."

Ich erinnere mich, wie er oben am Pillar Two gestanden ist und an die gewaltige Erleichterung, die mich durchflutet hat, als er wieder sicher am Boden war. Ich weiß, dass dies nur ein Vorgeschmack auf das war, was am Ende des Monats auf mich zukommt.

Ich lasse ihn los und wische mir über die Augen. „Ich glaube an dich", sage ich und dann noch einmal, mit mehr Kraft. „Ich glaube an dich, Dan."

Er lächelt und meine Eingeweide drehen sich vor Trauer um. „Danke. Ich glaube auch an mich."

Ich schlage ihm auf die Schulter und er lacht, küsst meine Wange und dann meine Lippen und dann drückt er mich an sich und lässt mich noch ein wenig mehr weinen.

KAPITEL VIERUNDSECHZIG

Sejin

0 Tage bis Free Solo Versuch

ES SCHEINT MIR surreal, dass ich gestern Abend bei Papa Bear gearbeitet habe, als hätte nichts sich geändert. Es scheint mir noch surrealer, dass Dan mich letzte Nacht geliebt hat, als könnte es unser letztes Mal gewesen sein.

Zärtlich. Süß. Langsam.

Jedes Gramm seiner Liebe zu mir, übertragen zwischen unseren Körpern.

Noch surrealer ist, dass, als ich ihn heute Morgen angelächelt, als ich ihn geküsst habe, bevor ich ihn verabschiedet habe, ich wusste, dass es das letzte Mal gewesen sein könnte, aber mein Herz will das nicht akzeptieren.

„Ich werde es schaffen, Doc", hat Dan zu mir gesagt, bevor er im Van davongefahren ist, mich auf der Wiese mit der Filmcrew, den Schaulustigen, Fans und Freunden zurückgelassen hast.

„Woher weißt du das?", habe ich zurückgeflüstert, mich dann sofort geschämt, weil ich versprochen hatte, an ihn zu glauben.

„Weil das nicht mein Lieblingslächeln ist", hat er gesagt und meine Lippen berührt. „Ich werde nicht gehen, ohne es noch einmal gesehen zu haben."

Dann hat er mich geküsst und die Menge der Fans, die versucht hatten, uns Raum zu geben, haben sich genähert, als er weggegangen ist, aber Rye, Jory, Lowell und ein paar der Jungs von der

Filmcrew, haben sie zurückgehalten.

Jetzt stehe ich hier auf der Wiese, umgeben von all diesen Menschen und versuche so zu tun, als würde mein Herz nicht diesen riesigen Brocken glazialen Felsens hinaufklettern, der sich vor mir auftürmt wie ein Riese aus grauer Vorzeit. Versuche so zu tun, als würde ich glauben, dass Dan auf gar keinen Fall je abstürzen wird. Nicht wieder.

Ich glaube an ihn.

Dan

DIE WANDERUNG VERLÄUFT still, so wie ich es vor einem Free Solo mag. Es sind nur ich, das Klirren ferner Kameras und Karabiner und das Rascheln kleiner Tiere in den Blättern und die Rufe der Vögel vor mir. Ich weiß, dass an der Wand oben Männer mit Kameras sind, aber ich habe ein paar Mal mit ihnen dort trainiert und ich kann sie ignorieren. Ich weiß, dass auch Drohnen in meiner Nähe fliegen werden, aber nicht nah genug, um mich zu treffen oder eine Ablenkung zu sein. Ich weiß all das und wir haben dafür geübt, darum sind meine Gedanken auf eine einzige Sache gerichtet.

Sejin.

Die Bewegungen und Entscheidungen, die ich an dieser Wand mache und treffe, werden von meiner Fähigkeit, zurück nach Hause zu Sejin zu kommen, gelenkt werden.

Als ich meine Handflächen an den Granit presse, schaue ich hinauf und denke an meinen Aufstieg. Ich schließe meine Augen und stelle mir sein Lächeln vor. Ich suche in meinem Herzen Zweifel, ob ich es schaffen werde. Ich stelle mir den Überhang vor, aber anstatt zu visualisieren, wie ich abstürze und meinen Frieden mit dieser Möglichkeit zu machen, so wie ich es in der Vergangenheit getan habe, stelle ich mir nur vor, dass ich es schaffe. Es ist nicht mühelos, aber ich kann jede Bewegung und jeden Griff vorhersehen. Ich sehe, wie ich mich über den Rand ziehe und diese münzgroßen Griffe hinaufklettere.

Ich bin stark und ruhig. In der Zone. Fokussiert.

Ich stelle mir all das vor und dazu Sejins Lächeln, wie es sich verändert und wechselt und ich denke daran, wie es mich in unser wunderschönes Leben geführt hat. Eines, das ich nie für möglich gehalten hätte, bevor ich ihn kennengelernt habe.

Ich stehe hier an der Basis von El Capitan und ich trage ihn bei mir.

In diesem Moment.

Dieser Unendlichkeit des Jetzt.

Die Hände auf dem Felsen fange ich an zu klettern.

Sejin

ES SIND MEHRERE Stunden vergangen und ich habe Beweise von ihm an der Wand gesehen. Ich habe kein eigenes Fernglas, weil ich es nicht ertragen kann, ihn die ganze Zeit zu beobachten. Das ist zu sehr, als würde ich den Atem anhalten. Ich sehe nur noch Punkte.

Ich überlasse das Beobachten Tom Reed und Lowell und sogar Rye – der auf eine Art und Weise bei Lowell steht, die ich seit ihrer Trennung nicht mehr gesehen habe. Ich habe aber nicht die Energie, deswegen auch nur neugierig zu sein. Ich überlasse das Beobachten meinem Dad und Peggy Jo, die wieder hergeflogen sind, um Dan an diesem gewaltigen Tag zu unterstützen. Ich überlasse auch Bella das Beobachten, wo sie neben ihrer Mutter auf einem faltbaren Stuhl sitzt und Mimi hält. Sie hat den Vater des

Kindes verlassen und sich mit Peggy Jo versöhnt und sie wird unseren Platz in Peggy Jos Haus übernehmen, wenn wir in ein paar Tagen mit dem Van aufbrechen. Nachdem Dan die Route geklettert ist …

Und ich überlasse das Beobachten den Kletter-Junkies um mich herum und den Fans und neuen Freunden, die herumstehen oder auf Picknickdecken sitzen, einen Ausflug daraus gemacht haben. Ich überlasse das Beobachten Leenie, die die Kinder bei Martin gelassen hat, um hier bei mir zu sein, „nur für den Fall". Ich überlasse das alles ihnen.

Ich konzentriere mich darauf, stumm zu beten. Ich bete zu Gott. Ich bete zu meiner Mutter. Ich bete zum Himmel. Ich sitze und starre auf das Gras, grün und scharf und ich bete zur Erde selbst, dem Felsen und der Wand.

Ich flehe El Cap an, Dan festzuhalten.

Ich bitte die Heart Route, ihn zu umarmen, stelle sie mir als Mutter vor, die alles gibt, was sie kann, um ihr Kind zu unterstützen. Wie Peggy Jo, wie meine Mom, wie Starla McBride.

„Sejin", sagt Lowell neben meiner Schulter. „Du musst hinschauen."

Ich löse mich aus meiner intensiven Mediation, um das Fernglas aus Lowells ausgestreckter Hand zu nehmen.

Dan ist auf dem Vorsprung unter dem Überhang. Seinem designierten Rastplatz.

Genau wie bei seinem ersten Versuch im März, schaut er auf die Wiese. Er wirft Küsse. Ich weiß, dass sie für mich bestimmt sind. Und wie mein Vater auf dem Flughafen im Dezember, tue ich so, als würde ich sie fangen, obwohl ich weiß, dass Dan mich nicht sehen kann. Ich drücke sie an meinen Brustkorb.

Dann dreht er sich um und fängt mit dem gefürchteten Überhang an. Ich gebe Lowell das Fernglas zurück und schließe meine Augen. Ich kann nicht zusehen.

Ich sitze auf der Erde. Ich bete und ich versuche zu glauben.

Dan

ICH WEIß NICHT, wo ich beim ersten Versuch dieses Free Solos den Fehler gemacht habe, aber es spielt keine Rolle. Ich bin fokussiert. Jeder Griff sieht groß genug aus, um darauf zu stehen. Die Wand scheint mit entgegenzukommen und mir zu helfen. Der Überhang liegt hinter mir. Ich bin problemlos darüber geflogen. Jede Bewegung war perfekt. Jede Streckung meines Körpers war exakt.

Der Gipfel ist immer noch ein paar Seillängen über mir, aber ich bin jetzt auf der Zielgeraden und ich bin nicht einmal müde. Meine Beine schmerzen, aber nicht auf alarmierende Weise und ich fühle mich ruhig und stark, während das Brüllen der Wasserfälle meinen Geist mit weißem Rauschen füllt und der Wind meine Haare zaust.

Eine Drohne fliegt neben mir und ich fühle mich selbstbewusst genug, um ihr ein Grinsen zu zeigen. Ich mache weiter, meinen Fokus auf das gerichtet, was wichtig ist – jeder Griff, hinauf zur letzten Kante zu kommen und dann auf den Gipfel, damit ich mich dann abseilen und meine Arme um Sejin legen kann.

Während ich klettere, breitet sich die Klarheit weiter aus. Die Vergangenheit kristallisiert sich auf eine Art und Weise, die weder ablenkend noch schmerzhaft ist. Ich sehe die dunklen Haare meiner Mutter und ich kann beinahe ihr Gesicht erkennen. Es tut nicht weh, an sie zu denken.

Mama, er macht es schon wieder! schreit das Kind aus meiner ersten Pflegefamilie in meinem Kopf, aber es schwebt im Wind davon, durchsichtig und lang vergangen. Die Katze, die mich gehasst und dafür gesorgt hat, dass ich wiederum alle Katzen hasse, marschiert harmlos durch meinen Kopf. Der Geruch von Ediths Schönheitssalon und der Geschmack des Honigbonbons, das sie mir gegeben hat, wenn ich in der Kirche besonders brav gewesen bin, umarmen mich und lassen mich los, als ich weiterklettere. Dieser Song. „How to Save a Life". Die weinenden Zwillinge. Mrs Crawford und die Mühe, die sie sich gegeben hat. Mr Anderson und sein Fahrrad. Henry und der jetzt leere Fonds. Geister, die nur lang genug auf Besuch zu kommen scheinen, damit ich sie anlächeln kann, bevor sie mit dem Nebel der Wasserfälle davongeblasen werden. Und dann kommen die wunderschönen Erinnerungen.

Peggy Jo.

Diese erste Kletterhalle.

Rye kennenzulernen und die Freundschaft in seinen Augen zu sehen.

Lowells Wildheit, als er sich von dieser Kante heruntergeschwungen hat, um mich zu retten, nachdem ich mir vor ein paar Jahren den Fuß verstaucht hatte.

Die Aufriss-App. Sejins Lächeln.

Sejins Lächeln, sein Lächeln, sein Lächeln.

Die Wärme seiner Arme, seiner Augen, *seines Lächelns*.

Unsere Liebe, unser Leben.

Die Wand fließt und ich bewege mich daran nach oben. Die Erinnerungen und Geister werden hinter mir solide, meine gesamte Vergangenheit wird zu einem Gerüst, das mich hier heraufgebracht hat, an diesen ultimativen Moment, als ich die Kante ergreife, als ich auf den Gipfel komme, als ich mich zum Stehen aufrichte … und es ist getan.

Es ist *getan*.

Tränen steigen in meinen Augen auf, meine Kehle ist zugeschnürt und ich lasse ein abgewürgtes Jubeln hören. Ich bin fertig. Ich habe es geschafft. Ich habe gewonnen. Heart Route gehört endlich mir.

Uns.

Ich bin sie selbst geklettert, aber niemals allein. Niemals wieder allein.

Eine Drohne steigt in den Himmel und ich schreie, hebe siegreich meine Arme.

Sejin

ICH SEHE DURCH das Fernglas, wie Dan seine Arme hebt und sein Schrei hallt und fällt zu mir herunter. Mein Herz hämmert. Mir ist immer noch schwindlig, aber es ist vorbei. Er hat seine Mission vollendet und wir haben sie beide überlebt.

Der Lärm auf der Wiese ist gewaltig. Die Schreie, das Keuchen, die freudigen Ausrufe. Hände schlagen mir auf den Rücken, auf die Schultern. Ich lasse das Fernglas sinken, kann ohnehin nichts mehr sehen, weil meine Augen voller Tränen sind. Ich habe noch nie so viel geweint, als in der Zeit, die ich Dan McBride kenne und doch habe ich mich auch noch nie so lebendig gefühlt.

Lebendig.

Lebendig, er ist *lebendig*. Er hat es geschafft.

Mein Handy vibriert in meiner Tasche. Der Klingelton ist „gemini". Das ist er. Mit zitternder Stimme gehe ich ran. „Dan?"

„Baby, ich habe es geschafft", keucht er in mein Ohr. „Ich habe es geschafft. Ich habe es wirklich geschafft."

„Ich weiß. Ich bin so stolz auf dich", bringe ich heraus.

„Danke, dass du geglaubt hast, dass ich es kann."

Ich lache, aber es klingt mehr wie ein Schluchzen. „Ich bin mir nicht sicher, ob ich das habe?"

„Das hast du. Ich weiß, dass du das hast, Doc. Ich habe es die ganze Zeit gespürt."

„Ich liebe dich.“

„Ich liebe dich auch.“

Ich reiße mich genug zusammen, um zu sagen: „Jetzt schwing deinen Hintern hier runter, damit ich dich halten kann.“

Sein Lachen rollt durch das Handy und von der Spitze der Wand.

„Bin auf dem Weg, Doc.“

Es ist vorbei. Er kommt herunter, um bei mir am Boden zu sein.

Er weiß jetzt, wie man hier lebt.

EPILOG

Dan

DAS GESCHENK, DAS ich Sejin zur Hochzeit gemacht habe, waren eine Handvoll Anfängerstunden Koreanisch mit einer jungen Frau namens Choi Kyungeun. Ich war mir sicher gewesen, dass er es lieben würde, die Sprache zu lernen und ich hatte mich nicht geirrt. Die letzten eineinhalb Jahre hat er einmal pro Woche eine Stunde genommen und lernt dazwischen immer brav. Zu seiner Freude wird er immer besser.

Das Geld, das wir durch den Verkauf des Films, den Sailor über meine Genesung und das Free Solo der Heart Route gemacht hat, bekommen haben, zusammen mit meinem beständig wachsenden YouTube Kanal und meiner Online-Präsenz, gestattet es uns, komfortabel in einem gemieteten Apartment in der Nähe von Tater Tots zu wohnen. Es hat uns auch gestattet, einen noch schöneren umgebauten Van zu kaufen, in dem wir zu meinen jüngsten Kletterabenteuern gefahren sind – die alle hauptsächlich von WhipSmart gesponsort werden, sowie ein paar weitere Sportbekleidungs- und Ausrüstungsfirmen, die mir gefallen.

Es freut mich zu sagen, dass ich nach dem Erfolg des Films heiß begehrt bin, auch wenn ich seit der Heart Route kein wirklich ambitioniertes Projekt angegangen bin.

Ich habe auf unseren Reisen durchs Land die Augen offengehalten nach einer Route, die mich wirklich brennen lässt, aber bis jetzt habe ich noch nichts gefunden. Vielleicht brenne ich im Moment so sehr für Sejin, dass ich diese Art Intensität nicht in meinem Kletterleben brauche. Vielleicht ist das High von dem Heart Route Free Solo noch nicht verflogen. Wie es auch ist, ich bin neugierig zu sehen, was die Zukunft für mich bereithält. Inklusive der unmittelbaren.

„Diese Tasche muss in die Gepäckablage, Sir" sagt die schlanke und schwarzhaarige Stewardess zu dem Mann im Gang neben uns.

Ich schaue zu, wie er aufsteht und sich abmüht, sie hochzuheben, aber schließlich rutscht die Tasche ordentlich hinein. Die Stewardess schließt die Gepäckablage.

Zum Glück hat bis jetzt noch niemand den Gangsitz in unserer Reihe genommen. Sie werden gleich die Tür zum Gate schließen, darum habe ich Hoffnung, dass wir die Reihe für uns haben werden.

Sejin sitzt am Fenster, will unbedingt einen Blick auf die Erde von der Luft aus erhaschen. „Das ist mein erster Flug und der geht gleich um die Welt. Kannst du das glauben?" Er ist ganz aufgeregt.

Ich streichle über seine Haare, die jetzt beinahe bis zu seinen Schultern reichen und lächle. Es ist nicht mein erster Flug, aber es ist meine erste Reise ins Ausland und ich habe das Gefühl, dass wir gleich am tiefen Ende ins Becken springen. Genau wie ich es mag.

„Was willst du in Seoul zuerst machen?", frage ich ihn.

„Ins Hotel fahren und wahrscheinlich schlafen", antwortet er. „Aber danach habe ich mir gedacht, sollten wir uns Lotte World anschauen."

„Vor dem ganzen historischen Zeug? Was ist mit dem Gyeongbokgung Palast?"

„Den können wir am Tag darauf machen. Lotte World hat Achterbahnen."

„Du kannst Achterbahnen fahren, aber du kannst wegen der Höhe nicht klettern?" Ich runzle die Stirn.

„Ich habe meine Augen die ganze Zeit geschlossen."

„Die ganze Zeit?“

„Jep, die ganze Zeit.“ Er grinst mich an und sein Lächeln lässt mein Herz immer noch in meinem Brustkorb stottern.

Ich berühre erneut seine Haare und murmele: „Alles, was du willst, Baby.“

Sein Lächeln wird ein wenig schwächer. „Am dritten Tag haben wir dieses Treffen mit der Frau im National Center for the Rights of the Child …“

Ich nicke und warte. Ich weiß, dass er mir erzählen wird, was er denkt.

„Ich bin immer noch nervös, wenn ich daran denke, meine biologischen Eltern zu suchen. Denkst du, dass wir unsere kostbare Zeit so gut nutzen? Vielleicht sollten wir absagen.“

„Möchtest du absagen?“

Sejin denkt eine lange Zeit darüber nach und ich lasse ihn. „Ich vermute, das ist meine beste Chance, *irgendetwas* über sie herauszufinden. Außerdem gibt es keine Garantie, dass ich überhaupt jemanden finden werde, oder?“

„Nein.“

„Dann sollte ich es machen. Wann werde ich diese Gelegenheit je wieder haben?“ Abgelenkt von einer Bewegung vor dem Fenster des Flugzeugs, sagt Sejin: „Schau! Sie bringen Gepäck zu diesem anderen Flugzeug da drüben.“

Ich lasse das Thema fallen. Wir haben während des Fluges Stunden um Stunden Zeit, um unsere Pläne zu konkretisieren. Nach einer Woche in Seoul, die wir spontan gestalten werden, werden wir eine Woche mit einem koreanischen Kletterer und seiner Frau verbringen. Natürlich war es Sailor, die mich ihnen vorgestellt hat. Sie kennt beinahe jeden in der Kletterwelt.

Jang Seojun wird uns mit nach Munsusan, Yongseo Falls und Seonunsan nehmen, wo er und ich ein paar fantastische Klippen klettern werden, während Sejin und Seojuns Frau, eine Britin namens Lana, ein paar wunderbare – ihre Worte, nicht meine – Wanderungen unternehmen werden.

„Oh, jetzt beladen sie es", murmelt Sejin und rückt näher zum Fenster, um zuzuschauen.

Mein Handy vibriert von einem Anruf und weil wir immer noch am Gate sind, gehe ich ran. „Sailor, du weißt, dass ich Textnachrichten bevorzuge."

Das ignoriert sie. „Ich habe ein Projekt für dich – für uns, genau genommen. Etwas, von dem ich denke, dass es dir wirklich gefallen wird."

„Ach ja?"

„Ja. Es ist wahnsinnig anstrengend, ein wenig gefährlich – oder sehr, je nachdem, wie du Gefahr einstufst – und es gibt Geld dafür. Eine Menge Geld. Noch ein Film."

„Was ist das Projekt?"

„Ingmikortilaq."

Ich erstarre und Sejin bemerkt es, wendet sich von seiner Beobachtung des Gepäcks stattdessen der Beobachtung meines Gesichts zu. „Ich höre."

„Mein Onkel ist bereit, es auf den Weg zu bringen. Er hat eine seiner anderen Verbindungen genutzt, um Caroline ins Boot zu holen ..." Sie holt tief Luft und redet weiter. „Darum kann ich jetzt natürlich auf gar keinen Fall ablehnen. Aber Aiden – du weißt schon, Aiden Harris, mein früherer Alpin- und Eiskletter-Partner – hat gerade mit seiner Frau ein Baby bekommen. Einen Jungen. Er hat ihn Sailor genannt, nach mir. Nett, huh?"

„Klar."

„Das bedeutet also, dass ich einen Partner brauche. Jemanden, der etwas zu verlieren hat, damit ich keine dämlichen Risiken eingehe."

„Und das bin ich?"

„Du weißt, dass du das bist." Sie zögert. „Dan, es ist *Caroline*.

Sie wird jeden Tag da sein, den ganzen Tag und sicher wird sie irgendwann mit mir reden müssen.“

„Du hast vor, deine Ex zu umwerben, indem du mit mir auf Ingmikortilaq kletterst?“

Sejin runzelt die Stirn. Er weiß zu diesem Zeitpunkt genug über gefährliche Kletterrouten, um sofort vorsichtig zu sein. Ich drücke meine Hand auf sein Knie und er legt seine Handfläche darauf.

„Wenn du zustimmst, dann werden meine Leute deinen Leuten die Einzelheiten schicken.“

Eine der großen Veränderungen im letzten Jahr ist, dass ich jetzt „Leute“ habe – ausgesucht von Sailors Team – die sich um Dinge kümmern, wie meinen Kalender zu führen und Verträge zu überprüfen, bevor ich sie unterzeichne.

„Wie viel?“

„Es wird von NatGeo gesponsert werden, darum gibt es eine Menge Geld. Ich würde sagen, du wirst um die fünfundsiebzig oder einhundert bekommen.“

„Tausend?“, frage ich nach.

„Nein, Dan, Cent. Ja, natürlich rede ich über Tausend.“

„Okay, ich bin dabei.“

„Wow.“

„Was?“

„Hast du letztes Mal deine Lektion nicht gelernt? Du solltest besser zuerst mit Sejin reden.“

Ich drücke für einen Moment mein Handy an meinen Brustkorb. „Doc, ich werde mit Sailor auf Ingmikortilaq klettern. Ist das für dich in Ordnung?“

Sejin schluckt schwer, fragt aber nur: „Wann?“

„Er will wissen wann.“

„Nicht vor August 2024. In über einem Jahr von jetzt.“

Ich sage es Sejin, der nickt, dreht meine Hand um und verflicht unsere Finger. „In Ordnung.“

„Er hat zugestimmt, also … was kommt jetzt?"

„Huh. Na gut. Schön. Wie ich schon gesagt habe, meine Leute und deine Leute reden und dann setzen wir Verträge auf und dann fangen wir an zu trainieren. Es wird hart."

„Gut."

„Du bist für etwas Angsteinflößendes bereit, oder?"

„Noch nicht, aber das werde ich sein."

„Großartig. Angenommen, dass ich dann immer noch klettern kann – mach dir keine Sorgen, es gibt noch keine Anzeichen von Huntington –werden wir tun, was vor uns nur zwei andere Menschen gemacht haben."

„Cool." Ich werfe einen Blick an die Spitze des Flugzeugs. „Die Stewardess fängt gleich mit den Sicherheitsanweisungen an. Ich muss auflegen."

„Dan?"

„Ja?"

„Eine schöne Reise wünsche ich dir."

Ich lege auf und schalte mein Handy aus. Sejin hört den Anweisungen aufmerksam zu, schaut sich die Sicherheitskarte an und zählt dann die Reihen bis zum nächsten Ausgang. Wir sitzen ein paar Momente schweigend da, nachdem die Rede der Stewardess vorbei ist, bevor er sich zu mir dreht und sagt: „Ich glaube an dich."

„Ich weiß, dass du das tust."

„Danny?"

„Ja, Doc?"

„Ich liebe unser Leben."

„Ich liebe es auch", sage ich und küsse seine Finger.

Mehr als das, ich liebe das *Leben* auf eine Art und Weise, die ich nie für möglich gehalten hätte. Mit Sejin glüht die ganze Welt einfach nur. Ich küsse erneut seine Finger. „Sailor hat gedacht, dass du mittlerweile nur eine Tapete sein würdest, aber du bedeutest mir immer noch alles. Du musst es nur sagen und ich rufe sie an und ziehe meine Zustimmung zurück, sobald wir landen."

Sejin schweigt für einen Moment, aber dann schüttelt er seinen Kopf. „Ich glaube wirklich an dich, Dan. Ich weiß, dass du mich liebst. Ich vertraue darauf, dass du dein Versprechen hältst."

„Dass ich dich ficke, bis du weinst?", sage ich in der Hoffnung, die Stimmung aufzuhellen.

Sejin legt seine Hand über meinen Mund. „Shh. Zwei Reihen weiter sitzen Kinder."

Ich werde ernst. „Dass ich dich immer an erste Stelle setzen werde, Doc? Das verspreche ich immer noch. Darum will Sailor mich. Sie weiß, dass ich mehr zu dir nach Hause kommen möchte, als ich alles andere will. Weißt du, warum?"

„Weil ich dein Seepferd bin, und du bist mein Kaiserfisch."

„Genau. Unsere Ehe zwischen verschiedenen Arten ist der Stoff für Legenden." Ich zupfe leicht an den Spitzen seiner Haare und dann nutze ich die Strähnen, um ihn zu einem Kuss heranzuziehen. Er ist nicht heiß, wegen des seltsamen Winkels, den die Flugzeugsitze erzwingen, aber er beruhigt uns beide.

„Ich liebe dich", murmelt Sejin. „Alles an dir."

„Ich liebe dich auch."

Wir halten uns an den Händen, als das Flugzeug sich in Bewegung setzt.

Ich schaue nach unten und sehe den Ehering aus poliertem Holz, der im Licht, das durch das Fenster kommt, funkelt. Er glänzt mit unserem Versprechen auf die Ewigkeit, als wir in Richtung der Startbahn in unsere Zukunft fahren.

ENDE

Abonnieren Sie meinen Newsletter und erhalten Sie zwei kostenlose Kurzgeschichten über Dan & Sejin und weiteres Bonusmaterial!
books.bookfunnel.com/fffhdebonuslinks

Anmerkung der Autorin

Zunächst einmal möchte ich dir danken, dass du hier bist und dieses Buch liest. Das bedeutet mir die Welt. Bevor wir anfangen, gibt es ein paar Dinge, die ich gerne mitteilen würde.

Eine Anmerkung zum Klettern in diesem Buch

Ich möchte betonen, dass diese Romane nicht als Leitfaden für richtige Klettertechniken gemeint sind – ganz im Gegenteil! Die Kletterleistungen in diesem Buch sind rein fiktional und ich möchte meinen LeserInnen dringend raten, sie auch so zu belassen. Bitte versucht nicht, irgendetwas, was ihr hier lest, nachzumachen. Wir wollen diese Klettereien sicher auf den Seiten belassen!

Dans Autismus-Diagnose

Im Frühjahr 2021 wurde bei meiner Tochter ASS (Autismus-Spektrum-Störung) diagnostiziert. Als wir uns auf dieser Reise zurechtgefunden haben, wurde klar, dass nicht nur ihr Vater Autist ist (was ich schon lange vermutet hatte), sondern ich ebenfalls. Autistische Figuren wie Dan zu schreiben, ist mir immer leichtgefallen – sogar bevor ich einen Namen dafür hatte – und jetzt verstehe ich warum.

Wenn ihr mehr über hochfunktionalen Autismus oder hochmaskierenden Autismus erfahren wollt, gibt es online viele hervorragende Quellen. Nachdem ich das gesagt habe, wenn ihr denkt, dass ihr selbst oder jemand, den ihr liebt, vielleicht autistisch sein könnte, ist die beste Wahl immer, sich an einen Profi zu wenden.

Eine alternative 2021 Zeitlinie

Als ich angefangen habe, dieses Buch zu schreiben, befanden wir uns noch tief in der Pandemie. Zu dieser Zeit habe ich eine Flucht gebraucht, darum habe ich geschrieben, als würde COVID-19 nicht existieren, unter der Annahme, dass das Buch kein spezifisches Jahr brauchen würde. Irgendwann habe ich entschieden, es in 2021 spielen zu lassen, und habe es zu einer alternativen, Pandemie-freien Zeitlinie gemacht.

Zusätzlich, nach der Wahl 2024 und als ich in Richtung Veröffentlichung gegangen bin, habe ich mir Sorgen um Details gemacht, die vielleicht obsolet werden könnten – vor allem der legale Status schwuler Eheschließungen. Wie dem auch sei, die erste unerwartete Veränderung hatte rein gar nichts mit Ehe zu tun. Es waren die Massenentlassungen bei YOSAR und in Yosemite selbst. Die Fiktion hat eine Tendenz, sich von der Realität zu entkoppeln, vor allem angesichts der vielen Veränderungen in unserer turbulenten Zeit und ich weiß die Bereitschaft meiner LeserInnen zu schätzen, ihren Unglauben zu unterdrücken, wenn es nötig ist.

Dans Free Solo Route — Heart Route

Ich habe mir bei den Einzelheiten von Dans gewählter Free Solo Route kreative Freiheiten erlaubt, die der Geschichte besser dienen. Heart Route ist eine reale und unglaublich gefährliche Route den El Capitan hinauf. In Wirklichkeit wäre es beinahe unmöglich, sie im Free Solo zu klettern, und jeder, der diese Strecke kennt, wird wahrscheinlich Teile von Dans Versuch unrealistisch finden.

Warum habe ich sie dennoch ausgewählt?

1. **Der Name war zu perfekt**. *Heart Route* – was könnte für einen romantischen Roman besser passen? Ich konnte nicht widerstehen.

2. **Zu diesem Zeitpunkt war die Strecke nicht so bekannt**. Nur eine Handvoll Kletterer hatten sie durchstiegen, was bedeutete, dass noch weniger LeserInnen sie genau kennen würden. Ich hatte gehofft, das würde es leichter machen, den Unglauben, was Dans Versuch betrifft, zu unterdrücken.

Seit damals hat der berühmte Kletterer Alex Honnold die Route im Free Climb (mit Seilen, kein Free Solo!) geklettert und seine Erfahrung auf Instagram geteilt, wodurch die Sichtbarkeit gestiegen ist. Dennoch bin ich mir relativ sicher, dass niemand waghalsig genug sein wird, sie in nächster Zeit im Free Solo zu versuchen. (Tut mir leid, Dan!)

Wenn ihr mit dieser Route oder El Cap selbst vertraut seid, müsst ihr vielleicht beiseiteschieben, was ihr wisst, um die Geschichte voll genießen zu können. Dafür entschuldige ich mich und bedanke mich für eure Geduld.

Adoption aus Korea

Adoption, vor allem internationale Adoption, ist ein zutiefst komplexes und oft belastendes Thema. Viele internationale Adoptionen sind unter ethisch fragwürdigen Umständen zustande gekommen und die Ansichten der Adoptierten in dem Video, das Sejin sich anschaut, reflektieren sehr reale und valide Erfahrungen.

Sejins Perspektive – dass er kein Gefühl des Verlustes oder der Trauer angesichts seiner Adoption verspürt – sollte nicht als Abtun dieser legitimen Sorgen gesehen werden. Noch wird seine Erfahrung als „bessere" oder „richtigere" Art zu empfinden, präsentiert. Seine Geschichte ist schlicht eine von vielen.

Ein paar wichtige Anmerkungen zu koreanischer Adoption:

Südkorea hat seine internationalen Adoptionen schon vor Jahren unterbunden, weil es mit einem Bevölkerungsschwund kämpft, aber in den 1990ern wurden tausende Babys jedes Jahr vermittelt.

In Korea hat Adoption andere kulturelle und soziale Implikationen als in westlichen Ländern. Wegen einer starken Betonung patrilinearer Blutlinien kann in Korea ein adoptiertes Kind zu sein, signifikante soziale Konsequenzen haben. Wenn ihr mehr erfahren wollt, HIER ist nur eine von vielen Quellen über Adoption in Korea.

www.npr.org/sections/codeswitch/2014/09/09/346851939/in-korea-adoptees-fight-to-change-culture-that-sent-them-overseas

Sejins Erfahrung ist vor allem von offenen und ehrlichen Gesprächen mit meiner Nichte inspiriert, die mit acht Monaten in 2004 aus Südkorea in unsere weiße Appalachen-Familie adoptiert wurde. Erst als sie auf dem College war, hat sie angefangen, intensiver über die Mikro-Aggressionen nachzudenken, die sie in ihrer Kindheit als nicht-weißes Kind im hauptsächlich weißen Southern Appalachia erlebt hat und den Mangel an Verständnis, was dies betrifft, innerhalb der Familie und in ihr selbst.

Nachdem dies gesagt ist, möchte ich klar machen, dass nur weil sowohl Sejin als auch meine Nichte relativ harmlose Adoptionserfahrungen gemacht haben, ich nicht die Trauer und das Trauma minimieren möchte, die viele Adoptierte empfinden. Jedermanns Geschichte ist einzigartig und ich hoffe, dass, indem ich Sejins Geschichte geschrieben habe, ich etwas zu einer breiteren Repräsentation der Erfahrungen von Adoptierten beigetragen habe.

K-Pop Referenzen und die 2021 Zeitlinie

Ich habe angefangen, *Free Fall* im Frühjahr 2021 zu schreiben, um die Zeit herum, als Astro ihr Album *All Yours* veröffentlicht haben. Sejins Figur ist für mich tief mit dem Album verbunden und ich habe es mir beim Schreiben immer wieder angehört. Seine Liebe zu Astro ist in das gesamte Buch gewoben.

Im April 2023 ist Moonbin, ein beliebtes Mitglied von Astro, auf tragische Weise gestorben. Sein Verlust war für Fans überall auf der Welt niederschmetternd. Als ich nach seinem Tod *Free Fall* noch einmal durchgelesen habe, habe ich darüber nachgedacht, die Referenzen in Bezug auf ihn und seine Musik zu entfernen. Am Ende habe ich entschieden, dass dies der Erinnerung an ihn und seine Musik nicht angemessen wäre. Seine Kunst hat einen bleibenden Eindruck hinterlassen und ich hoffe, ihr werdet euch einen Moment Zeit nehmen, um euch ein paar der Astro-Songs anzuhören, die im Buch erwähnt werden – vor allem *gemini*.

Wegen dieser Referenzen bleibt das Buch fest in 2021 verankert.

Danksagungen

So viele Menschen und Quellen haben dieses Buch inspiriert:

Free Solo, ein Film von Jimmy Chin und Chai Vasarhelyi, Alex Honnolds Buch *Alone on the Wall*, sowie *The Impossible Climb* von Mark Synnott, *Big Walls, Swift Waters* von Charles R. Farabee, der Film *The Dawn Wall*, der sich mit dem Leben von Tommy Caldwell auseinandersetzt, der Film *Meru*, ebenfalls von Jimmy Chin und Chai Vasarhelyi, Reel Rock, Dean Potter, Adam Ondra, Magnus Mitbo, James Braithwaite und so vielen andere. Dank geht auch an das Kletterteam der Bearden High School. Ich habe in den letzten Jahren, in denen ich an diesen Büchern gearbeitet habe, so viel über das Klettern gelesen, angeschaut und absorbiert und ich liebe es, dass die Community so begeistert ihre Leidenschaft teilt.

Mia mit ihren Kletter-Ratschlägen und ihren Beta-Leser-Anmerkungen.

Clara, meine Nichte, für ihre Ehrlichkeit und Offenheit über ihre Adoptionserfahrung.

Aimee Curameng, die mir eine immens wichtige alternative Perspektive auf Adoption ermöglicht hat.

Willow, die als Beta-Leserin immer alles gibt.

Astro, BTS, SHINee, Twice, OneUS, Enhypen und all den K-Pop Künstlern, die meine Schreibstunden gefüllt haben.

Und schließlich – **ihr, die LeserInnen**. Ihr macht das möglich. Ich schreibe diese Bücher für euch und ich bin unsagbar dankbar für eure Liebe und eure Unterstützung. Danke, dass ihr mit mir auf diese Reise gegangen seid.

Voller Dankbarkeit,
Leta

Weitere Bücher von Leta Blake
in deutscher Sprache

Smoky Mountain Dreams
Stay Lucky
Auch in diesem Leben
Das Herz findet immer einen Weg
North' Stange

Liebe ohne Halt
Free Fall
Free Heart

Mr. Christmas-Serie
Mr. Frosty Pants
Mr. Naughty List

In der Hitze der Liebe
Langsame Hitze
Alpha-Hitze
Langsame Geburt
Bittere Hitze

Heat For Sale (Deutsche Ausgaben)
Heat for Sale: Adrien und Heath
Alpha for Sale: Ned und Ezer

Training Season
Training Season
Training Complex

Zusammen mit Alice Griffiths
Überraschend … verheiratet!
Überraschend … verliebt!
Endlose Flitterwochen

Zusammen mit Indra Vaughn
Vespertine: Der Priester und der Rockstar
Cowboy Sucht Ehemann

Über die Autorin

Leta Blake schreibt Liebesgeschichten, die im Herzen bleiben.

Als Bestsellerautorin von *Smoky Mountain Dreams* und beliebten Romance-Titeln wie *Training Season*, *Will & Patrick Wake Up Married* und *Slow Heat* begeistert sie seit über einem Jahrzehnt Leser*innen im M/M-Romance-Genre. Ob leidenschaftlich zeitgenössisch oder episch und fantastisch – Leta vereint emotionale Tiefe, prickelnde Chemie und psychologischen Feinsinn zu Figuren, die lebensecht wirken und unter die Haut gehen.

Leta lebt im Süden der USA und jongliert zwischen Familie und Schreiballtag – immer auf der Suche nach der perfekten Geschichte: einer, die noch lange nach dem letzten Satz nachklingt.

Mehr Informationen über sie:

Newsletter: letablake.com

Homepage: letablake.com

Facebook: facebook.com/letablake

Instagram: letablake